新典社研究叢書306

物語文学の生成と展開

――伊勢・大和とその周辺――

柳田忠則 著

新典社刊行

伝蜷川新右衛門筆伊勢物語（室町期書写・天福本）

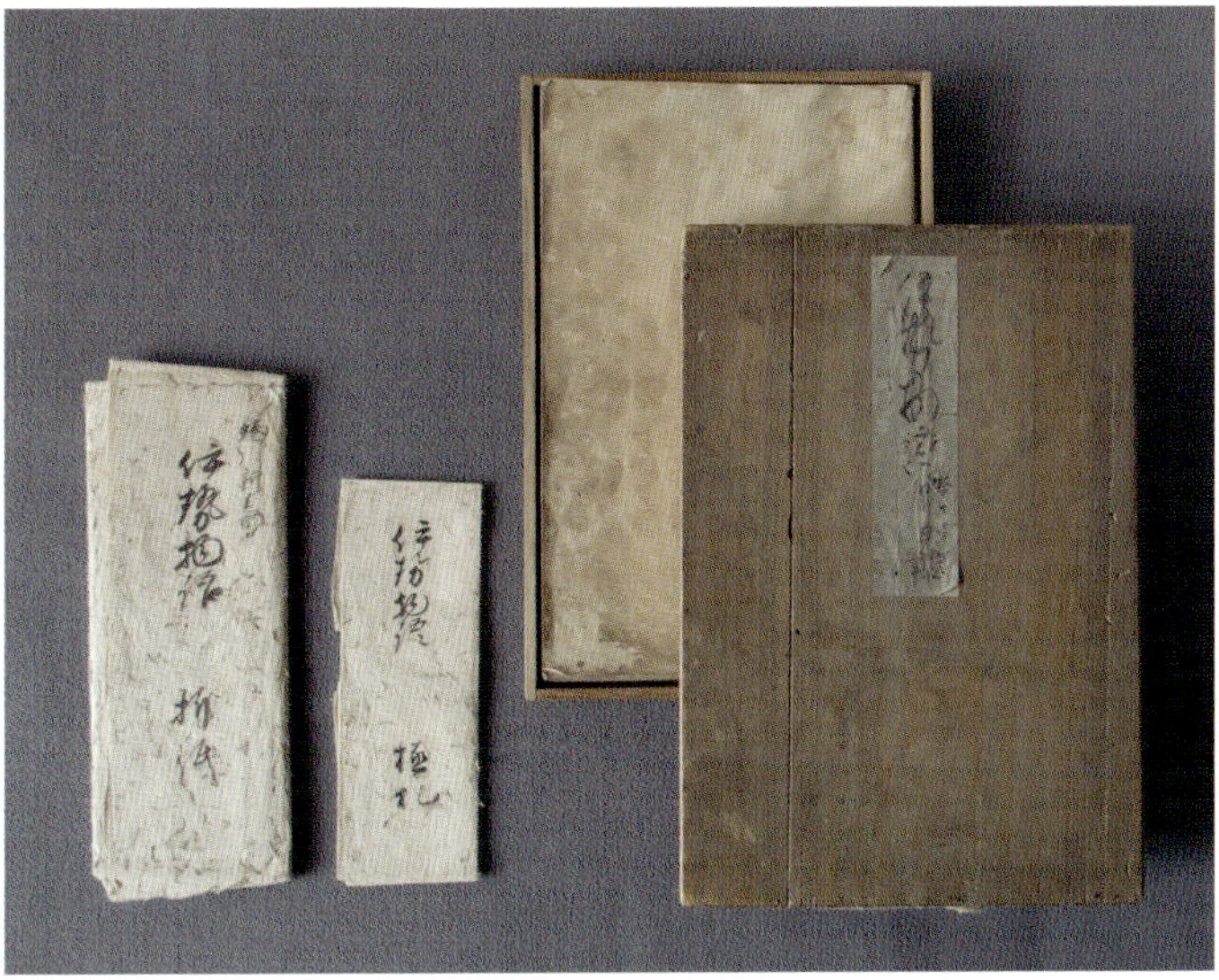

箱・極札

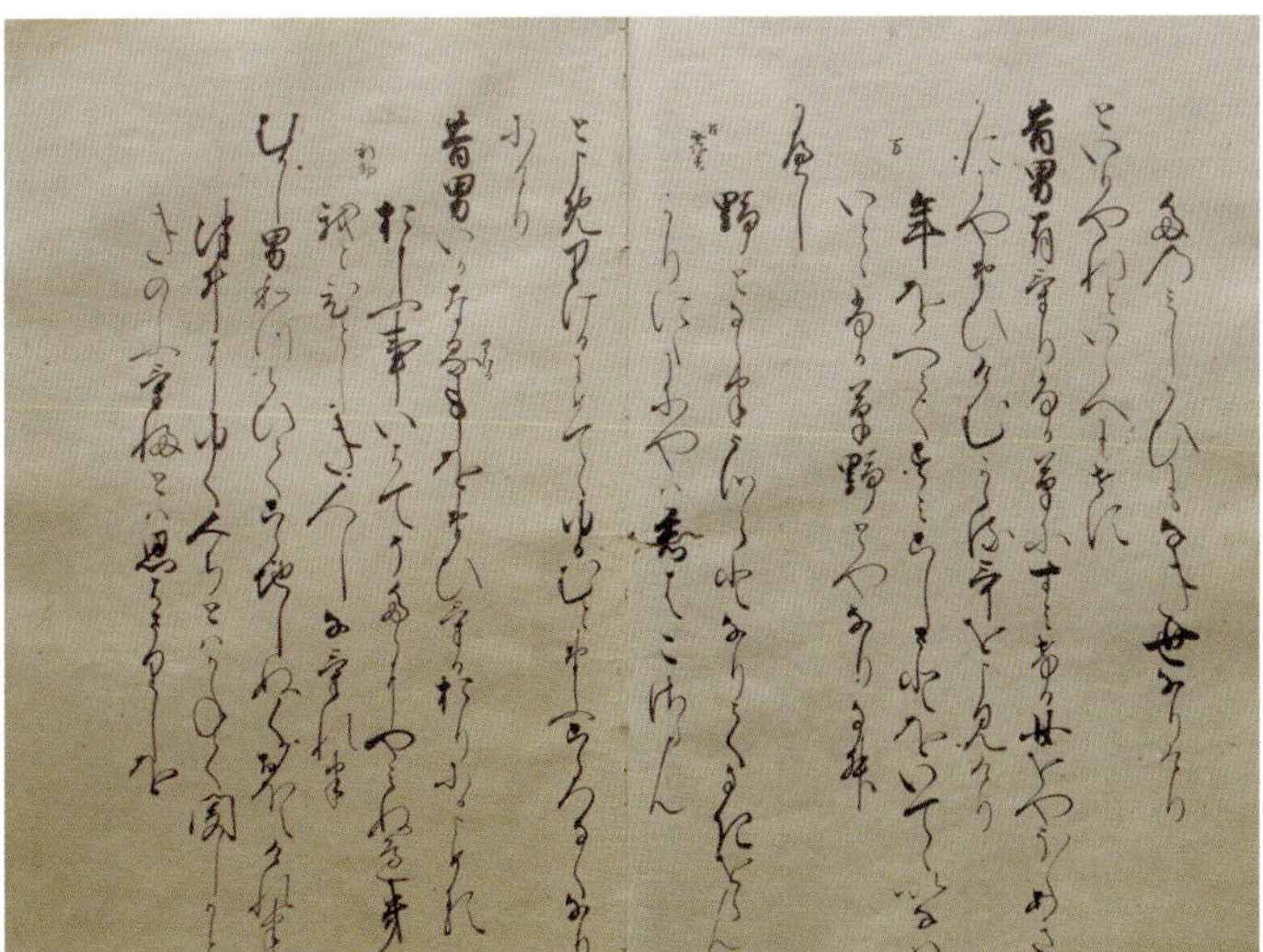

本文

伝転法輪殿公頼候筆伊勢物語（室町期書写・天福本）

箱

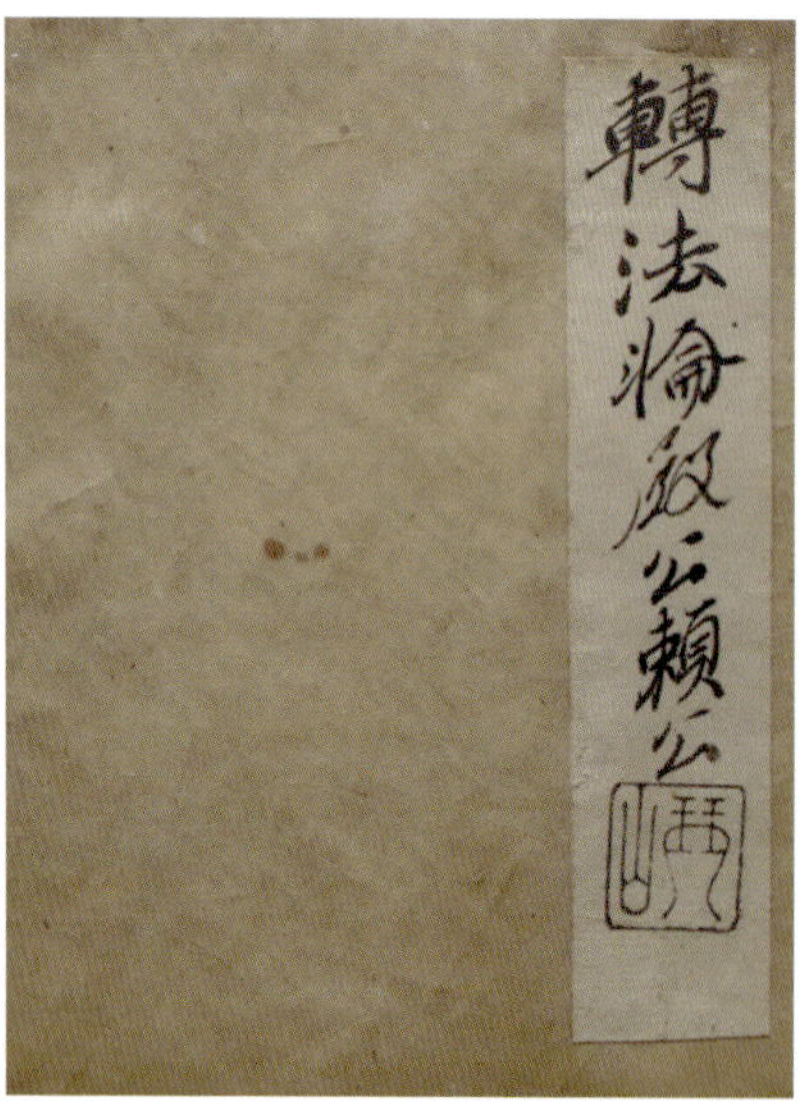

末尾・極札

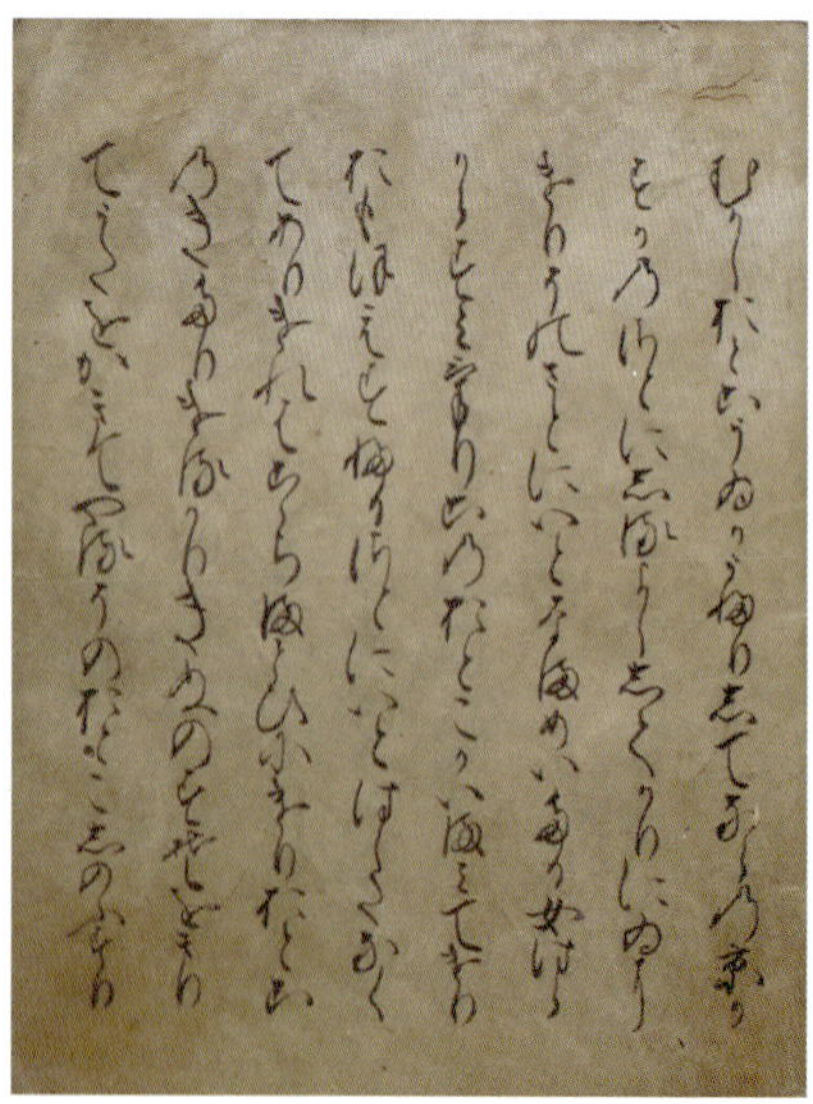

冒頭

伊勢物語宗祇聞書（江戸前期書写）

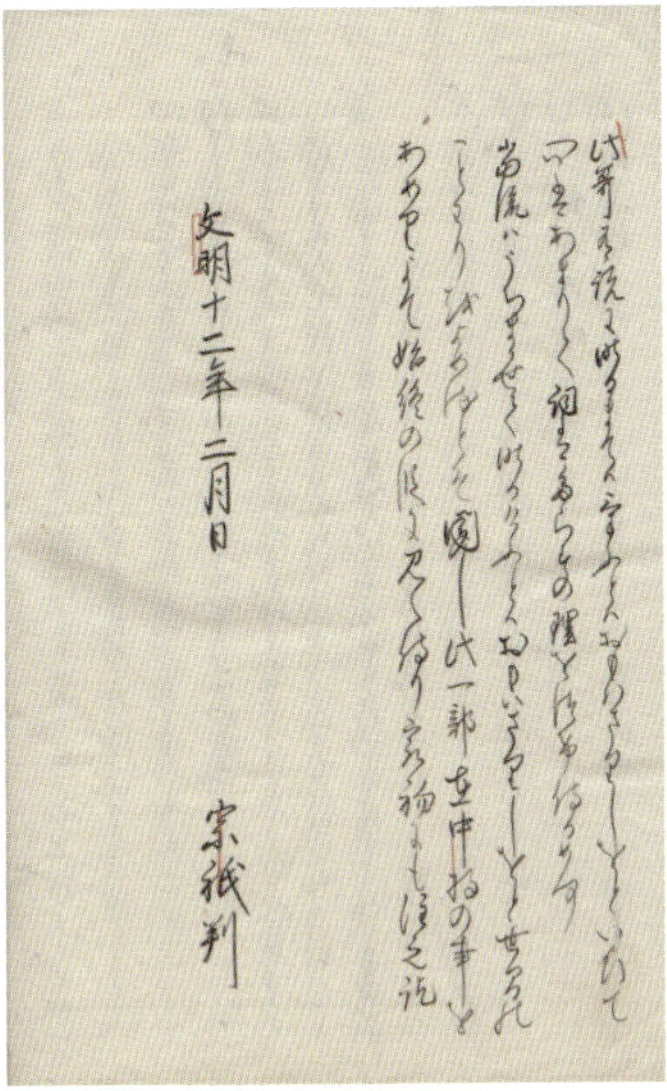

奥書

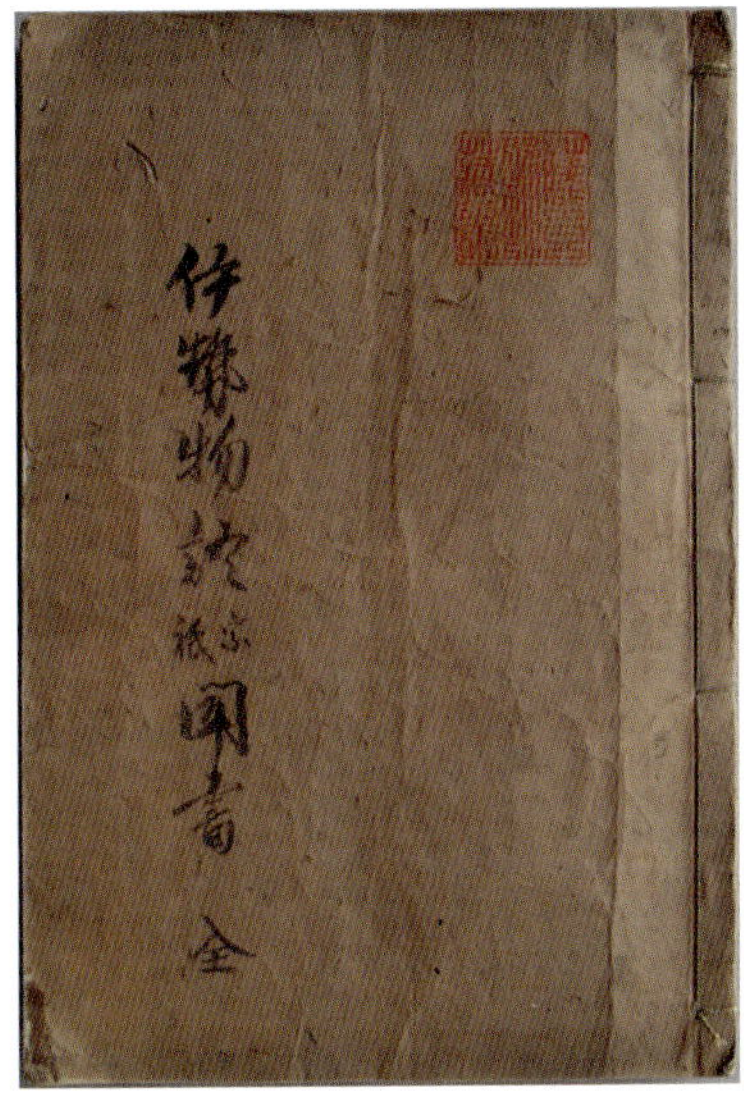

表紙

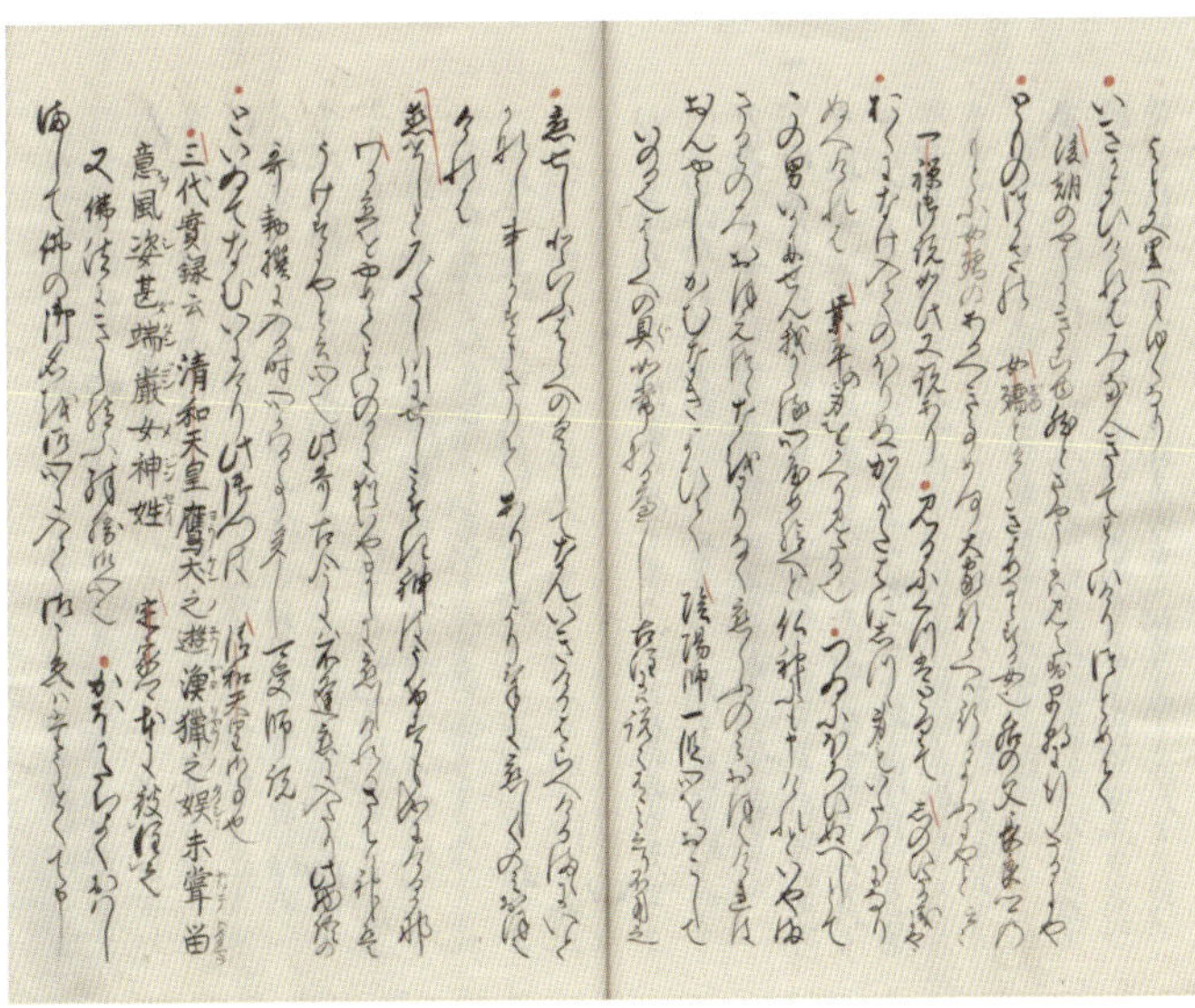

本文

伊勢物語抄〔伊勢物語嬰児抄〕（江戸前期書写）

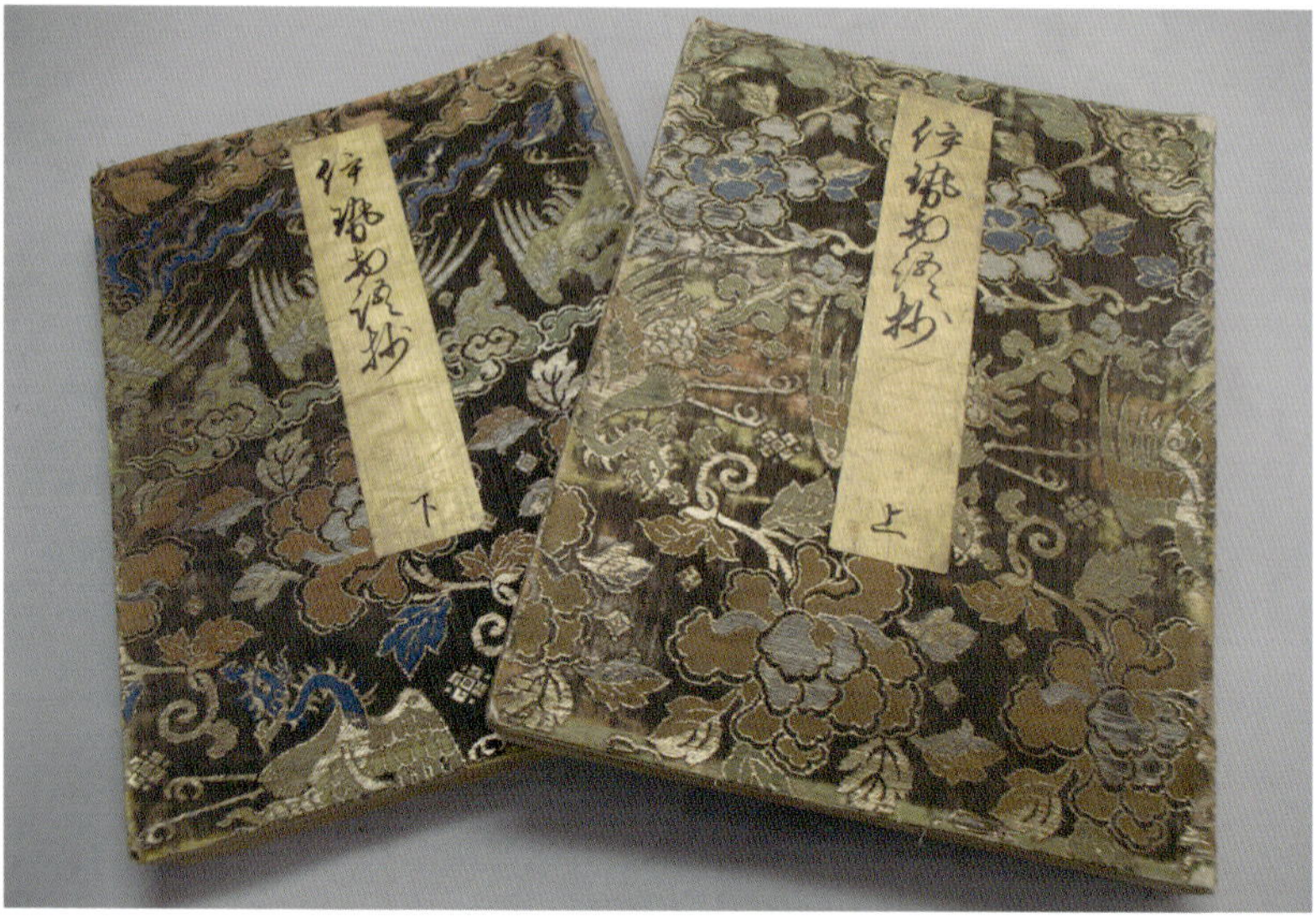

表紙

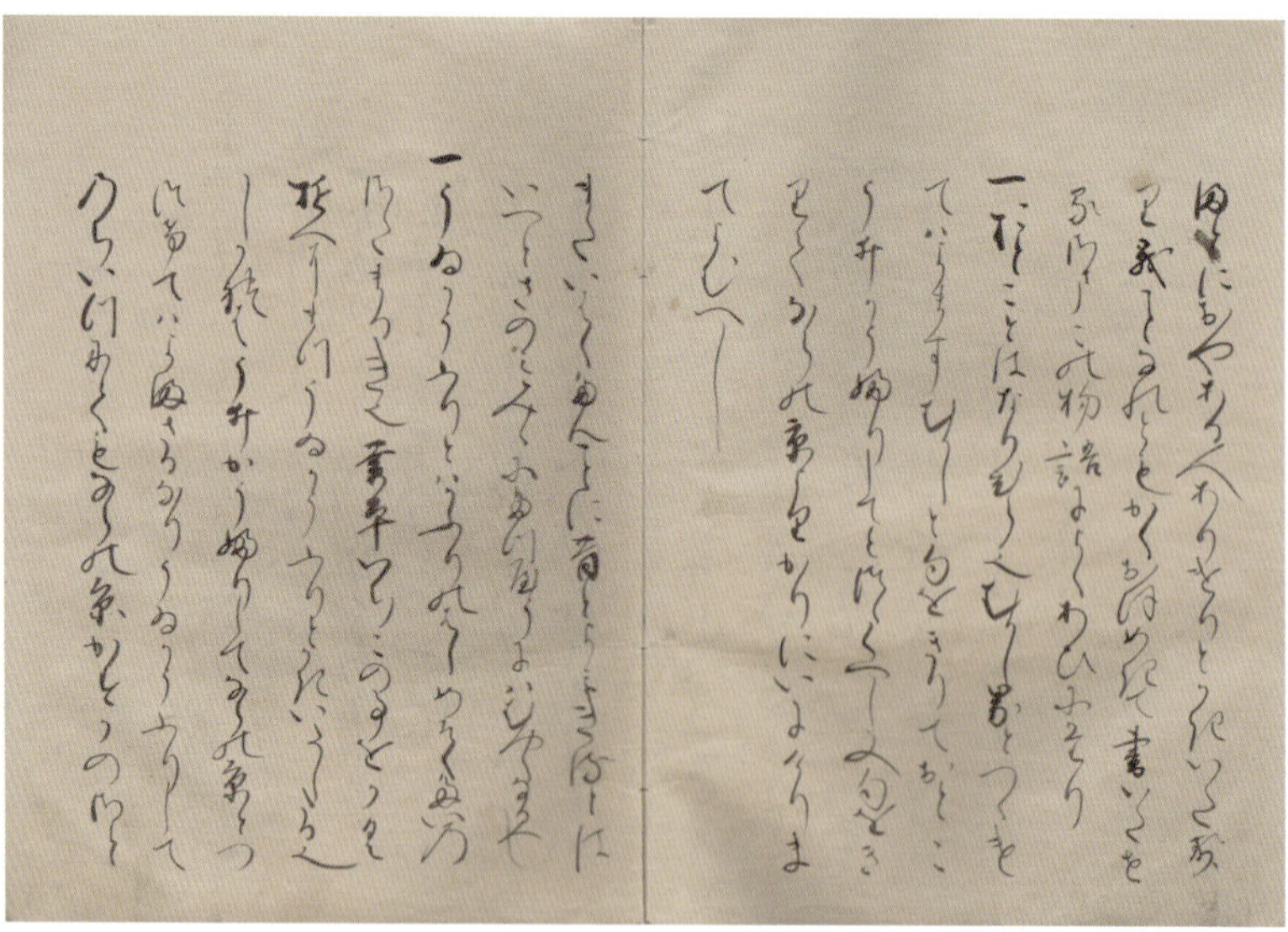

上巻冒頭

古意追考（江戸中期書写）

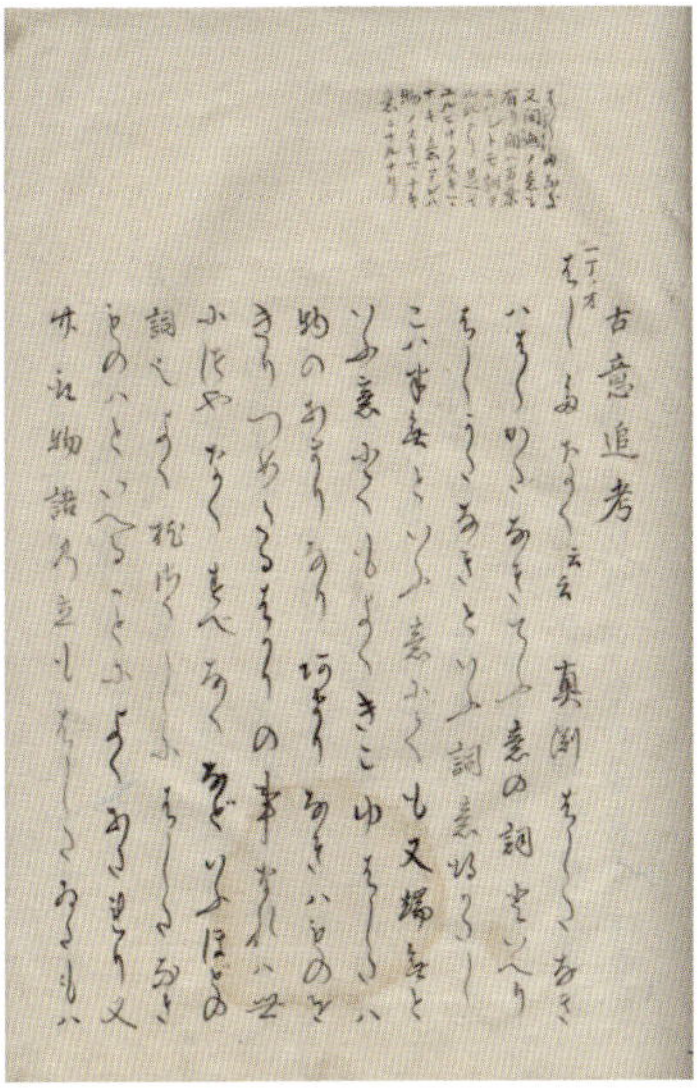

冒頭

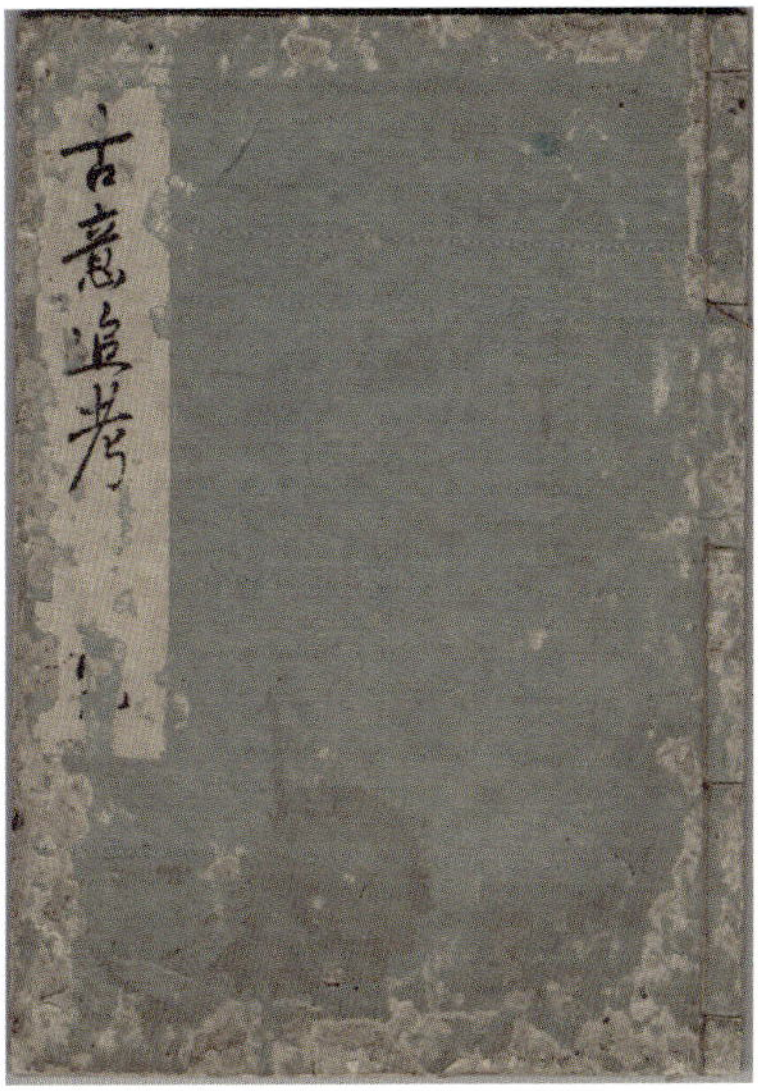

表紙

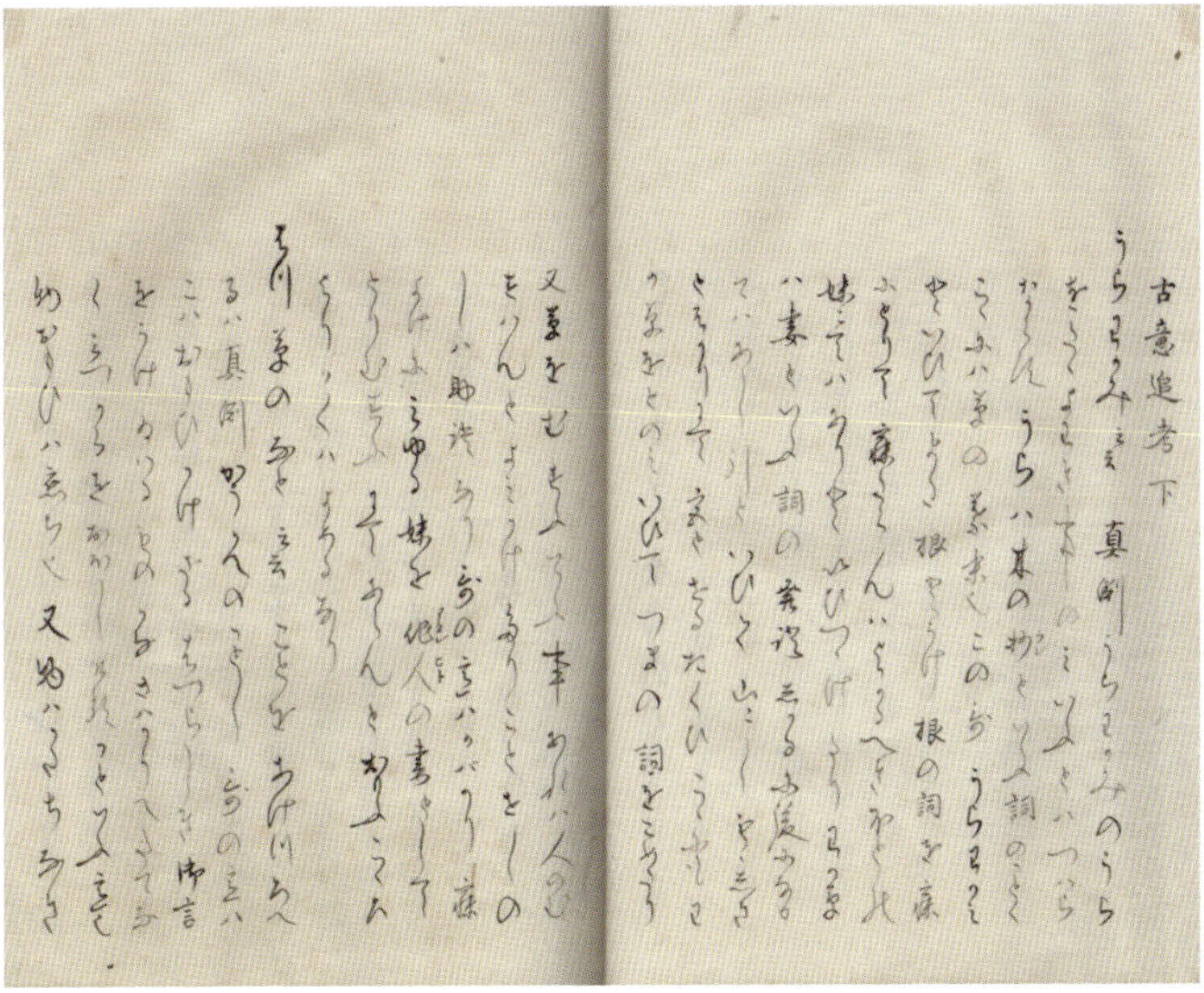

本文

伊勢物語文格（明治九年書写）

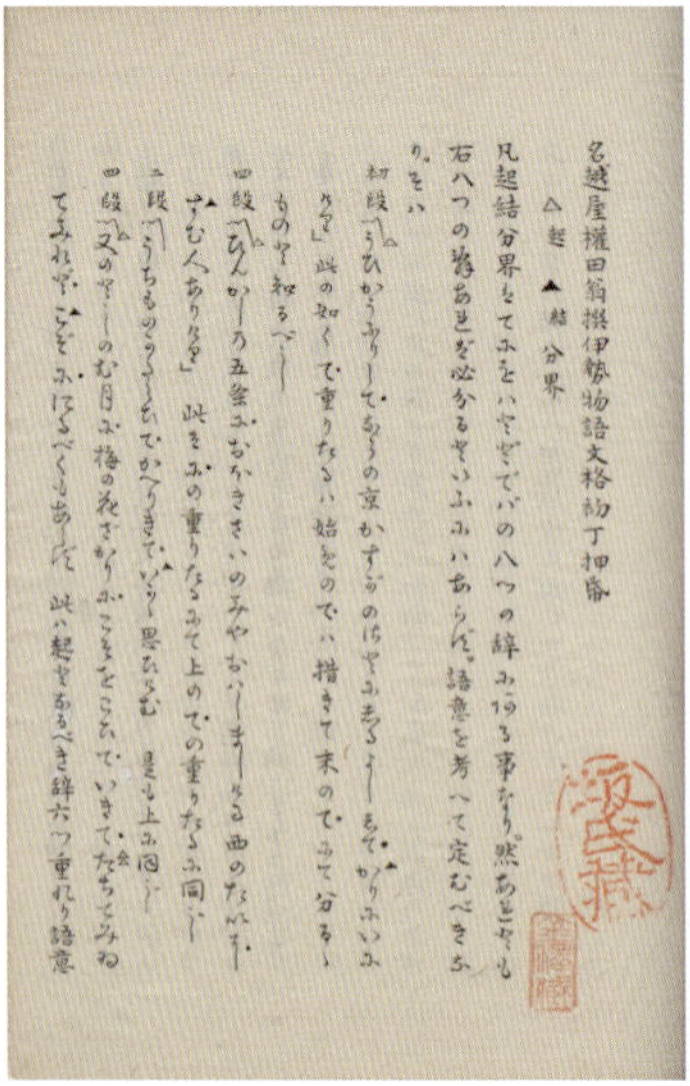
名越屋権田翁撰伊勢物語文格

冒頭

表紙

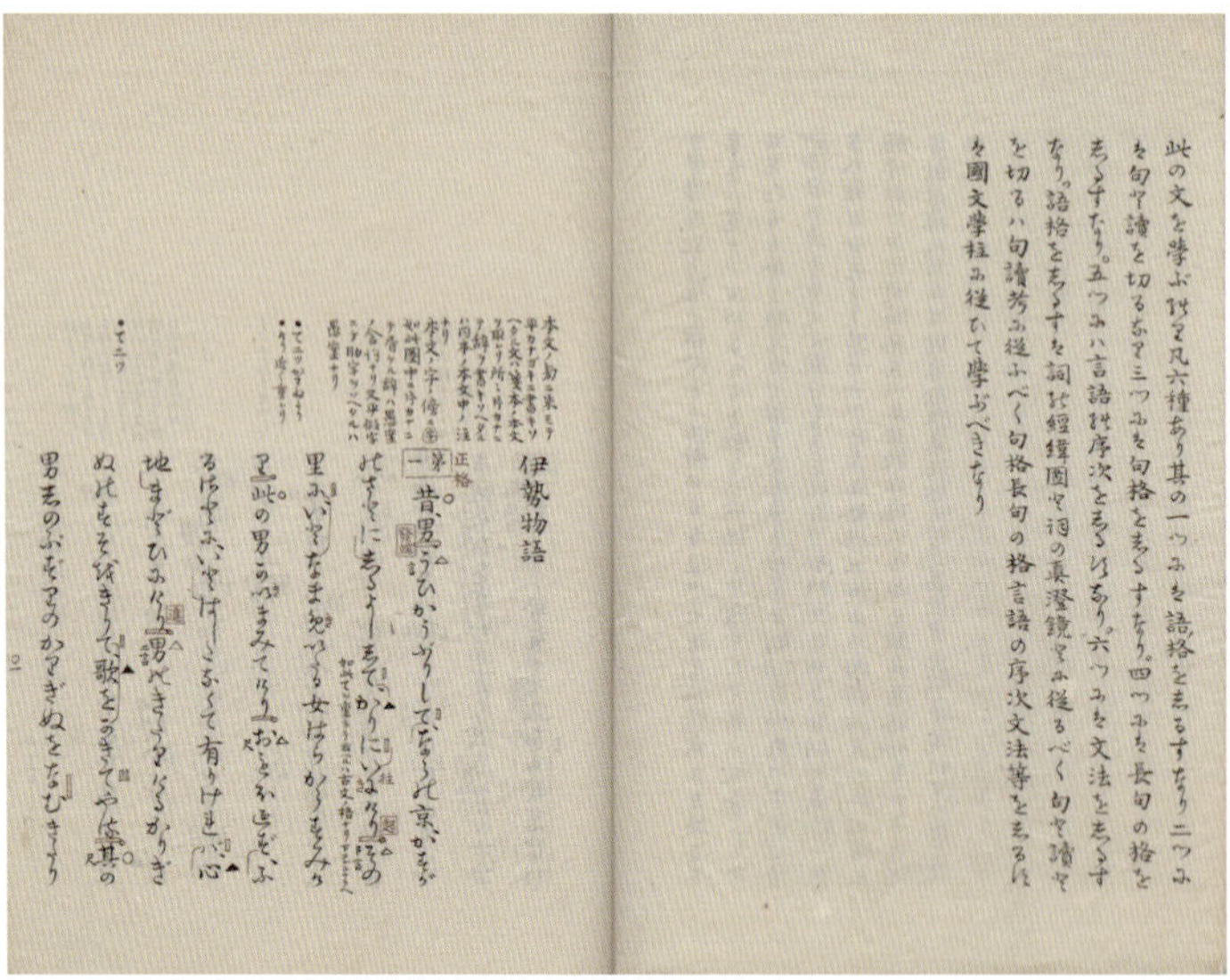

本文

大和物語追考（宝永二年書写）

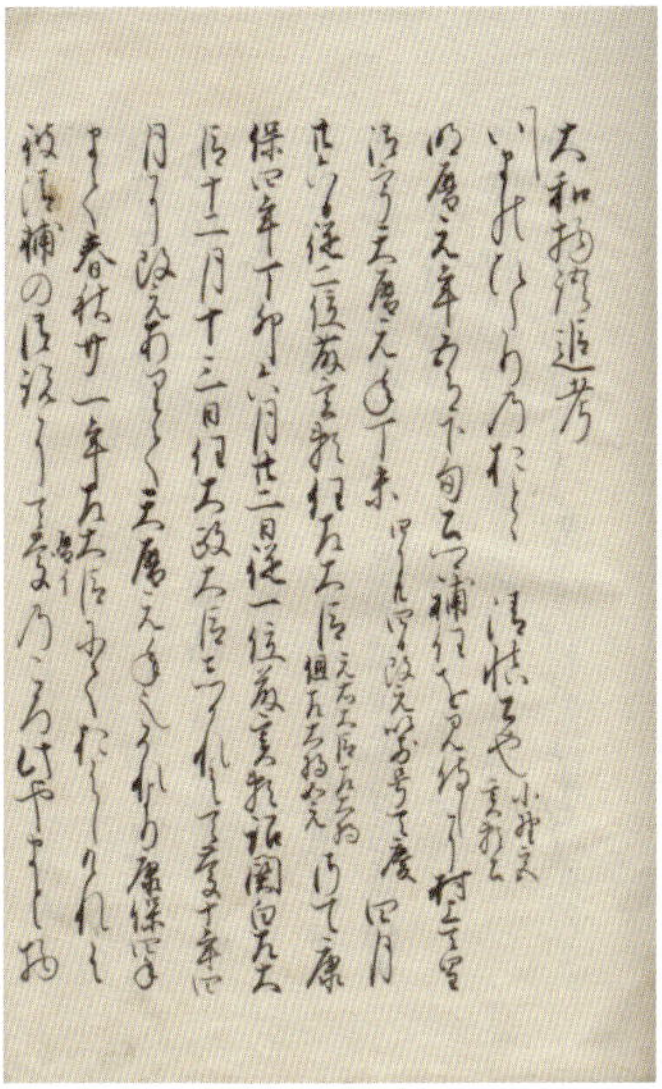

冒頭

表紙

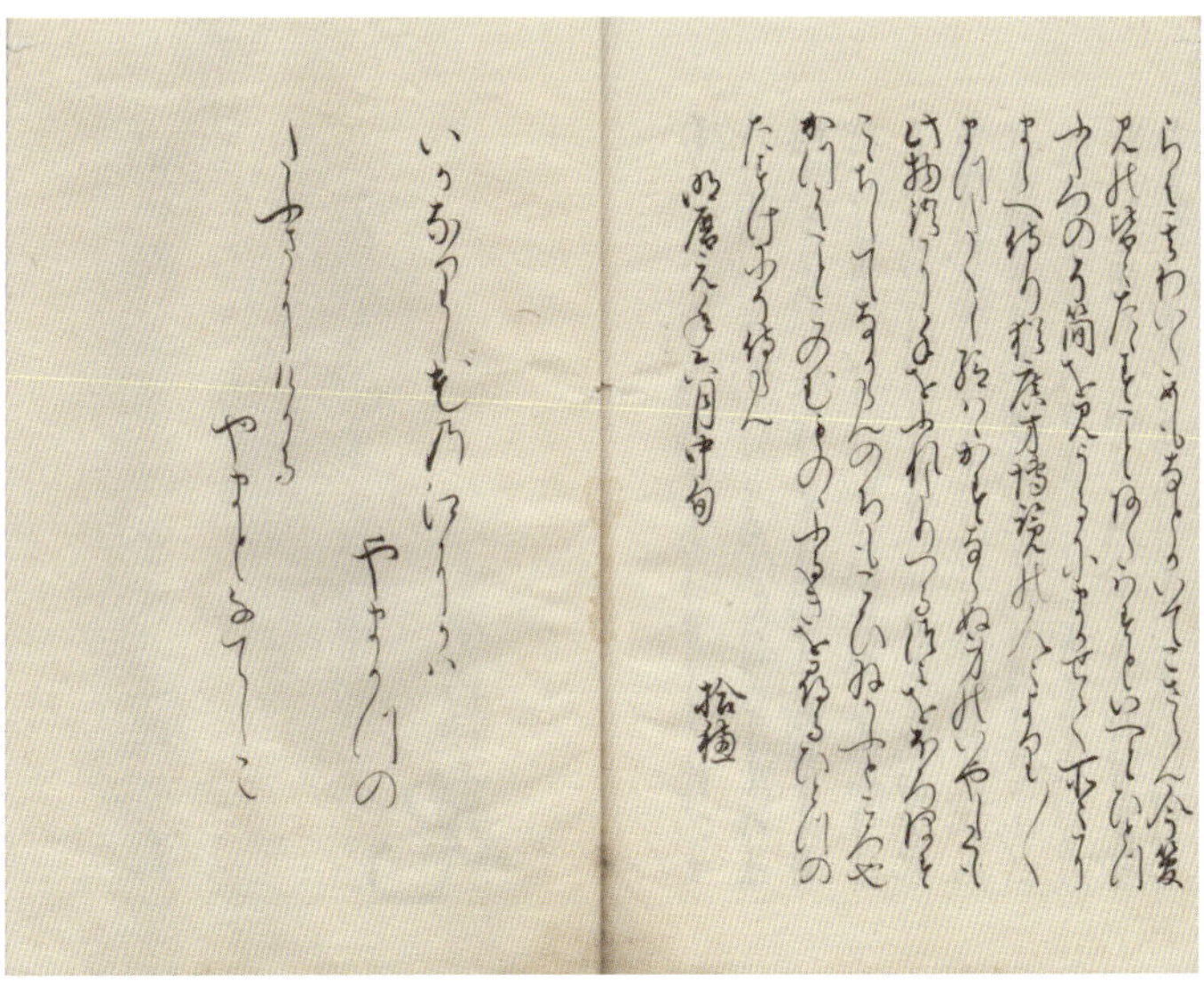

本文

三条実起筆大和物語（天明七年書写）

箱

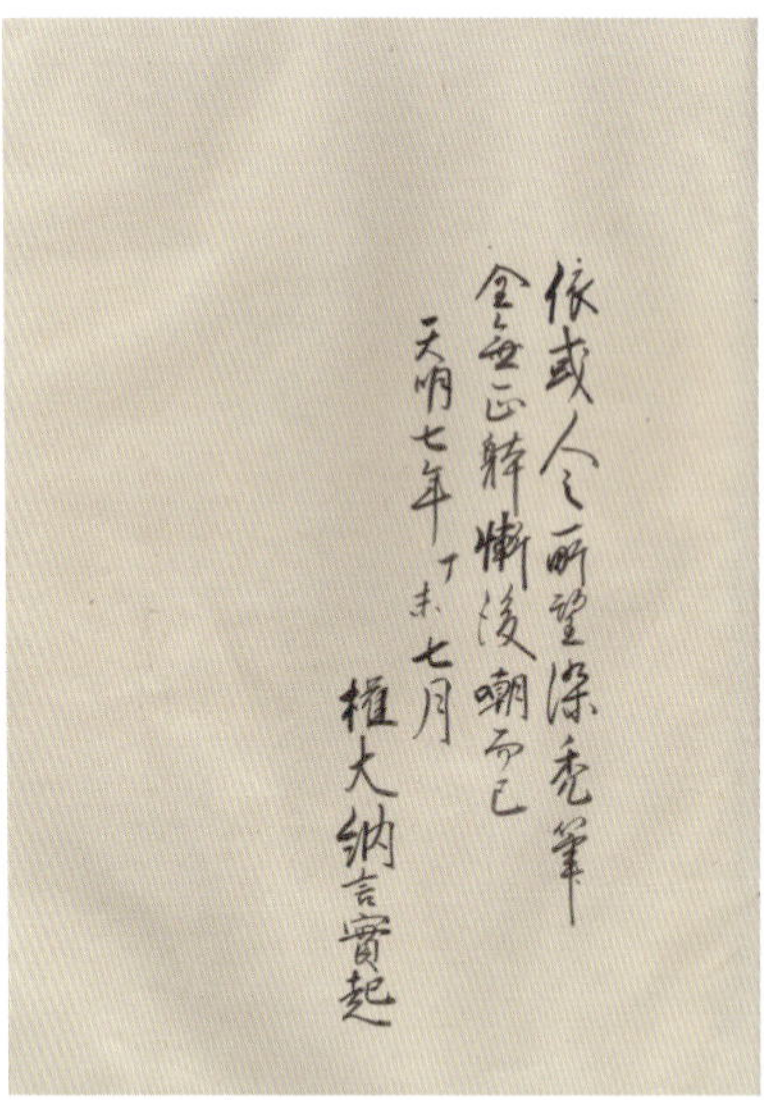

依或人之所望染禿筆
全無正躰慚後嘲而已
天明七年丁未七月
権大納言實起

下冊奥書

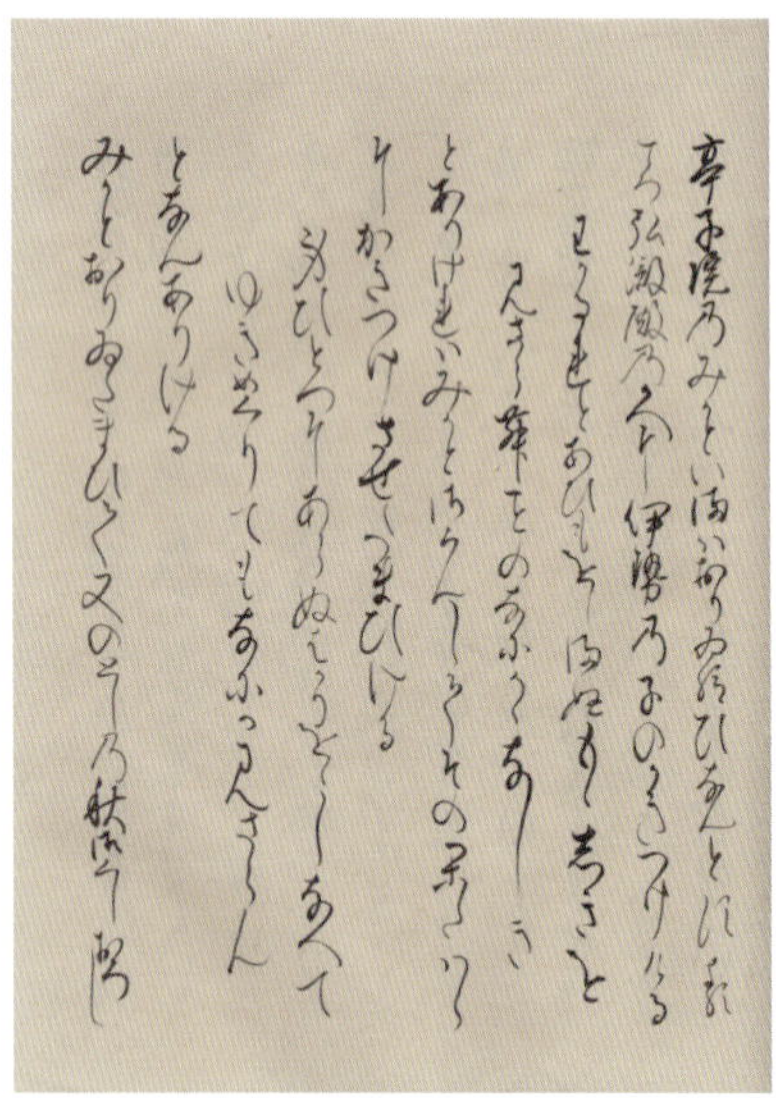

上冊冒頭

唐物語（江戸中期書写）

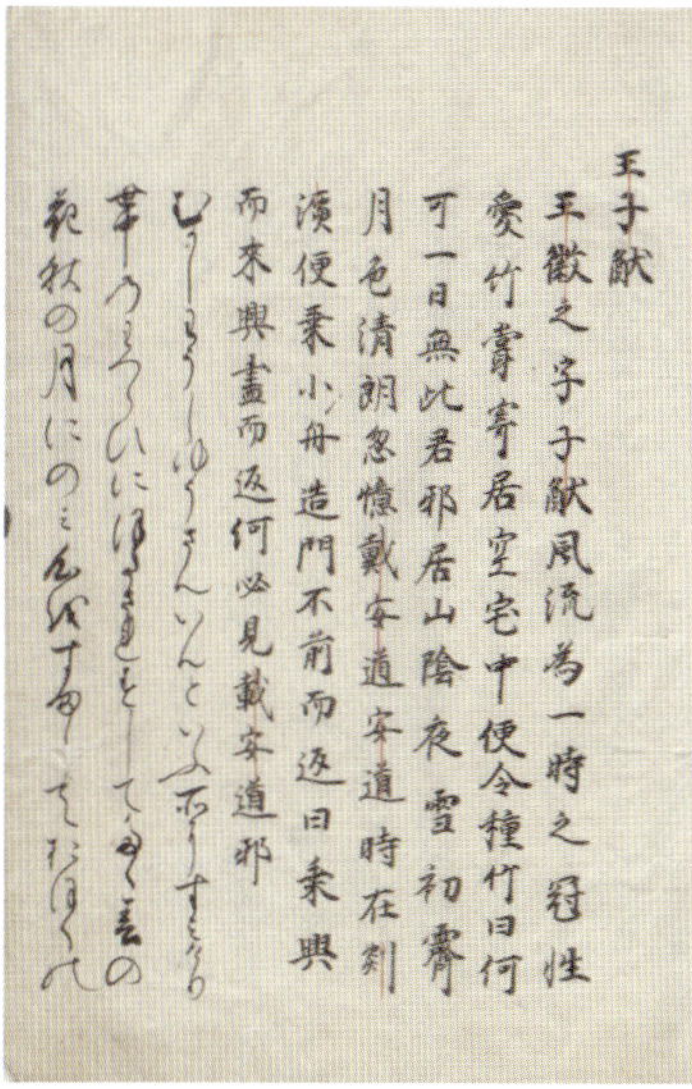
王子猷
王徽之字子猷風流為一時之冠性
愛竹嘗寄居空宅中便令種竹曰何
可一日無此君邪居山陰夜雪初霽
月色清朗忽憶戴安道安道時在剡
須便乗小舟造門不前而返曰来興
而来興盡而返何必見戴安道邪

冒頭

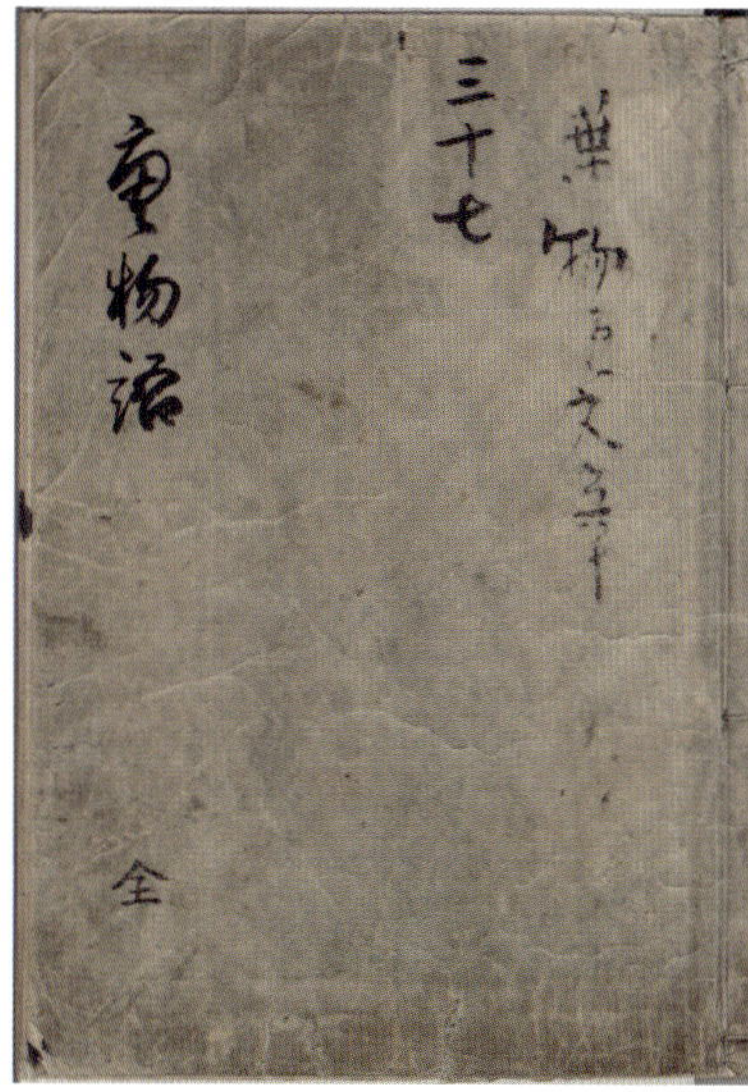

表紙

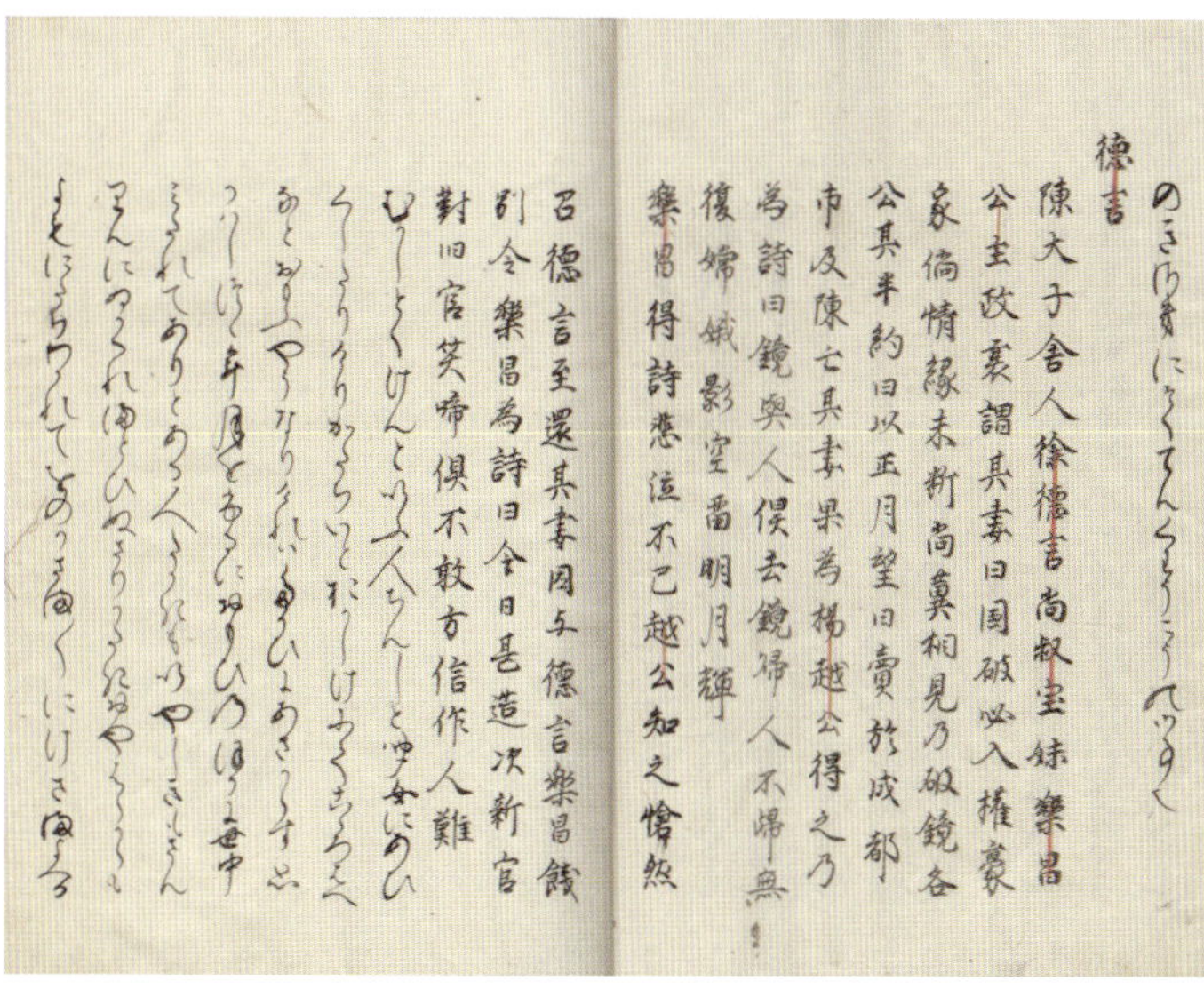
徳言
陳太子舎人徐徳言尚叔宝妹楽昌
公主陳衰謂其妻曰国破必入権豪
家倘情縁未断尚冀相見乃破鏡各
公其半約曰以正月望日売於成都
市及陳亡其妻果為楊越公得之乃
為詩曰鏡與人倶去鏡帰人不帰無
復嫦娥影空留明月輝
楽昌得詩悲泣不已越公知之愴然
召徳言至還其妻因与徳言楽昌餞
別令楽昌為詩曰今日是遷次新官
対旧官笑啼倶不敢方信作人難

本文

目次

研究篇

資料篇

研究篇

第一章　「昔男」の生成
――『古今和歌集』業平歌を介して ――

一

伊勢物語の主人公「昔男」はどのように生成されていったのか。周知のように「昔男」のモデルは在原業平であり、「昔男」の生成とはおのずと伊勢物語の生成を抜きにして語ることはできない。事実、これに関した先学の論があり、多方面から言及されている。したがって、二番煎じになるかもしれないが、ここでは業平を「昔男」と抽象化するに際して、伊勢物語の作者（編者、以下同様）はどのような方法をしていったのか、古今和歌集（以下、古今集と略称）の業平歌を介して、その一面を探ってみたい。

そもそも、なぜ古今集なのかであるが、古今集と伊勢物語の先後関係、伊勢物語生成への古今集の関与等については先学により言及されて来たものの、諸説が入り混じっている。ただ、少なくとも両者は、直接、間接のいずれかであるにせよ、何らかの形で古今集の業平歌が伊勢物語生成の核になっていることは疑いのない事実である。それに二つの資料を扱う場合、それぞれの性格、即ち古今集の史実性と伊勢物語の物語性を念頭におくべきであろう。

二

さて、古今集にある業平歌は伊勢物語の２ ４ ５ ９ 17 19 25 41 47 48 51 69 76 80 82 83 84 87 88 97 99 103 106 107 123 125の各章段にみられる。全体の約五分の一を占めており、古今集の業平歌が伊勢物語生成の一翼を担っていることが改めて理解できよう。古今集の業平歌と伊勢物語とを比較してみると、本文の長短からおおむね次の三つに分類できそうである。

（１）古今集歌以外の歌を加え、長文になっている章段――９ 69 82 83 87

（２）単に古今集の詞書を増長したようになっている章段――２ 41 88 103 107

（３）両者がそれほど変わらない章段――４ ５ 17 19 25 47 48 51 76 80 84 97 99 106 123 125

そこで、これらの章段をみていくことにするが、章段によって他の分類で扱う場合もあることを断っておく。

まず（１）からみていく。９段は東下りとして著名な章段で、ここにある「から衣」と「名にしおはば」の歌は古今集にもみられ、その詞書は長文になっている。東下りについて、古今集では単なる逍遥の旅に過ぎないが、伊勢物語では「身をえうなきものに云々」とあって、都落ちである。ここから「昔男」の不遇を読みとることができよう。古今集にみられない「駿河なる」と「時しらぬ」の歌は前半と後半との間にあり、東下りの行程を補い、同時に「昔男」の旅愁を醸し出している。また、この箇所で修行者の発した言葉「かかる道は、いかでかいまする」は、こんな寂しい田舎道を都人のあなたがどうしてという驚きで、その裏には高貴な人としての業平を意識した本文と言えよう。ここは「昔男」が友人と傷心を背負っての孤独な旅であり、この背景のひとつに3段から6段にある二条后のことがあげられよう。これらの章段は「むかし、男ありけり」で始まっている。それゆえここも「むかし、男ありけり」で統一したのであろう。

ところが、82、83段をみると、9段と異なり、冒頭がそれぞれ「むかし、惟喬の親王と申すみこおはしましけり」、「むかし、水無瀬に通ひたまひし惟喬の親王」となっている。古今集の詞書にも惟喬親王が登場している。こうしたのは紹介もさることながら、業平よりも高貴な人が登場する場合、このような方法をとっているようだ。しかし、形の上ではこうしているものの、主役はあくまでも「右馬頭」である。82段において古今集の詞書にみられない本文のひとつに「狩はねむごろにもせで、酒を飲みつつ、やまと歌にかかれりけり」がある。これは歌人としての業平を意識した本文と言えよう。82段には右馬頭が詠んだ歌以外に、「散ればこそ」と「おしなべて」の歌がある。前者は出典不明で、ある人が詠んだ歌であり、後者は後撰集にある上野岑雄の作である。それをここでは有常が親王に代って詠んだようになっている。これは虚構化されたものであろう。古今集の詞書にみられない有常を登場させたのは、ひとつに業平を意識してそうしたのであろう。二人は義理の兄弟であった。83段において、古今集と共通するのは、後半にある、右馬頭が詠んだ「忘れては」の歌のみである。後半の本文は古今集の詞書とほとんど変わらないが、「忘れては」の歌の前に、古今集では「帰りまうできて、よみておくりける」と家に帰って詠んだのに対して、伊勢物語では「夕暮にかへるとて」と帰り際に詠んでいる。伊勢物語の方に緊迫感がみられ物語的である。これに前半の話を加え、82段の狩の供に仕えたことに関連させている。前半にある「枕とて」の歌は他の資料に見出せない[1]。82、83段においては「昔男」としてではなく、「右馬頭」として登場する。こうしたのは晴の場ということを踏まえつつ、惟喬親王との親密さをも描写するためであろう。

87段も長文の章段である。ここには五首の歌があり、そのうち古今集と共通するのは「昔男」が詠んだ「ぬき乱る」の歌のみで、その詞書は「布引の滝のもとにて、人々集りて歌よみける時によめる」とあるだけである。この外に、万葉歌を改作した「芦の屋の」の歌[2]、兄行平の「わが世をば」の歌、「昔男」の「晴るる夜の」の歌、召使いの「わたつみの」の歌がある。「昔男」が詠んだ「ぬき乱る」の歌と万葉歌を除けば、出典不明である。この章段は史実的にみて問題があり、「ぬき乱る」の歌を中心にして虚構されたものと言われている。(3) 妥当な考えであろう。ここでは主人公が「昔男」として登場し、その地位は「なま宮づかへ」とあるからさしたる地位ではなかった。兄の衛府の督が詠んだ「わが世をば」の歌には現実の世界へのやるせなさが詠まれ、政治的色彩の濃い歌である。ここに集う人達は「昔男」に同情の念を寄せていた。そして、会い集いての逍遥は現実からの逃避を意味するのであろう。伊勢物語の作者もまた同情せずにはいられなかった。業平の歌を中心に虚構化し、それも景勝地への逍遥であり、「昔男」の現実へのやるせなさを醸し出そうとしたのであろう。これは先ほどの82、83段にみられた右馬頭の心境に通ずるものがある。

ところが、69段をみると、ここにはいままでの章段にみられた、現実からの逃避とか、なま宮仕えとか言った要素は少しもみられない。「昔男」は勅使として伊勢の国へ赴き、手厚いもてなしを受ける。そこには「昔男」の威厳さえ感じられる。そうした中での斎宮との密会。所詮、はかない恋に終わるが、あくまでも体制側にいる「昔男」の姿である。ここと共通する古今集の詞書をみると、やや長いという程度であるが、69段はそれを上回り長文になっている。とりわけ「昔男」が斎宮と密会する場面はきめ細かい。これは（1）の中でも群を抜いており、かなりの力の入れようである。また、後半の尾張の国へ旅立つ場面で、男は会いたいとは思いつつもそれもできず、歌の贈答で心情を詠み合っている。結局はここでも前半と同じで、会い難いことをくり返している。ただ、前半と異なるのは二人の歌が連歌になっていることで、趣向を凝らしている。狩の使と斎宮の二人を登場させ、しかも二人の恋を扱うことにより「昔男」を際立たせ、その威厳を持たせている。その意味でもこの後半は重要な働きをしていると言えよう。

三

次に（2）についてみていく。2段をみると、主な異同として古今集にみられない記述に「昔男」について「まめ男」とあり、女については「かたちよりは心なむまさりたりける」とある。作者が「心」というものに重きを置いていたことがわかる。また、103段をみると、古今集の詞書には「人に逢ひて、朝によみて遣はしける」とあるだけだが、伊勢物語ではこの歌を詠んだいきさつを詳しく記している。その中で「昔男」について仁明天皇に仕え、「いとまめにじちようにて、あだなる心なかりけり」とある。ここでも「昔男」を「まめに云々」と記している。ただ、話はこれで終わらない。「昔男」は「親王たちのつかひたまひける人」と契りを結んでしまった。作者はその理由を「心あやまりやしたりけむ」と推測している。実際はあくまでも「まめ男」であったということを示したかったのであろう。

107段は冒頭が「むかし、あてなる男ありけり」で始まる。伊勢物語において「あてなる男」（「あてなる人」も含めて）が登場するのはこのほかに10、41段である。ただし、両章段とも冒頭には登場していない。このうち41段に注目したい。この章段はある姉妹がいてそれぞれ「あてなる男」と「いやしき男」に嫁ぎ、「あてなる男」が「いやしき男」を助けるという話である。107段は「あてなる男」のもとにいる女と藤原敏行との恋愛で、その女は歌を詠めず、「あてなる男」が代りに詠んでいる。古今集によると、この二章段には業平の親族が登場し、しかも貧しさ、笑いの点で誇張して描かれている。これらの類似は決して偶然ではない。古今集の詞書にはこのような表現がないことから意図的になされたものと考えられる。そして両章段とも「あてなる男」としたのは、41段が「いやしき男」に、107段が能書家として名の聞こえた、藤原敏行に対応させようという意図があったからであろう。「あてなる男」は何よりも思いやりのある心の持主であった。

76、106段は古今集と変わらないようだが、内容を左右する異同がみられる。76段において、ひとつは男が「近衛府にさぶらひけるおきな」として登場していることと、もうひとつは歌の後に「心にもかなしとや思ひけむ、いかが思ひけむ、しらずかし」という本文があることである。このように伊勢物語では多少なりとも物語化されている。「近衛府にさぶらひけるおきな」としたのは晴の場ということもあろうが、単なる「昔男」とするよりもこのように具体的に示すことで、二人の若き日のことを思い起こさせる効果をも狙っているのであろう。そうすることにより歌の後の本文が生きてくる。また、106段は古今集によると屏風歌であるが、伊勢物語では「昔男」が親王たちの逍遥に随行し、竜田河のほとりで詠歌するという話。これは76段に類似している。106段も76段と同じように古今集の詞書には「二条后の春宮の云々」とあるが、106段の冒頭は「むかし、男、親王たちの逍遥し給ふ所にまうでて云々」で始まっている。ここは虚構化に絡んでの表現と思われる。[4]

四

最後に（3）をみることにする。4、5段は二条后関係の章段である。二条后関係の章段は3段から6段まで続く。しかし、「昔男」と二条后との恋は成就しなかった。このことが7段からの「昔男」の東国彷徨へつながっている。このように構成意識を窺い知ることができる。4、5段は古今集の詞書とほとんど変わらないものの、少し異同がみられる。例えば4段で、男について「心ざしふかかりける人」とあるが、これは3段などにある「まめ男」に通じており、いかに作者が、心模様を描きたかったかがここでも理解できよう。また、5段の段末に「二条の后に忍びて参りけるを、世の聞えありければ、兄たちの守らせたまひけるとぞ」という本文があり、女の素性を明らかにしている。この段末の本文の有無は5段のみでなく、4段の本文と深い関わりがあるように思う。両章段の冒頭は次のようである。

むかし、東の五条に、大后の宮おはしましける西の対に、すむ人ありけり。（4段）

むかし、男ありけり。東の五条わたりに、いと忍びていきけり。（5段）

伊勢物語の方針として、前にも述べたように高貴な人が登場する場合、おおむねその人を冒頭に据えている。しかし、5段はそうなっていない。ここでは、高貴な人というより場所を記しており、そのためにその方針をとらなかったのではないか。これは3段をみると理解できよう。ここでは冒頭に「むかし、男ありけり。懸想じける女のもとに云々」とあって、段末に「二条の后云々」とその女の素性を示す本文がある。「懸想じける女」では誰であるのか分からない。これは5段の「東の五条わたり」と似ている。このように章段内での「昔男」の配置にも十分な配慮を窺い知ることができよう。

17、19段はいずれも贈答歌である。男について、17段では「年ごろおとづれざりける人」、19段では「むかし、男」とそれぞれ冒頭に置いている。また、女について19段に共通する古今集の詞書をみると「紀有常が娘」とある。それを19段では「御達なりける人」と抽象化されている。男の抽象化にともなって女もこうしたものか。この周辺は、

17段　桜　雪
18段　菊　雪　「男近うありけり」
19段　「同じ所なれば」　宮仕え
20段　宮仕え

というように語句の上での関連がみられる。17、19段は内容の改変や付加よりも「昔男」の女性遍歴を描きつつ、章段の関連に一翼を担った章段と言えよう。

47、48段は連続している。前者では贈答歌になっており、これは古今集も同じで、女が贈歌を詠んでいる。古今集の詞書には女の行為が詳しく記されている。それを伊勢物語では「昔男」を中心にするために、「むかし、男、ねむごろに、いかでと思ふ女ありけり」という本文を冒頭に持ってきたのである。ここは作者の創作とみてよかろう。(5)ここに「ねむごろに」とあるが、作者はここでも「心」に重きを置いていた。後者は、贈答歌ではないが、古今集の詞書には「紀の利貞が阿波介にまかりける時に馬のはなむけせむとて、今日と言ひおくれりける時に、ここかしこにまかりありきて、夜ふくるまで見えざりければ、つかはしける」と詠歌事情を詳しく記している。それを伊勢物語では「むかし、男ありけり。馬のはなむけせむとて、人を待ちけるに、来ざりければ」とし、「昔男」を中心にするために、極力、利貞に関する叙述を省いている。

80、84段は政治的な色彩の濃い章段である。80段についてはすでに指摘されているが、(6)念のためもう一度みておこう。80段にある「おとろへたる家」という本文は古今集にない。それと、ここでは「昔男」としてではなく、「藤の花植ゑたる人」として登場する。「おとろへたる家」は在原氏を、「藤の花」は藤原氏をそれぞれ暗示しているという。妥当な見解であろう。それにしても「昔男」を「藤の花植ゑたる人」としたのは藤の花に思いを込めた表現であり、そこには藤原氏の恩恵に浴したいという意味が込められているのであろう。84段は「昔男」と、その母親との贈答である。「身はいやしながら」、「ひとつ子にさへありければ、いとかなしうしたまひけり」という本文は古今集にみられない。前者は80段に通じることで、浮き目のない家柄を暗示させよう。また、後者はあえて「ひとつ子」としていることにより、母の息子への強い思いやりを示している。80、84段は身分的に恵まれない「昔男」を描いているが、これは作者が「昔男」への同情の念を持っていたことによるのであろう。

97、99段において、主人公「昔男」は冒頭になく、後に「中将なりける翁」、「中将なりける男」として登場する。

これは「むかし、堀河のおほいまうちぎみと申す云々」（97段）、「むかし、右近の馬場のひをりの日、むかひに立てたりける車に、女の顔の云々」（99段）、と高貴な人が冒頭を飾っており、ここでもその方針を貫いている。また、「昔男」としてではなく、このような表現にしたのは晴の場[7]に加えて史実性ということを考慮しているのではないか。98段をみるとそのことが理解できよう。その冒頭は「むかし、おほきおほいまうちぎみと聞ゆる、おはしけり。仕うまつる男云々」とある。「おほきおほいまうちぎみ」を藤原良房とすると、「仕うまつる男」の業平と生存年代が合わないことからこの章段は虚構と言われている。[8]ここにある「わが頼む」の歌は古今集に「題しらず」、「読人しらず」とあり、それを物語っていよう。そのために、ここでは97、99段のように高貴な人が冒頭を飾っているにもかかわらず、男を「仕うまつる男」と漠然と表現したのであろう。史実を踏まえているということであろう。なお「中将なりける翁」、「中将なりける男」としているのはその場面に合わせているからであろう。

　25段をここに入れておいたが、今までみてきた章段と違い、特殊な章段である。というのは、古今集では業平の「秋の野に」の歌と小町の「みるめなき」の歌がそれぞれ単独で並べられているが、伊勢物語では二人の贈答歌になっているからである。これは古今集が本来の姿であり、それを伊勢物語は贈答の形に仕立てたと考えるのが妥当であろう。このような形をとっているのは伊勢物語においてここだけである。こうした背景には業平と小町のことが世に喧伝されていたためであろう。地文の「逢はじともいはざりける女の、さすがなりける」は、男をじらしている女の態度である。こうした表現は小町を念頭に置いたものと考えられよう。このことは女の返し歌の前に「色好みなる女」とあることによっても理解できよう。一方、「昔男」は女に会いたい一途な思いを歌に詠んでいる。そしてこの一途さは次の26段へと続く。まさに「まめ男」としての行動と言えよう。25段と26段は「海人」、「みなと」で関連し、「昔男」は涙に暮れている。

この外、51、123、125段についてもふれたい。51段とその周辺の章段を見ると、ここでも語句の関連が見られる。

50段　花（桜）　　恋
51段　─菊─　　一家の繁栄
52段　あやめ・雉　端午の節句
53段　　　鳥─　恋

これらの章段では連想の如く景物がみられる。これは意図的なものであろう。ただ、内容をみると、50、53段では恋の話になっているが、51、52段では一家の繁栄、端午の節句となり恋の話に挟まれている。しかも「花」や「鳥」で関連づけられたこれらの章段の中で51段は古今集の業平歌が詞書と地文もほとんどそのままの形で配置されている。創作上、業平の存在がいかに大きかったかを窺わせる。

このことは123段をみてもわかる。122段と123段は「山城」、「深草」という都の地名で関連している。ところがそれぞれの結末は「いひやれど、いらへもせず」（122段）、「めでて、行かむと思ふ心なくなりにけり」（123段）と対照的になっている。しかも、後者の地文は伊勢物語のみにあり、作者の創作と考えられる。123段から最終章段へ直接行かず、124段を配置しているのは、これまでの諸段を通して最終的にたどりついた老いの心境を語り、125段の臨終へとつなげるためであろう。この周辺には123段と125段を除いて107段以降、古今集の業平歌と共通する章段は見られない。123段は125段につなげるためにも「昔男」のモデルであった業平の歌を臨終の章段の近くに配置したものであろう。伊勢物語の作者にとって伊勢物語と業平は切っても切れない関係にあったのである。

五

「昔男」の生成について、古今集の業平歌と共通する章段を三つに分け俯瞰してきた。それは主として作品の内側に潜んでいるものを探る試みでもあった。その結果、おおむね、(1)の場合、「昔男」の行動範囲は広くなり、その存在感も大きい。古今集と共通する以外の歌は虚構化の一翼を担い、その場の情感を醸し出していた。また、(2)の場合は(1)にみられたような行動範囲云々よりも、ひとつの場面に焦点をあて、潤色を加え、「昔男」を際立たせていた。さらに(3)の場合は、両者の本文の長さは変わらないものの、伊勢物語は部分的に改めたり、前後の章段との関連を持たせたり、場面を変えたりなどして、「昔男」の生きざまを展開させていた。

総じて、「昔男」のモデルとなった在原業平の栄光と挫折とが「昔男」を通して描かれていた。それはまた、業平をとりまく当時の社会状況の反映であり、彼一人がその重荷を背負わされているかのようである。作者はこのような状況を鋭い目で観察すると同時に彼に同情を寄せていた一人であった。

注

(1)　長谷川政春氏「伊勢物語と古今集　付詞書・左注」(『一冊の講座』編集部編『一冊の講座　伊勢物語』有精堂出版、昭和58・3)

(2)　拙稿「『伊勢物語』と『万葉集』―物語形成の一面―」(福井貞助氏編『伊勢物語―諸相と新見―』風間書房、平成7・5)

(3)　森本茂氏『伊勢物語全釈』(大学堂書店、昭和48・7)

(4)　注(1)に同じ。

(5)　福井貞助氏「古今集による伊勢物語の形成」(「国語と国文学」39巻6号、昭和37・6。後に『伊勢物語生成論』(有精堂出版、昭和40・4、〔増補版〕パルトス社、昭和60・1〉に再録)。
（6）　松尾聰氏「伊勢物語の虚構について」(「学習院大学文学部研究年報」2輯、昭和30・11。後に『平安時代物語論考』〈笠間書院、昭和43・4、〔増補版〕昭和58・10〉に再録)。
（7）　注（1）に同じ。
（8）　注（3）に同じ。
〈付記〉引用した本文は『日本古典文学全集』に拠る。

第二章　『伊勢物語』と『万葉集』

―― 物語形成の一面 ――

一

伊勢物語には、勅撰集をはじめとして私撰集や私家集との共通歌（類似歌も含める）がみられる。とりわけ古今集歌は多くみられ、伊勢物語の成立と絡ませて、先学により論じられてきた。また、古今集のみならず、伊勢物語との共通歌でそれより以前に成立した歌集はその形成の一端を担っていると推測される。

そういう意味で、ここでは伊勢物語における万葉歌を通して、物語形成の一面を探ってみたいと思う。もとより伊勢物語における万葉歌については後述するように多くの人により考察され、やり尽くされた感なきにしもあらずである。ただ、伊勢物語の研究は今日に至り、多くの進展を見たものの、諸説が入り混っていることも事実である。その意味で別な視点から考えてみるのも必要なのではなかろうか。

二

伊勢物語における万葉歌は全部で十三首ある。[1] 今、それらを列挙してみよう。

（1）なかなかに人とあらずは〔恋に死な〕桑子にもならましものを〔ぞなるべかりける〕玉の緒ばかり　（14段　12三〇八六）

（2）人はよし〔いさ〕思ひやむとも〔やすらむ〕玉かづら影に見えつつ〔おもかげにのみいとど見えつつ〕忘らえぬかも　（21段　2一四九）

（3）君があたり見つつも〔を〕居らむ生駒山雲なたなびき〔かくしそ〕雨は降るとも　（23段　12三〇三二）

（4）梓弓末はし知らず然れども〔引けど引かねどむかしより心は〕まさかは君に寄りにしものを　（24段　12二九八五）

（5）芦辺より満ち来る潮のいやましに思へか君が忘れかねつる〔君に心を思ひますかな〕　（33段　4六一七）

（6）玉の緒を沫緒に搓りて結べらば〔れ〕ありて〔絶えての〕後にも〔ナシ〕逢はざらめやも〔むとぞ思ふ〕　（35段　4七六三）

（7）谷狭み峰に延ひたる〔まではへる〕玉かづら絶えむの心〔と人に〕我が思はなくに　（36段　14三五〇七）

（8）二人して結びし紐をひとりして我は解き見じ直に逢ふまでは〔あひ見るまでは解かじとぞ思ふ〕　（37段　12二九一九）

（9）ちはやぶる神の斎垣も越えぬべし今は我が名の惜しけくもなし〔大宮人の見まくほしさに〕　（71段　11二六六三）

（10）目には見て手には取らえぬ〔れ〕月の内の桂のごとき妹をいかにせむ〔君にぞありける〕　（73段　4六三二）

（11）岩根踏み重なる山はあらねども逢はぬ日まねみ〔おほく〕恋ひ渡るかも〔かな〕　（74段　11二四二二）

（12）志賀の〔芦の屋のなだの〕海人はめ刈り塩焼き暇なみくしげの〔つげ〕小櫛取りも見なくに〔もささず来にけり〕　（87段　3二七八）

（13）波の〔ナシ〕間ゆ〔より〕見ゆる小島の浜久木〔はまびさし〕久しくなりぬ君に逢はずして〔あひ見で〕　（116段　11二七五三）

（注）　校異は伊勢物語の本文を示し、漢字と仮名書きは除いた。題詞も省略した。カッコ内は順に、伊勢物語の該当章段、万葉集の巻、『国歌大観』の番号をそれぞれ示している。なお、万葉集と伊勢物語の本文は『日本古典文学全集』

に拠った。これは以下も同様。

伊勢物語における万葉歌については、多くの研究成果がみられる。今、それらすべてについてふれる余裕はない。ここでは主なものにふれておこう。

まず、第一にあげねばならないのは福田良輔氏の「伊勢物語の民謡性—万葉集・古今集・神楽歌・催馬楽を中心として—」[2]という論考であろう。氏は詳細に調査され、その結果、伊勢物語の万葉歌は民謡の系統を引くことを指摘された。次に金井清一氏の「伊勢物語における万葉歌」[3]がある。この中で氏は十四首を万葉歌とされ、それらを伝承と改作の二つに分けておられる。さらに、針本正行氏は「伊勢物語にとられた萬葉集歌（一）—二十一段を中心にして—」[4]、「伊勢物語にとられた萬葉集歌（二）—二十三段を中心にして—」[5]、「伊勢物語にとられた萬葉集歌（三）—二十四段を中心にして—」[6]という一連の論考を次々と発表された。氏は伊勢物語の万葉歌に作為性を認めておられる。ただ、残念なのは三章段の三首についての考察であり、残りの章段の万葉歌についての研究を期待したい。

以上、述べてきたように伊勢物語の万葉歌については伝承、改作という二つの見方がある。

さて、先程の十三首に戻って、まず注目すべきは、これら十三首すべてが類似歌になっていることである。しかも、その章段の配置をみると、一章段を隔てて連続している。21 23 24、33 35 36 37、71 73 74という状況である。このように集中的にみられることは意図的に取り入れた感を抱かせよう。一方、これらとは反対に14、87、116段のように、いわば単独で配置されている章段もある。ただ、14段と116段は陸奥の国が舞台になっているし、87段も津の国ということで33段と関連している。

三

まず21、23、24段からみていきたい。実は、これらの章段については前述したように針本正行氏の詳細な研究があり、納得させられる点が少なくない。それゆえここではやや視点を変えて若干述べてみようと思う。論述の便宜上、22段を含めて各章段の一部を引用しておく。

二十一段

むかし、男女、いとかしこく思ひかはして、こと心なかりけり。さるを、いかなることかありけむ、いささかなることにつけて、世の中を憂しと思ひて、いでていなむと思ひて、かかる歌をなむ、物に書きつけける。

いでていなば心かるしといひやせむ世のありさまを人はしらねば

とよみ置きて、いでていにけり。この女、かく書き置きたるを、けしう、心置くべきこともおぼえぬを、なにによりてか、かからむと、いといたう泣きて、いづかたに求めゆかむと、門にいでて、と見かう見、見けれど、いづこをはかりともおぼえざりければ、かへり入りて、

思ふかひなき世なりけり年月をあだに契りてわれやすまひし

といひてながめをり。

人はいさ（よし）思ひやすらむ（やむとも）玉かづらおもかげにのみいとど見えつつ（影に見えつつ忘らえぬかも）

この女、いと久しくありて、念じわびてにやありけむ、いひおこせたる。

いまはとて忘るる草のたねをだに人の心にまかせずもがな

（中略）

とはいひけれど、おのが世々になりにければ、うとくなりにけり。

二十二段

むかし、はかなくて絶えにける仲、なほや忘れざりけむ、女のもとより、

憂きながら人をばえしも忘れねばかつ恨みつつなほぞ恋しき

といへりければ、「さればよ」といひて、男、

あひ見ては心ひとつをかはしまの水の流れて絶えじとぞ思ふ

（中略）

いにしへよりもあはれにてなむ通ひける。

二十三段

むかし、ゐなかわたらひしける人の子ども、井のもとにいでて遊びけるを、おとなになりにければ、男も女もはぢかはしてありけれど、男はこの女をこそ得めと思ふ。女はこの男をと思ひつつ、親のあはすれども聞かでなむありける。

（中略）

まれまれかの高安に来て見れば、はじめこそ心にくもつくりけれ、いまはうちとけて、手づから飯匙とりて笥子のうつはものにもりけるを見て、心憂がりて、いかずなりにけり。さりければ、かの女、大和の方を見やりて、

君があたり見つつを（も）居らむ生駒山雲なかくし（たなびき）そ雨はふるとも

といひて見いだすに、からうじて大和人、「来む」といへり。よろこびて待つに、たびたび過ぎぬれば、

君来むといひし夜ごとに過ぎぬれば頼まぬものの恋ひつつぞ経る

といひけれど、男すまずなりにけり。

二十四段

むかし、男、かたゐなかにすみけり。男、宮仕へしにとて、別れ惜しみてゆきにけるままに、三年来ざりければ、待ちわびたりけるに、いとねむごろにいひける人に、「今宵あはむ」とちぎりたりけるに、この男来たりけり。「この戸あけたまへ」とたたきけれど、あけで、歌をなむよみていだしたりける。

あらたまのとしの三年を待ちわびてただ今宵こそ新枕すれ

といひいだしたりければ、

あづさ弓ま弓つき弓年を経てわがせしがごとうるはしみせよ

といひて、いなむとしければ、女

あづさ弓引けど引かねどむかし（末はし知らず然れどもまさかは）より心は君によりにしものを

といひけれど、男かへりにけり。女いとかなしくて、しりにたちておひゆけど、えおひつかで、清水のある所にふしにけり。

（中略）

と書きて、そこにいたづらになりにけり。

（注）校異は万葉集の本文。傍線、波線、点線は筆者が施した。これらは以下も同様。

これらの章段は、かなり長文なので引用が長くなってしまったが、御了承願いたい。21段の万葉集との類似歌である「人はいざ」の歌については、男の作ととるか、それとも女の作ととるか、考えが分かれている。例えば片桐洋一氏は、考えてみれば家出したあの人は、私のことを、今でも思っているのだろうか」などと（男が—筆者注）いうはずはあるまい。みずからの意志で家出したものの、離れてみると、相手が面影に見えることしきり。こんなに面影が見えるのだから、あの人は私のことを思っているのではないかと口ずさんでみたのである。[7]

と述べられ、女の歌とみるのが妥当と考えておられる。はたしてそうであろうか。確かにこの女は自分の意志で家出をしたのである。その理由は「いささかなることにつけて、世の中憂し」と思ってそうしたわけであるが、「いささかなること」が抽象的すぎて、具体的になにがそうさせたのか明らかでない。ただ、氏はここにある「世の中」について、男女の仲の意ではなく、そのままの意でとるのがよいと考えておられる。私もこれに賛成である。そうだとすると、家を出た理由には別のことが考えられよう。

この章段の最初にある「いでていなば」の歌であるが、同じ初句で始まっている歌はこの外、39、40段にみられる。このうち40段とは少なからず語句の上で類似点がみられる。それらを列挙してみよう。

番号	21段	40段
(1)	いでていなむ	いでていぬ
(2)	いでていなば	いでていなば
(3)	けしう、心置くべきこと	けしうはあらぬ女
(4)	いといたう泣きて	血の涙を流せども

この外、「いでていなば」の歌は両方とも三句切れになっている。このうち（3）の「けしう」なる語は21、40段のみにみられるものである。このような結果からして、21段の「いでていなば」の歌の周辺と40段とは生成において密接な関係があったとみるべきであろう。40段の場合、女が家を出ていったのは男女の問題でなく、男の親に原因があったのである。してみると、21段の「いささかなること」も二人のことではなく、別のことを言っているのではないか。この章段を創作するにあたり、作者の脳裏にはこのようなことが念頭にあったとみてよかろう。女にとって、男に対する恨みなど少しもなかった。そんなわけだから男は女への未練が募るのである。

「人はいざ」の歌の前後には詠み手を示すはっきりとした地文がなく、そのために男の歌か、それとも女の歌か判断に迷う、ひとつの要因になっている。それにしても、この歌はどのような働きをしているのか。この章段は時間的な経過でもって事が進んでいる。作者（編者、以下も同様）がこの歌をここに置いたのはそのことを考えたからではないか。つまり、前に「といひてながめをり」とあって、その後で男が女の面影を見たという歌を詠むわけである。そうして女のもとから、「いまはとて」の歌が贈られてきたのである。このように女の歌を呼び起すような、いわば中継ぎの働きをしているのがこの歌と言えよう。この歌において、万葉集では「思ひやむ」とあるが、後への続きを考えると感情が強すぎる。しかも、この時点で二人の仲が絶えてしまうという意図でこの歌を持ってきたわけでもあるまい。二人の仲が原因ではなく、外にあることを示すためにこのように改作したのであろう。また、「影に見えつつ忘らえぬかも」では同じことを二度言っている感じである。それを伊勢物語では整然とした本文に改めたのであろう。

23段では、「君があたり」の歌が万葉集との類似歌である。この章段の生成については、かつて詳しく考察したことがある。[8] 即ち「さりければ」以下の本文をここに持ってきたのは、ひとつに男の素性を示すためであった。その一端を担うために「君があたり」の歌を万葉集から取り入れたのである。そして女がこの歌を詠んだ後に「からうじて大和人」とあって、まさしくこの男は大和の国の人であることがわかる。この歌は「さりければ」以下の本文において、いわば導入の働きをし、後の本文へ密接に関連させている。なお、「君があたり」の歌において、万葉集では「たなびき」とあるが、伊勢物語はそれを「かくし」と改め、女心の切実さを見事に描き出している。

24段の場合はどうか。万葉集との類似歌である「あづさ弓引けど」の歌は後の出来事への伏線になっている。この歌がなかったなら、なぜ女があのような行動に出たのか不明である。その上、伊勢物語は万葉歌を「引けど引かねどむかしより」と改めることによって、女の男への一途な愛を表出させている。

以上、みてきたようにこれら三章段において、万葉集の類似歌は物語の転換を成す上で重要な働きをしていた。作者はそうするために万葉歌を利用したわけである。これら三章段における、他の歌集との共通歌（類似歌も含めて）を調べてみると、

21段―2／7首（古今集一、万葉集一）
23段―2／5首（古今集一、万葉集一）
24段―1／4首（万葉集一）

のようになり、その多くが共通歌ではない。もちろん、これら以外の歌は現存しない歌集から取り入れられたかもしれない。ただ、そのような中にあって万葉歌が三章段すべてにみられ、しかも前述したように重要な働きをしていた。これは作者が万葉集を重視していた証に外ならない。

ところで、万葉集の類似歌を有する章段がほぼ連続していることは、前述したように意図的に配置されたことを予想させよう。そしてこれには22段を含めて考えるべきであろう。21〜24段は、その前後にある20、25段に比べると、長文になっている。それもここに集中しているという感じである。このあたりは「男女離合のさまざまな姿が、かわ

しあう歌を軸にして語りつづけられている」と言われている。[9]また、片桐洋一氏はこれらの章段に詳細な分析を加えられ、次のように述べておられる。

同じような状況を対照的に描いている点から見て、作者の意図が、やはり女の生き方、とくに堪える女の生き方を描くことにあったことがあらためて認識されるのである。続く第二十三段の井筒の女が、まさしく「待つ女」「堪える女」の典型として、きわめて好意的に語られていることは先ほど述べたとおりであるが、それに続く第二十四段がこの第二十三段と対照される形で語られていることも注意すべきであろう。[10]

これらの意見によって尽きよう。とりわけ片桐氏が対照性を指摘されたことは注目すべきである。ここで、蛇足の感なきにしもあらずであるが、付け加えておきたい。四章段のうち二章段ずつをそれぞれ対照的にしたのは、21、22段では男女が、23、24段では男女、別人がそれぞれ登場しており、それに応じてその中で対照的にしたのであろう。それは地文にも配慮がみられる。即ち、先程の章段に波線や点線を施したようにそれぞれ冒頭を類似した設定にし（21、22段については片桐氏が指摘されている[11]）、段末ではそれぞれ対照的になっている。ただ、23、24段については少し説明を付け加えておこう。23段の場合、夫が妻の許に帰るのに対して、24段の場合は離れ離れになり、対照的にし、同じような環境や条件であっても結末は全く異なっている。

以上のように考えると、22段をあの位置にしたのはそれなりの理由があってのことであった。ともあれ、作者は万葉歌を改作し、それを要所要所に置き、しかも周辺の章段との構成をも考慮していたのである。

四

次に33、35、36、37段をみていきたい。34段を含めてこれらの章段を記しておこう。

三十三段

むかし、男、津の国、菟原の郡に通ひける女、このたびいきては、または来じと思へるけしきなれば、男、

あしべより満ちくるしほのいやましに君に心を思ひますかな（思へか君が忘れかねつる）

返し、

こもり江に思ふ心をいかでかは舟さす棹のさしてしるべき

ゐなか人のことにては、よしやあしや。

三十四段

むかし、男、つれなかりける人のもとに、

いへばえにいはねば胸にさわがれて心ひとつに嘆くころかな

おもなくていへるなるべし。

三十五段

むかし、心にもあらで絶えたる人のもとに、

玉の緒をあわ緒によりて結べれ（ら）ば絶え（あり）ての（ナシ）のち・（に）もあはむとぞ思ふ（ざらめやも）

三十六段

むかし、「忘れぬるなめり」と問ひ言しける女のもとに、

谷せばみ峰まではへる（延ひたる）玉かづら絶えむと人にわが思はなくに

三十七段

むかし、男、色好みなりける女にあへりけり。うしろめたくや思ひけむ、

われならで下紐解くなあさがほの夕影またぬ花にはありとも

返し、

ふたりして結びし紐をひとりしてあひ見るまでは（我は解き見じ直に逢ふまでは）解かじとぞ思ふ

33段をみると、女は男が「または来じと思へる」様子なので不安に駆られている。男は慰めようとするが、それでもその不安は消えない。次の34段をみると、地文に「つれなかりける人」とあって、前段よりも心情面で深刻さがみられる。そして、35段では不本意のまま絶えてしまった二人。男はいつか会えるという思いを歌に詠んでいる。さらに、36段に行くと女が「私のことをお忘れになってしまったようですね」と恨み事を言って来たので、男は二人の愛が途絶えるとは思っていない旨の歌を贈っている。このように35、36段と進むに従い34段よりも心情面で時間を追うように深化させていることが理解できよう。

ところが、次の37段では、男が色好みの女に会ったものの、女の心が気がかりで歌を贈る。その返事に女は二人の契りの堅いことを詠んでいる。なぜ、このように今までとは違った内容の章段を配置したのであろうか。やはりこれは次の38段への続きを考えてのことであろう。38段は「恋ということ」を主題にした章段である。[12] そのためにも37段で「色好みなりける女」を登場させたのであろう。

このようにこれらの章段は波線を施したように、うまく事が運ばないこと、不安なことが記されている。そして、33段から36段までは波線部の表現により、前述の如く心情面で時間を追うように深化させ自然な展開を成している。その一端を担うために万葉歌を利用したと言ってもよかろう。このことは地文と和歌との関連をみるといっそう明らかになる。まず、33段は津の国の話であるから、「あしべより」の歌を持ってきている。女は男が今度、帰って行ったら、二度とは通ってこないだろうと思っている様子なので、男がこの歌を詠んだわけで、万葉集の如く「思へか君が忘れかねつる」という表現からは、単に二人の思い出として詠んだように受けとれる。しかし、ここは男にとっても今後も更なる交際を続けたいという願いがあるわけで、そのためにも「君に心を思ひますかな」という表現に改めたのであろう。次に35段の場合、地文に「心にもあらで絶えたる人」とあるから、歌で「ありて」を「絶えて」に改めたものと思われる。また、36段の場合、万葉集のようだと、地文に「忘れぬるなめり」とあるのを歌の「絶えむの心」で受けていることになる。ところが、伊勢物語ではそれ以外に「女」の表記があり、その両方を受けて「絶えむと人に」と改めている。ここでも地文と和歌とを密接に関連させている。最後の37段であるが、歌の異同に関して意味上、それほど変わらない。ただ、伊勢物語の方が余計な語を省き、洗練された表現になっている。このことは何もここに限ったことではない。万葉歌の素朴と言おうか、朴とつな表現が伊勢物語では流暢な表現と化している。なお、37段の結句の一部が「とぞ思ふ」とあって、35段と同じになっている。偶然とは言えまい。

以上、みてきたように地文と和歌との関連を密接にして各章段の自然な展開を図ったわけである。その意味では、先程の21～24段の方法とは異なるものの、34段をあそこに置いたのは自然な展開をさせるためであり、両者は構成の一助にするということで共通している。

五

さらに71、73、74段をみていこう。とりあえず72段を含めて各章段を記しておく。

七十一段

むかし、男、伊勢の斎宮に、内の御使にてまゐれりければ、かの宮に、すきごといひける女、わたくしごとにて、

ちはやぶる神のいがきもこえぬべし大宮人の見まくほしさに（今は我が名の惜しけくもなし）

男、

恋しくは来ても見よかしちはやぶる神のいさむる道ならなくに

七十二段

むかし、男、伊勢の国なりける女、またえあはで、となりの国へいくとて、いみじう恨みければ、女

大淀の松はつらくもあらなくにうらみてのみもかへる浪かな

七十三段

むかし、そこにはありと聞けど、消息をだにいふべくもあらぬ女のあたりを思ひける。

目には見て手にはとられ（え）ぬ月のうちの桂のごとき君にぞありける（妹をいかにせむ）

七十四段

むかし、男、女をいたう恨みて、

岩根ふみ重なる山にあらねどもあはぬ日おほく（まねみ）恋ひわたるかな（かも）

これらの章段とその前後の章段から、理解する上でポイントになる語、及び本文を抜き出してみる。

69段「狩使」「伊勢斎宮」
70段「狩使」「斎宮の童女」
71段「伊勢斎宮」「内の御使」
72段「伊勢の国なりける女、またえあはで」
73段「そこにはありと聞けど、消息をだにいふべくもあらぬ女」

74段　「あはぬ日おほく恋ひわたるかな」
75段　「世にあふことかたき女になむ」

71～73段を考える場合、69段を抜きにしてはできない。それはこの章段が以下の章段の核になっているからである。その69段は伊勢物語の中で著名な伊勢斎宮の章段である。斎宮と狩使の男の密通を描いている。次いで70段では、狩使の男が斎宮への手引きを斎宮の童女に依頼している。さらに71段は伊勢の斎宮に帝の御使いとして参上した男と、斎宮づきの女房との歌の贈答。このように70、71段は伊勢の斎宮に関わる話で、69段に関連している。

ところが、その次の72段は伊勢の斎宮に関した話ではない。ただ、その舞台は前段と同じく伊勢の国の話で、会い難い女が登場する。さらに73、74段はどこの国の話かは不明だが、ここでも会い難い女が出て来る。そして、次の75段もどこの国の話かはわからないが、男が女に「伊勢の国に行って二人で住もう」と言ったものの、それが遂げられなかった話。まさに「世にあふことかたき女」であった。これらの章段はすべて会い難い女が描かれている。しかも、72段をみると「伊勢の国なりける女、またえあはで」とあって、伊勢の国ということで、69～71段に関連し、会い難いことということで、72～75段にも関連している。このように72段は前後の章段の要素を持ち備えている。つまり72段は中継ぎの働きをしているわけで、そうすることにより自然な展開を試みている。万葉集との類似歌を有していない章段をあの位置にしたのは、それなりの理由があったのである。

さて、71、73、74段にみられる万葉集の類似歌をどう理解したらよいであろうか。71段にある「ちはやぶる」の歌について、金井清一氏が物語に密着していることを指摘されているように[13]万葉集を改作したものとみてよかろう。万葉集のように「今はわが名の惜しけくもなし」という関接的な表現を、対象をはっきりとさせ「大宮人の見まくほしさに」と直接的な表現に改めている。次に73段にある「目には見て」の歌であるが、金井氏は巷間に伝承されて、古今六帖の「妹にもあるかな」のように変化して、これを改作したものではないかと推測しておられる。[14]一方、森本茂氏は万葉集を改作とみて、上句と地文とが照応していないことを指摘しておられる。[15]ここは古今六帖の成立とも絡んでくるわけで、軽々に断定はできないが、金井氏のように古今六帖を介在させるのではなく、万葉集を直接、改作したとみるのがよいのではないか。万葉集の場合、題詞に「湯原王娘子に贈る歌」とあって、ほのぼのとした慕情がみられる。伊勢物語の場合、地文をみるとそのようなことはみられず、ただただ会い難い女が描かれている。したがって、万葉集のように「妹をいかにせむ」というような次元ではなく、まさに会い難い女であることを知ったという表現に改めたのであろう。最後の74段にある「岩根ふみ」の歌は異同があるものの、意味上それほど変わらない。金井氏は伝承によるものと考えておられる。[16]ただ、伊勢物語における万葉歌がすべて類似歌であることと、各章段の意図的な配置とを考えれば、何かヒントになるかもしれないが、保留としておきたい。

71～74段をみてきたが、ここでも地文と和歌との関連を密にし、かつ章段間の自然な展開を図っていた。

六

今までみてきた章段とは反対に万葉歌が単独の章段にある場合についてみていきたい。ただ、そうはいうものの前述したように、14、116段は陸奥の国が舞台になっており、また87段も先程の33段と同じ津の国の話になる。

そこで、まず14段の一部と116段を記しておこう。

十四段

むかし、男、陸奥の国にすずろにゆきいたりにけり。そこなる女、京の人はめづらかにやおぼえけむ、せちに思へる心なむありける。さてかの女、

なかなかに恋に死（人とあら）なずは桑子にぞなるべかり（もならましものを）ける玉の緒ばかり

歌さへぞひなびたりける。（以下略）

百十六段

むかし、男、すずろに陸奥の国までまどひいにけり。京に思ふ人にいひやる、

浪・（の）間（ゆ）より見ゆる小島のはまびさし（浜久木）久しくなりぬ君にあひ見で（逢はずして）

「何ごとも、みなよくなりにけり」となむいひやりける。

両章段とも前後に陸奥の国の章段を置き、しかもこれらのいずれかに万葉歌がみられる。また、前者は武蔵の国から陸奥の国へと続き、東下りの延長となっているのに対して、後者は前後に「芹川」（114段）、「都島」（115段）、「小島」（116段）、「住吉」（117段）と言った景勝の地を持って来ようとする意識を窺い知ることができる。しかし、14、116段の冒頭には「すずろに」という語を用いているなど、章段間は離れているが、創作上、何らかの関連を認めるべきであろう。

さて、万葉集との類似歌であるが、14段の場合、地文に「せちに思へる心なむありける」とあるから、歌で「恋に死なずは」と改めたのであろう。万葉集のままだと、地文と歌とが密接でない。四句でも「なるべかりける」と意志の堅いことを示している。116段の場合も上代語である「ゆ」という助詞を平安朝の「より」に改めたのであろう。また、結句において、万葉集は字余りになっている。伊勢物語はそれを改めたものか。さらに、「はまびさし」については誤写説[17]もあるが、これは都にいる恋人に歌を詠んで贈ったもので、「はまびさし」には海人の家のひさしに都の恋人の家を含ませているのであろう。いわば二重に詠出しているのではないか。それゆえ、ここは改作と考えておきたい。

最後に87段をみることにする。その一部を記しておく。

むかし、男、津の国、菟原の郡、蘆屋の里にしるよしして、いきてすみけり。昔の歌に、

蘆の屋のなだの（志賀の海人はめ刈り）しほ焼きいとまなみつげの小櫛（くし）もささず来にけり（取りも見なくに）

とよみけるぞ、この里をよみける。ここをなむ蘆屋のなだとはいひける。この男、なま宮づかへしければ、それをたよりにて、衛府の佐ども集り来にけり。（以下略）

津の国、菟原の郡の話はこの外、前に述べた33段がある。どちらにも万葉歌があり、何らかの関連を認めるべきであろう。事実、両章段の類似性については指摘されている(18)。また、87段には架空の人物が登場していることから、この章段は虚構化されているのではないかと言われている(19)。これは33段との関連からもあながち否定できまい。そうすると、ここにある万葉集の類似歌である「蘆の屋の」の歌をいかに考えたらよいであろうか。本文に「昔の歌」とあるが、そのまま受けとることはできない。87段の舞台である蘆屋の里を詠んだ歌として万葉歌を改作し、いかにも昔の歌らしくみせかけたのであろう。そして、この歌は導入的な働きをしていると言えよう。

では、この章段はいかなる位置にあるのであろうか。87段を33段の前後に置くことなく、このように別々にしたのは、作者の意図があったように思われる。87段とその前後の章段の関連事項を記してみると、

85段　宮仕え
86段　宮仕え
87段　宮仕え、「衛府の佐ども集り」
88段　年をとる、「友だちども集り」
89段　「年経にける」

90段　「今日、明日」
91段　月日

のようになる。87段をみると、85、86段と88～91段の両方にわたる内容を含んでおり、いわば中継ぎの働きをしている。ここでも、万葉集の類似歌を有する87段は自然な展開をさせる上で一端を担っていると言えよう。

万葉歌が一章段にみられる場合も、今までみてきた万葉歌が連続してみられる章段の場合と同じように、歌の一部を改作し地文と歌とが密になっていた。と同時にその構成においても前後の章段を考慮して配置されていた。

七

伊勢物語にみられる万葉歌はすべて類似歌である。これは保留にした74段の「岩根ふみ」の歌を除いて、地文や章段の内容に即して、またある箇所では当世風な表現に、それぞれ改めたものとみてよかろう。このことからこれらの歌を伝承歌とみることには疑問を抱かざるをえない。また、万葉歌の配置をみるに、ほぼ部分的に固まっているところや、単独のところと様々であったが、これらにおいて共通しているのは、万葉歌が意図的に用いられていることである。即ち長文の章段ではその中の要所に万葉歌を置き、同時に前後の章段の構成にも配慮していた。また、比較的短文の章段でも適宜、万葉歌を取り入れ、前後の章段との構成を考えていた。一方、これらとは反対に、いわば単独で配置されている場合でも漠然とそこに置かれているのではなく、万葉歌を有している章段と密接な関係があった。しかも、ここでも前後の章段と構成を考えて配置されていた。

伊勢物語には部分的に構成意識を認めることができる。その一端を成すために、万葉歌を用いたと言っても過言ではあるまい。伊勢物語の作者は、単に万葉歌を取り入れるだけでなく、それを配置するにあたっては充分なる考慮をしていることが理解できたと思う。ただ、伊勢物語における万葉歌は古今集の場合に比べると、その数ははるかに及ばない。とはいうものの、伊勢物語の作者は万葉歌を適材適所と言おうか、うまく伊勢物語に融合させ、各章段を形成していた。その意味で、万葉歌は重要な働きを担っていると言えよう。

注

（1）伊勢物語における万葉歌の歌数については諸説ある。本論では『日本古典文学大系』で指摘している和歌に拠った。

（2）「国語国文」6巻1号、昭和11・1。後に『古代語文ノート』（南雲堂桜楓社、昭和39・2）・『日本文学研究資料叢書平安朝物語Ⅰ』（有精堂出版、昭和45・11）にそれぞれ再録。

（3）「関東学院女子短期大学短大論叢」28集、昭和41・6。

（4）「国文学研究稿」1号、昭和55・8。後に『平安女流文学の表現』（おうふう、平成13・5）に再録。

（5）「国文学研究稿」2号、昭和56・5。後に『平安女流文学の表現』に再録。

（6）「国文学研究稿」3号、昭和56・9。後に『平安女流文学の表現』に再録。

（7）『伊勢物語』を読む　第二十一段を中心に」（片桐洋一氏・増田繁夫氏・森一郎氏編『王朝物語を学ぶ人のために』世界思想社、平成4・11。後に『源氏物語以前』〈笠間書院、平成13・10〉に再録）。

（8）拙稿「歌語りから創作へ―『大和物語』第百四十九段をめぐって―」（『大和物語の研究』翰林書房、平成6・2）。

（9）『日本古典文学全集8　伊勢物語』（小学館、昭和47・12）の頭注。

（10）注（7）に同じ。

（11）注（7）に同じ。

（12）38段は次のような内容である。

むかし、紀の有常がりいきたるに、歩きて遅く来けるに、よみてやりける。

君により思ひならひぬ世の中の人はこれをや恋といふらむ

返し、

ならはねば世の人ごとになにをかも恋とはいふと問ひしわれしも　（本文は『日本古典文学全集』に拠る）

(13)　注（3）に同じ。
(14)　注（3）に同じ。
(15)『伊勢物語全釈』（大学堂書店、昭和48・7）。
(16)　注（3）に同じ。
(17)　注（9）に同じ。
(18)　注（15）に同じ。
(19)　注（15）に同じ。

第三章　坊所鍋島家本『伊勢物語』の本文について

一

坊所鍋島家本伊勢物語（以下、坊所本と略称）は佐賀藩主鍋島家旧蔵で、現在、佐賀県立図書館蔵となっている。該本は田村隆氏の解説で原寸大で影印刊行された。[1]体裁等についてはその解説に譲るとして、該本の性格について氏は古本系の伝肖柏筆本と関係が深く、両者は「直接の親子関係にはなく、さらに遡った祖本の存在」を想定している。伝肖柏筆本は池田亀鑑氏により古本第三類に分類されており、[2]この度、それに一本加えることができ、この系統の本文を考える上で貴重な資料となろう。ただ、解説では伝肖柏筆本と関係の深い片桐洋一氏蔵伝心敬筆本伊勢物語（以下、伝心敬筆本と略称）にふれていない。坊所本が伝肖柏筆本と関係が深いことを考えると、当然、伝心敬筆本を取り上げるべきであろう。したがって本論では伝心敬筆本を含め、坊所本の本文について考えてみたい。

二

伝心敬筆本は前述の如く片桐洋一氏の所蔵になり、全容が公開されているわけではない。それゆえ多少の不安も残るが、以下これにふれる場合は氏の論文(3)で引用しているものに拠らせていただくことをまずもってお断りしておきたい。

古本系の特色のひとつに40、45段があげられる。ここで両章段について伝心敬筆本と天福二年定家書写本（以下、天福本と略称）とを比較してみよう。前者は次のようになる。

伝心敬筆本

昔、わかき男、けしうはあらぬ女をおも（思）ひけり。さかしらするおやありて思もぞつくとて、此（この）女をほかへをいやらんとす。さこそいへど、いまだをいやらず。人の子なれば、まだ心いきをひなかりければ、とゞむるいきをひなし。女もいやしければ、すまふちからなし。さるあひだにおもひ（思）はいやまさりにまさる。にはかに、おや、この女ををひうつ。男ちの涙をながせども、とゞむるよしなし。ゐて出て（いでゝ）いぬ。おとこなく〳〵よめる。

　出ていなば誰かわかれのかたからむ（ん）ありしにまさるけふはかなしも

女のぐしたりけるものに道よりいひおこせり。（ナシ）

天福本

昔、わかきおとこ、けしうはあらぬ女を思ひけり。さかしらするおやありて思ひもぞつくとて、この女をほかへをいやらむとす。さこそいへ、まだをいやらず。人のこなれば、まだ心いきおひなかりければ、とゞむるいきおひなし。女もいやしければ、すまふちからなし。さるあひだにおもひはいやまさりにまさる。にはかに、おや、この女をゝひうつ。おとこちのなみだをなかせども、とゞむるよしなし。ゐていでゝいぬ。おとこなく〳〵よめる

　いでゝいなば誰か別のかたからんありしにまさるけふはかなしも

いづこまでをくりはすると人とはゞあかぬわかれのなみだ川まで（ナシ）

とあるを見て（読みて）、おとこ（ナシ）たえいりにけり。おやあはてにけり。なをおもひて（思ひて）こそいひしか。いとかくしもあらじとおもふ（思ふ）に、しんじちにたえ入にければ、まどひてぐわんたてけり。けふのいりあひばかりにたえいりて（入て）、又の日のいぬの時ばかりになむ、からうじていき出たりける。むかしの若人はさるすける物おもひをなむしける。いまの翁まさにしなむ（ん）や。

（注）校異は坊所本を示す。

とよみてたえいりにけり。おやあはてにけり。猶思ひてこそいひしか。いとかくしもあらじとおもふに、しんじちにたえいりにければ、まどひて願たてけり。けふのいりあひ許にたえいりて、又の日のいぬの時ばかりになん、からうじていきいでたりける。むかしの若人はさるすける物思ひをなむしける。いまのおきなまさにしなむや。

伝心敬筆本には「いづこまで」の歌がない。伝肖柏筆本も同様である。坊所本もこの歌を有していないが、地文にも異同がみられる。漢字と仮名書きの異同を除いて、「あるを見て」が「読みて」となっている。さらにその下の「おとこ」がない。これらの異同のうち「おとこ」の異同を除いて坊所本は天福本に一致している。坊所本は伝肖柏筆本、伝心敬筆本と異なる。

一方、後者は次のようになっている。

伝心敬筆本

昔、男有けり。人のむすめのかしづく、いかでこのおとこに物いはんとおもひけり。心よはくうちいでん事

天福本

むかし、おとこ有けり。人のむすめのかしづく、いかでこのおとこに物いはむと思けり。うちいでむことか

かたくやありけむ、ものやみになりてしぬべき時に、かくこそ思しかといひけるを、おや聞つけてなく〳〵つげたりければ、まどひきたりけり。されど、しにければ、つれ〴〵とこもりをりけり。さてなむ読ける。

　暮がたき夏の日ぐらしながむればそのことゝなくなみだおちけり

時はみな月のつごもり、いとあつきころをひに、よひにはあそびおりて、夜ふけてやゝ涼しき風吹けり。ほたるたかう飛びあがる。この男見ふせりて、

　ゆくほたる雲の上までいぬべくは秋風ふくとかりにつげこせ

たくやありけむ、物やみになりてしぬべき時にかくこそ思しかといひけるを、おやきゝつけてなく〳〵つげたりければ、まどひきたりけれど、しにければ、つれ〴〵とこもりをりけり。時はみな月のつごもり、いとあつきころをひに、夜ゐはあそびをりて、夜ふけてやゝすゞしき風ふきけり。ほたるたかくとびあがる。このおとこみふせりて、

　ゆくほたる雲のうへまでいぬべくは秋風ふくとかりにつげこせ

　くれがたき夏のひぐらしながむればそのことゝなく物ぞかなしき

天福本では歌が二首連続し、不自然さは否めない。その点、伝心敬筆本は二首の歌が分かれ、自然な形になっている。伝肖柏筆本、坊所本も同じで、改めてこれら三本が同じ系統であることを理解できる。

ところが、本文をみると次のような異同がある。

番号	伝心敬筆本	天福本
1	心よはく（肖）	ナシ（坊）
2	まどひきたりけり。されど（肖）	まどひきたりけれど（坊）

3	なみだおちけり（肖）	物ぞかなしき（坊）

（注）伝本略号。肖（伝肖柏筆本）、坊（坊所本）以下も同様。

伝心敬筆本と伝肖柏筆本が一致するのは当然のことだが、坊所本は天福本に一致している。後藤康文氏はこのうちの3や「暮がたき」の歌の前にある「さてなむ読みける」にふれ、これらを意図的な改変としている。[4] それにしても坊所本は、歌の配置では伝心敬筆本（伝肖柏筆本も）に一致するものの、本文では異同がみられる。

このように坊所本をみると、40段は歌の有無等から天福本に近かったし、45段においても本文の一部が天福本に一致していた。坊所本は伝心敬筆本、伝肖柏筆本と同じ系統とは言っても、やや異質な面をもっていると言えよう。

三

伝心敬筆本が古本系に属することは疑うことのない事実である。片桐氏は伝心敬筆本と伝肖柏筆本とが一致する本文を二十五例あげている。これらの箇所で坊所本はいずれに一致しているであろうか。

番号	章段	伝心敬筆本・伝肖柏筆本	天福本
1	2	あめそほふるにや有けむ	あめそをふるにやりける／あめそをふるにいひやりける（坊）
2	9	文かきてことづく	ふみかきてつく（坊）
3	10	まどひきけり（坊）	まどひありきけり

4	〃	こと人にあはせんとしけるを（坊）	こと人にあはせむといひけるを
5	12	ともにゐていにけり（坊）	女をばとりてともにゐていにけり
6	15	あやしうさやうにてともあるべき女にてもあらざりければ（坊）	あやしうさやうにてあるべき女ともあらずみえければ
7	20	君が方には	きみがさとには（坊）
8	32	なにとも思はずや有けん、しらずかし	なにともおもはずやありけん（坊）
9	33	おもへるけしきなむありければ	おもへるけしきなれば（坊）
10	〃	田舎人の歌にては	ゐなか人の事にては（坊）
11	37	色このみなりける女にあひいへりけり（坊）	色このみなりける女にあへりけり
12	43	いとなまめきてありけるを	人なまめきてありけるを（坊）
13	62	いづちいぬらむともしらずかし	いづちいぬらんともしらず（坊）
14	65	水尾の御時なるべし（坊）	水のおの御時なるべし。おほみやすん所もそめどのゝ后也
15	71	おもふには神のいがきもこえぬべし	ちはやぶる神のいがきもこえぬべし（坊）
16	82	みこ、むまのかみなる人におほみき給などする	みこむまのかみおほみきまいる（坊）
17	83	小野のいふ所にまうでたるに	小野にまうでたるに（坊）
18	〃	夕暮にまかり帰るとて	ゆふぐれにかへるとて／夕暮にかへるとて（坊）
19	93	いとたかき人を	いとになき人を（坊）
20	102	世中をすこしおもひしりたりけり	世中を思しりたりけり（坊）
21	〃	となんいひやりける（坊）	となむいひやりける。斎宮の宮也
22	107	それをめでまどひにけり	めでまどひにけり（坊）

23	114	きゝおひしけりとや（坊）	きゝおひけりとや
24	116	なに事もみなかはりぬらむとなむいひやりける	なにごともみなよくなりにけりとなんいひやりける／なに事もみなよく成にけりとなんいひやりける（坊）
25	117	昔、大上天皇住吉に	むかし、みかど住吉に（坊）

1の場合、坊所本は独自本文となっているが、伝心敬筆本（伝肖柏筆本も）に比べると天福本に近い。また18と24は漢字と仮名書きの相違でここでも坊所本は天福本に近い。これらを除いて坊所本と天福本との共通数が十四箇所、坊所本と伝心敬筆本との共通数が八箇所となる。坊所本が伝心敬筆本、伝肖柏筆本と同系統とはいうものの天福本の本文をより多く有している。ここでも先程の40、45段での結果と同じことが言える。

四

伝心敬筆本（伝肖柏筆本も）には広本系、略本系、古本系の伝本と一致する箇所がみられる。片桐氏は次の十箇所あげている。これらの中で坊所本はどのような状況になっていようか。

番号	章段	伝心敬筆本	天福本
1	6	后のたゞにおはしける時とかや（坊）	きさきのたゞにおはしける時とや
2	9	さるおりに（坊）	さるおりしも
3	10	武蔵の国いるまのこほりみよしのゝさと（坊）	いるまのこほりみよしのゝさと

4	30	春なかるべし（坊）	春なかるらし
5	23	つゝゐづゝ（坊）	つゝゐつの
6	〃	かくいひて	などいひ〱て／などいひて（坊）
7	28	水もらさじとちぎりし物を／水もらさじと契しものを（坊）	水もらさじとむすびしものを
8	63	こけるがごとも成にけるかな	こけるからともなりにけるかな／こけるからとも成にけるかな（坊）
9	69	よひとさだめよ（坊）	こよひさだめよ
10	89	千いろある竹を（坊）	ちひろある影を

坊所本は大方、伝心敬筆本に一致しており、この系統の伝本であることが改めて理解できる。ただ6、8をみると小異あるが、坊所本は天福本に近くこの本の異質な面をのぞかせている。

伝心敬筆本、伝肖柏筆本、それに坊所本は同じ系統と考えられるが、これらのうち坊所本の異質さをどのように考えたらよいのであろうか。片桐氏は伝心敬筆本についてその奥書[5]が初期の定家本の姿を伝えており、広本系、略本系等に一致する本文が含まれていたことを述べている。そしてこのことを氏は建仁二年本二種（専修大学本[6]、冷泉家本[7]）、天理図書館所蔵の根源奥書本三種[8]（伝為家筆本、千葉胤明氏旧蔵本、文暦二年奥書伝為相筆本）、徳川黎明会所蔵伝為氏筆本[9]を対象に定家本の展開を究明している。その結果、氏は定家が建仁二年から天福二年に至るまで彼の本文を求め校訂してきたことを跡づけられた。納得のできる論である。すると、伝心敬筆本と伝肖柏筆本に比べ坊所本の異質な点は本文の推移にともなって生じたのであろう。

五

そこで、坊所本の推移の実態を探り、その位置付けをするために建仁二年本をもとに考えてみる。建仁二年本は定家が天福二年本より三十二年前に書写したものである。今、専修大学本により40段をみてみよう。

むかし、わかきおとこ、けしうはあらぬ女を思けり。さかしらするをやありて、思ひもぞつくとて、この女をほかへをいやらんとす。さこそいへ、まだおいやらず。ひとのこなれば、まだ心いきをいなかりければ、とゞむるいきをいなし。女もいやしければ、すまふちからなし。さるあひだに、おもひはいやまさりにまさる。にはかに、をや、この女をゝひうつ。おとこ、ちのなみだをながせども、とゞむるよしなし。ゐていでゝいぬ。（おとこなく〳〵よめる）女かへる人につけて、

〽いづこまでおくりはしつと人はゞあかぬわかれのなみだがはまで〽

〽おとこなく〳〵よめる、

いでゝいなばたれかわかれのかたからんありしにまさるけふはかなしも

とよみて、たえいりにけり。をやあはてにけり。なをおもひてこそいひしか。いとかくしもあらじとおもふに、しんじちにたえいりにければ、まどひ、ぐわんをたてけり。けふのいりあひばかりにたへいりて、又のひのいぬの時ばかりになん、からうじていきいでたりける。むかしのわか人はさるすけるもの思ひをなんしける。いまのおきな、まさにしなんや。

（注）句読点、濁点は筆者。以下も同様。

「いづこまで」の歌をもっているのは広本系の伝為氏筆本、阿波国文庫旧蔵本、略本系の塗籠本などである。建仁

二年本がこの歌をもっているということは片桐氏の言われるように初期の定家本が非定家本に近かったことを示している。「いづこまで」の歌に合点を付し、「おとこなく〳〵よめる」と傍書がある。これは「いでゝいなば」の歌の前にみられる本文である。また、36段をみると次のようになっている。

　むかし、わすれぬるなめりととひごとしける女のもとに、

　　たにせばみみねまではへるたまかづらたえんと人に我おもはなくに

＼かへし

　　いつはりとおもふものからいまさらにたがまことをかわれはたのまん＼

合点のある「いつはりと」の歌も先程の40段で示した伝本が有している。これらの合点からそれぞれの歌が削除されたことを示している。定家本はもともとこれらの歌をもっていたのである。これらの合点や傍書から校訂の一面を垣間見ることができよう。因みに坊所本はいずれの章段も天福本のようになっていることから建仁二年本から離れている。

　建仁二年本の性格の一端は理解できたと思うが、もう少し幅を広げてみていこう。片桐氏は建仁二年本が非定家本の広本系や略本系に一致する例をあげている。

章段	建仁二年本	天福本
2	よみてやりける	やりける／いひやりける（坊）
3	つかうまつらで	つかうまつりたまはで／つかうまつり給はで（坊）
16	へにけるとしをかぞふれば	あひみしことをかぞふれば（坊）

34	おもひ〳〵ていえるなるへし	おもなくていへるなるべし（坊）

これらの箇所で坊所本はどのような状況になっているかというと、２段はいずれとも一致しないが、残りは漢字と平仮名の違いはあるものの天福本に一致している。ここでも坊所本は定家本の中で建仁二年本以降に成ることを示していよう。

さらに坊所本の位置付けをするために建仁二年本と広本系、略本系、古本系とが一致する箇所を例示してみる。(10)

章段	建仁二年本	天福本
1	おとこきたりける	おとこのきたりける（坊）
〃	おもしろきことゝやおもひけん	おもしろきことゝもやおもひけん（坊）
〃	むかしの人は（坊）	むかし人は
6	おはしましける時とかや（坊）	おはしける時とや
10	むさしのくにいるまのこほり（坊）	いるまのこほり
13	さすがにかけておもふには	さすがにかけてたのむには（坊）
23	つゝゐつゝ（坊）	つゝゐつの
〃	かくいひ〳〵て	などいひ〳〵て／などいひて（坊）
23	かのかうちへいぬるかほにて	かうちへいぬるかほにて（坊）
39	ともしけちなんずめる	ともしけちなむずる（坊）
50	ゆくみづとすぐるよはひと	又おとこゆくみづとすぐるよはひと（坊）

坊所本はすべて天福本に一致するわけでなく、多少の差はあるが、両方にまたがっている。これは坊所本が非定家本の要素を含みつつも天福本へ移っていく姿を示していると言えよう。

建仁二年本には独自本文がみられる。今、それらを例示してみる。[11]

章段	建仁二年本	天福本
1	かずもしられず	かぎりしられず（坊）
4	五条のきさきとある本には	ナシ（坊）
5	ナシ	あるじゆるしてけり（坊）
6	かくをにとはいへるなりけり	かくおにとはいふなり／かくおにとはいふ也（坊）
7	なみのいとをもしろうたつをみて	波のいとしろくたつを見て（坊）
9	ゆきいとしろくふりたり	雪いとしろうふれり（坊）
16	かたらひける	あひかたらひける（坊）
21	かげにみえつゝわすられぬかな	おもかげにのみいとゞ見えつゝ（坊）
23	もとの女	このもとの女（坊）
〃	ひとりやきみがよはにゆくらん	夜はにや君がひとりこゆらん
38	よのなかにこれをや人のこひといふらん	世中の人はこれをやこひといふらん／世の中の人はこれをや恋といふらん（坊）
43	ほとゝぎすなくなるさとの	ほとゝぎすながなくさとの（坊）

坊所本は6、38段で小異あるが、天福本に近い。残りはすべて天福本に一致している。建仁二年本の独自本文がい

かなる理由で生じたかは明らかでないが、坊所本はこれを継承していない。そしてここでも坊所本は天福本に近いことがわかる。

六

建仁二年本にはもう一本、冷泉家本がある。該本は62段以降のみの巻子本である。専修大学本と冷泉家本とが一致するのは当然のことなのだが、実は一致しないところがみられるのである。片桐氏は次の例をあげている。

番号	章段	冷泉家本	上と一致する伝本	専修大学本	上と一致する伝本
1	63	世心づける女（坊）	諸本すべて	よしづける女	他になし・独自
2	65	おもほえつゝ	承・為・時	おぼえつゝ（坊）	ほとんどの本
3	〃	女はいたうなげきけり	大・民	女はいたうなきけり（坊）	ほとんどの本
4	81	夜あけてもていくほどに 夜あけてもて行くほどに（坊）	相・千	夜あけてもてゆくほどに	ほとんどの本
5	〃	だいしきのした	天・承・州・家・氏・ 文・相	いたじきのした（坊）	武田本ほか多くの本
6	87	かしはおほひて かしはをおほひて（坊）	ほとんどの本	かしはのはおほひて	他になし・独自
7	107	哥はえよまざりければ（坊）	氏・家・州・明・醍・ 文・相・為・良・承・ 千・肖・心・時	哥はよまざりければ	武・天
8	120	つくまのまつりはやせなん	氏・理・明・醍	つくまのまつりとくせなん（坊）	武・天・千・承・民

9	122	手にむすび（坊）	てにくみて	承・氏・理・州・相・為・良・最・大・阿

（注）伝本略号は以下の通り。
承（承久本）　為（伝慈鎮為家両筆本）　時（最明寺時頼本）　大（大島家旧蔵伝為氏筆本）
千（千葉胤明氏旧蔵本）　武（武田本）　天（天福本）　民（伝民部卿局筆本）　相（天理図書館蔵伝為相筆本）
州（九州大学蔵伝為家筆本）　家（参考伊勢物語所引為家本）　氏（鉄心斎文庫蔵伝為氏筆本）
文（天理図書館蔵文暦二年奥書本）　明（伝為相筆本）　醍（伝後醍醐天皇宸翰本）　良（伝良経筆本）
心（伝心敬筆本）　最（最福寺旧蔵本）　理（天理図書館蔵伝為家筆本）　阿（阿波国文庫旧蔵本）

坊所本をみると4、6では独自本文になっているが、1、2、3、5では多くの伝本に一致している。また7では古本系を含む伝本に、8では天福本を含む伝本にそれぞれ一致している。このように坊所本には様々な伝本との接触がみられる。これらの例から坊所本の天福本以前の姿をみることができよう。

七

坊所本は田村隆氏が解説でふれているように伝肖柏筆本と同系統であることに異論ないが、本論ではこれと同系統の伝心敬筆本と、坊所本の推移を探るために建仁二年本二種を加え考察してきた。その結果、坊所本は定家本の流れを汲み、天福本の前に位置していると言えよう。それゆえ、坊所本は定家本の本文の推移を知ることができる貴重な資料になる。ただ、本論では坊所本を考える上で重要な役割を担っている伝心敬筆本については全体を通してふれていないので一抹の不安が残るが、おおよその傾向は理解できたのではないか思っている。それにしても一日も早い伝心敬筆本の翻刻、影印が待ち望まれる。

注

（1）『伊勢物語　坊所鍋島家本』（監修国文学研究資料館、解説田村隆氏、勉誠出版、平成21・8）。

（2）『伊勢物語に就きての研究　研究篇』（大岡山書店、昭和9・5、〔再版〕有精堂出版、昭和35・3）。

（3）「伝心敬筆伊勢物語をめぐって」（「武蔵野文学」24集、昭和51・12。後に『伊勢物語の新研究』〈明治書院、昭和62・9〉に再録）。

（4）「『伊勢物語』第四十五段考―その〈原形〉に関する臆説―」（「語文研究」103号、平成19・6。後に『日本古典文学読解考―『万葉』から『しのびね』まで―』〈新典社、平成24・10〉に再録）。

（5）「合多本所用捨也。可備証本。近代以狩使之本為端之本事出来。末代之今案也。更不可用之。此物語古人之説不同。或称在中将之自筆、或称伊勢之筆。就彼此有書落事等。上古之人強不可尋其作者。只可翫詞華言葉而巳
戸部尚書藤原定家御判」　七六オ

「家之本被借失之間、化徳門院新中納言局之本依為先人之御筆所書写也。
文永五年戊辰九月十日
中院大納言為家卿之法名也桑門融覚在判」　七六ウ

（6）中田武司氏「定家本伊勢物語の新資料」（「国語と国文学」48巻4号、至文堂、昭和46・4。後に『王朝歌物語の研究と新資料』〈桜楓社、昭和46・11〉に再録）、翻刻に「建仁二年奥書本（寂身本）の本文」（『王朝歌物語の研究と新資料』）、複製本に『伊勢物語　藤原為氏筆一帖』（編集専修大学図書館蔵古典籍影印叢刊刊行会、解題中田武司氏、専修大学出版局、昭和54・10）がある。

（7）片桐洋一氏「建仁二年定家書写本二種―定家本の成立と展開（二）―」（『伊勢物語の新研究』）。冷泉家本は未見なため、ここで引用しているものに拠った。

（8）『天理図書館善本叢書和書之部第三巻　伊勢物語諸本集一』（解題片桐洋一氏、八木書店、昭和48・1。後に改稿し『伊勢物語の新研究』に再録）。

（9）『絵巻聚成（一）物語篇一』（解説片桐洋一氏、思文閣出版、昭和61・11。後に『伊勢物語の新研究』に再録）。

（10）注（7）に拠った。

（11）注（7）に拠った。

第四章　真名本『伊勢物語』の本文について

一

真名本伊勢物語（以下、真名本と略称。これは現存する伊勢物語の真名本すべてを指している）は漢字だけで表記されたもので、四辻善成の『河海抄』に引かれていることから室町時代には成立していたと考えられる。しかし、現存する伝本で慶長以前に書写されたものは現存しないようである。真名本は江戸時代に入って版行に移された。代表的なもののひとつは寛永二十年九月吉日版行のもの[1]（以下、『寛永二十年版』と略称）で、巻頭に「六條宮御撰」と記されている。もうひとつは明和六年初秋に版行の旧本伊勢物語[2]（以下、『旧本』と略称）である。これは建部綾足の校訂になるもので、一種の解釈本の傾向が強い。綾足の学問に対する姿勢や『旧本』成立の過程などについては先学の有益な論がある。[3]一方、伝本に関しては池田亀鑑氏が真名本をひとつの系統に分類され、『寛永二十年版』を第一類に、『旧本』を第二類にそれぞれ位置づけておられる。[4]また、山田清市氏には無年号十一行本を底本にして六本を校合した校本がある。[5]ここで『寛永二十年版』、『旧本』は採用されていない。さらに林美朗氏も真名本諸本の、二十本を対象に系統分類を試みられ、『旧本』を第四類に入れている。[6]

これらの分類からわかるように、『旧本』はかなり手を加えられているということもあって、中心的な伝本から離れたところに置かれている。もちろん、伊勢物語の享受を考える上で、『旧本』が貴重な資料になることはいうまでもない。ただ、真名本の原型、淵源といった、その本文の系統を考えるには障害を伴うわけである。したがって、これを考えるには、版本としては『寛永二十年版』に拠るのが適切と言えよう。

従来、真名本についての研究は、その対象が用字法や用字意識についてのものが主流を占めていた。[7] しかし、その傍らで本文についての研究も続けられて来た。これは池田氏の「真名本は全体として著しく意味が通じ易くなって居り、各章段の体裁に於ても、なるだけ同一の形式をとらしめようとする傾向が濃厚に示されている」[8]という御指摘がその指針を示したとも言えよう。その後、本文を考察されたのは吉川理吉、[9] 福井貞助、[10] 田口守、[11] 片桐洋一、[12] 渡辺泰宏[13]の各氏と前述の林美朗氏[14]であった。中でも片桐氏は詳細な研究をされ、真名本は「広本系や略本系のような非普通本、非定家本的な特色を多く持ち、特に塗籠本とは切っても切れぬ関係がある」と述べられている。これには、渡辺氏も賛同され、そのうえ、真名本の性格に言及し、その本文が古今和歌六帖の時代の伊勢物語のそれに近いことを指摘しておられる。

以上のように、真名本の本文についての研究は先学により成果が上げられている。そこで、先学の驥尾に付して本論では『寛永二十年版』をもとにし、その本文の性格の一端を探ってみたいと思う。

二

真名本の本文の性格を考えるひとつの方法として、真名本と他の一伝本とのみ共通する箇所（類似する箇所も含める）

をみていきたい。こうすることで真名本と各伝本との関わりがより明確になると思われるからである。今、真名本と各伝本との共通箇所を調査してみると表1〜6のようになる（古本系は除いた）。

1

番号	章段	真名本・塗籠本の本文	定家本の本文及び異文
1	4	去季采思出而彼西対爾往而	こひて
2	〃	去年采慕而読	思いてゝ
3	6	夜這渡計留爾辛為而	を
4	〃	堀河大将太郎基経・・・国経大納言	おとゝ
5	9	五文字采句首爾居而	かみ
6	〃	如何御坐津流與云爾	を
7	〃	觜与足赤之	ナシ

8	11	昔男在計利（有）	ナシ
9	〃	朋友等爾	ともたちに／ナシ（日・家）
10	16	異人爾毛不似活心無	ナシ
11	21	有様乎人者不知而	しらねは
12	23	長生爾計良志諾	すき
13	〃	利然年来歴間爾女の	ナシ／は（日・氏）
14	〃	出立而遣計礼波	ナシ
15	〃	河内江毛治不住在爾計利（かよは）	いかすなりにけり
16	27	貫簀乎抛計礼波（とりてなけすてけれは）	うちやりて
17	27	諾読利計礼者（るを）	とよむき／とよめけるを（日）／となん（家）
18	29	昔二条後宮廼東宮之御息所申与申計流時（ナシ）	むかし春宮の女御の

19	35	昔男心爾毛不有絶	ナシ
20	40	女返爾付（け）而	かへる人につけて
21	48	昔男在計利物江往人爾	ナシ
22	50	化就互（たかひ）爾為計流	かたみ
23	53	会難有計流女爾	き
24	60	山爾入爾計流	てありける／てそあむなる（日）／てそあなる（家）
25	62	与云（いへはナシ）又夫（けシ）	ナシ／に（日）
26	63	在五中将爾会而志哉	ナシ
27	〃	狩為行計流路爾	ナシ
28	〃	諾云而夫馬爾	とて
29	〃	女打哭而（なりき）	女なけきて

30	64	女返（返し女）	返し
31	65	昔帝◦時◦目◦機◦仕◦瀬◦給◦女◦	おほやけおほしてつかうたまふ女／おほえにつかひ給ける女（氏・家・相）
32	〃	者不◦知◦而◦	しらすして
33	〃	・・・・・・・・・・・・・・（うたふ）	人のくにゝありきてかくうたふ
34	〃	乍籠爾所◦社◦在鳴	それに
35	〃	此帝者御◦・・（かは）貌好	ナシ
36	〃	大御息所◦与者	ナシ
37	69	爾所爾運◦来佐世利	ナシ
38	〃	涙乎流与毛◦江不会	ナシ
39	〃	夫甚痛打◦哭而読	ナシ
40	〃	ナシ	斎宮は水のおの御時文徳天皇の御むすめこれたかのみこのいもうと

41	71	夫返◦	ナシ
42	78	・・・彼大将出而	さるに
43	82	奈疑佐之・・・・院之桜	いえその
44	83	右馬頭有計流翁	なる
45	85	詣計流爾・・・・・	なん有ける
46	〃	歌読計利（よまむといふに）	有けり
47	87	浪爾被寄有乎◦拾而	ナシ
48	96	身爾風疱毛一二出有計礼波	いてきにけり
49	〃	許江往何与云匈訇計利（なりときていひのゝしりてくせちいてきにけり）	なりとてくせちいてきにけり
50	96	・・・・・遂爾至今不知（のち）	やかてのち
51	99	女返（返えしをむな）	返し

番号	章段	真名本・為家本の本文	定家本の本文及び異文
52	102	思知多利計。流。	けり
53	〃	ナシ	となんいひやりける斎宮の宮也／といひやりける斎宮なり（氏）／となんいひやりける（日）／となんいひやりたる（家）／となんいひやりけるさ宮のみやなり（通）
54	107	ナシ	いまってまきて／いまって（家）
55	114	鶴乎綴而書付（つるのかたをつくりて）	ナシ
56	118	與云利計礼波女。	ナシ

2

番号	章段	真名本・為家本の本文	定家本の本文及び異文
1	25	好色有。計。流。女返	なる
2	50	ナシ	ゆくみつとすくるよはひとちる花といつれまてゝふことをきくらん
3	51	菊殖計流乎見。而。	に

番号	章段	真名本・日大本の本文	定家本の本文及び異文
4	58	此夫逃而奥爾隠爾計利	かくれにけれは／にけにけり（塗）／かくれけれは（相）
5	67	山乎見遣者	みれは
6	69	ナシ	とりてみれは／とて（氏・相）
7	82	一度来坐君成者	君まては
8	107	何身侘侍怒流	侍／ぬる（塗）

3

番号	章段	真名本・日大本の本文	定家本の本文及び異文
1	27	手洗之水爾鳴影乃遷計流乎見而	かけにみえけるを／かけのみゆるをみて（氏）／みつになくかけのみゑけるを（塗）／水のかけにみえけるを（泉）／かけのみえけるを（相）
2	39	ナシ	いたるはしたかふおほちやみこのほいなし
3	66	知所有而朋友見	ありけるに／ありけり（塗）
4	67	侘与可鳴	うしとなりけり

番号	章段	真名本・為相本の本文	定家本の本文
5	68	住吉浜乎加而海頭乎与云皆人読与為流爾或人読（ナシ）	すみよしのはまとよめといふ／すみよしのはまをよめといふ（泉）／すみよしのはまとよめといふに（相）／すみよしのはまとよめといふ（氏）
6	82	右為頭成計流人之読	ナシ
7	101	人之将不来諾	君は／君か（泉）／きみの（氏）

4

番号	章段	真名本・為相本の本文	定家本の本文
1	23	将有哉左河内国	やはとて
2	27	水之底仁毛在計利	した
3	39	御在計利其親王	いまそかり

5

番号	章段	真名本・通具本の本文	定家本の本文
1	46	最痛思侘仁侍世中	ナシ

2	69	女之寝屋毛近在計礼者	ナシ
3	78	人々山科禅師親王（人々なとくして）	ナシ

6

番号	章段	真名本・為氏本の本文	定家本の本文
1	9	船挙而哭計利	なきにけり
2	107	ナシ	ことはもいひしらす

（注）上段の本文は真名本を底本とし、これは『伊勢物語に就きての研究　校本篇』に拠った。真名本と異同がある箇所には傍線を付し、右傍に注記した。定家本との異同箇所は圏点、中黒で示した。これらがない所は全体がその対象になっている。下段の定家本は天福本に拠り、伝本の略号は以下の通り。

日（日大本）　氏（為氏本）　家（参考伊勢物語所引為家本）　塗（塗籠本、伝民部卿局筆本に拠る）

相（為相本）　通（通具本）　泉（泉州本）

これらは以下も同様。

真名本が塗籠本と近い関係にあることは先学により指摘されていることだが、表1の結果をみても両本の親近性を改めて確認できる。このほか、広本系に属する表3の日大本、表4の為相本、表6の為氏本とも共通する箇所は少ないとは言え何らかの接触が推測できる。これらの以外で注目したいのは表2の為家本との共通箇所が比較的に多いことである。このことについてはすでに林美朗氏が指摘されており、[15] ここでもその一面を示している。周知のように為家本は狩使本系の一本で現在は散佚し、屋代弘賢の『参考伊勢物語』によって段序と校異を知ることができる。それにしてもこの為家本は真名本の生成時には完全な形で流布していたのであろうか。また田口守氏は真名本そのものを対象にされたわけではないが、武者小路本と狩使本、真名本の関係を考察された。[16] その結果、武者小路本にみられる注記番号から狩使本系の本を想定し、真名本との用字法に注目し、両者の直接関係を認めておられる。ここで注目したいのは武者小路本が狩使本、真名本の両方の性格を持っていたということである。ともあれ、両氏の考えと合わせこの結果には興味深いものがある。

三

真名本はさまざまな本文を取り入れて成立していると考えられるが、それ以上に注目したいのは多くの独自異文がみられることである。これらの本文はある本との接触によって生じたのではないかとも考えられる。しかし、中には意図的になされているところがみられ、それも意外と多く真名本のひとつの傾向をみることができそうだ。そこで、独自異文にみられる現象をみていくことにする。

まず、真名本の付加ではないかと考えられる箇所がある。その例を少しあげてみよう。

番号	章段	真名本の本文	定家本の本文
1	27	昔男在計利	ナシ
2	32	昔男	ナシ

3	39	不知勿諾何返有計流	ナシ
4	40	指南哉時者弥生晦成計流	ナシ
5	42	昔男在計利好色與知々	ナシ
6	44	女爾相代而主夫	ナシ
7	45	夫雖迷来	ナシ
8	75	女返	ナシ
9	85	如是間爾塵落	ナシ
10	91	聞知人毛無乎	ナシ
11	107	裏爾有計流内記有計流	ナシ

個々にあたってみよう。1、5において真名本のみが「在計利」となっている。これは伊勢物語の冒頭部分の多くが「昔、男ありけり」で始まっていることから、それに合わせたのであろう。2の場合も同様とみてよい。3、4は返し歌であることを示すためにこれらを付加したのであろうが、前者をみると、

彼至返
　最天晴……
諾何返有計流天下好色……

とあり歌の前に「彼至返」とあるのでかえって不必要な本文になっている。4は事件時の時候を記したものである。これに類似した本文が時候こそ異なるものの、45段に「時はみなづきのつごもり」とあり、しかもこの章段は40段と同じく〃死〃を扱っている。このことから雰囲気を醸し出すためにこれにヒントを得たのであろう。それにしてもこ

の本文は段末に、

住古之稚人者。右歌流者思乎何為計流。今代之翁當爾指南哉。時者弥生晦成計流。

とあって、前の本文との続き具合が何となく不自然である。11も段末にある批評めいた本文である。前段の段末に「諾云心歯得毛可有」という批評文があり、これに習って付加したものであろう。

残りの6 7 8 9 10は話の展開や内容を理解するために付加されたものであろうが、かえって煩雑になっている。例えば11は「裏爾有計流内記有計流」とあって、この本文は内記を説明したものだが、後の本文との続き具合がよくない。

次に真名本の除去ではないかと考えられる箇所がある。その例を少しあげてみよう。

番号	章段	真名本の本文	定家本の本文及び異文
1	9	京爾波不見鳥有・・・・・・	みな人みしらす
2	59	・・如何将思	京を
3	65	不相者是行乍・・・・・・・	人のくにゝありきてかくうたふ／うたふ（塗）
4	69	圷・・・歌乎書而	さらに／うちに（塗）
5	77	捧物千擎計・・・・・・・・	ありそこはくのさゝけものを
6	〃	右馬頭有計流翁・・・・・・・・	めはたかひなからよみける／そかひてよめる（氏）／めかひてよめる（家）／めはかひてよめる（日）／めはたかひなからよめる（泉）
7	96	然・・・・・遂爾至今	やかてのち
8	98	雉乎付而奉・・	とて

これらの多くは重複に関係しているようである。３４５の前後の本文を記してみると、

３　かくし歩きつゝ人の国に歩きて、かくうたふ。

４　女がたよりいだす盃のさらに、

５　奉り集めたる物、千ささげばかりあり。そこばくのささげ物を木の枝につけて、

（注）本文は『新編日本古典文学全集』に拠る。傍線、波線は筆者が施した。これらは以下も同様。

のようになる。傍線部と波線部が類似した表現になっており、真名本は片方を除去したのであろう。７もこれらと同様に考えてよかろう。１、２は重複表現があるわけではないが、１は前文に「京にはみえぬとりなれば」とあるし、２は「東山」が京にあることから、それぞれを重複とみて片方を除去したのではなかろうか。

除去することで簡略化を狙ったのであろうが、かえってそれが欠点になっている箇所がある。６をみると次のようになっている。

おきな、目はたがひながらよみける。

　山のみな移りて今日に……

とよみたりけるを、

ここも重複表現と考えて除去したのであろう。しかし、ここは「めはたかひなから」という表現があることにより、話の面白味が生まれてくるのであって、他の伝本でも異同があるもののこれを残している。ここはその意味でひとつの欠点と言えよう。

８の場合、重複によるとは言っても先程の例とは異なるようである。本文を記してみよう。

梅の造り枝に雉をつけて奉るとて、

わが頼む君がためにと……

とよみて奉りたりければ、

「わが頼む」の歌の前後に「奉るとて」、「とよみて奉りたりければ」（傍点は筆者）と「奉る」が重複しているが、それを残し歌の前の「とて」を除去し、歌の後の「よみて」を残している。これは歌を詠むことと、雉をさし上げることは切り離すことができなかったので、最少限「とて」を除いたのであろう。

さらに真名本の改変ではないかと考えられるところをみていく。主な用例をあげる。

番号	章段	真名本の本文	定家本の本文及び異文
1	22	其夜往寝計利	いにけり／いきにけり（日）／いきけり（相）
2	23	母之合言乎毛	親
3	40	右他江没有計礼波	しんしちに／まことに（泉）
4	45	蜚蛍至雲上	ゆくほたる
5	63	孥三人乎喚而真言不成夢語乎為	ナシ
6	79	皆人々歌読而奉計利	よみけり
7	82	山崎遠有水無瀬而宮在計利	に
8	99	中将成計流翁	おとこ

個々にあたってみる。ここでも重複によるのではないかと思われる箇所がある。3は前の本文をみると次のようになっている。

とよみて絶え入りにけり。親あわてにけり。なほ思ひてこそいひしか。いとかくしもあらじと思ふに、真実に絶え入りにければ、

波線を施したように「絶え入りにけり」とあるので、重複を少しでも避けるために後の方の「真実に」を「右（カク）」に改めたのであろう。5は後の本文が次のようになっている。

まことならぬ夢がたりをす。子三人を呼びて語りけり。

波線・傍線部が重複しているので「子三人を呼びて」をあの位置に移動させ、「語りけり」を除去したのであろう。6は後の本文が次のようになっている。

人人歌よみけり。御祖父がたなりけるおきなのよめる。

ここも傍線部と波線部とが重複しているのが、ここは皇子への敬意を示すために「よみけり」を「読而奉計利」に改めたのであろう。7は次のようになっている。

山崎のあなたに、水無瀬といふ所に宮ありけり。

「といふ所」を除去し、その代りに「に」を「有（アル）」に改め、そこに除去した語句を含ませている。ここでも簡略化を狙ったのであろう。

一方、重複に関わらない異同もみられる。1をみると真名本は「往寝計利」とある。日大本「いきにけり」、為相本は「いきけり」とあって定家本に近い。このことから「行く」が本来の姿なのであろう。真名本は興味を引かせるための改変か。2は10、84段[17]をヒントにして母の存在感を示すために改めたものか。4の場合、確かに蛍には「飛ぶ」

が適しているが、ここは雲の上にいる霊魂に是が非でも伝えてもらいたいと蛍に哀願しているわけで、ここはその気持ちを込めて「行く」が当を得ていると考えられる。８の場合、97段に「中将なりける翁」とあり、これをもとに真名本は改めたのであろう。ここでもはっきりと業平を暗示させ、読者の興味を添えたのであろう。

四

以上、真名本の本文について粗雑ではあるが、一通り見てきた。その結果、今後の研究に待つべきことは多いが、ここでの結論めいたことを述べるならば、真名本は塗籠本を主流にして他の本文を取り入れ、さらに意図的に独自異文を盛り込んでいるという、生成の一面を垣間見ることができたのではないかと思っている。

注

（1）影印本に『真名本伊勢物語―本文と索引―』（高橋忠彦氏・高橋久子氏編、新典社、平成12・3）にある。また翻刻には『続群書類従　第十八輯　物語部』（経済雑誌社、明治44・10）、『未刊国文古註釈大系　第三冊　萬葉緯』（吉澤義則氏編、帝国教育会出版部、昭和9・4、〔覆刻版〕清文堂出版、昭和43・10）、『伊勢物語に就きての研究　校本篇』（池田亀鑑氏、大岡山書店、昭和8・9、〔再版〕有精堂出版、昭和33・3）、『真名本伊勢物語』翻字本文」（草彅高興氏・奥原淳子氏・南ちよみ氏『棱加林学報　渡邊剛毅老師喜寿記念出版　学術典籍研究　第二輯』棱伽林、平成10・3）。

（2）影印本に『真名本伊勢物語　綾足校訂』（木村晟氏・瀬尾邦雄氏・柳田忠則編、翰林書房、平成7・5）がある。また、『建部綾足全集　第七巻』（解題稲田篤信氏、国書刊行会、昭和63・2）に翻刻されている。

（3）福井貞助氏「蘭洲と綾足―伊勢物語に関する著作をめぐって―」（『弘前大学国史研究』37号、昭和39・11。後に『歌物語の研究』〈風間書房、昭和61・4〉に再録）、北岡四良氏「続・和訓栞成立私考―付・旧本伊勢物語考について―」（『皇

学館大学紀要」7輯、昭和44・3。後に『近世国学者の研究』〈故北岡四良教授遺稿集刊行会、昭和52・12、〔再版〕皇学館大学出版部、平成8・12〉に再録）、「旧本伊勢物語考―解題と覆刻―」（「皇学館大学紀要」15輯、昭和52・3。後に『近世国学者の研究』に再録）、長谷川強氏「建部綾足の伊勢物語講釈」（「武蔵野文学」20集、昭和47・12。後に『近世文学考』〈汲古書院、平成19・6〉に再録）、稲田篤信氏「建部綾足の伊勢物語研究」（「北陸古典研究」創刊号、昭和61・7）、足立雅代氏「『旧本伊勢物語』の成立背景」（「国語国文」59巻10号、平成2・10）。

（4）『伊勢物語に就きての研究　研究篇』（大岡山書店、昭和9・5、〔再版〕有精堂出版、昭和35・10）。

（5）『伊勢物語校本と研究』（桜楓社、昭和52・10）。

（6）「真名本伊勢物語諸本の系統分類に関して」（「国語国文研究」86号、平成2・9）。

（7）池上禎造氏「真名本の背後」（「国語国文」17巻4号、昭和23・7。後に『漢語研究の構想』〈岩波書店、昭和59・7〉に再録）、山田俊雄氏「真名本の意義」（「国語と国文学」34巻10号、昭和32・10）、高松政雄氏「真名本伊勢物語考―主にその表記法の特徴に就いて―」（「国語国文」35巻6号、昭和41・6）、佐田智明氏「真名本伊勢物語―助動詞の表記をめぐって―」（「北九州大学開学二十周年記念論文集」昭和41・11）、浅見徹氏「和歌の真名表記」（『小島憲之博士古稀記念論文集　古典学藻』塙書房、昭和57・11）、遠藤邦基氏「真名本伊勢物語の清濁表記―違例といわれるものの解釈―」（「表現研究」47号、昭和63・3）、「真名本伊勢物語の表記―ハ、ワ行に関する仮名遣の違例といわれるものについて―」（『奥村三雄教授退官記念国語学論叢』桜楓社、平成元・6）、高橋久子氏「真名本伊勢物語と三巻本色葉字類抄」（「学芸国語国文学」27号、平成7・3）、南ちよみ氏「真名本『伊勢物語』における漢字用法の研究」（「Kyoritsu review」25号、平成9・3）、高橋忠彦氏・高橋久子氏「真名本伊勢物語の表記をめぐって」（『真名本伊勢物語―本文と索引―』）、國領麻美氏「寛永二十年板真名伊勢物語の本文の性格及び変字法に就いて」（『真名本伊勢物語―本文と索引―』）。なお、真名本が中世以来、どのように読まれ、扱われてきたかについては、伊藤哲夫氏の「伊勢物語真名本に就いて」（「芸文研究」8号、昭和33・10）がある。

（8）注（4）に同じ。

（9）「伊勢物語塗籠本と真名本」（「立命館文学」220号、昭和38・10）。

（10）「別本と真名本」（『伊勢物語生成論』有精堂出版、昭和40・4、〔増補版〕パルトス社、昭和60・1）。
（11）「武者小路本伊勢物語と狩使本、真名本の関係」（「平安文学研究」37輯、昭和41・11）。
（12）「現存初冠諸本をめぐって」（『伊勢物語の研究〔研究篇〕』明治書院、昭和43・2）。
（13）「伊勢物語真名本考―その性格に関する試論―」（「学習院大学国語国文学会誌」31号、昭和63・3）。
（14）注（6）に同じ。
（15）注（6）に同じ。
（16）注（11）に同じ。
（17）10、84段は次のようになっている。

むかし、男、武蔵の国までまどひ歩きけり。さてその国にある女をよばひけり。父はこと人にあはせむといひけるを、母なむあてなる人に心つけたりける。父はなほ人にて、母なむ藤原なりける。（以下略）　―10段―

むかし、男ありけり。身はいやしながら、母なむ宮なりける。（以下略）　―84段―

第五章　日本大学図書館蔵伝為相筆本『伊勢物語』の勘注について
──異本の生成に関連して──

一

伊勢物語に異本の多いことは周知のことであり、それは伊勢物語の伝流を探る上でたいへん貴重なものである。しかも伝本によっては勘注が数多く記されている。それは当時の人々が伊勢物語についてどのように理解していたかを知る上で貴重な資料であり、したがってそれを探ることは興味のあるところである。先に私は『伊勢物語異本に関する研究[1]』という小著を上梓したが、その中で調査不足により充分にふれることのできなかった伝本もあった。特に日本大学図書館蔵伝為相筆本伊勢物語（以下、為相本と略称する）については、その念が強く、いつの日にか補訂を期していた。幸いこの本は田中宗作、杉谷寿郎両氏により翻刻と研究がなされ[2]、その全容が公にされた。研究の項ではこの本の伝来と形態についてふれられている。とりわけ伝来については、詳細かつ周到な考察がなされており、益すること大である。両氏に対して心から感謝申し上げたい。

私自身、この本の本文について考えた時[3]から、その勘注についても興味を抱いていた。というのは為相本の本文が異本の中でもやや異色な存在であり、それが勘注においてどのように表われているかを知りたかったからである。早速、翻刻されたものをもとに調査してみたところ、為相本の勘注は同じく異本の為氏本や泉州本に共通するところが多く、また古本の伝兼好筆本伊勢物語(4)（以下、兼好本と略称する）とも一部共通することが判明した。とりあえず、本論では為相本の勘注について、為氏本と泉州本の勘注を比較することにより、どのような位置にあるかを考え、次いでこれら三本の勘注を通して異本の生成という問題についてもふれてみたいと思う。

二

さて、論を進めるにあたってこれらの伝本のテキストであるが、為相本と泉州本(5)は翻刻されたものに、また為氏本は複製本(6)にそれぞれ拠ることにした。そこで問題になるのは、これらの勘注が本文と同筆か否かということである。この点についてそれぞれの解説にはいずれも本文と同筆云々と述べられている。これらの解説に信憑性があるとすれば、本文と同筆とみてまず間違いなかろう。

前述したように為相本の勘注は為氏本をはじめ、泉州本にも共通しているわけだが、これらには共通する型と言おうか、為相本、為氏本、泉州本の間で三本が共通するもの、二本が共通するもの、さらにそれぞれ独自なものに分類できる。今、それぞれの数を調査してみると次のような結果になる。

（イ）　為相本、為氏本、泉州本で共通する勘注　…16
（ロ）　為相本と為氏本で共通する勘注　……………14
（ハ）　為氏本と泉州本で共通する勘注　……………9
（ニ）　為相本と泉州本で共通する勘注　……………0

（ホ）為相本のみにある勘注……………………1
（ヘ）為氏本のみにある勘注……………………8
（ト）泉州本のみにある勘注……………………44

（注）この調査は為相本、為氏本、泉州本の、三本の枠の中での結果である。したがって、例えば（ト）には定家本に共通している場合も含んでいる。（ヘ）（ト）においては和歌の出典の注記を除いてある。

このようにさまざまな形で共通しているのは、これらの伝本が何度かの転写を経て、その過程で各々の伝本との接触によって生じた結果であろう。ここで考察の対象とする為相本が他の伝本に比べ顕著なことは（イ）が一番多く、二本が共通する場合、その共通数も少なくなっていることである。

では、いずれの章段に勘注が記されているのか。今、（イ）から（ト）までを調べてみると次のようになる。

（イ）5　6　14(2)　19　21　43　63　65(3)　66　69(2)　71　83
（ロ）19　21　22　36　61　72　77(2)　82　87　114(2)　識語(2)
（ハ）33　65(3)　72　77　99　102　103
（ニ）ナシ
（ホ）41
（ヘ）5　26　35　39　43　72　114　巻末
（ト）1　3　4　6(2)　14(2)　23　31　39(5)　41　42　43　45　58　61　63　65　69(3)　71　76　77(3)　79　81(2)　82　84　87　97(2)　98　99　100　108　117　120(2)

（注）カッコ内の数字は一章段の中で、その数だけ勘注があることを示している。章段はすべて定家本のそれに拠っている。

まず（イ）をみると、5、6段は二条后、65段も二条后、染殿后に関するものである。69、71は伊勢斎宮について、さらに83段は惟喬親王というように、おおむね伊勢物語の中で著名な章段に勘注が記されている。また14段では二箇所にわたっているが、ここは解釈の上で問題にされてきたところである。

次に（ロ）をみると、（イ）と重複する章段もあるが、これについては後述するとして、これを除いた章段は22、36、61、72、87、114段といったように、どちらかというと（イ）に比べ、著名度という点ではやや劣る章段に勘注が記されている。このような傾向は（ハ）についても言える。（ハ）において、33、72、99、102、103段もそのような章段と言えよう。さらに（ホ）（ヘ）（ト）についてもこの傾向は同じである。もちろん、著名度の基準をどこに置くかは難しいが、でもこの結果からすると、昔も今もそんなに変わっていなかったとみるべきである。すると（イ）から（ト）においてみられた、このような傾向は何を意味しているのか。最初に伊勢物語の中でも関心のある著名な章段に勘注が記され、順次、他の章段に及んだとみられないだろうか。しかも注目したいことは、（イ）の勘注を付している大半の章段には（ロ）から（ト）の勘注がみられるということである。これは、これらの勘注が一気に記されたのではなく、少しずつ付加されていったことを物語っていよう。

そこで、これらの勘注を検討することにより、勘注の成立事情がわかるかもしれない。今、それを探るために（イ）の各章段のその位置に、それぞれの勘注を適宜抜粋して記してみよう（66、71、83段は（A）のみなので除いた）。

〈5段〉

二条のきさいにしのひてまいりけるをよの

（ト）　**基経大臣国経大納言長良女**

きこえありけれはせうとたちのまらせ給けるとそ

（ヘ）　或本には素性か集に伊勢のもとへきたるとあるものをされは伊勢か集のひか事也

（イ）　世継大鏡云伊勢物語に業平中将のよひ〳〵ことにうちもねなゝんと（以下略）

〈6段〉

（ト）　風俗痛事ヲあらやと云詞也

あらやといひけれとかみのなるさわきにえきさりけり

（ト）　高子元慶元年正月為中宮卅六

これは二条のきさきのいとこの女御の御もとにつかうまつる（以下略）

（イ）　世継大鏡云二条の后この后の宮つかへしそめたまひけんやうこそおほつかなけれ（以下略）

〈14段〉

夜もあけはきつにはめなてくたかけのまたきにせなをやりてけるかな

（イ）　或本にはくたかけ或本にはくろかけ或本にはくたかき或はくさかき或はくそかけ

（ト）　奥義抄云わかやとのきつにはめなてきつとはきつねなりかけにはとりなり（以下略）

〈19段〉

あまくものよそにのみしてふることはわかゐるやまのかせはやみなり

（イ）　古今にはゆきかへりよそにのみして

（ト）　或本によそにのみしてふる事はとあり

とよめりけれはまたをとこあまたもちたりける人になんありける

（ロ）　或本とよめりけるはをとこある人となんいひける

〈21段〉
人はいさおもひやすらんたまかつらおもかけにのみいとゝみえつゝ
（ロ）　万葉集云
人はいさおもひやむともたまかつらかけにみえつゝわすられぬかな
わすれんとおもふこゝろのうたかひにありしよりけにものそかなしき
（イ）　古今十四云　読人不知
わすれなんと思ふこゝろのつくからにありしよりけにまつそかなしき
〈43段〉
（ト）　賀陽親王桓武第七皇子三品治部卿貞観十三年十月八日薨
むかしかやのみこと申みこおはしけり（以下略）
ほとゝきすなかなくさとのあまたあれはなをうとまれすおもふものから
（イ）　このうた猿丸か集にありことはにいはくあたなりける女にものいひそめてたのもしきけなきことをい
ふほどにほとゝきすのなけはとありといへり
（ヘ）　或この哥にはすゐなしかと本にすゐあるをみてかきてけり
〈63段〉
もゝとせにひとゝせたらぬつくもかみわれをこふらしおもかけにみゆ
（ト）　つくもかみのこと奥義抄にあり
さむしろに衣かたしきこよひもやこひしき人にあはてのみねん

（イ）　古今には
　　さむしろにころもかたしきこよひもやわれをまつらんうちのはしひめとあり

〈65段〉

おもふにはしのふることそまけにけるあふにしかへはさもあらはあれ
（ハ）　或本にはいろにはいてしと思ひし物をと云々
（イ）　この哥延喜の御集にあり（以下略）

あまのかるもにすむゝしの我からとねをこそなかめ人はうらみし
（イ）　六帖云
　　かりてほすやまたのいねのこきたれてねをこそなかめ人はうらみし

このみかとはかほかたちよくおはしましてほとけをこゝろにいれて（以下略）
（ト）　清和天皇鷹犬遊之極漁猟之娯未嘗留意風姿謁厳如神姓

みつのをの御時なるへしおほみやす所もそめとのゝきさきなり二条の后とも或五条の后とも
（イ）　大御息所は染殿后いとこの御息所は二条の后染殿は良房女（以下略）

〈69段〉

斎宮はみつのをの御時文徳天皇の御むすめ惟彦のみこの御いもうと
（イ）　私云えにしあれはとは縁といふことなりあさくとも宿世あらはといふなり
（ト）　恬子文徳天皇第二皇女母従四位上紀静子字三條町正四位下名虎女也
（ト）　狩使事昔公家よりその道にたえたる人を鷹狩使に国々へ被指遣也

（注）本文は為相本に拠る。また勘注はゴチック体で示し、（イ）（ロ）の勘注は為相本に、（ハ）の勘注は為氏本にそれぞれ拠っている。

各々みていこう。5段において（イ）と（へ）はこの章段の背景なるものを引用している。（へ）は為氏本独自のもので、（イ）とは別な考えを記しており、内容そのものからみて付随的なものにすぎない。それゆえ（イ）よりも後の成立とみられる。また（ト）は人物に関するもので、結局は（イ）に包括されるものである。ただ（イ）には、後に三節で掲げる勘注をみるとわかるようにこれらの人物の記事はなく、そのために（ト）で補足したのであろう。ここも（イ）より後の成立になろう。これは6段についても言えることで、（ト）は（イ）を補足したものと思われる。それは（ト）が語釈と人物に関したものであり、5、6段の勘注が人物に焦点をあて、その章段の背景となる、いわば核となるところを追究していることでも理解できよう。なお（ト）の人物については定家本（天福本を言う。以下も同じ）にもみられるものである。

14段の（イ）は問題の多い「くたかけ」について、その異同を記したものである。（ト）では語釈をしており、これは（イ）を補足する意味で奥義抄を引用したものと思われる。ここでも（ト）は（イ）より後の成立とみてよかろう。19段はいずれも校異に関したもので、（イ）は出典歌についての異同。（ロ）は本文についてで、これは定家本、泉州本に近い。（イ）と（ロ）のいずれが古いかであるが、ここからは何とも言えない。（ト）は（イ）とほぼ同じで、こうなっているのは泉州本のみであり、これまた後世のものと思われる。21段も出典についてのもので、（イ）は伊勢物語の歌とほぼ共通しているのに対し、（ロ）において両者はかなり異同がみられ、いわば類似歌をあげているにすぎない。その点から考えて、成立的には（イ）が古く、次いで（ロ）の順になろう。

43段の（イ）は共通歌についてのもの。（へ）はその歌についての異同。さらに（ト）は人物について記している。

このうち（ヘ）は（イ）に比べると附随的なものにすぎない。（ト）についてはどうか。泉州本の場合、人物についての勘注は独自なものが多く、かつて考察した[7]ように末期的なものとみてよかろう。63段は、（イ）が出典について、（ト）は「つくも髪」について奥義抄にあることを記している。その記述方法からみてここも（イ）が早く成立し、次いで（ト）を加えたのであろう。65段に移って、（イ）は共通歌と類似歌、及びこの章段の背景、（ハ）は「おもふには」の歌の異同、（ト）は人物について、それぞれ記したものである。この章段でのそれの比重や、先程の5、6段の勘注からみて、ここは（イ）が先に成立したのであろう。次いで（ハ）と（ト）ということになろうが、さてこのいずれが先となると難しい。（ト）は定家本も持っている。ここは先程の43段等から考えて、（ハ）の方が（ト）よりも先に成立したと推測しておこう。最後の69段は語釈と人物についてのもの。このうち（ト）は定家本にもみられる。[8]ここもそれぞれの伝本の性格や今までの例から考えて、（イ）が（ト）よりも早く成立したのであろう。

全部の章段にひととおりあたってみたが、各章段の中で、おおむね（イ）が最初に成立し、次いで二本が共通する（ロ）、そしてその後に独自な勘注が成立したとみてよいのではあるまいか。なお、為相本をみると、（ニ）はまったくみられないし、（ホ）はたった一例しかない。このようにその少なさは他の伝本と異なっており、これはその生成を考える上で注目すべきことであろう。

三

しかしながら、（イ）がもとの姿を残しているとみても、これら三本の間では多くの異同がみられる。そこには複雑な成立事情が予想できよう。そこで、その実例にあたり、前に述べたことを補足し、かつ勘注の生成過程を探っていきたい。

論述の便宜上、（イ）について列挙し、その異同を記してみる。

1　世継大鏡・云・・伊勢物語に業平中将のよひ〳〵ことにうちもねな〻んとよみたまひたるはこの宮・の御ことのやうに侍めるはいかなることにか二条の后・・にかよひ申・されけるあひたのこと〻こそうけ給・はりしをはるやむかしのなんとも五条の后・・の御家と侍りわかぬ御中にてその宮・にやしなはれ給・へれはおなしところにをはしけるにや

（5段）

2　世継大鏡・云・・二条の后・・この后・・の宮・つかへしそめたまひけんやうこそおほつかなけれいまたひめ君・にておはしける時・在・中将しのひてゐてかくし給・・たりけるを御せうとの君・達・基・経・・大臣国・経・・大納言なんとのわかくおはしける時・のことなりけんとりかへしにをはしたりけるをりにつまもこもれりわれもこもれりとよみ・・・てたるはこの御ことなるへしすゑのよの・・こと〻・は申いて給・へるそかしされはよのつねの御かしつきにてはこらんしそめられたまはすやをはしけんとおほえ侍・もしはなれぬ御中にてそめとの〻宮・にまいりかよひ・・なとし給・・けんほとのことにやとそをしはかられ侍るおよはぬ身にはかやうのことをさへ・・はいといたしけなきことなれとこれはみな人のしろしめし・たることなれはいかなる人にかこのころの古今伊勢物語なとおほえさせ給・はぬはあらんするみもせぬ人のこひしきはな・と申・こともこの御なからひ・ほと・こそはうけ給・はれするゐのよまてかきをきたまひけんをそろしきすきものなりかしないかにむかしは中〳〵にけしきあることもをかしきこともありけるものとてうちわらふけしきことになく・ていとやさしけなんめりき・・

（6段）

3　万葉集には（二八／二八葉）桑子にそと云（々）・或本にはうはこにそ案之（桑の／し）くはこにそ歟（か）或考物に（本云／云）ゐなか（中）ひたりといふこと（事）なり　（14段）

4　或本にはくたかけ或本にはくろかけ或本にはくたかき（或くろかき）或はくさかき或はくそかけ　（14段）

5　古今には（なりひら）・・・ゆきかへりよそにのみして（とあり）・・・（かり）　（19段）

6　古今十四云　読人不知
わすれなんと思（おも）・ふこゝろ（心）のつくからにありしよりけにまつそ（物）かなしき（とありをくにへちの物語にて）　（21段）

7　このうた（歌／哥）猿丸か集にありことは（詞）にいはく（云）あたなりける女にもの（物）いひそめてたのもしきけなきこと（事）をいふほどに
ほとゝきすのな・け・（きれ）はとありといへり　（43段）

8　古今には（云／云）
さむしろにころもかたしきこよひもやわれ（我）をまつらんうちのはしひめとあり　（63段）

9　この哥（歌／此）延喜の御集にあり詞（有）云またくらゐにをはし（おまし）・・ける時（とき）・御めのとこのせんしのきみいろゆるさせ給（たまふ）・・
とてとあり　（65段）

10　六帖云
かりてほすやまた（山）のいねのこきたれてねをこそなかめ人はうらみし　（65段）

11　大御息・所（みやすところ）・・は染殿・（の）后いとこの御息所（宮すところ）・・は二条の后染殿は良房女二条の后は長良女・（他）しかれ（然）はこの（此）女は

二条后と思・ふにもにすむゝしの古今には直子とありまた在原なりけるをとことあり・業平・二条后にひそか
に通したる人・なりおほやうは業平と思ふへし
或考物云大御息所は染殿・后此女は二条后云々
たたし直子たれ人のむすめにか古今の目六にこれをしるさすこの女もし直子にあらすはこと人の歌を誦けるよし
かきつけたるか
私云此女は惟彦親王御子直子也二条五条両后の姪・清和天皇之寵女也直子の因香内侍のむすめ
とあ・り　（65段）

12　後撰詞云身のうれへ侍ける時・つのくにゝまかりてすみはしめける時に業平とあり　（66段）

13　或本には・・・・・・・こよひさためよとあり・・・こよひさためよとあるやよかるへからんさはかりのみ
この歌のすゑ夢かうつゝか
そかことをはたれ人のしりて・さたむへきそと・ふる・人のいはれし　（69段）

14　私云えにしあれはとは縁・といふことなりあさくとも宿世・あらはといふなり　（69段）

15　万葉集幷拾遺抄には人丸歌
ちはやふる神・のいかきもこえぬへしいまはわかみのをしけくもなし　返哥なし　（71段）

16　彼親王御集には返哥あり
ゆめかともなにか思・はんうき世をはそむかさりけんことそくやしき　（83段）

（注）底本は為相本。校異は、右に泉州本、左に為氏本を記した。底本本文中に用いた・印は比校文の校異記載のため空白をおく位置に設けたものであって、・印一つが比校本の一字に相当する。また比校本に用いた●印は、●印一つ

が底本一字に相当し、底本に校して欠字の場合これを置く。これらは以下の場合も同様。なお泉州本にある□印は不明の箇所を示している。これは翻刻本の通りに従った。

このようにいずれの勘注においても異同がみられる。これらの状況からみて伝本の転写とともに複雑な成立事情が推測できよう。とりあえず主な勘注をみていこう。

1と2はいずれも大鏡からの引用である。これらの勘注から、各伝本が直接関係にあるなどとは、とても考えられない。ただ、伝流の過程において、近い関係にあったことを示す根跡がみられる。それは為相本と泉州本とが一致しているところから窺える。もちろんあっても不思議ではないのだが、先程の（三）によると、両者は共通するところがない。これは矛盾した結果になるが、前に述べたようにこれは転写過程で生じた現象と考えられよう。思うに為相本と泉州本の共通箇所は根源的な姿を残しているのではなかろうか。そして（三）はそれより後の成立と考えられよう。その後、何度か転写されて行くうちに様々な異文が生じたのであろう。

次に14をみると、本文の異同もさることながら、勘注を記されている位置が伝本により異なっている。すなわち泉州本は「かちひとの」の歌の次にあるのに対して、為氏本と為相本は段末に記されている。どちらにしても誤りというほどのものではないし、意味も通じるわけだが、これらの勘注の生成、引いては伝本の転写を考える上で、注目すべき勘注ではないかと思う。この勘注は「えにしあれば」を説明したものであるから、その位置からみて泉州本の方が当を得ているようである。ただ、泉州本をみると、為相本と為氏本がこれを持っている位置に次のような勘注がある。

　恬子文徳天皇第二皇女母従四位上紀静子字三条町正四位下名虎女也
或本この連歌のつきにおほよとのうたありこの斎宮は文徳天皇女直子内親王となんこのはらにむまれたりけるこ

　　には高階と姓をたまはりたるとそ

　これは現存する伝本の中で泉州本だけが持っているものである。泉州本の書写者が何かから引用したものか、それとも書写者白身が書いたものかは不明だが、いずれにしても根源的なものではなく、後に成立したものと言えよう。するとこの勘注を記したために「私云」の勘注を「かちひとの」の歌の傍に移動させたものか、それともともとから泉州本のようになっていたかのいずれかであろう。為相本と為氏本はこれ以外に勘注を持っていないわけであるから歌の後にあったものを移動させる必要はないので前者の考えが妥当ではあるまいか。泉州本の14の勘注は翻刻本によると他の勘注よりひとまわり小さな文字で記されており、これは移動させたことを暗示していよう。ともかくここは為相本と為氏本の方がもとの姿を残していると考えてよかろう。

　だが、この両者においても異同がある。漢字と仮名書きを除いて、為氏本は文末が「を」となっているのに対して、為相本は「なり」となっている。ここは泉州本も「也」とあるから、これがもとの形であろう。為氏本は誤写と思われる。こうみてくると、ここは為相本がこれら三本の中でもとの姿を残していると考えられる。

　為相本、為氏本、泉州本がその勘注を持ってはいるものの、異同の甚だしい例として、4と11があげられる。まず4であるが、これは転写の過程で異同が生じたものと思われる。この勘注は兼好本にもみられる。それには「或くたかけ　或くたかり　或くたかき　或くさかけ　或キナニ」とあって、何らかの関係がありそうである。したがってこれも加えてその生成を考えるべきであろう。これら四本を比べてみると、為相本、泉州本、それに兼好本は五項目であるのに対して、為氏本は四項目になっている。このうち為相本の一項目の「くたかけ」は実はこの歌の本文にみられる[9]ものであり、誤写かもしくは付加された可能性が強い。また兼好本の最後にある「キナニ」であるが、その意味が判別しにくい。おそらく誤写であろう。こうみてくると、兼好本に問題があるにしても、ここの勘注は本来「くろかけ」に始まり「くそかけ」で終わっていたものと思われる。

さて、その間にある二項目、もしくは三項目の成立であるが、まず二項目目（為相本では三項目目）をみると、為氏本と兼好本が「くたかり」、泉州本、為相本、兼好本（三項目目）が「くたかき」になっている。兼好本は順序こそ異なるが、両方とも保有しており、伝本を限定することはできないが、おそらくある伝本から取り寄せたものであろう。するとここは為相本と泉州本の二本が共通していることから考えて、「くたかき」がもとの姿であろう。しかし、為氏本がなぜ「くたかり」になっているかは明らかでない。その次に行って、泉州本は「くろかき」とあるが、これはこの本独自なものであり、しかもその次の「くさかき」は為氏本と共通していることを思えば、これは付加された可能性が強い。したがって本来は「くさかき」が三番目にあったのではなかろうか。ここは先程も述べたように泉州本と為氏本が「くさかき」であるのに対し、為相本と兼好本が「くさかけ」になっている。これらの相違は「き」と「け」だけであり、草書体の読み誤りと考えられるが、いずれがもとの姿を残しているかについては、先程の「くたかき」のことから考えて為相本の方と考えられないか。それはまた意味の上からも「……かけ」とあった方が――本文には「くたかけ」（傍点は筆者。以下も同じ）とあるから――よいように思われる。

次に11をみよう。これについては以前にふれたことがあるので、[10]詳細はそれに譲るが、要するに為相本がより古い姿を残しているということである。これらの中でも為相本と為氏本は近似しているが、両者の大きな違いは、為相本が「惟彦親王御子」という本文を持っていることである。これは為相本の付加であろう。こうしたのは、為相本がこの章段の初めに「三条町惟彦の親王のはゝなり」という本文を持っていることと無関係ではあるまい。このように古い姿を残しているものの、部分的にはそうでないところもあり、一見矛盾するようだが、これは勘注自体の成長とみるべきであろう。

本文の異同に関しては5と13がある。前者は次のようになっている。

あまくものよそにのみしてふることはわかゐるやまのかせはやみなり

（A）　古今にはゆきかへりよそにのみして（為相本、為氏本）

（B）　或本によそにのみしてふる事はとあり

（注）（A）（B）は筆者が付したものである。以下も同様。

前述したように、（B）は泉州本独自なものであり、（A）より後に付加されたものと思われる。こうしたのは、（A）において泉州本は「よそ」が「そら」となっており[11]、そのために（B）を付加したのであろう。ここは為相本と為氏本の方がもとの姿を残している。

13でもこの傾向は同じである。即ち「この歌のするゑ夢かうつゝか」、「これや」は泉州本独自なものであり、泉州本は対象箇所をより明らかにするためにこうしたものと思われる。そして、「これや」と簡略化したのであろう。これらは後世のものとみてよさそうである。為相本にも異同がある。「たれ人のしりてさたむへきそとふる人のいはれし」とあるが、これはこの本独自なものであり、転写の過程で異同が生じたものであろう。その反面、為相本と泉州本とが一致している「よかるへからん」は、一箇所とはいうものの、先程の1、2の勘注においてもこれと同じようなところがみられ、両者の接触を推測できよう。

共有しているとは言っても本文の上でかなりのゆれがみられるところがある。例えば15をみると、三本ともこの勘注を持ってはいるものの泉州本は次のようになっている。

ちはやふる神のいかきもこえぬへし

（A）　万葉幷拾遺抄　　人丸歌

おほみや人のみまくほしさに
上ノちはやふる神のやしろもこえぬへしいまはわかみのおしくもなし　無返歌
おとこ
こひしくはきてもみよかしちはやふる
かみのいさむるみちならなくに
（B）　万葉集幷に拾遺抄に人丸歌
ちはやふるかみのやしろもこえぬへし
いまはわか身のおしけくもなし

（B）の位置に三本とも持っているわけだが、泉州本は（A）の位置にもほぼ同じものを持っている。これは（B）のところにあったものを（A）のところにも記したのであろう。ただ、（A）と（B）は同じ時点に記されたものか、それともすでに（B）があって転写され、（A）が記されたものかは明らかでないが、泉州本は親本に忠実でなく故意になされている。為相本をみると、「やしろ」のところが「いかき」になっている。どちらでも意味は通じるし誤りではない。伊勢物語の諸本はすべて「いかき」とある。また拾遺抄の諸本にあたってみたところ、貞和本が「いかき」とある。為相本はいずれかと関係があるのであろう。ここは為相本の独自異文ということから後世のものとみてよかろう。

出典に関したものに6がある。為氏本は「わすれなんと思ふ心のつくからにとあり」とあって一首全体を記しているわけではない。しかもその後に「をくにへちの物語にて」という本文が続いている。これに対して為相本と泉州本は一首全体を記している。ここはもともと一首全体が記されていたのであろう。なぜなら省略されていたものに付加したと考えるよりも、完全なものから省略され、かつ「をくにへちの物語にて」を記したと考えられるからである。

だが、為相本と泉州本は一首全体を記していても異同がある。漢字と仮名書きはともかく、「まつ」と「物」[13]の異同はどのような理由によるのか。それぞれの依拠した伝本が異なったためか。しかし同じ勘注を持っているのであるから、何かをもとにして改作した可能性が強い。泉州本は伊勢物語の本文と一致しており、しかも伊勢物語の伝本を調べてみると、すべて「もの」となっている。このことから考えて、泉州本が改めたのではないか。ここは為相本がもとの姿を残している。

転写する際、草書体の読み誤りによって異同を生じたと思われるところがある。3と16をみてみよう。まず3であるが、為氏本の「案しくはこにそ」の部分がそれではないかと思われる。為相本では「案之くはこにそ歟」とあり、また泉州本では「桑のくはこにそか」とある。為氏本はおそらく為相本にみられる「案之」の草書体を読み誤って「案し」としてしまったのであろう。泉州本はこれら三本の中で、意味上いちばん通じやすい。思うにここは「桑」と「案」の草書体が似通っており、それの読み誤りに起因しているのであろう。もちろん為氏本のようでも意味は通じる。しかし、ここの場合、「くはこ」を説明しているものであるから、「桑」とあった方が自然である。このようなことから、ここは泉州本がもとの姿で、それが為相本、為氏本へと変化していったのではあるまいか。為相本、為氏本は後世のものと言えよう。ただし、これらが直接関係にあるとは考えられない。次いで16は為氏本によると「うき世」のところが「うきを」になっているが、ここは為氏本が草書体を読み誤ったものと思われる。

7、8、9、10、12は和歌の出典、共通歌についてのものである。これらはそれほど大きな異同はみられない。ただ、7、12において為相本には重複しているところがあり、これは後世になるものと思われる。

為相本、為氏本、泉州本の三本が共通する勘注をみてきたが、それぞれの伝本は何度かの転写を経ており、その間に多くの異同が生じたものと思われる。そこには生成上の様々な様相を伝えていた。それだけに裏返せば（イ）の勘注自体、かなり早い時点での成立になることを暗示していよう。それにしても、いずれの伝本がもとの姿を残しているかを判定するのは難しいが、強いて言うならば、為相本がその要素を多く残していると思われる。

四

勘注を通して、為相本と為氏本、泉州本の関係、さらにこれら三本はどのような生成過程を経て来ているのか、そして為相本の勘注はどのような位置にあるのか、ということになるとさらに追究が必要である。そのためには為相本と他の一本が共通する（ロ）と、為相本と直接関係のない（ハ）についても検討する必要があろう。

まず（ロ）をみることにしよう。その前にその箇所を記してみる。

1　或（ある）・本とよめりけるは・・（またお）をとこある人となんいひ・・（やり）ける　（19段）

2　万葉集云・・・・（ニニいはく）
人はいさ●●（思）おもひやむともたまか（つ）つらかけにみえつゝわすら●れぬかな　（21段）

3　或本あはは（ひ）みて或あひもみて　（22段）

4　万葉・・（十四）●集云・・・・・・・・・・・・・・（たえむのこゝろわかおもはなくに）
たにせはみゝねへこ（に）（：）はへる●たまかつらたえてしはあらはとしにこすとも　（36段）

5　後撰にはたはれしまをみてと云々　（61段）

6　●（此）●●（ニ）この哥は伊勢か集にあり　（72段）

7　●●或本かく（う）そをはし・・（まし）ける・（イ）　（77段）

8 田邑文徳天皇諱道康仁明天皇長子母藤原順子左大臣冬嗣女或考物云きたのこ僻事也小野宮也　（77段）

9 或本月もかくれし或本やまのあれはそ月もかくるゝ此哥後撰には上野峯雄哥詞云月よにかれと・してよめる　（82段）

10 此哥在業平集古歌不見如何　（87段）

11 後撰行平歳七十業平元慶四年卒然者此哥後人写入歟　（114段）

12 芹河行幸
光孝天皇仁和二年丙午十二月・四日戊午行幸芹河記云寅二刻鸞駕出建礼門駐蹕勅賜皇子源頼臣定省帯劔是日勅参議
己上着摺布衫行騰焉辰一刻至野口鷹鷂払撃野獣山城国司献物并設酒醴・猟徒日暮乗輿幸左衛門佐従五位上藤原
朝臣高経別野云奉進夕膳高経献物賜従行親王公卿侍従乃山城国司等禄各有差夜鸞輿還官是日・朝・夕風雪惨烈
矣　（114段）

13 蔵人・従四位上右近衛権中将在原業平平城天皇孫弾正伊四品阿保親王第子男母伊登内親王桓武天皇第八女兼子
内親王号桂親王是也母南子従三位之数女伊登内親王貞観三年辛巳九月十九日庚戌卒年帝不親事三日伊登内親王者生
業平一人之由見伊勢物語而行平同腹之由在公卿補任尤有疑巳下口伝雖多之所詮日記不遇之仍不委之云々
（旨右　歟天長二年乙巳月月誕生三年丙午阿保親王上表内無品（以下略））　（巻末）

14 書本云
顕輔卿本にて所書写也件本ハ大外記師安本也小式部内侍自筆之由所注也雖然不審事件本二令書付也和歌二百五
首其後以或証本令比校了又以或一本校了件両本次第無相違三宮御本云ゝ仍付其等也自比下物語ハ他本令有事等
・追書入也

本云・・
建久元年八月六日於安部山門書了以皇・太后宮越後本書写也云々〉
（識語）

（注）底本は為相本、校異は為氏本。なお校異の要領は（イ）の場合に同じ。これは以下も同様。

個々にあたってみよう。11は両者がすべて一致しているものの、勘注の記されている位置が異なっている。為相本は段末にみられるのに対して、為氏本は「をきなさび」の歌の後にある。これはこの歌についての注記なので、一見、為氏本の方がより妥当のように思えるが、実は為氏本をみると、為相本の「後撰行平歳七十云々」のところに「或本わかえぬひとは云々」という勘注があるのである。この勘注は為氏本だけにみられる。しかも両者はこの後にあげた12の芹河行幸についての勘注がある。思うに為相本と為氏本はこれを含めて、もとは同じ位置にあったのではないか。そこへ為氏本は「或本わかえぬひとは云々」を付加したために、11の勘注を別のところに移動させたのであろう。ともかくここは為相本の方がもとの姿を残しているとみてよかろう。

校異に関したものに7がある。為氏本は「イ」本を、為相本は「或本」をそれぞれ用い小異がある。ここで注目したいことは、この勘注が対象にしている「むかしの女御はかくそ申しける」という本文を定家本は持っていないということである。この本文は女御、つまり多賀幾子のことに関してのものであるが、「やまのみな」の歌は翁が詠んでいるから、この歌についてのものではない。そうかと言って、この章段全体に対しての評かというと、「かくそ申ける」とあるから適切な表現とは言えない。思うにここは後人により付加された本文ではなかったのか。そのためにこのようなあいまいな表現になったのであろう。したがって、その校異を示している7の勘注も、これまた二次的な成立とみてよかろう。しかし「或本」と「イ」のいずれがもとの姿なのかは明らかでない。

それぞれの伝本の成立を考える上で重要な勘注として13、14があげられる。この識語については多くの人により考察されており、[14]私も述べたことがある。[15]今、論述の便宜上、為氏本の識語を記してみる。

（A）或本
　此物語ハ心とめてみすはこきあちはひいてこしとそふるき人はいひける
（B）顕輔卿本にて所書写也件本ハ大外記師安本也（以下略）
（C）付載十二章段
（D）蔵人頭従四位上右近衛権中将在原業平々城天皇孫弾正尹四品阿保親王（以下略）

為相本もこれとほぼ同じものを持っている。ただ、順序が、（C）（D）（B）のようになっていて異同がある。しかも（A）を持っていない。しかしこうなっていても両者が近い関係にあることはいうまでもない。（D）の勘注をみると、両者は途中までほぼ共通しているが、後半では大きな異同がみられる。為相本には「己下口伝雖多之所云々」とあり省略したようになっているが、為氏本をみるとこの表記はなく、長文の勘注が続いている。為相本は省略したようになっている。だからと言って為相本が為氏本を直接転写したとするには問題がある。それは今まで考察した勘注などから、これを否定する要素が多かったからである。このことから直接ということではなく、両者に共通した親本の存在を推測した方がよかろう。そして、その本には（D）のような長文の勘注が付されていたのであろう。

また、為氏本だけにみられる（A）の勘注であるが、この「或本」が（B）から（D）までに及んでいるという考えがある。[16]しかし、これらの勘注が一気に記されたのではなく、徐々に付加されていったであろうことは、今までの考察からほぼ推測できる。してみると（A）は独自なものであるからこれらの中で最終的に近い時点での付加と考えざるを得ない。もし為氏本が（A）をもとから持っていたとすると、為相本にもみられるはずである。為相本の場合、独自な勘注はわずか一箇所にすぎない。これは言うなれば、転写されていく過程で親本に忠実であったこと示していよう。したがって成立過程を考える場合、（A）と（B）（C）（D）とは別にして考えるべきであろう。このような混同が生じた要因のひとつに、（A）が最後の章段の後にあることがあげられる。もちろんこうしたのはこの評がこの物語全体についてのものだからである。

　出典については4がある。これは36段の「たにせばみ」の歌についてのものである。この歌は諸注釈書が示しているように、万葉集巻十四、三五〇七番歌「たにせばみみねまではへるたまかづら絶えむの心わがおもわなくに」（本文は『日本古典文学全集8　伊勢物語』に拠る）の一部を改作したものである。その異同を示したのが「万葉十四云たえむのこゝろわかおもはなくに」である。為相本はこれを持っていない。そして以下のようになっている。「たにせはみゝねへこ（まて）はへるたまかつらたえてしあらはとしにこすとも（むと人に我おもはなくに）」とミセケチ訂正をしているが、これはこの後にある類似歌（万葉集巻12・三〇六七）としてあげた「万葉集云」の歌を贈答とみて誤写してしまいこうして訂正したわけである。一方、為氏本は為相本と類似歌という点で共通しているが、さらに「万葉十四」として類似歌（万葉集巻十四・三〇五七）の下句を引き、一首を新たに加えている。共通箇所ではこの歌の方が多い。為氏本は類似歌を二首引いており、区別するために「万葉十四」と表記したのであろう。ここは為相本の方がもとの姿を残していよう。

　こうみてくると、（ロ）の場合は成立からみて二次的なものが多く、しかもその多くは（イ）の三本が共通する場合よりも異同が少ない。それは2、3、5、6をみると理解できよう。これらは誤写や語の有無で意味上、それほど変わらない。やはりこれは記された時点が（イ）よりも後になるからではないか。（イ）の場合は（ロ）の場合よりも成立から言って古く、かつ多くの転写を経ており、その過程で多くの異同が生じたのであろう。ともかく（イ）の勘注が成立した後に（ロ）の勘注が記されたのであろう。そしてここでも為相本の方がもとの姿を残しているところが多かった。

次に（八）についてであるが、その共通箇所を記してみる。

1　万葉集第四　（33段）
あしへよりみちくるしほのいやましにおもふかきみかわすれかねつる
又いはく
しほのえにみちくるしほのいやましにこひはませともわすられぬかな

2　或本にはいろにはいてしと思ひし物をと云々　（65段）

3　此・女ハ典侍藤原直子　（65段）

4　清和天皇水尾御時なるへし大御息所とは染殿のきさきなるへし五条后とも　（65段）

5　万葉集四・かつらのことき いもをいかにせんとあり　（72段）

6　・・・・背そかしそむきたる心也・・或そかひて　（77段）

7　業平集云右近のむまはのまつかひの日みはへるむかひにたてたりける車のしたすたれのはさまよりはつかに女のみえ侍けれはとあり業平自筆にかやかみにかきたる本来雀院のぬりこめにありける伊勢物語にもてつかひの日とそありけるに古今にはひをりの日とあるはいかゝ　（99段）

8　本文に有候雲と云事為此也喰霞とも　（102段）

9　五条后とそ　（103段）

（注）底本は為氏本。校異は泉州本。

ここでも解釈上、大きく左右するような勘注はみられない。これは先程の推測を裏付けよう。改めて両者は新しい時点での成立とみるひとつの根拠となろう。とりあえず主なものにあたってみよう。

1は出典を示したものであるが、はじめの歌は問題ないが、後の方は語句の上でそれほど近似しているわけではない。ただ、内容的に共通するところがあり、そのためにここは類似歌として記したのであろう。その点からみても、前述した（ロ）の4と同じように二次的成立の傾向が強い。また4は泉州本で次のように記されている。

「あまのかる」の歌

清和天皇水尾の御時なるへし大御息所とは染殿后なるへし五条后とも

六帖云

かりてほすやまたのいねのこきたれてねをこそなかめ人はうらみし

六帖云の部分は為相本、為氏本、泉州本も持っている。そこへ「清和天皇云々」の勘注を付加したのであろう。それはこれと似た本文がこの章段の終わりにみられること[17]によっても納得できよう。やはりここも成立から考えると二次的なものと言えよう。

6はおもしろい現象である。つまり「そかひて」の位置が違っているのである。泉州本は、はじめに持ってきているのに対して、為氏本は最後にある。これは何を意味しているのであろうか。泉州本の場合、本文に「おきなめはたかひなからよめる」とあるから、それの校異を記し、次いでその語釈をしたものと思われる。一方、為氏本は本文に「をきなそかひてよめる」とあるから、この語釈をしたわけである。ただ、勘注で二度も「そかひ」と記していることはどうも引っかかる。それに「そかし」は誤りであろう。[18]こんなことから考えて、ここは泉州本の方がもとの姿を残していよう。

2と3は為氏本では次のように記されている。

2　或本にはいろにはいてしと思ひし物をと云々

（A）　此哥延喜御集にあり詞云またくらゐにをはしましけるとき御めのとこのせんしのきみいろゆるさせ給とて
とあり

3　此女ハ典侍藤原直子

先程の（イ）でもあげておいたように、（A）の勘注は三本とも共有している。しかし、為相本は2と3を持っていない。ここは（A）がはじめにあって、その後に2と3が付加されたのであろう。ここでも2と3は二次的というべきである。

8をみると、両者は同じ位置にあるものの、異同がある。中でも為氏本は「也」と断定になっているのに対し、泉州本は「歟」と疑問になっている。これはどのような事情によるものなのか。まず考えられることは草書体がよく似ていたためにいずれかが書き誤ってしまったのではないかということである。両者を比べてみよう。

本文ニ有臥雲云事若此歟　飡霞トモ　（泉州本）

本文ニ有候雲と云事為此也　喰霞とも　（為氏本）

『伊勢物語（伝為氏筆本）』国立歴史民俗博物館所蔵

文末の「也」と「歟」の異同はあるものの矢印で示した語が類似しており、その方向に進んだ可能性を示している。泉州本は「と」を持っていないが、ここはあった方が自然である。また為氏本の「喰」の方が正しい。これらのことから考えて、為氏本の方がもとの姿を残していると言えよう。

（ハ）の場合、両者が近い関係にあったことは想像できるが、直接の関係は考えられない。これらは転写過程で生じたものであり、いずれの場合も後世的な色彩が濃い。

最後に（ニ）であるが、この場合、共通しているところがない。単純に考えれば、両者は接触がなかったということになる。しかし両者の本文は共通するところがあり[19]、また（イ）の勘注のように三本の間では共通している。このことから、接触した時点が相違していたとみるべきであろう。

では、いずれが先行するかであるが、やはり根源的なものがあって、少しずつ付加され生成していったと考えられる。それと（ロ）（ハ）での結果などから考えて、（ニ）も（イ）より後の成立と考えてよいのではあるまいか。

五

勘注を通して為相本と他の伝本との関係はおおむね理解できたと思うが、各伝本には独自な勘注もみられ、これもそれぞれの伝本の生成を考える場合、無視できない。

独自な勘注は、数からいうと（ホ）が圧倒的に少ない。わずか一箇所にしかすぎない。それは、

古今第十七云
むらさきのひともとゆへにむさしのくさはみなからあはれとそみる　（41段）

というものである。この歌は古今集によると41段にある「むらさきの色こき」の歌の前にある。為相本が「武蔵野の心なるべし」という段末の本文を持っていないことから推測すると、おそらくこれと関連があるのではないか。というのは諸注釈書が指摘しているように[20]、「武蔵野の心」とは「むらさきのひともとゆへに」の歌の意であるというのである。すると為相本はその歌を具体的に示したことになる。為相本は段末の本文を除去し、その代りにこの歌を記したのではないか。ともかくここは後世のものとみてよかろう。それにしても鎌倉期の古写本[21]である為相本に、すで

にこのような指摘がなされていることは、現存する文献の中で最も古い指摘ということになり、その点でも注目すべきことである。

複数の独自な勘注を持つ為氏本、泉州本に対して、為相本はこの一例だけが独自なものであることを思えば、これらの伝本の中で初期の姿を残していると考えてよいのではあるまいか。

（へ）は次の八例である。

1　或本には素性の集に伊勢のもとへきたるとあるものをされと伊勢集のひか事也　（5段）

2　或本にはそてのみなとよせつはかりに　（26段）

3　万葉集四云
たまのをゝあはをによりてむすへれはありてのゝちもあはさらめやは　（35段）

4　年代記云淳和俗号西院或本斎院にてたかひことかみこをはしけり　（39段）

5　或この哥本にはすゑなしこと本にするゑあるをみてかきてけり　（43段）

6　抑今案清和東宮年一践祚年九也仍東宮御息所如何　（72段）

7　或本わかえぬひとは　（114段）

8　或本
此物語は心とめてみすはこきあちはひいてこしとそふるき人はいひける　（巻末）

勘注が増補されていく実態を探ってみよう。1、5、6、7の前後には次のような勘注がみられる。

1の勘注　（5段）

（A）　世継大鏡云二条の后この后の宮つかへしそめたまひけん（以下略）　（5段）

（B）このうた猿丸か集にありことはにいはくあたなりける女にものいひそめてたのもしきけなきことをいふほとにほとゝきすのなけはとありといへり（43段）

5の勘注（43段）

（C）この哥は伊勢か集にあり（72段）

6の勘注（72段）

7の勘注（114段）

（D）芹河行幸光孝天皇仁和二年十二月十四日（以下略）

（注）（A）～（D）の勘注は為氏本に拠る。

1と5は、三本とも持っている勘注（A）（B）の前後にみられるものの、為氏本以外では採用されていない。これは勘注が徐々に付加されていったことを示していよう。1と5から改めて三本が共通している勘注の根源性を示している。また、6と7は為相本と為氏本で共通する（C）（D）に挟まれており為相本と為氏本の近さがわかる。しかもこれは原型云々ということではなく、後世になるものであり、転写されていく過程で接触したのであろう。これら以外の2、3、4は伊勢物語の中で著名な章段ではないし、また8の後には為相本と共通する勘注がみられるから、これは付加されたものと思われる。このことから、これらは後世のものとみてよいのではあるまいか。

最後の（ト）の泉州本のみにある勘注については『伊勢物語異本に関する研究』の中でふれたので、詳細はそれに譲るとして、勘注の生成に関して気づいたところを二、三あげておきたい。

まずその箇所を記してみる。

1　奥義抄云わかやとのきつにはめなてきつとはきつねなりかけはにはとりなりくたとは家をいふとそ物しれりし人は申侍しかとはしめにはやとゝいひて又家のといはむことをいかゝもしくたはくつといゐるにや五音の字也くつはにはとりとよめるにやときこゆ（14段）

2　六帖歌かりのことひつ〳〵あらすはいはきにもならましものを物おもはすして
万葉集十二中〳〵にひとしあらすはかいこにもならまし物をたまのをはかり（14段）

3　奥義抄云やまのみなうつりてこれは田村の御時女御その子のうせたまへりけるにみわさを安祥寺にてしけるに人〳〵のたてまつれるさゝけ物やまのおくにつみをりけるに講の後常行の大将人々をめしてけふのみわさを題にて春のこゝろあらむ歌たてまつれとありけれはむまのかみなりけるおきなのよめるなりほとけのねはんのときには日月星宿も度をうしなひとりけた物こゝろなき草木山川にいたるまてなけきかなしへるけしきみえしなりされはけふのさゝけ物やまのおくなるをかの日におもひよせてやまもかけをそむる春のわかれをかなしふにやとよめりねはんは二月十五日なれはそれによせて春のわかれとはよむなり（77段）

1と2は泉州本において、次のように記されている。

狂鶏也

（A）　或くろかけ或くたかき或くろかき或くさかき或くそかけ

1の勘注

くわはらのあれはの（以下略）

或本にはくはゝらとあれは古今廿の東哥中に（泉州本ナシ）

（A）古今歌

をくろさきみつのこしまの人ならは
みやこのつとにいさといはましを

2の勘注

1、2の（A）は異同があるものの三本とも持っているものである。1は問題の多い「夜もあけば」の歌の解釈について奥義抄を引用したものである。それだけに関心があったからこそこうしたものと思われる。このことは（A）にもみられるが、それをさらに詳しく説明したのが1の勘注と思われる。したがってこれは（A）よりも後に記載されたものと考えられる。2において泉州本は「或本には云々」を持っていないが、「くわはらのあれは」の歌には校異を示しており、しかもその校異は定家本と一致している。泉州本は親本に存していた「くはゝらとあれは」を「くわはらのあれは」と本文化し、もとあった本文を傍らに校異として示したのである。そして「古今廿の東哥中に」を略して「古今歌」として「をくろさき」の歌の間に記したのである。さらに類似歌として2の勘注を記したものと思われる。このようなことから2の勘注も後世に成ったものと言えよう。最後の3について為相本、為氏本と比較してみる。

為相本・為氏本	泉州本
（A）或本かくそをはしける	3の勘注
（B）田邑文徳天皇…（中略）…小野宮也	

このように比較したのは同じ位置に別な勘注がみられるからである。前述した1、2の場合は為相本、為氏本、泉州本が共通する勘注があって、そこに付加された例であったが、ここは違う。為相本、為氏本は「かくそ申しける」のところの校異を示したものであり、しかも前述したように、「むかしの女御はかくそ申ける」の本文を為相本、為氏本は持っているが、泉州本は持っていない。（A）はそれについての勘注であるから二次的なものと考えられる。さらに（B）をみると為相本、為氏本は登場人物の簡単な解説をしているのに対し、泉州本は奥義抄を引きこの章段全体の解説に役立たせている。このようなことから考えて泉州本の3の勘注も後世のものとみてよかろう。なぜならこれら三本は同系統[22]でありながら、泉州本のみが突出しているからである。ともかくこれらの用例から転写されるに従い徐々に付加されていったことが理解できよう。

（ホ）（ヘ）（ト）の勘注はことごとく後世になるものと思われる。ただ問題なのは、勘注が二本で共通する場合と独自な場合とで、いずれが先に成立したのかということである。これを考えるのには、為相本の勘注が参考になろう。為相本は独自の勘注が一箇所しかなかったわけであるが、これも最終段階での付加と思われるから、三本が共通しているものが最も早くに成立したと思われる。次いで為相本も二本共通する場合は転写過程で接触し、そしてその後に独自なものが加わったのであろう[23]。

ともあれ、（ホ）（ヘ）（ト）の勘注はもとからあったものよりも後に付加されて成長していったのである。先程のくり返しになるが、これらの中でも（ホ）の為相本は用例が少なく、これらの中では最も古い姿を残していると考えられる。

六

従来、為相本の勘注についてはその一部だけが知られていたにすぎず、研究上、支障をきたしていたことは事実である。それが田中、杉谷両氏の「翻刻と研究」により、その全容を知ることが可能になり、それも解消された。この「翻刻と研究」は何よりも貴重である。

ここではそれをもとにして、為氏本、泉州本を加え、その勘注について考察してきた。その結果、為相本の勘注はこれらの中で、もとの姿を伝えているところが多かった。しかもこの勘注を加えることにより、これら三本の関係がある程度明らかになった。その点で勘注も伝本の生成を考える上で無視できないと考えるものである。ただ、これら三本の勘注は、前述の如く兼好本と共通しているところがあり、またこれらの伝本と関係の深い神宮文庫本系統の伝本[24]もあり、これには勘注がみられない。したがってこれについても当然ふれるべきであるが、力不足も手伝い次の機会を待つほかない。

最後に、今までの考察の結果から次のような関係が推測できよう。

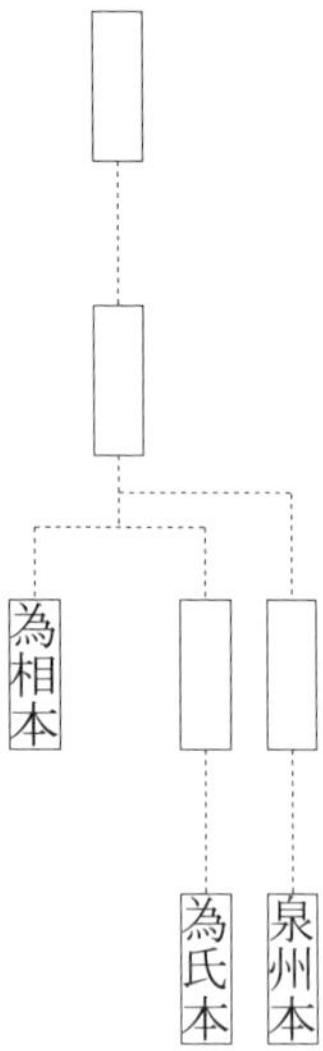

注

（1）桜楓社、昭和58・4。
（2）『日本大学総合図書館蔵伝為相筆本伊勢物語』翻刻と研究」（「語文」61輯、昭和60・2）。
（3）拙稿「伝為相筆本伊勢物語の本文研究（Ⅰ）―為氏本との比較を中心に―」（「中古文学」19号、昭和52・5。後に『伊勢物語異本に関する研究』に改稿再録）。
（4）片桐洋一氏の紹介されたもの（「伝兼好筆伊勢物語について―伊勢物語古本系統に関する資料と考察（一）―」「国語国文」30巻9号、昭和36・9。後に『伊勢物語の研究〔研究篇〕』〈明治書院、昭和43・2〉に再録）。
（5）泉州本は戦災により焼失してしまったが、これを忠実に翻刻した『泉州本伊勢物語』（解説武田祐吉氏、國學院大學学術部、昭和16・2）がある。
（6）『異本伊勢物語　伝藤原為氏筆』（解説佐佐木信綱氏、岩波書店、昭和7・2）。影印本に『国立歴史民俗博物館蔵貴重典籍叢書　文学篇　第十六巻　物語一』（解題柳田忠則、臨川書店、平成11・5）があり、また翻刻本に山田清市氏の『伊勢物語校本と研究』（桜楓社、昭和52・10）がある。
（7）拙稿「泉州本伊勢物語をめぐって（三）―中世における伊勢物語伝流の一様相―」（「平安文学研究」54輯、昭和50・11。後に『伊勢物語異本に関する研究』に再録）。
（8）ただし天福本には「恬子内親王」とだけある。また為氏本には「三条町従四位上紀静子正四位下名虎女文徳天皇為御息所紀僧正妹惟喬親王幷斎宮母儀也紀僧正真済／恬子内親王母惟喬貞観元年十月為斎宮十八年退之延喜十三年六月八日薨」とある。両者の関係については『伊勢物語異本に関する研究』の中で述べた。
（9）「夜もあけはきつにはめなてくたかけのまたきにせなをやりてける**かな**」（傍点は筆者）とある。
（10）注（7）に同じ。
（11）『古今集校本』（西下経一氏・滝澤貞夫氏編、笠間書院、昭和52・9、〔新装ワイド版〕平成19・11）によると『毘沙門堂本古今集注』（片桐洋一氏編、八木書店、平成10・10）のみが「よそ」あり、あとはすべて「そら」になっている。
（12）『拾遺抄―校本と研究―』（片桐洋一氏編著、大学堂書店、昭和52・3）に拠る。

(13)『古今集校本』によると、元永本のみが「もの」とあり、あとはすべて「まつ」になっている。
(14) 池田亀鑑、福井貞助、関良一、山田清市、渡辺泰宏、林美朗の各氏。
(15) 拙稿「伝為氏筆本伊勢物語における識語の問題点（Ⅰ）、（Ⅱ）」（「語文」42、44輯、昭和51・11、昭和53・3。後に『伊勢物語異本に関する研究』に再録）。
(16) 林美朗氏「伝為氏筆本伊勢物語の構成と識語をめぐって―幻の異本・小式部内侍本論への一視角―」（「平安文学研究」72輯、昭和59・12。後に『狩使本伊勢物語　復元と研究』〈和泉書院、平成10・9〉に再録）。
(17)「みつのをの御時なるへしおほみやす所もそめとのゝきさきなり二条の后とも或五条の后とも」（為相本に拠る）とある。
(18)「ひ」を「し」と読み誤ったのであろう。
(19) 異本とはいうものの、定家本に共通する本文が多い。詳しくは『伊勢物語異本に関する研究』を参照のこと。
(20) 古くは『冷泉家流伊勢物語抄』、『伊勢物語愚見抄』、『伊勢物語宗長聞書』、『伊勢物語闕疑抄』などに指摘されている。
(21) 注（2）の外、池田亀鑑氏「古書店をりをり草」（「国語と国文学」26巻10号、昭和24・10）等で指摘されている。
(22) 福井貞助氏『伊勢物語生成論』（有精堂出版、昭和40・4、〔増補版〕パルトス社、昭和60・1）、拙著『伊勢物語異本に関する研究』。
(23) それは勘注の取り上げ方によっても窺い知ることができるのではないか。つまり核心的なものから付属的なものへ変化しているということである。前者が三本とも共通している勘注の場合であり、後者が二本共通している勘注と独自な勘注の場合である。
(24) この系統には、神宮文庫本の外、谷森本、阿波国文庫旧蔵本、日本大学図書館蔵本が知られている。

第六章　伝為氏筆本『伊勢物語』覚書

珠玉の作品、伊勢物語は多くの人に愛読されてきた。その伝本も数多く存する。伊勢物語の伝本について福井貞助氏は現存本（百二十五段本・広本・塗籠本・真名本・別本）と散佚本（小式部内侍本・皇太后宮越後本・『参考伊勢物語』所引為家本など）に分類している。(1) そして、その中の広本の諸本を次のように位置づけている（筆者一部補う）。

広本
- 第一類　大島本
  - 大島氏旧蔵伝為氏筆本第一部
  - 一誠堂書店旧蔵伝為相筆本第一部
- 第二類　阿波本
  - 日本大学図書館蔵本
  - 阿波国文庫旧蔵本
  - 谷森善臣旧蔵本
  - 神宮文庫本
- 第三類　泉州本

第一類の大島本に属する大島氏旧蔵伝為氏筆本（以下、為氏本と略称）は異本のひとつで、かつて大島雅太郎氏が所蔵されていたことから大島本とも呼ばれ、現在、国立歴史民俗博物館の所蔵になっている。該本は以前に佐佐木信綱氏の解説で続扶桑珠宝の一冊として複製刊行された(2)。該本の体裁の詳細については、その解説に譲ることにして、ここでは簡単に記しておきたい。国立歴史民俗博物館蔵本（整理番号、H―一三〇）は二重の箱に納められている。表紙は紺地牡丹二重蔓草金襴、見返しは蓋打墨金銀切切箔砂子散し。本文料紙は楮紙で列帖装の一冊本。縦一六・八〇㎝、横一五・七〇㎝の六半本。外題、内題ともにない。墨付百四十三丁で、遊紙は前に一丁、後に三丁（本文の終わりに一丁、その後に別紙を付し、その後に二丁）。本文は前半毎九行、和歌は一字下げて二行書き。出典、他本との異同を記し、本文より二字下げて、延喜御集・年代記・大鏡等の本文の引用、及び勘物がある。また長文の識語を有し、皇太后宮越後本、小式部内侍本の断片を引いている。別紙に「此物語為氏卿芳翰無疑胎者也（中略）寛戊辰臘月上旬亜槐藤（花押）」とあり、為氏筆と言われているが断定できない。ただ、鎌倉時代の書写とみてよかろう。重要文化財に指定されている。

先程、広本系統で記したように為氏本は一誠堂書店旧蔵伝為相筆本伊勢物語(3)（現、日本大学図書館蔵。以下、為相本と略称）と同類である。これは両者の識語をみると理解できる。今、両者の組織を含めてそれらを記してみよう。

為氏本

（皇太后宮越後本十二段　伊勢物語人物伝）

或本

此物語ハ心とめてみすはこきあちはひいてこしとそ
ふるき人ハいひける　……以上池田氏説第一部
顕輔卿本にて所書写也件本ハ大外記師安本也小式部

為相本

（皇太后宮越後本十三段　業平伝）

書本云

顕輔卿本にて所書写也件本ハ大外記師安本也小式部
内侍自筆之由所注也雖然不審事件本ニ令書付也和歌
二百五首其後以或証本令比校了又以一本校了件両本

内侍自筆之由所注也雖然不審事件本ニ令書付也和歌
二百五首其後以或証本令比校テ又一本校了件両本次
第無相違三宮御本云々仍付其等也自此下物語ハ他本
令有事等を追書入也　皇太后宮越後本云々

或本奥書云
この本ハ朱雀院のぬりこめにかやかみにかきてありし
をてつからとき、しかはかきうつしたる高二位の家注
にも高二位のつけたるなるへしとて本にあれとまたか
の業平みつからのてしてかきたる本ハことにそあるを
かきそへたりまたみあれのないしかゝきたるもありお
ほろけならぬ本とあり
或本云
此朱雀院のぬりこめにかやかみにかきてありけるをてつ
からときゝしかハかきうつしたるをかうの二位のかくは
かきたる此本ハかう二位のいゑのときゝはへるとそ
私云此物語諸本不同員数不定次第相違其中殊違両本
也

次第無相違三宮御本云々仍付其等也自此下物語ハ他
本令有事追書入也
本云
建久元年八月六日於安部山門書了以皇后宮越後本所
書写也云々
……以上福井氏説第二部

一様ハ初春日野若紫歌終昨日今日とはおもはさりしを云々

奥書朱雀院本と注ハ大様此本也

一様ハ初君やこしの歌終ニ忘なよほとは雲居ニの歌也

此本ハ小式部内侍自筆之由大外記師安語侍し本也伊勢物語号依斉宮事初挙その歌尤可然云々但不可然歟

又件本ハ世不普歟可秘蔵云々

写本云

以顕昭阿闍梨并皇太后宮越後本所書写云々

……以上池田氏説第二部

（小式部内侍本二十四段）

或本云

これよりしもハこの本ニなきをえりいてゝかきつらねたる也小式部内侍か自筆の本にあるなり

……以上池田氏説第三部

為氏本と為相本の伝来を示す識語である。為氏本は顕昭の手を経ているようである。これらの識語と底本との関わりについては説がある。(4) ただ、両者はすべてにわたり共通しているわけではないが、何らかの関係は否定できまい。

では、このことが本文の上にどのように表れているであろうか。為氏本の本文は広本系統の伝本との共通箇所が多くなるのは当然のことなのだが、注目したいのは広本系統の中で為相本とのみ共通する箇所がみられることである。

番号	章段	為氏本・為相本の本文	その他の本文
1	5	かのおとこえあはてかへりにけり	*いけとも／おとこ（阿）
2	10	よるとなきける	*なくなる（泉）／いふなる（阿）
3	15	めてたしとおもへとも	*おもへと（泉）／おもひて（阿）
4	41	おとこをもたりけり	*もたりけり（泉）／のまつしきしたり（阿）
5	45	ほたるあまたとひあかる	*たかう（泉）／のなまたかう（阿）
6	〃	つくつくとこもりをりけり	*つれ〲（阿泉）／つやつや（家）
7	〃	あか月やゝすゝしきかせ	*よふけて（阿泉家塗）
8	65	かひなき陰陽師	*陰陽師かんなき（泉）／おみやうし（阿）／かんなきおんやうしゝて（塗）／かうなきをめしよひて（家）
9	〃	二條后とも或五條后とも	*五條后とも／五條后とも二條后とも（泉）／二條后とも（家塗）／ナシ（阿）
10	69	三條のまち惟彦のみこのはゝなり	*「三條」カラ「なり」マデナシ（塗）／ナシ（阿）

11	〃	ナシ	＊おとこいとかなしくてねすなりにけり（諸本略同）

（注）「○」は異同の対象を、何も付いていない箇所は全体がその対象であることをそれぞれ示している。＊印は定家本（天福本で代表させる）の本文を示す。伝本略号は次の通り。

阿（阿波国文庫本）　泉（泉州本）　塗（塗籠本）　家（『参考伊勢物語』所引為家本）

これらは以下も同じ。なお塗籠本と『参考伊勢物語』所引為家本は参考のため記した。

それほど多くないが、両者の識語の類似がこのような結果を示していると言えよう。

しかし、その一方で両者における定家本との共通数に大きな違いがある。為相本は七十四箇所あるのに対し、為氏本はわずか五箇所にすぎない。今、それぞれの箇所をあげてみよう。

表Ⅰ

番号	章段	為相本・定家本の本文	為氏本の本文及び異文	為氏本と同文の伝本
1	1	むかし人はかくいちはやき	むかしの	阿泉
2	2	よのひとにはまされり	まさり	阿泉
3	9	やつはしといひける	やつはしといひけるやう／やつはしといふ（泉）	阿
4	10	よみてをこせたりける	たる	阿泉

5	13	むさしあふみとかきて	あふみとのみ	阿泉
6	21	かきをきたるを	たるをみて	阿泉
7	27	たらひのかけの	たらひのかけに／たらひのみつになくかけの（阿）／たらひの水のかけの（泉）	
8	39	けちなんするとて	す／すめる（阿）	泉
9	47	ついによるせは	あふせ／よるて（阿）	泉
10	59	いまはかきりと	の	阿泉
11	63	ナシ	むまにくらをかせて	阿泉
12	76	近衛の司	つかうまつりける兵衛の司	阿泉
13	81	よめりける	よめる	阿泉
14	86	おとこわかき女を	に	阿泉
15	96	いはきに	女いはきに／をんないはきに（阿泉）	

表Ⅱ

番号	章段	為氏本・定家本の本文	為相本の本文及び異文	為相本と同文の伝本
1	1	おとこのきたりける	ナシ	阿泉

2	5	ついひちのくすれより	ついち	阿泉
3	28	むすひし物を	ちきりし／契し（泉）	阿
4	65	こもりてなく	なくなく	阿泉
5	69	ゆきけんおもほえす	おほつかな	阿泉

（注）表Ⅰ・Ⅱにおいて、為氏本及び為相本と同文の伝本の対象は広本系統のみとした。

表Ⅰは全部をあげたわけではないが、おおよその傾向は把握できよう。為氏本はもちろんのこと、阿波国文庫本、泉州本の大半が為相本・定家本に対立している。為氏本が為相本と定家本と異なるところでは、阿波国文庫本、泉州本も為氏本と共通しているところが多く、それは全体で二十数箇所みられる。また、表Ⅱでは為氏本と為相本は異なっているが、為相本には阿波国文庫本、泉州本と共通するところもある。これらの箇所から異本生成の複雑さが垣間見られる。そして、これらの差異は転写する際に生じたものと推測される。このことは両者の段序をみても言える。

為氏本	為相本
①　71段までの段序は定家本に同じ。	①′　55段までの段序は定家本に同じ。
②　75段の次に72段をおく。	

③　81段の次にAをおく。	③　81段の次にAをおく。
④　88段を113・118・119段の次におく。	④′　88段を欠く。

（注）Aとは定家本にない章段で、これは『伊勢物語に就きての研究　補遺篇』での呼称による。

①′は為相本の欠落によるもので[5]、ここでは除く。③は共通しているし、④′も為相本は99段以降を欠いており[6]、本来は④のようになっていたのかもしれない。問題は②で為相本は為氏本のようでなく定家本のようになっている。この点では定家本に近いことになる。これは先程の表Ⅰ・Ⅱでの結果を暗示していよう。なお、②は為氏本のみでなく、阿波国文庫本、塗籠本もこうなっており、ここには意図的なものが絡んでいるようである[7]。

為氏本は前述したように、識語に「写本云／以顕昭阿闍梨云々」とあることから、顕昭の手を経ているようである。そこで、これを確かめるために、彼の著作になる古今集註に引いている伊勢物語の本文を調査し、その主な箇所をあげてみよう。

番号	章段	古今集註	為氏本	定家本
1	1	カノオトコ	かの（相阿塗）	この（泉家）
2	10	スムトコロナムムサシノノ国	むさしのの国（阿泉家塗）	ナシ（相）
3	19	ヨメリケレバオトコ	よめりけれはおとこ（塗）	よめりけれはおとこかへし（相阿泉家）

4	41	キヌノ	きぬの（阿家）	うえのきぬの（相泉塗）
5	49	ムスバムコトヲコソオモヘ	こそおもへ（阿）	しそ思（相泉家塗）
6	65	大ミヤスドコロ	大みやすところ（泉家塗阿）	大みやすんところ（相）
7	〃	殿上ニアリケル	ありける（阿泉家）	さふらひける（相）
8	65	トナキヲリケレバ	となきをりければ（阿）	となきをれは（相泉塗）
9	69	アヒコトモセデ	あひこともせて（阿家塗）	あえこともえせて（相泉）
10	〃	オボロナル二人カゲノシケレバミイダシケレバ	人かけのしけるをみいたしけれは（相阿家）	ナシ（泉）
11	〃	タチヌベケレバ	たちぬへけれは（相阿家塗）	たちなむとすれは（泉）
12	76	二條ノキサキマダミヤスドコロ	みやすところ（阿家）	春宮のみやすん所（相泉）
13	〃	カナシトヤオモヒケム	かなしとや思けん（阿家）	かなしとや思ひけんいかゝ思ひけん（相泉）

（注）古今集註は『続々群書類従　第十五巻　歌文部』に拠った。伝本略号、相（為相本）。以下も同じ。

十三箇所をあげたにすぎないが、全体では五十箇所になる。この共通数からみても為氏本は顕昭所持の伝本にもっとも近いと言えよう。

一覧表をみるとわかるように、各伝本と為氏本、定家本との共通箇所は分散している。そこで、各伝本と為氏本、

定家本との共通数を全体にわたり集計してみると、

為相本　（為氏本12、定家本38）
泉州本　（為氏本8、定家本40）　独自異文2
塗籠本　（為氏本19、定家本17）　独自異文14
阿波国文庫本　（為氏本43、定家本3）　独自異文4
為家本　（為氏本29、定家本11）　独自異文10

のようになる。為氏本と阿波国文庫本の関係が突出している。しかし、残りの伝本も共通数に差はあるが、関係ないとは言えない。これらの伝本の複雑な生成をみることができよう。

しかし、古今集註と為氏本には共通しないところがある。それは十数箇所みられる。その主なところをあげてみよう（小異も含める）。

番号	章段	古今集註	為氏本
1	6	后ノオハシマシケルトキトゾ	の事とそいとこの女御はそめとの丶きさきなりとかや（阿泉相）
2	49	ヲカシゲナルヲミヲリテ	をくりて
3	65	在原ナリケルオトコノマダイトワカヽリケルコノ女	ナシ
4	〃	アハレニウタヒケリ	ナシ
5	69	イツキノ宮ノカミカケタリケレバ	ナシ

為氏本と為相本は部分的にほぼ共通した識語を有していながら、古今集註との関係においては反対の結果になっている。これはあたかも矛盾しているかのようであるが、決してそうではなく、為氏本はもとより古今集註も何度かの転写を経ていることの証しである。為氏本の識語と為相本とが長短あるのは親本から何度かの転写を経ているためであろう。したがって、本文も親本の時点では今以上に共通していたのだろう。それが転写され、改変、他本との接触などにより異文が生じたものと推測される。なお、はじめの体裁のところで記したが、為氏本の巻末には、散佚本である皇太后宮越後本と小式部内侍本の断片が付されている。ともに散佚本の研究に欠くことのできない資料であり、これまで様々な視点から言及されてきた[8]。

粗雑な論になってしまったが、ともあれ為氏本は伊勢物語の本文の伝流と、いわゆる狩使本と言われている小式部内侍本や皇太后宮越後本と言った散佚本の片鱗を伝える貴重な資料である。以前に刊行された為氏本の複製本は、今日では稀覯本となってしまった。その意味で『国立歴史民俗博物館蔵貴重典籍叢書　文学篇　第十六巻　物語一』の影印刊行[9]は意義深い。新たな視点からの研究が望まれる。

注

（1）『伊勢物語生成論』（有精堂出版、昭和40・4、〔増補版〕パルトス社、昭和60・1）。
（2）『異本伊勢物語　伝藤原為氏筆』（岩波書店、昭和7・2）。この外、山田清市氏の『伊勢物語校本と研究』（桜楓社、昭和52・10）に翻刻。
（3）田中宗作氏・杉谷寿郎氏「日本大学総合図書館蔵伝為相筆本『伊勢物語』翻刻と研究」（「語文」61輯、昭和60・2）。
（4）池田亀鑑氏『伊勢物語に就きての研究　研究篇』（大岡山書店、昭和9・5、〔再版〕有精堂出版、昭和35・10）、関良

一氏「伊勢物語散佚諸本管見」（「山形大学紀要（人文科学）」3号、昭和26・3。後に『日本文学研究資料叢書平安朝物語Ⅰ』〈有精堂出版、昭和45・11〉に再録）、大津有一氏編『伊勢物語に就きての研究　補遺篇』（有精堂出版、昭和36・12）、山田清市氏「伊勢物語「皇太后宮越後本・大島本」考」（「亜細亜大学教養部紀要」8号、昭和48・11。後に『伊勢物語校本と研究』に再録）。

（5）拙稿「伝為相筆本伊勢物語の本文研究（Ⅰ）―為氏本との比較を中心に―」（「中古文学」19号、昭和52・5。後に『伊勢物語異本に関する研究』〈桜楓社、昭和58・4〉に再録）。

（6）為相本には99～125段、及び皇太后宮越後本のうちの117段がない。

（7）鷲山樹心氏「伊勢物語の流動と定着」（「大谷学報」46巻3号、昭和41・11）、拙著『伊勢物語異本に関する研究』。

（8）最近の研究成果に林美朗氏の『狩使本伊勢物語　復元と研究』（和泉書院、平成10・9）がある。

（9）臨川書店、平成11・5。

第七章　『伊勢物語』散佚本の本文について

一　はじめに

伊勢物語は多くの人々に愛読されてきた。そのこともあってか多くの伝本が存在する。現在、伝わっているもので主流をなしているのは初冠本と言われているもので、初段の「春日野の」の歌に始まり125段の「つゐに行く」の歌で終わっている。

一方、この外に散佚本が存在していたようで、中でも研究者の脚光を浴びてきたのは狩使本と言われている小式部内侍本（以下、小式部本と略称）である。この本は流布本の69段の「君や来し」の歌に始まり、11段の「忘るなよ」の歌で終わっていたという。これ以外にも、今では散佚してしまった本が存在していたらしい。小式部本は現在、断片や校異などで伝えられているにすぎない。そのため資料的に難点があるものの、各方面から研究がなされ、次第にその実体が明らかにされつつある。ただ、今までの研究はどちらかと言うと、形態面からの追究が主流で、その本文についてはそれほどなされなかったことも事実である。実際、小式部本の章段は様々な形で、かなり多く存しており、本文の異同も甚だしい。これは何に起因しているのか、その中でどれがもとの姿を留めているのか、などの問題が山積みしている。今の時点では、現存の資料をもとにしてあらゆる角度から検討すべきであろう。

このようなわけで、ここでは先学の論に支えられながら、小式部本をはじめとして散佚本の本文について考えてみたいと思う。

二　研究略史

本論に入る前に散佚本の資料とその研究状況を俯瞰しておきたい。

伝為氏筆本伊勢物語[1]（以下、為氏本と略称）の巻末には小式部本、皇太后宮越後本（以下、越後本と略称）の断片と言われている章段がある。また、これと同じ系統の伝為相筆本伊勢物語[2]（以下、為相本と略称）の巻末にも越後本の断片が付されている。両本とも鎌倉時代の書写と推定されている[3]。小式部本については池田亀鑑氏[4]、武田祐吉氏[5]、関良一氏[6]、片桐洋一氏[7]、中田武司氏[8]に有益な論がある。また、越後本についても池田亀鑑氏[9]をはじめ、武田祐吉氏[10]、関良一氏[11]、山田清市氏[12]、林美朗氏[13]、久保木秀夫氏[14]の研究がある。この外、小式部本の断片としては伝為家筆本伊勢物語（以下、天理為家本と略称）付載の十八章段[15]、山田孝雄旧蔵本付載の五章段がある[16]。天理為家本については福井貞助氏[17]、桑原博史氏[18]の研究がある。

狩使本の資料と言えば、屋代弘賢の著作になる『参考伊勢物語』を忘れることができない。これは一種の校合本で、ここで取り上げている為家本（以下、参考為家本と略称）は流布本と段序が甚だしく異なり、これこそ狩使本の投影と言われている。この形態や本文については多くの研究がある[19]。狩使本から抄出されたものではないかと言われているものに『異本伊勢物語絵巻』（片桐氏の呼称による）がある。早く鎌田正憲氏が『考証伊勢物語詳解』[20]の中で、初めてその所在を指摘され、氏の研究を池田亀鑑氏は『伊勢物語に就きての研究　研究篇』で紹介されている。また、片桐洋一氏は国立科学博物館本を翻刻し、その本文に言及されているし、[21]大津有一氏の編になる『伊勢物語に就きての研究　補遺篇』[22]では国立科学博物館本の排列・本文・用字法について解説している。また、山田清市氏は実践女子大学本の翻刻と解説をされている。[23]さらに、伊藤敏子氏の『伊勢物語絵』[24]には国立科学博物館本が影印版で載せられ、その研究がある。私も驥尾に付してその本文について考察した。[25]近頃、これと同類のものを田口尚幸氏が紹介され、[26]注目される。また、最近、片桐洋一氏により小式部本の古筆切が二葉紹介され、[27]小式部本の研究に一石を投じた。それと、小式部本について多くの資料を駆使しての、渡辺泰宏氏、[28]田口尚幸氏、[29]林美朗氏、[30]内田美由紀氏、[31]久保木秀夫氏[32]の意欲的な研究も見逃せない。

この外、散佚本には六条家本と呼ばれているものがある。これは実在した一伝本ではなく、大津有一氏により、六条家の諸学書に引用されている伊勢物語の本文を蒐集して、ひとつの名称を与えられたものである。[33]これについては大津有一氏の外に池田亀鑑氏、[34]関良一氏[35]の研究がある。

なお、散佚本の断片と言われている章段は泉州本、塗籠本、真名本などにもみられる。[36]これらを含めて、散佚本の本文は『伊勢物語に就きての研究　補遺篇』や林美朗氏の『狩使本伊勢物語　復元と研究』に集成されており、研究の便宜がはかられている。

以上のように、伊勢物語の散佚本についての新資料は年を追って出現し、それに伴って様々な角度から考察され、研究が進展してきた。とりわけ古筆切の出現は注目されよう。今後はこれらを加えつつ、今までとは違った面からの追究が必要であろう。と同時に新しい資料の発掘が期待される。

三　B段

まずB段(37)からみてゆく。この章段は多くの伝本が有している。論述の便宜上、本文を引用し、主な異同を記しておこう。

むかしをんなをぬすみてゆくみちにみつあるところにてのまんやとゝふにうなつきけれはつきなともくせさりけれはてにむすひてくはすさてのほりにけれは①もとのところにかへりゆくにかのみつのみしところにておほはらやせかひのみつをむすひつゝあくやとゝひし人はいつらは②といひてきへにけり　③あはれ〳〵

(底本は阿波国文庫本に拠る)

①
にはかにはかなくなりぬおとこもとのところへかへるに(真名本)
もとのところへかへりゆくに(越後本B)
女はかなくなりにけれはもとの所へかへりゆくに(参考為家本)
をむなはかなくなりにけれはもとの所へゆくみちに(塗籠本)
おとこはかなくなりにけれはもとのところにかへりゆくに(泉州本)
おとゝけゝなくなりにけれはもとの所へかへりゆくに(天理為家本)
おとこなくなりにけれはもとのところへかへりゆくに(小式部本)

②
といひてきけり(越後本A・B)
といひてきにけり(参考為家本)
といひてきゑかゑり(塗籠本)
ナシ(小式部本・天理為家本・真名本)

③
あはれ〳〵といへとかひなし(塗籠本)
はれ〳〵(越後本A・B)
ナシ(小式部本・天理為家本・真名本)

(注)　越後本Aは為氏本付載のものを、越後本Bは為相本付載のものをそれぞれ示している。真名本は平仮名に改めた。傍線、番号は筆者による。以下も同じ。

このように異同は甚だしいが、傍線部①と②からこれらは大きく三つに分類できる。

	①	②
（1）	女死 ——	男生（塗籠本・真名本・参考為家本）
（2）	男死 ——	女死（泉州本）
		女生（小式部本・天理為家本）
（3）	男女生？ ——	男女生？（越後本A・B）
		男女死？（阿波国文庫本）

なぜこのような異同が生じたのであろうか。実は、このB段というのは伝本によりその位置に異同がある。それを示すと、次のようである。

塗籠本　5　6　**B**　7　8・9　（略）　125
真名本　28　29　**B**　30　31　（略）　125
泉州本　117　**B**　C　114　D　E　F　G　30　118　P　K　119　（略）　125
阿波国文庫本　125　117　115　116　**B**　C　114　119　O　R　S　Q　N　I　M
越後本A　125　（略）　115　116　**B**　C　114　D　E　F
越後本B　114　D　E　115　116　**B**　F　37　G　30　118　119
小式部本　125　（略）　I　J　**B**　K　36
天理為家本　125　83　59　117　9　4　H　D　99　74　G　I　**B**　L　M
参考為家本　121　62　**B**　C　88　60　37

B段とその前後の章段を記したにすぎないが、B段が125段の前にあるのは塗籠本、真名本それに泉州本である。

塗籠本の場合、類従性が強く、ここはすでに指摘されているように前段の6段は二条后が盗まれる話で、それを考慮してB段が置かれているようである。それと、伊勢物語は「昔男」の一代記ということで男を章段の途中で死なせるわけにはいかなかった。それゆえ、女の死、男の生となっているのであろう。また、真名本の場合も29段に先程の6段と同じく二条后が登場し、その後にB段が置かれている。ただ、真名本の場合、塗籠本のように「盗む」ということでは共通していない。その点、真名本は塗籠本よりも類従性に欠けている。とはいうものの、29段に続けてB段を置いたのは「二条后」、「盗む」という二つの要素がその背景にあったのであろう。このようなわけで、真名本も塗籠本と同様に章段の途中で男を死なせるわけにはいかなかったのである。さらに泉州本の場合はB段を125段の前に組み込んではいるものの、阿波国文庫本との段序の類似から考えて、他の資料からここにもって来た可能性が強い。つまり、泉州本は125段までの段序を尊重しつつ、そこに他の資料から章段を挿入したのであろう。言うなれば、泉州本は「昔男」の一代記ということにそれほどこだわらず改変することもなくもとの資料のまま伝えているのではなかろうか。

ところが、これら以外は付載されたものや散佚本の断片として伝えられているものである。小式部本と天理為家本の場合、男が死ぬということでは泉州本に一致しているが、これと異なることは女が生きるという点である。おそらく小式部本と天理為家本は段末の「といひてきへにけりあはれ〳〵」という本文を削除したのではあるまいか。それはこの本文を泉州本のみならず、阿波国文庫本も持っていることから考えて、その可能性が強い。このことからも泉州本は改作を加えず、もとの資料に存したまま記したとみてよかろう。

越後本A・B、阿波国文庫本は「もとのところにかへりゆくに」（小異あり）とだけあって肝心な部分がない。その箇所は削除されたものであろう。これは本文の続き具合が不自然であることからも理解できよう。しかし、そうすることによって①、②の動作主が不明瞭な結果となってしまった。ここから「昔男」の生死と「おほはらや」の歌の詠み手は誰かについて、これら伝本の作為者の苦悩を垣間見ることができよう。その点、参考為家本（塗籠本、真名本も含めて）は①、②の動作主がはっきりしている。ただ、この場合、指摘されているように[39]「おほはらや」の歌はその歌意から女の歌とみるのがよいことから不自然さを免れまい。ここの異同も「昔男」の生死と歌の詠み手が深く関わっている。そして少なくともここは二次的な本文とみてよかろう。加えて越後本A・Bはこれより後世の本文と言えよう。

それにしても「昔男」の一代記の体裁をとっていないという小式部本や天理為家本でさえも「昔男」の生死をめぐって異同がある。現存本を含めて、散佚本においても改変され、そして流伝して行ったのであろう。[40]こうした中にあって、B段を通して言えることは、泉州本はもとの資料の姿を伝えているのではないかということである。

四　G段

G段は次のような内容である。

むかしおとこならの京にあひしりたりける人とふらひにいきけるにともたちのもとにはせうそこをして[①]ふみをやらさりける人に[②]

春の日のいたりいたらぬ事はあらしさけるさかさる花のみゆらん　（底本は泉州本に拠る）

地文の傍線部①は諸本により異同がある。即ち、

せうそこをして（泉州本・小式部本）

せうそこをはしめて（天理為家本）

せうそこをはせて（越後本A）

せうそこはせて（越後本B）

となっている。肯定が泉州本、小式部本、天理為家本である。これに対して否定が越後本A・Bである。また、傍線部②において小式部本と天理為家本が「うらみてふみをこせたりける」（天理為家本は「お」となっている。傍点は筆者に拠る。以下同様）となっている。これだと返事をくれた人に歌を詠んでやったということになる。そこで、傍線部①と②の異同についてまとめてみると、次の三つに分類できる。

①　②

（1）否定＋否定（越後本A・B）

（2）肯定＋否定（泉州本）

（3）肯定＋肯定（小式部本・天理為家本）

（1）の場合、いずれも否定になっているが、これはどのような事情によるのであろうか。思うに「友達」と「人」とを同一人物と解釈したのではなかろうか。しかし、そうすると歌に「いたりいたらぬ事」とあるから、当然、地文もそれに対応すべき表現になっていてよさそうである。これは（3）の場合についても言えることである。

その点、（2）の場合、歌と地文とが対応し一体となっている。これは傍線部①、②の動作主を別人とすることにより対応関係が成り立っている。しかも歌において「いたりいたらぬ事」とあって、手紙を出したか否かという事実に焦点をあてている。この章段は古今集にある「春の色」の歌をもとにして、伊勢物語初段の春日野での話を踏まえて創作されたものと考えられる。[41] その際、「消息」、「文」という、意味上、類似した語を使用したことがなんとも厄介なものにしてしまったのではないか。確かに作為者にとってみれば、別々な人への手紙ということで使い分けようとしたのであるが、かえってそのことが本文の異同を生む結果となってしまった。もちろんここには作為者の文章力も関与しているのであろう。

ところで、歌の異同についてであるが、泉州本の「事」のところが他の伝本はすべて「さと」になっている。古今集の諸本もすべて「さと」になっている。[42] してみると、泉州本以外の伝本がもとの姿と考えることもできよう。しかし、前述したように地文と歌との対応関係などからみて、そのようには考えられない。むしろ泉州本のような形から異文が派生したと考えるのが自然と言えよう。泉州本は前述の如く手紙をやったか否かという事実を重視し、古今集の「さと」を「事」に改めたのであろう。しかし、これ以外の伝本は地文に「ならの京」とあり、この章段は伊勢物語初段の春日野の里を踏まえていると考えられる。そのために泉州本以外の伝本は再び「さと」と改めたのではあるまいか。

ともあれ、ここでも泉州本がもとの姿を残していると考えられる。

五　H段

H段は次のようである。

むかしおとこ女のうひもきける①を心さしてよみてやりける
あまたあらはさしはするとも②玉くしけあけむおり〱おもひいて③
なん
（底本は泉州本に拠る）

① きせけるに釵子を（天理為家本）
きけるにさしを（小式部本）
② さしわするとも（天理為家本）
さしはせすとも（小式部本）
③ 思ひてにせよ（小式部本）

この章段を有しているのは、今のところ校異で示した伝本を含めて三本である。三本とはいうものの意味を左右する大きな異同がある。傍線部①では三本とも異同がある。天理為家本は「きせけるに釵子を」とあって、この場合、内田氏が指摘されたように、(43) この男は女の後見人かそれに準ずる人と言える。したがって天理為家本は小式部本や泉州本に比べると恋の要素は少ないように思われる。泉州本は「きけるを」とあるが、歌の中に「さし」を詠み込んでいることを考えると、小式部本や天理為家本の如くあった方が自然である。泉州本は誤写であろう。ただ、少なくとも、ここは「きける」を本文の一部にもつ形がもとの姿を留めていると考えてよかろう。

また、傍線部②でも三本間に異同がある。泉州本は「さしはするとも」と肯定の表現になっているのに対して、小式部本、天理為家本はそれぞれ「さしはせすとも」「さしわするとも」とあり、否定の表現になっている。

なぜこのような異同が生じたのであろうか。①での異同を文脈から考えてみると、数多く持っている釵子を挿すの目的語としているのが泉州本であり、これに対して男が贈った釵子を目的語としているのが小式部本と天理為家本である。文脈からみてどうか。「あまたあらば」という本文は条件を示しているから、当然のこと、泉州本のように女が以前からもっている釵子を目的語とするのが自然である。そこへ男があげた釵子を前面に出すために「さしわするとも」となり、さらにそれを強めた形で「さしはせずとも」と変化していったのであろう。そしてこれは傍線部③の異同と連動している。(44) ただし、これらが直接関係を意味しないことはいうまでもない。

泉州本には、この章段の後に「或本在之」という注記があり、地文での釵子の有無が問題になるが、泉州本は傍線部②の異同から考えて或本にあったのをそのまま載せたとみてよかろう。それにしてもここでの現象から、小式部本と天理為家本は、狩使本とは言ってもその本文は改められ生成していったことを示していよう。

六　74段

74段は次のようである。

むかしおとこ女をいたくうらみて

いはねふみかさなる山はとおけれとあかぬおほくもこひわたるかな

・・・かへし（参考為家本）

あまのすむみちのしるへにあらぬ身をうらみんとのみ人のいふらん

（底本は天理為家本に拠る）

「いはねふみ」の歌までは定家本（天福本で代表する。以下同様）も有しているが、「あまのすむ」の歌は現在のところ、小式部本、天理為家本、参考為家本しか有していない。この現象について、「いはねふみ」の歌が万葉集に、「あまのすむ」の歌が古今集（小町作）にそれぞれみられるが、時代が合わないことから、「あまのすむ」の歌は後の付加と言われてきた。(45) これに対し内田氏は、

顕輔本（大島本の原体部分のこと―筆者注）の「いはねふみ」の歌に万葉の勘物が見られるように、第三句は、万葉集の「不難」。小式部内侍本「とをけれど」に対し、顕輔本・古本・定家武田本は「へだてねど」と万葉集に近くなり、さらに定家天福本が「あらねども」と万葉集による校訂の跡が色濃く見られる。万葉集に小野小町の歌はおかしい、と小町歌が削除されていても不思議はないであろう。(46)

と述べられ、もともと存していた「あまのすむ」の歌を削除したとみておられる。そこで、本文の異同を確かめつつこの問題について考えてみたい。

男が詠んだ「いはねふみ」の歌において＊印を付した傍線部に異同がある。

A　山にあらねともあはぬ日おほく（天福本）

B　山はとおけれとあかぬおほくも（小式部本）

C　山はへたてねとあはぬ日おほく（参考為家本・泉州本・塗籠本・武田本・古本）

Bは底本の天理為家本の本文と共通しているが、ここでは比較する意味であげておいた。

　前述の如く、内田氏はAを万葉集による校訂とみているわけだが、Aは万葉集と全てが一致しているわけではない。万葉集では「逢はぬ日まねみ恋ひわたるかも」[47]となっている。定家本でもそうであったように、万葉歌をとり入れる場合、章段の内容に合わせ、当世の表現に改めており、両者がすべて一致する歌は一首も存在しない[48]。ここも「まねみ」を改めたのであろう。それに問題の箇所で傍点を付したところに注目しこれらの本文をみると、万葉集はAの天福本に近く、Aがもとの姿を残しているとみてよかろう。B、Cの本文はこれより後に成立した本文と言えよう。しかもCの「へたてねど」は意味上、Aの「あかねども」に近い。その点、BはA、Cから離れている。したがって参考為家本は小式部本、天理為家本より以前の本文を伝えていると考えてよかろう。これら二本は流伝して行く過程で本文の改変がされたのであろう。このような本文の生成過程を考えた時、流布本であるAの天福本が「いはねふみ」の歌しか有していないが、実はこれがもとの姿で、「あまのすむ」の歌は後に付加されたことの傍証となろう。

　「いはねふみ」の歌が山を素材に、また「あまのすむ」の歌が海を素材にそれぞれ詠まれている。「いはねふみ」は男の歌、「あまのすむ」の歌は、その歌意から女の歌とみるのがよい。両者は対照的である。と同時に唐突さは否めない。これは後にある「あまのすむ」の歌が付加されたことを物語るものであろう。それなのになぜ小式部本と天理為家本は列記しているのであろうか。単なる誤写なのか、それとも他に理由があったのか。古今集には「海人のすむ里のしるべにあらなくにうらみむとのみ人の言ふらむ[49]」とある。これと小式部本、天理為家本、参考為家本の異同を踏まえつつ両方の歌をみると、「いはねふみ」の歌は女の許への通い路を「いはねふみかさなる山は云々」と詠んでいる。それに応ずるには「あまのすむさと」よりも「あまのすむみち」の方が的確である。また、「あらぬ身」と「あらなくに」と異同があるが、ここは掛詞になっている「うらみ」と連動している。即ち前者は「恨み」に合わせているのに対して、後者は「浦見」に合わせているわけである。したがって、参考為家本よりは天理為家本、小式部本の方が意味上から考えてその場に密着した表現になっている。それをあえて参考為家本のような本文に古今集をもとにして改変するであろうか。疑問と言わざるをえない。参考為家本と古今集は「さと」、「なくに」、「人の」が共通している。とりわけ「なくに」は両者のみがそうなっている。いずれにしても参考為家本が古今集に最も近いわけで、これが徐々に改められていったのであろう。このことは「いはねふみ」の歌のところで本文の生成について述べたことを補うことができよう。

　ともあれ、小式部本と天理為家本が二首列記しているのは、誤写か否かは断定できないが、少なくとももとの姿ではないと考えてよかろう。

　それにしても、なぜ「あまのすむ」の歌が付加されたのであろうか。もちろん、贈答歌の体裁を整えるためであろう。そうはいうもののこの贈答歌の素材は前述したように山と海の組み合わせになっており、何となく不釣り合いである。それでも海にまつわる歌をここに据えたのは段序を考えたからではなかったか。参考為家本は「……116 74 75……」の段序になっている。定家本によってこれらの章段の関連を見るに、116段は「浪間」、75段は「大淀の浜」が歌に詠まれ、「海」に関連している。ところが、74段は定家本のままだと、前述したように「いはねふみ」の歌は山を素材に詠んでいる。これのみでは参考為家本の性格である「物名的な類聚傾向」[50]に障害を伴う。それを解消するために海を素材にした「あまのすむ」の歌を付け加えたのであろう。こうすることにより参考為家本の特色を十分に発揮することができたのである。

　参考為家本は狩使本の透影と言われている。すると、小式部本や天理為家本も狩使本の断片と言われているから、当然、その本文は一致してもよいはずなのに、ここでは泉州本や塗籠本に近い。このことは狩使本の生成にひとつの示唆を与えてくれるのではなかろうか。

七　83段など

散佚本の中には特異な部分を抄出したと考えられるものがある。ここでは4、9、83、117の各章段についてみていきたい。

まず83段であるが、次のような内容である。

うた　わすれてはゆめかとそ思おもひきや雪ふみわけて君をみんとは

返哥

ゆめかともなにかおもはむうきよをはそむかさりけんほとそくやしき　（本文は天理為家本に拠る）

「ゆめかとも」の歌は、今のところ天理為家本のみにある。このことから後に付加された可能性が強い。

では何をもとにしたのであろうか。勅撰集等を調べてもみられない。ただ、泉州本、為氏本、それと為相本には

彼親王御集には（ナシ（氏））　有返歌（返哥あり（氏・相））

夢（ゆめ（相））かともなにかおも（思（氏・相））は（ん（氏・相））　むうき世に（を（氏・相））はそむかさりけむ（ん（氏・相））ことそくやしき

（注）底本は泉州本に拠る。校異は、（氏）は為氏本を、（相）は為相本をそれぞれ示す。

という注記がある。[51] 惟喬親王御集は現存しないが、かつては存在していたのであろう。泉州本をはじめ、為氏本、為相本は鎌倉時代の書写になると言われており、[52] また「ゆめかとも」の歌は新古今集一七二〇にもみられることから、すでにその頃に、この御集は存在していたと推測される。その意味でこの注記は貴重と言えよう。ただ、これらの間には異同があり、天理為家本がこれそのものを利用し付加したとは考えられないが、少なくとも天理為家本のもとに

なった資料の存在を確認できよう。ともあれこの章段を通して天理為家本が歌を付加し、章段を形成して行く姿を垣間見られよう。狩使本とは言っても一定でなく、様々な形で成長して行ったのである。

次に117段に移る。

むつましと君はしらなくみつかきのひさしきよゝりいはゐそめてき

この哥をきゝて在原業平すみよしにまうてたりける・・・

すみよしのきしのひめ松人ならはいくよかへしとゝはましものを

とよめるにおきなのなりあしきいてゐてめてゝかへし

ころもたにふたつありせはあかはたの山にひとつはかさましものを

とよみてきえうせにけりいま思えは御神になんおはしましける

（本文は天理為家本に拠る）

「この哥をきゝて」以下の本文を有しているのは天理為家本、小式部本、越後本A、泉州本、阿波国文庫本、異本絵巻である。しかし、その異同は甚だしい。実はこの章段を顕昭が『古今集序注』（以下、序注と略称）で引いている。これらを傍線部①～④に校合してみると、次のような結果になる。

① しらしな（泉・古・家・序）　しらすや（阿）
② ついてに（泉・古・小・序）　ついてによみたりける（阿・絵）
③ よめりける（小・越）　ナシ（阿）
④ のちに（泉・小・越・序）　いま（天）

（注）伝本略号は以下の通り。泉（泉州本）、古（古本）、小（小式部本）、絵（異本絵巻）、阿（阿波国文庫本）、越（越

後本）、序（古今集序注）。なお『古今集序注』の本文は『日本歌学大系　別巻四』に拠る。

校異の対象が数箇所にしか及んでいないので早急な結論は控えるべきであるが、それでも特徴を見いだすことができよう。散佚本の本文は異同の幅が広い。これはそれぞれの伝本の本文が成長しているということであろう。ただ、泉州本のみが序注に一致している。これは泉州本が序注の依拠した伝本に近い面を持っているのであろうし、それはまた本文の異同が少ないことから、比較的もとの姿を残していると言えよう。

「この哥をきゝて」以下は伊勢物語にあって特異な部分である。それにしても思うのは参考為家本がなぜこの部分を持っていないのかということである。これだけの異同であるから見落とすはずがない。このことは先述の83段についても言える。狩使本とは言っても生成の過程で様々な異文が生じていったのであろう。

これは9段をみると理解できる。

なにしほはゝいさことゝはん宮ことりわか思人はありやなしやといひけれはふな人こそりてなきにけりそのかはのわたりすきて京にみし人あひてものかたりなとしてことつてやなといひけれは

宮こ人いかにとゝはゝみねたかみはれぬおもひにわふとこたへよ　（本文は天理為家本に拠る）

「そのかはの云々」以降の部分を有しているのは、天理為家本、藤房本、塗籠本の三本である。しかし、参考為家本は持っていない。屋代弘賢は『参考伊勢物語』において、「諸本こゝにて終る御本には下ノ文アリ」と記していることから見落としとは考えられない。天理為家本のもとになった狩使本でも本文の成長があったのであろう。「宮こ人」の歌は古今集巻十八雑下にある小野貞樹の作になるものである。詞書は「甲斐守に侍りける時、京へまかりのぼりける人につかはしける」とあり、この場面に適していることから、ここに用いたのであろう。

この傾向は4段についても言える。

月やあらぬ春やむかしのはるならぬわか身ひとつはもとの身にして

といひてこのはなのもとにたちよりて

梅花かをのみ袖にとゝめをきてわか思人はおとつれもせす

（本文は天理為家本に拠る）

「といひて云々」以下を有しているのは天理為家本と異本絵巻のみである。異本絵巻も狩使本からの抄出と推定されており、[53]両者がこの部分を有しているのも納得できよう。しかし、参考為家本をはじめ、小式部本などが持っていないことから考えて、本文の成長の跡を窺い知ることができる。[54]なお、先程の9段を含め、4段も諸本間に多くの異同があることを付け加えておく。

八　99段

99段は多くの問題を含んでいる章段のひとつである。まずは天理為家本により本文を引用してみよう。

みすもあらすみもせぬ人の恋しくはあやなくけふやなかめくらさん

女かへし

見もみすもたれとしりてか恋らるゝおほつかなみのけふのなかめや

またおとこかへし

しりしらすなにかあやなくわきていはん思のみこそしるへなりけれ

ここも流布本に比べて、「見もみずも」の歌が一首多くなっている。この天理為家本99段は顕昭の『古今集註』の記事に一致している。即ち、又伊勢物語ノ中ニハ、事外ニ歌次第モカハリ、広略ハベル中ニ普通本トオボシキニハ、右近ノムマバノヒヲリノ日トカキテ、中将ナリケルヲトコトカケリ。普通ニタガヒタル本ニハ、右近ノ馬場ノテツガヒトカキテ中将ナリケル人トカケリ。但、普通ノ伊勢物語ニハ、古今ノマヽノ贈答也。普通ナラヌ本ニハ、此歌ノ返歌ヲ、女ノカヘシトシテ、ミモミズモダレトシリテカコヒラルルオボツカナミノケフノナガメヤ。又オトコ返シ、シルシラヌナニカアヤナクワキテイハムオモヒノミコソシルベナリケレ。

（注）本文は『続々群書類従　第十五巻　歌文部』に拠る。

とある。ただ、『古今集註』では地文の一部を引用しているものの、最も肝心な男が女の顔をよく見たか否かの部分を欠いている。というのは、このことがそれぞれの章段の生成に深く関わっていると思われるからである。ところが、そのことを示す資料が出現したのである。これは小式部本の古筆切で片桐洋一氏(55)が紹介されたものである。それは次のようなものである（この前にある24段を除いた）。

むかし右近馬場のてつかひにたてり
ける車にしたすたれのあきたり
けるより女のかほのすきたりけれは
中将なりける人

片桐氏はこの中の「てつがひ」、「中将なりける人」が『古今集註』に一致することからこれが引いた伊勢物語と同系統に属する本の断簡と考えておられる。妥当というべきである。

そこで、問題の箇所はどうなっているかというと、傍線を施したように女の顔をよく見られなかったことがわかる。これはまたこの章段と共通している古今集、伊勢物語（ここでは流布本のことをいう）と同じになっている。この外、大和物語にも共通しているが、少し違いがみられる。今、論述の便宜上、これら三者を比較しておこう。

古今集	伊勢物語	大和物語
右近の馬場の引折の日、むかひにたてたりける車の下簾より女の顔のほのかに見えければ、よんでつかはしける 在原業平朝臣 見ずもあらず見もせぬ人の恋しくはあやなく今日やながめ暮さむ 返し 読人しらず 知る知らぬなにかあやなくわきて言はむ思ひのみこそしるべなりけれ	むかし、右近の馬場のひをりの日、むかひに立てたりける車に、女の顔の、下簾よりほのかに見えければ、中将なりける男のよみてやりける。 見ずもあらず見もせぬ人の恋しくはあやなく今日やながめ暮さむ 返し、 しるしらぬ何かあやなくわきていはむ思ひのみこそしるべなりけれ のちはたれとしりにけり。	在中将、物見にいでて、女のよしある車のもとに立ちぬ。下簾のはざまより、この女の顔いとよく見てけり。ものなどいひかはしけり。これもかれもかへりて、朝によみてやりける。 見ずもあらず見もせぬ人の恋しきはあやなく今日やながめ暮さむ とあれば、女、返し、 見も見ずもたれと知りてか恋ひらるるおぼつかなみの今日のながめや とぞいへりける。これらは物語にて世にあることどもなり。

（注）本文は『新編日本古典文学全集』に拠る。

天理為家本99段を含め、これらの中でどれが原型を残しているかについては、考えが分かれている。今井源衛氏は、歌意の上から本来の贈答の形を上述（古今や伊勢の贈答歌の飛躍ということ—筆者注）の如くに見れば、この異本伊勢物語（『古今集註』でいう「普通トオボシキ」本のこと—筆者注）の方が、おそらくは古今や現存伊勢物語よりも、この贈答歌の原型を残していると云える。

と述べておられる。[56]これには山本登朗氏も同じ考えのようである。[57]したがって、今井氏の考えに立てば、天理為家本も原型を残していることになる。

一方、福井貞助氏は天理為家本の形を古今集、伊勢物語、それに大和物語より後世の成立と考えられ、99段から推し及ぼして、伊勢物語の（二）（三）（二）は「伊勢物語業平自筆本―大和物語流布本」を、（三）は「伊勢物語狩使本―大和物語御巫本、鈴鹿本、勝命本」をそれぞれ示している―筆者注）の本等の成立や流布は、大和物語166段の流布もしくは異なる形態の本がゆれ動いた時期に大いに関連がありそうである。

と述べておられる。[58]私も本文の流れをたどり具体的に言及し、天理為家本を後世のものとみた。[59]

そこで、いずれがより妥当であるかを考える手立てとして、各物語の展開をみてゆくことにしよう。

まず伊勢物語であるが、女の顔がかすかに見えたので、男は「見ずもあらず見もせぬ人」と歌で詠んだわけである。女はこれを受け「しるしらぬ云々」と詠んでいる。ここまでは古今集とほぼ同じで両者の関係が密なることを思わせる。この贈答歌では「見る」を受けて「知る」という語を用いたわけで何ら不自然なところはない。[60]そうして、「のちはたれとしりにけり」という本文を付け加え、物語化し、女の素性が知れたのである。ここでは男女の純粋さを描いている。

次に大和物語では、在中将が女の顔を「いとよく見」てしまったにもかかわらず、歌で「見ずもあらず見もせぬ人」とおどけて詠んでみせたのである。女はそれに対して「見も見ずもたれと知りてか云々」とやり返している。女の歌は在中将の歌に一段と輪をかけた内容になっている。これは当然、在中将が女の顔をよく見てしまったということを踏まえて詠んでいる。大和物語の場合、冒頭を「いとよく見てけり」とすることにより、伊勢物語の段末にある「のちはたれとしりにけり」が不自然になる。そのためにこの本文を「見も見すもたれと知りてか」と歌に組み込んだのである。[61]ここでは男女ともかなりのやり手として描かれている。

では、天理為家本の場合はどうか。冒頭から「みずもあらず」の歌までは伊勢物語（流布本）にほぼ同じ。そうして、その返し歌の「しりしらず」の歌がここでは男の歌になっている。天理為家本の場合、どちらかというと純粋な男、やり手の女のように映ってくる。これは言うなれば伊勢物語と大和物語の両面を合わせ持っているということになる。前述の如く、今井氏は異本伊勢物語（天理為家本もこれに含まれる）から古今集、伊勢物語、大和物語が成立したという考えを示された。はたしてそれが可能であろうか。今井氏の説を具体的に言うと、古今集の場合、異本伊勢物語から「見もみずも」の歌を除き、「しりしらず」の歌を取り、しかもその歌の詠み手を男にしてしまったことになる。また、伊勢物語の場合は「見もみずも」の歌を削除し、「しりしらず」の歌を女の詠作にして、その後に「のちはたれとしりにけり」という地文を付け加えたことになる。さらに大和物語の場合は「しりしらず」の歌を削除し、地文を改めたことになる。古今集の場合、その史実性を考えるとまず不可能であろう。前述したように大和物語の場合も伊勢物語の段末の本文をもとに「見もみずも」の歌が作られたことを考えると、これまたそのようなことは不可能と言わざるをえない。

御巫本と鈴鹿本には「見もみずも」と「しりしらず」の歌が列記されており、また勝命本には「古今には返歌云」と注記し、「しりしらず」の歌がみられる。御巫本や鈴鹿本が原型を残しているという考えもあるが、[62]問題はただ列記されているだけで、「返し」となっていないことである。ただ、二首とも女が詠んだともとれないこともないが、歌の内容から同時に詠んだとするには不自然すぎよう。御巫本と鈴鹿本にある「しりしらず」の歌は古今集から付け加えられたのであろう。勝命本の注記がそれを物語っている。そして、福井氏が指摘されたように[63]異本伊勢物語はこれらをもとにして作られたのではなかろうか。

　天理為家本は「しりしらず」の歌の後にどのような本文を持っていたのか。もし伊勢物語のように「のちはだれとしりにけり」という本文があったとすると、「みもみずもたれと知りてか」と重なって、何となく違和感を覚える。それと男が詠んだ歌に「あやなし」を二度使用している。一人が二度使うより、男女がそれぞれの歌で相手の言葉尻を踏まえて詠んだ、古今集、伊勢物語、それと大和物語の方が自然というべきであろう。さらに小式部本の中でこのような形態になっているのは天理為家本のみであり、小式部本とはいうものの、一定ではなく本文の成長の跡を垣間見ることができよう。

九　おわりに

　伊勢物語散佚本の断片と言われている数章段を対象に、その本文を考察して来た。甚だしい本文の異同がある中で、それらを通してそれぞれの作為者の意図や本文の流れをわずかながら理解することができたように思う。

　ただ、散佚本とは言っても現存の全章段に及んでいないため、結論の多くは推測の域を出なかったが、ひとつの傾向のあることは理解できたと思っている。今後はここで言及できなかった残りの章段の考察に力を注ぐことを期し、同時に新しい資料の出現を望みながら、ひとまず筆を擱くことにする。

注

（1）大島雅太郎氏旧蔵で、現在、国立歴史民俗博物館蔵。佐佐木信綱氏の解説で複製刊行された（『異本伊勢物語　伝藤原為氏筆』岩波書店、昭和７・２）。また、最近、影印刊行された（『国立歴史民俗博物館蔵貴重典籍叢書　文学篇　第十六巻　物語一』

解題柳田忠則、臨川書店、平成11・5)。山田清市氏の『伊勢物語校本と研究』(桜楓社、昭和52・10)に翻刻もされている。

(2) 一誠堂書店旧蔵で現在、日本大学図書館の所蔵になっている。この本は田中宗作、杉谷寿郎の両氏により翻刻されている(「日本大学総合図書館蔵伝為相筆本『伊勢物語』翻刻と研究」「語文」61輯、昭和60・2)。

(3) 注(1)・(2)に同じ。

(4) 『伊勢物語に就きての研究　研究篇』(大岡山書店、昭和9・5、〔再版〕有精堂出版、昭和35・10)。

(5) 「伊勢物語の増益」(「文学」8巻7号、昭和15・7)。

(6) 「伊勢物語散佚諸本管見」(「山形大学紀要(人文科学)」3号、昭和26・3。後に『日本文学研究資料叢書平安朝物語Ⅰ』〈有精堂出版、昭和45・11〉に再録)。

(7) 『伊勢物語の研究〔研究篇〕』(明治書院、昭和43・2)。

(8) 「小式部内侍本生成攷」(「専修国文」14号、昭和48・9)。

(9) 注(4)に同じ。

(10) 注(5)に同じ。

(11) 注(6)に同じ。

(12) 「伊勢物語「皇太后宮越後本・大島本」考」(「亜細亜大学教養部紀要」8号、昭和48・11。後に『伊勢物語校本と研究』に再録)。

(13) 「伊勢物語「皇太后宮越後本」について」(「ぐんしょ」17号、平成4・7。後に『狩使本伊勢物語　復元と研究』〈和泉書院、平成10・9〉に再録)。

(14) 『伊勢物語』皇太后宮越後本の性格」(「国語国文」82巻9号、平成25・9)。

(15) 『天理図書館善本叢書和書之部第三巻　伊勢物語諸本集一』(解題片桐洋一氏、八木書店、昭和48・1)に影印版で収められている。

(16) 『伊勢物語に就きての研究　補遺篇』(有精堂出版、昭和36・12)に校異本文として収められている。

(17) 「勢語小式部内侍本考」(「国語と国文学」35巻5号、昭和33・5。後に『伊勢物語生成論』〈有精堂出版、昭和40・4、〔増補版〕パルトス社、昭和60・1〉に再録)。

（18）「伝為家筆本伊勢物語の落丁について」（「未定稿」5号、昭和33・7）。
（19）大津有一氏「伊勢物語―定家本の展望―」（『岩波講座日本文学』岩波書店、昭和6・8）、注（1）・（2）・（4）に同じ。片桐洋一氏「伊勢物語の成長と構造―参考伊勢物語所引為家本をめぐって―」（「国語国文」27巻12号、昭和33・12。後に『伊勢物語の研究〔研究篇〕』に再録）、注（5）に同じ。田口守氏「伊勢物語成立論序説―為家本に透影された狩使本の形態―」（「国語と国文学」41巻6号、昭和39・6。後に『日本文学研究大成竹取物語・伊勢物語』〈国書刊行会、昭和63・10〉に再録）・「伊勢物語狩使本の形態―『参考伊勢物語』所引為家本を透してみた―」（「平安文学研究」32輯、昭和39・6）、拙稿「「参考伊勢物語」所引為家本伊勢物語に関する覚書」（「語文」37輯、昭和47・3。後に『伊勢物語異本に関する研究』〈桜楓社、昭和58・4〉に再録）。
（20）南北社出版部、大正8・6、〔再版〕名著刊行会、昭和41・2。
（21）「異本伊勢物語絵巻について」（「国語国文」28巻7号、昭和34・7）。『異本伊勢物語絵巻』は、後に同氏の『伊勢物語の研究〔資料篇〕』（明治書院、昭和44・1）で実践女子大学本と対校の上、翻刻された。
（22）有精堂出版、昭和36・12。
（23）『伊勢物語の成立と伝本の研究』（桜楓社、昭和47・4）。
（24）角川書店、昭和59・3。
（25）「『異本伊勢物語絵巻』覚書」（『伊勢物語異本に関する研究』）。
（26）「慶大蔵『伊勢物語絵詞』について―新出狩使本資料の紹介と検討―」（「国語国文学報」54集、平成8・3。後に『伊勢物語相補論』〈おうふう、平成15・9〉に再録）。
（27）「幻の小式部内侍本切をめぐって」（「水茎」1号、昭和61・10。後に『伊勢物語の新研究』〈明治書院、昭和62・9〉に再録）、「第二の伊勢物語狩使本切」（「礫」110号、平成7・12。後に『源氏物語以前』〈笠間書院、平成13・10〉に再録）。小式部内侍本切、狩使本切とも『古筆学大成　第二十三巻　物語・物語注釈一』（小松茂美氏著、講談社、平成4・6）に影印版で掲載。
（28）「伊勢物語小式部内侍本考―その形態と成立に関する試論―」（「武蔵大学人文学会雑誌」14巻1号、昭和57・10。後に『国文学年次別論文集　中古2　昭和57』〈朋文出版、昭和58・11〉・『伊勢物語成立論』〈風間書房、平成12・7〉に再録）、

「続・伊勢物語小式部内侍本考―その形態と成立に関する試論―」（『中古文学』38号、昭和61・11。後に『日本文学研究大成竹取物語・伊勢物語』・『伊勢物語成立論』に再録）。

（29）「狩使本伊勢物語の二部的構造―現存業平集と伊勢物語の関係についての考察―」（『中古文学』43号、平成元・5）、「狩使本伊勢物語について―その断片資料に見る新しさ―」（『中古文学』46号、平成2・12）。これらは『伊勢物語相補論』に再録。

（30）「伝為氏筆本伊勢物語の構成と識語をめぐって―幻の異本・小式部内侍本論への一視角―」（『平安文学研究』72輯、平成元・12）、「狩使本伊勢物語をめぐる諸問題について」（『中古文学』48号、平成3・11）、「狩使本伊勢物語の構成と増益をめぐって」（『伊勢物語―諸相と新見―』風間書房、平成7・5）。これらは『狩使本伊勢物語　復元と研究』に再録。

（31）「伊勢物語「小式部内侍本」の本文について」（『中古文学』創立三十周年記念臨時増刊号、平成9・3。後に『伊勢物語考―成立と歴史的背景』〈新典社、平成26・1〉に再録）。

（32）「『伊勢物語』小式部内侍本再考―その復元は果たして可能か?―」（『国文鶴見』52号、平成30・3）。

（33）「伊勢物語の原本について」（『国語と国文学』84号、昭和6・4。後に『日本文学研究資料叢書平安朝物語I』に再録）。

（34）注（4）に同じ。

（35）注（6）に同じ。

（36）この外、宮内庁書陵部蔵の「伊勢物語（聞書）」、「伊勢物語大鏡裏書」などには、

此物語事

高二位成忠卿本　始起春日野若紫の歌　終迄で昨日今日之云々　朱雀院塗籠本是也

業平朝臣自筆本　始起名のみ立歌　終迄で昨日今日之云々　自本是也

小式部内侍本　始起君やこし歌　終迄で程雲井歌　小本是也

というように業平自筆本を加えた三本説を提示している。業平自筆本については片桐洋一氏が『伊勢物語の研究〔研究篇〕』の中でふれておられる。なお、散佚本の和歌と他の作品との共通歌について考察したものに中田武司氏の「伊勢物語異本章段攷」（『王朝物語とその周辺』笠間書院、昭和57・9）がある。

（37）アルファベットの章段の呼称は『伊勢物語に就きての研究　補遺篇』に拠る。
（38）鷲山樹心氏「伊勢物語管見―塗籠本「大原や清和井の水」の段について―」（大谷大学「文芸論叢」5号、昭和50・9）。
（39）片桐洋一氏「伊勢物語と汎伊勢物語」（「専修大学図書館蔵古典籍影印叢刊刊行会会報」3号、昭和54・10。後に『源氏物語以前』〈笠間書院、平成13・10〉に再録）。
（40）狩使本の増益については林美朗氏に「狩使本伊勢物語の構成と増益をめぐって」（『伊勢物語―諸相と新見―』）という示唆に富む論がある。
（41）阿部俊子氏『伊勢物語（下）全訳注』（講談社、昭和54・9）、中野幸一氏・春田裕之氏『伊勢物語全釈』（武蔵野書院、昭和58・7）。
（42）西下経一氏・滝澤貞夫氏編『古今集校本』（笠間書院、昭和52・9、〔新装ワイド版〕平成19・11）に拠る。
（43）注（31）に同じ。
（44）内田氏は「おもひいてなん」について注（31）の「伊勢物語「小式部内侍本」の本文について」において「思い出すでしょうよ」と訳しているが、むしろここでは「なむ」を終助詞にとり「思い出して欲しい」と訳した方がよかろう。
（45）山田清市氏「伊勢物語小式部内侍本の成立について」（「平安朝文学研究」7号、昭和37・1。後に『伊勢物語の成立と伝本の研究』に再録）。
（46）注（31）に同じ。
（47）本文は小島憲之氏・木下正俊氏・東野治之氏『新編日本古典文学全集8　万葉集』（小学館、平成7・12）。
（48）拙稿『伊勢物語』と『万葉集』―物語形成の一面―」（『伊勢物語―諸相と新見―』。本書第二章）。なお「まねみ」について、辞典類にあたってみると、その用例の多くが万葉歌に見られる。
（49）本文は小沢正夫氏・松田成穂氏『新編日本古典文学全集11　古今和歌集』（小学館、平成6・11）に拠ったが、『古今集校本』で異同を確かめてみたところ、「あらねとも」（筋切、元永本）、「人のいふなる」（志香須賀文庫本）、「あらあくに」（家長本）の異同がみられる。なお、以下の本文も『新編日本古典文学全集11』に拠っている。
（50）注（6）に同じ。

(51) 本文の異同もさることながら、三本の注記の書式をみるに、泉州本は本文より二字ほど下げて本文より小さく、為氏本は位置、文字の大きさとも本文と同じにそれぞれ記されている。また、為相本は本文と同じ大きさであるが、本文より二字ほど下げて記されている。

(52) 武田祐吉氏「伊勢物語の成長とその剪定」(「国文学論究」12号、昭和15・6。後に『泉州本伊勢物語』〈國學院大學学術部、昭和16・2〉に再録)、注(1)・(2)に同じ。

(53) 注(7)に同じ。

(54) 「梅花」の歌は新古今集巻十五恋五に見られる。伊勢物語と新古今集・新勅撰集の関係について田中宗作氏は「伊勢物語と勅撰集との共通歌について(一)—新古今集・新勅撰集を中心として—」(「語文」39輯、昭和49・3)の中で、新古今集が非定家本系統の伊勢物語を資料とした撰出と考えておられる。

(55) 注(27)の前者に同じ。

(56) 「大和物語評釈・五二　在中将(続)」(「国文学」11巻14号、昭和41・12。後に『大和物語評釈　下巻』〈笠間書院、平成12・2〉に再録)。

(57) 「右近の馬場の恋—伊勢物語の主人公像—」(『恋のかたち　日本文学の恋愛像』和泉書院、平成8・12。後に『伊勢物語論　文体・主題・享受』〈笠間書院、平成13・5〉に再録)。

(58) 「業平自筆本—第九十九段をめぐって—」(『伊勢物語生成論』)。

(59) 『古今』『伊勢』『大和』—ひとつの共通話をめぐって—」(「平安文学研究」73輯、昭和60・6。後に『国文学年次別論文集　中古Ⅰ　昭和60』〈朋文出版、昭和61・10〉・『大和物語の研究』〈翰林書房、平成6・2〉にそれぞれ再録)。

(60) 松田武夫氏は『古今集の構造に関する研究』(風間書房、昭和40・9)において、この贈答歌の前にある貫之の「世の中は」の歌を含めて、これら三首の密なる関係を指摘しておられる。

(61) 拙稿「大和物語における在原業平関係章段について」(「解釈」24巻4号、昭和53・4。後に『大和物語の研究』に再録)。

(62) 注(56)に同じ。

(63) 注(58)に同じ。

第八章　『伊勢物語』異本研究の現在

一　はじめに

伊勢物語ほど多くの伝本が存する作品は少ない。これは多くの人々に愛読されてきた何よりの証しである。これらの伝本については先学により研究され、系統立てられている。そしてこれを受け、様々な角度から考察されてきた。本論では伊勢物語の異本のひとつである広本について、これまでの研究の足跡を辿りつつ問題点を指摘していきたいと思う。そして、今後の研究の方向づけにしていただけたらと思っている。

そもそも広本とは略本に対してこう呼んでいる。広本という名称の由来については福井貞助氏の『伊勢物語生成論』（有精堂出版、昭和40・4、〔増補版〕パルトス社、昭和60・1）の中で詳述され、広本を左記のように分類されている（一部補う）。

- 広本
  - 第一類　大島本
    - 大島氏旧蔵伝為氏筆本第一部
    - 一誠堂書店旧蔵伝為相筆本第一部
  - 第二類　阿波本
    - 日本大学図書館蔵本
    - 阿波国文庫旧蔵本
    - 谷森善臣旧蔵本
    - 神宮文庫本
  - 第三類　泉州本

その後、発見された資料に日本大学図書館蔵本がある。この本は福井氏の分類になる阿波本に属する。

なお、広本は散佚本を考える上でも貴重な資料であるが、これについては前章で述べた。とりあえず、福井氏の分類による第一類から第三類まで見ていきたい。

二　伝為氏筆本

為氏本は、かつて大島雅太郎氏が所蔵していたことから大島本とも呼ばれている。この本は佐佐木信綱氏により「異本伊勢物語について」（「文学」7号、昭和7・2。後に『国文学の文献学的研究』〈岩波書店、昭和10・7〉・『国文秘籍解説』〈養徳社、昭和19・12〉にそれぞれ再録）と題して紹介されたものである。同時に氏の解説で『異本伊勢物語　伝藤原為氏筆』（岩波書店、昭和7・2）として複製本が刊行された。ただ、この複製本は稀覯本となってしまった。その意味で山田清市氏が『伊勢物語校本と研究』（桜楓社、昭和52・10）の中に翻刻されたのは有り難い。為氏本は現在、国立歴史民俗博物館の所蔵となり、近年、『国立歴史民俗博物館蔵貴重典籍叢書　文学篇　第十六巻　物語一』（解題柳田忠則、臨川書店、平成11・5）の中に影印で収められた。これにより原本に近い姿で接することができるようになった。

為氏本は巻末に付されている散佚本の断片からその方面の研究が盛んで、この本の底本そのものについての研究は意外と少ない。しかし、底本あっての付載章段であり、底本の究明こそ欠くべからざることであろう。池田亀鑑氏は『伊勢物語に就きての研究　研究篇』（大岡山書店、昭和９・５）において、大島本の名称、形態、性質に言及され、これを大島本系統の第一類に位置づけ、『伊勢物語に就きての研究　校本篇』（大岡山書店、昭和８・９）に定家本との校異を示された。これにより研究の基礎が築かれたわけである。しかし、正面に据えての研究は少なかった。注釈書で校異として採用しているのは管見の及ぶ限り、福田良輔氏の『校異略解伊勢物語』（永田書店、昭和25・７）だけである。その後、かなりの年月を経て少しずつ為氏本の研究がみられるようになった。拙稿「伝為氏筆本伊勢物語における識語の問題点」（Ⅰ）・（Ⅱ）（「語文」42、44輯、昭和51・11、昭和53・3。後に『伊勢物語異本に関する研究』〈桜楓社、昭和58・４〉に再録）は、従来、この識語は底本に関係なく散佚本から転記されたものと言われてきたのを、為氏本にみられる校異や章段の有無から底本をもとにして記されたものと考えた。また、拙稿「伝為氏筆本伊勢物語の本文について」（『伊勢物語異本に関する研究』）は、為氏本の本文について、為相本、泉州本と比較しその生成を探ったものである。その結果、為氏本の本文は伊勢物語の原型云々ということよりも後世の要素が多いことを指摘した。このほか、前述の「国立歴史民俗博物館蔵貴重典籍叢書」の解題がある。ここでは、為氏本は為相本と深い関係があることを指摘し、為氏本の本文の流れについて考察した。

林美朗氏は伊勢物語の異本について着々と成果をあげておられる。為氏本については「伝為氏筆本伊勢物語の構成と識語をめぐって―幻の異本・小式部内侍本論への一視角―」（「平安文学研究」72輯、昭和59・12。後に『狩使本伊勢物語　復元と研究』〈和泉書院、平成10・９〉に再録）、「勢語広本系諸本の源流とその成長・序説―平安末期の勢語異本伝説にも触れて―」（「平安文学研究」75輯、昭和61・６）の二編がある。前者は為氏本の識語についてその解説を試みたものである。

この中で私の考えに異論をとなえておられる。それはこの識語が底本部分と関係があるか、否かについてである。氏は後者に考えておられる。大方の人が氏と同じ考えである。いずれが妥当かは今後に残された課題と言えよう。後者の論文は前者の論文を踏まえての考察である。ここでは広本系諸本の源流と成長について考察している。資料の点から推論が多くなっているのは致し方ないにしても、新しい資料の出現が待ち望まれる。

為氏本は広本のなかで早くから知られていたものの、この本の研究は少なかった。これは定家本が重視されてきたのに加えて、この系統が一本のみということが起因しているのであろう。幸い、同じ系統の為相本が出現し、これを加えて徐々に研究されるようになってきた。今後は伊勢物語がどのように伝来してきたかを探る上でも、為氏本についてあらゆる面からの研究が必要である。近年、発表の久保木秀夫氏の『『伊勢物語』大島本奥書再読』（編著者谷知子氏・田渕句美子氏『平安文学をいかに読み直すか』笠間書院、平成24・10）は新しい見解を提示し注目される。

三　伝為相筆本

為相本は池田亀鑑氏が「古書店をりをり草」（「国語と国文学」26巻10号、昭和24・10）の中で紹介されたものである。これによると、この本は古書店に出たもので氏は「伝藤原為相筆皇太后宮越後本伊勢物語」という名称で紹介されている。そして、この本文について「為氏本に引くところと大異がある。全体的にはむしろ定家本によって代表される朱雀院本系統のものであって、小式部内侍本系統のものではない」と述べられている。ただ、これが何にもとづくのか、これ以上、言及されていない。これは新資料紹介という性格から当然のことであろうが、識語等を含めて今後に残された課題である。為氏本のところで述べたように、従来、大島本系統と言えば為氏本一本のみが知られ、研究上、支障をきたしたことは事実である。為相本の出現はそれを解消するものであり、その意味で池田氏の紹介は意義がある。

為相本について、はじめてその内容を詳しく言及したものに大津有一氏の編になる『伊勢物語に就きての研究　補遺篇』（有精堂出版、昭和36・12）がある。この中に「伝為相筆本の系統について」という章立てが設けられている。当時、為相本は一誠堂書店の所蔵になっており、閲覧が困難な状況にあった。そんな中にあって書誌等が詳しく記されており、貴重なものである。また、この本の本文については、為氏本、泉州本の本文と比較し、為相本は為氏本と同系統とみるのが至当かと考えている。そして、為相本の本文を『伊勢物語校本』の第一部広本の中に校異本文として採用している。ただ、勘注などについては不明な箇所もあり、一日も早い公開が待たれた。ともあれ、この著は今後の為相本研究の足場を築いたと言えよう。

その後、この校本をもとにして本文の調査をしたのが拙稿の「伝為相筆本伊勢物語の本文研究（Ⅰ）―為氏本との比較を中心に―」（『中古文学』19号、昭和52・5）という論考である。そしてこれに補訂し、「伝為相筆本伊勢物語の本文について―為氏本との比較を中心に―」という題で『伊勢物語異本に関する研究』に収めた。前者を草した時は、前述の『伊勢物語に就きての研究　補遺篇』の校本を拠り所にしたが、為相本は昭和五十四年三月に日本大学総合図書館（現、日本大学図書館。以下同様）の所蔵となり、同図書館の御厚意によりつぶさに調査することができた。そして、前者で取り上げた箇所を確認しつつ後者を草したわけである。その点でもより確実性が増したと言えよう。考察の結果、いくつかの点を指摘した。即ち、

（1）　両者（為氏本と為相本のこと）は同じ祖本から派生している。

（2）　為相本の方が根源的な要素を保持している。

（3）為氏本に為相本を加えることにより、本文の伝流の様相をより明白に知ることができる。
（4）書写態度の一面を知ることができる。
（5）伊勢物語異本の生成の一面を知ることができる。

また、拙稿の「日本大学総合図書館蔵伝為相筆本『伊勢物語』の勘注について—異本の生成に関連して—」（「商学集志　人文科学編」21巻1・2合併号、平成元・10）は為相本にみられる勘注の考察である。為相本には多くの勘注がみられ、しかもこれらの中には為氏本や泉州本と共通しているものもあり、これらを比較し、異本の生成を論じたものである。その結果、為相本の勘注はこれらの中で、もとの姿を伝えているものが多く見られ、それは各伝本の本文の生成にも波及していた。そして左記のような関係を推測した。

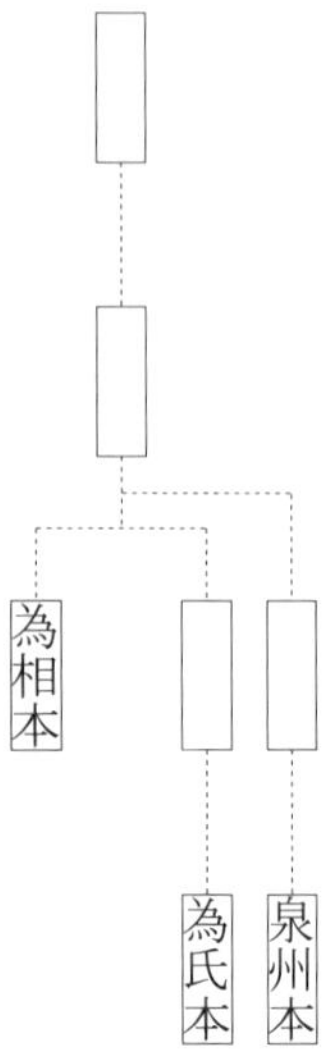

為相本はその所在が判明したものの、諸般の事情で閲覧は困難な状況にあった。そんな中にあって、これを解決するかのように田中宗作、杉谷寿郎の両氏により、翻刻と研究が「日本大学総合図書館蔵伝為相筆本『伊勢物語』翻刻と研究」（「語文」61輯、昭和60・2）と題して発表された。原本に忠実な翻刻ということで、今の段階ではこれに拠るべきであり、何と言っても貴重な文献である。また、「研究」においてその書誌は精細を極めており、この中で本書の筆者を為相と

は断定できないが、為相の時代である鎌倉時代後期の書写になることを推定しておられる。また為相本には付属の文書類がかなりあり、それらは別の桐箱に収められている。これらの資料から江戸時代以降の伝来経路を明らかにされた。さらに、為相本の章段構成について為氏本と比較し、その異同の原因を究明しておられる。

為相本の識語をめぐっては諸説がある。以下、これについてふれておきたい。その前に論述の便宜上、為相本と為氏本の識語を比較しておこう。

為氏本

（皇太后宮越後本十二段　伊勢物語人物伝）

或本

此物語ハ心とめてみすはこきあちはひいてこしとそ

ふるき人ハいひける　……以上池田氏説第一部

顕輔卿本にて所書写也件本ハ大外記師安本也小式部

内侍自筆之由所注也雖然不審事件本ニ令書付也和歌

二百五首其後以或証本令比校テ又一本校了件両本次

第無相違三宮御本云々仍付其等也自此下物語ハ他本

令有事等を追書入也　皇太后宮越後本云々

或本奥書云

この本ハ朱雀院のぬりこめにかやかみにかきてありし

為相本

（皇太后宮越後本十三段　業平伝）

書本云

顕輔卿本にて所書写也件本ハ大外記師安本也小式部

内侍自筆之由所注也雖然不審事件本ニ令書付也和歌

二百五首其後以或証本令比校了又以一本校了件両本

次第無相違三宮御本云々仍付其等也自此下物語ハ他

本令有事追書入也

本云

建久元年八月六日於安部山門書了以皇后宮越後本所

書写也云々　……以上福井氏説第二部

をてつからとき、しかはかきうつしたる高二位の家注にも高二位のつけたるなるへしとて本にあれとまたかの業平みつからのてしてかきたる本ハことにそあるをかきそへたりまたみあれのないしかゝきたるもありおほろけならぬ本とあり

或本云

此朱雀院のぬりこめにかやかみにかきてありけるをてつからときゝしかハかきうつしたるをかうの二位のかくはかきたる此本ハかう二位のいゐのときゝはへるとそ

私云此物語諸本不同員数不定次第相違其中殊違両本也

一様ハ初春日野若紫歌終昨日今日とはおもはさりしを云々

奥書朱雀院本と注ハ大様此本也

一様ハ初君やこしの歌終ニ忘なよほとは雲居ニの歌也

此本ハ小式部内侍自筆之由大外記師安語侍し本也伊勢物語号依斉宮事初挙その歌尤可然云々但不可然歟

又件本ハ世不普歟可秘蔵云々

写本云

以顕昭阿闍梨并皇太后宮越後本所書写云々

……以上池田氏説第二部

（小式部内侍本二十四段）

或本云

これよりしもハこの本ニなきをえりいてゝかきつらねたる也小式部内侍か自筆の本にあるなり

……以上池田氏説第三部

為相本と為氏本の識語は前半においてほぼ共通している。これらは散佚本の伝来を知る上で注目されてきた。したがってこの識語は為氏本のところでも述べたように底本とは別個のもので関係ないと考えられてきた。

ところが、山田清市氏は「伊勢物語「皇太后宮越後本・大島本」考」（「亜細亜大学教養部紀要」8号、昭和48・11。後に『伊勢物語校本と研究』に再録）という論考において、為相本の識語は底本と密接な関係があり、為相本こそが皇太后宮越後本そのものであると述べられた。そして、為氏本の識語より為相本の識語の方が原形態を示しており、為氏本の識語は為相本の識語を省略転載したものではないかと推測しておられる。するとこれは前述したように池田氏が「伝藤原為相筆皇太后宮越後本伊勢物語」という見出しで紹介されたのに一致することになって興味深い。さらに山田氏は為氏本と為相本は対立する系統本と見ておられる。これに対して林美朗氏は「伊勢物語「皇太后宮越後本」について」（「ぐんしょ」17号、平成4・7。後に『狩使本伊勢物語　復元と研究』に再録）という論考において、為相本の識語は底本と別個のものとみるのが妥当と反論された。

そこで、驥尾に付して為相本の識語に関してひとつの考えを提示しておきたい。為相本は前述したように為氏本と同じ親本から派生していると考えられる。それは識語の点からも理解できるわけだが、この識語は底本とは関係ないと考えられてきたことは既述の通りである。山田氏は「本云」以下の識語は底本と関係があり、「書本云」以下のそれは関係ないと考えておられる。素朴な疑問だが、なぜこの識語がここにあるのであろうか。為相本が越後本であるか否かは今後に待つとして特に為相本の書き方を見る限り、底本と関係があると考えた方がよさそうである。それにしてもこの識語の解読には困難を伴う。「顕輔卿本」とは狩使本のことと考えられている。先学はその根拠に「小式部内侍自筆之由所注也」と記していることをあげておられるが、ここを顕輔卿本に小式部内侍本の断片が付されており、これは小式部内侍の自筆本にあるという注記があったととれないだろうか。為氏本の識語には「私云」として「大外記師安語侍し本也」とあるが、これは大外記師安が語ったものか、あるいは彼の注が付されていたのか。いずれにしても全体が統一されておらず不審を抱かせる書き方である。「伝為氏筆本」のところでも一部ふれたように、この識語が底本と関係があるとすれば、「件本ニ令書付也」とあるから底本にどういう形になっているのであろうか。為氏本の「或本云これよりしもは云々」のようなものか、あるいは「或本これよりのちなし」(定家本九段)のようなものか。ただ、為相本にはこのようなものがみられない。どうも為相本には簡略にしようとする傾向がみられる。これは「業平伝」などから窺えよう。また、顕輔卿本に対校した「或証本」、「又以一本」がどのような伝本かは為氏本にみられる「或本奥書云」、「或本云」がそれらしい。(1) もしそうだとするとこれは識語を理解する上でひとつの示唆を与えてくれるかもしれない。近年、発表の久保木秀夫氏の『『伊勢物語』皇太后宮越後本の性格」(『国語国文』82巻9号、平成25・9)はこれらを考える上で有益である。

このように為相本はその識語を簡略にしている節があるものの、この識語を残していることは底本との関係を考える上で見逃せないことと考えられる。それにしても一日も早い原本の複製刊行が待ち望まれる。

四　阿波国文庫本

この系統に属する伝本は前掲したように神宮文庫本、谷森善臣旧蔵本（現、宮内庁書陵部蔵、以下谷森本と略称）、阿波国文庫旧蔵本（現、宮内庁書陵部蔵、以下阿波国文庫本と略称）、それに日本大学図書館蔵本（以下日大本と略称）の四本である。

戦前においては神宮文庫本のみが知られていた。池田亀鑑氏は『伊勢物語に就きての研究　校本篇』にこれを採用されている。また同書の研究篇で神宮文庫本の本文について言及され、大島本系統第二類に位置づけられている。ただ、この本自体、欠脱があることを推定され、また書写年代が比較的新しい[2]こともあって、これらのことを補い得る伝本の出現を待ち望む声が強かった。これに呼応するかのように谷森本が田中宗作氏により「谷森本伊勢物語について」（「国語と国文学」26巻5号、昭和24・5）と題して紹介された。この中で氏は前述した池田氏が推定された欠脱の存在を補強されている。また、本文について神宮文庫本と比較し、谷森本の方が善本であることを述べられている。そして両者の関係は兄弟的に見て行くのが妥当と考えられ、谷森本を神宮文庫本の上位に置くべきことを指摘しておられる。谷森本は鈴木知太郎氏の解説で翻刻され（『伊勢物語（天福本・谷森本）』古典文庫、昭和27・11）、研究の便がはかられた。その後、この系統には、もう一本あることが判明し、鈴木知太郎氏により「宮内庁書陵部蔵阿波国文庫旧蔵神宮文庫本系統伊勢物語について」（「武蔵野文学」7集、昭和35・12。後に『平安時代文学論叢』〈笠間書院、昭和43・1〉に再録）と題して紹介された。この本は神宮文庫本や谷森本の誤脱を補う上で貴重なもので、三本中、もっとも優れていると言われている。

そして、氏は谷森本と阿波国文庫本との関係について、兄弟本のような関係にあるという見方と、谷森本は阿波国文庫本を忠実に書写したもので、直接、親子関係があるという見方との二つの場合が考えられるとして、幾分後者の考えに傾いておられる。この鈴木氏の研究は先程の田中氏の研究とともに『伊勢物語に就きての研究　補遺篇』の中に紹介されている。また、阿波国文庫本は『伊勢物語に就きての研究　補遺篇』の校本の底本になっているし、山田清市氏の『伊勢物語校本と研究』に翻刻もされている。さらに片桐洋一氏の『異本対照伊勢物語』（和泉書院、昭和56・1）に冷泉為和筆本とともに本文が記され、対照できるようになっている。

鈴木知太郎氏が阿波国文庫本を紹介されて十一年後、日本大学図書館にこの系統の伝本のあることが判明し、調査して拙稿「伊勢物語異本に関する一考察―日本大学図書館蔵神宮文庫本系統伊勢物語について―」（「語文」34輯、昭和46・3。後に『伊勢物語異本に関する研究』に再録）と題して報告した。日大本は阿波国文庫本とほとんど同じで両者の密接な関係が推測されるが、ただ一箇所、異同がある。即ち、

日大本（神宮文庫本）	阿波国文庫本	谷森本
それをほにはあらて	ほイには	本意には

がそれである。これらの関係については拙著『伊勢物語異本に関する研究』に譲るが、この中で日大本の優位性を指摘した。そして、次のような系統図を推定した。

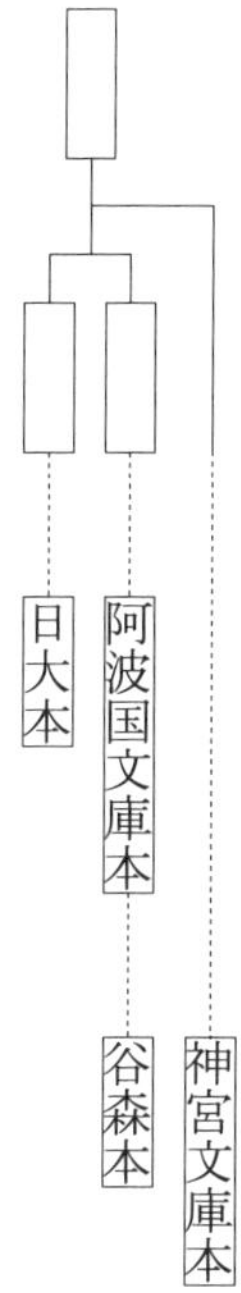

これに対して林美朗氏は「伊勢物語神宮文庫系の四本に関して」（「ぐんしょ」12号、平成3・4）という論文を発表された。この中で四本を対校し、次のような系統図を推定された。

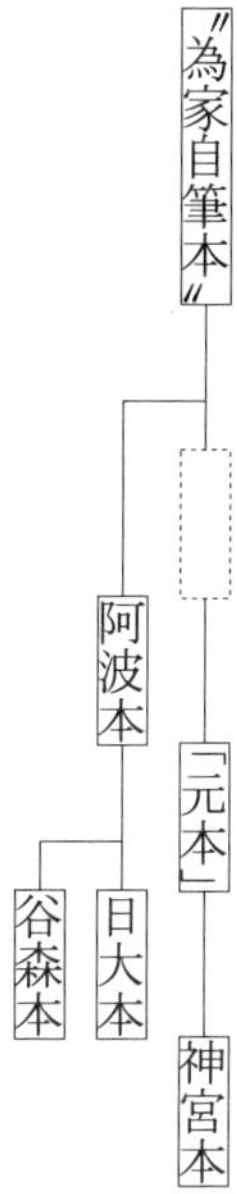

これは阿波国文庫本の優位性を指摘されたもので、先程の拙論の考えに反論された。氏がその根拠にしているのは次の三箇所である。

番号	章段	阿波国文庫本	谷森本	日大本	神宮文庫本
1	4	ほィには	本意には	ほには	ほには
2	65	いとゝかなしきことの	いとかなしきことの	いとかなしきことの	いとかなしきことの

3	M	あらかつきかたの	あかつきかたの	あかつきかたの	あかつきかたの

（注）アルファベットは定家本にない章段を示している。これは『伊勢物語に就きての研究　補遺篇』に拠った。これは以下も同様。

各々検討してみよう。（1）について林氏は、阿波国文庫本の「イ」は後人が書き入れたものであって、日大本から阿波国文庫本へは考えられないと言われる。たとえ、後人が記したとしても、阿波国文庫本の書写者は他の伝本をみて記したことになり、本来は有していなかったのであろう。その意味で日大本の方がもとの姿を残していると言えよう。また、（2）と（3）から日大本は慎重な書写態度に欠けており、阿波国文庫本を日大本の親本と考えておられる。林氏は（2）と（3）を独自異文とされたわけだが、原本にあたってみると次のようである。

（2）

（阿波国文庫本）

（谷森本）

（日大本）

（神宮文庫本）

（注）ただし神宮文庫本は「なしきことの」の前に改行が入る。

（３）

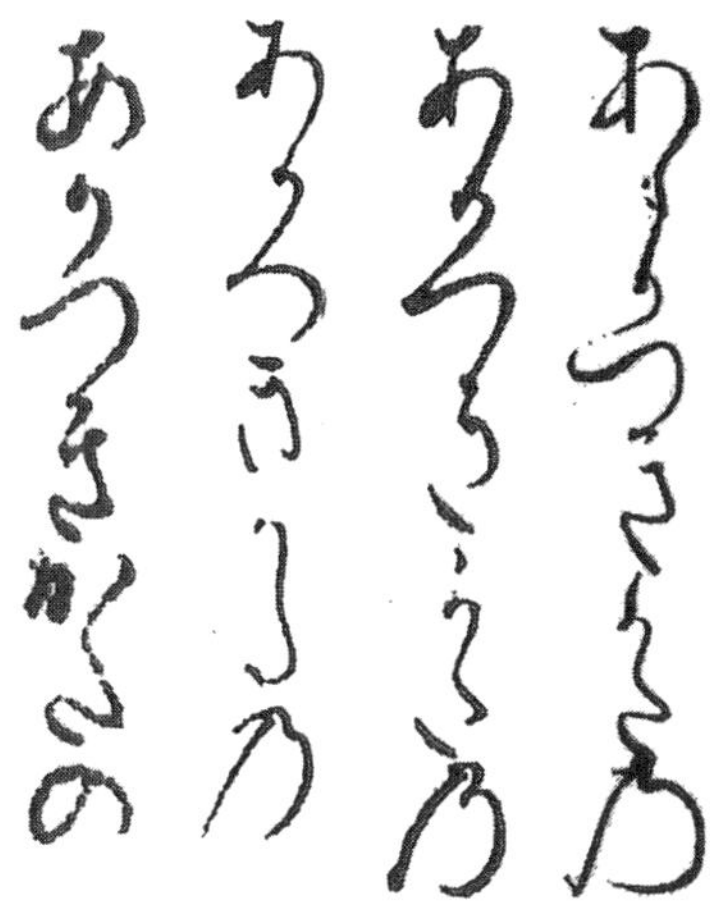

（阿波国文庫本）　（谷森本）　（日大本）　（神宮文庫本）

（２）の場合、阿波国文庫本は「と」とも「か」ともとれるような書式である。ここを「と」にとると踊り字になるわけだから、もう少し右斜めに書かれていてもよさそうである。これは「か」と書いたものの、墨の付き具合で踊り字のようになってしまったのであろう。事実、阿波国文庫本において踊り字になっている箇所を調べてみると、右斜めに書かれている。このことも「か」ととった方がよいことの傍証になろう。日大本は「と」と「か」の間隔が狭く、かつ右斜めに書かれていない。ここは踊り字でないことを示している。阿波国文庫本は間隔を開けて書いてあるために、氏は踊り字と誤解したのであろう。したがって日大本が阿波国文庫本から書写したとは考えられない。むしろこの逆を考えるべきであろう。

　このことは次の（３）をみるとより確かなものとなろう。（３）において阿波国文庫本は「ら」をミセケチにしている。これは日大本のような形から書写する際に誤りを生じたのであろう。もし日大本が阿波国文庫本から書写したならば、おそらくミセケチのとおりに書写したであろう。それというのも日大本と阿波国文庫本はここを除けば本文をはじめミセケチまでも一致しているからである。[3] これは日大本の書写者の忠実な書写態度を物語っている。日大本がここだけを訂正したと考えるより、阿波国文庫本が訂正したと考える方が穏当であろう。これは先述の（1）のことからも考えられよう。

このほか、これはすでに指摘したことであるが、[4] 日大本が唯一、独自本文になっているところがある。

むかしおとこありけりひんかしの
五条わたりにいとしのひていきけ
りみそかなるところなれはかとか
らもいらてわらはへのふみあけた
るついちのくつれよりありきけり
ひとかくしもあらねとたひかさ
なりにけれはあるしきゝつけて……　（4オ、本文は日大本）

圏点を付した箇所がそれである。神宮文庫本、谷森本それに阿波国文庫本は「ける」となっている。ここは文章がいったん終わることから日大本が正しい。これを除いた神宮文庫本、谷森本、阿波国文庫本は誤写と考えられる。もし、日大本が阿波国文庫本から書写したならば、その書写態度から考えて、当然「ける」としたはずである。また、日大本の書写者が誤写に気付き改めたとしてもミセケチにしたであろう。日大本がこのいずれも採用していないことは親本を忠実に書写したということである。さらに林氏は「日大本には各行に、不自然な空白部分や、行末の字詰まり等が随所に散見している」として、これは阿波国文庫本を忠実に書写しようとするために生じた結果ではないかと考えておられる。しかし、これはこの逆のことも考えられるわけで、論拠にはなり得ないと思われる。これは日大本と阿波国文庫本がその親本から書写する過程で生じたのであろう。

こうみてくると、林氏のあげられた箇所は、阿波国文庫本が日大本の上位に立つ根拠には乏しいと言わざるを得ない。改めて日大本の優位性を指摘しておきたい。

このように個々の伝本についての研究はなされてきたものの、この系統そのものについての研究は少ない。前述の池田氏の研究以外に福井貞助氏、片桐洋一氏、それに柳田のがあるにすぎない。因みに福井氏は「広本の性格」（『伊勢物語生成論』）において、この系統の成立について本来、校本としての性格を持つ本から転化したものではないかと推測されている。これは広本の中での概略的な考察であり、いわばその見通しを立てられたもので今後の詳細な研究が望まれる。片桐氏の研究も概略的なものである。氏は「現存初冠諸本をめぐって」（『伊勢物語の研究〔研究篇〕』明治書院、昭和43・2）の中でこの系統の本文について、用例をあげられ「物語が研究資料として校合されたり、出典を探索されたりする以前、即ち物語がまだ絵とともに鑑賞され楽しまれていた頃に、いわば語り手の立場から加えられた詞章ではないか」と考えられている。拙稿の「神宮文庫本系統伊勢物語の本文の成立について」（『伊勢物語異本に関する研究』）はこの系統が為氏本の親本あたりから派生したものではないかと推測したものである。

今後はこの系統のさらなる研究が望まれる。例えば、この系統と同じ奥書を持っている泉州本との関係、また前述したように為氏本にも「或本奥書云」として同じものがみられ、これがどのように為氏本に関与しているかと言った問題がある。それとこの系統の四本はいずれも江戸時代の書写になるものであり、どのように伝来されたのかを知るためにもこれ以前の伝本の出現を期待したい。

五　泉州本

泉州本とは、武田祐吉氏の所蔵になるもので、氏の「伊勢物語の成長とその剪定」（「国文学論究」12冊、昭和15・6）という論文で紹介された。それによると、泉州本という名称は「このごろ泉州から云々」とあることから氏が命名したものである。書写年代は鎌倉時代を下らないという。そして、この本は大体、皇太后宮越後本に近いと言われている。このほか、武田氏の泉州本関係の論文に「伊勢物語の増益」（「文学」8巻7号、昭和15・7）がある。この中で、定家が校定本を作るに際して、泉州本の如き系統の本があったのではないかと推測されている。そして、泉州本に定家本が影響していることを否定されている。それにしても残念なのは、この本が戦災で焼失してしまったことである。ただ、幸いなことにこの本は先程の「伊勢物語の成長とその剪定」の一部を解説にして翻刻されていたことである（『泉州本伊勢物語』解説武田祐吉、國學院大學学術部、昭和16・2）。この翻刻本については三谷栄一氏による紹介がある（「書架『泉州本伊勢物語』」「国学院雑誌」47巻5号、昭和16・5）。氏はこの中で、泉州本が定家の手を経ない伝本のひとつの貴重な資料となることを述べられている。また、『伊勢物語に就きての研究　補遺篇』には武田氏の泉州本についての業績が紹介されている（大津有一氏担当）。さらに同著のなかで大津有一氏が泉州本の本文、勘注、段序について谷森本、為氏本と比較し言及されている。その結果、泉州本は谷森本と同じ奥書を有しながらも本文は必ずしも同系統ではないこと、勘注は為氏本から直接、取ったのではなく、もと同一の本から出て、分れて相違点を得るに至ったことをそれぞれ指摘されている。これらは先学が指摘されたのを確認するに止まった。

その後、昭和四十年代に入り、泉州本についての本格的な研究がみられるようになった。まず、中田武司氏の『泉州本伊勢物語の研究』（白帝社、昭和43・11）が上梓された。この中の泉州本の各章段についての注解は詳細を極めている。また、この中に「泉州本と架蔵本」、「泉州本と架蔵本の段序対照一覧」という章立てがある。ここでは泉州本と架蔵本を対校し、その異同を一覧表にまとめられた。これから「泉州本の表現と定家本の系統の物語性の相違へと展開する企としての一手懸り」にしたいと考えておられる。これらは泉州本研究の基礎的な資料となろう。このほか、中田氏には「泉州本伊勢物語生成攷」（「専修国文」9号、昭和48・9）なる論文があった。結論として、伝為氏筆本と泉州本は伝為家筆本を親本にして分れた書本ではないかと推測されている。また、泉州本の筆者を冷泉為相と想定されている。これらの考えが確実性を持つまでにはまだ時間がかかりそうである。

私事にわたり恐縮だが、中田氏が『泉州本伊勢物語の研究』を上梓された年に私は大学を卒業した。卒業論文は泉州本を扱ったが、中田氏の著書は卒業論文提出後の刊行で拝読できなかった。これは残念なことであったが、その後、卒業論文をもとにして「泉州本伊勢物語をめぐって(一)(二)(三)(四)—中世における伊勢物語伝流の一様相—」（「平安文学研究」50、52、54、57輯、昭和48・7、昭和49・7、昭和50・11、昭和52・6。後に『伊勢物語異本に関する研究』に再録）という論文を発表した。その際、中田氏の著書から有益な示唆を受けた。そして、私のこの論文が伊勢物語異本研究への端緒になったのである。

ところで、泉州本の段序は次のようである。

①81段までの段序は定家本に同じ。
②81段の次にAをおく。
③100段の次にHをおく。
④113段と120段の間に115・117・B・C・114・D・E・F・G・30・118・P・K・119の十五章段がある。

（注）アルファベットは『伊勢物語に就きての研究　補遺篇』に拠る。

このうち②には阿波国文庫本、為氏本、それに為相本が共通している。③、④は泉州本独自なものである。③は補ったものであろうし、④は他本との関係が想定される。また、泉州本は他の異本が有している特徴、即ち、

・75段の次に72段をおく　　—為氏本、阿波国文庫本、塗籠本
・88段を113段の次におく　　—阿波国文庫本、為氏本（ただし118・119段の次にある）
・102〜105段と106〜108段の位置が入れかわる—阿波国文庫本、為氏本

を持っていない。こうみてくると泉州本は異本とはいうものの、形態的にみて定家本に近い面を有していることになる。これは本文においても定家本に共通する箇所が多いことによっても理解できよう（『伊勢物語異本に関する研究』）。このような段序の異同は一気になされたものではなく、転写の過程で生じたものであろう。

では、本文において定家本の要素が多いことをいかに考えたらよいのか。まず定家本のような形になり、それが②のようになって、さらに広本にみられる他の段序の異同へと進んでいったのか。それとも、もともと広本のような段序であったのが、定家本と接触し②のようになっていったのか。これを考える上で、段序の異同はひとつの示唆を与えてくれよう。

なお、泉州本には次のような章段がある。

むかしおとこすゞろなる所に行て夜あけてかへりけるを人〳〵いひさはぎければ、
　月しあればあけむ物とはしらずして夜ふかくこしをひとみけんかも
この事どもは
　にはもせにおふるあさてかつみはやすはこやのとじのさきのことしも　（K段）

（注）読点、濁点は筆者に拠る。

「にはもせに」の歌は泉州本独自なものである。この中にある「はこやのとじ」について、散佚物語「はこやの刀自物語」を考える資料として言及したものに、桑原博史氏の「新資料によるはこやのとじ物語の一考察」（「平安文学研究」20輯、昭和32・9）、福井貞助氏の「広本の性格」、神野藤昭夫氏の「泉州本『伊勢物語』資料をどう理解するか」（『散逸した物語世界と物語史』若草書房、平成10・2）が見られた。

泉州本は伊勢物語諸本の中で章段数の多い伝本のひとつである。これは多くの貴重な資料を含んでいることを意味している。例えば前述したように泉州本は異本とはいうものの、定家本の要素を含んでいる。これをどう考えたらよいのか。また、泉州本と散佚本との関わりはどうだったのか、などがあげられる。原本が焼失したとは言え、泉州本は貴重な伝本である。

六　おわりに

広本は前述したように福井貞助氏により第一類から第三類まで分類されている。そして、各伝本の関連性のあることは認められるが、どのような過程を経てきたのかはまだ見通せない状況にある。したがって、これを探ることが今後に残された課題となる。これは広本のみならず散佚本にも関わってくるかもしれない。そのためにもあらゆる方面からの研究が必要なことは言うまでもない。

注

（1）林美朗氏「伝為氏筆本伊勢物語の構成と識語をめぐって―幻の異本・小式部内侍本論への一視角―」（「平安文学研究」72輯、昭和59・12。後に『狩使本伊勢物語　復元と研究』〈和泉書院、平成10・9〉に再録）。

（2）奥書の裏に「天明三年卯臘月上旬書寫了」とある。
（3）拙稿「伊勢物語異本に関する一考察―日本大学図書館蔵神宮文庫本系統伊勢物語について―」（『語文』34輯、昭和46・3。後に『伊勢物語異本に関する研究』に再録）。
（4）注（3）に同じ。

第九章　『古意追考』の一伝本

一

建部綾足（一七一九―一七七四）の著になる『古意追考』は、賀茂真淵の『伊勢物語古意』の中から五十条を抜き出し、それを批判したものである。その伝本については、早く大津有一氏が『伊勢物語古註釈の研究』[1]の中で、上野図書館蔵本を紹介されている。次いで、森本茂氏は『伊勢物語論』[2]において、氏の所蔵本（以下、森本本と略称）を底本にして国会図書館蔵本（上野図書館蔵本と同一本。以下、国会本と略称）、九州大学図書館蔵本（以下、九大本と略称）、天理図書館蔵二本（以下、天理本①、②と略称）を対校されている。そして、これらの関係について、

（一）　国会本は天理本②と同系統である。

（二）　九大本は天理本①と同系統である。

と述べられている。さらに、『建部綾足全集　第七巻』[3]には、森本本が翻刻されている。そして、その解題（稲田篤信氏執筆）において新たに、富田康之氏蔵本、刈谷市立図書館蔵本、内閣文庫蔵本を紹介されている。[4]

このように伝本が紹介され、それらの関係についても少しずつ明らかにされつつあるが、その伝本の系統や流布状況を探る上でも、さらなる伝本の出現が望まれる。

ところで、最近、架蔵に帰した一伝本がある。書誌は次の通り。

題簽は左肩に「古意追考［不明］」とあり、大本、一冊袋綴じ。毎半葉一二行、墨付三〇枚。内題に「古意追考」「古意追考下」とあり、条数は「上」二二条、「下」二八条、計五〇条である。序跋なし。また「上」第一条に関しての頭書がある。見出し語句の「上」第一、二条にのみ丁付を記す。江戸時代中期の書写。

架蔵本は書誌にも記したように、第一条に関して次のような頭書がある。

　はしたなき又間無（ハシタナキ）ノ意モ有リ間（ハシタ）ハ万葉ニハシトモ訓タル処アリ是モユルビナクスキマナキ意ニナルナリ

これは現存する伝本の中で九大本のみが有している。

本論では架蔵本の本文を通して、その性格を検討してみようと思う。

二

さて、その方法であるが、森本氏の『伊勢物語論』にある校本に架蔵本を対校してみたところ、架蔵本は九大本と共通する箇所が多い。このことは先程の頭書が共通することに納得できよう。今、架蔵本と九大本とが共通する箇所をあげてみると次表のようになる。

番号	章段	架蔵本・九大本の本文	その他の本文	架蔵本と同一の本文
(1)	1	はしたは即はしたにてこゝにはとちらへも	ナシ	
(2)	4	さるはこの此たいに	此たひ／此たひ[いイ]（国・天②）	
(3)	〃	おはし給ふぬそむかしに	おはし給はぬそ	
4	9	俗にうつしていふ詞を	うつしていふ詞也	天①
5	〃	みそこへたるならん	ナシ	国・天①②
6	10	此一条を作れると見ゆ	此条	天①
(7)	13	詞も又なからん	なからん歟	
(8)	15	さかといふことはにあてたる所ありこれは神のさか夢のさかなとの詞にて今いふ神の告或は霊夢のたくひ也	ナシ	
9	16	四つはへにけり	も	国・天①②
10	〃	さうしとしていふには	さうしとて	天①
11	19	いにしへは貴女を御達と	いにしへ	天①
(12)	〃	六条本にも旧本にも	此本にも	
(13)	23	ゐなかわたらひ	むかしゐなか	

14	〃	詞にかなへり	ナシ	国・天①②
（15）	〃	さしのそきしことゝはなほきこえす	さしのそくことは	
16	〃	かにかくに水かかみ見たる	とにかく	天①
（17）	25	次の歌は小まちなりこは	小まち也とは	
（18）	〃	もし秋のゝの歌の次に	秋の野の歌に	
（19）	〃	あけつろひしはいかにそや	それらの事のみをあけつろひし	
20	28	万葉のうちに	ナシ	天①
21	40	末の句の意は真淵か説るかことし	末の句は真淵の説る	天①
（22）	46	さるはおそろしきをもそを	おそろしきをゝ	
23	49	いひつゝけたり	たり	国・天①②
（24）	〃	物おもひは恋ち也	物をおもひは	
（25）	51	又旧本もしかり	又此旧本も／又古本も（天①）	
26	51	もとよりうゐしうゐはにて	ナシ	天①
（27）	52	いにしへの人の意になといへるは	意といへるは	
28	〃	そは我なしのままに	我なしの	国・天①②
29	54	引ける歌次の歌よくかなへり	ひける歌	天①

30	58	すこしのひまにもていふ心にいひて	ひまにもてふにいひて	天①
31	〃	こそるよりいふ詞とそ	いふ詞とす	天②
(32)	61	いつはりなきは共かたひら	いつはりなき人は	
(33)	62	こゝにはまさりかほなきやうに	まさりしこともなきやうに	
(34)	〃	しりてまつるてふ意にて	したてまつるてふ心	
(35)	63	獲㆓善言㆒と有其外善言申	獲㆓善言㆒を	
(36)	〃	いとなめらかの世にいふ	いとなめらかにてかの世に	
(37)	〃	意なくてつかひたるはなし	つかひたることはなし	
(38)	〃	狭衣せはき衣也	せまき衣也	
(39)	〃	此御歌にむかへ見る時は	此／此歌（国・天①②）	
(40)	64	みるはあやしと	見る事は	
(41)	〃	よめるうたはすなはち	よめるかたは	
(42)	69	旧本既にしか書り	古本	
(43)	〃	もとよりいゐてふ事	ゆへてふ事	
(44)	72	もし記者の写したかへたるか	記写の	
45	〃	又の詞入らさるもあり	のらさるもあり	天①

㊻	〃	一夜あへるをんなと	あひつる女と／あひつる女とも（国・天②）	
㊼	〃	記者其意をうけて	記者の其心を／記者は其心を（天①）	
㊽		古今集にあふことの	古今集	
㊾	75	あひ見しうへは実事なく	あひしうへは	
50	〃	しほみちとうけ甲斐の詞を	しほひ塩みちとかけ／みちとかけ（天①）	国・天②
51	〃	かやかくの御いましめ又おほやけの	かやかく神の御いましめ	天①
52	〃	女方にはつゝましく	女のかた	天①
53	〃	此世にてふ詞は	世にといふ詞	天①
54	82	君なれはとよむにつきては	ある方につきては／あるにつきては（国・天②）	天①
(55)	〃	すこしく意たかへり又一とせ	すこしくこゝろとあるにつきて／ナシ（国・天②）	
(56)	〃	記者あれはとかへつる歟	君あれはとかへつらんか	
(57)	〃	例のならひて君なれはと	例にならひて	
58	〃	あるましくとおはせは	あるましき	天①
(59)	〃	此こたへ歌を紀有常	こたへ歌を	
(60)	85	又おなし	同し心なり	
61	〃	雪のとむるそとあるのみ	あるのみは	天①

(62)	87	歌の意を説るはさも事わりなり	さる叓又也	
63	〃	とやかくあけつろへる	あけつらへる	天①
(64)	96	むくつけきは古本に見付恐と書る字の意	むくつけき見付恐と	
(65)	〃	つゝめてはむてもなるなり	つめては	
(66)	〃	コキノ反モヌキ也きゝを反みれは	コキノ反もキ	
(67)	〃	後にむくつけ男	むくつけき男	
(68)	〃	皆此詞よりいふ也けり	此詞より云也	

（注）「架蔵本・九大本の本文」では架蔵本を底本にし、圏点は異同の対象を示している。伝本略号は次の通り。
国（国会図書館蔵本）　天①（天理図書館蔵本①）　天②（天理図書館蔵本②）
以下も同様。

これだけの共通数からみても架蔵本は九大本と近い関係にあることが改めて理解できよう。この中で番号を（ ）で囲んだのは架蔵本と九大本のみが共通する箇所である。これらを除いた箇所で、「架蔵本と同一の本文」の欄をみると、架蔵本と天理本①との共通箇所が目に付く。これは九大本にも言えることであり、前記したように森本氏の指摘を確認することができるが、それ以上に架蔵本は九大本と近い関係にあると言えよう。

では、架蔵本と九大本との関係をどうみたらよいのであろうか。森本氏の校本における九大本の異同箇所に架蔵本は九箇所を除き、すべて共通している。その九箇所は次表のようである。

番号	章段	森本本	架蔵本	九大本
1	16	みけしは御着料なり（国・天①②）	御着なり	御着也
2	18	くれなゐにほふか	くれなゐにゝほふ	くれなゐににほふ（国・天②）
3	63	世の仲をしりにし	世の仲	世の中（天①） ※世中（国・天②）
4	〃	つくものことあけつろへる（国・天②）	つくもの事を	つくものことを（天①）
5	〃	さわたるはせまく渡る也（国・天①②）	せはく渡る也	せばくわたる也
6	64	すなはち我身ふく風に（国・天②）	我身をふく風に	我身を吹風に ※わか身風に（国①）
7	75	又さるかとおもへは欲得の真名を願といふためし（国・天②）	おもへは	ナシ（天①）
8	82	されは真名に君あれはとあるにて（国・天①②）	真名に	真字に
9	96	ナシ	こは斎宮の条にかち人の（国・天①②）	斎宮条に（九）

（注）九大本の欄に※印を付けた本文は（　）の中に記した伝本の本文を示している。

7、8、9を除けば、漢字と仮名書きの違い、送り仮名の有無、漢字の相違等である。これらも架蔵本の本文の生成に絡んでいるのであろうが、これ以上、明らかにできない。その点、7、8、9は架蔵本本文の生成の一面を示しているように思う。７をみると、九大本（天①を含めて）はすべてを有していないが、架蔵本はその一部の「おもへは」を有している。これをいかに考えたらよいか。今、この前後の本文を記してみると次のようである。

さらば常本のいていきてとあるを、いてにては心きこえざるまゝに、ゐて往てとゐの字の心にとりなしてみつるか。ゐてなればゐて也。又さるかとおもへば、欲得の真名を願といふためしによみつれば、ゐて往の心に見しにもあらず。

（注）本文は森本本。句読点、傍線は筆者が施した。

架蔵本のようだと前後の続き具合からみて不自然である。かと言って九大本のようにすべてを有していないのもおかしい。架蔵本と九大本は近い関係にあることから考えて、両本は転写過程で異同が生じたのであろう。次に８をみると、九大本のみが「真字に」とある。ここは「されは真名に君あればとあるにて」とあって、真名本のことを言っているから「真名に」とあるのがよい。九大本の誤写か改変であろう。９も８と同様に考えてよかろう。

架蔵本は九大本に近いものの、これらの例から考えて、両者が直接関係ありとみるには消極的にならざるを得ない。

三

架蔵本は九大本と近い関係にあることは認められるが、その関係はどのようなものなのか、さらなる考察が必要である。そこで、架蔵本の本文を調べてみると、九大本以外の伝本と共通する箇所がみられる。次表で示したのがそれである。

番号	章段	架蔵本（共通する伝本）	その他の本文（共通する伝本）
1	7	わか身も又かはらねとも（天①）	かはらぬとも（九）／かはらねとも（国・天②）
2	25	此物かたりこれにならひたりと見ゆ（国・天②）	ならひたると（九・天①）
3	40	いとひてはの詞はいたはりてはてふ事也（国・天②）	いとひては詞の（九・天①）
4	58	鳥の子のこそるよりいふ詞とす（国・天②）	いふ詞とそ（九・天①）
5	〃	むかしいつわりとまことをたゝさむため（国・天②）	まこととを（九・天①）
6	63	さむしろにひとりぬると心よくわかれり（国・天②）	わかれたり（九・天①）
7	96	斎宮の条にかち人のわたれと（国・天①②）	斎宮条に（九）

（注）伝本略号は次の通り。
九（九大本）

これらをみると、架蔵本は九大本に共通していない。国会本や天理本①②と共通している。しかも架蔵本の誤写とは考えられない。

これらの例から架蔵本の本文の生成を垣間見ることができるであろう。少なくとも架蔵本は九大本そのものを直接、書写したとは言えまい。架蔵本は九大本と同じ親本か、もしくは同じ系列の伝本から派生しているのであろう。

四

架蔵本の本文を調査して目に付くことは独自異文の多さである。これには様々な現象をみることができる。他本で平仮名になっている所が、架蔵本で漢字になっている所がある。その数は百三十数箇所に上る。今、その一部をあげてみよう。

番号	章段	架蔵本	他本
1	1	いふほとの詞也	ことは
2	8	信野なる浅間の嶽	たけ
3	10	みよしのゝ田面の鷹	のも
4	〃	真淵此二首（クサ）の歌を	くさ
5	16	彼朝臣うたとせるは誤り	あやまり
6	19	児と濁りて唱ふる也	となふるより
7	23	井つゝにかけしの懸は	かけ
8	40	既にあけつろひしことく	すて
9	49	宮とせるたくひ	みや

10	61	古き代の諺などの侍りしか	ことわさ
11	63	しかおもひ居しに	ゐ
12	〃	狭噛に噛てはこまかにかむ也	かみ
13	75	其かへさる色をつれなきと	その
14	87	歌の意を説るはさも事わりなり	とけ
15	96	むつかしきてふ詞も即是也	これなり

主なものにあたってみる。4において架蔵本は読み仮名を付している。6において架蔵本は「唱ふる也」とあるが、他本は「となふるより」（傍点は筆者。以下も同様）とあって後に異同がある。また、14においても他本では「歌の心とけるさる㕝也」とあり、後に異同がある。これらの異同が架蔵本にみられる漢字の異同と関わりがあるのか興味深いところであるが、課題としたい。

一方、これとは反対に他本で漢字になっている所が、架蔵本では平仮名になっている所がある。その数は百四十数箇所に上り、これまた多い。その一部をあげてみよう。

番号	章段	架蔵本	他本
1	15	くせは俗に生れつきなといふはかりの	斗

2	16	みけしは御着なり	也
3	23	かけくらへるの掛にて	懸競
4	25	歌をよみくはへておくりしか	歟
5	28	されと其ころ既に	此
6	46	さの詞を濁りてとなふへし	唱ふ
7	49	また根とうけ根の詞を寝にとりて	又
8	51	本にうゑしうゑはと有をあやまりなり	誤也
9	58	こゝに此ことはを用ひたるは	詞
10	62	そのさまをいふ詞也	其
11	72	すてに旧本およひ異本の中に	既に
12	75	みるめの詞よりしほひしほみちとうけ	塩
13	82	此歌真淵のとけるは	説る
14	85	此語めの詞に意あるにあらす	目
15	96	皆此詞よりいふ也けり	言

架蔵本の中には同じ語でありながら先程とは反対に平仮名になっている箇所がみられる。4、6、9、10、11がそ

れである。

先程の場合を含めて架蔵本にみられるこれらの現象は親本のまま書写したゆえなのか。それともさほど注意することなく自由に改めてしまったものなのか、二つの考えが可能であろう。確かにこれらの中には親本（同系列の伝本を含めて）のままの箇所も存するかもしれない。だが、今まで述べたことや、以下述べることから考えて、今の段階では後の考えに傾いている。

架蔵本にはこれらのほか、語句の異同がみられる。その数は百七十数箇所に及ぶ。ここではその中から何箇所かを選び、それらが何に由来するかについて考えてみよう。

番号	章段	架蔵本	他本
1	1	よて枕さうしにはしたなきものはと	の
2	4	春やの詞と見す	に
3	10	真淵此二首の歌を	ナシ
4	13	むさしあふと云々	みさすかにかけて
5	15	神代記に	紀
6	16	四つはへにけりとあるよれはしか言也	しかなり／しかいふ意也（天①）
7	〃	しかれとも此仙歌集を	歌仙歌集

8	19	こたちなりたる云々	こたち
9	25	しかるに古今集にも此小まちの歌を	古今
10	〃	とりくはへたるものなくも	ならむ
11	28	なとてかくあふこかたみに云々	ナシ
12	〃	万葉のうちに夢の相(アヒ)くるしかり	万葉集
13	40	なほすこしやるとはかりの意也	はかりの心也／はかりの意のみ（国・天②）
14	46	こは契仲ともにとりかたし	契沖
15	55	折ふしことにたのまるゝとなり	ことには
16	58	ふかき意は侍らし	心
17	64	いかにもこれらの意とはたかへり	心
18	72	すこしくわいたのかたし	わひため
19	85	此歌もとをとり末句は	此歌の
20	96	真淵むくつけの詞を	むくつけき

個々にあたってみよう。明らかに架蔵本の誤写は7、18である。又、明らかに誤写とは断定できないが、架蔵本の方が後世のものと思われるものに5、14、19がある。このほか様々な現象をみることができる。4、8、11は見出し

語句についての異同である。架蔵本をみると、4では簡略になっているのに対し、8と11では詳しくなっている。4の場合、架蔵本のようだとおかしい。不注意による誤写であろう。これら以外でも架蔵本には見出し語句の異同がある。

(16) 手を折てあひみし云々（あひみし事を）
(〃) 年たにも云々（年たにも十とて）
(〃) 君かみけし（みけしと云々）
(23) ゐなかわたらひ云々（むかしゐなか）
(〃) 井つつゐつつにかけし云々（つゝ井つつ）
(40) いとひては云々（いとひてはたれかわかれの）
(49) うらわかみ云々（うらわかみねよけにみゆる）
(58) むくらおひて云々（おひてあれたる）
(63) さむしろに衣云々（衣かた敷）
(69) かち人のわたれとぬれぬ云々（ぬれぬえにし）
(72) 昔男ありけりいせの国なりける女を云々（女をえあはてとなりの国へ行とていみしうなきけれは）
(75) いはまよりおふる云々（おふるみるめし）

（注）上の数字は章段を、本文は架蔵本を、カッコ内は他の伝本の本文をそれぞれ示している。

これらをみると架蔵本は「云々」と省略されている。これは架蔵本がそうしたのであろう。このことは、架蔵本を除いた他の伝本では見出し語句と本文をそれぞれ分けて書いているが、架蔵本ではそれらを続けて書いていることによっても理解できよう。これに該当する章段は55、58、62、63、64、69、70、75、85、87、96の各章段である。『古意追考』の下巻に集中している。

9と12は作品名についての異同である。架蔵本をみると、前者ではもとの形になっているのに対して、後者では略した形になっている。『古意追考』において『古今集』の表記をみると、ここ以外はすべてもとの形になっている。すると、ここは他本が略した形にしたのか。そう考えるよりもここはその前に「次の歌は小まち也とは、古今集、丼家の集、六帖、ともにしかり」（森本本による）とあって、『古今集』が出てくることから考えて、後の方を略した形にしたのではあるまいか。『古今六帖』についても略した形がそれを物語っていよう。また、『万葉集』に関して『古意追考』ではここを除けばすべてもとの形になっている。架蔵本があえてここだけを略した理由も見当らない。このようなことで、ここは略さない形をもとの姿とみておこう。

16と17をみると架蔵本では「心」が「意」になっている。架蔵本をみるとこれ以外のところでも大半がこうなっていることから改めたのであろう。しかし、なぜそうしたかは不明である。20をみると架蔵本では「むくつけ」とあるが、ここの見出し語句は「むくつけき云々」とあることから「むくつけき」がもとの姿であろう。しかし、架蔵本がなぜそうしたかは不明である。

これまでみてきた例は架蔵本の後世的な面である。ところが、1、2、3、15をみると、どちらをとっても不自然ではない。このうち3をみると他本は「ナシ」となっているが、実は「真淵」の位置が異なっているのである。即ち「此二くさの歌を真淵記者の歌と云々」とある。ここ以外の章段をみると「真淵」をすべて冒頭に置いている。さらに6、13をみると各伝本に異同があり、このことから架蔵本の複雑な生成の一面を垣間見ることができよう。

五

架蔵の『古意追考』の一伝本を紹介しつつ本文を考察してきた。その結果、架蔵本は九大本と同じ親本か、もしくは同じ系列の伝本から派生したと考えられる。それゆえ両者は同系統とみてよい。架蔵本にはそれを推定させる本文がみられた。また、架蔵本には独自異文が非常に多い。その大半は恣意的になされているようであるが、これは何を目指したものか、見出し語句の第一、二条のみで丁付が終わっていることと何か関係があるのか。それと、独自異文の中には紹介されていない伝本と関わりがあるのか。これらについては今後の課題としたい。

『古意追考』は版行に移されず、写本で伝わっているにすぎない。しかもその数は少ない。その意味でも『古意追考』の本文の流布を探る上で架蔵本の紹介も意義なしとは言えまい。今後はさらなる伝本の出現を期待しつつ、ひとまず筆を擱くことにする。

注

（1）石川国文学会、昭和29・3、〔増訂版〕八木書店、昭和61・2。

（2）大学堂書店、昭和44・7、〔増補版〕昭和56・5。

（3）国書刊行会、昭和63・2。

（4）解題によると、森本本と刈谷本、富田本は同系統で、刈谷本は森本本の転写本とある。しかし、内閣文庫本についてはふれていない。なお森末義彰氏・他編『補訂版国書総目録　第一巻　あ―お』（岩波書店、平成元・9）には国会本・九大本の記載が、国文学研究資料館編『古典籍総合目録―国書総目録続編　第一巻　あ―し』（岩波書店、平成2・2）には岐阜市立図書館蔵本（上冊）の記載がそれぞれみえる。

第十章　都の女と地方の女
――『大和物語』における対照性の問題 ――

一

大和物語には高貴な人から庶民に至るまで多くの人物が登場し、その喜怒哀楽が描かれている。この作品は歌語りを素材にしていると言われているが、中には虚構の章段も見られるようである。また、各章段を連続させる場合、単なる羅列ではなく、意図的にしている箇所もみられる。そのひとつに対照性があげられよう。ここではこの対照性について、141、142段を対象にして考えてみたい。そして作者が目指したものは何か、いわば作者の胸の内に迫りたいと思う。

二

大和物語の対照性について言及した論考は少ない。管見に入ったものに星野一郎氏の『大和物語』の対照的構成法について―僧侶章段を通して―」(1)があった。前半の２段から50段までの僧侶関係章段と、後半の62段から173段までの僧侶関係章段とが対照的に配置されていると言われている。即ち、僧の僧たる生活態度を記した章段と、僧らしからぬ破戒僧の章段とを、前半部、後半部に分けてその状態を対比し配置されており、これらの話を折り込むことにより、物語の中に変化を作り、単純一律な世界から脱することに成功していることを述べておられる。従来、このような視点からの考察はみられず、その意味でも注目される。私も構成に絡ませ、対照性について言及したことがある。[2] ただ、私の場合は連続している章段と一章段内での対照性を指摘したもので、星野氏のそれとは視点を異にしている。とは言うものの、大和物語の本質を究明するためにも、この方面からの追究も望まれる。しかも大和物語に虚構性が指摘されている[3]ことを考えると、作者は当然、対照性を考慮したことは充分に予想できよう。

三

さて、ここで考察の対象にする二章段は連続しているものである。しかもこの141段というのは大和物語の前半と後半を分ける上で、ひとつの説[4]になっており、その意味でも注目される。まずは論述の便宜上、両章段を比較しておこう。

141段

よしいゐといひける宰相のはらから大和の掾といひてありけり。これがもとの妻のもとに、筑紫より女を率て来てすゐたりけり。もとの妻も、心いとよく、今の妻もにくき心なく、いとよく語らひてゐたりけり。かくてこの男は、ここかしこ人の国がちにのみ歩きけ

142段

故御息所の御姉、おほいこにあたりたまひけるなむ、いとらうらうじく、歌よみたまふことも、おとうとたち御息所よりもまさりてなむいますかりける。わかき時に、女親はうせたまひにけり。まま母の手にいますかりければ、心にもののかなはぬ時もあり。さてよみ

れば、ふたりのみなむゐたりける。この筑紫の妻、しのびて男したりける。それを、人のとかくいひければ、よみたりける。

　夜はにいでて月だに見ずはあふことを知らず顔に
　もいはましものを

となむ。かかるわざをすれど、もとの妻、いと心よき人なれば、男にもいはでのみありわたりけれども、ほかのたよりより、「かく男すなり」と聞きて、この男思ひたりけれど、心にもいれで、たださるものにておきたりけり。

　さて、この男、「女、こと人にものいふ」と聞きて、「その人とわれと、いづれをか思ふ」と問ひければ、女、

　花すすき君がかたにぞなびくめる思はぬ山の風は
　吹けども

となむいひける。

　よばふ男もありけり。「世の中心憂し。なほ男せじ」などいひけるものなむ、この男をやうやう思ひやつき

たまひける。

　ありはてぬ命待つまのほどばかり憂きことしげく
　嘆かずもがな

となむよみたまひける。梅の花を折りてまた、

　かかる香の秋もかはらずにほひせば春恋してふな
　がめせましや

とよみたまへりける。いとよしづきてをかしくいますかりければ、よばふ人もいとおほかりけれど、返りごともせざりけり。「女といふもの、つひにかくて果てたまふべきにもあらず。ときどきは返りごとしたまへ」と、親もまま母もいひければ、せめられてかくなむいひやりける。

　思へどもかひなかるべみしのぶればつれなきとも
　や人の見るらむ

とばかりいひやりて、ものもいはざりけり。かくいひける心ばへは、親など、「男あはせむ」といひけれど、「一生に男せでやみなむ」といふことを、よとともにいひけるもしるく、男もせで二十九にてなむうせたま

けむ、この男の返りごとなどしてやりて、このもとの妻のもとに、文をなむひき結びておこせたりける。見ればかく書けり。

身を憂しと思ふ心のこりねばや人をあはれと思ひそむらむ

となむ、こりずまによみたりける。

かくて、心のへだてもなくあはれなれば、いとあはれと思ふほどに、男は心かはりにければ、ありしごともあらねば、かの筑紫に親はらからなどありければいきけるを、男も心かはりにければ、とどめでなむありける。もとの妻なむもろともにありならひにければ、かくていくことを、「いと悲し」と思ひける。山崎にもろともにいきてなむ、舟に乗せなどしける。男も来たりけり。このうはなりこなみ、ひと日ひと夜、よろづのことをいひ語らひて、つとめて舟に乗りぬ。いまは男もとの妻は帰りなむとて車に乗りぬ。これもかれも、いと悲しと思ふほどに、舟に乗りたまひぬる人の文をなむもて来たる。かくのみなむありける。

ひにける。

ふたり来し道とも見えぬ浪の上を思ひかけでもかへすめるかなといへりければ、男も、もとの妻も、いといたうあはれがり泣きけり。漕ぎいでていぬれば、え返りごともせず。車は舟のゆくを見てえいかず、舟に乗りたる人は、車を見るとておもてをさしいでて、漕ぎゆけば、遠くなるままに、顔はいとちひさくなるまで見おこせければ、いと悲しかりけり。

（注）本文は『新編日本古典文学全集』に拠る。ただし、傍線、波線、二重傍線は筆者。

141段の冒頭を飾る「よしいゑ」なる人物については従来、実在の人物があてられていたが[5]、あえてそう考える必要もないという考え[6]が現在は有力になっている。したがって大和の掾なる人物も架空の人物になるわけである。そしてこの章段自体も虚構と考えられる。また、142段の「故御息所」については伊勢を指し、その姉は架空の人物と言われている[7]。そしてこの章段も虚構であることが指摘されている[8]。このように、これら二章段は虚構と考えてよかろう。

大和物語の作者は両章段を関連あるように意識している節がある。まず、両章段の冒頭である。男女の違いはあるものの、兄弟、姉妹を持ってきている。次に、言い寄る男への対応の場面が両章段にみられる。しかもここには「よばふ」、「男す」、「返りごと」と言った語がみられる。これらのことから意識していることは疑うべくもあるまい。

141段では冒頭に「よしいゑといひける宰相のはらから大和の掾といひてありけり」とあるから、彼がこの章段の中心人物と考えられないこともない。しかし、この章段にある四首の歌はすべて筑紫の女が詠んでおり、このことから彼女がここでの中心人物と考えてよかろう。すると、この冒頭文は筑紫の女を上京させるに際し、その相手として設定した本文と考えられる。また、本妻が中心人物という考えもあるが[9]、彼女は一首も詠んでいないことから否定してよかろう。この章段での焦点のあて方が常に筑紫の女になっていることでも理解できよう。一方、142段の中心人物は故御息所の御姉として問題あるまい。これは141段であげた中心人物の条件にすべてあてはまることでも理解できよう。

二人は地方の女と都の女ということで連続しており、かつ虚構を目指したからには、作者がそれだけに工夫を凝らしているのではないかと考えられる。

四

両章段に登場する人物についてみるに、141段ではすべての人が「心よき人」で仲よく描かれている。これに対して、142段では故御息所の御姉と両親とは不仲に描かれている。では、細部の点で中心人物である二人の女性はどのように描かれているであろうか。

まず敬語の使用についてみると、波線を付したように故御息所の御姉の動作には使われているが、筑紫の女の動作には使われていない。これは都の女と、一方は地方の女という身分的なことを考慮してのことであろう。ただ、すべてが統一されているわけではない。故御息所の御姉に敬語を用いていない箇所もあるし、反対にただ一箇所、二重傍線を付したように筑紫の女に用いられているところもみられる。これはその場面における登場人物への作者の心情の表れとも考えられるが、後考を待ちたい。ともあれ、敬語の使用は大筋において変わらない。これを通して作者の意図を窺い知ることができよう。

次に性格の面からみると、筑紫の女は浮き心が強いが、故御息所の御姉にはそうした面が少しもみられない。これらのことが伏線となって、筑紫の女は「よばふ男もありけり…（中略）…男の返りごとなどしてやりて」という行動に、故御息所の御姉は「よばふ人もいとおほかりけれど、返りごともせざりけり」という行動にそれぞれ表われている。しかも、この後、故御息所の御姉は親に急き立てられ返歌し冷淡にあしらっている。筑紫の女にはそのようなことはない。故御息所の御姉は「一生に男せでやみなむ」という信念を抱き、かたくなに男との関わりを拒み続けたのである。

さらに故御息所の御姉の才能については「いとらうらうじく、歌よみたまふことも…（中略）…まさりてなむいますかりける」とあり、また彼女の才気や容姿についても「いとよしづきてをかしくいますかり」とある。因みに「らうらうじ」、「よしづく」という語は大和物語にあってここだけにしかみられない。それだけに作者はここで才気ある人物を描きたかったものと思われる。一方、筑紫の女はどうか。才気に関する描写はみられない。しかし、あれだけの和歌を詠んでいるのだから、才能の持ち主とも考えられる。ただ、このことが表現されていない。むしろここでは故御息所の御姉の方が才気あふれる女性として描かれていることに注意を払うべきであろう。ここでは都の女としての彼女を際立たせているのである。これはひとつの対照化を目指したものと考えてよかろう。

このほか、両章段をみて注意すべきこととして、「あはれ」と「をかし」の違いがある。141段には「あはれ」（「あはれなり」、「あはれがり」を含める。以下も同じ）が三例みられるが、「をかし」は一例もみられない。一方、142段には「あはれ」の用例はひとつもみられないが、「をかし」は一箇所だけにみられる（「あはれ」と「をかし」については本文に傍線で示した）。「あはれ」と「をかし」について、神尾暢子氏は、

> 「あはれなり」は、主体が対象を同質と認定したところに成立する感動であり、主体が対象を同質と認定しないところに成立する感動が「をかし」である。

と述べておられる。(10) このことから「あはれ」と「をかし」は対照的な語と考えられる。大和物語において「あはれ」

は多用されており、ひとつの基調を成す語である。[11]それなのに141段にはひとつも用いられていないのである。これはひとつに登場人物の描き方によるのではないか。141段の場合、前述の如く、登場人物のすべてが心よき人であり、このことが「あはれ」という表現になっているのであろう。ところが、142段の場合、父親と継母は故御息所の御姉に対してよくもてなしていなかったようである。これは「心にもののかなはぬ時もあり」、「せめられてかくなむいひやりける」とあることによってもて理解できよう。このことから父親と継母はとうてい「あはれなる人物」から程遠い。だが、故御息所の御姉にも「あはれ」という語を用いていない。彼女には「をかし」を用いている。これは彼女の容姿についての語である。そして彼女にはこれ以外に前述したように「らうらうじ」、「よしづく」という語を用いて、才気ある人物として描かれている。いわば「あはれ」の代わりにこれらの語を用いたと言ってもよかろう。こうみてくると、意図的に「あはれ」と「をかし」を使用していると考えられる。

141、142段における様々な描写をみてきた。その結果、すべてが対照的になっていた。これはこれらの章段を創作するにあたっての手法と言ってよかろう。

五

141、142段と連続させ、それぞれの中心人物を筑紫の女、故御息所の御姉としたのは地方の女と都の女ということで対照化を狙ったのであろう。しかも二人の女を筑紫の女、故御息所の御姉としたのは作者の意識の中に実在の人物がモデルになっているのではないか。141段にある和歌が129、130段の和歌をもとに創作されたことはかつて指摘したことがある。[12]129、130段には「筑紫なりける女」が登場する。注目したいのはその前の126段から128段までが檜垣の御の話になっていることである。作者が141段の和歌を創作する際に檜垣の御の歌を利用しないのはその素材にもよろうが、具体的な人物の名を避けたのではないか。その実、「筑紫なりける女」が登場する129、130段を利用しつつも、この前にある檜垣の御の章段に気付いており、意識下に檜垣の御があったのであろう。142段の「故御息所」が伊勢をモデルにしていることを考えると、彼女に対抗できる地方の女流歌人としては檜垣の御しか考えられなかった。あれだけの和歌を詠んでいることでも彼女をモデルにしているのであろう。このことは故御息所の御姉についても言えるのではないか。伊勢は初段と147段に登場し、特に初段では宇多天皇と和歌を詠み交わしている。しかし、大和物語の作者は創作に際し、これらの章段を利用しているわけではない。先程の141段のように他の作品を資料にしている。(13)

二人の女性を対照化させる中で、前にもふれたが、特に容姿や才気の描写では故御息所の御姉の方が詳しかった。筑紫の女は「心よき人」とあるだけであった。このことを含めて作者の意図するところは何であったのか。それはみやびな女とひなびな女を描こうとしたのではないか。確かに伊勢物語の「昔人は、かくいちはやきみやびをなむしける」(初段)、「さるさがなきえびす心を見ては、いかがはせんは」(15段)と言った本文がみられるわけではない。しかし、筑紫の女と故御息所の御姉とその名が示すように地方の女と都の女とをそれぞれ二章段の主人公にしたのはその意図があってのことであろう。前にも述べたように作者は故御息所の御姉の容姿や才気について詳しく記述している。これはみやびに重きを置こうとした表われであろう。故御息所の御姉は両親と不仲であったが、ひとつの固い信念を持ち続け、都を離れることなく、この地で臨終を迎えている。一方、筑紫の女は自分で犯した罪がもとで都に留まることができず、筑紫へ帰って行かざるを得なかった。結局、ひなびの地から上京した者はそこへ帰って行ったのである。二人とも不幸な結末となるが、みやびの地で二十九歳で死んだ故御息所の御姉の方が一段と悲しみの度合が強かった。これも都に重きを置いている作者の意図するところであった。

六

大和物語141、142段の主人公に関することを中心に比較しながら考えて来た。二人の女性は対照的に描かれていた。筑紫の女は外なる人であった。とにかく外に目を向ける、行動的な女性と言えよう。これに対して故御息所の御姉は内なる人であり、慎しみ深く、控え目な女性と言えよう。二人はそれぞれ地方から上京した女と都の女であり、言わばひなびな女とみやびな女であった。作者の意図したものはこのことにあったと考えてよかろう。

前にも述べたように大和物語の後半を何段からとするかについては諸説がある。そのひとつに141段説がある。大和物語の作者は141、142段と虚構の章段を連続させ、かつ対照化を試みており、かなりの力の入れようである。これは大和物語の後半説を考える上で一石を投じるかもしれない。

注

（1）「大和物語探求」7号、昭和51・9。
（2）『『大和物語』小考―構成意識をめぐっての一試論―』（「商学集志　人文科学編」25巻6号、平成5・9。後に『大和物語の研究』〈翰林書房、平成6・2〉に再録）。
（3）高橋正治氏「大和物語の位相」（「国語と国文学」33巻9号、昭和31・9。後に『大和物語　塙選書』〈塙書房、昭和37・10〉に再録）、今井源衛氏「大和物語評釈・三六　ありはてぬ命まつ間の」（「国文学」10巻7号、昭和40・6。後に『大和物語評釈　下巻』〈笠間書院、平成12・2〉に再録）、拙稿「大和物語における虚構の方法―一四一・一四二・一五四段を例にして―」（「中古文学」30号、昭和57・10。後に『大和物語の研究』に再録）。
（4）今井源衛氏「大和物語評釈・三四　松の葉にふる白雪」（「国文学」10巻5号、昭和40・4。後に『大和物語評釈　下巻』

に再録）、松尾拾氏「大和物語文体試論」（「語文」24輯、昭和41・6）、高橋正治氏『日本古典文学全集8　大和物語』（小学館、昭和47・12）、柿本奨氏『大和物語の注釈と研究』（武蔵野書院、昭和56・2）、高橋亨氏「大和物語」（大曾根章介氏・他編集『研究資料日本古典文学　①物語文学』明治書院、昭和58・9）など。

（5）橘良殖（大和物語鈔、大和物語抄、大和物語詳解など）。

（6）高橋正治氏『日本古典文学全集8　大和物語』、注（3）拙稿に同じ。

（7）注（3）今井源衛氏論に同じ。

（8）注（3）高橋正治氏論に同じ。

（9）注（4）高橋正治氏『日本古典文学全集』に同じ。

（10）「大和物語と平中物語―「あはれ」と「をかし」を中心として―」（『物語の方法　語りの意味論』世界思想社、平成4・4）。

（11）南波浩氏「大和物語の特質」（『日本古典全書　大和物語』朝日新聞社、昭和36・10）、拙稿「「心のへだてもなくあはれなれば、いとあはれと思ふほどに」考―『大和物語』第百四十一段―」（「語文」78輯、平成2・11。後に『大和物語の研究』に再録）。

（12）注（3）の拙稿に同じ。

（13）142段にある「ありはてぬ」の歌は『古今集』に平貞文の歌とみえ、また、『伊勢集』（西本願寺本、群書類従本）にもみられる。

第十一章　『大和物語』の創作性
――第三段を考察の対象として――

一

益田勝実氏が「「上代文学史稿」案（二）」（「日本文学史研究」第4号、昭和24）においてはじめて「歌語り」という概念を提唱されて久しい。これは貴族社会における口承文芸で和歌とゴシップの複合したものをいう。歌語りは大和物語形成の基盤になっており、それゆえ大和物語は歌語り集と言われている。この提唱により大和物語の生成について再考せざるをえなくなった。以後、歌語りをめぐる研究は本格的に展開されることになり、現在では学界共有の概念となっている。

ただ益田氏の論文では理論が先行し、大和物語の中の歌語りについて具体的に言及しているわけではない。確かに前述の如く歌語りは大和物語形成の基盤になっており、そこに色濃く反映していると思われる。が、その一方で文章化するにあたり、それに肉付けをする場合もあるだろうし、あるいは一歩進んで創作意識をめぐらし、虚構化へと進むことも考えられよう。とりわけ後者の場合、物語の創作方法という点で注目される。事実そのような観点からの研究も見られる。[1] 私自身も驥尾に付しその観点から報告してきたが、[2] まだまだ不十分なことは否めない。そこでここでは拙論を補足する意味で、大和物語第3段を取り上げ、そこにみられる創作性について考察してみたいと思う。

二

大和物語第3段は次のような内容である。

故源大納言、宰相におはしける時、京極の御息所、亭子院の御賀つかうまつりたまふとて、「かかることなむせむと思ふ。ささげ物ひと枝ふた枝せさせてたまへ」と聞えたまひければ、鬚籠(ひげこ)をあまたせさせたまうて、としこにいろいろに染めさせたまひけり。敷物の織物ども、いろいろに染め、縫り、組み、なにかとみなあづけてせさせたまひけり。その物どもを、九月つごもりに、みな急ぎはててけり。さて、その十月ついたちの日、この物急ぎたまひける人のもとにおこせたりける。

ちぢの色にいそぎし秋はすぎにけりいまは時雨になにを染めまし

その物急ぎたまひける時は、まもなく、これよりもかれよりも、いひかはしたまひけるを、それよりのちは、そのこととやなかりけむ、消息もいはで、十二月つごもりになりにければ、としこ、

かたかけの舟にや乗れる白浪のさわぐ時のみ思ひいづる君

となむいへりけるを、その返しをもせで、年こえにけり。さて、二月ばかりに、柳のしなひ、物よりけに長きなむ、この家にありけるを折りて、

あおやぎの糸うちはへてのどかなる春日しもこそ思ひいでけれ

とてなむやりたまへりければ、いとになくめでて、のちまでなむ語りける。

（注）本文は『新編日本古典文学全集』（小学館、平成6・12）に拠る。以下も同様。

大和物語にあって著名な章段ではないが、この物語が描く宇多帝サロンの一翼を担っており、その意味でも軽視できないように思われる。その内容は宇多上皇六十賀にまつわる話である。これは『貞信公記』の延長四年（九二六）九月二十六日の条に「壬午、亭子院有法皇御賀事」とあり、また『日本紀略』同日条に「京極御息所奉賀法皇六十御賀」と同じく十二月十九日条に「公家奉賀太上法皇六十御賀」とある。『日本紀略』は前者が該当する。つまり、延長四年九月二十八日に催されたことになる。その御祝いに献上の品を京極の御息所が源大納言を介して、としこに依頼し、彼女はそれを急いで仕上げ、これを契機にとしこと源大納言が歌のやりとりをするという話である。

では、この章段について先学はどのように考えているのであろうか。今井源衛氏は本段が初段、2段に続き宇多帝の連想によって取り上げられ、その主題は上皇にはなく源大納言ととしこの優雅な和歌に転じていると述べている。

そして本段の描写について、

日常道徳の次元を忘れ去る芸術至上主義的な当事者たちの享楽のしかたであり、またこの一段の立場なのである。和歌の功徳やすばらしさを讃えることで一篇を完結する点、典型的な歌物語といってよい。(3)

と評している。次に柿本奨氏は、

第二段落（「その物急ぎたまひける」以下─筆者注）は第一段落の展開であり、源大納言の詠歌における心憎い風流の話となる。二段に対する異趣は、第一段落においては、二段の歌の痛切の声が算賀を背景とする明るい趣味に遊ぶ声に変わる。それが第二段落では更に延びて、詠歌おける時節勘当の妙、趣味、遊びの精神を語る。

とこの章段の話の展開について述べている。(4)

さらに、高橋正治氏もこの章段の性格を、

二段の亭子の帝の連想による副次的段章は、第一義段章の話が内容的に「あはれ」なものであるのに対し、歌の機知性に重点が置かれている傾向があり、「をかし」の性格が強い(5)。

ととらえている。このように、この章段の内容や性格等について言及している。

一方、この章段の生成に関してふれたものに島津忠夫氏の「大和物語ノート（1）歌と歌語り」(6)と中島和歌子氏の『大和物語』第三段をめぐって—清蔭歌の特徴と地の文の貢献—」(7)がある。両氏とも示唆に富んだ考えを提示しており、詳しくは後にふれることにする。

以上みてきたように、3段をめぐっては諸先学により種々の面から考察され成果を上げている。これらは今後の研究への指標になることはいうまでもない。

三

この章段には三首の歌がある。最初にとしこが詠んだ「ちぢの色に」の歌の類似歌が『古今和歌六帖』（以下、古今六帖と略称）にあり、このことについてはすでに指摘されていた(8)ものの、その関係については注目されなかったようである。そんな中にあって、両者の関係について言及したのは島津忠夫氏で、氏は前にふれた論文で次のように述べている。

『古今和歌六帖』の巻一、時雨の歌を集めたところに、作者名はなく、ちぢのいろにうつりし秋は過ぎにけり今日のしぐれになにをそめましとあることは特に注意を要する。この六帖との異同並びに、大和物語の本文が、この三句のところで動いている事などから、果たして、としこの歌であったかどうか疑問である。というよりは六帖の歌に都合よく手を入れて、この話に結びつけたのではないかと思われる。つまり、この六帖にとられている歌から見ると、もともとこの歌は、ただの初冬の時雨を詠んだだけの歌で、こんな語りをともなっていなかった。それを巧みにとらえて「うつりし」を「いそぎし」とかえる事によって、この場の歌として生かされてきたのではないかと思う。

以下の拙論の指針となるため引用が長くなったが、要するに大和物語が『古今六帖』歌を利用し、としこが詠んだふうに改変したのではないかと考えている。ただ、発表誌の性格上、結論のみに終始しているが、注目すべき考えを提起している。また、中島和歌子氏も先程の論文の中で次のように述べている。

前者（「ちぢの色に」の歌のこと―筆者注）については『全書』『評釈』『全釈』は異伝扱いではあるが、この読み人知らずの古歌を本歌として、とし子が、自分に合うよう、「移りし秋」を「急ぎし秋」と変えたと考えることもできるのではないか。

としこが『古今六帖』の古歌を利用し、それを改変して詠んだのではないかと考えている。両氏の考えはこの歌を大和物語作者の改変か、それともとしこがこの歌を利用したのではないかという点で相違するものの、大和物語が『古今六帖』歌を利用したのではないかという点では一致している。『古今六帖』歌に異同があることと大和物語との関係は否定しがたいものがある。

そこでこのことを確認するためにこれ以外の大和物語と『古今六帖』の共通歌をみていこう。両者の共通歌は四十首にのぼる。このうち両者の直接関係が予想される、共通する歌は六首（3段を除く）みられ、今、これらの章段をあげ、『古今六帖』歌の異同を記しておく。なお、113段には異同が見られないので除いた。

（ア）　28段　古今六帖一、きり・1六五六、六五七

おなじ人、かの父の兵衛の佐うせにける年の秋、家にこれかれ集りて、宵より酒飲みなどす。いますからぬこ

とのあはれなることを、まらうどもあるじも恋ひけり。あさぼらけに霧立ちわたりけり。まらうど、

朝霧（川）のなかに君ますものならば晴るるまにまにうれしからまし

といひけり。かいせう、返し、

ことならば晴れずもあらなむ秋霧のまぎれに見えぬ君と思はむ

まらうどは、貫之・友則などになむありける。

（イ）　82段　古今六帖二、きじ・２三六〇

おなじ女のもとに、さらに音もせで、雉をなむおこせたまへりける。返りごとに、

栗駒の山に朝たつ雉よりもかりにはあはじと思ひしものを（われをばかりにおもひけるかな）

となむいひやりける。

（ウ）　110段　古今六帖四、かなしび・４五一四

おなじ女、人に、

大空はくもらずながら神無月（ながめつゝ）年のふるにぞそではぬれけり

（エ）　135段　古今六帖五、ひとり・五八三八

三条の右の大臣のむすめ、堤の中納言にあひはじめたまひけるあひだは、内蔵の助にて、内の殿上をなむしたまひける。女はあはむの心やなかりけむ、心もゆかずなむいますかりける。男も宮仕へしたまひければ、えつねにはいませざりけるころ、女

たき物のくゆる心はありしか（ものゝかばかり思ふこの比の）どひとりはたえて寝られざりけり（いかで君にしらせん）

返し、上手なればよかりけめど、え聞かねば書かず。

（注）校異の『古今六帖』の本文は『古今和歌六帖　上巻　本文篇』（養徳社、昭和42・3）に拠り、数字は帖数と歌番号を示している。異同に関しては『古今和歌六帖　下巻　索引・校異篇』（養徳社、昭和44・3）を参照した。また、波線、傍線及び、濁点は筆者が施した。これらは以下も同様。

まず（ア）の28段からみていくことにする。『古今六帖』では贈答歌の体裁をとっておらず、しかも大和物語とは逆の配置になっていて作者名もみられない。また、異同に関しては大和物語で「朝霧」のところが『古今六帖』では「川霧」になっている。もし、『古今六帖』が大和物語から取ったとすると、なぜ逆に配置し、「朝霧」を「川霧」としたのか、さらに作者名を記さなかったのかという問題が生じてくる。

一方、この逆はどうであろうか。地文と和歌の関わりをみると、「あさぼらけに霧立ちわたりけり」と地文にあり、これに受けて歌で「朝霧の…」となって、両者の緊密度が増している。また、その返し歌も「秋霧のまぎれ云々」とあって、地文にみられる「秋」「霧立ち」に照応している。

こうみてくると、大和物語の方がより物語的になっている。だからと言って、大和物語28段が『古今六帖』をもとにしているとは断定できない。ただ、注目すべきは元方集の断簡と言われている「部類名家家集切元方集」の中にこの歌が含まれていることである。元方と戒仙は同一人物の可能性が高い(9)。元方は業平の孫にあたる。大和物語には在中将（業平）関係の章段が六章段連続してみられ、また149段もその影響が強い(10)。作者が伊勢物語に関心を抱いていたのは確かであろう。ここではこれらのことが創作の一因にあったのではなかろうか。ともあれここは『古今六帖』を利用したとは断定できないにしても、大和物語の方に手が加わっていることは疑いあるまい。

次に（イ）をみていこう。ここは波線で示したように雉を贈ってきたので、それを受けて返歌で「かり」を詠み込んでいると思われる。しかし、歌の異同をみると意味上、微妙に違ってくる。『古今六帖』は「いいかげんな気持ちに思っているのですね」の意味になり、文末を感動表現にして男へのかすかな望みに期待を寄せている。これをそのまま大和物語に適用させると不具合が生じる。それは地文に「さらに音もせで、雉をなむおこせたまへりける」とあるからである。ふだん消息もくれない上にたまたま「雉」（「来ない」の意を含める）を贈って来たわけで、女にとっては二重の苦しみを味わうことになる。そのために歌で「かりにはあはじと思ひしものを」と一段と強い表現になっており、まさにこの地文と歌の表現は照応している。

その反面、両者をみて『古今六帖』が大和物語をもとに改変する理由は見当たらない。ここは、もともと『古今六帖』のように単独で詠まれ、感動をともなったものなのであろう。それを大和物語は物語化するにあたりその一部を改変したのではなかろうか。両者の歌が意味上、正反対になっていることはそれを暗示させるものがあろう。

さらに（ウ）をみると、ここでは三句に異同がある。『古今六帖』で「ながめつゝ」のところが大和物語では「神無月」とある。いずれも地文と照応しているわけではない。『古今六帖』のこの歌の前後にある歌を列挙してみると次のようである。

511　さためなきよをきくころのなみたこそそてのうへなるふちせなりけれ
512　やまのみなうつりてけふにあふことははるのわかれをとふとなりけり
513　きみまさてあれたるやとのいたまより月のもるにもそてはぬれけり
514　おほそらはくもらすなからなかめつゝとしのふるにそてはぬれけり
515　なくなみたあめとふらなんわたりかはみちまさりなはかへりくるかた
516　ふか草のやまへのさくらも心あらはことしはかりはすみそめにさけ
517　はなよりも人こそあたになりにけれいつれをさきにこひんとかみし

これらの歌は「かなしび」の項に見られ、傍線等で示したように語句や心情面で関連している。問題となる514番歌をみるに、前歌の513番歌の「月のもるにも」とここの「としのふる」とで類似的な表現を用い、両歌とも「そではぬれけり」で終わっている。さらに「ながめ（長雨）」は前の歌の「そではぬれけり」と後の歌の「あめ」ともそれぞれ関連している。また、516・517番歌は「桜」を詠んでいるが、「すみそめにさけ」、「あたになりにけれ」とあって、悲しみにくれている。心情的に515番歌に近く、「かなしび」の項にふさわしい歌となっている。このように語句の上で前後を関連させ、配列している。大和物語のようにここに「神無月」とあると、たとえ、そこから時雨を連想させるにしても『古今六帖』のような関連性は薄い。

もちろん『古今六帖』の改変ということも考えねばなるまい。もしそうだとすると、なぜこの歌を『古今六帖』の「時雨」、もしくは「神無月」の項に入れなかったかが疑問である。ここは「ながめつゝ」とあることを含めて『古今六帖』歌の方が「かなしび」の項にふさわしい歌となっており、それを大和物語は改変したと考えるのが妥当であろう。なぜ、こうしたかは詳らかではないが、強いて憶測すると、この章段と前の章段は主人公が同一人物であり、前の章段の歌に「草にかかれる露の命」という表現があることからこれに関連づけたのであろうか。

最後に（エ）をみることにする。今井源衛氏は両者の関係を考えるに際し、『古今六帖』「ひとり」の項に見える次の四首をあげている。

たきものゝかはかり思ふこの此のひとりはいかて君にしらせん　（5八三八）
たきものゝこのしたけふりふすふ共われひとりをはしなすましやは　（5八三九）
このしたにひとりやわひしたきものゝそれもおもひにたへてとかきく　（5八四〇）
わかためはねふたきものをひとりしもおきあかさしとおもほゆる哉　（5八四一）

これらの歌を含め、大和物語との関係を次のように述べている。

『大和物語』の「たきものの」の歌とこれらの歌との時間的な前後関係はどうかという点が気になるが、それを明らかにすることは困難であろう。おそらくは、十世紀の中葉に於いてもっとも流行した類型的修辞であったと思われる。この歌もそれであり、はたして、本段のような事実があったか否か、ひょっとすると「くゆる」に「慣ゆる」を掛けるという新趣向を披露したさいの作り話ではないかの疑いを禁じえない。(11)

氏は四首との関わりから類型的修辞ととらえ両者の関係を否定している。確かにこれら四首には「たきもの」、「ひとり」が詠み込まれており、そう考えられるかもしれない。しかしこの歌の中で、大和物語の歌と、その類似歌としてあげた「たきものゝかはかり思ふ云々」の歌は語句の上でもっとも関係が深い。また異同箇所において『古今六帖』の「かばかり思ふこの此の」が大和物語では「くゆる心はありしかど」とあって、より具体化されている。そして、下句でこれらを受け、『古今六帖』が「ひとりはいかで君にしらせん」と大和物語が「ひとりはたえて寝られざりけり」とそれぞれ連動させている。『古今六帖』では女が単にその思いをどう知らせようかとなるのに対し、大和物語では感情を表出させ一人では寝られなかったと悲痛な叫びになっている。また地文をみると女の心情を「心もゆかずなむいますかりける」と記しており、これを受けて歌で「くゆる心はありしかど」という表現になっている。さらに言えば、地文に「えつねにはいませざりけるころ」とあるが、これを受けて歌で「ひとりはたえて寝られざりけり」という表現になっていると思われる。ここでも歌が地文に照応している。このように「たき物のくゆる心は…」の歌と地文との密接な関わりを認めることができた。これらは意図的になされたものと思われ、ここからも大和物語の創作性を窺えよう。

以上、(ア)～(エ)をみてきたように大和物語と『古今六帖』との直接関係は、いまひとつはっきりしないものの、総じて『古今六帖』の方が古い姿を残していると言えよう。大和物語は歌を改変することで地文と歌を照応させたり、またある箇所では内容に合わせて改変したりしていた。これらのことから、少なくとも大和物語の方が創作的であることは否めない。このような現象は島津、中島両氏の考えを補強することができよう。

このことは3段にある「ちぢの色に」の歌の「いまは」の異同にも波及しているようだ。これは『古今六帖』で「今日の」とあったのが「いまは」となっているだけで、それほど変わらないが、この章段の性格を考える上で見逃せないように思う。この語は大和物語にあって十六例みられる。使われている箇所が地文と歌との違いはあるものの、その中でかつて考察した(12)初段では「亭子の帝、いまはおりゐさせたまひなむとするころ」とあって、初段の資料になったと考えられる『伊勢集』にはこの語がみられないことから、意図的改変と考えられる。ここではこの語を使用することで、帝の譲位という場面に緊張感を表出させている。また141段をみると、ここも「いまは男もとの妻は帰りなむとて車に乗りぬ」とある。筑紫の女との別れという張りつめた場面にこの語を用いている。しかもこの章段が虚構化されていること(13)を考えると、意図的にこの語を用いたことは否めない。まだまだ他の用例を検討しなければならないが、少なくともある効果を考慮し意図的に用いていることは理解できよう。このように「今は」という語は大和物語の創作と密接に関わっていると考えられる。3段でも「いまは」としたのは決して偶然ではない。こうすることでとしこの心情をより強く表出させたわけである。ともあれ、ここでも『古今六帖』歌を改変したと考えてよかろう。

ここでは大和物語と『古今六帖』との関わり、「今は」の異同を通して、としこが詠んだ「ちぢの色に」の歌は、島津氏が指摘したように『古今六帖』歌をもとにしているという事実を確認した。一体これは何を意味しているのであろうか。歌語り云々ではもはや説明できない。そこから一歩抜け出て、ここには大和物語作者の創作意識を垣間見ることができるのではあるまいか。もちろんこれ一首だけでの推論は差し控えるべきであるが、後述するとしこが詠んだ「かたかけの」の歌をみるとその思いがいっそう強くなる。

四

前述したように宇多上皇六十賀は『貞信公記』によると延長四年（九二六）九月二十八日に催された。その日に間に合わせるように京極御息所は源大納言を介してとしこに献上の品の染色を依頼したわけである。としこは「ちぢの色に」の歌を十月一日に源大納言に届けているから、六十賀の後にこうしたことになる。しかし、その一方で献上の品にこの歌を添えて贈り届けたという考えがある。[14] もしそうだとしても六十賀後のことには変わりない。また、『大和物語追考』には宇多上皇六十賀に関して次のような記述がある。

案此段亭子の御賀の事勘物には延長四年丙戌十二月十九日京極御息所賀法皇六十算有行幸など侍り（中略）御賀の日は十二月十九日にても侍るへし此の段に御賀の折のしきものの織物をなかつきつこもりとしこのせしことありしかれは九月廿八日よりは後にこの賀のありし事しれたり

（注）本文は本多伊平氏編著『北村季吟大和物語抄 付大和物語別勘 大和物語追考』（和泉書院、昭和58・1）に拠る。

『大和物語追考』も献上の品に歌を添えて贈ったとみて十二月二十八日を支持している。ただ『大和物語追考』のいう勘物は前記の『日本紀略』十二月十九日条の「公家奉賀太上法皇六十御賀」に拠っているのではないか。たとえ、そうだとしても十二月十九日はあくまでも「公家奉賀」にほかならなかった。これらの記述から九月二十八日はうごかないと思われる。ここは御祝の品を献上した日と「ちぢの色に」の歌を贈った日とを区別すべきではないか。それというのも御祝いの品を宇多上皇六十賀の数日前か、もしくは当日までに贈り届けるのが普通だからである。したがって、実質的には、この章段の前半は「みな急ぎはててけり」で終わっていると考えられる。それゆえ「ちぢの色に」

の歌は六十賀が済んだ後に詠んで贈ったと思われる。

さて、そうするとここで問題になるのは「ちぢの色に」の歌の下句の「いまは時雨になにを染めまし」が何を意味しているかである。今、このことにふれている注釈書類にあたってみよう。

(ア)としこか歌也心は秋の色々に染まる野山をいそきの糸に添ていひ過し秋をしたひ今は時雨になにを染ましと時刻の移り行さまをよめり　(『大和物語抄』)

(イ)かくさま〴〵の色を染尽して秋を過しかば今よりは時雨のそむる物もあらじとはかなくよめる也　(『大和物語直解』)

(ウ)今神無月に成て時雨する時節なれとちゝの色に急きし秋も過ぬれはそのかひもなしいまはしくれに何をか染ましと読り　(『大和物語虚静抄』)

(エ)おのれあつらへし品を、全く染め果てたるよしをたとへていへるなり。　(井上覚蔵氏・栗島山之助氏『大和物語詳解』誠之堂書店、明治34・8)

(オ)御賀の設備に色々と支度したる秋も過ぎて、木葉を染むるといふ時雨のこの折になりては、何をそめてよからむそむるものもあるまじきことをはかなしみたる意。　(編者池邊義象氏『国文叢書　第十八冊―大和物語―』博文館、大正4・11)

(カ)昨日までは秋にて、木々の梢も様々に染められたるが今より後は冬の日とて最早染むべき物もなしと也、托せられたる染物の出来果てしを云ひし也。　(編者物集高量氏『新釈日本文学叢書　第四巻―大和物語―』日本文学叢書刊行会、大正11・7)

(キ)あつらへられた品々は取り急いで全部染め終へました。これからはどうしませう。

（ク）「いまはしぐれに何を染めまし」の下半句が、言裏に何を相手にうったえようとしているのか。（中略）時雨でふかく染めようかとは、おそらく男との交情ついて求める所があるのではなからうか。
（浅井峯治氏『大和物語新釈』大同館書店、昭和6・9）
（今井源衛氏「大和物語評釈・十四　としこ」「国文学」8巻4号、昭和38・3）
（ケ）いそいでいろいろ染めてあげたけれども又何かあったらおやりしますは、という素直な取り方の方が自然のような気がする。
（鈴木佳輿子氏「としこ」（雨海博洋氏・他編『大和物語の人々』笠間書院、昭和54・3））
（コ）心を染める対象清蔭に求める女の慕情が、折から時雨に託して上品によみ上げられている。
（森本茂氏『大和物語全釈』大学堂書店、平成5・12）
（サ）下句はねぎらいの言葉ひとつない清蔭に時雨の季節になった今、何を染めましょうかと、やや恨みをこめた催促の歌となっている。
（雨海博洋氏・岡山美樹氏『大和物語（上）講談社学術文庫』講談社、平成18・1）
（注）（ア）（イ）（ウ）の注釈書は『大和物語諸注集成』（雨海博洋氏編著、桜楓社、昭和58・5）に拠った。

それぞれの内容を分類するとおおよそ次のようになる（下の記号は各注釈書等に付した記号を示す）。

時の経過　……………（ア）
はかなさ　……………（イ）（オ）
仕事の完了　…………（ウ）（エ）（カ）
交情を求める　…（ク）（コ）
仕事の催促　……（ケ）（サ）

このように先学は様々な解釈をしており、それだけに難解なところでもある。

そこで、3段の地文と歌を分析し、いずれが妥当であるかを考えてみたい。前述したように「ちぢの色に」の歌が『古今六帖』をもとに改変していることを考えると、それに伴い「さて云々」以下にも創作意識が及んでいるとみてよかろう。としこは依頼された髭籠の染色を終えた後、「ちぢの色に」の歌を源大納言のもとに贈ったわけである。この歌の上句は地文の「敷物の織物ども（中略）みな急ぎはててけり」を受けている。下句は、それ以下を受けているのかはっきりしない。作者は再度この歌の意味することをその後の地文で説明を加えている。即ち「その物急ぎたまひける時は」から「いひかはしたまひけるを」まではこの歌の上句を、「それよりのちは、そのこととやなかりけむ」はその下句をそれぞれ説明していると思われる。ここで問題になるのは「そのこととやなかりけむ」が何を意味しているかである。これは「これよりもかれよりも、いひかはし」を受けており、「いひかはし」はとしこと源大納言がそうすることだからここは、多くの注釈書が「としこのことを思い出すことがなかったのであろうか」と解釈している通りである。するとこれ以降は、下句をもとに話が展開するわけだから、ここにはとしこの源大納言への思いが詠まれているとみてよかろう。事実、これから述べる「かたかけの」と「あおやぎの」の歌には「思ひ」の語が詠み込まれており、このことを裏付けている。だが、このように「ちぢの色に」の歌で、としこが源大納言に呼びかけても何ら反応を示すことはなかった。そこで、としこはいたたまれず「かたかけの」の歌を贈り、その中で「さわぐ時のみ思ひいづる君」と恨みを込めて詠んだわけである。これは「ちぢの色に」の歌と内容的に類似しており、いわば前のことをくり返すことで彼女の心情を高揚させている。それでも源大納言は返事もせず、そうこうしているうちに年を越してしまった、そうして春うららかな三月のある日、突然、源大納言はとしこへ柳の枝に「あおやぎの」の歌を添えて贈ってきた。この章段にある三首の歌の関連性についてはすでに中島氏が指摘しているところだが、[15]ここで注目したいのは、としこのくすぶり続けていた心情が徐々に高揚し、「あおやぎの」の歌を機に、一気に晴れるといういわば漸層法的な手法を用いていることである。こうした手法は次の4段にもみられ、しかもこの4段は創作性が強い章段であり[16]、それを考えると偶然の一致とは考えられない。ともあれ、『古今六帖』歌を利用し、かつ前述の如くとしこと源大納言の贈答歌の中に「思ひ」の語が見られることや「そのこと」が「いいかはす」を受けており、これはまた「ちぢの色に」の歌の説明にもなっている。これらのことから考えて「そのこととやなかりけむ」は交情を求める意に考えた方が妥当であろう。その一環として前述のように「今は」と改変することで、としこの源大納言へのひたむきな心情を吐露しているということができよう。

「さて、その十月ついたちの日」からを後半と考えると、「みな急ぎはててけり」と「さて」との間には時間的な隔たりがあるわけだが、どうもその移り方が唐突であることは否めない。事実、「みな急ぎはててけり」の後に「清蔭に届けたことは省略」としている注釈書もみられる[17]。これを契機にとしこと源大納言の歌の贈答になるわけだから、少なくとも「さて」以前に何らかの説明があって然るべきである。詳しくは後述するが、作者は「さて」以降について、季節の推移を考慮しつつとしこと源大納言の歌の贈答を創作していったと思われる。これは前述したようにここにある三首の歌が密接に関連しあっていることでも理解できよう。それにしてもなぜこのように唐突なのであろうか。実はこのような箇所は他にも見ることができる[18]。この周りは六十賀という史実と「ちぢの色に」の歌の創作とがうまく絡み合っていない。これはひとつに作者の表現力に起因しているのではないか。このことは裏返せば、「さて云々」以下には作者の創作意識が及んでいることを暗示させよう。冬と春に入る本文の冒頭に「さて」という語を置き、それぞれの季節に入ることを明示している。これだけ季節の推移を意識した章段は大和物語の中でここだけである。

五

としこが詠んだ「かたかけの」の歌については、これまでその類似歌として『躬恒集』にある

かたかけの舟にや乗れる白波の立つはわびしくおもほゆるかな

が早くから指摘されてきた。[19] しかし、両者の関係については『大和物語追考』のみが「みつねの家集にかたかけの船にやのりししらなみもたつはわひしとおもほゆるかなとあるを少ひきなをしてよめるにや[20]」と言及しているにすぎない。ただ、その関係について詳しく説明しているわけではない。「かたかけ」なる語を中古の和歌から検索してみたところ、勅撰集をはじめ、私家集（『躬恒集』を除いて）、歌合にはみられず、わずかに一首、私撰集の『古今六帖』三「ふね」の項の中に次の歌がみられる。

しほせこくかたかけを舟なかるともいたくなわひそかちとりゆかん

ここでは第二句に詠まれているにすぎず、より類似しているのは今のところ『躬恒集』にあるこれ一首のみということになり、両者の関係は否定できないように思われる。事実、中島和歌子氏も「立つ（出発する）」を「いそぎし秋」という事柄に合わせて、「さわぐ」と置き換えたのではないかと考えている。[21] 妥当な考えであろう。少し補足すると、置き換えたのは「さわぐ」だけでなく「さわぐ時のみ思ひいづる君」と四、五句全体に及んでいる。もちろんここの「思ふ」は「思ほゆ」にもとづいているのであろうが、それだけではなくとしこの源大納言への強い意思表示になっている。ただ、前述のごとく中島氏はこの歌を本歌取りして、ここでもとしこが実際に詠んだものとみている。しかし、この章段の「さて、その十月ついたちの」以下は後述するように創作された可能性が大きいことを考えると、この歌も躬恒の歌をもとに改変し、としこが詠んだふうに仕立てたとみるのが自然ではなかろうか。

もちろん『躬恒集』が大和物語から取り入れたということも考えておかねばなるまい。事実、躬恒の歌には他の歌の表現を取り入れているのが多いという。[22] だが、この場合、両歌は上句が共通しており、しかも『古今集』の撰者の一人でもある躬恒が他人の歌を利用し下句を改めてまで歌を詠んだのであろうか。下句は地文と照応し密接な関係が窺われる。やはりここは大和物語の改変と考えるのが穏当であろう。

ここで、両者の関係を確かにするために『躬恒集』についてふれておく必要がある。現存の『躬恒集』は五系統に分けられる。[23] その中でこの歌は第四類の西本願寺本系統と第五類の正保版本系統にみられる。このうち後者は後世の成立になることが島田良二氏により明らかにされており、[24] ここでは対象外にする。すると両者の関わりを考える場合、第四類本の成立が問題になる。『躬恒集』の中でこの系統は歌数が最も多く、四八二首をかぞえる。それらを島田氏は、D（1～254）・E（255～328）・漢詩連歌（329～348）・B（349～482）に分けられ、D群の終わりに「これにはするにかゝれぬをこと本のするあるをかける」と記されていることから、E群以下を増補と考えている。そして、氏はこの系統の成立について次のように述べている。

第四類本はすでに院政期には成立していたのであるから、いわゆるD群の躬恒集はかなり古くから成立していたことが分かるとともに、Eおよび漢詩連歌も単独で存在していた事から、これも拾遺集頃には成立していたのであろう。

このようにD群は『躬恒集』の中で成立的にみて最も古いと考えてよかろう。「かたかけの」の歌は「わかれのうた」として、D群の中で四番目にみられる。しかもこのD群の成立は、前述の如く少なくとも『拾遺集』以前と推測されていることから大和物語の作者が『躬恒集』にあるこの歌を利用したことは十分に考えられよう。

最後にある「あおやぎの」の歌については、その例歌に『大和物語虚静抄』が、

七夕にかしつる糸のうちはへて年の緒なかく恋やわたるらん

（注）『大和物語諸注集成』（雨海博洋氏編著、桜楓社、昭和58・5）に拠る。

を引いている。この歌は『古今集』秋歌上（一八〇）にある躬恒の作であることから中島和歌子氏は先程の「かたかけの」の歌との関連で注目しつつもその関わりについては言及していない。[25]

前述のごとく前の二首は大和物語第三段の内容に合わせて改変した可能性が高いことを考慮すると、それは「あおやぎの」の歌にも及んでいるのではないか。それにしても両者が共通するのは「糸のうちはへて」という表現のみで前の二首とはやや異なっている（伝本により「の」有無はあるが）。はたして本歌としてよいのか不安も残るが、実際、両方の歌を比較してみると、大和物語では地文を受け季節にあわせた表現になっている。即ち初句では秋の景物を示す「七夕にかしつる糸」を大和物語の地文の春の景物「柳のしなひ」を受け「あおやぎの」に、次いで時を示す「年の緒ながく」を春の場面に相応しく「のどかなる春日しもこそ」に、さらに結句で「かたかけの」の歌の「思ひいづる君」を受けて「思ひいでけれ」に、それぞれ照応していると考えられる。こうみてくると表現上、共通するのはわずか一箇所とはいうものの、躬恒の歌を利用するに際して、地文や前歌を踏まえて、その場に合わせて改変したと考えてよかろう。さらに注目したいのはこの歌も『躬恒集』にみられるということである。これとの関係についてはこれまで指摘されなかったが、前述のように「かたかけ」の歌が『躬恒集』と密接な関係にあることを考えると、ここも『躬恒集』を資料にした可能性も考えておかねばなるまい。この歌は『躬恒集』のいずれの系統の伝本にみられるかというと、

躬恒集Ⅰ　三一

躬恒集Ⅰ　二〇五

躬恒集Ⅱ　一二二
躬恒集Ⅲ　一〇六
躬恒集Ⅳ　四五六

（注）『私家集大成　第一巻　中古Ⅰ』（明治書院、昭和48・11）に拠る。

四系統の伝本にみられる。先程の「かたかけの」の歌もⅣ系統にみられ、その点ではこの歌もⅣ系統の『躬恒集』を資料にした可能性がある。しかしながら、この歌が属するⅣ系統のB群は島田良二氏により「第三類本プロパーのB群からの転写増補された」ことが明らかにされており、[26]この系統を資料にした可能性は低い。ただ、「七夕に」の歌は『躬恒集』の祖本の姿を留めていると言われているⅠ系統をはじめⅡ、Ⅲ系統にもみられ、その祖本には存在していたと考えられる。その祖本から各系統の伝本がどのように分派していったかは不詳である。また、『古今集』か『躬恒集』のいずれを拠り所にしているかは断定できない。この章段はとしこと源大納言との歌の贈答を介し季節を追って叙述され、同時にとしこの感情が徐々に高揚している。それも「ちぢの色に」と「かたかけの」の歌の存在によってこそ「あおやぎの」の歌の表現効果を上げている。としこは多くの章段に登場するが、源大納言との贈答歌はここのみである。二人の親密な関係を背景に他の資料をもとにして贈答歌に仕立てたのであろう。

六

大和物語の作者は「かたかけの」の歌と「あおやぎの」の歌を、躬恒の歌をもとに改変したのではないかと考えたわけであるが、作者はこの章段を創作するにあたり、ひとつの章段の中に躬恒の歌を二首も利用したのはどのような理由によるのであろうか。少なくとも大和物語の作者が躬恒に関心を抱いていたのであろう。ではその痕跡めいたものを大和物語から見出せるであろうか。

大和物語にあって躬恒は33、121の二章段に登場する。決して多いとは言えない。まず33段を見ていくが、論述の便宜上、この章段とその前後の章段を記しておこう。

30段

故右京の大夫宗于の君、なりいづべきほどに、わが身のえなりいでぬことと、思ひたまひけるころほひ、亭子の帝に、紀伊国より石つきたる海松をなむ奉りけるを題にて、人々歌よみけるに、右京の大夫、

沖つ風ふけゐの浦に立つ浪のなごりにさへやわれはしづまむ

31段

おなじ右京の大夫、監の命婦に、

よそながら思ひしよりも夏の夜の見はてぬ夢ぞはかなかりける

32段

亭子の帝に、右京の大夫のよみて奉りたりける。

あはれてふ人もあるべくむさし野の草とだにこそ生ふべかりけれ

また、

時雨のみ降る山里の木のしたはをる人からやもりすぎぬらむ

とありければ、かへりみたまはぬ心ばへなりけり。「帝、御覧じて、『なにごとぞ。これを心えぬ』とて僧都の君になむ見せたまひけると聞きしかば、かひなくなむありし」と語りたまひける。

33段

躬恒が院によみて奉りける。

立ち寄らむ木のもともなきつたの身はときはながらに秋ぞかなしき

34段

右京の大夫のもとに、女

色ぞとはおもほえずともこの花は時につけつつ思ひいでなむ

前後が宗于関係の章段に囲まれた一章段に躬恒は登場する。大和物語の場合、その多くは同一人物や同一内容の章段が連続している。ところが、ここはそのようになっていない。どうみてもこれは無意識に配置されているとは考えにくい。ではなぜ33段に宗于ではなく躬恒の章段を置いたのであろうか。このことについて『日本古典文学全集8大和物語』の頭注では「三十二段に草木に関する歌があることから、宗于以外の人の話が入ったのであろう」と説明している。確かに大和物語の場合、各章段が景物で関連しているところがありここもそうしたのかもしれない。しかし、問題はそのことよりもなぜ躬恒の章段をここに置いたかにあるのではないか。これは前後の章段を含めて考えるべきであろう。大和物語の場合、ところどころ前後の章段のつながりがみられ、それが重要な働きを担っていると考えられるからである。32、33段では宗于が身の不遇を帝に訴えている。次いで34段では宗于が登場するものの、その内容は恋の話に移っている。しかもここで宗于は歌を詠んでいない。33段は主人公が異なるものの32段と身の不遇という内容が同じである。同じ内容の章段を連続させるために躬恒の話をもってきている。こうすることで、ひとつの変化をもたせているのであろう。こうしたのは作者の躬恒への関心の表われとみるべきであろう。

なお、31段は主人公が前段と同じでも内容をみると、前後の章段と異なり恋の話になっている。これは先程の32、33段と逆になっている。31段にある宗于が詠んだ「よそながら」の歌は『後撰集』のよみ人しらず歌（巻四・夏・一七二）で、これをもとに創作した可能性が高い。(27) ここでは宗于の恋の相手に監命婦を登場させ、かつ恋の話にして変化をもたせたのであろう。大和物語にあって監命婦はここを含めて十章段に登場し、作者の関心の高さを理解できよう。

このようなことから31段と33段の配置の意図については連動して考えるべきであろう。しかも、これら一連の章段も身の不遇（30段）―恋（31段）―身の不遇（32段）―身の不遇（33段）―恋（34段）というように恋と身の不遇とがほぼ交互に配置しており、これもそのような意図があってのことでこの一環として利用したとみてよかろう。

次に、132段をみることにする。ここでも論述の便宜上、この前後の章段を記しておく。

131段

先帝の御時、四月のついたちの日、鶯の鳴かぬをよませたまひける。公忠、

春はただ昨日ばかりをうぐひすのかぎれるごとも鳴かぬ今日かな

となむよみたりける。

132段

おなじ帝の御時、躬恒を召して、月のいとおもしろき夜、御遊びなどありて、「月を弓はりといふは、なにの心ぞ。そのよしつかうまつれ」とおほせたまうければ、御階のもとにさぶらひて、つかうまつりける。

照る月を弓はりとしもいふことは山べをさしていればなりけり

禄に大袿かづきて、また、

白雲のこのかたにしもおりゐるは天つ風こそ吹きてきつらし

133段

おなじ帝、月のおもしろき夜、みそかに御息所たちの御曹司どもを見歩かせたまひけり。御ともに公忠さぶらひけり。それにある御曹司より、こき袿ひとかさね着たる女の、いと清げなる、いで来て、いみじう泣きけり。公忠をちかく召して、見せたまひければ、髪をふりおほひていみじう泣く。「などてかくなくぞ」といへど、いらへもせず。帝も、いみじうあやしがりたまひけり。公忠、

思ふらむ心のうちは知らねども泣くを見るこそ悲しかりけれ

とよめりければ、いとになくめでたまひけり。

134段

先帝の御時に、ある御曹司に、きたなげなき童ありけり。帝御覧じて、みそかに召してけり。これを人にも知らせたまはで、時々召しけり。さて、のたまはせける。

あかでのみ経ればなるべしあはぬ夜もあふ夜も人をあはれとぞ思ふ

とのたまはせけるを、童の心地にも、かぎりなくあはれにおぼえければ、しのびあへで友だちに、「さなむのたまひし」と語りければ、この主なる御息所聞きて、追ひいでたまひけるものか、いみじう。

131段から144段までは先帝関係の章段でまとめられている。その内、134段を除けば帝とともに公忠、もしくは躬恒という著名な歌人が登場している。即ち帝を除いて131段では公忠、132段では躬恒、133段では公忠、最後の134段では童という人物配置である。躬恒の登場する章段は、その前後に公忠が登場する章段に挟まれている。この配置は先程の33段と類似する。

またこれらの章段の中で132、133段は「月のいとおもしろき夜」、「月のおもしろき夜」という場面で躬恒、公忠がそれぞれ帝に召されて歌を詠み、賞賛されるということで共通する。ここでも内容的には同じでも登場人物を別人にす

ることで変化をもたせているのであろう。これは32、33段の内容にも類似する。いずれも不遇な身の上を訴えている。構成上、要所に躬恒を据えたのは作者が彼に関心を抱いていた証にほかなるまい。ともあれここでも33段で述べたことと同じことを指摘することができ、先程の考えがより確かなものとなろう。

大和物語作者の躬恒への関心はすこぶる高かった。このことは作者の意図する章段の配置—変化をもたせる—に及んでいると考えられる。

このように前後が同一人物の章段の中に別人が組み込まれている箇所は躬恒以外の章段にもみられる。ここではその類似例を含め、三例を取りあげ、躬恒の章段にみられた大和物語作者の意図するところを多少なりとも補っていきたい。今、それらにおいて登場人物のみを記してみると次のようになる。

（1）　25段　明覚
◎26段　桂皇女
27段　戒仙
28段　戒仙

（2）　137段　元良親王
◎138段　こやくし
139段　元良親王
140段　元良親王

（3）

76段　桂皇女　嘉種
77段　桂皇女　嘉種
78段　監命婦　元平親王
79段　監命婦　元平親王
◎80段　宗于
81段　右近　故后宮
82段　右近　故后宮
83段　右近　蔵人頭
84段　右近　男
85段　右近　桃園宰相

◎を付けたのがその人物に該当する。（1）の場合、必ずしも先程の躬恒の章段と同じではないし、内容的にみて前後の章段と類似しているわけでもない。26段の前後が僧侶関係の章段であり、ここはその関係で連続させてもよかったはずである。ではなぜこうしたのか。26段では桂皇女が登場する。しかもここで彼女が詠んだ「それをだに」の歌は、『古今集』では「読み人しらず」になっている。このことに関して雨海博洋氏は歌語りの文学的発想ととらえ、26段を虚構とされた。[28] これに対して今井源衛氏は事実か虚構かの判断は困難とされ、それに否定的である。[29] その判断は今後に待つとしてここでは前段と「宿」という語で関連させ[30]つつ、作者とって関心のある桂皇女という、大和物語で多くの章段に登場する著名な人物を置くことで変化をもたせたのであろう。このことは（2）をみると理解できよう。ここでは元良親王関係の章段の中にこやくしなる人物の章段を置いているが、かつて考察したようにこれらの章段は恋の進行を考慮し内容的に関連させ配置されていると考えられる。その中にこやくしなる人物の章段を置いたのは変化をもたせるためと思われる。しかし、こやくしは著名な人物でもなく大和物語にあって、ここにのみ登場する。これは（1）とは異なるが、斬新な方法を試みたのであろう。そのためにも『伊勢集』にある贈答歌をもとにこやくしという架空の人物にし虚構化したのであろう。[31] これはまた、創作力の表われであり先程の26段の虚構か否かを考える上で参考になろう。それはそれとして、ここでも前述した33、132段の方法に類似している。

最後の（3）の場合は今までの例とは異なる。ここでは桂皇女、監命婦関係の章段がそれぞれ二章段ずつ続いている。その後に宗于関係の一章段が、さらにその後に右近関係の五章段がそれぞれ続く。大和物語にあって、桂皇女、監命婦、右近という著名な女性達が登場する中に宗于が登場する一章段があるのである。しかもこの前後の章段は恋の話であるが、ここは宗宇が亡き宇多上皇をしのぶ話で内容的にも異なる。これらのことをいかに考えたらよいのか。80段について『日本古典文学全集8　大和物語』の頭注では「恋の内容ではなく、また前後の人物とも関係なく孤立した段章」と解説している。確かに、この前後の章段は前述の如く同一人物で連続し、宗于の章段が孤立している感じではある。しかし、見方を変えてこの前後に著名な女性達を配置し、その間に宗于の章段があるのは、どう見ても単なる羅列と考えるよりも何かしらの意図があったとみるのが自然ではないか。このようなことを考慮し前段の79段をみると、そこには監命婦が詠んだ「こりずまの浦にかづかくうきみるは浪さわがしくありこそはせめ」という歌がある。この歌を読んで思い起こすのは、前にふれた30段にある「沖つ風ふけゐの浦に立つ浪のなごりにさへやわれはしづまむ」という歌である。この歌は「紀伊国よ石つきたる海松をなむ奉りける」という題で宗于が思うようにならない我が身を海松に託して詠んだものである。いわば海松は宗于を象徴するものであった。「沖つ風」の歌と「こりずまの」の歌をみると「ふけゐの浦」、「須磨の浦」と海がさらに「浪」、「海松」がそれぞれ詠まれている。このように語句の類似性、とりわけ宗于を象徴する海松ということで、いわば連想の如く80段を配置したと思われる。また、この次の81段をみると、「宮にまゐること絶えて、里にありけるに、さらにとひたまはざりけり」とあるが、これと80段の歌に「来て見れど心もゆかずふるさとの云々」とあって両者は「ふるさと」、「里」が関連している。こうした章段間の語句の関連は他の章段にもみられるところで、大和物語の特色のひとつになっている。こうみてくると80段は前後の章段に関連しており、女性の章段が続くのを二つに分け、いわば中継ぎの働きをしていると言えよう。と同時に著名な女性達の中に宗于の章段を配置することで変化をもたせているのであろう。宗于は大和物語にあって九章段に登場し作者にとって関心のある人物の一人であった。

前後に同一人物、もしくはそれに類した人物の中に別人が置かれている章段をみてきた。その結果は一定ではないが、ここでも別人になる章段は作者にとって関心のある人物が登場し、しかも単なる羅列でなく意図的に配置していた。これらの例から前述した33、133段での考えを補強できたように思う。

躬恒の「かたかけの」の歌を利用するに至った背景を探ってみた。これらを通して、ひとつの方針を認めることができよう。実際、躬恒が登場するのは二章段にしか過ぎないが、そこには不遇な身の嘆きと歌人としての誉れが描かれていた。その彼を著名な歌人の章段の前後に設置している。こうしたのは変化をもたせようという意図があり、そのために作者にとって関心のあった人物を据えたと考えられる。このことは三段を創作するに際し、躬恒の歌を利用したことと決して無関係ではあるまい。そして作者が大和物語第3段を通して、文学的趣向、いわば虚構を目指していたヒントが窺えよう。

七

大和物語第3段は宇多上皇六十賀のことを記しているが、これは表向きに過ぎず、話の中心はあくまでも源大納言ととしことの歌の贈答にあることに疑う余地はあるまい。としこは大和物語にあってこの3段を含めて十章段に登場する。女性では一位を占めている。次いで多いのが監命婦の九章段である。二人は大和物語にあって双璧と言えよう。としこの章段を見ていく場合、監命婦の存在は無視できない。もちろん、それぞれが相前後することなく単独で登場する章段もあるが、意外ととしこの章段は監命婦の章段と相前後している場合が多い。そこで、としこと監命婦が相前後して登場する章段ととしこが単独で登場する章段を通して3段を創作するに至った背景を人物面から探ってみることしよう。

二人が登場する章段は次のようである。

3　①〔(8)　9　(10)〕　13　(21)　(22)　(25)　(31)　41　②〔66　67　68　(69)　(70)〕　(78)　(79)　122　137

(注)（　）で囲んだのは監命婦が登場する章段を示している。

まずこれらの章段の中で二人が相前後して登場する章段に傍線部①・②の章段がある。①はとしこの章段が監命婦の章段に挟まれている場合であり、②はとしこと夫の千兼が登場する章段の後に監命婦と忠文の息子が登場する章段が続く場合である。①をみると8・10段と同一人物が登場しているわけだから何もその間に別人の章段を置く必要もなく、直接続けてしまってもよかったはずである。では、なぜこうなっているのか。理由もなく配置しているにすぎないのか。それよりこれらの章段にとしこと監命婦とが登場することは何らかの意図があるのではないか。ましてや今までみてきたこれと類似する章段から考えてもその可能性は高い。このようなことを念頭に置きこれらの章段をみ

ると、

8段　大沢の池の水くき絶えぬとも
9段　桃園の兵部卿の宮うせたまひて
10段　淵瀬ありとはむべもいひけり

のような表現がみられ、傍線部分が内容的に関連している。つまり、8段で「絶えぬ」ということから9段での「うせたまひ（死）」を連想させ、さらに10段ではその連想から「ふるさとを」の歌に『古今集』歌の「淵瀬あり」を引用しつつこの世の無常へと導いている。無常へ自然に展開させるためには「死」の話が必要であった。そのためにとしこの章段を置いたのである。別な人物で変化をもたせ、かつ内容を考えて配置しており、これは先程みてきた元良親王関係の137段をはじめ宗于や躬恒の章段に類似している。[32] ともあれ9段は話を展開する上で一役を担っている。そのために監命婦と双壁ともいうべきとしこの章段を置いたということができよう。

②の場合、としこの章段が66、67、68と三章段連続するが、このうち68段は内容的にやや前の二章段と異なっている。即ち66段と67段では、としこがひたすら夫の千兼の帰りを待っているが、それもかなわず悲しみにくれている。ところが次の68段では、話が一変して枇杷殿がとしこの家の柏木を御所望になり、それを贈る話である。ここにはとしこの悲しみはみられない。

一方、監命婦が登場する69段では、忠文の息子が親と一緒に陸奥国へ下る際、監命婦がその息子に餞別を贈り別れの悲しみにくれている。次の70段の前半でも監命婦が離れ離れになった忠文の息子への切なる思いにかられている。後半では監命婦が陸奥国へ下る途中で、忠文の息子の死を知り前半での悲しみに追い打ちをかけている。このように前後の章段の内容から、68段はどうみても異質である。それにもかかわらず68段をここに据えたのはなぜであろうか。

この68段は『後撰集』と共通しており、両者を比較してみると次のようになる。

後撰集雑二（一一八二―一一八三）	**大和物語第68段**
枇杷大臣より侍てならの葉をもとめ侍りければ、千兼があひしりて侍りけるにとりつかはしければ	枇杷殿より、としこが家に柏木のありけるを、折りにたまへりけり。折らせて書きつけて奉りける。
俊子	
我が宿をいつならしてか楢の葉をならし顔には折りにおこする	わが宿をいつかは君がならし葉のならし顔には折りにおこする
返し　枇杷左大臣	御返し
楢の葉の葉守の神のましけるを知らでぞ折りしたたりなさるな	柏木に葉守の神のましけるを知らでぞ折りしたたりなさるな

（注）『後撰集』の本文は『後撰和歌集総索引』（大阪女子大学、昭和40・12）所収の天福本に拠り、句点、濁点は筆者が施した。以下も同様。

『後撰集』をみると、贈答歌に「楢の葉」が詠み込まれているのに対して、大和物語では贈歌に「ならし葉」、答歌に「柏木」とそれぞれ別なものが詠み込まれている。『後撰集』の方が贈答歌としての体裁を整えている。大和物語が答歌で「柏木」なっているのは地文に「柏木のありけるを」とあることによると思われる。また、贈歌の三句目が「ならし葉」としたのは「ならし」を引き出すためであり、これは柏木のことをそう呼ぶことからこれも地文に照応させたものと考えられる。それと『後撰集』に登場する千兼は大和物語にはみられない。このことに関し『日本古典文学全集8　大和物語』の頭注には「地の文に千兼のことが書かれていないのは、六十六・六十七段を前提にしているのであろう。副次的章段」とあるが、はたしてそれだけであろうか。これはこの章段の生成にも関わってくるのではないか。事実、このことについて、菊地靖彦氏が「としこの存在をクローズアップするところに『大和物語』の特徴がある。（中略）『大和物語』はやはり作為を通さなければそのねらいは語れない」と述べ、大和物語の作為を指摘している。(33) 納得できる考えである。

それにしてもこれほどまでしたのはなぜか。これはこの前後の章段を含めて考えるべきであろう。それというのも66～68段がとしこ、その後の69、70段は監命婦がそれぞれ登場することによるのではないか。大和物語の作者は意図的に二人の話を連続させたものと考えられる。これは今まで見てきた、二人が登場する章段をみても理解できることである。とにかく、としこと監命婦は作者にとって関心のあった人物であった。これらの章段の内容は、前述のごとく66、67段で夫、千兼を待つとしこの悲しみ描かれている。69、70段で監命婦の悲しみが描かれている。これらは内容的に通ずるものがある。ところが、68段をみるとここでとしこの贈答の相手は枇杷大臣である。しかも、ここには悲しみは見られず、二人ののどかな光景を描きあくまでも二人の話になっている。ここは『後撰集』をもとに改作したのであろう。こうしたのは、前段と内容的に異質な章段を置くことでひとつの変化をもたせようと考えたのではないか。68段が前述の如く手を加えていることはそれを暗示させよう。

一方、としこが登場する章段において、人物の点で前後に監命婦の章段と関連がなく、彼女のみが登場する章段に122段がある。ここも『後撰集』と共通している。両者を比較してみると次のようになる。

後撰集恋三（七二八）	**大和物語第122段**
あひ語らひける人これもかれもつつむことありて、 はなれぬべく侍りければつかはしける	としこが、志賀にまうでたりけるに、増喜君といふ法師ありけり。それは比叡にすむ、院の殿上もする法

読み人知らず

あひ見てもわかるることのなかりせばかつがつものは
思はざらまし

師になむありける。それ、このとしこ、まうでたる日、志賀にまうであひにけり。橋殿に局をしてゐて、よろづのことをいひかはしけり。いまはとしこ、かへりなむとしけり。それに増喜のもとより、

　あひ見てはわかるることのなかりせばかつがつも
　のは思はざらまし

返し、としこ、

　いかなればかつがつものを思ふらむなごりもなく
　ぞわれは悲しき

となむありける。ことばもいとおほくなむありける。

『後撰集』では「読み人知らず」の歌が大和物語では増喜の歌になっている。この章段はとしこと僧の恋愛を主題にしており、今井源衛氏はその異常性とこの物語作者のそれに対する嗜女癖を指摘している。(34)そして『後撰集』が僧の名を隠したと考え、大和物語が増喜に託して話を作り上げたということではなかろうか」と述べ、創作性を推測している。これに菊地靖彦氏は賛同している。(35)

次に高橋正治氏は、

　『後撰集』では、「読み人しらず」になっているが、詞書の内容も少し違うので、もともとも増喜の歌ではなく、歌語りの過程で増喜、としこの組合せになっていったのであろう。

と述べている。(36)歌語りの過程で二人の組合せになったのではないかと考えているが、なぜそうなったのか、その説明

がほしいところである。さらに柿本奨氏は、

異伝と認めるにとどめておくべきものと考える。（中略）本段はとし子の歌の方に重点があり、その手練の返歌の仕方を紹介する。

と述べ、[37] 異伝ととらえている。ただここもどうして異伝となったのか、具体性に欠けることは否めない。

このように122段の生成については意見が対立しているわけであるが、少なくとも大和物語の方に創作性を認めてもよいのではないか。『後撰集』において「読み人知らず」になっていることがそれを物語っていやしまいか。しかも『後撰集』の詞書と和歌をみると、

あひ語らひける人これもかれも ⟷ あひ見ても
はなれぬべく侍りければ ⟷ わかるることのなかりせば

のようになり、詞書が上句と照応している。そしてこれを受け下句で詠作者の心情を吐露している。しかもここには地文の「これもかれもつつむことありて」という心情が「かつがつものは思はざらまし」という表現に含まれていると思われる。まさに詞書と和歌とが一体になり臨場感を醸し出している。一方、大和物語は『後撰集』のように語句の上で明白に照応しているわけではない。これらの点を考慮し両者の関係について考えてみると少なくとも『後撰集』の方がもとの形を残しているとみるべきで、大和物語の方には作為の手が加わっていると考えてよかろう。大和物語の作者はこの章段を創作するにあたり、としこのことが念頭にあり、そのために『後撰集』に資料を求め、僧侶との恋ということで、読み人しらずの歌を利用し増喜との贈答歌を考えたのであろう。そのために増喜の歌を「あひ見ては」として彼一人の心情を表出させたのではないか。[38] これは返歌を想定していたからにほかならない。『後撰集』の場合、贈答歌の形をとっておらず、一首のみで詞書に「これもかれもつつむことありて云々」とあり、これを受けて

歌で「あひみても」となっているわけである。このことから、この章段は意図的に創作されている可能性が高い。「あひ見ては」の歌を増喜の詠作にしたとすると、その返し歌の「いかなれば」の歌も創作とみるのが妥当であろう。これを裏付けることとして注目したいのは「いまはとしこ、かへりなむとしけり」という本文である。これは二人が別れる場面である。と同時に和歌の詠作を導く契機となるもので重要な働きを担っている。とりわけここにある「いまは」という語については以前、創作と深く関わっていることを指摘した。[39] そのひとつに初段をあげることができる。初段は次のようである。

亭子の帝、いまはおりゐさせたまひなむとするころ（中略）伊勢の御の書きつけける。

わかるれど……

とありければ、帝、（中略）

身ひとつに……

傍線部で「いまは」と表現することで亭子の帝の譲位の場面の緊張感を醸し出している。それを受けて伊勢の御が別れの悲しみの歌を詠み、その返しに帝がなだめるという場面である。一方、この122段には「いまは、としこ、かへりなむとしけり」とある。これは大和物語のみにみられるものであり、今まさにとしこが増喜と別れる場面で、二人にとって悲しみがピークに達する。このような状況を表現するために「いまは」という語を使っている。これは初段でも「別れ」の場面にみられ偶然とは言えまい。「いまは」という語を介して創作の一端を窺い知ることができよう。

前後に同一人物か、もしくは別人で連続し、その中にこれらとは別人のひとつの章段を配置したのは、章段間を展開させる上で変化をもたせるためであった。しかも、別人の一章段は大和物語で多くの章段に登場する人物であり、作者にとって関心を寄せた人物であったと考えられる。また、著名な歌人の歌を利用し、虚構化を試みている章段もみられた。これとて深く関心を寄せた人物の歌を利用したわけである。このことは単独の章段にも及んでいた。ここでは虚構化を試み、その冒頭を「としこが、志賀に云々」とし、その存在感を示しているようである。ともあれこれらの章段を通して作者のとしこへの関心の高さを理解することができた。これらのことはまた3段の創作性を考える上でひとつの示唆を与えることになろう。としこは作者にとって特別な存在であったのである。

八

大和物語第3段はどのような位置にあるのであろうか。初段から4段までは、

初段―宇多帝譲位
二段―宇多帝出家
三段―宇多帝六十賀
四段―野大弐

というように初段、2段、3段と宇多上皇のことが年を追って配置している。ただ、初段と2段はあくまでも宇多上皇が話の中心になっているが、3段は前述のごとく前半は宇多上皇六十賀のことが、後半はとしこと源大納言の歌の贈答のことがそれぞれ記され、後半が話の中心になり、初段、2段に比べ描写の視点が異なっている。そして4段では宇多上皇の話から離れ、追討使としての野大弐の話に移っている。こうしたのはこれを含め、前後の章段の展開を考えていたのではなかろうか。つまり3段の前半―「みな急ぎはててけり」まで―を宇多上皇のことで初段、2段に、後半―「さて、その十月ついたち」以下―を4段の野大弐と、3段の源大納言、としことといった宇多上皇以外の人物ということでそれぞれ関連しており、そのために、このような内容にしたのではあるまいか。いわば3段は前段を継

承し、同時に4段以降へ展開しているわけである。3段の冒頭を初段、2段のように「亭子帝云々」とせずにいきなり「故源大納言云々」で始めたのは話の中心が宇多上皇から別の人物に移ることを暗示しているかのようである。ただ、柿本奨氏は2段と3段の関わりについて、

　二段とどの点でつながるのか、二段の後半では既に良利と心の通い合った主従、良利を忠実な臣として描いた。そのような親密の間柄、打てば響く心の通いを本段第一段落では源大納言ととしことという近親者間に見、その似かよいで二段に続けたのであろう。

と述べている。(40)確かにこのようなことも作者の脳裏にあったかもしれない。しかし、もう少し広い視点から考えると、前述の如く初段から3段までは宇多天皇の譲位とその後の出来事が年を追って配置している。作者はこのことをまず念頭に置いたのであろう。そして4段は野大弐の話になり、前述の如くここではもはや宇多上皇は登場していない。これ以降、30段まで宇多上皇自身が登場することはない。このように大和物語の作者はその展開を考え、3段をこのような内容にして配置したと考えてよかろう。

これを裏付けることとして、初段、2段、4段は創作された可能性の大きいことがあげられる。これについてはすでに先学が指摘しており、(41)私的自身も言及したことがある。(42)詳細については各論に譲るとして、ここでは再度、その要点のみにふれ3段の創作性を補強しておきたい。論述の便宜上、これらの章段と共通する家集等とを比較しておこう。

伊勢集（二三八～二四〇）

亭子のみかどの、をりさせたまひける年の秋①
白露のおきてかゝれるもゝしきのうつろふあきのこと

大和物語初段

亭子の帝、いまはおりゐさせたまひなむとするこ①′
ろ、②′弘徽殿の壁に、伊勢の御のかきつけける。

ぞかなしき

わかるれどあひもおしまぬもゝしきをみざらんことのなにかゝなしき

と、②こき殿のかべにかきたるを、③みかど御覧じてかたはらに

みひとつにあらぬばかりぞおしなべてゆきかへりてもなどかみざらん

伊勢集（二四詞書）

かくてみかどおりさせたまひて二年といふに、御ぐしおろさせたまひて、仁和寺といふところにすませたまふ（以下略）

後撰集雑一（一一二三〜一一二四）

小野好古朝臣、西の国の討手の使にまかりて、二年といふ年、四位には必ずまかりなるべかりけるをさもあらずなりければ、かかる事にもさされにける事のやすからぬよしをうれへ送りて侍りける文の、返事のうらに書きつけてつかはしける。

源公忠朝臣

わかるれどあひも惜しまぬももしきを見ざらんことのなにか悲しき

とありければ、帝、③御覧じて、そのかたはらに書きつけさせたまうける。

身ひとつにあらぬばかりをおしなべてゆきめぐりてもなどか見ざらむ

となむありける。

大和物語第2段

帝、おりゐたまひて、またの年の秋、御ぐしおろしたまひて、ところどころ山ぶみしたまひて行ひたまひけり。（以下略）

大和物語第4段

野大弐、純友がさわぎの時、討手の使にさされて、少将にて下りける。おほやけにも仕うまつる、四位にもなるべき年にあたりければ、正月の加階賜りのこと、いとゆかしうおぼえけれど、京より下る人もをさをさ聞えず。ある人に問へば、「四位になりたり」ともいふ。ある人は、「さもあらず」ともいふ。さだかなる

玉くしげふたとせあはぬ君が身をあけながらやはあらむと思ひし

返し

あけながら年経ることは玉くしげ身のいたづらになればなりけりぞかなし

こと、いかで聞かむと思ふほどに、京のたよりあるに、近江の守公忠の君の文をなむもて来たる。いと、ゆかしう、うれしうて、あけて見れば、よろづのことども書きもていきて、月日など書きて、奥の方にかくなむ。

玉くしげふたとせあはぬ君が身をあけながらやはあらむと思ひし

これを見てなむ、かぎりなく悲しくてなむ、泣きける。四位にならぬよし、文のことばにはなくて、ただかくなむありける。

（注）　伊勢集は『校註伊勢集』（関根慶子氏・他、不昧堂書店、昭和27・9）に拠る。

　順次、見ていくことにする。初段は『後撰集』にも共通しているが、『伊勢集』との方が、深い関係にある。それというのも『伊勢集』では、伊勢の詠んだ歌が二首あったのを大和物語では一首にして、それにともない地文で①の「秋」を①′「ころ」とし、その上「いまは」を付加し物語化を狙っている。(43) これは他のところをみても理解できる。即ち『伊勢集』では②、③が一文になっているのを大和物語では②′、③′と分散させ、さらに「書きつけさせたまうける」、「となむありける」という本文を付け加えている。これは重複した表現であるが、大和物語の他の章段にもみられる現象である。次に2段では、宇多帝の出家が実際には譲位した二年後であったのを大和物語ではその一年後にすることで緊迫した状況を作り出し物語化をはかっている。これは『伊勢集』にも二年後とあることからも理解できる。

　さらに4段であるが、この章段については菊地靖彦氏が虚構であることを詳細に論じておりそれに尽きる。(44) ただ一言付け加えておくと、前述したように虚構の方法として大和物語では、主人公である野大弐の心情が徐々に高揚していくという漸層法的な叙述になっている。これは虚構化するにあたっての手法と言えよう。

以上、見てきたように3段を挟んでその前後の章段にも創作性を窺うことができた。このことは3段の創作性と決して無関係とは言えまい。ただ、3段の場合、前述したようにとしこと源大納言の贈答歌に『古今六帖』歌や躬恒の歌を利用していると思われる。こうした方法はこの前後の章段にはみられず、ひとつの創作方法として注目される。ともあれ、これら四章段は事実をもとにしつつ脚色されており、作者の創作上のひとつの方針を窺い知ることができよう。

九

島津忠夫、中島和歌子両氏の論に啓発され大和物語第3段の創作性について考えてきた。その結果、改めてここは宇多上皇六十賀の史実をもとに創作されたものと思われる。それは史実への単なる肉付けというよりも一歩進んで虚構化を目指していた。具体的には「故源大納言云々」から「みな急ぎはててけり」までは史実にもとづいていると思われる。これ以降はとしこと親しい関係にあった源大納言の話にして、二人の歌のやりとりを季節の推移を考慮しつつ創作していったと考えられる。創作するに至った要因は何よりもまず作者の、としこへの関心の高さにあった。このことはこれ以外の章段をみても理解できるところで、そこでは意図的な配置や創作性を知ることができた。創作する際、資料を『古今六帖』や『躬恒集』に求め、それらをその場面に適応させるために改変していったものと考えられる。とりわけ躬恒の歌を利用したのは大和物語作者の、彼への関心の高さの表われ以外の何物でもない。これは躬恒が登場する章段からも窺い知ることができた。また、3段はその前後の章段の展開を考慮し配置しているのではないかと思われる。

従来、大和物語、即歌語りという考えが大勢を占めていたためもあってか、この物語の創作性についてはあまり追究されて来なかった。しかし大和物語の性格を探るためにも新たな視点からの考察が必要であり、それが研究の進展につながるのではなかろうか。ここでは３段のみを考察の対象としたが、今後はここでの考えを裏付けるためにも、これ以外の他の章段も視野に入れ、さらなる研究が必要であることはいうまでもない。

注

（1）　難波喜造氏「「歌語り」の世界」（「日本文学」13巻8号、昭和39・8）、雨海博洋氏『『大和物語』における「歌語り」の文学的発想について」（「二松学舎大学論集（昭和四十五年度）」昭和46・3。後に『歌語りと歌物語』〈桜楓社、昭和51・9〉に再録）。菊地靖彦氏「『大和物語』在中将章段をめぐって」（「一関工業高等専門学校研究紀要」17号、昭和57・12。後に『伊勢物語・大和物語論攷』〈鼎書房、平成12・9〉に再録）。同氏「『大和物語』の『後撰集』歌章段をめぐって」（「米沢国語国文」14号、昭和62・4。後に『伊勢物語・大和物語論攷』に再録）などがみられる。

（2）　拙塙①「大和物語における在原業平関係章段について」（「解釈」24巻4号、昭和53・4）②「大和物語における虚構の方法―一四一・一四二・一五四段を例にして―」（「中古文学」30号、昭和57・10）③『古今』『伊勢』『大和』―ひとつの共通話をめぐって―」（「平安文学研究」73輯、昭和60・6）④「大和物語の創作方法―いわゆる「ならの帝」の章段をめぐって―」（「平安文学研究」76輯、昭和61・12）⑤「大和物語の創作方法―伊勢関係の章段―」（「古典論叢」18号、昭和62・8）これらは後に拙著『大和物語の研究』〈翰林書房、平成6・2〉に再録。⑥『『大和物語』覚書―『後撰集』との関わりの一面―」（『歌語りと説話』新典社、平成8・10。後に『『大和物語』の研究』〈私家版、翰林書房、平成12・12〉に再録）。

（3）　「大和物語評釈・十四　としこ」（「国文学」8巻4号、昭和38・3。後に『大和物語評釈　上巻』〈笠間書院、平成11・3〉に補訂再録）。

（4）『大和物語の注釈と研究』（武蔵野書院、昭和56・2）。
（5）『日本古典文学全集8　大和物語』（小学館、昭和47・12）。
（6）「しきなみ」14巻7号、昭和34・7。
（7）「大和物語研究」1号、平成12・9。
（8）阿部俊子氏『大和物語　校注古典叢書』（明治書院、昭和47・3）、雨海博洋氏『大和物語　有精堂校注叢書』（有精堂出版、昭和63・3）など。
（9）久保木哲夫氏「在原元方について」（「和歌史研究会会報」33号、昭和44・3。後に『平安時代私家集の研究』〈笠間書院、昭和60・12〉に再録）。
（10）拙稿「歌語りから創作へ—『大和物語』第百四十九段をめぐって—」（『大和物語の研究』）。
（11）『大和物語評釈　下巻』（笠間書院、平成12・2）。
（12）注（2）の拙稿⑤に同じ。
（13）注（2）の拙稿②に同じ。
（14）吉澤義則氏『全訳王朝文学叢書　第一巻』（王朝文学叢書刊行会、大正13・6）、浅井峯治氏『大和物語新釈』（大同館書店、昭和6・9）、武田祐吉氏・水野駒雄氏『大和物語詳解』（湯川弘文社、昭和11・5、〔再版〕昭和39・6）。
（15）注（7）に同じ。
（16）注（1）の菊地氏論文「『大和物語』の『後撰集』歌章段をめぐって」に同じ。
（17）注（4）に同じ。
（18）注（2）の拙稿②、③に同じ。
（19）『大和物語錦繍抄』（前田夏蔭）、『冠注大和物語』（井上文雄）。
（20）本多伊平氏編著『北村季吟大和物語抄　付大和物語別勘 大和物語追考』（和泉書院、昭和58・1）。
（21）注（7）に同じ。
（22）片桐洋一氏「躬恒歌作りの一面」（『和歌文学新論』明治書院、昭和57・5）。

(23) 片野達郎氏「躬恒集解題」(『私家集大成　第一巻　中古I』明治書院、昭和48・11)。
(24) 「凡河内躬恒集」(『平安前期私家集の研究』桜楓社、昭和43・4)。
(25) 注(7)に同じ。
(26) 注(24)に同じ。
(27) 雨海博洋氏「大和物語の監の命婦」(『岡一男博士頌寿記念論集平安朝文学研究　作家と作品』有精堂出版、昭和46・3。後に『歌語りと歌物語』に再録)。ただ、今井源衛氏は『大和物語評釈　上巻』において虚構の判断の困難なことを述べている。
(28) 注(1)の雨海博洋氏の論文に同じ。
(29) 「大和物語評釈・八　桂の御子」(「国文学」7巻9号、昭和37・6。後に『大和物語評釈　上巻』に再録)。
(30) 『大和物語評釈　上巻』。
(31) 注(2)の拙稿⑤に同じ。
(32) 137〜140段は、単に人物を並べているのではなく、各章段の内容、つまり恋の進行状況という観点から配置されていると考えられる。詳しくは注(2)の拙稿⑤を参照のこと。
(33) 注(1)の菊地氏論文「『大和物語』の『後撰集』歌章段をめぐって」に同じ。
(34) 『大和物語評釈　下巻』。
(35) 注(1)の菊地氏論文「『大和物語』の『後撰集』歌章段をめぐって」に同じ。
(36) 『日本古典文学全集8　大和物語』頭注。
(37) 注(4)に同じ。
(38) ただし『拾穂抄』本文のみが「あひみても」となっている。
(39) 注(2)の拙稿⑤に同じ。
(40) 注(4)に同じ。
(41) 主な研究として以下のようなものがある。初段については、今井源衛氏「大和物語評釈・一　亭子の院」(「国文学」6巻11号、昭和36・7。後に『大和物語評釈　上巻』に再録)、菊地靖彦氏「『大和物語』の『後撰集』歌章段をめぐって」

（「米沢国語国文」14号、昭和62・4。後に『伊勢物語・大和物語論攷』に再録）、2段については工藤重矩氏「大和物語の史実と虚構—第二・三五段をめぐって—」（「福岡教育大学国語国文学会誌」18号、昭和50・11）、4段については菊地靖彦氏『『大和物語』の『後撰集』歌章段をめぐって」などがみられる。

(42) 注（2）の拙稿⑤に同じ。

(43) 注（2）の拙稿⑤に同じ。

(44) 注（1）の菊地氏の論文に同じ。

第十二章　三条実起筆『大和物語』小考

一

近世に入って板本の技術が普及し、多くの古典作品の啓蒙化に大きな役割を果たした。大和物語の場合も本文や注釈書が版行に移され、古典の民衆化に寄与してきたわけである。

その一方で版本が開発される以前から綿々と受け継がれた写本もみられる。本論で紹介する架蔵の権大納言実起筆大和物語（以下、実起本と略称）もその一本である。実起本は江戸時代中期の書写でそれほど古いわけではないが、後述するようにその装丁や付属品をみると、実に豪華で由緒ある家に伝わってきたことを窺わせる。したがっていずれの本文に拠っているかは興味の抱くところである。

本論では実起本の本文について、その性格やそれを介して垣間見られることについて考えてみたいと思う。

二

まず実起本の書誌から始めたい。

該本は外箱、内箱の二重の箱に収められている。両方とも漆塗り（ただし外箱の内側は紙細工になっている）で、それぞれの表箱中央に金色の細工で「大和毛能語」とある。これらは実起本を収めるために特注したものと思われる。該本は大きさ縦二三・六㎝、横一七・五㎝の列帳装二冊本。表紙（裏表紙も）は絹布で鳥模様の刺繍が施されている。表紙中央やや上に「大和物語」と題簽を付す。表紙裏（裏表紙も）は金泥、その後に遊紙一葉を有す。その次から本文が始まる。一面十行、和歌は二行書きで上句が本文より二字、下句が本文より三字それぞれ下げて書かれている。勘注、校異はみられない。墨付は上冊一―五八丁（初段―133段）、その後に遊紙三葉あり。下冊一―四八丁（134―173段）。四七丁は二行で終わり、改めて四八丁オに次の奥書がみられる。

依或人之所望染禿筆
全無正躰漸後嘲而已
天明七年丁未七月
権大納言実起

権大納言実起とは三条実起（一七五六―一八二三）のことで、これによると該本はある人の所望により実起が天明七年（一七八七）七月に書写したものである。彼は安永六年（一七七七）に権大納言に叙せられている[1]。書写年次の天明七年は実起三十二歳の時である。それと注目したいのは該本を収めている内箱の蓋の紐をとめる金具に葵の紋の彫金が施されていることである。このことは書写を依頼した「或人」が徳川家に関わる人物ではないかと推測される。

三

次に実起本と他本との関係を探ってみたい。そのために次のような方法をとった。

本文（尊経閣文庫蔵伝為家筆本）	校異	伝本																	
		氏	巫	鈴	図	衆	抄	類	雅	光	寛	細	桂	急	慶	首	永	天	実
初段																			
亭子・[1]のみかと ゆきかへりてもな[2・3]とか見さらむ	1 院	×	×	・	×	×	・	×	×	×	×	・	×	×	・	・	・	×	・
	2 なに	×	×	×	×	×	・	・	×	×	×	・	×	×	×	×	・	×	・
	3 いつ	×	×	×	×	×	×	×	×	・	×	×	×	×	×	×	×	×	×
（中略）																			
173段																			
あれとことに[1] たけはかりならんと見ゆるか[2・3]	1 ナシ	×	×	×	×	×	×	×	×	×	×	×	×	×	・	×	・	×	・
	2 ナシ	×	×	×	×	×	×	×	×	×	×	×	×	×	×	×	×	×	・
	3 なる	×	×	×	×	×	×	×	×	×	×	×	×	×	・	×	・	×	×

たれも・・・かはほりに[4]
五条にてありしものは[5]
ふるやのもとに[6・7]
となむありける[8]

共通数	4へりは	5は	6中	7した	8ナシ
153	・	×	・	×	×
131	・	×	×	×	×
131	・	×	×	×	×
175	・	×	・	×	×
173	・	×	・	×	×
125	×	×	×	・	×
263	・	×	×	・	×
33	×	×	×	×	×
149	・	×	×	×	×
181	・	×	・	×	×
263	・	・	・	×	×
194	・	×	・	×	×
167	・	×	・	×	×
264	・	×	・	×	×
241	・	×	・	×	×
273	・	・	・	×	×
171	・	×	・	×	×
—	・	・	・	×	・

（注）

1　本文は尊経閣文庫蔵伝為家筆本を底本に実起本を対校し、校異箇所を傍線で示し校異に共通する伝本には「・」印を、共通しない伝本には「×」印を以って示した。

2　諸本の調査には『校本大和物語とその研究　増補版』（阿部俊子氏、三省堂、昭和29・6、〔増補版〕昭和45・10）、『大和物語本文の研究　対校篇』（本多伊平氏、笠間書院、昭和55・2）を参照した。伝本略号は以下の通り。
氏（国立歴史民俗博物館蔵伝為氏筆本）・巫（天理大学附属天理図書館蔵御巫氏旧蔵本）・鈴（愛媛大学附属図書館蔵鈴鹿三七氏旧蔵本）・図（宮内庁書陵部蔵本）・衆（蓬左文庫蔵為衆筆本）・抄（大和物語抄本）・類（群書類従本）・雅（多和文庫蔵飛鳥井雅俊筆本）・光（九州大学附属図書館蔵支子文庫本）・寛（陽明文庫蔵本）・細（九州大学附属図書館蔵細川家旧蔵本）・桂（宮内庁書陵部蔵桂宮本）・急（大東急記念文庫蔵本）・慶（慶長元和中刊古活字本）・首（大和物語幷首書本）・天（野坂元定氏蔵本）・永（筑波大学附属図書館蔵大永本）・実（実起本）
これらは以下も同様。

3　「共通数」とはこの方法で全章段に及ぼした実起本と各伝本との共通数を示している。ただし、平仮名と漢字、音便を除く。

右表の共通数をみると、差はあるものの多くの伝本と共通している。これらの中で類、首、慶、細、永との共通数が比較的多くなっている。次いで図、衆、桂、光、寛、急、天も少なからず関与しており、雅は少なくなっている。これらの中で細と永の存在が注目される。両者は版本として流布したものではない。とりわけ永は近年に紹介された[2]もので、実起本生成に少なからず関与していたことは興味深い。また、少ないとは言え、異本である巫、鈴、光との共通箇所もみられ、改めて注目される。

実起本は多くの伝本を取り入れて成立しており、いずれの系統にも属さず、今のところ混態本と処理してよかろう。

四

実起本の本文について他の伝本との接触状況を具体的にあたってみることにする。論述の便宜上、用例をあげておこう。

番号	章段	為家本	実起本及び異文	実起本と同文
1	2	殿上にさぶらひける	て	氏・図・衆・抄・類・天
2	43	いつくにかあらむとて	といひて／と（天）／ナシ（巫・鈴）	抄・類・細・首

3	48	刑部の君	刑部卿の君	氏・巫・鈴・抄・光・寛・慶・永・天
4	48	くろつか	つか	類・抄・永
5	71	さきにほひかせまつほとの	かけ	
6	73	まち給けるにくるゝまて	いひ	細・永
7	60	物にそありける	さりける	抄・類・図・細・桂・永
8	67	さる所に○	て／は（巫・鈴）	類・細・慶・永
9	68	をこする	せ	抄・類・鈴・光・雅・慶・首・永・天
10	103	人をあり〳〵て	ナシ	
11	104	よにいみしきこと	よそに	慶
12	105	いみしうをこなひをり	せ	永
13	106	かきつけてたてまつりける	ナシ	慶・細
14	113	いてたりけり	ける／ナシ（巫・鈴）	類・細・慶・永
15	125	ちゐさきむすめに○	も／て（巫・鈴）	
16	144	時〳〵しける心ある物にて人のくにのあはれに心ほそき所〳〵にては	ナシ	

17	〃	又みのはのさと	ナシ	細
18	146	みせ給にさまかたちもきよけなりけれは	ナシ	雅・細・急
19	〃	みな人〳〵によませ給けり（中略）このとりかゐといふたいを	ナシ	衆・雅・細・桂
20	147	いかにまれこのことを	たれ／まれまれ（巫・鈴）／も〳〵（光）	雅・細・慶
21	〃	いきたりしおりの女に	ナシ	桂・慶
22	〃	よなかきをきりて○○○○	かきりて	衆・抄・慶
23	148	なをいとかうわひしうては	ナシ／かくて（氏・光・永）／かひなく（巫）	細
24	〃	ひとりこちける	はちける／ことにいひける（巫・鈴）／ことにうちよみける（光）	
25	〃	たより人にふみ○つけて	を	細・慶・永
26	〃	いとおほつかなく	なし	首
27	152	かりいと○○かしこくのみ	かく／かと（慶）	
28	〃	きこしめしつけぬにやあらむと（中略）物ものたまはす	ナシ	

29	154	あふりをときしきて女をいたきてふせり	ナシ	細・慶・首
30	155	あやしなにことそ	ナシ	細
31	157	けふよりはうき世中を	も	氏・光・細
32	158	さらによりこすいとうしとおもへとさらにいひもねたます	ナシ	雅・慶
33	160	おなし内侍に在中将	ナシ	慶
34	161	おほむくるまのあたりになまくらきをりにたてりけり	ナシ	
35	165	ひゝにありけり	ナシ	急
36	166	これもかれも（中略）いひやりたりけるにおとろきて	ナシ	
37	168	ほうしにやなりにけむ（中略）をともきこえす	ナシ	雅
38	〃	なきあかしけり（中略）ねむしてなきあかしてあしたに	ナシ	衆・抄・類・雅・寛・桂・慶・首・天
39	〃	かうみかともおはしまさす	見るとも	慶・永
40	〃	せうそこものたまはぬ。	を	
41	〃	しはしありふへき心地ち	ぬ／侍（巫・鈴）	急・永
42	〃	をくらさらめやは	さむやは／さらめや（巫・鈴）	図・抄・類

43	〃	ほうしのこしに火うちつけ	は	
44	〃	このさはかれし女のせうと	ナシ	慶
45	〃	このたいとくの	とく	
46	169	このこゝとし六七はかり	ことも	慶
47	〃	みつくむ女とも○○○	あなる／あなるか（抄）／あるか（桂・急）／女のわらはなとか（鈴・光）	細・慶
48	〃	かいふやう（中略）心ちしけれは	ナシ	
49	171	かさるわさはしけむ	なむ	細
50	〃	内にまいりにけり	ける	類・細・慶
51	〃	いかさまにせむと	いかやうに	細
52	〃	あつよしのみこ（中略）今さらに思いてしとしのふるをこひしきにこそわすれわひぬれ	ナシ	急・慶・首・永
53	173	たけはかりならんと見ゆる○	か	
54	〃	ありしものはめつらし	ナシ	抄
55	〃	となむありける	ナシ	

（注）○印は異同の対象箇所を、これが無い場合は全体がそうなっていることをそれぞれ示している。

個々にあたってみることにしよう。(11)(12)(17)(23)(26)(30)(33)(35)(37)(44)(46)(49)(51)(54)は実起本が他の一本とのみ共通するすべての箇所である。細が五箇所、次いで慶が四箇所と他の伝本よりも多く、あとは永、首、急、雅、抄が各一箇所という状況である。この結果をみても実起本は多くの伝本の本文を取り入れて成立していることが理解できよう。中でも細と慶に注目しておきたい。

実起本と単独で共通しているわけではないが、(4)(6)(13)(18)(20)(21)(22)(25)(29)(31)(32)(39)(41)(42)(47)(50)は実起本と二本、もしくは三本の伝本とが共通する例である。これらの中の大半が先程ふれた実起本とのみ共通する伝本であり、実起本とこれらの伝本が密接な関係にあることを示している。主なものをみていこう。

(18)の前後の本文を含め記してみると次のようになる。

(18)申けれはみせ給にさまかたちもきよけなりけれはあはれかりたまうて（146段）

（注）底本は為家本に拠る。傍線、波線は筆者。以下も同様。

波線を施したように同じ語句があることから目移りが生じたものと考えられる。ここで注目したいのは一覧表をみるとわかるように雅、細、急が共通していることである。実起本は目移りを継承しており、比較的新しい本文と言えよう。

次に(42)は実起本の誤写と思われ、図、抄、類が近い関係にある。巫、鈴は家に近く、この時点では実起本と対立していたことがわかる。さらに(47)をみると本文の流れを垣間見られよう。即ち抄、桂、急は実起本（細、慶を含めて）ような伝本から派生したのであろう。さらに鈴、光はいずれの伝本からとは断定できないが、抄、桂、急より後のものと言えよう。

このような傾向は実起本と四本以上の伝本とが共通する箇所をみても理解できる。(1)(2)(3)(7)(8)(9)(14)(19)(38)(52)がその例である。このうち(8)(14)をみると巫、鈴はこの時点で実起本（共通する伝本を含む）と対立していた。また、(19)(38)は実起本が本文を有しない例である。両者の本文を記してみよう。

(19)　とりかゐといふたいをみな人〳〵によませたまふやうにたまふちはいとらうありてうたなとよくよみきこのとりかゐといふたいをよくつかうまつりにしたかひて　（146段）

(38)　なきあかしけりわかめことものなを申すこゑともゝきこゆいみしき心ちしけりされとねむしてなきあかしてあしたにみれは　（168段）

波線を施したように同じ語句があることから目移りによる誤写と考えられる。ここで注目したいのは実起本以外の伝本も共通していることである。即ち一覧表をみるとわかるように(19)には衆、雅、細、桂が、(38)には衆、抄、類、雅、寛、桂、慶、首、天がそれぞれ共通している。実起本はこれらの伝本との接触により生じたものであろう。それも目移りということからここも実起本は比較的新しい本文と言えよう。

実起本の独自異文の例として(5)(10)(15)(16)(24)(27)(28)(34)(36)(40)(43)(45)(48)(53)(55)があげられる。この中で(16)(28)(34)(36)(48)(55)は本文が欠けている箇所である。これらが何によるのかを探るために再度、前後を記してみよう。

(16)　くにかよひをなむ時〳〵しける心ある物にて人のくにのあはれに心ほそき所〳〵にてはうたよみて　（144段）

(28)　みかと物ものたまはせすきこしめしつけぬにやあらむと又そうしたまふにおもてをのみまもらせ給うて物ものたまはすたい〳〵しとおほしたるなりけり　（152段）

(34)　中将もつかうまつれりおほむくるまのあたりになまくらきをりにたてりけり宮しろおほかたの人〳〵

（36）物などいひかはしけりこれもかれもかへりてあしたによみてやりけるに（中略）といひやりたりけるにおどろきてゆめにみゆやとねそすきにける（161段）

（48）みつくむ女ともかいふやう（中略）女いといたうまちわひにけりいかなる心ちしけれはかさるわさはしけむ人にもせらせて（166―168段）

（55）しもゆきのふるやのもとにひとりねのうつふしそめのあさのけさなりとなむありける（169―171段）（173段）

（16）（28）（34）をみると波線で示したように同じ語、類似した表記がみられることから目移りによる誤写と考えられる。（36）（48）において実起本は章段間にわたり本文がみられない。これも誤写とみてよい。（55）をみると実起本は段末の本文を欠いている。意図的なものか、それとも不注意によるものかは不明だが、いずれにしても比較的新しく生じたものであろう。

これら以外は名詞、動詞、それに助詞の異同である。（5）は「さきにほひかせまつほとのやまさくら人のよゝりひさしかりけり」の歌の異同である。風に散る桜は親王の死より長いという意になる。実起本の「かけ」では下句の関わりからみて不自然である。（10）（15）（40）（53）は助詞に関したものである。このうち（40）をみることにする。この前後の本文は次のようである。

などかやまはやしにをこなひたまふとも、こゝにたにせうそこものたまはぬ。〓をおほむさとゝありし所にも、をともしたまはさなれはいとあはれになむなきわふなる

実起本は二つの文章を続けているわけだが、ここは引用した本文のように分けたほうが自然である。というのは、傍線部と波線部は同じことを言っており、そのためにもここで分けた方がよい。実起本はこのようなことを理解せず

に改めたものか。（10）（15）（53）については何とも言えない。（27）も同様。
（24）は「ひとりしていかにせましとわひつればそよとも前の荻そ答ふる」（傍点は筆者）の歌の「ひとりして」を受けて地文で「となむひとりごちける」と表現したわけである。実起本は女の心情を改めたのであろう。巫、鈴は同じ意を別の表現にしたのではないか。巫、鈴はこの歌の前に「おもひやりける」とあり、これと関係がありそうだ。光は歌の前が「かなしと思やりてさてよめる」とあり、これとほぼ同じであるが「よみける」が重複しており、これまた新しく生じたものであろう。（43）（45）は為家本が本来の姿で、実起本は誤写か否か明らかでないが、ここも新しく生じたものと言えよう。
実起本の独自異文の多くは実起本生成の最終段階に生じたものと考えられる。ただこれらの中には誤写か否か判断のつきかねるところもあり、今後の課題にしたい。

五

実起本は混態本でいずれの系統にも属さず別本と処理してよかろう。それだけ多くの伝本と接触し、何度かの転写を経て成立していることは本文の考察から理解できたと思う。実起本と密接な関係にあるのは類、首、慶、細、永の各伝本であり、これらが実起本成立の基盤となり、そこへこれら以外の伝本が関与していると考えられる。密接な関係のある伝本の中で類、首、慶は江戸時代に版本で流布したのに対し、細、永はそれ以前から伝わっているものの版行に移されなかった伝本で、この二本が実起本と密接な関係にあることはこの本の生成を考える上で注目される。とりわけ後者は前述のごとく近年、出現したもので実起本を介して近世における大永本の流布状況を垣間見ることができた。

ともあれ、実起本は近世における大和物語本文の享受を考える上で貴重な伝本と言えよう。

注

（1）『公卿人名大事典』（編者野島寿三郎氏、日外アソシエーツ、平成6・7）。

（2）高橋正治氏「群書類従本系統大和物語伝本考」（「清泉女子大学紀要」14号、昭和41・12）、同氏『大和物語の研究　系統別本文篇上』（私家版、昭和44・4）に影印版で収められている。

第十三章　伝為氏筆本『大和物語』覚書

大和物語の伝本は大きく二条家本系統と六条家本系統に分けられる。伝為氏筆本大和物語（以下、為氏本と略称）は前者に属し、かつて池田亀鑑氏の解説で、古文学秘籍叢刊の一冊として複製刊行された。[1]それゆえ該本の体裁の詳細についてはそれに譲るとして、ここではなるべく重複を避け簡略に記しておく。

為氏本は三条西家旧蔵であるが、永く同家に伝えられたものではなく、戦前に本郷の古書肆から購入された由である。[2]該本は二重の箱に納められている。外箱は杉で、蓋の中央に「二条家為氏卿大和物語上下二冊」とあり、その下に「大嶋（ママ）蔵書」の印と、蓋の右下に「大島雅太郎」の名刺が貼付されている。内箱は精巧な梨子地、蓋の中央に「大和物語」の四字を金にて題す。該本は縦一五・〇㎝、横一五・〇㎝の升型本。本文料紙は鳥の子で列帖装の二冊本。見返し表紙は緑色の地に金の菊花文様を織り込んだ金襴、その上左端に「大和物語上（下）」と題簽を付している。見返しは金銀散らし雲形の模様。本文は一面十一行、和歌は二字下げ二行書き。墨付上冊五十丁・下冊八十三丁で、上冊の巻頭遊紙の左端上に二通の極札、「為氏卿大和物語一冊（印）」、「大和物語二条家為氏卿（印）」を貼付し、巻頭遊紙の中央中心部に「をばま」の印と巻末の遊紙の表右下に「をばま」、「青谿書屋」の印がある。また、下冊の巻頭遊紙の中央中心部に「をばま」の印と最後の八十三枚目表の左下に「をばま」と「青谿書屋」の印がある。その裏は白紙になっている。該本は極札に見えるごとく為氏筆と言われているが断定できない。ただ、鎌倉時代中期を下らない書写とみてよかろう。戦後、三条西家を出て、小汀利得氏に移り、その後、一誠堂書店を経て国立歴史民俗博物館蔵（整理番号、H—一三二）になっている。重要文化財に指定された。

大和物語は伝本の多くが室町時代以降の書写になる中で、為氏本は前記のごとく鎌倉時代中期を下らない書写と推測され、為家本と並んで重視されてきた。それと、定家本も存在していることから、当然、定家から為家、為氏への相伝が考えられよう。池田亀鑑氏は為家本に定家本[3]、為氏本を対校し校異表を作成された[4]。そして、これら三本間の異同数を次のように集計されている。

為家本と為氏本との異同数　七二五
為家本と定家本との異同数　二八一
為氏本と定家本との異同数　六六二

為家本と定家本は比較的近いが、為氏本は両者から離れていることがわかる。

その後、為氏本と同系統の大永本[5]、玄陽文庫本[6]が出現した。高橋正治氏は為家本を底本にして大永本と玄陽文庫本を対校されている。そして、これら三本間の異同を統計処理し、これらの関係を次のように位置づけられた[7]。

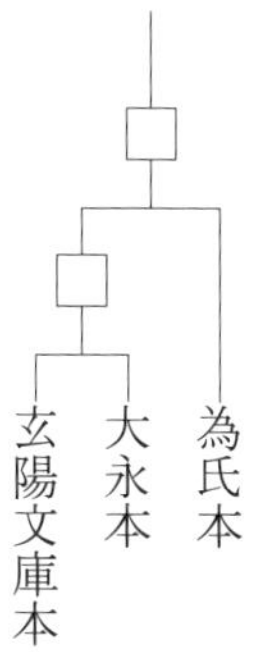

これはこの系統の伝本研究において大きな進展であった。高橋氏もその中で指摘されているように、これら三本の関係からみても為氏本は特異な存在である。そこで、このような為氏本の現象はどのようなことに由来するのか。その一面を考察してみようと思う。

さて、その方法であるが、前述した池田氏の校異表に大永本、玄陽文庫本を対校してみた。さらに大和物語の校本(8)を参照した。その結果、これら三本が共通する箇所も多い。これは当然のことと言える。しかし、そこにはこれら三本だけでなく、他の伝本も共通している場合もある。しかも、それは二本の場合、あるいは数本の場合と一定でない。そこで、とりあえず何か特徴的なものを見出すために為氏本と玄陽文庫本のみが共通する場合、為氏本と大永本のみが共通する場合に分けて考えていきたい。まず前者に該当する箇所をあげてみよう。

番号	章段	為氏本・玄陽文庫本の本文	為家本の本文及び異文
1	4	ある人にとへは	とへと
2	6	あさたゝの中将の	ナシ
3	58	みちのくの	みちのくにの／みちの国の（巫）／国の（鈴）
4	92	くれさらめやと	くれさらめやはと
5	144	このことゝもゝ	ナシ
6	156	むかしのことくにあらす	ことくにも

（注）「・」は異同の対象を、何も付けていない箇所は全体がその対象であることをそれぞれ示している。また、為家本の本文のところで表示のない伝本は為家本に共通している。伝本略号は次の通り。
巫（天理大学附属天理図書館蔵御巫氏旧蔵本）
鈴（愛媛大学附属図書館蔵鈴鹿三七氏旧蔵本）
これらは以下も同じ。

為氏本と玄陽文庫本のみとはいうものの、今後、新しい資料が出現し改められるかもしれないが、これはあくまでも現段階でのことである。これは後者や後述する独自異文についても同じである。

為氏本と玄陽文庫本との共通数はそれほど多くはないが、何らかの関係は認められよう。ただ、どれをみてもいずれが妥当であるのか判断できないものばかりである。大永本には「イ」として校異が記されている。高橋正治氏は、この校異のもとにした伝本は為氏本系統の一本であること、大永本の校異を本文化した伝本は存在しないことを指摘されている。(9) 確かに大永本の「イ」には為氏本の本文の大半が一致している。だが、ここにあげた為氏本・玄陽文庫本の本文はその校異に採用されていない。大永本はあれほどまで丹念に多くの校異を記しているのに、ひとつもないということをどう考えたらよいのか。憶測するに、大永本書写者がもとにした伝本に異同がなかったのか、それとも為氏本・玄陽文庫本の本文は大永本書写者がもとにした伝本より後に成立したかのいずれかであろうが、ここでは断定できない。これは後者にも関わってこよう。

さて、その後者であるが、その数はかなりみられ、前者の約八倍に達する。その主な箇所をあげてみよう。

番号	章段	為氏本・大永本の本文	為家本の本文及び異文
1	23	陽成院の二条のみこ	ナシ
2	37	いつもはらから	いつもかはらから
3	64	とうかはかりありて	とはかりありて
4	137	みめくりつゝ	めくりつゝ
5	147	たちなんと	たちなと
6	150	したまはさりけれは	しけれは
7	152	すえをは	もとをは
8	155	いてたまひたりける	いてたりける／いきたりける（巫・鈴）
9	158	やまとのくにゝおとこ	おとこ女
10	172	みさゝつし	御さう

これらの中には漢字と仮名書きの違いもあるものの為氏本と大永本の密接な関係が理解できよう。ただ、問題は大永本にある校異をどう考えるかである。つまり、本文では為氏本と密接な関係を示しているのに、前述したように大永本では為氏本系統の一本を「イ」とみているのである。為氏本・大永本の本文が密接であることから考えて、為氏本・大永本の共通本文は、大永本が校異の資料とした為氏本系統の一本より古い本文を伝えていると言えよう。それが転写され、異文が生じていったのであろう。

そこで、その実態を探ることにしよう。ここでは様々な現象をみることができる。まず（5）であるが、その前後の本文は「ゆみやなくひたちなといれてそうつみける」（為家本に拠る。傍線は筆者）とあり、ここは埋葬する物を記していることから「たちなと」が正しい。また、（7）（9）（10）において為氏本（大永本を含む。以下同様）は不自然である。因みに（7）は和歌の上句のことであるから当然、「もと」とあるべきであり、（9）はその後に「とし月かきりなく思てすみけるを」とあるから「おとこ女」とあるのがよい。（10）において、ここは荘園の意であるから「御さう」がよい。また、（4）（6）（8）は敬語に関したものである。為氏本には尊敬の意が加わっている。その対象となる人物は順にとしこ、采女、大納言の女で、いずれも女性である。大和物語の敬語に関しては柿本奨氏に研究があり[10]、それによるとこれらの人物はその対象から外れている。事実、とし子は他の章段にも登場するが、そこではとし子の動作に尊敬語を付していない。ここでも為氏本は改めたのであろう。さらに（1）や（3）でも為氏本は改めたのであろう。

全体にわたりふれたわけではないので、早急な結論は慎むべきであるが、ただ少なくとも為氏本には転写過程で生じたと思われる要素を含んでいると言えよう。

ともあれ、これらの伝本の関係の度合いがそれぞれの共通数にも表われていた。大永本と玄陽文庫本は為氏本の親本の本文を継承しつつ分かれていったものと考えられる。そして、これらの共通する箇所は為氏本の本文の生成過程における一面を伝えていると考えられよう。

為氏本に独自異文が多く存することは以前から指摘されてきた。しかし、これがどのような事情にもとづくかについてはほとんど言及されていない。そこで、それを対象にしてみてゆきたい。まずその主な用例をあげておこう。

番号	章段	為氏本の本文	為家本の本文及び異文
1	1	こうひてんのかへに	弘徽殿
2	2	たてまつらてさふらひける	たてまつられて
3	〃	たかひてありき給	たかひつゝ
4	23	のち俊かけの中将のむすめ	のちかけ／千蔭（巫・鈴）／俊蔭[の父イ]（大）／としかけ（抄・類）
5	40	の男宮	このおとこ／此[イ二無]おとこ宮（大）
6	41	よゝとなんなきけり	ける
7	57	らうあるひとなり	なりけり／にてありける（巫・鈴）／なりける（図）
8	65	おもひなりけり	おもふなりけり／おもふなり[ひイ]けり（大）
9	81	おなしわたり	内わたり／内[おなしイ]（大）
10	〃	たてまつりたまひける	たてまつりける／たてまつり[給イ]ける（大）
11	93	よはひたてまつりて	たまふて
12	95	式部卿敦[アツ]実なんと	式部卿の宮なむ／式部卿宮[敦実イ]なん（大）／式部卿宮[敦実]なん（野）
13	125	こみきのおとゝ	故左のおほいとの／故左の大井殿（巫・鈴）／故左のおほとの（抄）

14	137	しかにもうてたまひける	まうてける／まうてたりける（巫・鈴・光）
15	147	さもせさりけり	てそありける

（注）　伝本略号は次の通り。
野（野坂本）　図（宮内庁書陵部本）　光（光阿彌陀仏本）　類（群書類従本）　大（大永本）
抄（北村季吟の『拾穂抄』本文）

為氏本には敬語や人物についての異同がみられる。（11）（14）は敬語に関した異同である。このうち（11）において、為氏本には尊敬語が付いていない。ここでの動作主は故権中納言であり、その位階からして当然付けてよいはずである。これとは反対に（14）において、為氏本には尊敬語が付いている。ここでの動作主はとしこである。彼女は通常であれば敬語の対象から外れるようである。[11] これらのことから為氏本には手が入っているとみてよかろう。（13）は人物についての異同である。為氏本は「こみきのおとゝ」となっている。ここは藤原定国が故左大臣邸（時平）を訪問する場面である。為氏本の故右大臣が115段に登場する師輔であるとすると、彼と定国は生没年からして会うことは考えられない。[12] ここは為家本が妥当と考えられる。

現存の為氏本は何度かの転写を経ていると推測される。その過程では様々な現象が考えられよう。（4）（12）は人物についての異同である。まず（4）であるが、為氏本は「陽成院の二条のみこのち俊かけの中将」とあり、「のち」を後ととると前後からみて不自然である。実は、正しくいうとここは「のち」と「かけ」の間に○印が記され、その右傍に「俊」とあり補入になっている。大永本は「俊蔭」とあり、為氏本に近い。ただ、この本には「の父イ」と校異がある。それにしてもなぜこのような異同が生じたのであろうか。その発端は為氏本の「のち」の下にある文字を

「ち」の連続とみてしまったのではないか。大永本の校異の「の父イ」はそれを漢字に改めたのであろう。前述したように大永本が校異に用いた伝本は為氏本系統の一本とのことであるから、大永本の書写者は「の父」となっていた伝本を見ていたのであろう。しかし、為氏本はそうなっていない。ここは大永本の読み誤りと推測しておこう。また、「後蔭」と「俊蔭」の異同は為氏本、大永本も同じ「俊蔭」になっているから、早い時点で生じたのであろう。次に⑿であるが、本来、「式部卿の宮」の説明として傍記したものが本文化したもの、つまり野坂本のような形がそうなったものであろう。

為氏本には明らかに誤写と考えられる箇所がある。これに該当するのは⑴⑵⑸⑹である。因みに⑴⑹は草書体の類似によるものであろう。⑵において為氏本は意味上から考えてもおかしい。読み誤りか。⑸は不注意による為氏本の誤写であろう。

為氏本の独自異文を対象にして転写過程で生じた様々な現象をみてきたが、⑶⑺⑻⑼⒂は今まであげた中のいずれに該当するのか判断できない。このうち⑻⑼をみると、大永本は為氏本に共通する本文を校異に記していることから考えて、本文の成立は⑶⑺⒂と同じ時点であるまい。これは⑽も同様である。このことは為氏本の独自異文全体を通しても同じである。この独自異文をどう考えるかであるが、たとえ大永本の不注意による見落しがあるにしてもその多くは、大永本が対校した為氏本系統の一本よりも後の成立と考えるのが妥当であろう。もし、これらの本文が先に成立していたのであれば、大永本の校異に採用していたはずである。したがって先程の⑶⑺⒂における為氏本の本文もその傾向が強いと考えてよかろう。

為氏本の本文について、大永本、玄陽文庫本を介入させ考察してきた。その結果、為氏本と大永本、玄陽文庫本との共通本文や為氏本の独自異文を通して、為氏本と他の二本との関係、為氏本の本文の性格、流れの一面を垣間見ることができたのではないかと考えている。

為氏本の複製本が刊行されたのが昭和八年のことで、今日では幻の本となった観がある。そのため研究上、支障をきたしていることも事実である。だが、今回の影印による刊行[13]でそれも解消されよう。本書が研究の発展のきっかけになることを願いたい。

注

（1）『伝為氏筆　大和物語全』（古文学秘籍複製会、昭和8・9。解説は高橋正治氏『大和物語諸本目録　A系統』〈新典社、昭和63・10〉に再録）。
（2）反町茂雄氏『一古書肆の思い出2―賈を待つ者』（平凡社、昭和61・12）。
（3）文明十年（一四七八）甘露寺親長の奥書のある本。
（4）『前田家本大和物語』解説（育徳財団、昭和11・12。後に『物語文学Ⅱ　池田亀鑑選集』〈至文堂、昭和43・10〉に再録）。
（5）高橋正治氏「群書類従本系統大和物語伝本考」（「清泉女子大学紀要」14号、昭和41・12）。氏の『大和物語の研究系統別本文篇上』（私家版、昭和44・4）に翻刻、及び影印。
（6）高橋正治氏「大和物語A系統新出本の紹介」（「清泉女子大学紀要」35号、昭和62・12。後に『大和物語諸本目録　A系統』に再録）。本書には玄陽文庫本が影印されている。
（7）『大和物語諸本目録　A系統』。
（8）阿部俊子氏『校本大和物語とその研究　増補版』（三省堂、昭和45・10）、本多伊平氏『大和物語本文の研究　対校篇』（笠間書院、昭和55・2）。
（9）注（5）に同じ。
（10）『大和物語』雑考（六）―掛詞・敬語―」（「大阪大学教養部研究集録　人文・社会科学」26輯、昭和53・2。後に『大

和物語の注釈と研究』〈武蔵野書院、昭和56・2〉に再録)。

(11) 注(10)に同じ。

(12) 二人の生没年は師輔(九〇八―九六〇)、定国(八六七―九〇六)。

(13) 『国立歴史民俗博物館蔵貴重典籍叢書　文学篇　第十六巻　物語一』(臨川書店、平成11・5)。

第十四章　冷泉家蔵『唐物語』の研究　その一

―― 本文について ――

一

唐物語についての研究は近年、進歩が著しい。伝本研究では、池田利夫氏がA・B・Cの三系統に分類され、A系統の尊経閣文庫蔵本（以下、尊経閣文庫本と略称）、B系統の宮内庁書陵部蔵本（以下、書陵部本と略称）、C系統の清水浜臣校板本（以下、浜臣本と略称）を各系統の代表本とし、A系統の尊経閣文庫本が原型に近いことを述べられている。(1) そして、これをもとに『唐物語校本及び総索引』（以下、『校本』と略称）も完成された。(2) また、注釈に関しては、その嚆矢ともいうべき浅井峯治氏の『唐物語新釈』(3) 以来、皆無であったが、近年、小林保治氏の『唐物語全釈』が上梓された。(4) 本書は詳細をきわめている。このように池田、小林両氏の業績は今後、唐物語研究の指針になることはいうまでもない。

ところで、池田氏の『校本』上梓後に新出した伝本がある。ひとつは吉田幸一氏蔵本（以下、吉田本と略称）で、これは安田孝子氏の編になる『異本唐物語』(5) の中に影印、及び翻刻された。なお本書には安田氏の『唐物語』異本の本文上の特質」と吉田氏の『『唐物語』の成立年代考[6]」、『『唐物語』の成立年代追考」の各論考が収められている。もうひとつは冷泉家時雨亭文庫蔵本（以下、冷泉家本と略称）で、三角洋一氏の解題により「冷泉家叢書」の一冊に収められた[7]。

これら二本は本文をはじめ、説話の配列において注目すべき点がみられる。本論ではこのうち冷泉家本を対象にし、その本文について吉田本をはじめ、尊経閣文庫本、書陵部本、浜臣本等と比較しつつ考えてみたい。

二

冷泉家本はその奥書によると、冷泉家第六代当主冷泉為広（一四五〇―一五二六）が文明十一年（一四七九）に書写したもので、親本は一条兼良（一四〇二―一四八一）筆本と言われている。信疑のほどは定かでないとしても、素性の点で注目されよう。

さて、冷泉家本の本文の系統について、三角氏は次のように述べられている。

本文の系統については、池田利夫氏の『日中比較文学の基礎研究翻訳説話とその典拠』にA・B・Cの三類に分類されており、同氏『唐物語校本及び総索引』に照らし合わせると、当本はおおむねB類の本文であるものの、まれに仮にC類の参考本文とされる、加茂季鷹（ママ）本に異本注記されている独自本文をもつ注目すべき古写本ということになる。

吉田幸一氏蔵の二本と関係が深いのではないかと思われ、その公開が待たれるところである[8]。

氏は冷泉家本がB類（B系統とも）に近いことを述べられ、同時に吉田本との関係の深さを推測されている。幸い吉田本が公開された今、これを加えての研究が可能になった。

先程、述べたように池田氏は唐物語の伝本をA・B・Cの三つの系統に分類されA系統の尊経閣文庫本が原型に近いことを指摘された。氏によると、A系統は本文が簡約になっているとのことで、その例として次の二箇所をあげられた[9]。

なさけふかき人なりければ・・・・・・・・・　［第1話］
かき曇ふる雪初めて晴（書）
かきくもりふる雪はしめてはれ（浜・冷）
かきくもりふるゆきはしめてはれ（吉）

またいとかたち・・・・・・・・・・みる人聞く人　［第2話］
なとたくひまれなる程（冷）
なとも世にたくひなき程に侍しかは（書）
有がたくめつらしきほとなりしかは（浜）
ありがたくめつらしきほと（吉）

（注）伝本略号は以下の通り。冷（冷泉家本）・吉（吉田本）・浜（浜臣本）・書（書陵部本）。これらは以下も同様。

これらの箇所に冷泉家本、吉田本を対校してみたところ、前者において尊経閣文庫本を除く四本は漢字と仮名の違いだけでおおむね近い関係にあるが、尊経閣文庫本だけが簡約になっている。後者では冷泉家本と書陵部本、浜臣本と吉田本がそれぞれ近い関係にある。これは接触する時点の違いによるのであろう。ここでも尊経閣文庫本は前者と同じになっている。このようなことから尊経閣文庫本が唐物語の原型に近いという考えは動かないと思われるが、もう少し用例をあげて各伝本間の傾向をみておきたい。次の四例をあげてみる。

（1）この夫はかたくなりにけり・・・・この女たちをくれたる事を　［第8話］
そのゝち　此（浜）
其・・後　此（書）
そののち（冷・吉）

（2）親王の御なさけはたくひあらしや・・・・　［第10話］
なくこそ覚ゆれ（書）
なくこそおほゆれ（吉・浜・冷）

（3）蜀山といふやまは・・・・さかしくて　［第18話］
けはしく（冷・書）
はけしく（浜・吉）

・・・・・・・・・・・・・・きえいりぬへくおほされけり（冷）
（4）御むねのくるしさをさへかたし・・・・・・・［第18話］
　　　　　　　　　　　　　　　きえ入ぬへく覚・・・けり（書）
・・・・・・・・・・・・・・きえ入ぬへくおほされけり（浜）
・・・・・・・・・・・・・・きへいりぬへくおほされけり（吉）

（注）黒点、傍線は異同箇所を示す。これらは以下も同様。

（1）と（2）は漢字と仮名の違いはあるものの尊経閣文庫本以外の伝本は近い関係にあり、とりわけ書陵部本もほぼこれらの伝本に共通しており、書陵部本との接触は比較的早い時点と考えられる。と同時にここでも尊経閣文庫本は原型を留めていると言えよう。他にもこれらの中には興味深い現象がみられる。（3）をみると「けはしく」と「はけしく」とで分かれており、二つの本文の流れと成立的な隔たりを示している。また、（4）をみると尊経閣文庫本を除く四本はほぼ共通しているものの、冷泉家本、吉田本、浜臣本はこの前の本文である「御むねのくるしさをさへかたし」を有していない。ここの本文の生成はこのことと関連があるのであろう。書陵部本は両方もっていて、「御むねのくるしさをさへかたしきえ入ぬへく覚けり」となっている（傍線、波線は筆者。以下も同じ）。傍線部は類似した表現であり、冷泉家本、浜臣本、吉田本は一段と強い表現である波線部を残し、傍線部を削除したのであろう。この例から尊経閣文庫本→書陵部本→冷泉家本・吉田本・浜臣本への流れが考えられよう。

これらの例からみても尊経閣文庫本は唐物語の原型を留めていると考えられる。と同時に冷泉家本、吉田本、浜臣本、書陵部本の関わりを垣間見ることができた。改めて三角氏の、冷泉家本はB類本の本文という御指摘も首肯できたように思う。ただ、冷泉家本と尊経閣文庫本、書陵部本、吉田本、浜臣本との親疎関係はどうなのか、さらに本文を調査する必要がある。

三

そこで、冷泉家本と他の四本との関係を詳しくみていくことにしよう。冷泉家本と各伝本との共通数を調査してみると次のようになる。

（1）冷泉家本・吉田本　……………199
（2）冷泉家本・書陵部本　……………45
（3）冷泉家本・浜臣本　……………5
（4）冷泉家本・尊経閣文庫本　……1

処理の仕方に多少の違いはあるが、大方の傾向は変わらない。冷泉家本は吉田本と密接な関係にあることがわかる。両本は説話の配列でも類似しており、このことを裏付けている。これは先程の三角氏の考えを首肯することにもなる。また、三角氏は冷泉家本とB類（B系統とも）とも関わりを指摘されており、（2）はその一面を示している。（3）からわずかながらの接触がわかるし、最後の（4）から両者はほとんど接触がなかったとみてよい。これは先程の用例からも納得できよう。

このような結果を考える上で参考にすべき資料がある。ひとつは賀茂季鷹校写本[10]（以下、季鷹本と略称）にみられる書き入れ校異（以下、異本傍書と略称）である。これについては後に詳しくふれるが、これのもとになった本について季鷹はその奥書に、

江戸に侍りしをりにて西行上人の真筆をはからすえて橘千蔭とゝもに一わたりよみあはせて西行上人のことなるを千蔭朱すみもてかたへにしるしつけ侍る也

と記している。異本傍書に用いた本は西行上人の筆になるという。因みに浜臣本はこの本を底本にしている。[11] そして
もうひとつは清水浜臣がその著『唐物語提要』[12] の中で、

　此物語今は十とせはかりのむかし西行上人のかきおかれたるをうつせりといふ本もて又うつしおけるを後に或人のもたる古鈔本をかりえてむかへかうかへてたかへることありしをはかたへにしるしつけるを……

と述べていることである。ここでも西行上人筆の本のことにふれている。これらは同じ系統と考えてよかろう。[13] それを一方では校異の形で、もう一方では浜臣本の底本にしたわけである。したがって、当然のことながら季鷹本にみられる異本傍書と浜臣本の本文は共通するはずである。また、後述するように冷泉家本、吉田本の本文も差はあるものの異本傍書に共通するところもみられる。このように奥書や校異を通してみると異本傍書、冷泉家本、吉田本、浜臣本の関連性は認められよう。詳しくは本文の調査に委ねたい。

　そこで、冷泉家本と深い関係にある（1）（2）及び（3）についてみていきたい。まず（1）について論述の便宜上、主な用例をあげておく。

番号	説話	冷泉家本・吉田本の本文	尊経閣文庫本の本文及び異文
1	13	昔（むかし）の人は思（おもい）そめつるはかり（は）あさからぬにや	事／事は（浜）
2	14	陵園妾といふ人	陵園といふ宮のうちにとちこめられたる人ありけり（尊・浜）／陵園と云ふ宮の内にとち籠められたる人ありけり（書）

3	16	給けるより（へるに）たちまちに御身も	ナシ
4	〃	たのしみのうえにもまさりければ（へはものの数ならすおほえ給けるより）	かくのこゑは物のかすならすおほえ給けるより／楽の声は物の数ならす覚給ひけるより（書）／かくのこゑは物のかすならすおほえ玉ひけるより（浜）
5	17	きたなけなるみそ（ていの中）にひたして	きたなき
6	〃	牛（くるま）をひきて	ゝひ（尊・書・浜）
7	18	こと（なんと）かきならしける（たる）にも	ひわをひきけるにも／ことを引けるにも（書）／ひはをひきけるにも（浜）
8	〃	たかひに（の）日（ひ）ころのいふせき	心（尊・書）／こゝろ（浜）
9	〃	よにならひなきにのみ（ナシ）あらす	ナシ
10	〃	なやみまさりつゝ	給て／給ひて（書）／玉ひつゝ（浜）
11	19	もとめさすれともえたる人なくて	と（尊・書）／とも似（浜）
12	〃	・・〈この〉朱買（しゆうはい）臣をいふ之（なり）	この人の事也／此人の事也（書）／この人の事なり（浜）
13	20	事はいと（はなを）ありかたし	ナシ
14	21	我は露（つゆ）はかりも（ナシ）	我いさゝかも（尊・浜）／吾いさゝかも（書）
15	〃	旬（春）申君	平元君／平原君（書・浜）
16	22	しらせ給へときこえさせ給を（さすれは）	申給を（尊・書）／申玉ふを（浜）

17	26	なまめかしく・て	なまめかしくきよけにて（尊・書・浜）
18	27	ちきりのふかゝりけるは（けんも）いとありかたけれと（くおほえけれは）さるへきさきの世のいき（事）なけれ（なれ）は	ちきりをむすひけるたくひなきほとのことなれは／契りをむすひけるたくひなき程の事なれとも（書）／契りをむすひけるたくひなきほとの事なれは（浜）

（注）上欄の底本は冷泉家本。（　）内の校異は吉田本で、その異同箇所を傍線で示した。圏点、黒点は尊経閣文庫本との異同箇所を、これらがない場合は全体が異同の対象であることをそれぞれ示している。これらは以下も同様。

個々にあたってみよう。2、12、15は人物に関するものである。2において冷泉家本・吉田本はこの後に「陵園といふふかき山宮にとちこめられて」と類似した表現がみられることから重複を避け、片方を削除し、その代りに「陵園妾」と改めたのであろう。そしてここは典拠の『白氏文集』に「陵園妾、憐幽閉也」とあり、これと関係しているのであろう。12の場合、冷泉家本・吉田本は「この」の有無と漢字・仮名の違いだけで意味上、変わらない。両本は具体化したのであろう。15をみると主人公が異なっている。この説話の典拠は『史記』「平原君虞卿列伝第十六」と言われていることからここは「平原君」がもとの姿と考えられる。[14] 冷泉家本・吉田本がこのようにしたのは、趙の平原君、斉の孟嘗君、魏の信陵君、楚の春申君が戦国四君と称されたことに[15]拠るのであろう。なお冷泉家本は「春」に「旬」をあてているが、いずれにしても冷泉家本・吉田本は後世に成ったものと言える。

10、11から冷泉家本と吉田本が近い関係にある。また3、5、8、9、13、14、16も共通しているもののその前後に異同がある。その異同をみると冷泉家本は尊経閣文庫本に共通している（ただし、16は「給を」のみ）。さらに12、17も前後に異同があり、吉田本は尊経閣文庫本に共通している。これらの現象からみて、冷泉家本、吉田本は転写される過程で異同が生じたものであろう。

この他のところでも転写過程で生じたと思われる様々な現象をみることができる。1と18は説話の終わりにみられる評語である。1をみると、尊経閣文庫本は有していないようになっているが、実は「君こふる」の歌の後にみられ、その位置が異なっているのである。この和歌の位置からみると、冷泉家本と吉田本は近い関係にある。冷泉家本、吉田本以外の唐物語の他の評語をみるとその多くが和歌の後にみられる。(16) それゆえここは冷泉家本と吉田本が移動させた可能性が高い。ではなぜそうしたのか。ここでは帝の死に二人の后が悲しみにくれ、紅の涙を流し呉竹も斑に染まったという。この説話のクライマックスでもある。冷泉家本と吉田本はその直後に悲しみの深さを表出する効果を狙ったのであろう。なお、書陵部本はこの本文そのものを有していないが、何らかの理由で削除したのであろう。ここは冷泉家本・吉田本よりも後の成立と言えよう。

18は評語の一部にみられる本文である。当然のことだが、評語はこれ以前の話を批評しているものでイはロの前にあり両者は密接な関係がある。この本文の異同は語句の上でも関わりもっているようである。その前の本文と18の本文（一部省略）を記してみよう。

（イ）[a]さるへきさきのよの[b]ちきりやふかゝけん・[此(冷)]いぬの・・[いと(冷・吉)]おもは（ナシ—冷・吉）しさかきり（たくひ—書・冷・吉）なくおほえけるを

（ロ）[b']いぬにちきりをむすひける（のふかゝりけれは〈んも—吉〉）たくひなきほとの（いとありかたけれと〈ありかたくおほゆれ—吉〉）ことなれは（[a']さるへき〈これもさるへき—吉〉）さきの世いきなけれは〈の事なれは—吉〉）

（注）底本は尊経閣文庫本。記号は筆者に拠る。

（イ）と（ロ）の本文の関係は波線部のａとａ′、ｂとｂ′をみると理解できよう。また、（ロ）において「たくひなし」が冷泉家本・吉田本は「ありかたし」になっている。この説話の中に「かなしく―（きことたくひなく―冷・吉）そおほえける」とあって異同がある。これが冷泉本と吉田本であることを考えると先程の「ありかたし」に関係しているのであろう。この他、（イ）のところでも「かきり」が「たくひ」になっているが、ここは先程の箇所と違って書陵部本も共通していることから一段と古い時点の成立と考えられよう。ただ、ここには「たくひ」の語が二箇所にわたってみられ、しかもそれらは改められており、何らかの意図があってのことと思われる。18の冷泉家本・吉田本をみると共通していると言っても一致しているわけではなく異同が散見する。特に（ロ）の文末をみると、吉田本は尊経閣文庫本の「事なれは」を有しているが、冷泉家本は「いきなけれは」とあって異同がある。この箇所に関しては吉田本の方が古い姿を残している。ここでも親本から転写する過程で異同が生じたものと考えられる。

残りの６・７・10・11にふれておく。ここにも様々な現象がみられる。６において冷泉家本と吉田本は、「ひきて」の語では共通しているが、吉田本はその前に「くるまをひきて」（傍点は筆者。以下も同様）と異同がある。ここは尊経閣文庫本が「牛をゝひて」とあることから冷泉家本の方が吉田本よりも古い姿を残していると考えられる。次に７は小異あるものの、冷泉家本と吉田本は深い関係にある。しかも吉田本はこれに続く「いとゝ御袖のうへひまなく見ゆる心くるしさ、よそのたもとまてもせきかぬるこゝちす」のところが「むかしおほせる御気色あらわれて心くるしさかきりなし」とある。ここはこの本文に連動していると考えられよう。このようなことからここは冷泉家本の方が吉田本よりも古い姿を残している。それと注目したいのは書陵部本も「こと」となっていることである。書陵部本から冷泉家本へ移る片鱗をのぞかせている箇所である。また10をみると、冷泉家本と吉田本とは関係が深いが、注意したいのは浜臣本が尊経閣文庫本（他の伝本を代表させる）と冷泉家本（吉田本も）の両方を有していることである。浜臣本と冷泉家本・吉田本の関わりと浜臣本の校訂が窺われる。最後の11をみると、浜臣本は「似」とあることから冷泉家本と吉田本は「似」を「え」と読み誤ったのであろう。ここでは冷泉家本、吉田本、浜臣本が近い関係にあり、親本からの転写過程でこのような現象が生じたのではあるまいか。

以上、見てきたようにことごとく冷泉家本・吉田本の本文は後世になるものであり、これらの中では冷泉家本の方が吉田本よりも古い姿を残している箇所が多くみられた。冷泉家本・吉田本の本文は同じ親本から派生しており、その転写過程で異同が生じたものと考えられる。しかも冷泉家本と吉田本の共通数が多いのは両本の説話配列の類似[17]と決して無関係ではあるまい。

次に（2）についてみていきたいが、その前に両本の共通する主な箇所をあげておく。

番号	説話	冷泉家本・書陵部本の本文	尊経閣文庫本の本文及び異文
1	6	たへかねてことにいてぬ	色（尊・浜・吉）
2	〃	ありかたさたくたくひすくなし・	ありかたさもいひつくすへからす（尊・浜）／ナシ（吉）
3	15	ともし火のかけほのかなり	ほのかなる（尊）／ほのかなるに（浜・吉）
4	16	つけまいらする・・	しらする（尊・浜）／たてまつる（吉）
5	17	うへあさましく心うく・おほしなから	ナシ（尊・浜）／全体がナシ（吉）

6	〃	はしめてたてまつり（奉）てさふらふ人〳〵	つかうまつる人とも〻（尊・浜）／人〳〵（吉）
7	18	右大臣ときこゆる人	左大臣（尊）／楊国忠（吉・浜）
8	〃	ことをしらへことなんと（ナシ）かきならしける（たる）にも	ひわをひきつけるにも／ことを引けるにも（書）／ひはをひきけるにも（浜）
9	〃	みたれのね（根）やなほ（猶）ありけん（ナシ）と御門にふ（ナシ）	ナシ（尊・浜・吉）
10	23	又物なといひ（云）たる	みたる／見たる（浜）／ナシ（吉）

（注）上欄の校異は書陵部本。

個々にあたってみよう。3、7をみると冷泉家本と書陵部本との関わりだけでなく、浜臣本と吉田本の関係も注目される。ここは前者の方が後者よりも早い時点の成立と考えられる。5において冷泉家本と書陵部本は小異あるものの、ほぼ共通している。問題はこの前後の本文「うへあさましく・・・（心うく）は（ナシ―冷）おほしなからいふかひなくてやみにけり」を吉田本がもっていないことである。ここでも冷泉家本と書陵部本の接触は吉田本より早い時点になることを示している。4について前後の本文を含め再度、記してみる。

あそひたてまつらんとつけまい（し（尊））らする・・・（よしの（吉））（たてまつる―吉）つかひ也（なり―吉・浜）

「よしの」は冷泉家本にはみられない。これは異同と連動している。ここは書陵部本から冷泉家本への流れが考えられよう。吉田本は「たてまつる」とあるが、ここは直前に「あそひたてまつらん」とあり、これと関係しているのであろう。いずれにしても吉田本はこれらの中でも後世の本文と言えよう。

1、2、7、9から各伝本の接触状況をみていく。1においては冷泉家本と書陵部本のみが共通しており、早い時点での接触と考えられる。2では小異あるものの、ここも1と同様。吉田本はこの部分を欠いていることから冷泉家本・書陵部本より後の成立になる。しかし、欠いている理由は詳らかでない。9も異同あるが、ここは冷泉家本と書陵部本しか有していないことから、両本の関係は否定できない。しかも冷泉家本をみると、これに続いて「つは物ともたちまはりつく…（中略）…みたれのねやあらんと申気色ありけり。この時にうへ」を欠いている。欠いた理由は詳らかでないが、ここは連動させて考えるべきであり、書陵部本の方が冷泉家本より以前の姿を留めていると考えられる。

冷泉家本・書陵部本が古い姿を残している例は6、10からも窺える。6において漢字と仮名の違いはあるものの冷泉家本と書陵部本は近い関係にある。吉田本は「たてまつりてさふらふ」を有していないことからこれらより後に成立した本文と言える。10においても漢字と仮名の違いはあるが、両本は近い関係にある。文脈上は「うちゐたる事からけしきをみるに…（中略）…文物なと見たる」と並列の関係になることから、ここは「みたる」とある尊経閣文庫本がもとの姿であろう。冷泉家本と書陵部本はこの後にある「ことはにつけても」に合わせ「いひたる」としたのであろう。吉田本と浜臣本はこの次が「うちいひける」とあり、近い関係にあるが、「いひたるうちいひける」では動詞が重複するためもあってか、吉田本は「いひたる」を削除し、浜臣本は尊経閣文庫本の姿を引き継ぎ「見たる」に改変したものと考えられる。

冷泉家本・書陵部本は吉田本、浜臣本に比べると古い姿を残しており、これらの用例から書陵部本から冷泉家本へ移る一面を垣間見ることができたように思う。

（3）は次の五箇所である。

番号	説話	冷泉家本・浜臣本の本文	尊経閣文庫本の本文及び異文
1	2	かくてよもふけゆく	ナシ
2	16	みかとたれもふけゆく	ナシ
3	18	かやうにおもひつゝ	おほし
4	〃	人にあかさせ給ふ（玉ふ）	せ
5	20	いまは我をうしなはん事	ナシ

（注）校異は浜臣本。

同じ親本をもとにしているには共通数があまりにも少ない。しかも今まで見られたような他の本との関わりと言った顕著な異同もない。これをいかに考えたらよいのか。思うに親本から派生して間もない頃の姿を伝えていると言えよう。

四

冷泉家本と他の伝本との関わりはおおむね理解できたと思うが、それを裏付ける意味で別の観点から考えてみよう。その方法として三本が共通する箇所をみていきたい。それぞれの共通箇所を調査してみると次のような結果になる。

（1）冷泉家本・吉田本・浜臣本　……98
（2）冷泉家本・吉田本・書陵部本　…46
（3）冷泉家本・浜臣本・書陵部本　…2

（1）が圧倒的に多く、（2）はそれの半数ほどになり、（3）は微々たる数になる。
そこで、（1）と（2）の用例をあげ、本文の流れを探ってみよう。

番号	説話	冷泉家本・吉田本・浜臣本の本文	尊経閣文庫本の本文及び異文
1	3	もの（物—吉）いひうちゑみたりければ	ほめ／ほめいひ（書）
2	16	御時にあたりて	ナシ／に（書）
3	18	あさゆふ（朝夕—浜、あさ—吉）に（ナシ—浜）なれに（ナシ—吉・浜）しふるさと（さと—吉、里—浜）をみ（見—浜）おろせとも（ナシ—吉・浜）いたつらに雲霧（きり—浜）のみへたてゝ（ナシ—浜）みゆる（みる—吉、見る—浜）たえま（はれま—吉、晴間—浜）なし	ナシ（尊・書）
4	19	くちお（を—吉・浜）しく（き—吉・浜）・・・こそ（ことに（吉・浜））	うらみをのこさすといふ事なし／恨のこさすと云ふ事なし（書）
5	20	むかしはかなくなりに（ナシ—吉・浜）し	ころされ

6	21	此（この―吉）かたは（わ―吉）人・・・・・（わらふこへ（吉）、わらふ声（浜））	ナシ（尊・書）
7	23	たひの空にて（ナシ―吉・浜）・（も（吉・浜））	たひのそらまても／旅の空まて（書）
8	24	さしいりおとなう（ふ―浜）人なかりけり	おとつるゝ物なきには／音信物なきには（書）
9	25	こと（事―浜）にふれお（を―吉・浜）り・・（ふし（浜））につけつゝ（て―浜）	ナシ（尊・書）

個々にあたってみる。1、2、7から書陵部本との関わりが考えられる。1の場合、書陵部本は「ほめいひ」とあって冷泉家本、吉田本、浜臣本の一部の語「いひ」をもっている。2も同様である。7の場合、「空に」までは冷泉家本、吉田本、浜臣本が近いが、それ以下は尊経閣文庫本の「までも」が書陵部本では「まで」となっており近い関係にある。これらのことから、書陵部本から冷泉家本・吉田本・浜臣本への流れが考えられよう。

8のように音便の違いを除けば三本が共通し、近い場合があるかと思えば、3と9のように異同があり、しかも前後の本文と連動している箇所もみられる。3についてこの箇所の前後の本文を記してみよう。

《かはかりたえなる所にむまれたれと（ナシ（吉））、契のふかきによりて、我うきなをとゝめしふるさとのみ心にかゝれる》

・・

あさ夕なれしさとをみおろせといたつらに雲霧のみへたてゝみるはれまなし（吉）

あさゆふになれにしふるさとをみおろせともいたつらに雲霧のみへたてゝみゆるたえまなしかはりたへむ町にはむまれたとも契のふかきによりなをうろきなをとゝめしふるさとのみそ心にかゝりける（冷）

朝夕なれし里を見おろせといたつらに雲きりのみへたて見る晴間なし（浜）

（注）　底本は尊経閣文庫本に拠る。以下も同じ。

吉田本には「かはかりたえなる所にむまれたれと」がみられない。ここは吉田本の削除か、誤脱かのいずれかであろう。冷泉家本は《　》の中を傍線を施したように「たえまなし」の後に移動させている。これら三本の中で浜臣本がもとの姿を残し、冷泉家本と吉田本はそれより後の成立になると言えよう。また、9についてもこの前後の本文を記してみると、

いまにいたるまて・・・・・・・うれへのなみたかはくまもなし

（・・・・・・・：ことにふれをりにつけつゝ（吉）／ことにふれおりにつけつゝ（冷）／事にふれをりふしにつけて（浜））
（うれへのなみたかはくまもなし：としてつきすといふこと（吉）／としてつきすといふ事（冷））

のようになる。冷泉家本、吉田本は「うれへ」以下が「としてつきすといふ事（こと―吉）」と異同があり、ここはこの異同と連動していると考えられる。「こと（事―浜）にふれ云々」は場面を示すために付加したものと考えられる。浜臣本は「うれへ」以下に異同はないが、「こと（事―浜）にふれ云々」から「うれへのなみたかはくまもなし」へいくには飛躍がある。そこで、冷泉家本と吉田本は「としてつきす云々」と改変したのであろう。浜臣本は「うれへ」以下に異同がないことから冷泉本と吉田本は浜臣本よりも後の成立と言えよう。

残りの4、5、6をみていく。4、5では三本の中で冷泉家本は離れており、これらの前後関係は詳らかでない。6でも冷泉家本のみが「わらふこえ（声―浜）をもっていないが、実はこの前に「わらひてけり」とあり、ここはこれと関係があると思われる。前後関係は不詳。

次に（2）に移る。書陵部本は全体的にみると尊経閣文庫本に近いが、これら三本の中では性格が異なり、そのためか共通数も少ない。確かに共通数は（1）に比べて少ないが、この結果からして三本の接触を認められよう。これ

らの中から注目すべき三箇所をあげてみる。

番号	説話	冷泉家本・吉田本・書陵部本の本文	尊経閣文庫本の本文及び異文
1	14	けふあすともしらす（ぬ—吉・書）	ナシ（尊・浜）
2	18	めしかへして・こゝら（心—吉）みる・・（こゝら：も（書）／・・：にも（吉））	ナシ（尊・浜）
3	25	たれにもまさりたり（給へり—書）けるを	すくれ給へり／すくれ玉へり（浜）

1の場合、三本とも一致しているわけではない。ここの異同は前後の本文が関係してくると思うので、その前後を含め再度記してみる。


あくるめもなき物思にやつれつゝ、みめかたちもありしにもあらすなりにけり。

（め：月日の（吉）／日（冷））

（もなき物思にやつれつゝ：かりけれはとしたかうなりて（吉）／かりけれは年たかくなりて（冷））

・・・・・・・・ちゝはゝいきなからわかれぬる事を
（・・・・・・・・：けふあすともしらぬ（吉・書）／けふあすともしらず（冷））

（注）　底本は尊経閣文庫本に拠る。

ここは「なかりけれは年たかくなりて」（冷泉家本）の異同と関連させて考えるべきである。吉田本と書陵部本は「けふあすともしらぬ」となっている。これは以下の「ちゝはゝいきながら云々」に係っている。一方、冷泉家本は

「けふあすともしらず」とあってここで本文が終止している。書陵部本・吉田本と冷泉家本は微妙に違っている。ここはもともと書陵部本のようになっていたのを冷泉家本と吉田本は関連づけるために「なかりけれは年たかく（吉—う）なりて」と改作したのであろう。思うにこれは陵園に幽閉された女の衰弱している様子を表現するために付け加えたものであり、それゆえここで終止する冷泉家本が妥当であろう。吉田本はこれを父母に転換させている。次に2の場合、冷泉家本と書陵部本は「こゝら」とある。一方、吉田本は「心みるにも」とあって、以下の「世になをたくひなく」の箇所が「またゝくひなく」と異同がある。これは連動させて考えるべきであり、ここは後世の本文と言えよう。したがって書陵部本から冷泉家本、そして吉田本への流れになろう。最後の3をみると、冷泉家本と吉田本は一致しているが、書陵部本（浜臣本も）「まさり給（すくれ玉—浜）へり」と敬語を伴っている。敬語についてはここだけ尊経閣文庫本と同じになる。ここは書陵部本から冷泉家本・吉田本への流れを推測できよう。

（3）は共通数こそ少ないが、裏返せばこれら三本は初期の時点でほとんど接触がなかったことを示していよう。

三本間の共通箇所をみてきた。これらの用例から冷泉家本の本文の流れがより明らかになったように思う。とりわけ（1）からこれら三本が深い関係にあり同じ親本からの派生を推測させる。また（2）を通して書陵部本との関わりが窺える。さらに（3）から本文の生成を探ることができよう。

五

季鷹本はその奥書によると、内藤家旧蔵本で賀茂季鷹はそれを入手し、これに西行自筆本を、その後、或人から借りた古鈔本をそれぞれ校合し、その異文が傍書している。この異本傍書について安田孝子氏は、

校合に用いた異本は、何か吉田本の如き配列の異本と関連があるのかもしれない。いずれにしても、校合の結果、

本文は、季鷹校写本の異本傍書と吉田本の本文は酷似し、その祖本と密接なかかわりのあることが推測できる。(18)と述べられ、異本傍書と吉田本の祖本との関わりを推測されている。前述のごとく吉田本と関係の深い冷泉家本の出現により、異本傍書に冷泉家本がどのような状況を示しているかは興味深いものがある。

季鷹本にみられる異本傍書（「イ」と表記のないものを含めて）は七百三十余に及んでいる。今、その箇所と冷泉家本をはじめ吉田本、浜臣本、書陵部本との一致数、類似数、不一致数を調査してみると次表のようになる。

伝本	一致数	類似数	不一致数
冷泉家本	205	87	441
吉田本	378	123	232
書陵部本	203	32	498
浜臣本	500	86	197

季鷹本の異本傍書のもとになった本には浜臣本が最も近い。このことはすでに安田氏が指摘されており、(19)ここでも確認できた。次いで吉田本、冷泉家本、書陵部本の順になる。前述したごとく安田氏は異本傍書と吉田本の関わりを指摘されているが、すでにみてきたように冷泉家本も吉田本と関係が深いことからこれらのもとになった本には冷泉家本の要素も含んでいると考えられる。また、少ないとはいうものの書陵部本も無視できない。

先程の一覧表の結果は重複するので調査範囲を狭めて異本傍書と一伝本とのみの共通数を調査してみると、

（1）異本傍書・冷泉家本　…5

（2）　異本傍書・吉田本　……64
（3）　異本傍書・浜臣本　……151
（4）　異本傍書・書陵部本　…3

のようになり、ここでも浜臣本は他の群を抜いている。改めて両本の密接さが窺える。残りは先程の結果と同じになる。

異本傍書のもとになった本は（1）～（4）の本文をもち備えていたということになる。そしてこのような差がみられることは、異本傍書のもとになった本と各伝本との接触時期に隔たりがあったと考えるべきであろう。書陵部本や冷泉家本はこれらの伝本の中で早い時点の接触から生じた本文と言えようし、さらに吉田本、浜臣本はそれより下ってから生じた本文とみてよかろう。

異本傍書を介して冷泉家本をはじめ吉田本、浜臣本、書陵部本との共通数をみてきた。その結果、各伝本の本文の流れを垣間見られたように思う。

六

最後に、冷泉家本の独自異文をとりあげる。その数は多く、今、それらの中から主な例をあげる。

番号	説話	冷泉家本の本文	尊経閣文庫本の本文及び異文
1	8	ナシ	かくしつゝ十二年の春秋をゝくりてついにはかなくなりにけり

2	10	かたちの・・・・・・はなやかなる	なまめかしく
3	11	世のことにほたされたまはす	ナシ
4	16	ナシ	かきりなくこのよをゝしみいのちなからへん事をねかひ給けりまほろしときこゆる／かきりなくこの世をゝしみたまひけりまほろしときゆる（吉）
5	〃	ナシ	はかなくならせ給てのちも御身はとゝまらせたまはさりけるとかや
6	17	ナシ	うちみつゝおとろきていはく
7	18	たちいるたひにはかたはらの人をてらすほとなり	色さしあゆみいてたまへる気色かなひたる物からけたかくあひしくてさすかまたおもふ所ある様にふるまひたまへり
8	〃	是によりて国のまつりことの	ナシ
9	〃	くちぬものとしらなん	こそきけ
10	〃	ナシ	たえいりぬへくそおほしける／きえいりぬへくそおほされける（吉）
11	〃	ときこえさすに	ねかはくはうけたまはりて奏しめむと

12	21	ナシ	もしかくのこときならはなにをたのもしとおもひてか身をすて心をはけまして君につかへたてまつるへきといへり
13	22	みかとかたきのくにゝ	あるし
14	24	あらしにしたかうもみちのにしきは・・・・・・・・・・・・・・・・・なさけなき心地す	もゝさへつりのうくひすのこゑも我ためはいと／もゝさへつくりのうくいすのこゑ（吉）
15	〃	いとゝさひしき	ありなき

個々にあたってみよう。1、5は各説話の文末にみられる本文である。1の場合、冷泉家本はこれと類似した本文、即ち「かくしつゝ月日をすきゆけは」（尊経閣文庫本に拠る。以下も同じ）を欠いている。1はこのことと関連しているのであろう。このことから冷泉家本は削除したものと言えよう。5の場合もこの直前に「からくにのならひにてかしこき御かとには仙人なともみなつかはれたてまつるにこそ」とあり、これと意味上、類似している。そのために削除したのであろう。

本文が欠けているのは文末だけでなく文中にもみられる。2、4、6、12、14がその例である。因みに2は「色かたちのなまめかしくはなやかなるに」と尊経閣文庫本にあり、傍線部と波線部とは類似した表現になっており、そのために片方を削除したのであろう。4は冷泉家本の誤写と言える。12、14も同様。6の場合、この本文の終わりが「ときこえさするに」とあり、前後が重複している。そのために冷泉家本は削除したのであろう。10もこの前に「きゝえなてなこりかあるべき」とあり、ここも冷泉家本の削除とみてよかろう。

7、11をみると冷泉家本は簡約になっている。ここは尊経閣文庫本との関わりからみて冷泉家本の改作と考えられる。8の場合、冷泉家本は独自異文になっているが、この後に「これにヽよヽりヽてヽをんなこを」とあるのをここにもってきている。その位置が異なっているにすぎない。ここは冷泉家本が移動させたと考えられる。

この他、3、9、13、15は主に語の異同でこのうち9、15は和歌にみられるものである。これらの異同がどのような事情によるのかについては今後に待ちたい。

冷泉家本の独自異文をみてきたが、大半が後世に成るもので欠点もみられた。したがってすぐれている本文とは言えない。

七

冷泉家本の本文について吉田本をはじめ他の伝本と比較し、さらに季鷹本にみられる異本傍書を介在させ考察してきた。冷泉家本と吉田本は同じ系統であるが、冷泉家本の方が古い時点に成る箇所が多かった。両本は親本から転写されていく過程で様々な異文を生じたものと考えられる。伝本は絶えず成長し続けており、その中で本文の性格を考えるべきである。その一面は理解できたと思うが、さらなる精査が必要なことはいうまでもない。他日を期したい。

注

（1）「唐物語伝本考」（「鶴見女子大学紀要」1号、昭和38・1。後に『日中比較文学の基礎研究翻訳説話とその典拠』〈笠間書院、昭和49・1、〔補訂版〕昭和63・9〉に再録）。

（2）「校本唐物語」（「鶴見大学紀要　国語国文学編」11号、昭和49・1。後に『唐物語校本及び総索引』〈笠間書院、昭和50・

4〉に再録）。
（3）大同館書店、昭和15・9、〔覆刻版〕有精堂出版、平成元・1。
（4）笠間書院、平成10・2、〔文庫版〕『唐物語 講談社学術文庫』講談社、平成15・6。
（5）古典文庫、平成5・7。
（6）「唐物語は平安時代の作品なり」、「唐物語は平安時代の作品なり（下）―作者藤原成範の創作年時について―」（『平安文学研究』21、22輯、昭和32・9、昭和33・6）に発表のものに補訂。
（7）『冷泉家時雨亭叢書43　源家長日記　いはでしのぶ　撰集抄』（朝日新聞社、平成9・12）。
（8）注（7）の解題。
（9）注（1）に同じ。
（10）安田孝子氏編『唐物語　全』（和泉書院、平成5・4）に影印。
（11）注（10）に同じ。
（12）名古屋国文学会「唐物語提要（翻刻）」（『国漢研究』21号、昭和6・1）に拠る。
（13）注（10）に同じ。
（14）栃尾武氏『唐物語の比較文学的研究稿』（私家版、昭和43・4）によると「蒙求に主題を借りて、史記平原君伝を中心に書いた」という。
（15）『史記』列伝第十五〜第十八。
（16）冷泉家本、吉田本以外の伝本をみると、17、26話は和歌で終わり、前者はその前に評語めいた本文があるが、後者には見られない。
（17）拙稿「冷泉家蔵『唐物語』の研究　その二―説話の配列について―」（本書第十五章）。
（18）注（5）に同じ。
（19）注（10）に同じ。

第十五章　冷泉家蔵『唐物語』の研究　その二

――説話の配列について――

一

唐物語の説話配列については早く浅井峯治氏が、その著『唐物語新釈』[1]において「本書の配列には何の系統もないやうであるが、それが却って、ある方針の下に配列されてゐるよりも、変化があって面白いと思ふ」と述べられ、意図的な考えは見られないとされた。下って翠川文子氏も浅井氏と同じ立場をとっておられる[2]。

一方、小林保治氏は『唐物語全釈』[3]の中で、

唐物語は雑纂的なものではなく、構成意識をもって編纂されていることが言える。前話からの連想で繋がるだけではなく、三、四話ごとに共通テーマで括られている並びも多い。（中略）主題ごとにいくつかのまとまりがあり、それらを連想などによって前後のグループと交差しながら展開している様子が見て取れる。

と述べられ、意図的な配列を指摘されている。

このように唐物語の説話配列をめぐっては考えが分かれている。ただ、これらの考えはあくまでも前田家本[4]をもっ

て代表する流布本に拠っているわけであるが、ここで対象とする冷泉家蔵唐物語（以下、冷泉家本と略称）は近年、新出したもの[5]で流布本に比べ、本文はもとより説話配列も異なり、いわゆる異本に属する伝本である。この本は冷泉為広（一四五〇—一五二六）が一条兼良筆本をもとに文明十一年（一四七九）に書写したという、由緒あるものである。[6]これと同じ系統のものに冷泉家本より以前に紹介された、慶長頃書写の吉田幸一氏蔵本（以下、吉田本と略称）がある。[7]この本は本文や説話配列が冷泉家本に近い。[8]

本論では冷泉家本の説話配列について、流布本、吉田本と比較し、その意図を探ってみたいと思う。

二

このことを考える時、流布本と異本のいずれが原型を留めているかが当然、問題になってくる。これに関して吉田幸一氏は次のように述べられている。[9]

（1）従来の尊経本のような古写本から版本に至るまでを含むA・B・C系統本は原本に遡れば、初稿本だったのであり、それに対して、（2）D本のように説話順に改編した異本（架蔵本）が改編だったのではないか。

氏は異本を改編されたものと考えておられる。

一方、小林保治氏は、

どちらを原初の形態とするか、あるいは本当に初稿の関係にあるものかについて現時点では判断しかねる。ただ、前掲の表（『唐物語全釈』の中で示された『唐物語』説話連絡一覧のこと。以下「説話連絡一覧」と略す—筆者注）を見るに、諸本の配列にはかなり綿密な連携がうかがわれ、とりとめのなさという指摘はあてはまらない。（中略）むしろ吉田本の方に部分的なつながりの悪い箇所が見受けられるといえよう。

と述べられ、氏は、吉田本の方に部分的なつながりの悪さを指摘しつつも原初云々については慎重を期しておられる。

前にもふれたように、当時、二人が対象にした異本は吉田本のみであった。その後、これと関係の深い冷泉家本が新出し、唐物語の異本研究、ひいてはこの物語の原型云々を考える上で有力な資料となろう。唐物語の説話配列を考える場合、当然のことながら本文を無視して考えることはできない。事実、冷泉家本の本文については吉田本や流布本と比較し別稿(10)で論じた。そこでは唐物語の場合、異本は流布本よりも後世に成るものであり、さらに異本の中でも冷泉家本の方が古く、吉田本はその後の成立になることを本文から言及した。このことは唐物語の説話配列にも当然、関係してくると思われる。

唐物語にあって流布本が原型を留めていることを前提にして、説話配列に異同が生じている箇所をもとに区分してみると次のようになる。

冷泉家本
A 1 2 3 ｜ B 5 23 4 6 27 7 19 ｜ C 8 9 10 11 12 ｜ D 21 24 13 20 25 22 26 ｜ E 14 15 16 17 18

吉田本
A′ 1 2 3 ｜ B′ 5 6 27 4 7 19 ｜ C′ 8 9 10 11 12 ｜ D′ 21 24 13 20 25 22 26 ｜ E′ 14 15 16 17 23 18

全体的にみると、第1話はすべての伝本が同じ話になっているが、最終説話になると流布本が第27話なのに対して冷泉家本と吉田本は第18話になっており、流布本の第18話以降の各説話はそれ以前の中にみられる。このことでも冷泉家本と吉田本は密接な関係にあることは疑いない。では第18話をなぜ最後に置いたのであろうか。このことに関し、安田孝子氏は、

このA・B・C系統本（流布本のこと―筆者注）の配列は、第十八番目に位置する楊貴妃譚のみは分量的に違和感

があるものの、すべて大変素直な、全体を通して読みやすい順序となっている。最終話の終わり部分に重きを置いてみると、「この世における人の情…。しかし、これも前世からの遁れられない因縁である」として全説を括っているようにも考えられる。

と述べられている。[11] 妥当な考えと思われるが、少し補足しておきたい。

周知のように第18話は唐代を代表する玄宗皇帝と楊貴妃の話である。この話はわが国にも伝わり、広く知られていた。その著名度は流布本の最終説話の第27話に比べるとはるかに高い。と同時に冷泉家本（吉田本も含めて）の編者は唐物語という書名にふさわしく第18話を最終説話に据えたのであろう。

さて、冷泉家本と吉田本の説話配列を分類してみると、両本とも共通するのはAとA′、CとC′である。これは流布本とも共通する。これら以外は異同があり、その配列も一定でない。EとE′においてEは流布本と同じであるが、E′はそうではない。また、DとD′は両本とも流布本と異なるが、両本間では共通している。さらにBとB′は流布本はもとより両本間でも異なっている。このような異同があるが、冷泉家本と吉田本の相違は第4・23話のみであるが、冷泉家本はBにおいて第23・4話と続いているのに対し、吉田本はB′において第4話を第27話の後に、第23話をE′にそれぞれ分散している。

三

まず両本と流布本とが共通するAとA′、CとC′についてみていく。小林保治氏が「説話連絡一覧」で示されているように第1話と第2話は風流という点で共通し、第2話には琵琶の名手のことが記され、それが第3話の弓矢の名手に続いている。さらに第4話との関わりについて同氏は「醜い男と美しい妻」と「醜い夫と美しい妻」というように対照化されていることを示された。ところが、冷泉家本と吉田本は第4話をそれぞれBとB′へ移動させているのである。このようにした要因として、第4話には弓矢や琵琶の上手さといった記述がみられないことに拠るのであろう。確かに第3話と第4話は醜い容貌という点で共通しているが、編者はそのことよりも物事に秀でていることで関連付けようとしたのではないか。このことは第5話に「琴をぞめでたくひきける」とあって、第1・2・3話に共通していることにより理解できよう。

次にCとC′についてみていこう。「説話連絡一覧」によると、これらの説話は「一途さ」、「かなわぬ思い」、「昔人の想いの深さ」などで関連しているという。しかし、この考えはC、C′以後の説話に及んでいる。こう見てくると、冷泉家本が第8話から第12話までを流布本と同じ配列にしたのは別の意図があったのではないか。このことを考慮し、これらの説話を見ていくと次のような点が注目される。

第8話　死別
第9話　一度逢ったきり再会できず。
第10話　一度別れたが、再会を果たす。「親王の御なさけはなをたぐひあらじや」
第11話　「心のすみけんも、ためしなくぞ」
第12話　「ひとすじに思とりけむ心のありけんありがたさもこの世の人にはにざりけり」

（注）本文は『唐物語全釈』に拠った。以下も同じ。

第8話から第10話までは別れが主題になっている。しかも別れの悲しみの度合が第10話、第9話、第8話の順に高くなっている。そして第8話と第9話にはそれぞれ「いのちはかぎりあり」、「たち所にいのちをめさゝる事」とあって「命」で関連している。ところが、第10話にはこのような表現がみられない。ここには先程記載したように「親王の御なさけ云々」という心情表現がみられる。これは第11話の「心のすみけん云々」へと続き、さらに第12話の「ひとすぢに思とりけむ心のありがたさ云々」と続いていくのであろう。第10話に「別れ」と「心情表現」がみられるのは、説話間の展開を考えてのことであろう。と同時に悲しみの度合いを高い順に配置したのも決して偶然ではなくこのような展開を考えてのことと言えよう。

第11・12話は心の有様が主題になっている。しかも両者は超現実的な話を扱っている。これに対して第8・9・10話は現実的な話になり、対照化を狙っていると考えられる。

それにしても、なぜAとA′、CとC′は改編せずに流布本と同じ配列にしたのであろうか。今、これを考える手立てとしてこれらの説話の中から際立って用いられている語句を抜き出してみる。

第1話　世中のわたらひにほだされずして、たゞ春の花、秋の月にのみ心をすましつゝ
　心のすきたる程はこれにておもひしるべし。
　おなじさまに心をすましたる人になん侍りける。

第2話　そらすみわたる月のひかり、なみにしたがへるを見ても、
　ひとりすまして、つねはみやこにあとをなんとゞめざりける。

第8話　花の春のあした、月のあきの夜も、もろともにまひを見、
　秋の夜、くまなき月を見ても、まづむかしのかげのみ、
　いまはさびしき秋の夜の月

第11話　秋の月のさやけくゝまなきに、心をすまして、またくよの事ほざされず。

（注）傍線は筆者が施した。以下も同じ。

すべての説話にわたっているわけではないが、これらの説話には「ほだす」、「すます」、「すむ」、「すく」、「さやけし」と言った語がみられる。これらの語は「世の中」、「月」、「心」と言った語にともなってみられるもので、いわば風流心を表現している。しかも注目すべきはこれらの語が第1・2・8・11話に集中しているということである。(12)このことから考えて、少なくとも冷泉家本の編者がこれらの語が表現するところの「風流」に関心を抱いていたことを示している。と同時にA、Cそれぞれ構成をも考慮し、流布本と同じ配列にしたのであろう。

四

EとE′は最終説話を含む説話群である。両者の違いは第23話の有無だけで、前述のごとくEは流布本と同じ配列である。今、Eの各説話の要点を記してみよう。

第14話　「陵園といふ宮のうちにとぢこめたる人」、楊貴妃、李夫人
第15話　「漢武帝、李夫人はかなくなりて後」
第16話　「むかし、おなじみかど」、不死の薬、三千年に一度なる桃
第17話　「昔漢高祖と申御門」、戚夫人の死、「この商山の四皓はなさけあり、人をたすくる心もふかくて」
第18話　「唐の玄宗と申けるみかど」、「人むまれて木石ならねばみなをのづからなさけあり」、楊貴妃の死、解脱の勧め

（注）二重傍線、波線は筆者が施した。以下も同じ。

第18話を最後に置いていることについては前述したのでそれに譲るとして、各説話の関わりについてふれておきたい。

これらの説話には高貴な人物が登場しており、こうした人物を集めようという意図が窺える。各説話をみると、第14話には李夫人が登場し、これが第15話の「漢武帝、李夫人はかなくなりて後」に関連させ、そのことが第16話の不老不死の薬を追い求める武帝へと続く。第17話では戚夫人が抵抗も空しく惨殺されてしまう。ここでも第16話の「不死の薬」と「死」ということで関連している。またここには「なさけあり」の表現がみられ、これは第18話の同じ表現に続く。さらに第18話では楊貴妃の死ということで前の説話の戚夫人の死に関連し、そして解脱を勧めることでこの説話群のみならず唐物語全体を締めくくっている。第18話が近づくにしたがい人間の欲望である反魂香、不死の薬、三千年に一度なる桃と言ったことを取り上げることで、解脱への効果を狙っているのであろう。以上、みてきたようにはEは連想で配列している。

一方、吉田本のE′を見ると、第17話と第18話の間に第23話がある。これは隠瑜の妻が二人の男に仕えるのを厭い自ら死ぬ話である。第18話にも楊貴妃の死の場面があり、「死」に関することで、第23話を第18話の前に置いたのであろう。いわば第23話は第18話の導入のような働きをしていると言えよう。ただ、小林保治氏は第17話と第23話との関わりがわかりにくいとされるが、このことについては第23話と合わせて次のBとB′のところで述べることにする。

五

BとB′にはそれほど身分の高い人が登場するわけではない。ここは流布本のように第4・5・6・7・19話の配列のところに冷泉家本は第23・27・19話の各説話を挿入し、さらに第4話の位置を替えたものと考えられる。

そこでまずBの冷泉家本を見ていく。今、各説話の登場人物についての記述や文末の評語等を一通り記してみる。

第5話　「世にたぐひなき程にまづしくて（中略）才学ならびなくして」、「心ながくて身をもてけたぬは、今も

むかしもなをいみじくこそきこゆれ」、男の出世
⇔
第23話　「みめのこゝろのたぐひなきのみにあらず、ざえ才学ならびなくてせぬさまざまなかりけり」、夫、妻の死
⇔
第4話　「この孟光、世にたぐひなくみめわろくて」、「心ざしだにあさからずは、たまのすがた、花のかたちならずともまことにくちおしからじかし」
⇔
第6話　「この緑珠がたぐひなきありさま」、「心のありがたさもいひつくすべからず」
第27話　「さきのよのちぎりやふかゝりけん」、「物のこゝろをしれらん人は、これをもうとむべからず」
第7話　「宋玉ときこゆる人、かたちすがた世にたぐひなく、ざへ才学ならびなかりけり」、「世にたぐひなくうつくしき女ありけり」、「心のうちしりがたし」、女の死
＝
第19話　「この人の才学、よにすぐれたる」、「心みじかきは、なにごとにつけてもうらみをのみさずといふ事なし」、女の死

（注）「⇔」は対照的になっている説話を、「＝」は同類の説話をそれぞれ示している。以下も同じ。

第23話を除き各説話の終わりには評語がみられる。しかもこれらは心の有り様についてのものである。

では、各説話はどのように関連しているのであろうか。表記したように第5話と第23話は「才学ならびなく」で類似しているものの結末をみると、第23話では、夫と妻は死んでしまうが、第5話ではそうなっていない。こうみると両説話は対照化を考えて配置したのであろう。次に第4話と第6話も表記したように対照的になっている。第27話については後述するとして、最後の第7話と第19話では登場する男についてそれぞれ「ざへ才学ならびなかりけり」、「才学、よにすぐれたる」とあり、また女の結末もそれぞれ「しづみてはてにけり」「暁がたにたえ入にけり」と類似している。ただ、「しづみはてにけり」の解釈については考えの分かれる所である。小林保治氏は一概に断定しがたいとしつつも

> 底本（前田家本のこと—筆者注）で本話の直後に当たる第六話の「緑珠」と第八話の「眄眄」は、細かい状況こそ異なれど、何れも恋しい男への強い思慕に死んでいった女の話であり第七話の主人公「東隣の女」についてもこの線上にあるものと解釈できる。

と述べられている。前述の他のグループでも見られたように連想性を考えると妥当な考えと言えよう。少なくとも冷泉家本の編者は「死」ととらえることで関連性を持たせたのであろう。問題は第27話である。小林保治氏は吉田本をもとにして「第六話（流布本の第二十七話。以下も同じ—筆者注）は、犬と契った娘の話だが、前後のいずれの話とも接点も見出しがたい」とされる。確かに氏の言われるように語句や内容の上で接点はみられない。しかし、別の観点から考えることができないか。第27話は流布本では最終説話になっておりここでも前の説話と語句や内容上の関連はみられない。それにもかかわらずここに配置したのはある意図があったのであろう。第27話の主題は因縁の遁れがたさであり、これはこの物語全体に流れる思想でもある。流布本で最終説話に据えたのはそのような考えがあったのであ

ろう。先程、みてきたようにここでは第5・23・4・6話という対照化された説話と第7・9話のそうでない同類の説話との間に第27話がある。ここでもこのグループ全体に通じる因縁の遁れがたさを描く第27話は対照化された説話とそうでない説話とをつなぐ働きをしていると言えよう。ともあれ第18話を最終説話として配置するのにともない第27話をあの位置に移動させたと考えてよかろう。

B′についてみていく。Bと重複するが、論述の便宜上、再度、要点を記してみる。

第5話「よろづの事をしり、才学ならびなくして身をもてけたぬは、今もむかしもなをいみじくこそきこゆれ」、男の出世

⇔

第6話「この緑珠がたぐひなきありさま」、「心のありがたさもいひつくすべからず」緑珠の死

第27話「さきのよのちぎりやふかゝりけん」、「物のこゝろをしれらん人は、これをもうとむべからず」

第4話「この孟光、世にたぐひなくみめわろくて」、「心ざしだにあさからずは、たまのすがた、花のかたちならずともまことにくちおしからじかし」

⇔

第7話「宋玉ときこゆる人、かたちすがた世にたぐひなく、ざへ才学ならびなかりけり」、「世にたぐひなくうつくしき女ありけり」、「心のうちしりがたし」女の死

＝

第19話　「この人の才学、よにすぐれたる」、「心みじかきは、なにごとにつけてもうらみをのみさずといふ事なし」女の死

第5話と第6話は対照的な話になっている。これは第4話と第7話も同様である。第7話と第19話はBで述べた通り。こうみてくるとB′は冷泉家本のように左右対照的になっていない。これはこのグループ全体のことよりも各説話前後の内容を考えて配置した結果と考えられよう。Bの第23話はE′の第17話と第18話の間にある。こうなることでどのような変化がみられるであろうか。

第17話　　戚夫人の死
第23話　「紅の涙流れ出づる」　隠瑜の妻の死（自害）
第18話　「別の涙、紅よりも猶色深くて」　楊貴妃の死（自害）

第17話と第18話については小林保治氏が指摘されているように「政争」という点では類似する。しかし、第23話はそうではない。ここはそれ以外のところに意図があったのではないか。つまり、女性の死ということで関連させつつも第23話と第18話は隠瑜の妻と楊貴妃はともに自害で、涙の表現も記したようにその表記も類似している。このように吉田本では第23話があることにより、自然な展開になっていると言えよう。と同時に先程述べたように第23話をここに置くことにより、第18話の導入のような働きを考えたのであろう。ここは第18話を最終説話にすることにともなっての移動と考えてよかろう。しかし、この逆なことも考えておかねばなるまい。ただ、Eの説話は流布本の配列と同じであり、しかもそこには意図的な配列が考えられることは前述の通りである。それをあえて第23話のみを流布本に移動させたのであろうか。それよりも説話の展開を考えて、E′のようにしたと考えるのが妥当であろう。

こう見てくると冷泉家本の方が本来の姿であり、そこから吉田本へと変化していったのであろう。

六

DとD′に移る。両者は流布本の第21話から第26話までのところで第23話をBへ移動させ、第13話をもってきている。流布本に比べるとばらばらな配列になっている。しかし、前述のごとくDとD′の間では配列に異同がみられない。そこで、Dの各説話について関連する事項を記してみると次のようになる。

第21話　平原君、愛妾を殺す、「いとなさけなきしわざなりや」

＝

第24話　楊貴妃に妬まれ、一生、上陽宮に幽閉された宮女、「我ためは、いとなさけなき心ちす」

⇔

第13話　舜を追慕した娥皇、女英の涙に、呉竹の斑に染むる、「昔の人の思そめる事はあさからぬにや」

＝

第20話　程嬰と杵臼、敵を欺き、主君の遺児を無事、成人させる、「おもひしこゝろはたれもふかけれどかゝるためしはまたもあらじな」

⇔

第25話　絵姿を醜く描かれし王昭君、蝦の王に与へらる、「なさけふかゝらぬものなれども」、「ひとの心のにごれるをさしらず」

⇔

第22話　楚の荘王、無礼を働きし家来の命を救う、「なを人としてなさけあるべき事にこそとおぼしけり」

＝

第26話　潘安仁、道行くすべての女に思われる、「ことにふれてなさけふかくやさしかりければ」

ここには心情に関する話が集められている。各説話の内容をみると第24話と第13話、第20話と第25話、第25話と第22話はそれぞれ対照的になっている。これに対し、第21話と第24話、第13話と第20話、第22話と第26話は類似した話からなっている。しかも第21・24・13・20話は「死」に関する話であるのに対して、第25・22・26話はそうでない。これらの説話はこの二つのことを織り交ぜて配置したのであろう。このような現象は先程のB、B′でも見られたことであり、改編するに際しての方針と考えられる。

ところで、小林保治氏は第21話と第24話について「前後の関係が少ない」と考えておられる。確かに氏の言われるように話題から見ると関係が少ないかもしれない。しかし、考察してきたようにD、D′が心情に関した説話を集め、全体の内容そのものの関連性よりも、その話についての批評や人物の表現等と言った、語句の関連という部分的なつながりを考慮していることは疑う余地がない。この点から考えると、むしろ密接な関係があると考えられる。

七

AからEまでの各説話群の配列について考察してきた。その結果、冷泉家本の意図的な配列を窺うことができた。それだけに各説話内は注意を払って編集されていると言えよう。そうするとその方針は各グループ間にも及んでいるのであろうか。今、それを探る手立てとして各グループの要点を記してみると次のようになる。

1
（第3話「この夫、ゆみやをとりて名をえたりければ」
（第5話「相如（中略）琴をぞめでたくひきける」
―― 弓矢・琴の名手

2
- 第19話　妻の死 ─┐
- 第8話　夫と妻の死 ─┴ 死

3
- 第12話　夫と妻の死→石になる ─┐
- 第21話　愛妾を殺す ─┴ 死

4
- 第26話　美男 ─┐
- 第14話　美女 ─┴ 美人

このように各グループ間の最初と最後の説話には、同じ事柄が置かれている。これは決して偶然の結果ではなく編者は各説話間においても自然な展開を考えていたのである。この配置は吉田本も一致しており、冷泉家本と吉田本が密接な関係にあることが改めて理解できる。両本は配列に多少の異同があるものの各説話の最初と最後は改編当初から決まっていたのである。

八

冷泉家本の説話配列について流布本、異本の吉田本と比較しながら考えてきた。その結果、冷泉家本は流布本をもとにして、ある箇所では流布本のままにしたり、またある個所では改編したりして成立したと考えられる。各グループ内は対照化をはじめ、語句の関連などと言った様々な要素でもって配列されていた。また、各グループ間も共通テーマで関連付け、自然な展開を試みていた。これらの現象から冷泉家本の方が流布本よりもその意図は明白であった。言うならば、冷泉家本の編者は流布本をもとに改編し、独自なものを創り出そうとしたのであろう。さらに吉田本はそれをもとにし発展させていったのであろうが、冷泉家本以上に優れているとは言えない。

従来、唐物語の異本系統の伝本は吉田本一本にすぎず、研究上、支障をきたしてきたことは事実である。ところが、その後、書写年代が吉田本よりも古く、かつ一条兼良筆本を書写したという、由緒ある冷泉家本が出現した。このことにより、唐物語異本系統の研究がますます盛んになることを願いつつ筆を置く。

注

（1）大同館書店、昭和15・1、〔覆刻版〕有精堂出版、平成元・1。

（2）「唐物語」（三谷栄一氏編『体系物語文学史　第三巻　物語文学の系譜1　平安物語』有精堂出版、昭和58・7）。

（3）笠間書院、平成10・2、〔文庫版〕『唐物語　講談社学術文庫』講談社、平成15・6。以下、小林氏の論は断らない限り、本書に拠る。

（4）編者池田利夫氏『唐物語〈尊経閣文庫本〉』（古典文庫、昭和47・5）に影印・翻刻、及び池田氏による解説がある。

（5）『冷泉家時雨亭叢書43　源家長日記　いはでしのぶ　撰集抄』（朝日新聞社、平成9・12）に影印本で所収された。解題は三角洋一氏。

（6）次のような奥書がある。

後成因寺殿御作歟
　雖有
此一冊詞共不審有之然共馳筆
者也
　　文明第十一暦霜月十二日
　　　従三位藤原為廣（花押）
　　　　（花押）

（7）編者安田孝子氏『異本唐物語』（古典文庫、平成5・7）に影印と翻刻がある。なお、本書には安田孝子氏の『唐物語』

異本の本文上の特質」、吉田幸一氏の『唐物語』の成立年代考」、及び『唐物語』の成立年代追考」の論文が掲載されている。

(8)　拙稿「冷泉家蔵『唐物語』の研究　その一――本文について――」(本書第十四章)。

(9)　注(7)吉田氏の論文『唐物語』の成立年代追考」に拠る。

(10)　注(8)に同じ。

(11)　注(7)安田氏の論文に拠る。

(12)　池田利夫氏編『唐物語校本及び総索引』(笠間書院、昭和50・4)によると、これら以外にみられるのは、「すます」(第27話)にある一例のみである。

第十六章　『唐物語』小考

——「類なし」を中心にして ——

一

唐物語は中国の故事、伝説をもとに和文化した翻訳文学で、27話から成っている。和文化するに際し、単なる翻訳にとどまらず、和歌を配し、かつ教訓や批判等を加えている。また、地文や和歌には我国の先行作品に依拠している所もみられる。これらのことから唐物語は文学色の濃い作品と言える。事実、このことについては有吉恵美子氏(1)や栃尾武氏(2)等により指摘されている。ここでは先学の驥尾に付して、この視点から「類なし」という語に注目し、いささか考えたことを報告したいと思う。

二

唐物語を読んで目に付くのは、「類なし」という語がかなり多くみられることである。どれくらいみられるかを調べると次のようになる。

第2話―1　第3話―3　第4話―1　第5話―2　第6話―1　第7話―2　第9話―1　第10話―1
第11話―1　第17話―1　第18話―6　第23話―2　第26話―1　第27話―1

半数以上の話にみられ、その数は二十四箇所に上る。これは単なる作者の書き癖とみるよりも、前述のごとくこの物語が中国の故事、伝説をもとに和文化していることを考えると、その表現効果はもちろんのこと、その裏には何らかの意図が働いているのではないか。

そこで、「類なし」がみられる本文を列挙してみよう。

（1）第2話
琵琶の調さまざま聞えて、搔き合せなどの有様、世に類なきほどなり。

（2）第3話
①昔、賈氏と云ふ人、類なく容貌わろくて、顔美しき妻をなん持ちたりける。
②男たぐひなく憂しと思ひて、此の女に物を云はせ、
③物言ひ打ち笑みたりければ、夫うれしさたぐひなく覚えて、

（3）第4話
此の孟光、世に類なくみめわろくて、

（4）第5話
①昔、相如と云ふ人ありけり。世に類なき程貧しくて、
②女年比貧しくてあひ具したるかひありて、親しき疎き人々も類なく羨みける、

（5）第6話

時の政を取れる人孫秀、この緑珠が類なき有様を聞く度に、

(6)　第7話

①昔、宋玉と聞ゆる人、容貌姿に類なく、

②此の人の住みける東隣に、又世に類なく美しき女ありけり。

(7)　第9話

后も哀に類なく思されながら、雲の梯と絶えがちになりて、

(8)　第10話

昔の契りを忘れざりけん人よりも、親王の御なさけは、猶類なくこそおぼゆれ。

(9)　第11話

たぐひなく月に心をすましつゝ雲に入りにし人もありけり

(10)　第17話

類なく力強き女房二三人ばかりを遣して、帝の御傍に臥し給へりけるを、

(11)　第18話

①上これを見給に嬉しく喜ばしく思さるゝ事類なし。

②唯此の人をのみぞ、月日に添へて類なきものに思ひける。

③時の間に召し返して、世に猶類なくもある心かなと思し続くるに、

④御心の慰めがたさ、類なく思されける時は、

⑤軒を並べ甍を連ねたるよそほひ有様、すべて此の世の類にあらず。

⑥金の簪は、世の中に類なき物にもあらず、

（12）　第23話

①みめ心の類なきのみにあらず、ざえ才学並びなくて、せぬわざなかりけり。

②月日の過ぐるまゝには、いとゞ類なくのみ覚えて、

（13）　第26話

姿有様類なくなまめかしく清げにて、その容貌は、玉などの光るやうにぞ見えける。

（14）　第27話

人の身にして犬に契を結びける、類なき程の事なれば、物の心を知れらん人はうとむべからず。

（注）本文は『唐物語新釈』（浅井峯治氏著、大同館書店、昭和15・9、〔覆刻版〕有精堂出版、平成元・1）に拠り、新字体に改めた。傍線は筆者。これらは断らない限り以下も同様。なお（11）の⑤も「類なし」と同じように処理した。

「類なし」がどのような場面に用いられているかというと心情―10、容貌―8、管弦の名手―1、力量―1、装飾品―1、状況―1となり、心情や容貌に多く用いられている。

では、（1）から（14）までの箇所は唐物語の典拠ではどのようになっているのであろうか。今、それらを記してみると次のようになる。

（1）　第2話

聞舟船中、夜弾琵琶者。聴其音、錚錚然有京都声。（『白氏文集』「琵琶引」序）

（2）　第3話

①昔、賈大夫悪。娶妻而美。　（『春秋左氏伝』「昭公二八年」）
②三年不言不笑。　（〃）
③其妻始笑而言。賈大夫曰、才之不可以已。我不能、女遂不言不笑夫。　（〃）

（3）第4話
其姿貌甚醜而黒、而徳行甚修。　（『列女』）

（4）第5話
①家貧、無以自業。　（『漢書』）
②蜀人以相如為栄寵。　（『蒙求』「相如題」）

（5）第6話
美而艶。善吹笛。孫秀使人求之。　（『蒙求』「緑珠墜楼」）

（6）第7話
①玉為人、体貌閑麗、口多微辞、又性好色。　（『文選』「登徒子好色賦一首並序」）
②天下之佳人、莫若楚国、楚国之麗者、莫君臣里。臣里之美者、莫若臣東家之子。（中略）眉如翠羽、肌如自雪、腰如束素、歯如含貝。　（〃）

（7）第9話　典拠不詳

（8）第10話
ナシ　（『本事詩』「情感第一」）

（9）第11話

ナシ　（『列仙伝』「蕭史」）

（10）第17話

帝晨出射。趙王不能蚤起、太后伺其独居、使人持鴆飲之。遅帝還、趙王已死。（『漢書』「張陳王周伝」）

（11）第18話

①上甚悦。（『長恨歌伝』）

②後宮佳麗三千人。三千寵愛在一身。（『長恨歌』）

上大驚惋、遽使力士就召以帰。自後益嬖焉。（『楊太真外伝』）

④池蓮夏開。宮槐秋落。（『長恨歌伝』）

⑤上多楼閣。（〃）

⑥方士受辞与信、将行、色有不足。玉妃固徴其意。復前跪致詞。（〃）

（12）第23話

①南陽陰瑜妻者、穎川荀爽之女也。名采、字女荀、聡敏有才芸。年十七適陰氏、十九産一女。而玲卒。（『後漢書』「列女伝」「陰瑜妻」）

（13）第26話

岳美姿儀。（『晋書』「潘岳伝」）

（14）第27話　典拠不詳

（注）本文は『唐物語全釈』に拠る。以下も同様。

これらと唐物語を比較してみるに、（1）（3）（5）（6）（11）の①において傍線を施した箇所は「類なし」の意味に近い。それゆえそのように翻訳したと言えよう。因みに（1）では商人の妻の琵琶の奏で、（3）では孟光の容貌に、（5）では緑珠の容貌に、（6）では宋玉と女の容貌に、（11）の①では玄宗皇帝の心情に、（12）の①では荀爽の娘の容貌にそれぞれ「類なし」を用いている。いずれも話の中心人物か、話の契機となる事である。ただ、これらは典拠での表現はまちまちであるが、ここではそれらを「類なし」でまとめようという作者の意識を窺うことができよう。

こうした考えは（2）（4）（10）（11）の②③④⑤⑥（13）をみるとはっきりする。これらには「類なし」に該当する表現がみられず、唐物語では創作されたものと考えられる。ここでも（2）では賈氏の容貌と心情に、（4）の①では相如の貧しさに、（13）は潘安仁の容貌に、と各々中心となる人物に用いている。中心となる人物と言えば、（11）の②から⑥をあげねばなるまい。これに先程の（11）の①を含めると、一つの話の中で六箇所にわたって用いている。これは唐物語の中で最も多い。それというのもこの第18話は玄宗皇帝と楊貴妃の話で、二人のことはあまりにも有名であり、それを反映しているのであろう。②から④までは玄宗皇帝の楊貴妃への心情に、⑤、⑥は楊貴妃が生れた蓬萊宮と彼女の簪にそれぞれみられる。

唐物語の創作性を強く抱かせるのが（8）（9）（14）である。このうち（8）と（14）は話の終わりにみられる作者の批評文である。前者は徳言が陳氏と別れる際、鏡を割ってそれぞれを持ち、その後、それを持ちより再会する話である。その契機を作ってくれた親王の心情に使っている。親王はここで脇役的な存在である。後者はある人の娘が俗世間を厭い、山奥に入り、そこに来た犬と契りを交わすという唐物語の中で特異な話で、まさに「類なし」と言える。（14）は典拠が不詳であるが、文末にみられることから作者の創作とみてよかろう。（9）は唯一、和歌の中に用いている例である。前述したように唐物語の和歌の多くは勅撰集などをもとに創作されているようである。事実、この

「たぐひなく」の歌は『風葉集』巻第十七・一三二七にある「たぐひなく心にすみし笛のねは月の都もひとつなるらん」(『校本風葉和歌集』に拠る)をもとにしていると言われている。[3]納得させられるが、たとえそうでなく唐物語作者が創作したにしても、その初句で「たぐひなく」と詠んだのはこの語を強く意識していたことにほかならない。しかも二、三句の「月に心をすましつゝ」という表現は唐物語第1話に「月にのみ心をすましつゝ」という本文があり、それを意識していると思われる。唐物語において「月」は重要な働きをしているようである。[4]ここからもその一面をみることができよう。このほか(7)は典拠不詳で創作か否か判断できないが、いずれにしてもそれでまとめようという考えを窺うことができる。また(10)では、中心となる人物ではないが、「力強き女房」に「類なし」を加えることで、その場の雰囲気を醸し出している。

「類なし」について典拠と比較しつつみてきた。その結果、この語は唐物語作者の創作意図を探る上でひとつの拠り所にしてよかろう。

三

しかし、これら以外の話には「類なし」がみられない。その点では今まで述べて来たことに説得力を欠く。ただ、「類なし」がみられない話には、次のような表現がある。

(1)　第8話

みめかたち心ばせをども、いとめづらかなる程に、世に聞えたりければ、

(2)　第12話

一筋に思ひ取りけん心のありがたさも、此の世の人には似ざりけり。

（3）　第13話
其の後二人の后、紅の涙を流し給ひて、ふるきを思せりければ、籬の呉竹も御涙に染まりて斑になりけり。

（4）　第14話
①玉の肌膚、花の容貌あざやかにて、世に並びなく美しかりけり。
②新しき疎き、楊貴妃、李夫人の例にも勝りなんと思へりけるを、

（5）　第16話
君長生不死の道を好み給ふによりて、

（6）　第20話
思ひ知る心はたれも深けれどかゝるためしは又もあらじな

（7）　第22話
后さぶらひ給ふを、人知れず、いかでと思ひ奉る臣下ありけり。

（8）　第24話
其の姿花やかにをかしげなるを頼みて、楊貴妃などを争ふ心やありけん、

（9）　第25話
三千人の女御、后の中に、王昭君と申す人なん、花やかなる事は、誰にも勝れ給へりけるを、

傍線を施した箇所を「類なし」と類義的な表現か、もしくはその間接的な表現と考えた。ただ、その判断には主観をともなうが、意味上、それに近いものをあげておいた。

そこで、典拠と比較しながら各々をみていきたい。まず、典拠と類似した表現になっているが、唐物語の方が詳し

くしている例として（3）（4）の①をあげることができる。（3）は典拠で「二女啼以涕揮竹。竹尽斑。」（『博物志』）とあり、唐物語は「紅の涙」、「籬の呉竹」を付け加えている。また（4）の①は典拠で「陵園妾顔如花」（『白氏文集』「陵園妾、憐幽閉也」）とあり、唐物語では「世に並びなく」を付加している。次に唐物語の創作の例として（1）（2）（4）の②（5）（6）（7）をあげることができる。この中で主なものを見ていく。（2）は文末にみられる批評文で、その中に「類なし」の類義的な表現を用いており、注目される。（6）は和歌の中にみられるもので、この類似歌は指摘されておらず[5]、作者がこの話の批評を兼ね創作したものであろう。その結句に「又もあらじな」と「類なし」の類義的を表現を用いている。和歌の創作は前述の（9）でもみられ、そこでは「類なし」を用いていた。こうした類義的な表現の共通は、唐物語の創作意図から考えて偶然とは言えまい。

これら以外は文中にみられるもので（1）（4）の②は典拠に各々「眄々念愛而嫁」（『白氏文集』「燕子楼三首并序」）、「陵園妾顔色如花」（『白氏文集』「隣園妾、憐幽閉也」）とあり「類なし」の類義的な表現に該当する表現はみられない。それゆえ類義的な表現を付加したものと思われる。また、（5）は典拠に「漢武帝好仙道、然祀名山大沢以求神仙之道」（『博物志』）とあるのを具体的に表現したものであろう。

この外、（8）は典拠に「未容君王得見面、已被楊妃遥側」（『白氏文集』「上陽白髪人」）とあり、ほぼ同じような表現がみられ、これをそのまま翻訳したものと考えられる。しかし、翻って考えてみると、楊貴妃は美貌の持ち主で玄宗皇帝に寵愛を受け栄華を極めた。まさに「類なき」人物と言える。それゆえ、ここでは「類なし」を間接的に表現していると言えよう。これと同じ例は前後するが、先程の（4）の②と同様である。また、（9）は典拠に「元帝後宮既多、不得常見」（『西京雑記』巻二）とあるが、これには問題があるようである[6]。たとえ、典拠が『西京雑記』でなくともこのように表現したのは、（8）と同じような考えがあってのことであろう。

「類なし」の類義的な表現についてみてきた。ここでは和歌や地文を創作したり、典拠より詳しくしたところ、あるいはそれを間接的に表現しているところと様々な現象をみることができた。これらも作者の創作意図を探る上で考慮すべきである。と同時にこれらの用例を通し、改めて「類なし」の存在が注目されてくる。

四

「類なし」を用いている話の中でも類義的を表現と思われる箇所がある。今、それらをあげてみよう。

（1）第2話
又眉目容貌ありがたく珍しき程なりしかば、

（2）第4話
此の男を又なきものに思ひて、

（3）第5話
万の事を知り、ざえ才学ならびなうして、

（4）第6話
心のありがたさも云ひ尽くすべからず。

（5）第7話
①容貌姿世に類なく、ざえ才学ならびなかりけり。
②恋ひわびて三年になりぬ花がたみめならぬ人のまたもなければ

（6）第11話

心の澄みけんも例少くこそ。

（7）　第18話

①これよりさきに、元献皇后、武淑妃など聞え給ひし后、世に並びなく御志深くおはしましき。

②しわざ有様の世に並びなきのみにあらず、

（8）　第23話

ざえ才学並びなくて、せぬわざなかりけり。

これらは典拠のままでなく、意訳したり、創作したりしている。このうち（4）と（7）の①を除き、傍線を施した類義的な表現は「類なし」以降の本文に出てくる。個々にあたってみよう。

（1）では前述の如く「類なし」を「播き合わせなどの有様」に用いていた。これはこの話の中心になる事である。ここの「ありがたく珍しき程なり」は商人の妻の容貌についての表現であり、付随的なものにすぎない。（2）では妻の夫への思いに「又なし」を用いているが、ここでの中心事は妻の醜い容貌にあり、それに「類なし」を用いている。（3）では中心となる相如の貧しさに「類なし」を用い、付随的な「ざえ才学」に「ならびなう」を用いている。ここと同じような書き方をしているのが（5）の①、（8）である。これらも（3）と同様に考えてよかろう。（5）の②と（6）は話の文末にみられるものである。前者はこの話をまとめているにすぎない。この歌は「花がたみめならぶ人のあまたあれば忘れられぬらむ数ならぬ身は」（『古今集』）をもとにしていると言われている。[7] たとえそうだとしても「めならぶ人のまたもなければ」（傍点は筆者）と改変したことになる。ここからも作者の創作意図を垣間見ることができよう。また、後者はその前の「たぐひなく」の歌で詠んだことを再度まとめたもので、これまた付随的なものである。（7）の②は楊貴妃のしぐさや有様に「並びなき」を、玄宗皇帝の心情に「類なし」をそれぞれ用いている。身分関係からみて「類なし」に重きを置いていると言える。

このほか（4）は話の文末にみられる批評文で「類なし」との関わりは、今ひとつはっきりとしない。また、（7）の①では玄宗皇帝の寵愛を受けた亡き元献皇后と武淑妃に「世に並びなく」を用いている。これとてかの楊貴妃の比ではない。その意味で付随的なものである。一方、（7）の②では楊貴妃のしぐさ・有様に「世に並びなき」を用いている。これは唐物語作者にとって当然のことと言える。

「類なし」とそれの類義的な表現がみられる話をみてきた。その結果、おおむね「類なし」を中心的な事に、それの類義的な表現を付随的な事にそれぞれ用いたのではないか。ともあれ、これらの用例を通しても「類なし」は唐物語作者の創作意図に関与していると言えよう。

五

唐物語にみられる「類なし」を中心にして、これを用いている話、それの類義的な表現を用いている話、「類なし」とその類義的を表現を同時に用いている話に分け考察してきた。その結果、「類なし」は表現効果を考慮し用いている思われるが、と同時に作者の創作意欲を探る上で注目してよかろう。ただ、第1、15、19、23、24話の各話には、「類なし」はもとよりその類義的表現がみられない。これらの話にも当然ふれるべきであるが、今後の課題にしたい。

注

（1）「唐物語について—翻訳技巧を中心として—」（「香椎潟」6号、昭和35・7）。

（2）『唐物語の比較文学的研究稿』（私家版、昭和43・4）。

（3）小林保治氏編著『唐物語全釈』（笠間書院、平成10・2）。なお、この歌は、『風葉集』が『霞隔つる』（散佚物語）から取ったものである。

（4）小峯和明氏「唐物語小考」（「中世文学研究」12号、昭和61・8）。

（5）注（3）に同じ。

（6）注（2）に同じ。

（7）注（2）に同じ。

第十七章　『拾遺和歌集』「哀傷歌」の配列

一

いわゆる三代集のひとつである拾遺和歌集（以下、拾遺集と略称）は、これらの中では最も研究が遅れていると言っても決して過言ではない。その原因には種々のことが考えられようが、ひとつには、この歌集が古今和歌集、後撰和歌集（以下、古今集、後撰集と略称）に漏れたのを拾ったもので、いわば二流の歌を集めたものと考えられ、その上、古今集の陰に隠れてしまい、これまであまり重視されて来なかったためである。[1] それ故、近年に至ってもそうなのかというと、必ずしもそうではなく、研究は徐々に進展しているようである。最近になって本集に対する研究は、とみに進展の域にあり、それなりの評価がなされているように思われる。とりわけ片桐洋一氏により、校本及び索引が上梓されたことは注目すべきことである。[2] 今後は、これらを土台にして一歩一歩地道に前進すべきではあるまいか。そうした意味で、ここではひとつの試みとして拾遺集哀傷歌における配列について少し調査、検討したところを報告し、大方の御教示を仰ぎたいと思う。[3]

二

拾遺集巻第二十に収められている「哀傷歌」（後述する（六）のグループは釈教歌として処理するむきもあるが、これらは「哀傷部」に置かれているので、一括してこう呼ぶ）は全部で七十八首（片桐氏の校本に拠る。以下、本文の場合も同様）、作者は「よみ人しらず」の十四首を別人の作とするならば、六十人となる。今、論述の便宜上、次頁に一覧表を作成しておきたい。

さて、この哀傷歌を子細に見ると、その内容から、（一）1から15までの十五首。（二）16から24までの九首。（三）25から47までの二十三首。（四）48から54までの七首。（五）55から63までの九首。（六）64から78までの十五首の六つのグループに大別できそうである。

＊　＊　＊

（二）のグループに属する十五首はどのような場合のものか、その詞書を見ると次のようである。

1　むすめにまかりをくれて又のとしの春さくらの花さかりに家の花を見ていさゝかにおもひをのふという題をよみ侍ける

5　この事をきゝ侍てのちに

6　中納言敦忠まかりかくれてのちひえのにしさかもとに侍ける山さとに人々まかりて花見侍けるに

7　天暦のみかとかくれたまひて又のとしの五月五日に宮内卿かねみちかもとにつかはしける

8　ふくたりといひ侍けるこのやり水にさうふをうへをきてなくなり侍にけるのちの年おひいてゝ侍けるを見侍て

拾遺集哀傷歌一覧表

区分	序列	通し番号	哀傷歌の対象と作者：対象	哀傷歌の対象と作者：作者
季節に託した死(一)	1	1274	むすめ	小野宮太政大臣
	2	1275	〃	平兼盛
	3	1276	〃	清原元輔
	4	1277	〃	大中臣能宣
	5	1278	〃	大納言延光
	6	1279	敦忠	一条摂政
	7	1280	天暦のみかど	女蔵人兵庫
	8	1281	ふくたり	粟田右大臣
	9	1282	のぶかた	右大臣
	10	1283	某	藤原道信朝臣
	11	1284	女五のみこ	天暦御製
	12	1285	妻	大弐国章
	13	1286	中宮	天暦御製
	14	1287	妻	人まろ
	15	1288	朱雀院	権中納言敦忠？
喪の諸相(二)	16	1289	うねべ	人まろ
	17	1290	某	よみ人しらず
	18	1291	〃	〃
	19	1292	〃	〃
	20	1293	恒徳公	藤原道信朝臣
	21	1294	としのぶ	としのぶ母
	22	1295	妻	大江為基
	23	1296	〃	〃
	24	1297	某	よみ人しらず
死の諸相(三)	25	1298	ふたりこども	謙徳公の北方
	26	1299	昔見侍し人々	藤原為頼
	27	1300	※	右衛門督公任
	28	1301	おや	伊勢
	29	1302	妻	よみ人しらず
	30	1303	順が子	清原元輔
	31	1304	子	平兼盛
	32	1305	むすめ、子	藤原共政朝臣妻
	33	1306	※	よみ人しらず
	34	1307	みこ	伊勢
	35	1308	〃	平定文
	36	1309	中納言兼輔妻	つらゆき
	37	1310	妻、子	よみ人しらず
	38	1311	子二人	〃
	39	1312	むすめ	中務
	40	1313	むまご	〃
	41	1314	？	よみ人しらず
	42	1315	きべつのうねべ	人まろ
	43	1316	人	〃
	44	1317	紀友則	つらゆき
	45	1318	人	〃
	46	1319	妻	人まろ
	47	1320	妻	〃
辞世(四)	48	1321	〔辞世の歌〕	〃
	49	1322	〔辞世の歌〕	紀貫之
	50	1323	〔辞世の歌〕	御製
	51	1324	〔辞世に準ずべきか〕	よみ人しらず
	52	1325	〔辞世に準ずべきか〕	すけきよ
	53	1326	〔辞世に準ずべきか〕	したがふ
	54	1327	〔辞世に準ずべきか〕	沙弥満誓
出家(五)	55	1328	？	源相方朝臣
	56	1329	？	よみ人しらず
	57	1330	？	慶滋保胤
	58	1331	？	よみ人しらず
	59	1332	？	藤原高光
	60	1333	あひしりて侍りける女	よしのぶ
	61	1334	※	よみ人しらず
	62	1335	成信、重家	右衛門督公任
	63	1336	藤原統理	〃
釈教(六)	64	1337	女院	斎院
	65	1338	后の宮	御製
	66	1339	為雅朝臣	春宮大夫道綱母
	67	1340	左大将済時	実方朝臣
	68	1341	おこなひしける人	〃
	69	1342	性空上人	雅致女式部
	70	1343	？	仙慶法師
	71	1344	？	空也上人
	72	1345	仏足石	光明皇后
	73	1346	？	大僧正行基
	74	1347	？	〃
	75	1348	菩提	〃
	76	1349	※	婆羅門僧正
	77	1350	うゐたる人	聖徳太子
	78	1351	※	うへ人

（注）　※印は「返し歌」であることを示している。濁点は筆者が施した。

9　右兵衛佐のふかたまりかくれにけるにおやのもとにつかはしける
10　あさがほの花を人のもとにつかはすとて
11　夏はゝそのもみちのちりのこりたりけるにつけて女五のみこのもとに
12　妻のなくなりて侍けるころ秋風のよさむにふき侍けれは
13　中宮かくれたまひての年の秋御前につゆのをきたるを風のふきなひかしけるを御覧して
14　妻にまかりをくれて又の年の秋月を見侍て
15　朱雀院の御四十九日の法事にかの院の池のおもにきりたちわたりて侍けるを見て

（注）傍点は筆者。以下同様。

以上により、死後の歌が集められていることがわかる。これは哀傷歌ということから当然のことであろう。このことは古今集の哀傷歌についても言えることである。古今集については鈴木知太郎氏によって詳細に考究されている。(4) それによると、古今集の最初のグループは死の直後、もしくは死後の歌が置かれているとのことである。拾遺集の場合、先程の詞書を見るとわかるように、季節と景物が出てくることがまず注目される（9については後述）。このようなことから、このグループ内における配列はどのようになされているのかというと、景物に託して時の推移が詠まれていることに気づくのである。したがって、ここでは死というものに幅を持たせ、むしろ季節の推移に重点を置いたものと思われる。これは言うなれば、拾遺集の新鮮な一面でもあろう。それは前述のように詞書によっても理解出来るのであるが、歌そのものを見ることによってよりいっそう理解出来るのである。

まず1から4までは題詠歌で、詞書に「むすめ」とあることから、ここは小野宮太政大臣の娘であることがわかる。それ故、最初は父親の歌を持って来ている。内容は桜の盛りで、落花する様子はないが、それに比べ涙は流れ落ちると娘の死を悼んでいる。父親の歌でもって、巻頭を飾っていることは何を意味するのであろうか。この歌は拾遺抄にもあり、もとから存していたものである[(5)]。ここではやはり父親への配慮の結果と見ておきたい[(6)]。また、古今集、後撰集の哀傷歌の巻頭歌をみると、古今集は「よみ人しらず」であるが、後撰集は小野宮太政大臣となっている。後撰集と拾遺集とが共通していることは偶然の結果なのであろうか。興味ある事柄である。

次いで2は花盛りの桜に生前の面影を重ね悲しみの気持ちを、3は花の色も住居も昔のままであるが、変ったのは悲しみの涙が加わったことをそれぞれ詠んでいる。そうして4は桜の木の芽（目）までもが涙を流し悲しんでいると詠む。これらはいずれも小野宮太政大臣の娘への愛惜の念を詠み、かつ1での悲しみに共感している。

5は詞書から1から4までよりも時期的には隔たりがあるように思われる。それは歌そのものに「風のたよりに云々」とあることによっても理解出来よう。内容は桜花を折り、君に差しあげようとしたが、その死を知り、それも出来ずに悲しんでいる。6は生前、敦忠が桜花の散るのを惜しんでいたことだろうが、今は桜花が生前の敦忠を偲び恋しがっているようだと詠む。この歌は詞書に「のち」とあることから、1から4の如く一年後とは、はっきり断定出来ない。しかし、歌そのものを見ると、「いにしへ」とか「昔こふらし」という語句があることから、少なくとも数年を経ていると考えてよかろう。それは、この歌において「いにしへはちるをやひとの」があることによって「今は昔こふらし」が生きてくるのであって時期的には1から5よりも後になると思う。このようなことから、詞書に「のち」と記したのであろう。

以上、1から6までは桜の花を介し詠作者の心情が時期的に変化を持たせて詠まれている。

7は帝の死から一年が経て再び悲しみがこみ上げ、それをあやめ草の根に託して詠み、8は亡き息子が植えた菖蒲に花が咲き、息子を思い出し悲しみ惜しんでいる。この二首には夏の景物が詠まれているが、詞書に「又のとし」、

「のちの年」とあることから時期的には7よりも8の方が経過していると思う。9は子と死別して悲嘆にくれる親を弔問した歌で、その悲しみをほととぎすに託して詠んでいる。しかもこの歌に、「こゝ」と「こゝゐのもり」とあることからほととぎすの鳴く場所が二ヶ所にみられる。ほととぎすの習性からして、森に帰るのは夏の終わり頃になる。ここはその頃の歌となり、8よりも時期的に後になる。このような理由で、ここに置かれたのであろう。

10、11には「あさがお」、「もみぢ」がみられることから秋に属する。前者はあさがおのはかなさからこの世の無常を詠んだもの。この歌は秋に入って最初のもので抽象的な内容になっており、導入の働きをしているのであろう。そうして後者は女五のみこの母が亡くなったのを慰めるというように具体的人物を持って来ている。その上、この歌は詞書に「夏はゝそのもみちのちりのこり云々」とあり、夏の気分を残し、12は「秋のよ風」が詠まれていることから、時期的には12よりも以前のものであることが理解できよう。

12、13、14はその詞書に「妻のなくなりて侍けるころ秋風」、「妻にまかりをくれたまひて年の秋」、「妻にまかりをくれて又のとしの秋」とあるように、いずれも作者自身の妻の死が詠まれている。因みに、12は妻の死により、ひとりで床に寝る悲しみを、13は中宮に死別した悲しみをそれぞれ詠んでいる。14では死別した妻が、いつのまにか遠ざかってしまったことを悲観している。また、12、13、14は詞書に傍点を付したように妻が亡くなった時点からみると、12、13、14へといくに従い、時が流れ、ここでも時の推移に基づいて配列されていることがわかる。しかも、これら三首は人麿の歌を最後に晩秋のいわゆる憂愁にマッチして、クライマックスに達している感じさえ見られるのである。

次に15では池に立つ霧を藤衣に見立て朱雀院を哀悼している。歌では「あさぎり」が詠まれていることから秋ということになる。しかし、ここで問題なのは、この歌の詞書に「朱雀院の御四十九日の法事にかの院の池にきりたちわたりて侍けるを見て」とあることである。この歌は「四十九日」の法事に詠んだものである。朱雀院の亡くなったのは天暦六年八月十五日で、(7) それから四十九日であるから十月初旬となり、冬に属する。このグループ内で冬の歌はこれ一首のみである。また霧が詠まれていることから冬に入って間もない頃に詠んだことがわかる。ただ問題なのは、この歌に「藤衣」が詠まれていることから、次の(二)のグループに入れてもよかったはずである。しかし、編者が(一)のグループで季節の推移を考えていたことは確かであり、それ故、この歌を冬の歌として(一)のグループに入れた方が妥当であろう。同時に15の歌は(一)の「死」と(二)の「喪」の要素をもっており、グループ間がスムーズな展開をしていると言えよう。これは微妙な季節の推移を考慮し、同時に最後を締めくくる意味で帝の死を詠んだ歌を持って来たのであろう。

このグループの歌人構成は人麿を除けば、すべて後撰、当代歌人で占められている。

＊　＊　＊

次に(二)に属する九首は、どのような時に詠んだ歌かというと、その詞書は次のようである。

16　さるさはの池にうねへの身なけたるを見て

18
19　服ぬき侍とて

20　恒徳公の服ぬき侍とて

21　としのふかなかされける時なかさるゝ人は重服をきてまかるときゝてはゝかもとよりきぬにむすひつけて侍ける

22　思ふめにをくれてなけくころよみ侍ける

さらに「題しらず」とある歌は、

17　心にもあらぬうき世にすみそめの衣の袖のぬれぬ日そなき

24　墨染の衣の袖は雲なれや涙の雨のたえすふる覧

とあることから、すべて服喪の期間中における哀傷を歌ったものである。ただ16は服喪とは断定できないが、この歌がここに置かれた理由については後に述べたい。また、22、23も詞書からだけでは服喪とは言えないが、歌そのものは、

22　藤衣あひ見るへしと思せはまつにかゝりてなくさめてまし

23　年ふれといかなる人かとこふりてあひ思ふ人にわかれさるらん

とあることから22は服喪の歌であることには論を待たないが、23にはそういう用語が見当らない。しかし、22の次に置かれていることや、詞書に「をくれてなけくころ」とあることなどから服喪の歌と見てよかろう。つまり、このグループは（一）の死を受けて、時間的には（一）に続く期間のものである。かくして（一）のグループと（二）のグループとの関係は死から服喪へと時の推移に基づいて配置されていることがわかるのである。

では、この九首は（二）のグループ内で、どのように配列されているのかを見ると、まず16は前にも述べたように服喪という、はっきりした証拠は見えない。それなのになぜ、ここにあるのであろうか。

この歌は人麿歌集、大和物語にもみられる。前者の詞書には「さるさはの池に身なけたるうねめをみてよめる」[8]と拾遺集とほぼ同じ表記になっている。この話が文献に出てくるのは大和物語が最初であり、拾遺集は大和物語から入集したのであろう[9]。したがって、編者はこの歌をならの帝の行幸の際に詠んだものと受けとっていたのであろう。

ところで、それ以上に問題になることは、行幸に人麿が供奉したかどうかである。というのは大和物語150段から153段は「ならの帝」にまつわる説話を載せているが、153段は史実から平城帝であることには問題ないとしても、残りの

章段は文武、聖武、平城のいずれの帝が該当するのか、はっきりしない。[10]特に16の歌がみられる150段は人麿と前記の各帝が時代的に合致しないのである。それ故、虚構説なども生じてくるのである。[11]このような事実を拾遺集の撰者は知らなかったのか。あるいは、当時、この話は伝承されていたものなのか。

この歌は拾遺抄にもみられ、もとから存したものであることがわかる。いま、この歌の前の部分を引用してみると、

この事をきゝ侍て　源千古

561　君まさばまつぞをらまし桜花風のたよりに聞ぞかなしき

天暦御時、中宮かくれ玉ひてのち又のとしのあき、前裁につゆおきたるをかぜのふきなびかすを御覧して　御製

562　あき風になびく草ばの霧よりも消にし人を何にたとへん

冬おやの喪にあひて侍ける孝子のもとにつかはしける　三常

563　紅葉々やたもと成らん神な月しぐるゝごとに色のまさるは

さる沢の池に采女のみなげて侍けるをみて　人丸

564　わぎも子がねくたれがみを猿沢の池の玉もとみるぞかなしき

（注）本文は『八代集全註1　八代集抄上巻』（山岸徳平氏編、有精堂出版、昭和35・7）に拠った。

のようになる。拾遺集と違うところは拾遺抄が拾遺集の6～12・14・15の歌を持っていないことと、拾遺抄が563の歌を持っていることである。前者は拾遺集でいうと、夏から秋にかけての歌であり、特に拾遺集において、夏の歌はすべて増補されている。したがって拾遺抄をみる限り、夏の歌がないことから拾遺集のように季節の推移に基づいて配

列されているとは考えがたい。ただ、それらしき意識は見られるように思う。後者について、この歌はどのような働きをしているかというと、562が秋であるから次に冬の歌を持って来たのであろう。しかも冬とはいうものの服喪を詠んでいる。こうした理由は季節的には前を受けて、次への橋渡しをしていると思われる。このようなことから、564は服喪の時期に詠まれた歌と見てここに置いたのであろう。それを拾遺集の撰者も拾遺抄を引き継ぎ、服喪の歌と考えてあの位置に据えたのではないか。16の人麿の歌は当時、伝承されていたものであろう。[12]それだけ人々に知られていた。そうして撰者は、「喪」という推移の中でこのグループの最初を飾るにふさわしい歌として、ここに配置したのであろう。しかも拾遺集の15、16は「池」で関連し、さらに結句を「きるぞ悲しかりける」、「見るぞ悲しき」と類似表現を用いることでグループ間をスムーズに展開させている。

次いで17では服喪の悲しみが詠まれ、これに続く18、19、20は服ぬぎの歌になり、服喪は終わろうとしているが、悲しみの涙は尽きることがない。さらに21、22、23は重服の歌で妻や子といった近親者への死に悲しみにくれている。そしてまた24の服喪になり、ここでも涙は絶えることがない。この歌は誰の服喪に詠まれたのか明らかでない。古今集には類似歌[13]もあり、抽象的な歌になっている。その意味で服喪を締めくくるにはふさわしい歌と言えよう。

こうみてくると、このグループは哀傷を象徴するような16に始まり、17、18と19、20は服喪と服脱ぎとが、それぞれ交互に配列し、21、22、23が重服、最後の24が再び服喪という配列である。これは言うならば喪の諸相ということになろう。

このグループの歌人構成はよみ人しらずを除いて（一）のグループと同じである。

次に（三）のグループの性格を探るために、詞書と歌一首を掲げよう。

＊　＊　＊

25　謙徳公の北方ふたりこともなくなりてのち

26　昔見侍し人〳〵おほくなくなりたることをなけくを見侍て

28　おやにをくれて侍けるころおとこのとひ侍らさりけれは

30　順か子なくなりて侍けるころとひにつかはしける

31　子にをくれてよみ侍ける

32　大納言朝光かむすめの女御まかりかくれにけることをきゝ侍てつくしよりとひにをこせて侍けるころ子馬助ちかしけかなくなりて侍けれは

34　うみたてまつりたりけるみこのなくなりて又のとしの郭公をきゝて

35　伊勢かもとにこの事をとひにつかはすとて

36　中納言兼輔めなくなりて侍ける年のしはすにつらゆきまかりて物いひ侍けるついてに

37　めなくなりてのちに子もなくなりにける人をとひにつかはしたりけれは

38　こふたり侍ける人のひとりは春まかりかくれ今ひとりは秋なくなりにけるを人のとふらひて侍けれは

39　むすめにをくれ侍て

40　むまこにをくれ侍て
題しらす

41　世の中をかくいひ〳〵のはて〳〵はいかにやいかにならむとすらん
42　きひつのうねへなくなりてのちよみ侍ける
43　さぬきのさみねのしまにしていはやの中にてなくなりたる人を見て
44　紀友則身まかりにけるによめる
45　あひしれる人のうせたる所にてよめる
46　めのしに侍てのちかなしひてよめる

(三)のグループはこれらの死後の時に詠まれた歌から成り立っている。しかも哀傷の対象となっているのは大人から子供まで様々である。それはいうなれば死の諸相ということになろう。これらの歌が(三)のグループに置かれたのは決して偶然ではない。というのも(二)のグループが喪を詠んだもので、順序からいうと逆になっているが、後述するようにある意図を達成させるには時間的な推移を考え、どうしても死後の歌が必要になってくる。そのために(三)のグループに死の歌を持って来たのであろう。しかも、それは死の直後の歌ばかりではなく、時期的に幅広く集めている。この点では(二)のグループとほぼ共通している。しかし、前述の如く(一)のグループは季節に託しての死が詠まれており、どちらかというと死そのものよりも季節の推移に重点が置かれていた。それに対して、(三)のグループは、それのほとんどが父母、夫婦、親子のように肉親の死が中心となり、死そのものへの悲しみが直接的に詠まれている。このようなことから(一)グループと(三)のグループは詠み方において対照化を意図したものと考えられよう。そのために逆に並べたのであろう。

では、このグループにおいて、どのように配列されているのかというと、25、26は複数の人の死についてで、前者は二人の愛児が亡くなった悲しみを、後者は親密な人が疫病で数多く亡くなった嘆きを、27はそれの返しで無常の世と不遇な身の悲しさを、それぞれ詠んでいる。28は親が死に、その上、恋人もたずねてこなくなり、二重の悲しみにくれている。29は亡き妻が夢に現れ目を覚まし、周囲を探してもいないのを悲しんでいる。30から35までは、子供の死が詠まれている。このような歌がここにあるのは、偶然とは言えない。28、29が親、妻を詠んでいることから次に子供を持って来たのであろう。因みに30は子を亡くした親への同情の涙を、31は亡き我が子への悲しみをそれぞれ詠み、32は子を亡くした親どうしが悲しみにくれ、33で子を亡くした悲しみに自分も生きているのが辛いと歌を返す。34では冥土から飛来するというほととぎすに亡き子について語ってほしいと頼んでいる。35は34を受けて、みこの死が言葉では言い尽くせないほど悲しいことを詠んでいる。さらに36は妻を亡くした兼輔への慰めを詠み、37は妻と子供の死の二重の悲しみを、38は二人の子供に先立たれて身を寄せるところもない哀れな気持ちをそれぞれ詠んでいる。さらにまた39は娘、40は孫にぞれぞれ先立たれて詠んだ歌で深く嘆いている。39、40はともに中務の作である。

ところが、41は無常厭世を詠んでおり、誰のことを詠んでいるのか明らかでない。この歌は拾遺抄雑下にもある。とりわけ注目すべきことは拾遺抄雑下の最後を飾っていることである。これは拾遺抄雑下、全体を締めくくる働きをしているのであろう。拾遺集においても41の歌は25から40までを受け締めくくる働きをしていると思われる。しかし、このグループにおいてこの歌で終わっていないことは何を意味するのであろうか。次の42から47までをみると人麿、貫之という著名な歌人を持って来ている。これは41でワンクッションおいて、これらの歌を印象づける働きをしているのであろう。

さて、42から47までの歌をみると、その順序は人麿、貫之、また人麿となっている。44、45は古今集の哀傷歌にもみられるもので、再びここで取り入れられているのは撰者の貫之に対する評価の表われとみてよかろう。概して、これらの歌が25から40までの歌と違うところは死の悲しさへの感情が甚だしく高まっており、それが無常感となっていることである。42、43は「波」に関連づけ、入水した采女や行き倒れになっている死人を哀悼する歌である。44は無常な世だから明日の命は分からない我が身とは思うが、日の暮れない今日こそ悲しいと友則の死を悼んでいる。そうして45は親しい人の死を嘆き、この世の無常を再認識している。46では庭の笹の植え込みに捨てられた、妻の面影を偲ばせる小さな枕を見て悲しんでいる。そして47はこの世の中を水の泡の如くみるとここでも45と同じように無常が詠まれている。

ともあれ、人麿と貫之の歌は、このグループのクライマックスに達した感がある。このように無常感の強い歌をここに持って来たのは、次のグループが辞世を詠んでいることから考えて、25から40の如く死後の歌を持って来て、ただちに次のグループに続けるとあまりにも隔たりがありやしまいか。そこで、これを埋めるために著名な歌人の、しかも無常感の色彩の濃い歌を持ってくることによりスムーズに橋渡しをしていると思うのである。

なお、48も人麿の作であるが、これは詞書から次のグループに入れておいた。このようにグループの境目に人麿の歌を持って来ていることは注意すべきことであろう。それは（一）（二）のグループでもそうであったように、グループの始めや終わりに著名な人の詠作、高貴な人を詠んだ歌をもって来たのであろう。

このグループの歌人構成は、よみ人しらずを除いて万葉、古今、後撰、当代というように各時代から入集している。

＊　＊　＊

(四)のグループのすべての詞書と歌数首を掲げることにしよう。

48　いはみに侍てなくなり侍ぬへき時にのそみて

49　世中心ほそくおほえてつねならぬ心地し侍けれは公忠朝臣のもとによみてつかはしけるこのあひたにやまひを

もくなりにけり

50　朱雀院うせさせ給けるほとちかくなりて太皇太后宮のおさなくおはしましける見たてまつらせたまひて

題しらず

51　とりへ山たにゝけふりのもえたらははかなく見えし我としらなん

やまひして人おほくなりし年なき人を野らやふなとにをきて侍を見て

52　みな人のいのちをつゆにたとふるは草むらことにをけはなりけり

世のはかなき事をいひてよみ侍ける

53　草枕人はたれとかいひをきしつゐのすみかは山とそ見る

題しらず

54　世の中をなにゝたとへむあさほらけこきゆく舟のあとのしら浪

48、49、50、51は、それぞれ傍点を付したように自分自身の辞世を詠んだものである。ただ49は傍点の部分だけで、辞世とするには疑問に思うかもしれない。しかし、この歌の後に「このうたをよみ侍てなくなりにけるとなん家の集にかきて侍」という注記があることにより、辞世の歌と見てよかろう。しかしながら、52、53、54は簡単に辞世として片付けられないようである。これら三首を辞世の歌と処理した理由やここに置かれたことについては後に述べたい。

辞世の歌が、ここに置かれている理由は（一）（二）（三）のグループがいずれも他人の死を悼んでいるのに対し、ここは大方、自分が死に臨んだ時を詠んでいる。哀傷の世界を拡大して考えれば、当然、ここまでくるのかもしれない。事実、鈴木知太郎氏は、

これら辞世の歌（古今集の場合をさす—筆者注）が（四）のグループとして、「哀傷歌」の最後に位置せしめられる

ことも、あながち故なしとしないであろう。これは考え様によっては、他から自己へ思いをめぐらすに至るという、いわば時の運行に従った順序と類似のものと言えようし、また人間心理のおのずからなる進行方向を示すものと見ることが出来よう。[14]

と当を得た見解を述べておられる。ここでもやはり時の推移に従って置かれているのであろう。

　このグループ内での配列はどのようになっているかと言うと48から51までは先に述べたように作者自身の辞世を詠んだものである。因みに48は自分が死に臨もうとしているのに妻はそれを知らず、家で待ち続けていることであろうかと後に残された妻を思いやっている。49ははかない人生を悲しんでいる。さらに50は朱雀院がこの世を去ってもあの世から幼い皇女を思い声を絶やさずに泣くことだろうと詠み、51は鳥辺山の谷に火葬煙が燃え立ったならば弱々しげに見えた私が亡くなったのだと思ってほしいと死に迫った心境を詠んでいる。

　これに対して52、53、54は作者自身ではなく、他人の死を詠んでいる。52では露の命という観念的なものを現実の事象で説明している。53は最後の身の置き所を野山とみる哀れさを詠んでいる。そして54のように無常感にくれてしまうのである。ではなぜ、52、53、54のような一見、不自然と思われるような歌をここに持って来たのであろうか。ここで注意しなければならないのは、古今集の哀傷歌は前述のように辞世で終わっているが、拾遺集はそれで終わっていないことである。しかも後述するように次の（五）のグループは出家に関した歌が集められており、もし52〜54がなくて48〜51の歌のみで（五）のグループに続いていたとしたらどうであろうか。単に辞世で終わってしまい（四）と（五）とのグループがあまりにも隔たりがありすぎはしまいか。（五）のグループが次にあること自体、唐突すぎるような気がする。これをなくするのには必然的に無常感の濃い52〜54の歌が必要だったのである。しかも52、53は拾遺抄には存在しない。51と54だけでは無常感を十分に醸し出せない。そこで52、53のような歌を持って来たのである。そして（五）のグループの出家へ傾斜していくのである。このようなことから52、53、54は隔たりを埋める働きをし、かつ世のはかなさを詠んでいることから辞世に準じたものとして処理するのが妥当のように思う。

グループ間をスムーズに関連させようという撰者の努力は、なにもここに限ったことではない。前述の如く、（一）（二）（三）においてもまたしかりである。これらのことから撰者のなみなみならぬ努力が理解出来ると思うのである。

このグループの歌人構成をみると、よみ人しらずを除いて万葉、古今、後撰、当代と変化に富んでいる。しかも万葉歌人である人麿と沙弥満誓の歌が前後に置かれていることはいままで述べて来た大方のグループと類似した方法をとっていることがわかる。なお、沙弥満誓のこの歌は無常感を詠んだものとして、中古から中世にかけて取り上げられたようである。[15] ここでも、この場にふさわしい歌として、彼の歌が置かれたのであろう。

* * *

次に（五）のグループの性格を知るために詞書と歌一首を掲げておきたい。

55　忠蓮南山の房のゑに死人を法師の見侍てなきたるを見て

題しらす

56　山寺の入あひかねのこゑことにけふもくれぬときくそかなしき

57　法師にならむとていてける時に家にかきつけて

59　法師にならんとしけるころ雪のふりけれはたゝうかみにかきをきて侍ける

60　服に侍けるころあひしりて侍けるころあひしりて侍ける女のあまになりときゝてつかはしける

62　成信重家ら出家し侍けるころ左大弁行成かもとにいひつかはしける

63　少納言藤原統理に年ころちきること侍けるを志賀にて出家し侍ときゝていひつかはしける

これらの詞書や歌から出家に関したものが集められていることに気づくことと思う。ただ55、56は出家を示す確実な証拠となる語句が見当らない。55は行き倒れの死人を見て法師の立場になって自分の死後の不安を、56は山寺の鐘の音を聞くたびに日々が過ぎ去っていく悲しさをそれぞれ詠んでいる。これら二首はまだ出家しているわけではないが、そういう状況が出家への気持ちを誘っているのである。これらは、このグループにおいて導入の働きをしているのであろう。したがって、この二首は出家に準じた歌と見てさしつかえあるまい。

出家に関した歌が、ここに置かれたのは決して偶然ではなく、(四)のグループを受けていると思われる。即ち(四)のグループは辞世とはいうものの無常感の色彩が濃い。特に後半において、それが甚だしいことは前に指摘したとおりである。無常というと仏の世界が浮かび、その世界に入るには出家する以外に道はない。このように(四)と(五)は時の推移に基づいた配置によって支えられていることが知られるのである。

このグループ内での配列はどのようになっているかというと55、56は前述の如く導入の働きをしているのであろう。57から63までは出家の諸相が詠まれている。しかも詞書や歌そのものから57は出家しようとしたら、猶予できない決意を、58は大乗の教えにより出家したい気持ちをそれぞれ詠んでいる。さらに59は世のはかなさから出家を決意しているものである。以上の三首は作者自身が出家する以前に詠んだものである。これは前記の詞書に「法師の見侍て云々」とか「法師にならんとしけるころ云々」とあることによっても理解できよう。

これに対して60〜63はどうかというと、60は自分が喪に服している期間に出家した女性に贈ったもので両者とも墨染の衣を身につけるという符号の面白さを詠み、61はそれの返しで、墨染の衣を共通して着るところに意志の疎通を見るという。62は前途有為な青年達の出家に衝撃を受け、自分が無自覚に日々を過ごすのを自嘲的に顧みている。63

は念願かなって出家した友人の心をどんなにかさわやかなことであろうと推察している。

こうみてくると、60から63までは歌の内容や前記の詞書から作者自身ではなく、他人が出家してしまった後に詠んだものである。このように時間的推移でもって配列し、その上57～59は作者自身の出家、60～63は他人の出家というように対照化させていることが知られるのである。

このグループの歌人構成はよみ人しらずを除いて後撰、当代になっている。

いままで述べて来た各グループの最初や最後に著名歌人の作か、もしくは高貴な人を詠んだ歌を配していることはすでに指摘した通りである。このグループではどうかというと拾遺抄撰者と言われている公任なのである。拾遺集との関わりで注目してよかろう。著名な歌人の詠作を配していることでは、いままで述べたグループと共通している。彼の歌がここに置かれていることは注目してよいことであろう。

＊　＊　＊

最後に㈥のグループの性格を知るために、前例にならって、その詞書と歌を示すことにしよう。

64　女院御八講捧物にかねしてかめのかたをつくりてよみ侍ける

65　天暦御時故后の宮の御賀せさせたまはむとて侍けるを宮うせ給にければやかてそのまうけして御諷誦をこなはせ給ける時

66　為雅朝臣普門寺にて経供養し侍て又の日これかれもろともにかへり侍けるついてにをのにまかりて侍けるに花のおもしろかりければ

67　左大将済時白河にて説経せさせ侍けるに

68 をこないひし侍ける人のくるしくおほえ侍けれはえおき侍らさりける夜のゆめにおかしけなるほうしのつきお
とろかしてよみ侍ける

69 性空上人のもとによみてつかはしける

70 極楽をねかひてよみ侍ける

71 市門にかきつけて侍ける

72 光明皇后山階寺にある仏跡にかきつけたまひける

73 74 大僧正行基よみたまひける
南天竺より東大寺供養にあひに菩提かなきさにきつきたりける時よめる

75 霊山の釈迦のみまへにちきりてし真如くちせすあひ見つる哉

76 かひらゑにともにちきりしかひありて文殊のみかほあひ見つるかな

聖徳太子高岡山辺道人の家におはしけるに餓たる人みちのほとりにふせり太子のゝりたまへる馬とゝまり
てゆかすふちをあけてうちたまへとしりへしりそきてとゝまる太子すなはち馬よりおりてうへたる人のも
とにあゆみすゝみたまひてむらさきのうへ御そぬきてうへ人のうへにおほひたまふうたをよみてのたまは
く

77 しなてるやかたをか山にいゐにうへてふせるたひ人あはれおやなし
になれ〱けめやさす竹のきねはやなきいひにうへてこやせるたひ人のあはれ〱といふうた也うへ人
かしらをもたけて御返しをたてまつる

78 いかるかやとみのを河のたえはこそわかおほきみのみなをわすれめ

これらのことから、このグループはおおむね釈教に関する歌が集められている。そして、一覧表を見るとわかるように、作者の大半が僧侶かもしくは出家した人である。これは釈教に関連を持たせたのであろう。

ところで、何故にこのグループが最後に置かれているのであろうか。ここで、含みに入れておかねばならないことは（五）のグループとの関連である。（五）のグループは出家に関したものであった。それと釈教はいかなる関係があるのか。やはり出家した人にとっては釈教に帰するのが本来の姿というべきである。そういう意味で（六）のグループは（五）のグループ続きとして、しかも当然の成り行きでここに置かれたと思うのである。したがって、時間的には（五）のグループよりも後に属するものと言えよう。ここでも関連がスムーズで、時の推移に基づいていることが知られる。

なお、このグループは前述のように一括して釈教歌として処理するむきもあるようだ。ただ、ここで考えておかねばならないのはこれらが哀傷という部立の中に盛り込まれていることである。このことから、その部立の中でどのような位置にあるかを調査検討することは必要ではなかろうか。それはまた撰者の意図を探る上でも欠くべからざることであると思う。

では、このグループ内の配列はどのようになっているかを見ていくと、64〜66は詞書を見るとわかるように「八講」、「御諷誦」、「供養」のときに詠んだものである。即ち64では作者が斎院という立場上、法華八講にも参列できないことを嘆いている。65は村上天皇が母穏子の追善供養のために若菜を摘んだことを詠んでいる。66は法華八講は昨日で終わったから今日はこの小野で、花でも眺めながら時を忘れて大いに楽しもうと詠んでいる。これら三首は、このグループ内において導入の働きをしているのであろう。

67は説教により仏道に入る機縁を得たことを詠んでいる。この67は64〜66とスムーズに関連していると思われる。

即ち66は昨日と今日のことが歌われている。そして67はそれを受けて「今日よりは云々」とあることからも理解出来よう。これはまた64〜66のような法事等をすることによって必然的に仏道につながっているのであろう。68は仏道修行を励ます仏の化身の歌。69では性空上人と68の法師とを関連づけて、煩悩の闇から闇へと、無明の世界に迷い込んでしまいそうなので、遥か彼方まで照らしてほしいと性空上人に頼んでいる。仏を信仰することにより、ここまで来るのは当然のことであろう。

以上は、作者が僧侶ではなくして一般の人である。しかも作者は男女交互に並べられている。

次に70〜77は大方、僧侶の詠作である。70は勤行に励むことにより極楽が近くなったことを詠んでいる。この気持ちは69よりも時間的には後になると思う。つまり、願った結果が70になる。71もこれと同じ心情を詠んでいる。そして72は仏足石を見ての感動を詠み、この二首は仏道ということで関連している。73〜75までは行基の詠作になっている。73では法華経の記述を、釈迦の立場から詠んだ歌で、様々な修行を経て法華経を習得したという。74では亡き母の母乳の恵みに感謝している。75は霊山で行基が菩提と再会の約束をし、それが果たせた喜びを詠んでいる。76はそれの返しでここでも迦毘羅衛の釈迦の前で再会を誓った甲斐あって逢うことができた喜びを詠んでいる。77は聖徳太子が親のない人に対して嘆きを込めて歌い、78はそれの返しで、太子を讃美して、その名を銘記するという。70〜77までは、おおむね僧侶が詠作者になっている。これは64〜69との対照化をねらったものであろう。しかも70〜77は、おおよそ法師、上人、大僧正、太子と、その地位を意識して配列されていることが知られるのである。先程、70〜77はおおよそ僧侶云々と述べたが、そう述べたのは光明皇后と聖徳太子だからである。光明皇后は聖徳太子の后で寺院の創設に力を注ぎ、しかも法華経に信仰の厚かった人である。ここに置かれたわけは、このようなことがそのひとつにあったのであろう。また聖徳太子は当時の人々にとってみれば神同様であり、ここに置かれても不思議ではあるまい。ただ最後に置かれていることをもう少し考えてみるならば、何か理由がありそうだ。というのは75の行基の歌が菩提のことを詠んだものであり、彼は天竺の聖人である。76はその返し歌で婆羅門僧正（菩提と同一人物）が大僧正行基と逢えた喜びを詠んでいる。そこで、これを受けて我国の聖人というべき聖徳太子の歌を持って来たのであろう。このように当時の人々が信仰した異朝と本朝の代表的人物を以て締めくくっていることになる。

全体的にみて、このグループは斎院に始まり聖徳太子（「御返し」を除いて）で終わっており、著名な人を持って来ている。さらに歌人構成は行基、波羅門僧正、聖徳太子、うへ人と奈良時代、残りはすべて当代歌人で占められている。

三

以上、拾遺集哀傷歌の配列について述べてきた。これによると一見、無造作に並べられているかに見える哀傷歌も実際に調査、検討してみると、ひとつの定まった方針によって編修せられているように思われる。即ち、それは、

㈠　季節に託して死を詠んだ歌
㈡　喪の諸相を詠んだ歌
㈢　死の諸相を詠んだ歌
㈣　辞世を詠んだ歌
㈤　出家に関して詠んだ歌
㈥　釈教に関して詠んだ歌

といった規準によって分類され、㈠から㈥まで時の推移に基づいている。しかも、㈠と㈢を対照的にしたり、各グループ内は配列を考慮し、要所要所には著名歌人や各グループを橋渡しするのにふさわしい歌を持って

くることにより、各グループ間がスムーズに関連し合っている。
なお、拾遺集の哀傷歌を古今集のそれと比べてみるに、拾遺集は古今集にない（五）（六）のグループを持っている。ただし、（六）については前にも述べたように「釈教歌」として別に処理する考えもあるようだが、それはともかくとして、このことは拾遺集の哀傷歌が幅広く歌を集めていることを顕著に示していると言えよう。私は、このあたりに勅撰集に於ける「釈教歌」の芽ばえを見ることが出来るのではないかと思う。「釈教歌」の部立に独立して行くのは偶然にそうなるのではなく、必然的理由があったのである。それが後拾遺集、金葉集、それに詞花集になると「雑部」に収められ、そうして「釈教歌」として独立するのは千載集からであった。

注

（1）『後拾遺和歌集』序

（2）『拾遺和歌集の研究　校本篇・伝本研究篇』（大学堂書店、昭和45・12）、『拾遺和歌集の研究　索引篇』（大学堂書店、昭和51・9）。

（3）勅撰集の哀傷歌についての研究は、鈴木知太郎氏「古今集哀傷歌における配列」（「語文」15輯、昭和38・6。後に『平安時代文学論叢』〈笠間書院、昭和43・1〉に再録）、松田武夫氏「古今集哀傷歌の構造」（『古今集の構造に関する研究』風間書房、昭和40・9）、菊地靖彦氏「古今集の「哀傷歌」をめぐって」（「平安文学研究」48輯、昭和47・6。後に『古今的世界の研究』〈笠間書院、昭和55・11〉に再録）、松田武夫氏『詞花集の研究』（至文堂、昭和35・2、〔再版〕パルトス社、昭和63・3）、日本大学千載集研究会「千載和歌集研究―離別・羇旅・哀傷部の考察―」（「語文」17輯、昭和39・3。後に『千載和歌集の基礎的研究』〈笠間書院、昭和51・3〉に再録）、新古今集については有吉保氏「哀傷部の構成と特質」（『新古今和歌集の研究　基盤と構成』三省堂、昭和43・4）がある。

（4）注（3）鈴木氏の論文に同じ。

（5）拾遺集の成立過程は、如意宝集→拾遺抄→異本拾遺集→拾遺集の順に成ったとする考えが有力である。久曾神昇、島津忠夫、片桐洋一の諸氏による論考。本論でもこの考えを踏襲する。
（6）岸上慎二氏「後撰集から拾遺集へ」（『講座日本文学　中古編Ⅰ』三省堂、昭和43・1）。
（7）『本朝皇胤紹運録』（群書類従）。敦忠は、天慶六年（九四三）三月七日に没しているので作者ではない（『日本紀略』）。
（8）人麿集本文は『私家集大成　第一巻　中古Ⅰ』（明治書院、昭和48・11）に所収された第一類の散佚前西本願寺本三十六人集系に拠った。
（9）鈴木知太郎氏「大和物語の成立時期について」（『国学』2輯、昭和10・7。後に『平安時代文学論叢』に再録）。
（10）雨海博洋氏は最近、『大和物語』の「ならの帝」」（『二松学舎大学論集（昭和四十六年度）』昭和47・3。後に『歌語りと歌物語』〈桜楓社、昭和51・9〉に再録）という論文で、大和物語150～153段について注目すべき見解を述べている。ここに、それの結論にあたる部分を引用しておく。
　伝説伝承歌（一五〇段）から古今を中心とした歌話（一五一段）、次に史実の混同による歌語り（一五二段）となり、最後に史実を基にした確かなしめくくりをして、この一連の「ならの帝」に関する歌語りに実際感を持たせ、平城帝の歌物語であることを明確に印象づけようとしたのであろう。
（11）賀茂真淵『大和物語直解』（雨海博洋氏編著『大和物語諸注集成』〈桜楓社、昭和58・5〉に拠る）。
（12）この歌が伝承性を有していたことは、益田勝実氏の紹介された『七大寺巡礼私記』（奈良国立文化財研究所、昭和57・3）などからも窺える。
（13）『古今集』哀傷歌・壬生忠岑「墨染の君が袂は雲なれや絶えず涙の雨とのみ降る」。
（14）注（4）に同じ。
（15）『新撰髄脳』、『袋草紙』、『発心集』、『沙石集』に取り上げられている。

資料篇

Ⅰ 『伊勢物語文格』―― 解説と影印 ――

本論では架蔵の伊勢物語文格（この書名については問題があるので、後に述べる。以下、架蔵本と略称）を紹介しその解説をする。伊勢物語文格は権田直助（一八〇九―一八八七）の著になるもので、伊勢物語の文章についての研究である。彼は伊勢物語に深い関心を持ち、文章法や句読法をもって、伊勢物語を解釈し、研究した学者として注目されている。[1]しかし、残念なことに本書は版行に移されなかった。また、『補訂版国書総目録 第一巻 あ―お』[2]にもその書名を見出せない。これらのことから本書はきわめて限られた範囲にあって、ごく一部の人にしか知られていなかったようである。今後、この世から忘れ去られてしまうかもしれない。そうなっては研究上、支障をきたすことになる。

幸いにも昨秋、その写本を入手した。該本により、先程の危惧の念を多少なりとも払拭し、権田直助の伊勢物語研究を探る上で一助になればと思っている。

＊　＊　＊

まず、架蔵本の書誌を記しておく。

縦二六・七㎝×横一八・九㎝の袋綴一冊本。表紙は淡い水色に川の流れ模様を押した紙表紙で、左肩上より「いせものかたり全」とする題簽がある。その下に「阪正臣印」というやや大きめの丸形印を押す。この印は識語の花押にもみられる。一面十行、本文墨付七十七丁で、前後にそれぞれ一枚ずつの遊紙がある。第一丁オに「名越屋権田翁撰伊勢物語文格初丁押帋」と内題があり、その下に「坂氏蔵」の楕円形縦長印と、その左脇下に「金澤蔵」の角形印を押す。これは巻末の遊紙左下にもみられる。第七十七丁ウに次のような識語を有している。

明治十九年十二月権田翁自点ノ本ヲ借リテ大山ノ旅館ニ写シ了ル同月廿日朝　正臣　花押

架蔵本は明治十九年（一八八六）に正臣（姓は後述する阪氏）なる人物によって、「権田翁自点ノ本」を書写したものである。ただ、書名については、外題と内題とが異なっており、はたして権田翁が内題を付けたのか明らかでない。本論では他の研究書等と区別するために内題のものを題目とした。

権田翁とは権田直助のことで、彼の出自については田中宗作氏が詳述されており[3]、詳しくはそれに譲るとして、そこから要点のみを引かせていただく。彼は今の埼玉県入間郡毛呂山町に生まれた。もともと医を業としていたが、それを門人にゆだねて、ひたすら尊王討幕に奔走した。明治維新以降は、官を得て神官となり、相模国大山で阿夫利神社の祠官となって神に奉仕し、傍ら、家塾名越屋において国語・国文の講義をした。伊勢物語に関係の深い著書として、本論でふれる「国文学柱一・二」[4]、「国文句読考」[5]がある。

一方、阪正臣（ばんまさおみ）（一八五五―一九三一）は名古屋に生まれ、歌人、書家、古筆研究家で宮内省御歌所寄人を務めた[6]。

架蔵本には、伊勢物語の文章を分析し、その処理に際し様々な符号や記号を駆使している。これは直助の真骨頂と言えるが、まずはそれらについて、「国文学柱一」から引用しつつ説明していくことにしたい。同著の凡例について次のように説明している（架蔵本に該当するものだけとした）。

一　語法に、一言数語に分るものあり。数語一言に帰するものあり。皆、変線を印して、これを知らしむ

╭は、左より下の語へつづく所なり

╰は、左より上の語の帰する所なり

╮は、右より下の語へつづく所なり

╯は、右より上の語の帰する所なり

一二三四╮╮╮╮如此上に印せるは、繁重にして混れ易き所なり

一二三四╰╰╰╰如此下に印せるは、上の数語の一に帰する所なり

一　句格に、起結、複起、直結の三種あること、本条に弁へたるが如し。其の中に、文詞、及、詞を挟めるものあり。これすなはち、句の中の句なり。又、其の詞の中に、復、詞を挟めるものあり。これを、復詞といふ。これすなはち、詞中の詞なり。（中略）皆、符号をもてこれを分てり

△は、起なり　△△は、復起なり

▲は、結なり　○は、直結なり

〽は、文詞及詞の首めなり」は、文詞及詞の終りなり

〽〽は復詞の首めなり」は、復詞の終りなり

∩は、文詞及詞の起なり　∪は、文詞及詞の復起なり

∪は、文詞及詞の結なり　▯は、文詞及詞の直結なり

﹃は、復詞の起なり　﹃﹃は、復詞の復起なり

﹄は、復詞の結なり　﹃﹄は、復詞の直結なり

〇〽∩云々、如此合せ印したるは、右の〇は、文の直結、左の∩は詞の起なり
〽回∪云々、如此合せ印したるは、上の∪は詞の結なり。下の回は復詞の直結なり。此の他、合せ印せるもの、
皆、此の例と知るへし

なお、これに関連して同著の「句格」の項で次のように述べている。

句とは、長くも短くも、結び成せる語(コトバ)の断(キ)れ居りて、其の意の絶ゆるものをいふ。凡、文をかゝむとするには、先、此の句を作る格を学ぶべし。句を作る格を得れば、章を成(トヽノ)ふる法を得べきなり。然れば、句格は章法の本、文法の始めなり。（中略）其の格、大方三つなり。其の一つには、起し結ぶなり。先言ひ起して、後に結ぶをいふ。二つには、復起(フタタビオコ)して結ぶなり。上の起し語を受けて、更に復起して結ぶをいふ。三つには直(タヾチ)に結ぶなり。起し語無くして、直に結ぶをいふなり。

また、「国文学柱一」の「章法」の項では、

章はくだりなり。前条の格をもて句を作りて、言ひ連けもて行く間の節々なり。こは、春夏秋冬の四季あるが如くにて、起し、進め、成し、収むる等の四種ある事、上文法の條に弁(イ)へるが如し、起すとは、春の気の万物を発生せしむるが如く、先一篇の大旨を言起すをいふ。進むとは、夏の気の万物を成長繁茂せしむるが如く、言起したる義意を説進めて、猶詳細(クハシ)くするをいふ。成すとは、秋の気の万物を成熟せしむるが如く、説進めたる義意を調成(トヽノ)ふるをいふ。収むるとは、冬の気の万物を収蔵せしむるが如く、調成へたる義意を、結収(ムスビヲサ)むるをいふ。これを章を成す法とす。又、これに、発端と結尾を加へて六章とするも常の事なり。（中略）▯立は、端を発くなり。言▯は、説を起すなり。▯卩言は、附けて、説を起すなり。▯欠言は、次ぎて説を起すなり。▯二言は、再説を起すなり。▯尺は、前句を釈くなり。▯欠尺は、次ぎて釈くなり。▯二尺は、再前句を釈くなり。糸は、前説を結ぶなり。尸▯は、

　　結尾なり。

と、章の説明とその働きを示す符号について述べる。

また、綾語についても先程の「句格」の項で次のように説明している。

　綾語は、句を成すに、最も用あるものなり。長句は更なり。短句なりとも、其のかきつゞくる勢に従りては、無くて叶はぬものなり。

そして、その中の畳語、重語について、

　▲畳語

　畳語とは、上下に語を畳み成せるをいふ。これは、上の語尾の音、第二韻、或は、第四韻いはゆる連用言下の語尾の音、第三韻いはゆる截断言、連体言。にして、それより、次の言辞へ続くを定格とす。

　△重語とは、語を重ぬるをいふ。

と定義づけている。これらの外に文の終わりを示す□・⊐、主に辞を示す⊓⊔・⊓・⊔がある。また、架蔵本には文の続き方を示す⌋⌊⌋など、朱書による符号が本文右側、並びに左側にみられ、句読の正確を期している。

　次に、前にもふれたように権田直助の伊勢物語研究については、田中宗作氏の論があり、その中で新資料として紹介された直助書入本「伊勢物語」と架蔵本伊勢物語文格とがきわめて深い関係にあることに注目をしたい。この本の底本になっているのは「頭書伊勢物語抄」の延宝七年版の後刷本で、氏が論文の中で引用された事柄の多くに共通している。ただ、そこにみられないものに、8・9段（9オ～12オ）にある動詞の種類、活用形等に関する注記がある。これが直助書入本「伊勢物語」に存在したか否かは今の段階では明らかでない。また架蔵本には多くのミセケチがみられる。田中氏は一箇所引かれており、[7] 架蔵本はこれに共通している。おそらく直助書入本「伊勢物語」はこれ以外にも存在していたのであろう。架蔵本のミセケチには注目すべき点がみられる。そこで、その概観をしておきたい。それらを一覧表にすると次のようになる。

番号	章段	頁	ミセケチ	共通本文、及び類似本文、異文
1	1	4オ	男のきたりけるかりぎぬのすそを	塗・新・相
2	〃	4ウ	かりぎぬをなむきたりきたりける	ナシ
3	4	6オ	十日ばかりのほどに	ナシ ばかりに（消・新） ばかり（大・神）
4	6	8ウ	とゞめて、取りかへしたまうてけり。	ナシ
5	〃	〃	鬼とは云ふ也けり。	消
6	〃	〃	后のたゞにおはしける時	ナシ きさきのたゝ人に（承）
7	〃	〃	おはしける時か（の事なり）とや	ナシ
8	14	14オ	せちに思へる心（けしき）なむみえける。	塗

9	〃	14ウ	といへるに〔ひけり〕をとこ、京へなむ	ナシ いひける（塗）
10	〃	15オ	よろこぼひて、思ひけらし〔り〱〕とぞ	塗・新
11	16	16オ	手を折りてあひ見しこと〔へにけるとし〕をかぞふれば	大・神・塗・新 あひみしとし（相）
12	18	17ウ	をりける人の、袖かとも〔ぞ〕見ゆ〔る〕	塗・新
13	19	〃	あひしりたりける、〔て〕	新
14	〃	〃	男はあるものかとも〔に〕	塗・新
15	21	18ウ	さるを、いかなる事かありけむ〔いかゞしけむ〕	ナシ
16	〃	19オ	出でゝいなば、心かる〔ろ〕しと	塗・大・新・相
17	〃	〃	いづこをはかりとも	大・塗・泉
18	〃	〃	覚えざりければ、帰り入りて	ナシ
19	〃	19ウ	思ふ〔ひ〕かひ、なき世なりけり	ナシ
20	〃	20オ	身のはかなくも、成りにける〔ぬべき〕かな	塗・新
21	23	21オ	女は女は此の男をと思ひつゝ	ナシ

22	〃	22ウ	たのまぬ物の、こひつゝぞふ〔を〕る	塗・新 ぬ(相)
23	24	23オ	別れをしみて行に〔き〕けるまゝに	大・神・塗・泉・相
24	〃	〃	此〔か〕の男きたりけり	新
25	27	24ウ	手あらふ所にぬきすを	ナシ
26	〃	〃	ぬきすをうちやりて〔とりてなげすてければ〕	塗・新
27	〃	〃	たらひのかげに見えけるを、みづから〔水になくかげのうつりけるを・て〕	ナシ 水になくかけの見えけるをみつから（新・塗） 水のかけにみえけるを（泉） かけのみえけるをみつから（相）
28	28	25オ	水もらさじと結〔ちぎり〕ひしものを	肖・最・神・塗・新・相・相 契し（泉）
29	31	25ウ	よしや、草葉よ〔の〕	承・肖・最・時・塗・新・相
30	〃	〃	ならむさが見むといふ〔いひければ〕。	塗・新 いふを（大・神・泉）
31	34	26ウ	いはねばむねに〔の〕さわがれて	塗・新
32	〃	〃	おもなく〔ひく〕ていへるなるべし	大・神・塗・泉・新

33	35	27オ	心にもあらでたえたる人（女）の	塗
34	36	〃	たへむと人に（を）我が思はなくに	塗・新
35	39	28オ	たかい（き）こと申す、いまそかりけり。	ナシ
36	〃	28ウ	火にや見ゆらむともし（おもひて）けちなむ	新
37	〃	〃	なむ（と）すけると（さ）て、	新
38	〃	〃	かぎり成るべき（し）	新
39	〃	〃	ともしけち（つき）、年へぬるかと	新
40	〃	29オ	なくぞ聞ゆる。ともしけち（火の）、	新 ひの（大・相）
41	40	〃	おひやらむとす（いふ）	塗
42	〃	〃	心いきほひなかりければ（くて）、	塗・新
43	〃	29ウ	涙をながせども、とゞむるよし（ちから）なし	塗
44	〃	〃	出ていな（いとひて）ば、誰か別れの、	大・神・塗・新
45	〃	30オ	しんじち（まこと）にたえ入りにければ、	大・神・塗・泉・新・相
46	42	31オ	いかではたえあるましかり（らざ）けり。	大・神・塗

47	〃	〃	ふつか三日ばかりさはる事有りて	ナシ
48	43	31ウ	めぐみつかう結ひけるを、（り）	塗・新
49	〃	〃	人（いと）なまめきて有りけるを	塗・新
50	44	32オ	よびて、（たりけるに）うとき人にしあらざりければ、	塗・新
51	45	33オ	いとあつきころほひに、	ナシ
52	〃	33ウ	ゆく（とぶ）蛍、雲の上まで、いぬべくは、	新
53	46	〃	えたいめんせで月日のへにけること、	大・神・泉・新
54	〃	34オ	わすれやし給ひにけむ	大・泉・新・相
55	47	〃	つれなき（さ）のみまさりつゝ	大方ノ伝本
56	〃	34ウ	引く手あまたに、成りぬ（きこゆ）れば、	塗・新
57	48	〃	人（日ひと日）をまちけるに、こざりければ	大・塗
58	49	35オ	おかしけなり（るがきんひき）けるを見をりて	新
59	〃	〃	ときこへけり返し	新
60	50	35ウ	思はぬ人を思ふ物かは（いかゞたのまむ人のこゝろを）といへりければ	塗・新 ひとのこゝろをいかゝたのまむ（神）

61	〃	〃	又女返し	ナシ
62	〃	〃	又おとこ行く水と過ぐるよはひと散る花といつれまててふことを聞くらむ	真・新
63	52	36オ	昔、男有りけり	ナシ
64	53	36ウ	いかでかは（く）鳥の鳴くらむ	塗 ゆく（新）
65	55	〃	思ひかけたる女の（を）えうまじう	ナシ
66	58	37ウ	昔、心つきて（なき）色このみなる男、	新
67	〃	〃	こともなき女どもの（ありけり）ゐ中なりければ	塗・新
68	〃	〃	田からむ（す）とて	塗・神・泉・新・相
69	〃	〃	この男のあるを見て	ナシ
70	〃	38オ	此の宮にあつまりきゐて	塗・新
71	59	38ウ	ひんがし山にすまむと思ひ入りて	大方ノ伝本
72	〃	〃	となむいひていきいでたりける	塗・新
73	60	〃	心もまめならざりける（れば）ほどの、	塗・新

74	〃	39オ	とらせて出したりける（然）に	ナシ
75	〃	〃	山に入りてぞ有りける（にける）	塗・新
76	61	39ウ	色このむとい（なり）ふすきものと	新 なる（塗）
77	63	40ウ	ゆめかたりをす。子（むすこ）三人をよびて	塗・新
78	〃	41オ	道にて馬の口をとりて	塗・新
79	64	42オ	ひまもとめつゝ入るべき（らまし）ものを	塗・最・新
80	65	〃	おほみやすん所とて、	塗・神・大・新・相
81	〃	44オ	此（か）の女の（をば御）いとこのみやす所、	ナシ かの女をは（大・神・新） あの女をは（塗） この女をは（泉・相）
82	〃	〃	女をばまかでさせて、	塗・神・新
83	〃	44ウ	此の女はくらにこもりながら、	塗・大・神・新
84	〃	〃	それにぞあなる	ナシ
85	〃	〃	逢ひみるべきにもあらでなむありける	塗

86	〃	〃	身をしらずして（ば）	塗・神・新
87	〃	〃	ありきつゝ人の国にありきてかくうたふ	塗・新
88	66	45オ	なにはづを、今朝（日）こそみつの、	塗・新
89	69	46オ	かの伊勢の斎宮なりける人	新
90	〃	46ウ	いたはれといひやれりければ（り）、	塗・新
91	〃	〃	女もはたいとあはじとも	塗・大・神
92	〃	〃	女もはたいとあはじとも	新
93	〃	47オ	何事もかたら・はぬ（ひあへ）・・に（ほと）	塗・新
94	〃	48オ	あひ（ふ）こともえせで、	新
95	〃	〃	その盃のさら（う）に、	塗・新
96	70	48ウ	みるめかるかたや（は）いつこぞ	塗・新
97	71	49オ	わたくしことにと（て）	大方ノ伝本
98	74	49ウ	かさなる山に（はへたて）あらねども	塗・新・泉・相
99	75	50オ	つれ（ね）なく（ら）ばしほひ塩みち	塗・泉・新・相　つね（れ）なら（く）は（大）

100	76	50ウ	人々の（に）ろく給はるついでに	ナシ
101	〃	〃	ろく給はる（りけ）ついでに	塗・新
102	〃	〃	神代のことも（を）思ひいづらめ	新
103	77	51オ	たかきこと申すみ（い）まそかりけり	消・最・大・新
104	〃	〃	その（れ）うせ給ひて後の御わざ	大方ノ伝本
105	〃	51ウ	それ（のころ）を右大将にいまそかりける	新
106	78	52ウ	みこよろこび給ふ（ひ）て、	新
107	〃	〃	ある人のみさうしの前のみぞに	ナシ 人の（塗）
108	〃	53オ	右うまのかみなりける人のをなむ、	大・神・新
109	80	54オ	その日雨そぼふるに、	ナシ 「その日」マデナシ（新）
110	〃	〃	折りて奉らす（る）とてよめる	大・泉・塗・新・相
111	〃	〃	しひて折りつる年のうちに（ふぢの花）	ナシ ふちのはな（神） 藤はな（塗） 藤の花（新）

112	81	〃	菊の花うつろひ（へる）さかり	新
113	〃	54ウ	さかりなるに、	新
114	82	55ウ	なぎさのいへ、その院の桜	肖・塗・新
115	〃	〃	右馬のかみなりける人	塗・新
116	〃	〃	絶えて桜のなかりせば（さかざら）、	塗・新
117	〃	56ウ	かのむまのかみ、よみてたてまつりける	塗・新
118	〃	〃	みこ哥を返す〳〵（ときこへければこの哥みて）ずし給ひて	ナシ ときこゑければ、この歌をみこ（塗） と聞えければ、此歌をみこ（新）
119	〃	57オ	山のはなくば、月もいらじを（かくれ）	塗・新
120	83	57ウ	右馬頭なる翁つかうまつれり。	新 むま（大・神）
121	〃	58オ	御ぐしおろし給ふて（させ給ひて、小野といふ所にすみ給ひ）けり。	塗・新タダシ小異アリ
122	〃	〃	をがみ奉らむとて、小野にまうでたるに	塗・新
123	84	58ウ	母なむ宮（みこ）なりける。	大・神・塗・新
124	〃	〃	ひとつ（り）子にさへ有りければ、	塗・新

125	〃	〃	かのこいたううちなきてよめる（となむありけるこれを見て馬にものりあへずまゐるとていとたうなきてみちすがらおもひける）	塗・新タダシ小異アリ
126	85	〃	おほやけの（に）宮づかへしければ、	塗・新
127	86	60オ	女のもとに（より）猶心さしはたさむとや思ひけむ（この事とげむといへりければ）	塗・新タダシ小異アリ
128	〃	〃	男も女も（の）あひはなれぬ宮づかへに	新
129	87	61オ	長（高）さ廾丈ひろさ五丈	為・時・大・神・塗・泉・新・相
130	〃	61ウ	涙の瀧（玉）といづれたかけむ	新
131	90	63オ	うたかはしさ（か）りければ	大方ノ伝本
132	91	63ウ	三月の晦日がたに	塗・新
133	94	65オ	ろうじてよみてやれりける時は、	新・泉
134	96	66オ	爰かしこより（女のちゝ）その人の許へ	新
135	〃	〃	その人の許へ（に）いなむずなりとて（くべかなる事をきゝのゝしりて）	ナシ にいくべかなりとききて、いひののしりて（塗） にいくべかなる事きゝて、いひのゝしりて（新）
136	〃	〃	むかへにきたりたり（ければ）。	塗・新

137	〃	66ウ	されば、此の女、かへでの	塗・新
138	〃	〃	書きつけておこせたり［おく］	新 をく（塗）
139	〃	〃	かしこより、人おこせ［さ］は、	ナシ
140	〃	〃	さてやがて後、	塗・新
141	〃	〃	つひにけふまでしらず	塗・新
142	102	69ウ	よのなかを思ひうんじて	塗
143	〃	70オ	となむいひやりける。斎宮のみやなり	塗・新
144	103	〃	深草のみかどになむつかうまつりける	新
145	〃	〃	みこたちの使給ひける人［女］を、	新
146	〃	〃	あひいへ［し］りけり。	塗・新
147	104	70ウ	あまになれる［りけ］人有りけり。	良・最・新
148	105	71オ	いとなめ［ねた］しと思ひけれど、	塗・新
149	107	〃	昔、あてなる男有りけり。	新
150	〃	71ウ	男のもとなりける人を［にこたちありけりそれを］	塗・新

151	〃	〃	内記に有（な）りける藤原のとしゆき	新
152	〃	〃	されど（此の女かほかたちはよけれど）、まだわかければ、	塗・新タダシ小異アリ
153	〃	〃	返しれいの男、女にかはりて	塗・新
154	〃	72オ	今までまきてふばこに入れてありくと	ナシ ふみばこにいれてもて（塗・新）
155	〃	〃	ありとなむ（ぞ）いふなる。	塗・新
156	111	73ウ	なくなりにける（たる女）を	ナシ
157	〃	〃	下ひもの、しるしとするを、とけなくに、かたるかことは、恋ひすぞ有るべき。又返し／恋ひしとは、さらにもいはじ。下紐の、とけむを人は、それとしらなむ。	ナシ 「いにしへは」ノ歌ヲ別段ニシテイル（塗） 「した紐の」ノ歌ト「恋ひしとは」ノ歌ガ逆ニナッテイル（新）
158	116	75オ	みゆる小島のはまびさし（ひさぎ）	神・真・新
159	118	75ウ	たへぬ心の（言の葉）、うれしげもなし。	大・新タダシ小異アリ
160	119	76オ	昔、女のあだなる男の	神・塗・新
161	123	77オ	住みこし里（やど）を、出でゝいなば、	塗・新

（注）傍線部分はミセケチの箇所、その傍らに訂正本文を記した。伝本略号は以下の通り。
　承（承久本）　肖（伝肖柏筆本）　最（最福寺本）　時（時頼本）　為（伝為相筆本）
　良（伝良経筆本）　大（大島本）　神（神宮文庫本）　塗（塗籠本）　真（真名本）
　相（伝為相筆本・広本）　泉（泉州本）　新（伊勢物語新釈本文）
　本文は承久本から真名本までが『伊勢物語に就きての研究　校本篇』及び同著の『校本補遺篇』に、泉州本が翻刻本に、伊勢物語新釈本文が板本にそれぞれ拠っている。

書写する際の誤写により抹消しているのは（2）（21）の一箇所のみで、残りは抹消しているものの、訂正の本文（以下、訂正本文と略称）を傍書している。前者は墨で抹消しているが、後者は朱でそうしている。これは解釈する上で妥当な本文を採用しようという意図があってのことであろう。事実、訂正本文は伊勢物語の伝本（注釈書も含める）をもとにしているようである。

訂正本文がいずれの伝本と共通しているかをみると、その多くが「伊勢物語新釈」本文と共通している。塗籠本とも共通している箇所も多いが、例えば塗籠本が有していない39段をみると、一覧表の（36）～（40）のように「伊勢物語新釈」本文に共通している。「伊勢物語新釈」本文と塗籠本との共通箇所が多いのは「伊勢物語新釈」の著者、藤井高尚が塗籠本に重きを置いていたことにほかならない。[8]

「伊勢物語新釈」本文と共通していないのは四十二箇所である。このうち（5）（8）（17）（23）（33）（41）（43）（46）（57）（64）（85）（91）は塗籠本を主とした他の伝本と共通している。残りは共通する伝本がみられない。ただ、この中で（27）（81）（111）（118）（135）をみると、訂正本文は「伊勢物語新釈」本文を含めた伝本に近似している。また、（157）は歌二首を抹消しているが、下の欄に記したように塗籠本と「伊勢物語新釈」本文においても異同があり、何らかの関係があるのであろうか。

架蔵本のミセケチについて一通りみてきた。その結果、訂正本文は「伊勢物語新釈」本文が主になっていた。これは「伊勢物語新釈」が絶大な影響力をもっていたことを示していよう。(9)ただ、「伊勢物語新釈」本文以外の伝本と共通している箇所もあるし、またいずれの伝本とも共通していない箇所もある。これらをどう考えたらよいのか、今後の詳細な研究が必要となることはいうまでもない。この外、架蔵本には様々な語句の傍書がみられる。これについても後考を待ちたい。

＊　＊　＊

田中宗作氏は権田直助書入本「伊勢物語」を新資料として世に紹介され、権田直助の伊勢物語研究に先鞭をつけられた。しかし、残念なことに今日に至ってもその全容を知ることはできない。この度、幸いにもそれと関係の深い架蔵本の出現により、多少なりとも危惧の念を払拭できたように思う。

江戸末期から明治初期の激動の時期にあって、権田直助は旺盛な研究意欲を持ち、伊勢物語の文章を独特な方法で分析、研究している。その内容や価値については今後の研究に待ちたいが、その際、架蔵本が有益な資料になることを願いつつ筆を擱く。

注

（1）田中宗作氏「権田直助と「伊勢物語」――「国文学柱」・「国文句読考」と直助書入本「伊勢物語」との関係――」（「日本大学世田谷教養部紀要」５輯、昭和31・12。後に『伊勢物語研究史の研究』〈桜楓社、昭和40・10、〔再版〕パルトス社、平成3・10〉に再録)。

(2) 岩波書店、平成元・9。続編の『古典籍総合目録―国書総目録続編　第一巻　あ―し』(岩波書店、平成2・2)にもみられない。

(3) 注(1)に同じ。以下、断わらない限り同論文による。

(4) 和装二冊本、門人増田稲麻呂・逸見仲三郎共校、出版人柳瀬喜兵衛、明治18・5。

(5) 和装一冊本、出版人近藤圭造、明治20・10。〔増補訂正版〕増補訂正者逸見仲三郎、発行元近藤活版所、明治28・7。

(6) 「筑波書店古書目録」87号。

(7) ミセケチ一覧表の(121)。ただし、訂正本文がいずれの伝本に共通しているかについてはふれられていない。

(8) 田中宗作氏「伊勢物語新釈本文の註釈史上における位置と価値」(「日本大学文学部研究年報(昭和二十六年度)」2輯。後に『伊勢物語研究史の研究』に再録)。

(9) 注(8)に同じ。

名越屋權田翁撰伊勢物語文格初丁押帋

凡起結分界とてにをはぞぞでばの八つの辞にかゝる事なり。然あれども

△起　▲結　分界

右八つの辞あれど必分るとはいふにはあらず。語意を考へて定むべきなり。そは

初段「△うひかうぶりして・ならの京かすがのさとにしるよしして・▲かりにいにけり」此の如くで重りたるは始めのでは措きて末のでにて分るゝものと知るべし

四段「△ひんがしの五条におほきさいのみやおはしましける西のたいに▲すむ人ありけり」此もにの重りたるにて上のでの重りたるに同じ

二段「△うちものかたらひてかへりきて・▲いかゞ思ひけむ　是も上に同じ

四段「△又の年のむ月に梅の花ざかりにこぞをこひていきて・たちてみ会ゐてみれど・▲こぞににるべくもあらず　此は起となるべき辞六つ重れり語意

・のわかる所を考へて定むべし此の如きを大方復起の格とあるなり

衛霊公篇　子曰。吾嘗終日不食。終夜不寝。以思。無益。不如学

凡起と結との分界ハてにをハとどでバの八つの詞にある事なり其が中に、時に、後に、事ハなどの詞を合せて略する下に結とすなきも詞あり詞なしとも同格なり但

文に上つ世の體あり。中つ世の風あり。近つ世乃姿あり。上つ世の體とハ奈良の京より以往の祝詞宣命古事記等の文をいふ。中つ世の風とは山城の京より以降の竹取伊勢うつぼ落窪大和源氏等の物語及草子日記の類をいふ。近つ世の姿とは慶長元和の頃より近歳に至る諸家の文をいふ。其が中に近つ世の文ハ其の人々にてなりにて善きも無きにハあらざれども法とすべきもの少し。然れども上つ世の體を学ぶべきにといふに、そは最高く遠くして容易く学び得べきにあらず。然れども中つ世の風より学ぶべきにといふにこも亦うなれとうなれど源氏ハ源氏の風ありて其の趣各々異なりこを何故ぞといふに上古は天地初發の時々より神々の御言語の上に自然の法あり格ありて言ひと言ひ語りと語る御言語に備在まりけむを人の世と成りて其を文にうつしぬるも仍其の法と格とハ失ハざりしなるべし。所謂上つ世の文是なり。然るを世の降ち行くゆゑハ其の自然の法も格もハ漸々に忘れ行きて各自心の趣くまにしかき出でしからに其の文大く降りて種々の體さへの姿もハ成れりけむかし。是即中つ世の文なりけり。其が中に竹取伊勢の二つの物語ぞしも古くより物語書の始めの祖とも以するが如くなれバ上つ世の體の傳り存れるも此の二つの物語になむ有るべき。故まづ此の二書より学ぶぞ善しとぞ抑此の二書のさまを考ふるにまづ竹取ハ作為の風あり伊勢ハ伊勢の姿ありて大く異なり伊勢ハ言語を綾なせし所少くして氣高く竹取ハ言語を綾なしゝ所多くして穏和なるを竹取ハ文長く伊勢ハ文短し然異なる所ハあれども其の法も格もの備在れるものハ全異ならざるなり。されバ何れを先にし何れを後にせむもいふに長きハ成難く短きハ成易しかれバまづ伊勢物語より学ぶべきなり

伊勢物語の文體を考ふるに物語もハ云ふべし他の物語書もハ大く異

りて事を記せる方ハ疎略にして歌の方を主とせるが如し。然るを段毎に事をバ盡さゞる所多かるを歌をバ必記して洩すこと無し又事にてとぢめたるも少く歌もてとぢめたる多きをもて然知られたり。されば皆がら歌の序と見ても難けなきに似たり。如此てこれを分別て見れハ大方八種に分れたり。其の一つには正格体二つにハ略格体三つには未正格体四つには大略格五つには歌序体六つにハ歌序異格体七つには贈答歌序体八つには贈答歌序異格体なり其が中に歌序体以下ハ普通の文には用うべかりけ此の文を學ぶの凡六種あり其の一つには語格を志るすなり二つには句や讀を切るなり三つには句格を志るすなり。四つには長句の格を志るすなり。五つにハ言語の序次を志る事あり。六つには文法を志るすなり。語格を志るすは詞の經緯圖や詞の眞澄鏡やに從るべく句や讀を切るハ句讀考に從ふべく句格長句の格言語の序次文法等を志る事は國文學柱に從ひて學ぶべきなり

伊勢物語

本文ノ旁ニ朱モテ平カナガキニ書キソヘタル文ハ箋本ノ本文ヲ取レリ所々片カナニテ辞ヲ書キソヘタルハ同本ノ本文中ノ注ナリ

本文ノ字ノ傍ニ㊫如此圏中ニ片カナニテ眉ケル辞ハ愚案ノ含詞ナリ又平假字ニテ助字ヲソヘタルハ愚案ナリ

正格

第一

昔。男[発端]うひかうぶりして、ならの京、かすがの里にしるよしして、かりにいにけり。その里にいとなまめいたる女はらからすみけり。此。の男かいまみてけり。おもほえず、ふるさとにいとはしたなくて有りければ、心地まどひにけり。男のきたりけるかりぎぬのすそをきりて、歌を書きてやる。其。の男しのぶずりのかりぎぬをなむきたりける

如此てヲ重ネテ云ヘルハ古文ノ格ナリ下コレニナラヘ

●てニツかさねたり

●たり近く重レリ

●てニツ

二

（4オ）

けり』

△春日の、若紫のすり衣しのぶのみだれかぎりしられず」となむ、おいづき〔老付〕て、いひやりける。〔成〕『ついでおもしろきことゝもや〔オモナシ〕おもひけむ〔収〕』カクヨメルハ―

〔尺〕みちのくのしのぶもぢずり、誰ゆゑに、乱れ初めにし我ならなくに」といふ哥の心ばへなり』〔結〕むかし人は、かくいちはやきみやびをなむしける』〔結尾〕

如此六段ニトヽノヒタルヲ正格トス

第二　略格体　むかし男有りけり〔発端〕』△ならの京は

また、此の京ハ人の家まださだまらざりける時に、西の京に女有りけり。其の女、世の人にハまされりけり。其の人のかたちよりハ心なむまさりたりける。ひとりのみもあらざりけらし。〔起〕それを、かのまめ男、うち物がたらひて、かへりきて、いかゞ思ひけん。〔進〕時ハ、弥生のついたち、雨そほふるに、やりける

おきもせず寝もせで夜を明かしては春の物とて詠め暮しつ〔成〕

トナムヨミテヤリケル

ロニ

●にニつかさなれり
●り近く重なり
みヲ重ネテ云ヘり
●て二つかさなれり

○如此起進成收ノ内欠クル所アルヲ略格体ト名ヅクコレハ收ニ当タルモノナキナリ
○如此哥ニテトヂメタルハ歌ヲ主トスル故ナリ下之ニ傚ヘ

第三　歌序異格体

むかし、男ありけり。けさうしたる女のもとに、ひじきもといふ物を
やるとて

此ハ首句ヲ除ケバ普通ノ歌序体ナリ

▲思ひあらばむぐらの宿にねもしなむ
ひじき物には袖をしつゝも（トナムヨミテソヘツカハシケル）二條（コレ△）
のきさきのまだみかどもつかうの
まつり給はで、▲たゞ人にておはしけるは
時のこと也（トゾ）

如此末ニ語ノ加ハリタルヲ異格体ト名ヅク

第四　未至格

むかし、ひんがしの五条に、おほき
さいの宮、おはしましけるに、西のたい（對）にす▲

・み二ツ重ル
如此にヲ重ネテ云フモ古文ノ格ナリ下コレニナラヘ
・て二ツ重ル

む人有りけり〔発端〕それをほいにはあらで、心
ざしふかゝりける人、ゆきとぶらひける
を、む月の十日ばかりのほどに、ほかに
かくれにけり。有り所はきけど、人の行
きかよふべき所にもあらざりければ、
なほうしと思ひつゝなむ有りける〔起〕。
又の年のむ月に、梅の花ざかりに、こ
ぞをこひていきて、たちて見、ゐて見、見れ
ど、こぞに似るべくもあらず〔進〕。うちなきて、
あばらなる板じきに、月のかたぶく

●て三ッ重レリ

までふせりて、こぞをおもひ出でゝよ

める、

此ノ文ココニテ切レテ成トナラデホシキ事ナリ如此疑シキ所アルヲ未定格ト名ヅク下之ニ倣ヘ

月やあらぬ春や昔の春ならぬ我が

身ひとつは、もとの身にして、とよみて、（イタクカハリハテタルコヨ）

●なく〳〵カク重ルトキハ連用言トナル

夜のほの〴〵と明るになく〳〵かへりに

けり（結尾・収）

結尾ノ文ヲ収ニテ兼ネタリ下ニモ多カリ

第五　昔、男有りけり。ひんがしの五条わた（正格）（発端）

りに、いと忍びて行きけり。みそかなる所

なれば、かどよりもえいらで、わらはべのふみ

あけたる、ついひぢのくづれより通ひけ

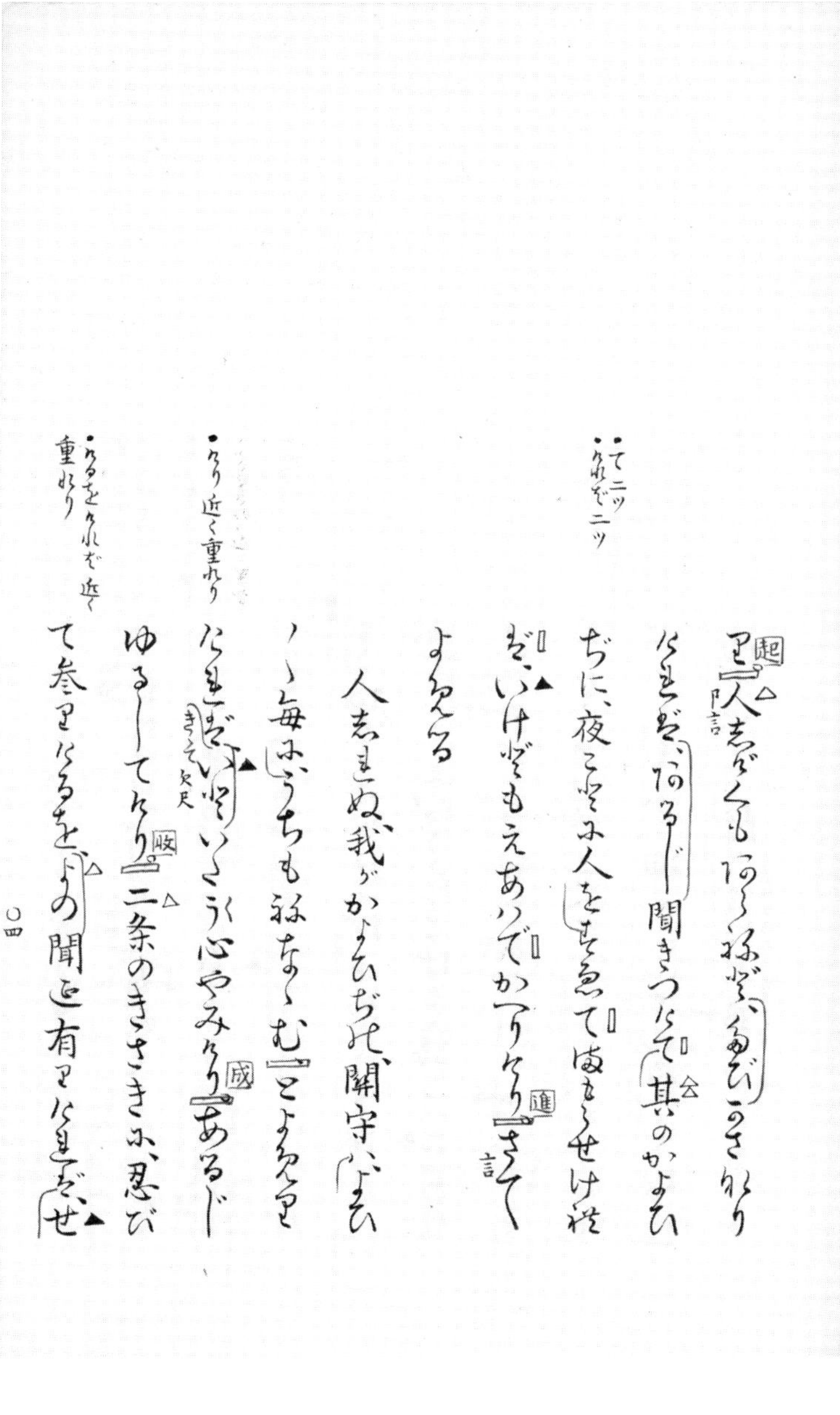
起 り。人しげくもあらねど、たびかさなり
ければ、あるじ聞きつけて、其のかよひ
ぢに、夜ごとに人をすゑて守らせければ
いけどもえあはでかへりけり。さて
よめる
人しれぬ我がかよひぢの関守は、よひ
よひ毎にうちも寝ななむとよめりければ
いといたう心やみけり。あるじ
ゆるしてけり。二条のきさきに忍び
て参りけるを、世の聞え有りければせ

・て二ツ
・ければ二ツ
・けり近く重なり
・けるを・ければ近く重なり

一〇四

うとたちのまもらせ給ひけるとそ　結尾　カタリツタヘタル

第六

正格　むかし男有けり　発端　女のえ得まじかりけるを　言

年をへてよばひわたりけるを　コレハ〜ヲ重ネテイヘリ　からうじてぬすみ出でていとくらきに来けり

あくた川といふ河をゐていきければ　ノホトリ　尺

草の上におきたりける露を　かれはなにぞとなむ男に問ひける　ナル　起　行くさき　二言

きおほく夜も更けにければ　おにある所

とも知らで　神さへいといみじう鳴り

雨もいたう降りければ　コレハ〜ヲ重ネタリ　あばらなるくら

•〜を二ツ重ネタリ

•て二ツ

•〜ぞ二ツ

・て二ツ

「行くさきおほく夜もふけ」コハ事物多ク又綾詞アリテ延ハリタル長句ノ格ナリ

に、女をばおくにおし入れて、男弓やな
ぐひをおひて、戸ぐちにをり。はや夜も
明けなむと思ひつゝゐたりけるに、鬼はや
ひと口にくひてけり。あなやといひけれ
ど、神なるさわぎに、えきかざりけり。やう
〳〵夜もあけ行くに、見れば、ゐてこし
女もなし。あしずりをしてなけども
かひなし。　成

コレモ収ニテ結尾ヲ兼ネタリ実ハ別ニ結尾ノ文アラマホシキ所ナリコレヨリ下ハ全ク後人ノ注文ト見

白玉か何ぞと人のとひし時、露と
答へてきえなまし物を、（キエズシテ此ノ悲ミニアフイヨ）　収結尾　註

○五

エタリ

二条の后の、いとこの女御の、御もとにつかう
まつるやうにてゐ給へりけるを、かたち
のいとめでたくおはしければ、ぬすみ
て、おひて出でたりけるを、御せうと、ほ
り川のおとゞ、たらうくにつねの大納言、
まだげらうにて、内へまゐり給ふに、いみ
じうなく人あるを聞きつけて、とゞめ
て、取りかへしたまうてけり。それをか
く鬼とは云ふ也けり。まだいとわかう
て、后のたゞにおはしける時とや。

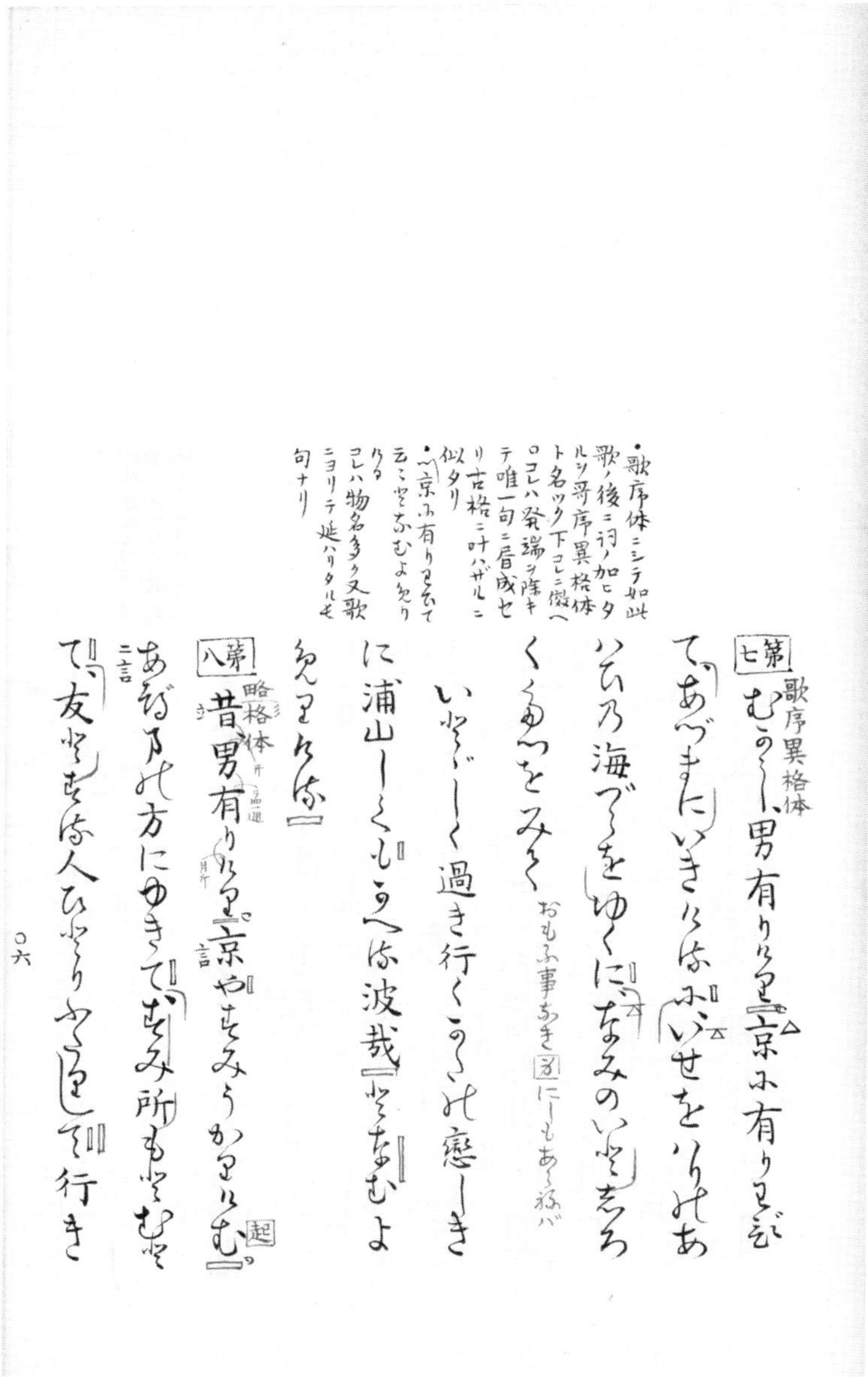

・歌序体ニシテ如此歌ノ後ニ詞ノ加ヒタルシ哥序異格体ト名ツク下コレニ倣ヘ
ロコレハ発端ヲ除キテ唯一句ニ眉成セリ古格ニ叶ハザルニ似タリ
・京に有りわびてと云ことをなむよめりけるコレハ物名多ク又歌ニヨリテ延ハリタルモ句ナリ

第七　歌序異格体
むかし男有りけり京に有りわびてあづまにいきけるにいせをはりのあはひの海づらをゆくになみのいとしろくたつをみて
おもふ事ありける(ころ)にしもあらねば
いとゞしく過ぎ行くかたの戀しきに浦山しくもかへる波哉となむよめりける

第八　略格体
昔男有りけり京やすみうかりけむ（起）あづまの方にゆきてすみ所もとむとて友とする人ひとりふたりして行き

〇六

(9オ)

けり。信濃の國、あさまのたけにけぶり
たつを見て　ヨメル
しなのなるあさまのたけに立つ煙遠
近人のみやはとがめぬ　トナムヨミケル

如此起進成收ノ四格備ハラザルモノヲ略格体ト名ヅク下之ニ倣ヘ

第九　昔男有りけり。其の男身をえうなき
ものに思ひなして京にはあらじあづ
まの方にすむべき國もとめにとて
行きけり。もとより友とする人ひとり
ふたりしていきけり。道しれる人も
なくてまどひいきけり。みかはの國

八ツはしといふ所にいたりぬ。そこを八ツは
しといひけるは、水行く河の、くもでなれ
ば、橋を八ツわたせるによりてなむ、
八はしといひける。其の澤のほとりの
木のかげにおりゐて、かれいひくひけり。
其の澤に、かきつばたいとおもしろく
咲きたり。それを見て、ある人のいはく、（京いまそかりしくおぼえなさられむ）
かきつばたといふ五もじを、句のかみ
にすゑて、旅の心をよめ、といひ
ければよめる

・かきつばたハ云にはかびみなり　コハ言語ト哥トニヨリテ延ハリタルナリ

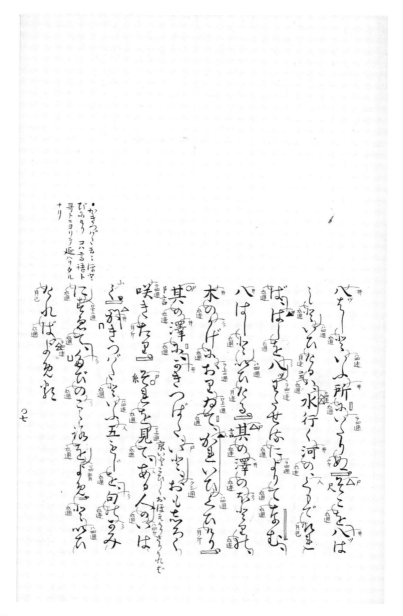

一〇七

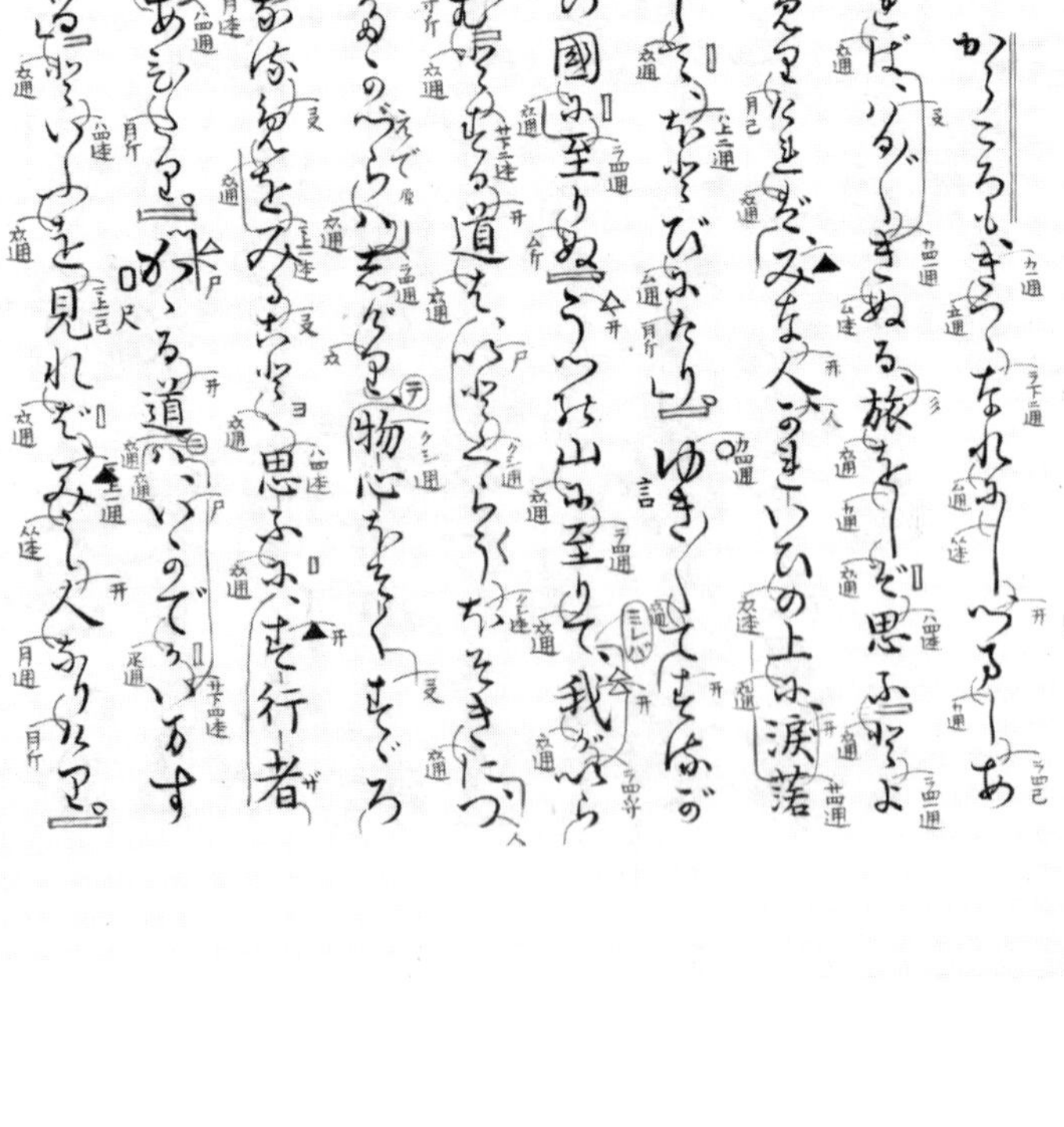

からころもきつゝなれにしつましあ
れば、はる／＼きぬる旅をしぞ思ふとよ
めりければ、みな人かれいひの上に涙落
して、ほとびにけり。ゆき／＼てするがの
国に至りぬ。うつの山に至りて、我いら
むとする道は、いとくらう細きに、つた
かえでは茂り、物心ぼそく、すゞろ
なるめを見ることゝ思ふに、修行者
あひたり。かゝる道は、いかでかいます
るといふを見れば、見し人なりけり。

京に其の人の御もとにとて文かきて
つく。
するがなるうつの山べのうつゝにも夢
にも人にあはぬなりけり　富士の山をみれ
ば五月のつごもりに雪いと白うふれり
時しらぬ山はふじのねいつとてか
のこまだらに雪の降るらむ　それ
山はこゝにたとへばひえの山をはたち
ばかりかさねあげたらむほどして、
なりはしほじりのやうになむ有ける

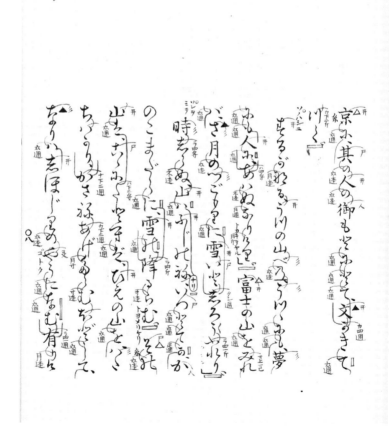

「其の川のほとりには云ゝ京に思ふ人なきにしもあらずまでコハ事繁く詞重りて延りたるなり
•に二ツ

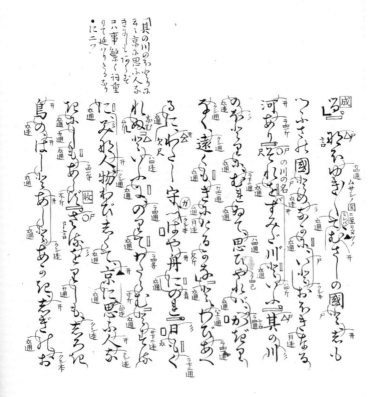

る。成
なほゆき〳〵てむさしの國としも（ムサシノ国ニ至リヌツノ）
つふさの國とのなかにいとおほきなる
河あり。それをすみだ川（の川の名）といふ。其の川
のほとりにむれゐて思ひやれば、かぎりな
く遠くもきにけるかなとわびあへ
るに、わたし守、はや舟にのれ。日もく
れぬといふに、のりてわたらむとするに
みな人物わびしくて、京に思ふ人な
きにしもあらず。さるおりしも、しろ
き鳥のはしとあしとあかき、しぎのおほ

しぎのおほきさなる、水の上にあそびつゝいをゝ

くふ。京には見えぬ鳥なれば、みな

人見しらず。渡守に問ひければ、

これなむみやこ鳥といふを聞きて

名にしおはゞいざこと問はむ「都鳥」

我が思ふ人は有りやなしやとよめ

りければ、舟こぞりてなきにけり

「[illegible]かりにいひけれバ云ゝ舟こぞりてなきにけりコレモ詞ト歌トニヨリテ延ハリタルナリ

第十

昔、男むさしの國までまどひあり

きけり。さて、其の國にある女をよばひ

けり。父はこと人にあはせむといひける

・初段ニその男志のぶずりのかりぎぬをなむきたりけるトアルト同格ナリ

き、母なむ、あてなる人に心つけたりける。
父はなほ人にて、母なむ藤原なりける。
さてなむ、あてなる人にと（アハセム）思ひける。此の
むこがねに、よみておこせたりける。すむ所
なむ、いるまの郡みよしのの里なり
ける。

みよしののたのむのかりもひたぶるに
君が方にぞよると鳴くなる（トナムヨミテオコセタル）むこが
詠返し
我が方によると鳴くなるみよし

（12ウ）

たのむのかりをいつかわすれむと
なむ人の国にても猶かゝる事なむや
まざりけり。［結尾］

［第十一］歌序体
昔男あづまへ行きけるに、友たち共
に、道よりいひおこせける。
忘るなよ程は雲ゐに成りぬとも
空行く月のめぐりあふまで

•如此歌ニカヽル詞ノミナルヲ歌序体ト名ツク下コレニ倣へ

［第十二］略格体
昔男有りけり。［発端］人のむすめをぬすみ
て、むさし野へゐて行くほどに、ぬす人
なりければ、國のかみにからめられに

四十

るゝ女をば草むらの中におきてにげ
にけり 起 みちくる人此の野はぬす人あ
なりとて火つけむとす 進 女わびて
むさし野はけふはなやきそ若草の
つまもこもれり我もこもれりとよ 読
みけるを聞きて女をばとりてともに
ゐていにけり 收

コハふたりヲ重ネタリ
コノ文成ニアタルモノナシ

三十 贈答体
昔むさしなる男京なる女のもとに、
きこゆればはづかし聞えねばくるし
とかきてうはがきにむさしあぶみと

昔むさしなる男云々たへがたきこゝろちゝしなる コハ文詞ト歌トニヨリテ延ハリタルナリ
•て三ツ

かきておこせてのち、おともせず成りにけ
れば、京より女
むさしあぶみさすがにかけて頼むには
とはぬもつらし問ふもうるさしとある
を見てなむ、たへがたき心ちしける
とへばいふとはねばうらむむさしあ
ぶみかゝるをりにや人はしぬらむ

如此贈答ノ歌ノミヘカヽル詞ノミナルヲ贈答体ト名ヅク下之ニ倣ヘ

四十
正格
立
むかし、男みちのくにゝすゞろに行き
発端
言
いたりにけり、そこなる女、京の人はめづら
かにやおぼえけむ、せちに思へる心なむ

〇十一

みえける　さてかの女
中〻に恋にしなずはくはこにぞ成
るべかりける玉のをばかり　哥さへぞひな
びたりけるさすがにあはれとや思ひ
けむいきてねにけり夜ふかく出でに
ければ女
夜も明けばきつにはめなでくたか
けの、まだきに鳴きてせなをやりつる
といへるに京へなむまかると
て

くりはらのあねはの松の人ならば都の
つとにいざといはましを」といへりければ、
▲よろこぼひて、『思ひけらし』とぞいひをり
ける』 収

五十 大略格体 昔みちの国にて、なでうことなき人
のめに通ひけるに、あやしうさやうにて
あるべき女ともあらず見えければ、 ヨミテヤリケル

〔昔みちのくにて云々 おくもみるべくトナム ヨミテヤリケル コレハ歌ニヨリテ延ハリタルナリ

忍ふ山忍びてかよふみちもがな人の
心のおくもみるべく」 トナムヨミテヤリケル 起△ 女、かぎりなくめでたくさ
しも思へど、▲けるさがなきゑびすを心

〇十三

如此起ト收ト二段ニトヽノヒタルヲ大略格ト名ヅク

•それぞそれば

•てニヲ

を見てもいかゞはせむと 収 助

六十 正格 立 むかしきのありつねといふ人有りけ

発端 り。言 みよのみかどにつかうまつりて時に

あひけれど、会 後は世かはり時うつりにけ

（時うつりあへる人にありにけり）

れば、よのつねの人のごともあらず。人がらは 尺

心うつくしう、あてはかなることをこのみ

て、こと人にもにず。尺 まづしくへても、なほ

むかしよかりし時の心ながら、よのつね

のこともしらず。起 尸言 としごろあひなれ

たる女、やうやうとこはなれて、つひにあま

になりて、あねのさきだちてなりける所へ
ゆくを、いとあはれと思ひけれど、まづ
しければ、するわざもなかりけり。思ひわ
びて、ねむごろにあひかたらひける友だち
のもとに、かうかう今はとてまかるを、何事
も、いさゝかなることもえせでつかはすこと
と書きて、おくに
手を折りてあひ見しことをかぞふれ
ば十といひつゝ四つは経にけり。かの友
だちこれを見て、いとあはれと思ひて

けれど　ケレド

思ひわびて云々四つをへにけり　コレハ文詞ト歌トヨリテ延ハリタル

トナムカキテヤリケル

・て三ツ

○十三

よるのもの迄おくりてよめる　会
てヲ重ネテ云ヘルハ古文ノ格ナリ

「かの友だち云こふる みなぞあはれる コハ歌ニヨリテ近ハリタルナリ

年だにも十とてよつはへにけるを
いくたび君を頼みきぬらむ　かくいひや
りたり(たり)ければ▲よろこびにたへて
これやこの、あまのは衣うべし(ナラム)こそ君
がみけし奉りけれ(トナムヨミテオコセケル)。よろこびにたへ
で又

コレモ歌ニテトヂメシリ一段ノ文勢ヲ考フルニ別ニ結尾ノ文アラマホシキコトナリ

秋やくる露やまがふと思ふまで、
あるは涙のふるにぞ有りける(トナムヨミテオコセケル)

七十　贈答体
年比音信ざりける人の、櫻の盛に見

に來りけるをあるじ　よみける

あだなりと名にこそたてれ櫻花（モ）

年にまれなる人も待ちけり　返し

けふ來ずは明日は雪とぞ降りなまし

消えずは有りとも花と見ましや

十八　むかし　贈答体　なま心ある女ありけり男ち

かう有りけり女歌よむ人なりければ心

みむとて菊の花のうつろへるを折りて

男のもとへやる

くれなゐににほふはいづら（ナルゾ）白雪の枝も

一女歌よむ人なりければ　それを云ふ降るとのみぞ見る　コハ歌ニヨリテ延バリタルナリ

〇十四

とをゝに降るかとも見ゆ（トナムヨミテヤリケル）とて。男しら（言）
ずよみによみける
紅に匂ふがうへのしら雪をりける
人の袖かとも見ゆる（トナムヨミテオクリケル）。

十九　むかし男、みやづかへしける女の方に（贈答体）（言）
ごたちなりける人をあひしりたりける。
程もなくかれにけり。おなじ所なれば、
女の目には見ゆる物から、男はあるも
のかとも思ひたらず。女（ヨメル）
あま雲のよそにも人のなりゆくか

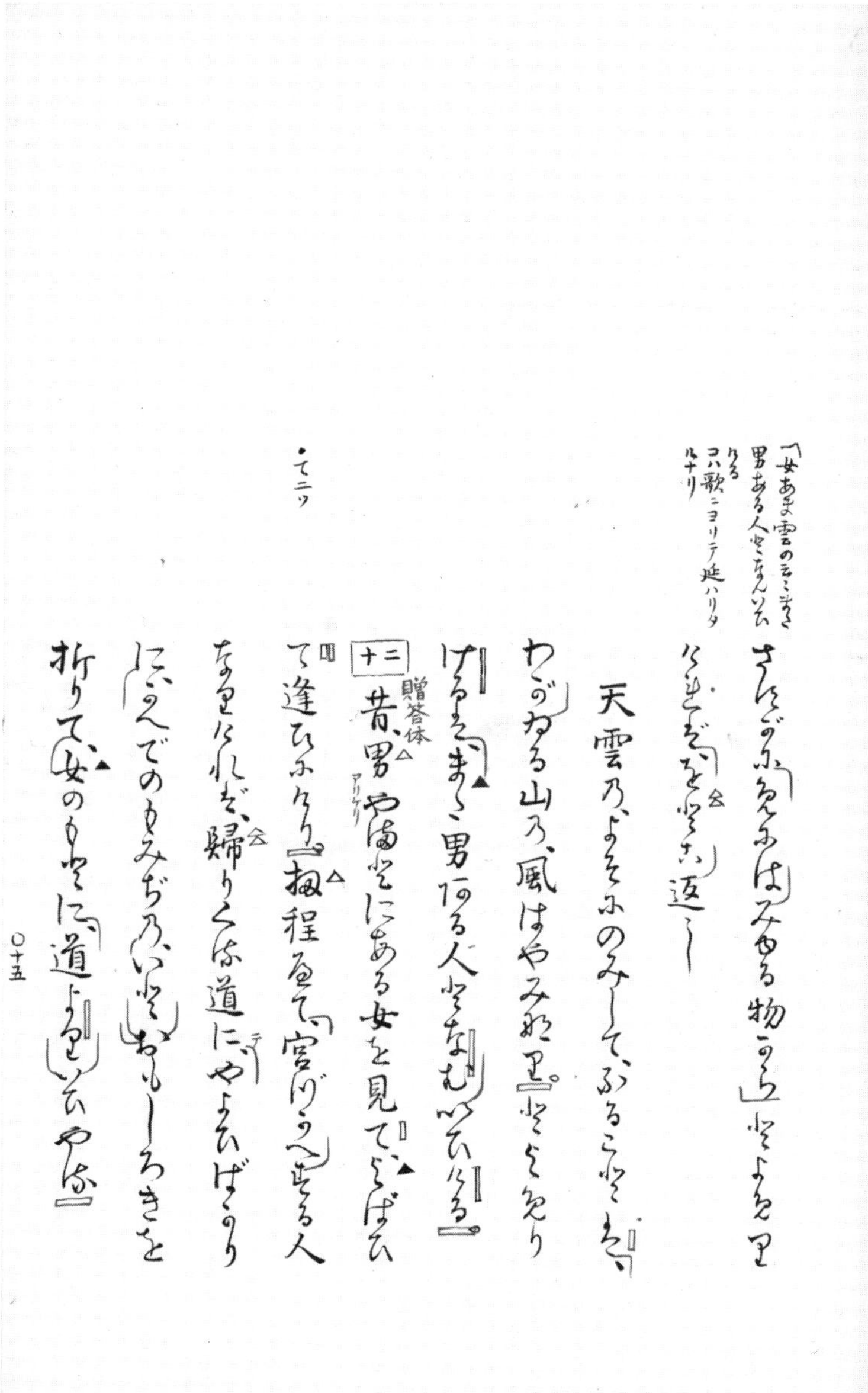
一女あま雲のよそにも
男ある人となんいひ
ける
コハ歌ニヨリテ延ハリタ
ルナリ
さすがにめにはみゆる物から」とよめり
けれバ、をとこ、返し
天雲のよそにのみして、ふることは
わがゐる山の、風はやみなり」とよめり
けるは、また、男ある人となむいひける」
十二　贈答体
昔、男、やまとにある女を見て、よばひ
アリケリ
て逢ひにけり」さて程へて、宮づかへする人
なりければ、帰りくる道に、やよひばかりの
テ
にかへでのもみぢの、いとおもしろきを
折りて、女のもとに、道よりいひやる」
・てニツ
○十五

君がためをれる枝は、春ながら、
かくこそ秋の紅葉になれとてやりた
りければ、返事は京にきつけてなん、
もてきたりける
いつのまにうつろふ色のつきぬらむ君
が里には春なかるらし
一九　昔男女いとかしこく思ひかはして、
ことごころなかりけり。さるをいかなる事か
ありけむ。いささかなることにつけて、よの
中をうしと思ひて、出でていなむと思ひ

・思ひて二ッ

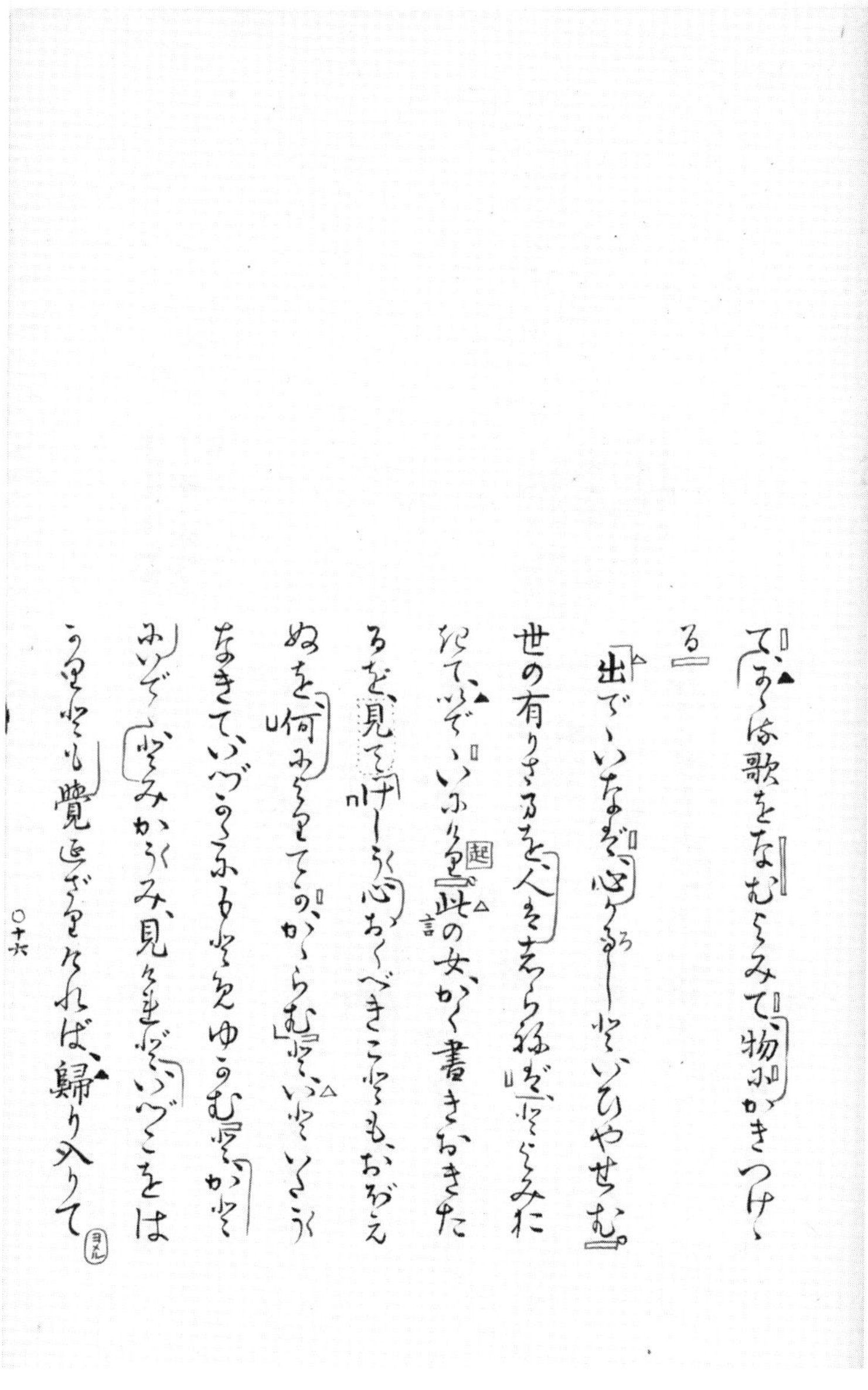
て、おのが歌をなむよみて、物にかきつけゝ
る
出でていなば、心かるしといひやせむ。
世の有りさまを、人はしらねば、とよみお
きて、出でていにけり。此の女、かく書きおきた
るを、見て、けしう心おくべきこともおぼえ
ぬを、何によりてか、かゝらむと、いといたう
なきて、いづ方にもとめゆかむと、かどに
出でて、とみかうみ、見けれど、いづこをは
かりとも覚えざりければ、帰り入りて
起　言　ヨメル
〇十六

（19オ）

思ふ〔ひ〕かひなき世なりけり年月をあだ
にちぎりて我や住ひしといひてながめ
をり

此句起結ノ分界分チ難シ誤脱アルニヤ

人はいさ思ひやすらむ玉かづらおもかげ
にのみいとゞ見えつゝ此の女いとひさし
くありて念じわびてにやありけむいひ
おこせたる

いひおこせたる云こと
らゆく成りまゝり
コハ詞ト歌ト作行トニ
ヨリテ延リタルナリ

今はとて忘るゝ草のたねをだに人の
心にまかせずもがな　返し
忘草うふとだにきく物ならば思ひ

しりもしなまし［成］またまた　ありし

よりけにいひかはして男（トナムヨメリケル）（ヨメル）

忘るらむと思ふ心のうたがひにありし

よりけに物ぞかなしき。（トナムヨメリケル）返し

此ノ段釈所説ナシ贈答体ニ成レル故ナルベシ

なかの空に立ちゐる雲の跡もなく身のは

かなくも成りにけるかな（ぬべき）とはいひけれど、

（会）おのが世々になりにければうとく成りに

けり。［収結尾］

［二九］（正格）（詠）はかなくて絶えにける仲なほ（ヲ）

やわすれざりけむ［起］（二言）女のもとより（ヨミテオコセタル）

〇十七

うきながら人をばえしも忘れねばか
つうらみつゝ猶ぞ戀しきといへりければ、
会
さればよといひて、をとこ　ヨヌル
逢ひみては心ひとつをかはしまの水の　カハス
ながれてたえじとぞ思ふといひけれ
ど、その夜いにけり。いにしへゆくさきのこ　進　言
ゆくもとゆくさきト重ネタリ
事どもなどいひて、　サテヨメル
秋の夜の千夜を一夜になずらへて八千夜し寝ばやあく時のあらむ
かへし
秋の夜の千よを一夜になせりともこと
ば残りて鳥や鳴きなむ。いにしへよりも　トナムヨミケル　成　言
あはれにてなむかよひける　収結尾

女のしわざと云ふいきてねふる也　又
此ノ段釈附読ナシ贈答体ニ成レル故ナルヘシ
上ニ同シ

・されば二ツ

「むかし田舎わたらひ云々きかでなむ有りける」コハ綾語ニヨリテ延ハリタルナリ
○発端ノ文ニハ長キニ過ギタルニ似タリ

「扨この隣の男云々逢ひける」コハ歌ニヨリテ延ハリタルナリ

三廿　正格

むかし田舎わたらひしける人の子ども、
井のもとにいでゝあそびけるを、おとなに
成にければ、男も女もはぢかはしてあり
けれど、男はこの女をこそえめと思ふ。女
は此の男をと思ひつゝ、おやのあはすれ
どもきかでなむ有りける。扨、この隣の
男のもとよりかくなむ
つゝ井筒、ゐつゝにかけしまろがたけ
すぎにけらしないもみざるまに。女返し
くらべこしふりわけがみもかた過ぎぬ。

〇十八

君ならずして、誰かあぐべきなどいひ〳〵
て、つひにほいのごとく逢ひにけり【起】扨、年
比ふる程に、女のおやなく、たよりなく成ける
まゝに、もろともに、いふかひなくてあら
むやはとて、かふち國、たかやすの郡に、
いきかよふ所いできにけり【進】さりければ、
このもとの女、あしと思へるけしきもな
くて出しやりければ、男こと心ありて、
かゝるにやあらむと思ひうたがひて、せん
ざいのなかにかくれゐて、かふちへいぬるか

筒井つゝのこのもとの女云々いうず成り
ありけり
コハ事多ク歌アリテ
延ハリタルナリ

・て三ツ

コノ文三起セルニ似タルハイトメヅラシ

かくてみまだ、此の女、いとよくけさうじて、 会

うちながめて ヨメル

風吹けば、おきつ白波、たつた山、夜はにや、

●て二ツ

君が、ひとりこゆらむとよみけるを聞き

て、かぎりなくかなしと思ひて、かふち

へもいかずなりにけり。成 まれ〱かのたか

コレハ元ノ女ニツケルナリ
下言

やすにきてみれば、はじめこそ心にく〱

△髪をかしらに巻きあげてをれば、おも長やかなる女の

もつくりけれ、今はうちとけて、手づから

●て四ツ

いひがひとりて、けごのうつは物にもりける

をみて、心うがりていかずなりにけり 收

コレハいかずなりにけりヲ重ネタリ

○十九

コレハかうち云〻ノぞきふけりニツケルナリ
△さてかいまみて、かの女、やまとの方をみやり
て、（ヨメル）
君があたり見つゝを居らむいこま山雲
なかくしそ雨は降るとも、といひて
見いだすに、からうじて、やまと人こむといへり
よろこびてまつに、たび〳〵過ぎ
ぬれば、（ヨメル）
君こむといひし夜毎に過ぎぬれば、
たのまぬ物の、こひつゝぞふる、といひけれ
ど、男すまずなりにけり（結尾）

廿四

正格

立

昔、男かたゐなかに住みけり。發端 詰 男宮づかへ

しにとて、別れをしみて行きにけるまゝに、

みとせこざりければ、待ちわびたりけるに、

会 いとねんごろにいひける人に、こよひあはむ

とちぎりたりけるに、この男きたりけり。起

△ この戸あけ給へとたゝきけれど、あけで、

二言 歌をなむよみていだしたりける。

△ あら玉の、年の三とせを、待ちわびて只今

宵こそ、新枕すれ。といひいだしたりければ、

会 梓弓、ま弓つき弓、年をへて、我がせし

●ホニツ

「あら玉の云々男ノへりホタリ コハ歌ニヨリテ延ハリタルナリ

○北

のごとうるはしみせよ。といひていなむ
としければ、女（ヨメル）
コノ句三タビ起レルガ如シ定格ニアラズ
あづさ弓ひけどひかねど昔より心は
君によりにし物をといへど（クチヲシキコヨ）男かへ
りにけり。進 女いとかなしくてしりにたち
ておひゆけど、えおひつかで、清水のある
所にふしにけり。成 そこなりける岩におよ
びのちしてかきつけける
あひ思はでかれぬる人をとゞめかね
我が身は今ぞきえはてぬめるとかき

ゝそこにいたづらになりにけり　牧篭

廿五　贈答体

むかし、男ありけり。あはじともいはざり

ける女の、さすがなりけるがもとにいひやり

ける

「あはじとも云ゝあしたゆくくる
コハ歌ニヨリテ延ハリタルナリ

秋の野にさゝわけし朝の袖よりも

あはでぬるよぞひぢまさりける。色こ

のみなる女返し

みるめなき我が身をうらとしらね

ばやかれなであまのあしたゆくくる

上ニ同シ

廿六　歌序体

昔、男、五条わたりなりける女をえ

○廿一

えずなりにけることゝわびたりける人
の返り事に（ヨメル）
おもほえず袖にみなとのさはぐ哉
もろこし舟のよりしばかりに

上二句ジ

廿七 贈答体
昔、男、女のもとに一夜いきて、またも
いかず成りにければ、女の、手あらふ所
にぬきすをうちやりて、たらひのかげ
に見えけるを、みづから（ヨメル）
我ばかり物おもふ人はまたもあらじ
と思へば水の下にも有りけり『となん

上二句こ

上二句こ

よむを、こざりける男たち聞きつけて（ヨメル）

「みなくちに我や見ゆらむ」かはづさへ水

の下にてもろ声になく」（モノヲ）

廿八 歌序体 昔、色このみなりける女いでゝいにけれ

ば（ヨメル）いふかひなくて男

「などてかくあふごかたみに成りにけむ」

水もらさじと結びしものを」

廿九 歌序体 男 昔、春宮の女御の御方の花の賀

にめしあづけられたりけるに（ヨメル）

〇廿二

上二句シ

花にあかぬなげきはいつもせしかども

けふのこよひに似る時はなし

十三　歌序体　むかしをとこ、人しれぬ物思ひける女の

もとに（ヨミテヤリケル）

逢ふ事は玉のをばかりおもほえて

つらき心のながくみゆらむ

一卌　歌序△異格体　言　昔宮のうちにてあるごたちの

つぼねのまへをわたりけるに、なにのあた

にか思ひけむ、よしや草葉よ（の）ならむ　二言

さがの見む、と（いひたりけれど）いふをとこ（ヨメル）　下言

つみもなき人をうけへは忘草おのか
うへにぞおふといふなるといふをね
たむ女もありけり

卅二　歌序異格体
むかしものいひける女に年ころ
ありて（ヨミテヤリケル）
いにしへのしづのをだまきくりかへし（テ）
昔を今になすよしもがなといへりけれ
どなにとも思はずやありけむ

むかしものいひける女云々思はずや有りけむ　コハ歌ニヨリテ延ハリタルナリ

卅三　贈答異格体
むかし男津の國むばらのこほりにいき
このたびいけるに女このたびいきては又は

女このたび云々こるべき　コハ上ニ同ジ

〇廿三

むかし男ゐなかしきあるきて男 ヨミテヤリタル
蘆辺よりみちくる潮のいやまし
に君に心を思ひますかな返し
こもり江に思ふ心をいかでかは舟
さす棹のさしてしるべきゐなか
人のことにてはよしやあしや

コノ文贈答体ニシテ結尾アリ猶考フベシ

上ニ同シ

四卅 歌序異格体
むかしをとこ、つれなかりける人乃
もとに ヨミテヤリケル
いへばえにいはねば胸にさわがれ
心ひとつになげく頃かなおもなく（ひとゝゝ）

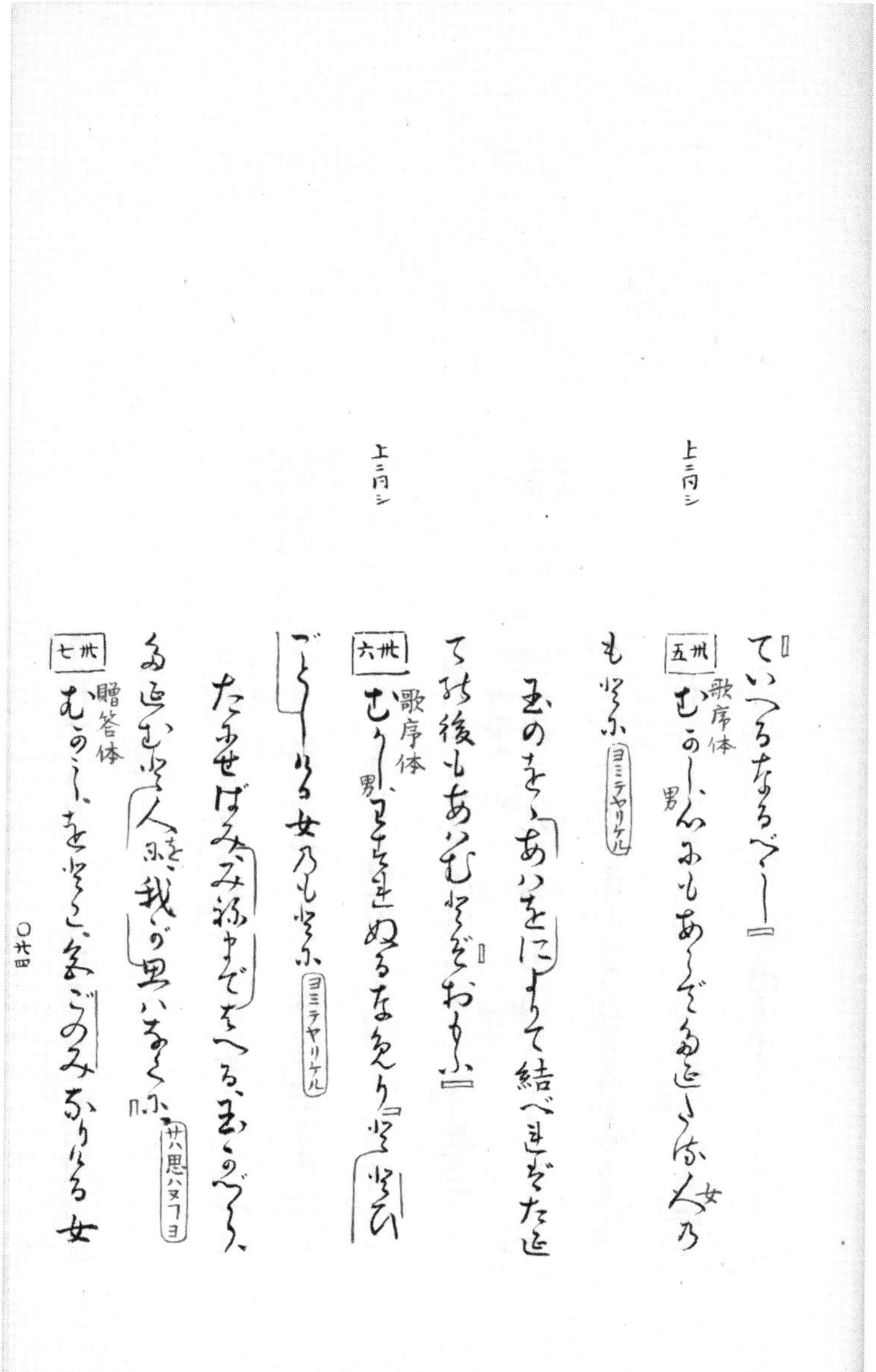

ていづるなるべし」

五卅 歌序体 むかし（男）心にもあらでたえたる（女）人乃もとに〔ヨミテヤリケル〕

上二句シ 玉のをゝあはをによりて結べればたえて後もあはむとぞおもふ」

六卅 歌序体 むかし（男）わすれぬるなめりと問ごとしける女乃もとに〔ヨミテヤリケル〕

上二句シ たにせばみみねまではへるたまかづらたえむと人に我が思はなくに〔廿八思ハヌフヨ〕

七卅 贈答体 むかしをとこいろごのみなりける女

〇六四

にあへりけり」うしろめたくや」おもひけむ

哥」（ヨミテヤリケル）

我ならで下紐とくな」朝がほの夕か

げまたぬ花にはありとも」返し（女）

ハ我ならで云々とかじとぞ思ふ
コモ上ニ同ジ

ふたりして結びし紐をひとりして

あひみるまではとかじとぞ」思ふ」

上ニ同シ
・ホニツ

八卌

贈答体

むかし、紀のありつねがりいきたるにあ」

（歩行）りきておそくきけるに」よみてやりける

君によりおもひならひぬ」世の中の人は（これ）

をや」戀とは（ふ）いふらむ」返し

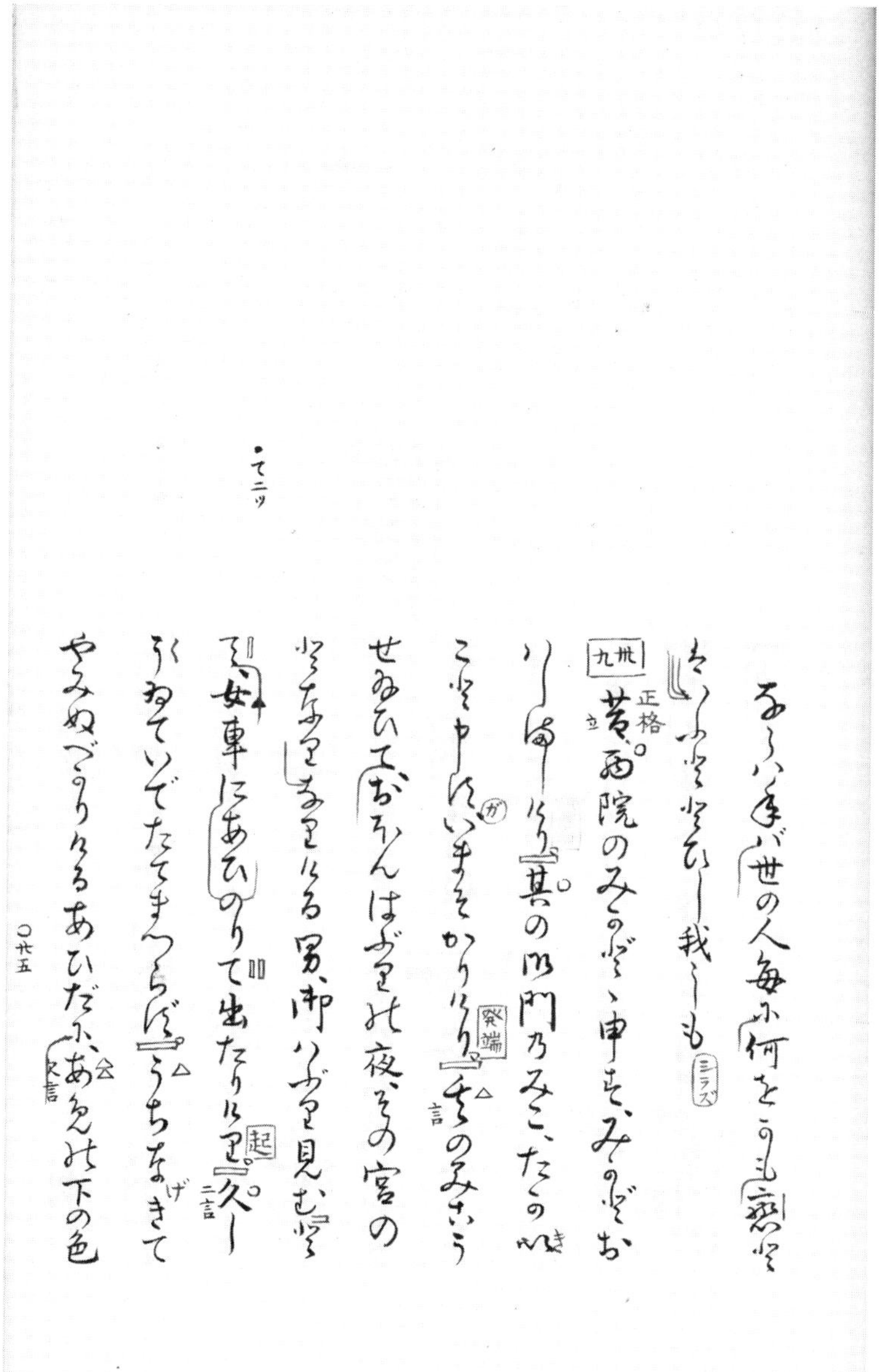
ならはねば世の人毎に何をかも恋とは
いふと問ひし我しも　ミラズ
九卅　西院のみかどゝ申すみかどおはし　正格　立
ましけり其の帝乃みこ、たかいこと
申すいまそかりけり其のみこうせ　が　発端　言
たまひておほむはぶりの夜その宮の
となりなりける男御はぶり見むとて
女車にあひのりて出たりけり久しう　起　二言
ゐていでたてまつらずうちなきて　げ
やみぬべかりけるあひだに天の下の色　会　又言
・て二ッ
○廿五

（28オ）

このみ、源のいたるといふ人、是も物みる
に、この車を女車とみて、よりきてとかくの
くなまめくあひだに、かのいたる蛍を
とりて、女の車に入たりける、車な
りける人、此の蛍のともす火にや見ゆら
む、ともしけちなむずるとて、のれるを
とこのよめる
出ていなばかぎり成るべきともし
けち、年経ぬるかと、なく聲をきけ
かのいたるかへし

•てニツ

〈うちふゞきてうく
ふく声をきけ
コハ作行ト歌トニヨリテ
延ハリタルナリ

いとあはれなくぞきこゆるともしけち
きゆる物とも我はしらずなあめの
したの色このみの哥にてはなほぞ
ありける結尾いたるはしたがふがおほぢ
なりみこのほいなし

十四 正格 発端 昔わかき男けしうはあらぬ女を思
ひけりさかしらするおやありて思ひ
もぞつくとて此の女をほかへおひやらむ
とすさこそいへまだおひやらず人の子な
れはまだ心いきほひなかりければと

〇廿六

むかいきおひなし。女もいやしければ、
すまふちからなし。さるあひだに、思
ひはいやまさりにまさる。にはかにおや、
この女をおひうつ。男、ちの涙をなが
せども、とゞむるよしなし。ゐて出でゝ、
・女かへる人につけてやるぞ、おくりにきつる人もみな河のぬる川の渡川まで
いぬ。男なく〳〵よめる
出ていなバ誰か別れのかたからむ
ありしにまさるけふはかなしもとよみ
てたえいりにけり。おやあわてにけりな
ほ思ひてこそいひしか、いとかくしもあ

・ろ二ツ

らじとおもふに、しんじちにたえ入りに
ければ、まどひて願たてけり。けふのいり
あひばかりにたえ入りて、又乃日のいぬの時
ばかりになむ。からうじていきいでたり
ける。〔收〕昔わかき人は、さるすける物思ひ
をなむしける。今のおきな、まさにしな
むや〔結尾〕

〔四十一〕昔、女ばらからふたり有りけり。〔発端〕一人は
いやしき男のまづしき、ひとりは
あてなる男もたりけり。〔起〕いやしき男

〇六七

なれど　なれど

こゝろ若いをみつごなどにうへのきぬ
をあらひて手づからはりけり。志ざし
といへしけれど、さるいやしきわざも
ならはざりければ、うへのきぬのかたを
はりやりてけり。せむ方もなくて、たゞ
なきになきけり。これを、このあてな
る男聞きて、いと心ぐるしかりければ、
いときよらなるろうさうのうへのき
ぬを見出でてやるとて
紫の色こき時はめもはるに

野なる草木ぞわかれざりける。むさし　トナムヨミテソケル　尺

のゝ心なるべし　収結尾

四十二　正格。昔、男、色このみとしるしる女をあひ　言

いへりけり。されどにくゝはたあらざりけ　尺

り。しばしばいきけれど、猶いとこゝ　起　二言

ろもとなく、さりとて、いかではたえあ　往

るまじかりけり。なほはたえあらざ　進　言

りける中なりければ、ふつか三日ばかり　会

さはる事有りてえいかで、かくなむ　ヨミテヤリケル

出でこし跡だにいまだかはら

「あひいへり」云ゝ今ハ成りけむ
コハ歌ニヨリテ延ハ
リタルナリ

○六八

しをたがのかよひぢは、今は成りけ（るらむ　哀）
む　成　ものうたがはしさによめるなりけ（トヨミテヤリケル）
る　収結尾

四十三　贈答体
むかしかやのみこと申すみこおはし
ましけり其のみこ、女を思しめし
ていとかしこくめぐみつかうたまひける
を、人なまめきて有りけるを我のみ（わのきく人ハめるざりけるト）
と思ひけるを、又人ききつけて文やる
ほとゝぎすのかたをかきて（ヨミテツカハシケル）
時鳥なが鳴く里のあまたあれば

・たるをミツ

コノ文省キニスギテ其ノ義キコエ難ク ハタ其ノ体分明ナラズ猶考フベシ

猶うとまれぬ思ふ物からといへりこの女
けしきをとりて　ヨメル
名のみたつしでのたをさはけさぞなく
いほりあまたとうとまれぬれば
尺
時はさ月になむありけるをとこ返
し
いほりおほきしでのたをさは猶頼
む我が住む里に聲し絶えずは

〜むとて〜あがたへ云こ かづけむとて云は コハ事多クテ延ハリタルナリ

四十四　異格△言
昔あがたへ行く人に馬のはなむけ
せむとてよびてうときひとにしあらざ
たりける小

〇九九

あらねば、家とうじさかづきさゝせて、［会］［二］［起進］
▲女のさうぞくかづけむとす。あるじのをとこ△
うたよみて、ものこしにゆひつけさす［裳］［言］

歌

いでゝ行く君が為にとぬぎつれば
我さへもなく成ぬべきかな［成］此の歌△
は、あるが中におもしろければ、心とゞめ
てよまず、はらにあぢはひて［収結尾］（こきあぢはひなるべし）

四十五［未正格］［立］
昔、男有りけり。人のむすめのかしづく［発端］［言］
いかで此の男に物いはむと思ひけり

此ノ句起進ヲ兼ネタルカ如シ此ノ如キヲバ異格体トス

り」起。うち出でむことかたくや有けむ」戸言

物△みになりて、死ぬべき時に、かくこそ」○

思ひしかの」といひけるを、おや聞きつけ 会

て、なく／＼つげたりければ、まどひ來 会 コノ文三起セルが如シ

りけれど、死にければ、つれ／＼とこも 此ハけれどヲ重ネタリ

りをりけり」進 時△ハみな月のつごもり、二言

いとあつきころほひに、よひはあそび

をりて、夜更て、やゝすゞしき風吹き

けり」成 螢△たかくとびあがる。ヲこの男見 戸言

ふせりて ヨメル

〈物やみにと云ゝよりをりけりコハ事多クテ延ハリタルナリ

〈螢たかくと云ゝ物そふかしきコハ云フニヨリテ延バリタルナリ

〇三十

（33オ）

ゆく螢（ほたる）雲の上までいぬべくは秋
風吹くと雁につげこせ。
又
暮がたき夏の日ぐらしなが
むればそのことゝなく物ぞかなし
き　〔攷體〕トナムヨミケル

此ノ文ハ歌序体ニシテ少異ナリ

〔四十六〕
正格
昔男いとうるはしき友ありけり。〔起〕
かた時さらずあひ思ひけるを人の国
へいきけるをいとあはれと思ひて別　（此モけるるとヲ重ネタリ）
れにけり。〔進〕月日へておこせたる文にあさ
ましくえたいめんせで月日のへにけ

月日へて云ニおもかげにたつニハ詞ト歌トニヨリテ延ハリタルナリ

ること、わすれやし給ひにけむ」といたく
思ひわびてなむ侍る『世の中の人の心は、
めかるれば忘れぬべきものにこそあめれ
といへりければ、よみてやる
めかるとも思ほえなくに、わすらるゝ
時しなければ、おもかげに立つ』トナムヨミテヤリケル

贈答体　四十七
むかし、をとこ、ねむごろにいかでと思
ふ女有りけり『されどこの男を
あだなりと聞きて、つれなさのみ
まさりつゝいへる

〔されどこの男云々
有りてふ意を
コハ歌ニヨリテ延リ
タルナリ

四卅一

大ぬさの、引くてあまたに、なり（きこゆ）ぬ
れば、思へど、えこそ、たのまざりけれ。
返し　女
大ぬさと、名にこそたてれ、なかれて
も、終によるせは、有りてふ物を、
［四十八］歌序体　むかし男有りけり。馬のはなむけ（ものへゆく人に）
せむとて人を（日ひ以日）まちけるに、こざりけれ
ば（ヨメル）
「馬のはなむけ云こ
とふべかりけり
コハ上ニ同シ
「今ぞしる、くるしき物と人また
む、里をば、かれず、とふべかりけり。

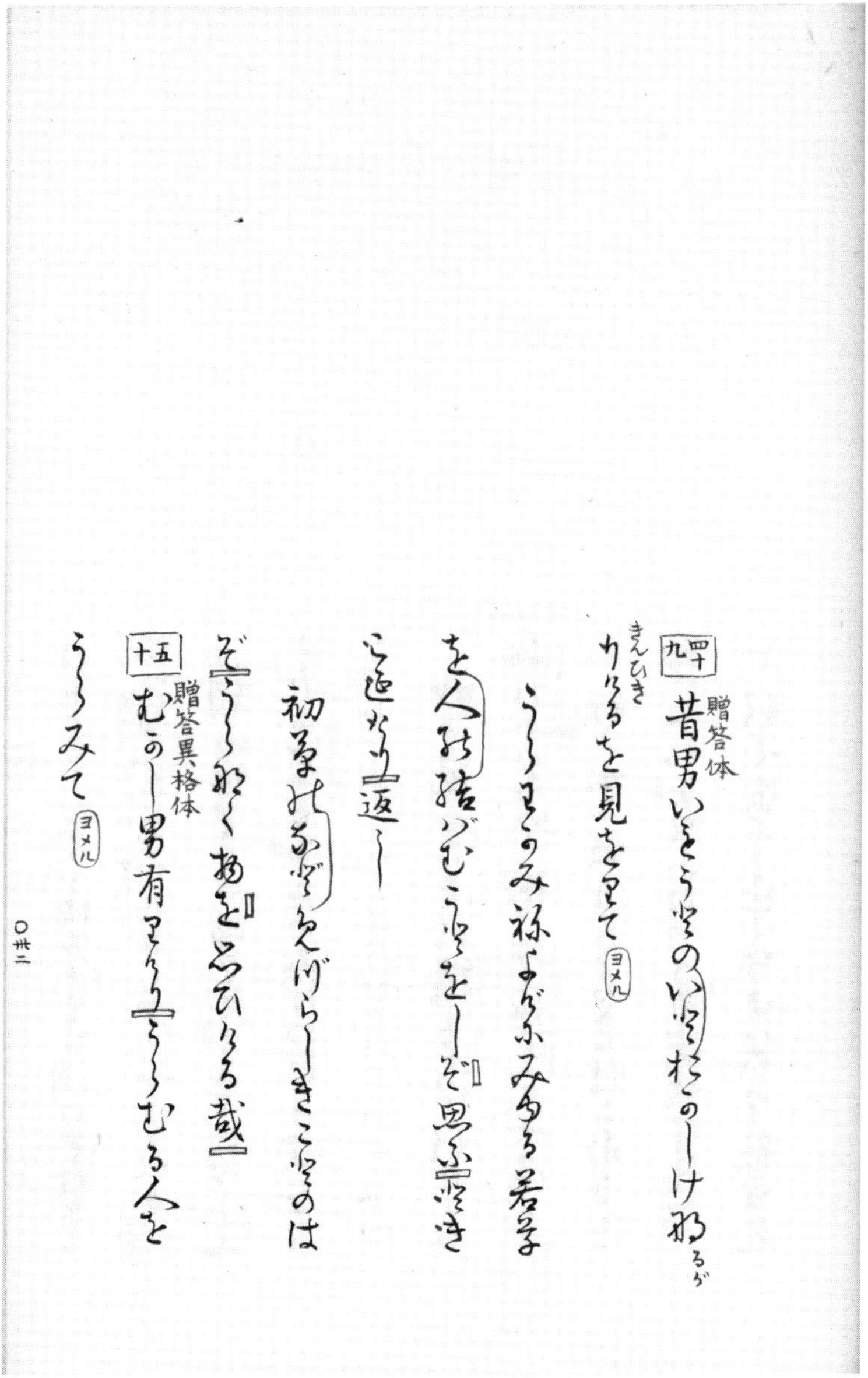
四十九　贈答体
昔男いもうとのいとをかしげなりけるを見をりて　ヨメル
うら若みねよげに見ゆる若草
を人の結ばむことをしぞ思ふときこえ
けり返し
初草のなどめづらしき言の葉ぞ
うらなく物を思ひける哉
五十　贈答異格体
むかし男有けりうらむる人を
うらみて　ヨメル
口卅二

（35オ）

色乃こそ見えて心をハかさぬ見え

思はぬ人を思ふ物のはかなさハありけれと女（ヨメル）
（いのぶたのまむ人のこころを）

朝露はきえ残りてもありぬべし

誰かこの世をたのみはつべき　又を見

こ（ヨメル）

吹く風にさそはれて桜花散らば見え

あれのみかは（シ）人のこころは　又女返し

行く水に数かくよりもはかなきは

思はぬ人を思ふなりけり　又我見こ（ヨメル）

ゆくゆくも過ぎてよそに見散る花

いつれまてゝふことを聞くらむ』あだくらべかたみにしける男女の忍びありきしけることなるべし』

五十一　歌序体
昔男人の前栽に菊うゑけるに（ヨメル）（ヨミテユヒツケル）
植ゑしうゑば秋なき時やさかざらむ花こそちらめ根さへかれめや』

五十二　歌序異格体
昔男ありけり人の許よりかざり粽をおこせたりける返りごとに（ヨメル）
あやめかり君はぬまにぞまどひける』我は野に出でてかるぞわびしき』とて

きじをなむやりける」

五十三　歌序体
昔、男、あひがたき女に逢ひて物語
などする程に鳥の鳴きければ（ヨメル）
「いかでかは鳥の鳴くらむ人しれず
思ふ心まだ夜ぶかきに」

五十四　歌序体
むかし、男、つれなかりける女にいひ
やりける
行きやらぬ夢路をたのむたもとには
天川空なる露や置くらむ」

五十五　歌序体
昔、男、思ひ（ヲ）かけたる女をえうまじ

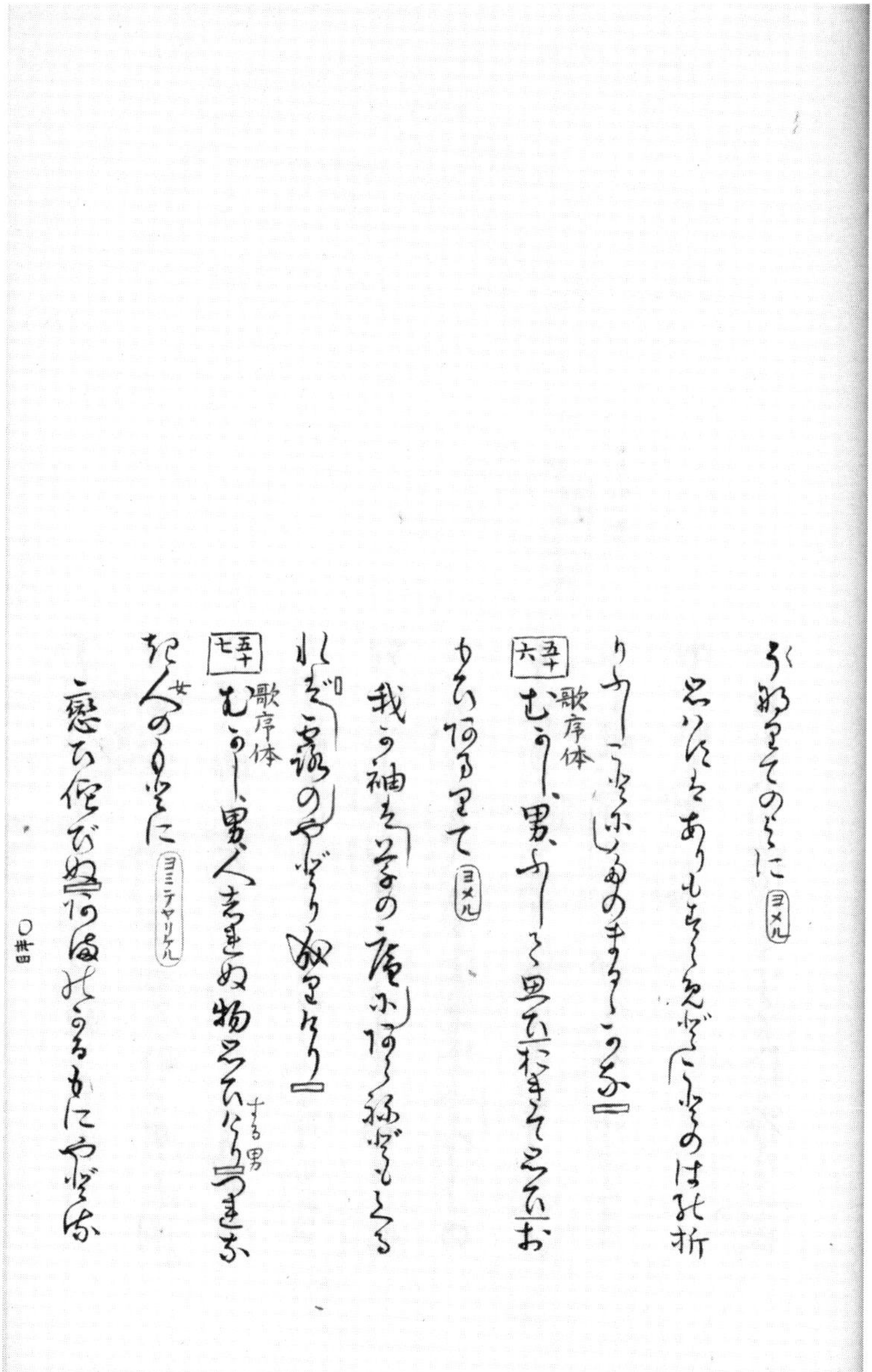

えうまじうなりての世に（ヨメル）
思はずはありもすらめど言の葉の折
ふしごとにたのまるゝかな

五十六
むかし、男、ふして思ひおきて思ひお（歌序体）
もひあまりて（ヨメル）
我が袖は草の庵にあらねどもくるゝ
ば露のやどりなりけり

五十七
むかし、男、人しれぬ物思ひけり（する男）つれな（歌序体）
き人（女）のもとに（ヨミテヤリケル）
恋ひわびぬあまのかるもにやどるてふ

（37オ）

てふ我からみをくだきつるかな

五十八　贈答体
昔心つきて色このみなる男長岡
といふ所に家つくりてをりけりそこのと
なりなりける宮ばらにこともな
き女どもゐなかなりければ田からむ
とてこの男のあるを見ていみじの
すきものゝしわざやとてあつまりていり
きければ此の男にげておくにかくれに
ければ女　ヨメル
あれにけりあはれいく世の宿なれや　バニ

此ノ段他段ニ似ズ長句ナリ
・ければニツ

住みけむ人はおとづれもせぬなどいひて此の
宮にあつまりきゐて有りければ此のおと
こ ヨメル
葎おひてあれたる宿のうれたきはかり
にも鬼のすだくなりけるとてなむ出
したりける此の女どもおひろはむといひ
ければ ヨメル
打ち侘びて落ぼひろふときかませ
ば我も田づらにゆかまし物を サモセラレヌヲヨ
五十九 歌序異格体
むかし男京をいかが思ひけむひん

○卅五

がし山にすまむと思ひ入りて（ヨメル）

住みわびぬ今はかぎりと山里に身を
かくすべき宿もとめてむ　かくて物いたく
やみてしにいりたりければ面に水そゝぎな
どしていき出で（ヨメル）

我がうへに露ぞおくなる天の川
とわたる舟のかいのしづくかとなむいへ
ひていきいでたりける

六十　略格体
昔男有りけり（発端）宮づかへいそがしく心も
まめならざりけるほどの家とうじまめに

思はむといふ人につきて人の國へいにけり。起
此の男、うさの使にていきけるに、ある國の祇承
の官人の妻にてなむあると聞きて、兼
女あるじにかはらけとらせよ、さらずはのま
じといひければ、かはらけとらせて出し
けり　進　然　るに、さかななりける橘をと
コノ文カクアルベキニヤ次下ノ文ヨト同格ノ所ヲおこせたりけりトアルヲモ思フベシ
りて　ヨメル
さ月まつ花たちばなの香をかげば昔の人
の袖の香ぞするといひけるにぞ思ひ出
でゝ、あまになりて山に入りてぞ有ける　成　妝

・て三ツ　・ぞ二ツ

○卅六

・たるみなるを

【六十一】贈答体
昔男つくしまでいきたりけるにこれは
色このむといふすきものぞ(なり)すだれのうち
なる人のいひけるを聞きて【ヨメル】
(筑前)そめ川をわたらむ人のいかでかは色に
なるてふことのなからむ　女返し
名にしおはばあだにぞあるべきたはれ(肥後)
嶋波のぬれ衣きるといふなり

【六十二】(正格)
昔年ころ音信せざりける女心かし
こくやありけむ【起】はかなき人のことにつ
きて人の国なりける人につかはれても

もと見し人のまへにいできて、物くはせなど
しけり長き髪をきぬのふくろにいれて
をんなやまぶきのきぬのきたるを、ぞきたり
けりよさる「このありつる人たまへ」とある
じにいひければ、おこせたりけり。をとこ
われをばしらずやとて
いにしへの匂ひはいづら桜花こける
からとも、なりにけるかなといふを、いとはづか
しと思ひて、いらへもせでゐたるを「など
いらへもせぬ」といへば、涙のこぼるゝに目も

○卅七

みえず物もいはれずといふ。［成］
これやこの我にあふみをのがれつゝ
年月ふれどまさり顔なるといひてき
ぬぬぎてとらせけれど、すてゝにげにけり。
いづちいぬらむともしらず。［収］
［六十三］むかし世心つける女いかでこゝろなさけ
あらむ男にあひえてしがなと思へど、いひ
出でむもたよりなさに、まことならぬゆめがたり
をす。子三人をよびてかたりけり。［起］
ふたりの子はなさけなくいらへてやみぬ。

さぶらうなりける子なむよき御をとこ
ぞいでこむとあはするに此の女けしきいと
よしこと人はいとなさけなしいかで此の
在五中将にあはせてしがなと思ふ心あ
りかりしありきける道にいきあひて道
にて馬の口をとりてかうかうなむ思ふと
いひければあはれがりてきてねにけり
さて後男見えざりければ女男の家にいき
てかいまみけるを男ほのかに見て
百年に一とせたらぬつくもがみ我をこ

てニツヅ一ニツ

〇卅八

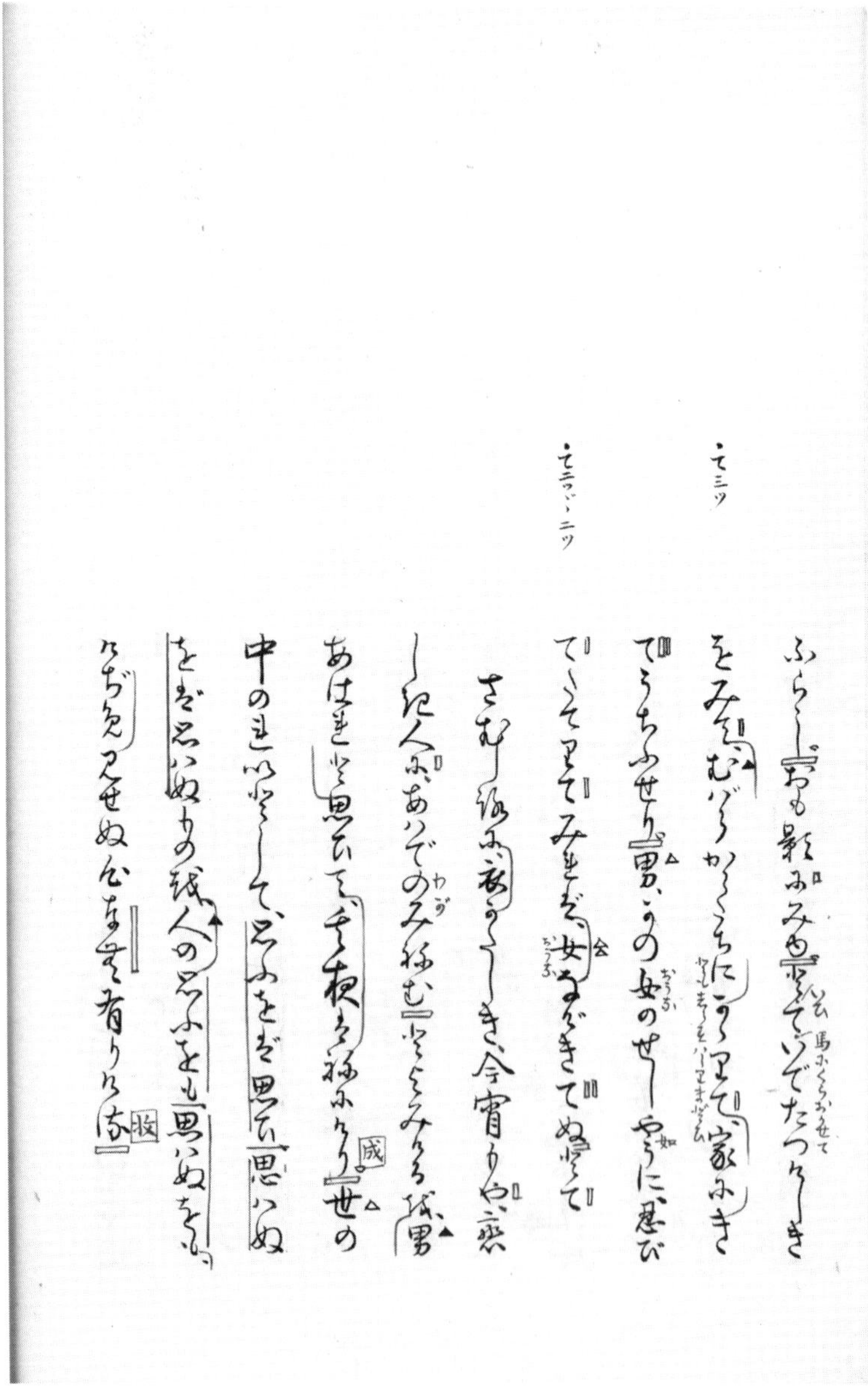
ふらしおも影にみゆとていでたつけしき
をみて、むばらからたちにかゝりて、家にき
てうちふせり。男、この女のせしやうに、忍び
てたてりてみれば、女なげきてぬとて
さむしろに衣かたしき今宵もや戀
しき人にあはでのみねむとよみけるを、男
あはれと思ひて、その夜はねにけり。世の
中のれいとして、思ふをば思ひ、思はぬ
をば思はぬものを、人の思ふをも思はぬを
けぢめみせぬ心なむ有りける

四十六　贈答体

昔、男女みそかにかたらふわざもせざりければ、いづくなりけむ。（知ラズ）あやしさによみける

吹く風に我身をなさば玉簾ひまもとめつゝ入るべきものを（ら体）

返し（サハナラズトヨ）

とりとめぬ風にはありとも玉簾たがゆるさばか隙もとむべき

五十六　正格

昔、おほやけおぼしてつかうたまふ女の、色ゆるされたる有りけり。おほみやすん所とていますかりけるいとこ成りけり　發端

口卅九

・なる三ツ

・ければ三ツ

箋ニてみて句をきりてよむべし次の言も字を隔てゝ人の見るをもしらで字といふべきなり

殿上にさぶらひける、ありはらなりける男の、まだいと若かりけるを、此の女あひしりたりけり。男、女がたゆるされたりければ、女のある所に来てむかひをりければ、女、「いとかたはなり。身も亡びなむ。かくなせそ」といひければ

思ふにはしのぶることぞまけにける。あふにしかへばさもあらばあれ、といひて、ざうしにおり給へれば、例のこのみざうしには、人のみるをもしらでのぼりゐ

ねんじわびて、此の女思ひわびて「さとへゆく」
されば何れよき事と思ひて、いき通ひ
ければ、皆人きゝて笑ひけり「つとめて、
とのもづかさの見るに、沓はとりて奥に
なげいれてのぼりぬ「かくかたはにしつ
ゝありわたるに身もいたづらに成りぬ
べければ、つひにほろびぬべしとて、此の
男「いかにせむ、わがかゝる心やめ給へ」と、
佛神にも申しけれど、いやまさりにのみ
おぼえつゝ、なほわりなく恋しうのみお

四十

が近くなれば、をんやうしかむなぎよび
て、懸せし事いふばかりくのぼしてちからつき
ける。いろへなるまゝに、いまごのかしきる
救まちまて、有りしよりけふ恋しくの
みおろ近くなれば　ヨメル
恋せし事、みてし川なをしみなぎ、
神きうけれども、無きふなる哉。事いひてか
む。いふなる　進　此の人のぐはうたかくちよく
おりしまして、（言　あらつきこゑ）佛の御名を御心にいれて、
御聲はいとたふとくして申し給ふ哉

・てミツ

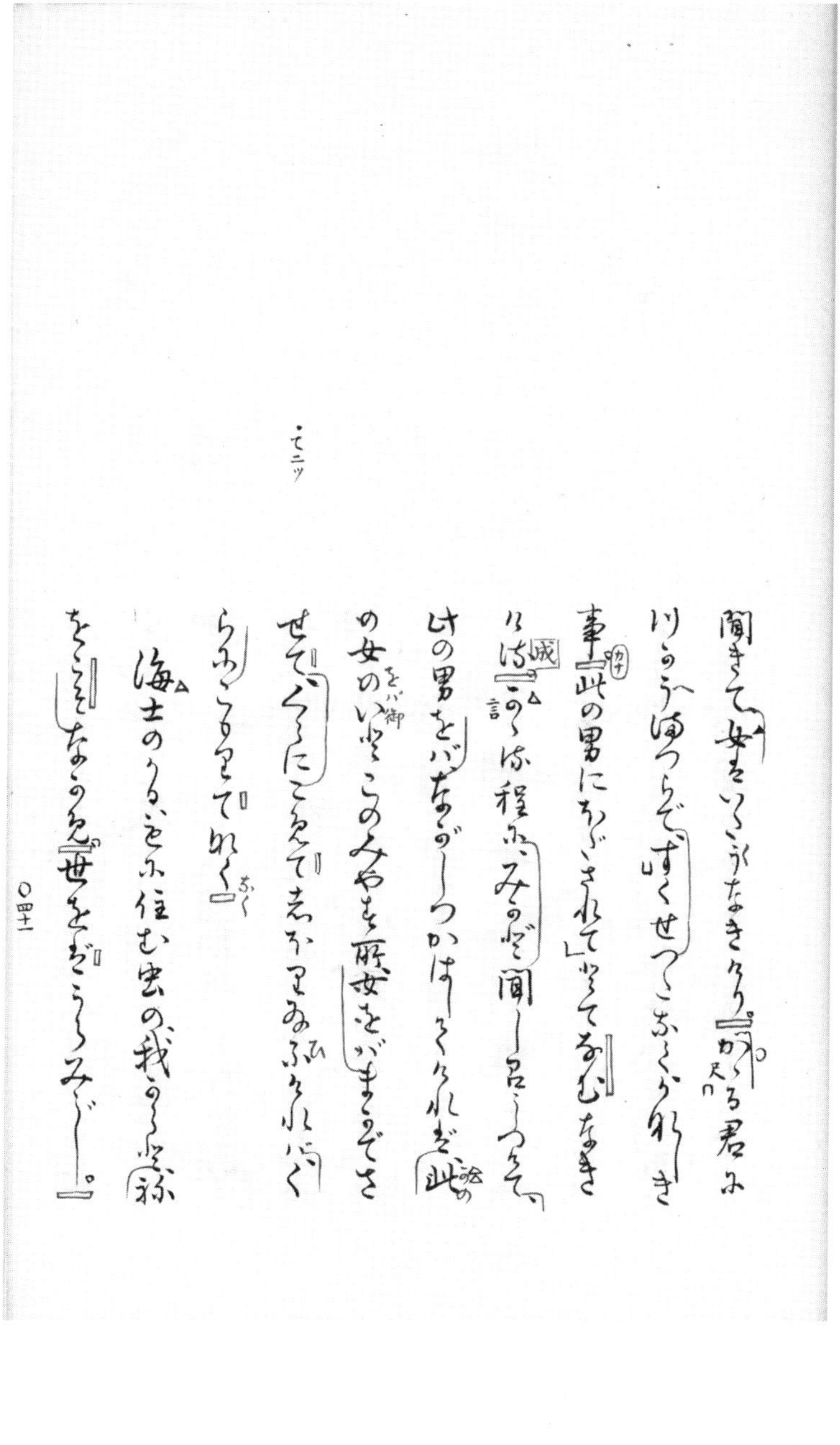

聞きて女をいといふかなきなりかゝる君に
仕うまつらですくせつたなくかなしき
事此の男にほだされてとてなむなきける
かゝる程にみかど聞しめしつけて
此の男をばながしつかはしてければ此
の女のいとこのみやす所女をばまかでさ
せてくらにこめてしをりたまうければく
らにこもりてなく
海士のかるもにすむ虫の我からとねを
をこそなかめ世をばうらみじ

一七ニツ

はかなきをりぞ、此の男も、人の國より秋
こはふきつゝ笛をいとおもしろく吹きて、
聲をおかしうてぞ哀なりけるに
ければ、此の女はくらにこゝろとなぐさめにぞ聞に
ぞありける。はかなきことなれど、逢ひみるべきに
もあらでなむありける
さるは、人は、思ふらむこそ悲しけれ
るにもあらぬ身をまかせて思ひ
をりぞおもふに、女しあはれなりと、かくしあり
きつゝ、人の國にありまてかくてふ

徒に行きてはきぬる物ゆゑにみまくほし
さにいざなはれつゝ 収（アヂキナキワカナ）（トムウタヒケル） 水の尾の御時なる（のこと）
べし おほみやすん所も、そめどのの后な
り 五条のきさきとも 結尾 申ス

・ににッ

六十六 略格体 昔、男、つの國にしる所ありけるに、あに
おとゝ、友だちひきゐて、なにはの方に
いきけり。起 渚をみれば、舟どものあるを
見て ヨメル

なにはづを今朝こそみつの浦毎に 旦 ミツレ
これやこのよをうみ渡る舟。ウミ 進 ナル

○四十二

あはまでのみてくにへかへりにけり。

六十七 歌序体 昔男、せうえうしに、思ふどちかいつ
らねて、いづみの国へきさらぎばかりにい
きけり。かうちの国いこまの山をみれば
くもりみはれみたちゐる雲やまず。あ
したよりくもりてひるはれたり。雪いと
しろう木のすゑに降りたり。それを見
てかのゆく人の中に、ただひとりよみける
昨日けふ雲のたちまひかくろふは
花の林をうしとなりけり

六十八　略格体　昔、男、いづみの國へいきけり。起　津の國　住吉の郡、
住吉の里、住吉のはまを行くに、いとおもし
ろければ、おりゐつゝゆく。ある人、住吉のはまとよ
めといふ。進
雁鳴きて菊の花さく秋はあれど、
春のうみべに住吉の濱　ハカリヨキハアラジ　とよめりければ、
みな人々よまずなりにけり。成収

六十九　正格　昔、男有りけり。発端　その男、伊勢の國にか
りのつかひにいきけるに、かの伊勢の斎宮
なりける人のおや、つねのつかひよりは、此

○四十三

の人よくいたはれ」といひやれりけれは、親の
いふ事なりければ、いとねんごろにいたづき
（あしたには狩にいだしたてゝやり夕さりはかへりつゝそこにこさせけり）
（かくてねんごろにいたつきけり）
［起］けり』二日といふ夜、男われてあはむ」とい
ふ』女もはたいとあはじともおもへらず』されど
ど、人め志げければえあはず』つかひざね
とある人なれば、遠くもやどさず』女の
ねやもちかく有ければ、女、人をしづめ
て、ねひとつばかりに男のもとにきたりけ
り』男、はたねられざりければ、とのかた
を見いだしてふせるに、月のおぼろなる

・て二ツ

に人のかげするを見れば、ちひさきわらはを
さきにたてゝ、人たてり。男いとうれしく
て、わがぬる所にゐて入りて、ねひとつよ
りうしみつまであるに、まだ、何事もか
たらはぬにかへりにけり。男、いとかなし
くて、ねずなりにけり。つとめて、いぶかし
けれど、わが人をやるべきにしもあらねば、
いと心もとなくて、待ちをれば、あけは
なれてしばしあるに、女のもとより、ことば
はなくて、　コノ文三起セルガ如シ

□四十四

君やこし我や行きけむおもほえず
夢かうつゝかねてかさめてか　男いと
いたうなきてよめる、
かきくらす心のやみにまどひにき夢
うつゝとは今夜定めよ　とよみてやり
て、かりに出でぬ。野にありけど心はそら
にて、こよひだに人しづめて、いととくあは
むと思ふに、國のかみいつきの宮のかみ、
かけたる、かりのつかひ有りと聞きて、
夜ひと夜さけのみしければ、もはらあ

・ぞニツ

ひごともえせで、あけばをはりの國へ
たちなむとすれば、男も人しれずち
の泪をながせど、えあはず。夜やうやうあけ
コノ文モ三起セルガ如シ　成　言　漸
なむとする程に、女がたよりいだすさかづきの
さらに、哥をかきて出したり。と
りて見れば、
かち人のわたれどぬれぬえにしあれ
ば、とかきてすゑはなし。その盃のさら
に、ついまつのすみして、哥のすゑをかき
つぐ。

〇四十五

まてあふさかのせきはこえなむ』
とて明くれはをはりの国へこえにけり』〔吸〕
斎宮は水の尾乃御時文徳天皇の御むす
めこれたかのみこのいもうと（ナリ）

〔七十〕歌序体　昔男かりの使よりかへりきける
におほよとのわたりにやとりていつきの
宮のわらはへにいひかけける
みるめかるかたやいつこそ（ナル）』さをさし
て我にをしへよ』あまのつり舟』

〔七十一〕贈答体　昔男伊勢の斎宮に内の御つかひ

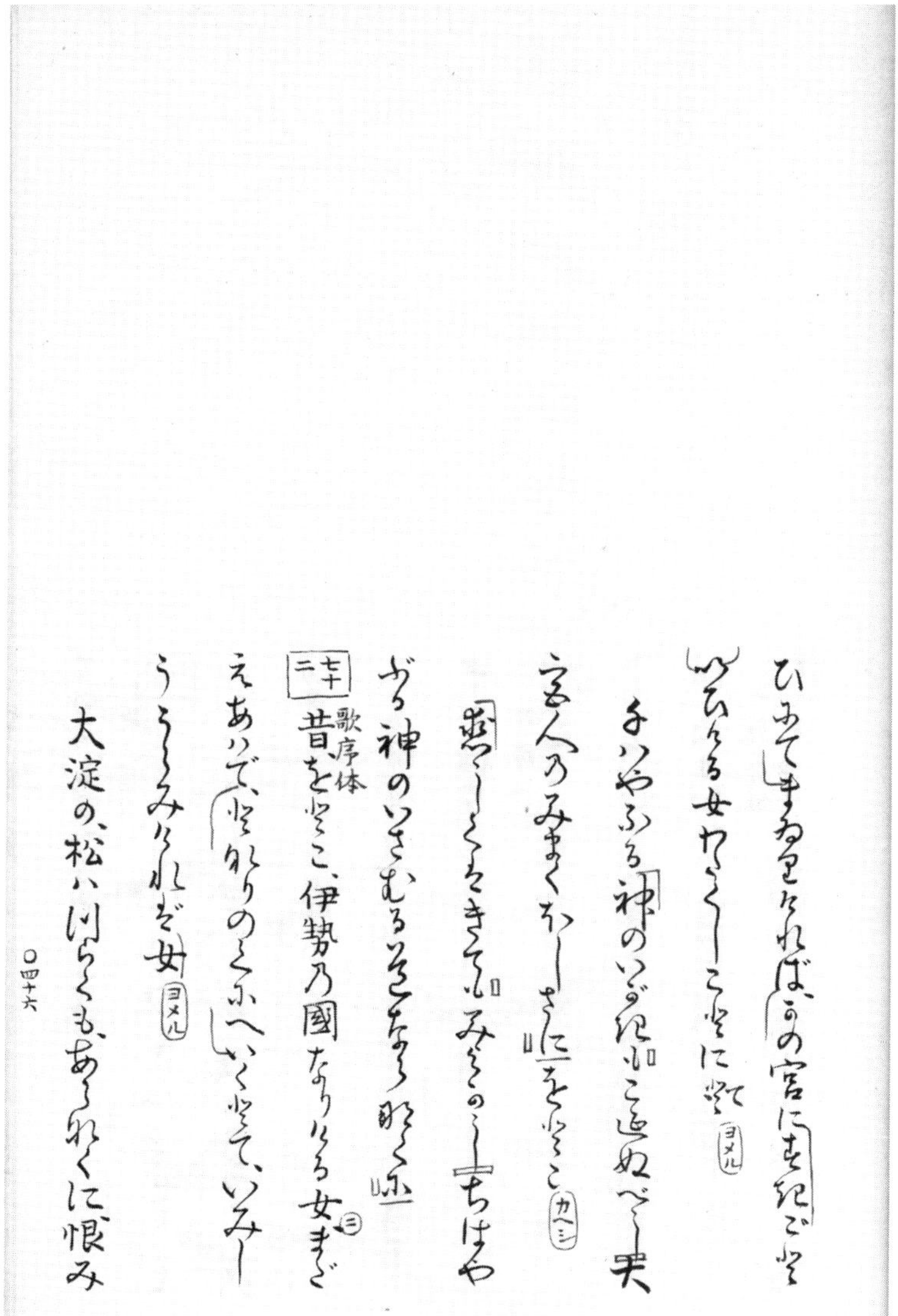

ひあてまゐるをとこなれば、その宮にすきごと
いひける女わたくしごとにて（ヨメル）
ちはやぶる神のいがきも越えぬべし大
宮人のみまくほしさにをとこ（カヘシ）
恋しくはきてもみよかしちはや
ぶる神のいさむるみちならなくに
七十二　歌序体　昔をとこ、伊勢乃國なりける女（三）また
えあはで、隣の國へいくとて、いみじう
うらみければ女（ヨメル）
大淀の松はつらくもあらなくに恨み
〇四十六

てのみもかへる波かな

七十三　（歌序体）
昔そこにはありときゝけれどせうそこをだにいふべくもあらぬ女のあたり
なりときゝて男の思ひける
めには見て手にはとられぬ月の
中の桂のごとき君にぞ有りける

七十四　（歌序体）
むかし男女をいたくうらみて（ヨメル）
岩ねふみかさなる山にあらねども（へだてて）
あはぬ日おほく恋ひ渡るかな

七十五　（贈答体）
むかし、男、伊勢の国にゐていきて、あ

はむといひければ女（ヨメル）
大淀のはまにおふてふみるからに心は
なぎぬかたらはねどもといひてまして
つれなかりければ男（ヨメル）
袖ぬれてあまのかりほすわたつ海の
みるをあふにてやまむとやする女返
し
岩間より生ふるみるめしつれなくは
しほひしほみちかひもありなむ又
男（ヨメル）
泪にぞぬれつゝしほる世の人のつら

〇四十七

（50オ）

つらき心は袖のしづくか世にあふことかたき
女になむ　アリケル　少異ナリ
七十六　歌序体
昔二条の后のまだ春宮のみやすん所
と申しける時、氏神にまうで給ひ
けるに、この衛府つかさにさぶらひけるおき
な、人々のろく給はりけるついでに御車より
給りて、よみてたてまつりける
大原や小塩の山もけふこそは神
代のことも思ひいづらめとて心にもか
なしとや思ひけむ、いかゞ思ひけむしらず

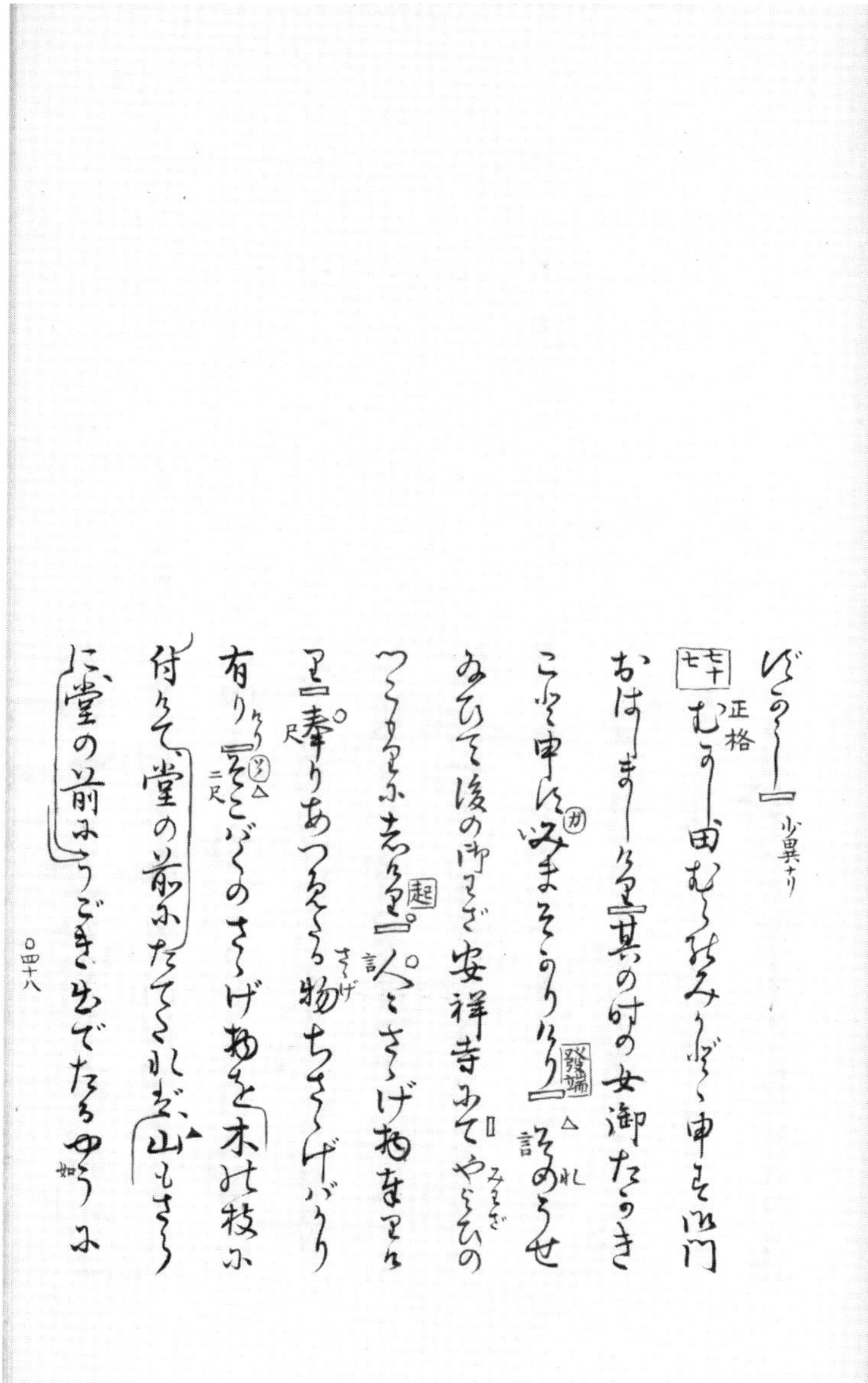
ばかりーー　少異なり
七十七 むかしーー田むらのみかどゝ申御門
おはしましけり其の時の女御たかき
こと申すみまそかりけりそれうせ
給ひて後の御わざ安祥寺にてみわざし
けり人々ささげ物奉りけり
奉りあつめたる物ちささげばかり
有りそこばくのささげ物を木の枝に
付けて堂の前にたてたれば山もさらに
堂の前にうごき出でたるやうに
四十八

（51オ）

なむみえける。それを右大将にいま
そかりける藤原のつねゆきと申す人
いまそかりてかうのをはる程に歌よむ
人々をめしあつめてけふのみわざ
を題にて春の心ばへある歌奉らせ
給ふ。右のうまのかみなりける翁めは
たがひながらよみける
山のみなうつりてけふに逢ふことは春
のわかれをとふとなるべしとよみた
りけるを今みればよくもあらざりけり。

いまそかりける重ル

て三ツ

そのゝみえられやまさりけむとあはれが
りけり［收］

［七十八］昔（正格）たかきこといふ女御おはし
ましけるうせ給ひて、なゝ七日のみわざ（ヲ）
安祥寺にてしけるを［發端］右大将藤原のつ
ねゆきといふ人いまそかりけるを［起］其乃
みわざにまうで（ゐ）給ひてかへさに、山志な
のぜんじのみこおはします、その山科乃
宮に瀧おとし水はしらせなどして、
おもしろく作られたるにまうで（ゐ）給ひて

四十九

年頃よそにハつかうまつれど、ちかくハい
まだつかうまつらで、こよひハ宴にさぶら
ハむと申し給ふ。みこよろこびたまふて、
よるのおましまうけさせ給ふ。さる
にかの大将出でゝたばかり給ふやう、宮
づかへのはじめに、たゞなほやハ有るべき。
三条のおほみゆきせし時、紀の國の千
里のはまにありける、いとおもしろき石
奉れりき。おほみゆきの後、奉りし
かバ、ある人のみざうしの前のみぞにす

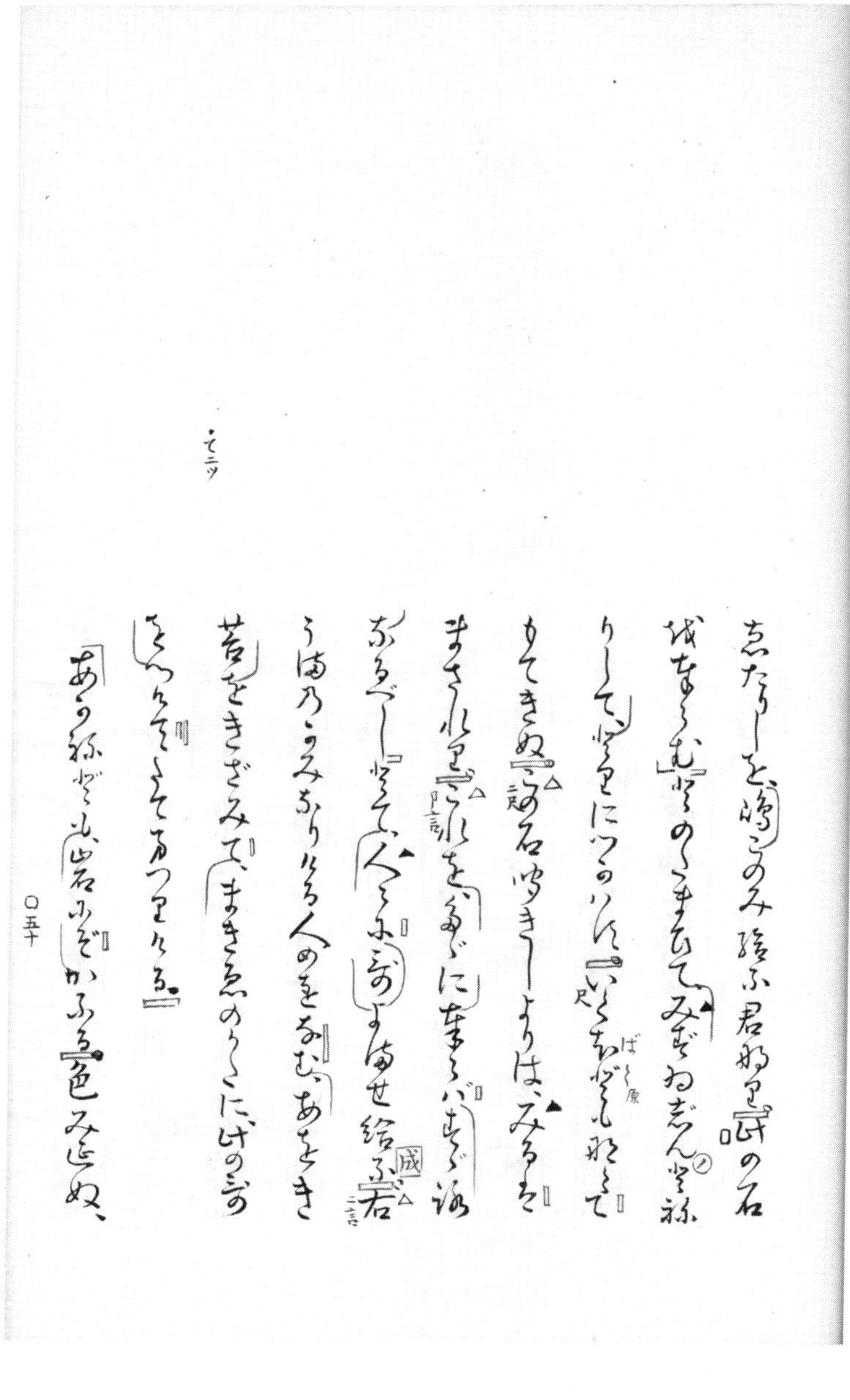
○五十

心をみせむよしのなければとなむ
よめりける　収

七十九　歌序異格体
昔氏の中にみこ生れたまへり御う
ぶ屋に人々歌よみけり御おほぢがたな
りける翁のよめる
我が門にちひろあるかげをうゑつれ
ば夏冬誰かかくれざるべき是はさ
だかずのみこ。時の人中将の子となむ云
ける。兄の中納言行平のむすめのはら
はらなり。

八十　歌序体
昔おとろへたる家に、藤の花うゑたる
人有りけり。弥生のつごもりに、その日雨
そぼふるに、人のもとへ折りて奉らすと
てよめる
ぬれつゝぞしひて折りつる年のうち
に春はいくかもあらじと思へば

八十一　正格
昔、左のおほいまうち君いまそかり
發端
けり。賀茂川のほとりに、六条わたりに、家をいと
おもしろく作りて住み給ひけり。起　神
無月のつごもりがた、菊の花うつろひざかりなるに

〇五十一

(54オ)

・に二ツ　・て二ツ　・て二ツ

さこのりふるふ紅葉のちくさにみゆるを
り、みこゝち、おりしまさせて、秋つよ酒の
みしあそびて、秋明くもて行くにやゝに、
洲の殿のおりしほきをもむるにあるらむ
二言
そこに有けるゝくて殺、板數のちてに
はいありきて、人にみれよ由せけれハ、讀
める
隱が由にいつのきみなむ殺なる、
的なる二みもゝ、宴にもしあむ。出狄もよ
みけるハ、みちれくにいきてりくるに、あや

しくおもしろき所〻おほかりける。我がみ
かど六十よこくの中に塩がまといふ所
ににたる所なかりけり。されバなむかの
翁さらに爰をめでて塩がまにいつか
きにけむとよめりける。

八十二 正格 昔惟喬の親王と申すみこおはし
ましけり。山ざきのあなたに水無瀬
といふ所に宮ありけり。発端 年毎の櫻の花
ざかりにハ其の宮へなむおはしましける。
其の時右のむまのかみなりける人を常に

・て三ツ

にゐておはしましけり。よゝへて久し
くなりにければ、その人の名をわすれにけ
り。かりはねんごろにもせで、酒をのみの
みつゝ、大和哥にかゝれりけり。今かりす
るかたのゝなぎさの家、その院の桜
ことにおもしろし。其の木の本にお
りゐて、枝を折りてかざしにさして、
みなの者も皆哥読みけり。右馬頭の
なりける人の読める

世の中に絶えて桜のなかりせば、春の

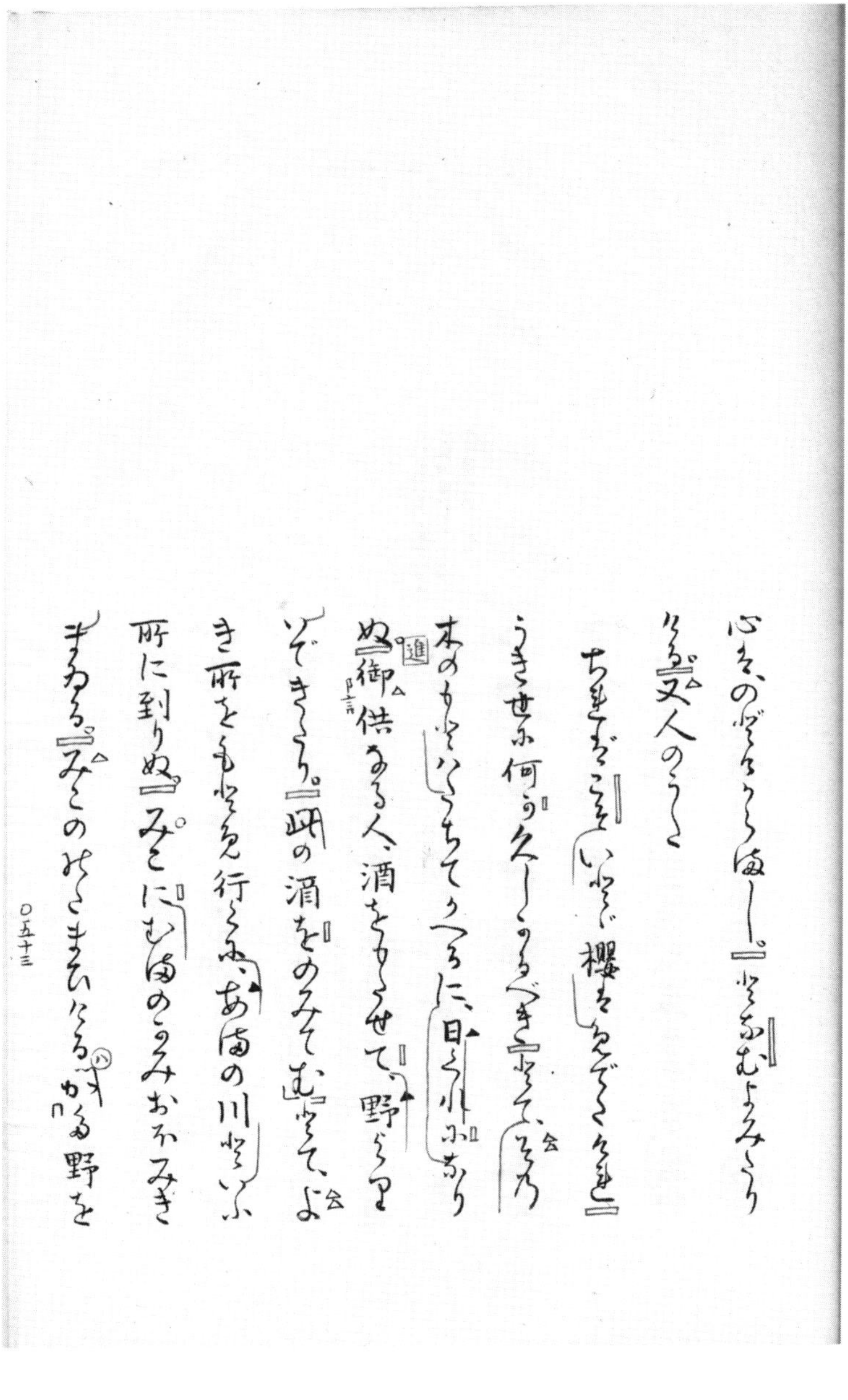
心はのどけからまし」となむよみける。又人のうた
ちればこそいとゞ桜はめでたけれ
うき世に何か久しかるべき」とて、その
木のもとはたちてかへるに、日ぐれになり
ぬ。御供なる人、酒をもたせて、野より出
で来たり。此の酒をのみてむとて、よ
き所をもとめ行くに、天の川といふ
所に到りぬ。みこに馬の頭おほみき
まゐる。みこののたまひける、かた野を
〇五十三

(56オ)

・てニツ

かりて、あまの川のほとりにいたるを題にて、歌よみて盃させ」といひければ、かのむまのかみ、よみてたてまつりける

狩くらしたなばたつめに宿からむあまのかはらに我はきにけり。

トナムヨミテ奉リケル

やまきこ返されば此のうたをみて　反言

みこ歌を返す〴〵ずし給うて、返しえし給はず。きのありつね、御ともにつかうまつれり。それが返し

○かへす〴〵　截断言モ如此重ネイフ時ハ連用言トナル

一年にひとたびきます君まてば宿かす人もあらじとぞ思ふ。

トナムヨメリケル

帰りて宮

に入らせ給ひぬ〔成〕夜更くるまで酒のみ物
語して、あるじのみこゑひて入り給ひ
なむとしければ、十一日の月もかくれなむとす
れば、かのむまのかみのよめる
あかなくにまだきも月のかくるゝか山
のはにげて入らずもあらなむ。みこにかは
り奉（タテマツ）りて紀乃ありつね〔ヨメル〕
トムヨミテ奉リケル
おしなべて峯もたひらになりなゝむ
山乃はなくは月もいら（かくれ）じを〔反〕
トムヨメリケル
〔八十三〕昔（正格）水無瀬にかよひ給ひしこれたか

ロ五十四

（57オ）

のみこまれのゑしにおりしまへば御詞に
右馬頭なる翁つのうへまつまで目ごろ
て宮につかへ給ふひしが［起］御詞おくりして、
ながくいかなる思ふ〳〵松のみき給ひなく
給ひなむながれて川のいさごまくら此のなま
のこのみなりながりて、
枕ながて草ひき結ぶこゝろもせし秋
のよながふかるのまれなくにながらみな
る時は弥生の月ごとありけり［進］みこお
かなのごとくで、ありし給ひてけりかく

しつゝまうでつかうまつりけるを、思ひの外に
御ぐしおろし給うてけり。（させ給ひて小野といふ所にすみ給ひ）む月にをが
み奉らむとて、小野にまうでたるに、ひえ
の山のふもとなれば、雪いとたかし。
しひてみむろにまうでゝをがみ奉る
に、つれ〴〵といと物がなしくて、おはし
ましければ、やゝ久しくさぶらひて、いに
しへの事など思ひ出で聞えけり。さ
てもさぶらひてしがなと思へど、おほや
け事ども有りければ、えさぶらはで、夕ぐ

○五十五

はなくるゝまで

忘れては夢かとぞ思ふ思ひきや〔十九〕

雪ふみわけて君を見むとはとて

なむ、なく〳〵きにける〔收〕

○なく〳〵　連用言之

〔八十四〕昔男有りけり。〔発端〕身はいやしながら、

母なむ宮（みこ）なりける。その母、ながをかと

いふ所に住み給ひけり。〔起〕子は京に宮

づかへしければ、まうづとしけれど、しば

〳〵えまうでず。ひとつ子にさへ有り

ければ、いとかなしうし給ひけり。〔進〕さる

しはすばかりにとみの事とて、御文（アリ）
あり。おどろきてみれば、歌あり。（ことばもなくて）
老いぬればさらぬ別れの有りといへば（成）（さらぬむありける）
いよいよみまくほしき君かな。
（ふみをえて馬にものりあへずまかるにていかゞいかうなきてみちすがら）
かのこいたううちなきてよめる（おもひける）
世の中にさらぬ別れのなくもがな千代
もといのる（アレカシ）人の子のためとなん（収）（トナムヨメリケル）
八十五　昔男ありけり（正格）（発端）。わらはよりつかうまつ（へ）り（詞）
ける君、御ぐしおろし給うてけり。む月に
はかならずまうで（ね）けり。おほやけ（尺）の宮（ふ）づか

○五十六

へしられず。つゐにはえあはでず。されども
もののなつかしければ、まかでけるになむ
有りける。昔つのへまつりし人そくねるぜ
んじける あまた巻をあつまりてむ月
なれば、こゝろあつめて、おほみき給ひ
り。宣こそいかに思ふりて、ひきもとに
やまぬ。みな人思ひて雪ふりこめたる
まてり。思ひふる題よみてよみたり
思へども身をしわが孫ぞ、なへのしせ
ぬ、雪は川もるぞ、わがのなる。さぐらん

りければ、みこいといたう感じ給ひて、（会）
御ぞぬぎて給へりけり。
八十六　昔、（正格）いと若き男、若き女をあひいへ
りけり。（起）おのおの親ありければ、つゝみてい
ひさしてやみにけり。（詰）年頃経て女のもとに
（この事なげかむやうにおもひければ）
なほ心ざしはたさむとや思ひけむ。男
歌を読みてやれりける。（通）（いかゞ思ひけむ）
今までに忘れぬ人は世にもあらじ
おのがさまざま年の経ぬれば、とてや
みにけり。（成）男も（詞）女も、あひはなれぬ宮だ

○五十七

（60オ）

・てニツ

このくにゝなむ出てにけるぞ

八十七　昔、男、津の國、むばらの郡、あし屋の里にしるよしして、いきてすみけり。むかしのうたに

蘆の屋の、なだの塩やき、いとまなみ、つげの小櫛も、さゝできにけるぞ。とよみけるぞ、こゝの里をよみける。爰をなむ芦屋のなだとはいひける。此の男、なま宮づかへしければ、それをたよりにて、衛府のすけども、あつまりきにけり。

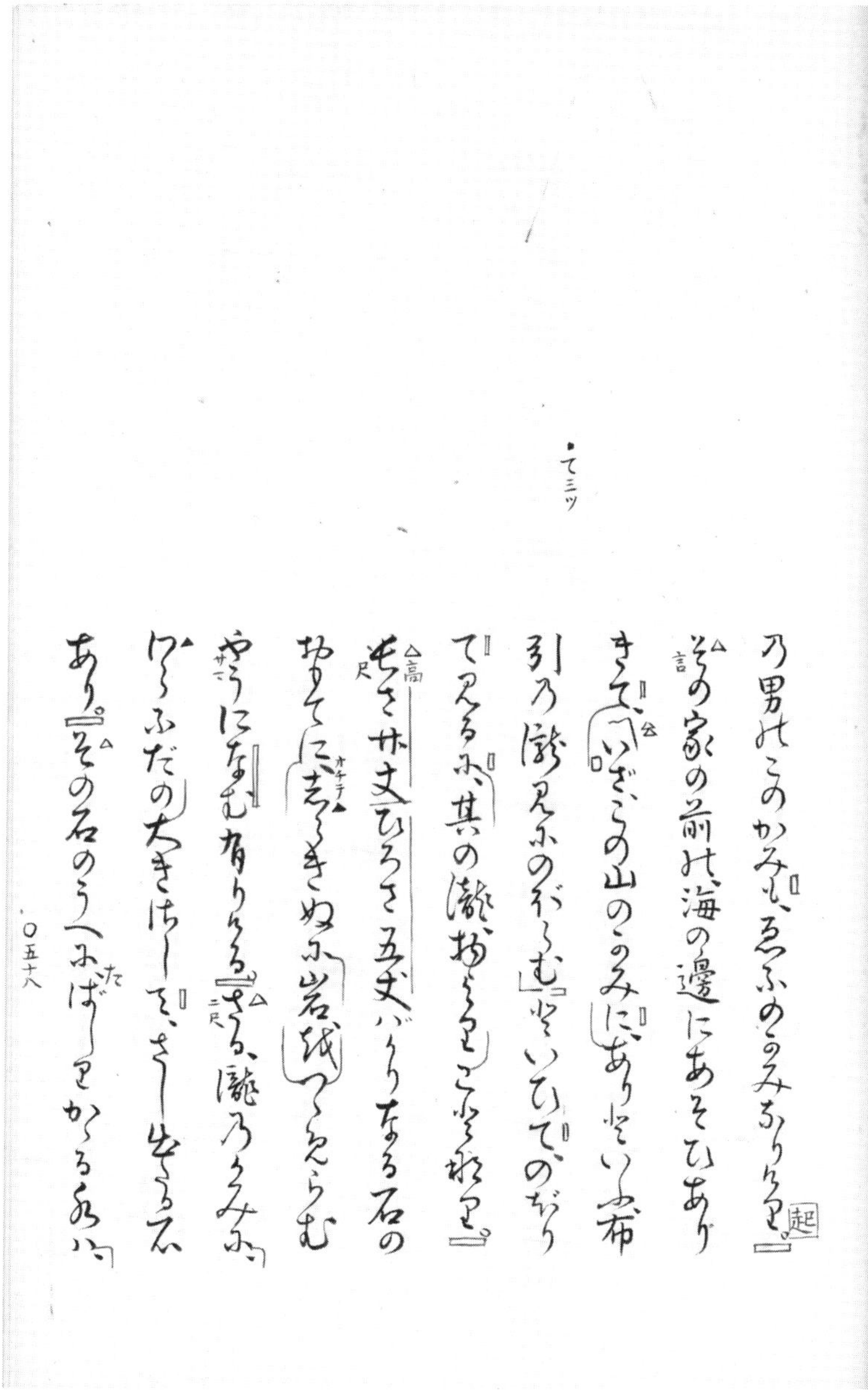

乃男はこのかみもゑふのかみなりけり　起
その家の前は海の邊にあそびあり
きていざこの山のかみにありといふ布
引の瀧見にのぼらむといひてのぼり
て見るに其の瀧ものよりことなり
長さ廿丈ひろさ五丈ばかりなる石の
おもてにしらきぬに岩をつゝめらむ
やうになむ有ける　さる瀧のかみに
わらふだの大きさしてさし出たる石
ありその石のうへにはしりかゝる水は

・て三ツ

〇五十八

せうらじくりれ大きさにてこれをおつ
そこ折る人ぞみな布瀧の哥よりまさりかる
ゐふのこのみまでよむ
我が世をばけふかあすかのまつ
かひの涙乃瀧といづれたかけむといふる
じつぎふよむ
ぬき亂る人こそあるらし白玉の
まなくもちるか袖のせばきに世々
ゑてまたれずへの人をらふこ世に
や有らむ此の言のはるでやみける

里へ帰りくる道遠くて、うせにし宮内
卿もちよしが家の前くるに、日くれぬや
どりのかたをみやれば、あまのいさり火、
おほくみゆるに、かの、あるじなる男よむ
はるゝ夜の星か河辺の蛍かも我
が住むかたのあまのたく火かと讀
みて、家に帰りきぬ。其の夜、みなみの
風吹きて、波いと高し。つとめて其
の家の女のこども出でて、うき海松
の波によせられたるひろひて、家のう

・てニツ

〇五十九

・テニツ

・テニツ

ちぶもてきぬ。女のくちうちそのみるをた
かつきにもりて、かしはをおほひて出し
たる、そのかしはにかけり
わたつ海のかざしにさすといはふも
も君がためにはをしまざりけり
ゐなかの人のことにては、あまれりやたら
ずや。結尾

八十　歌序体
昔、いとわかきにはあらぬ、これかれの
友たちどもあつまりて月をみて、
それが中にひとり

(62ウ)

おほかたは月をもめでじこれぞ
この、つもれば人の老となるもの（十九）

八十九　歌序体
昔いやしからぬ男我よりはまさりた
る人を思ひかけて年へける
人しれず我恋ひしなばあぢきな
く何れの神になき名おほせむ

九十　不調
昔つれなき人をいかでと思ひわた
りければ哀とや思ひけむさらばあす
物ごしにても、といへりけるを、かぎり
なくうれしくまたうたがはしかりけ

〇六十

れぞれおもしろかりける櫻につけて（ヨミテヤリケル）
櫻花けふこそかくも匂ふらめあれ
たのみがた（ミ）明日の夜のこと（ハ）といふ心ば
へもあるべし

九十一　歌序体　昔、月日のゆくをさへなげく男、三
月の晦日がたに（ヨメル）
をしめども春のかぎりのけふの日
の夕暮にさへ成にけるかな　きくある人もなしや

九十二　歌序体　昔、戀しさに来つゝかへれど女に
せうそこをだにえせで讀める

芦辺こぐたなゝし小舟いくそ度
ゆきかへるらむしる人をなみ　なしふ
〔九十三〕昔男身はいやしくていとになきな　歌序男格体
き人を思ひかけたりけるすこしたのみ
ぬべきさまにやありけむふして思ひ　あらじや
おきて思ひ思ひわびてよめる
あふなあふな思ひはすべしなぞへなく
高きいやしき苦しかりけるむら
むかしもかゝる事は世のことわりにやあり
けむ　サ男ナリ

○六十一

九十四　正格　昔男女有りけり。登場　いかゞ有りけむ、其

の男すまず成りにけり。起　後に男有り

けれど、子ある中なりければ、こまかにこ

そあらねど、時々物いひおこせけり。進　女の

かたに、ゑかく人なりければ、扇ニ　かきにや

れりけるを、今の男物すとて、ひと日

ふつかおこせざりけり。かの男いと

つらく、おのがきこゆる事をば今

まで給はねば、ことわりと思へど、

猶人をばうらみつべき物になむ有り

けるにて、ろうじてよみてやれりける時ハ、
秋になむ有りける
秋の夜ハ春日わするゝ物なれや霞に
霧や千へまさるらむ となむよめ
りける 成 女返し
ちゞの秋ひとつの春にむかはめや
紅葉も花もともにこそちれ 収
九十五 正格 昔、二条乃后につかうまつる男有
りけり 発端 女のつかうまつるを常に
みかはしてよばひわたりけり 起 いかでものご

○六十二

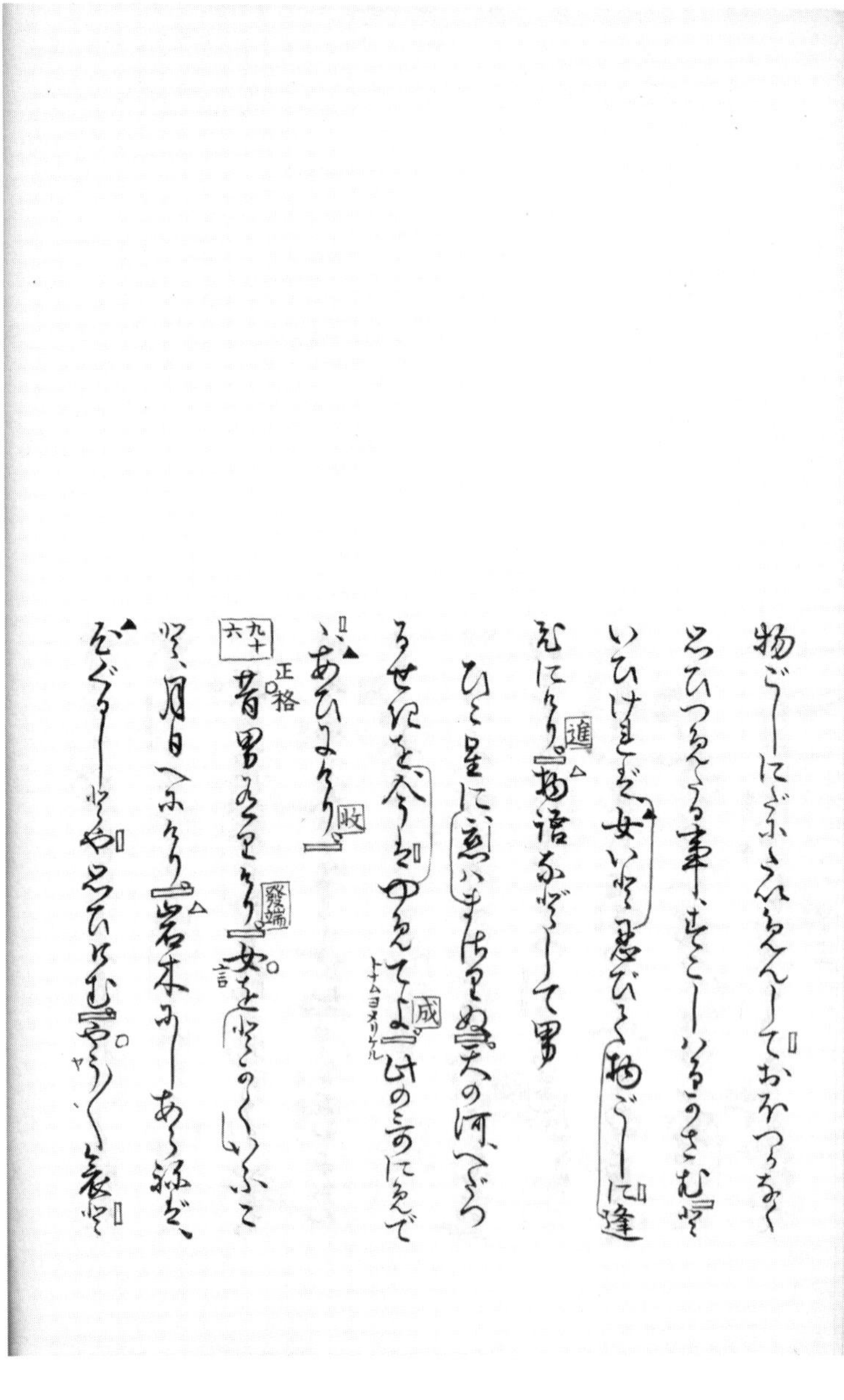
物ごしにたいめんしておぼつかなく
おもひつめたる事、すこしはるかさむと
いひければ、女いと忍びて物ごしに逢
ひにけり。進 物語などして男
ひこ星に恋はまさりぬ天の河へだつ
る関を今はやめてよ 成 トナムヨメリケル この歌にめでて
あひにけり 收
九十六 正格 昔男ありけり 發端 女をとかくいふこと 詞
月日へにけり。岩木にしあらねば、
心ぐるしとや思ひけむ、やうやう哀と

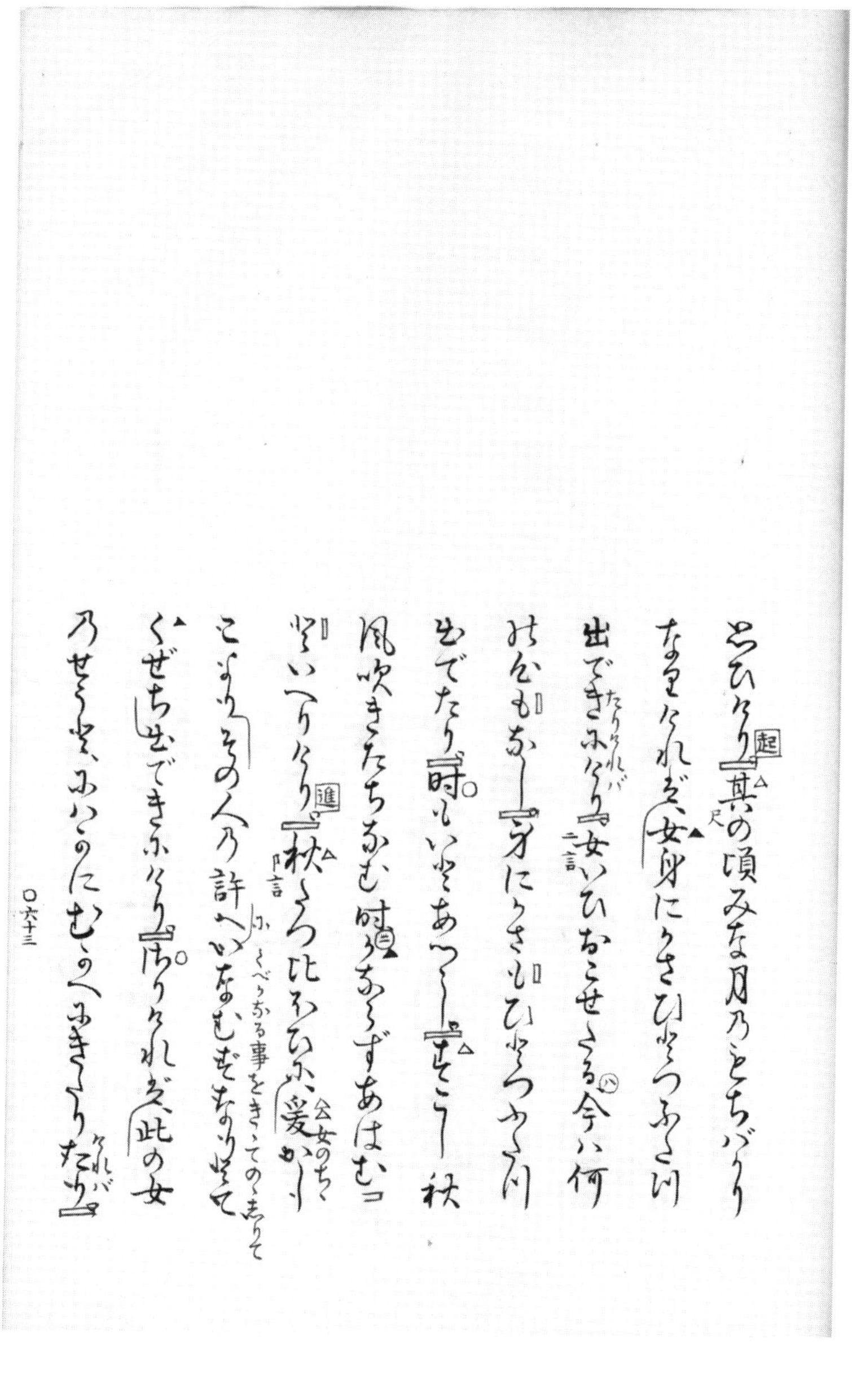

口六十三

（66オ）

・七ミツ

さるほどに、此の女が、へでれ初て文紙ひろハ
せて、おとよみて書きやりて（おく）おこせさ
ヌ
妹のあて、いとほしかりし、あはれくに、
本のは降りしく、ゑふこそみゆれ
書きおきてかしこより人おこせ（さ）ハ、これ
ぞやまひそていぬ。さてやがて後、つひに
ものまでこそもて（成）よくてやあらむあ
しらでやあらむ。いかし　かもさるぞ。（詞）
の男ハ、あをみさるでをうちてなむの

のろひをるなる〔收〕むくつけき事。人ののろひ
ごとは、おふものにやあらむ、おはぬものにや
あらむ。今こそは見めとぞいふなる〔結尾〕

此ハ起一ツニシテ結二ツナリ

〔九十七〕歌序体
昔、堀川のおほいまうちぎみと申す（人）
いまそかりける四十の賀、九條の家にて
せられける日、中将なりけるおきな（見）
櫻花ちりかひくもれおいらくのこむと
いふなる道まがふがに

〔九十八〕歌序異格体
昔、おほきおほいまうちぎみと聞
ゆるおはしけり。（人）つかうまつる男、長月ば

りに桜花つけたる枝にきじをつけて奉

るとて（ヨメル）

我たのむ君が為にと（セバヤ）折る花は時

しもわかぬ物にぞ有りける　とよみて

奉りたりければいとかしこくをかし

がりたまひて使にろく給へりけり（真ナリ）

九十九　贈答異格体

昔右近の馬場のひをりの日むか

ひにたてたりける車に女の顔の下

すだれよりほのかにみえければ中将

なりける男のよみてやりける

見ずもあらず見もせぬ人の恋しくハ
あやなくけふや詠めくらさむ返し
しるしらぬ何かあやなくわきていハ
む思ひのみこそしるべなりけれのちハ
たれとしりにけり　少異ナリ
百　歌序体
昔男後涼殿のはさまをわたりけれ
ハ、あるやむごとなき人の御つぼねより
わすれ草を忍ぶ草とやいふとて
出ださせ給へりければ給はりて　ヨメル
忘れ草生ふるのべとハ見るらめど
○六十五

こはしのぶなり後も頼まむ

【一百】正格 主 昔、左兵衛督なりける、在原の行平といふ有りける。発端 言 その人の家によきさけ有りと聞きて、うへに有りける左中弁藤原のまさちかといふをなむ、まらうどざねにて、その日はあるじまうけしたりける。起 言 なさけある人にて、かめに花をさせり。其の花の中に、あやしき藤の花有りける。花のしなひ三尺六寸ばかりなむ有りける。言 それを

題して歌よむ よみてかくふ、あるじのは
らからなる あるじしたまふと聞きてき
たりければ、とらへてよませたるもと
より歌のことをしらざりければ、すまひ
けるを、志ひて読ませければ、かくなむ
咲く花のしたにかくるる人おほみ有
りしにまさる藤のかげかも　など、か
くしもよむといひければ、おほきおと
どの、栄花のさかりにみまそかりて、
藤氏のことにさかゆるを思ひてよめる

口六十六

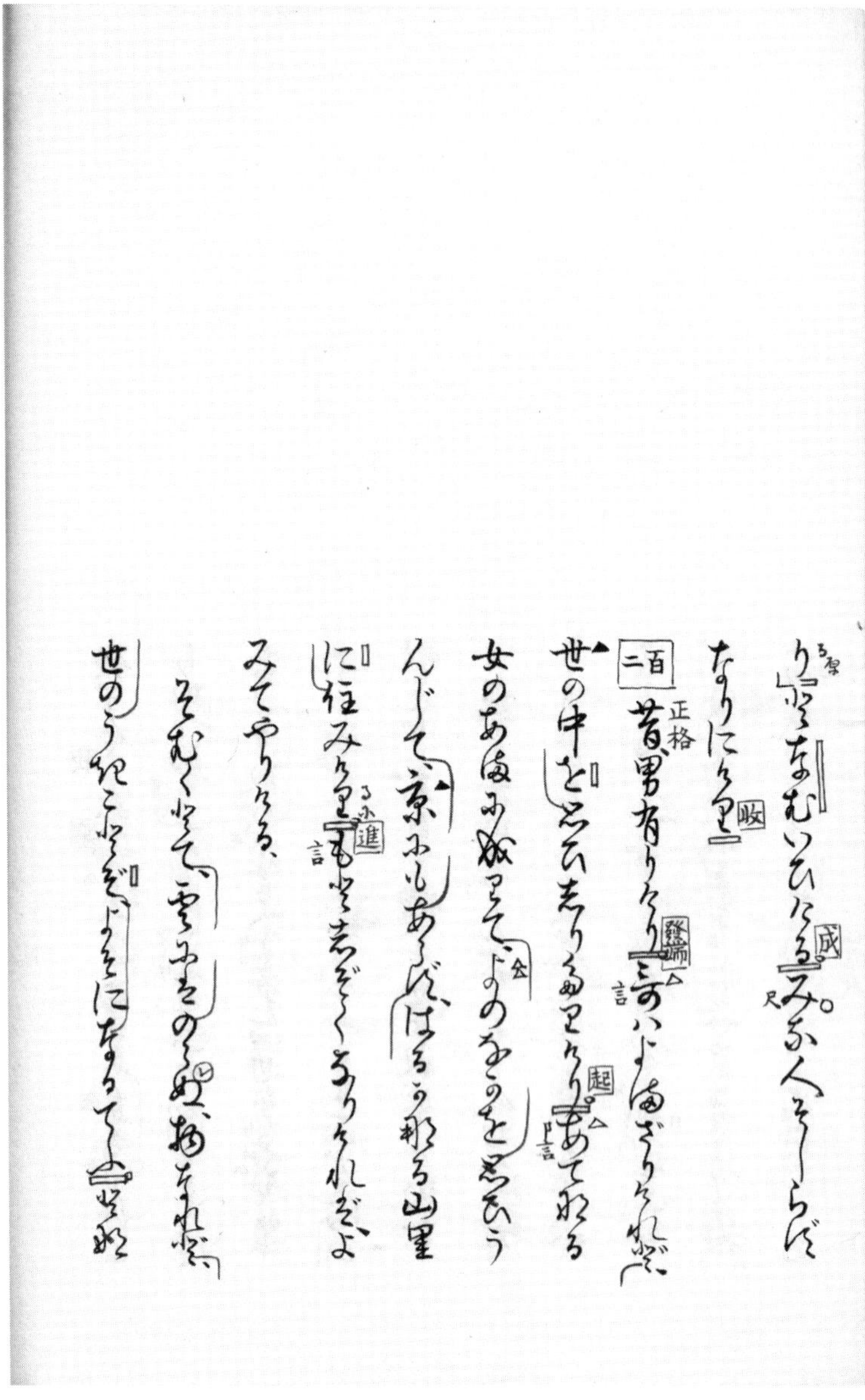

りてなむいひける。みな人そしらず
なりにけり
二百　昔男有りけり。哥はよまざりければ
世の中を思ひ知りたりけり。あてなる
女のあまになりて、よの中を思ひう
んじて、京にもあらず、はるかなる山里
に住みけり。もとしぞくなりければよ
みてやりける、
そむくとて雲にはのらぬものなれど
世のうきことぞよそになるてふ

（69ウ）

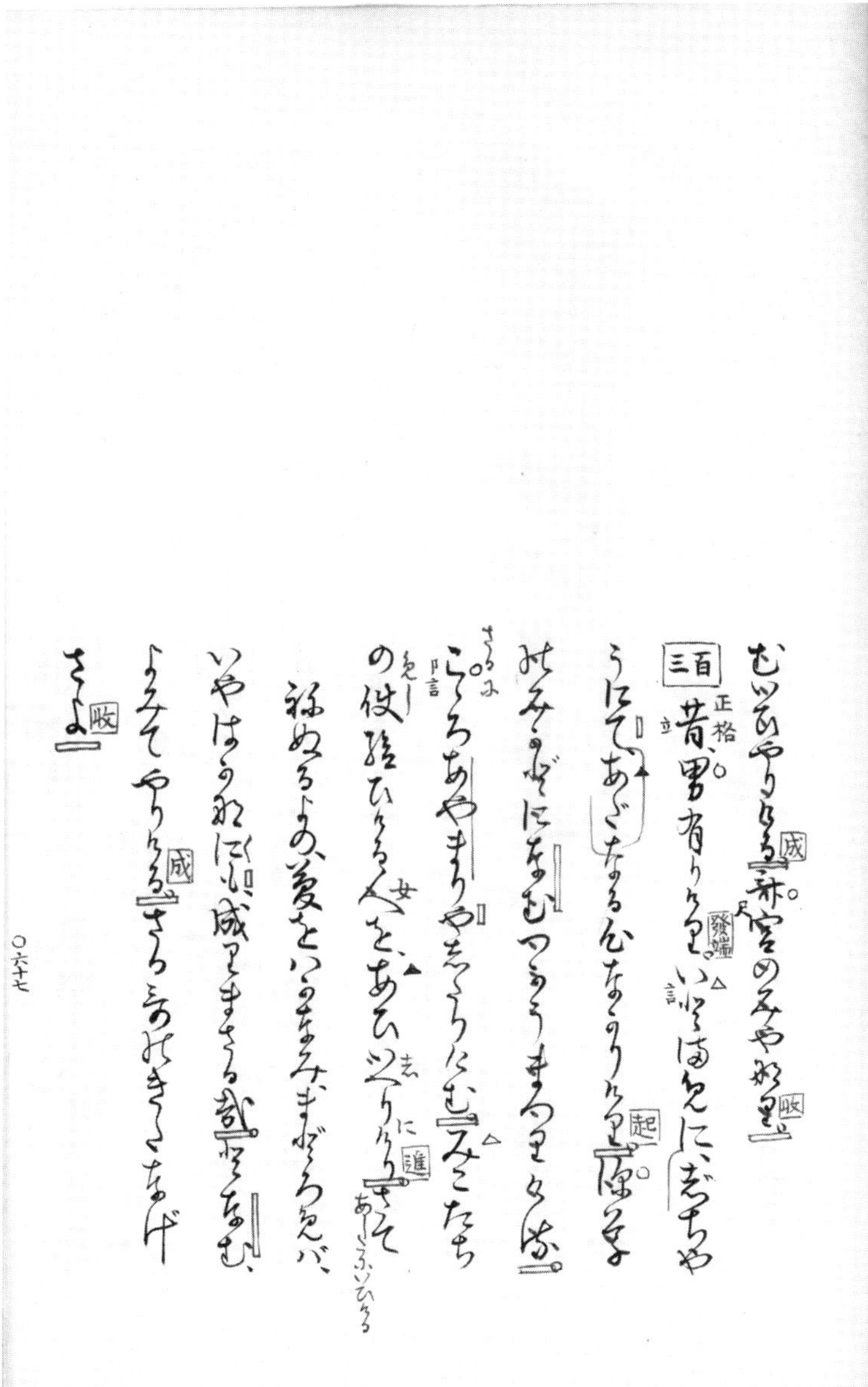
むいひやりける斎宮のみやなり
三百　昔男有りけりいとまめにじちや
うにてあだなる心なかりけり深草
みかどになむつかうまつりける心
ころあやまりやしたりけむみこたち
の使ひたまひける人をあひいへりけりさて
寝ぬるよの夢をはかなみまどろめば
いやはかなにも成りまさるかなとなむ
よみてやりけるさるうたのきたなげ
さよ

○六十七

四百　昔（正格）ことなる事なくてあまになれ（りけ）る人有りけり（起）かたちをやつしたれど物やゆかしかりけむ（進）かもの祭見にいでたりけるをとこ歌よみてやる

世をうみのあまとし人をみるからにめくはせよとも頼（おもふなる）まるゝかな（トモヨミテヤリケル）（成）

これは斎宮の物見たまひける車にかく聞えたりければ見さして帰り給ひにけりとなむ。（収）（キコエシ）

五百　昔男（歌序異格体）かくては死ぬべしといひやりた

りたれば女（ヨメル）

白露ハけなばけなゝむきえずとて、

玉にぬくべき人もあらじをといへりけ

れば、いとなめしと思ひけれど、心ざし

はいやまさりけり。

○此ノ文ハ唯一句ニ言ヒナセリ古格ニカナハザルニヤ

六百　歌序体

昔男、みこたちのせうえうしたまふ

所にまうでゝ、立田川のほとりにて（ヨメル）

ちはやぶる神代も聞かず立田川、

から紅に水くゝるとは

七百　正格

昔あてなる男有りけり。（発端）その男

○六十八

（71オ）

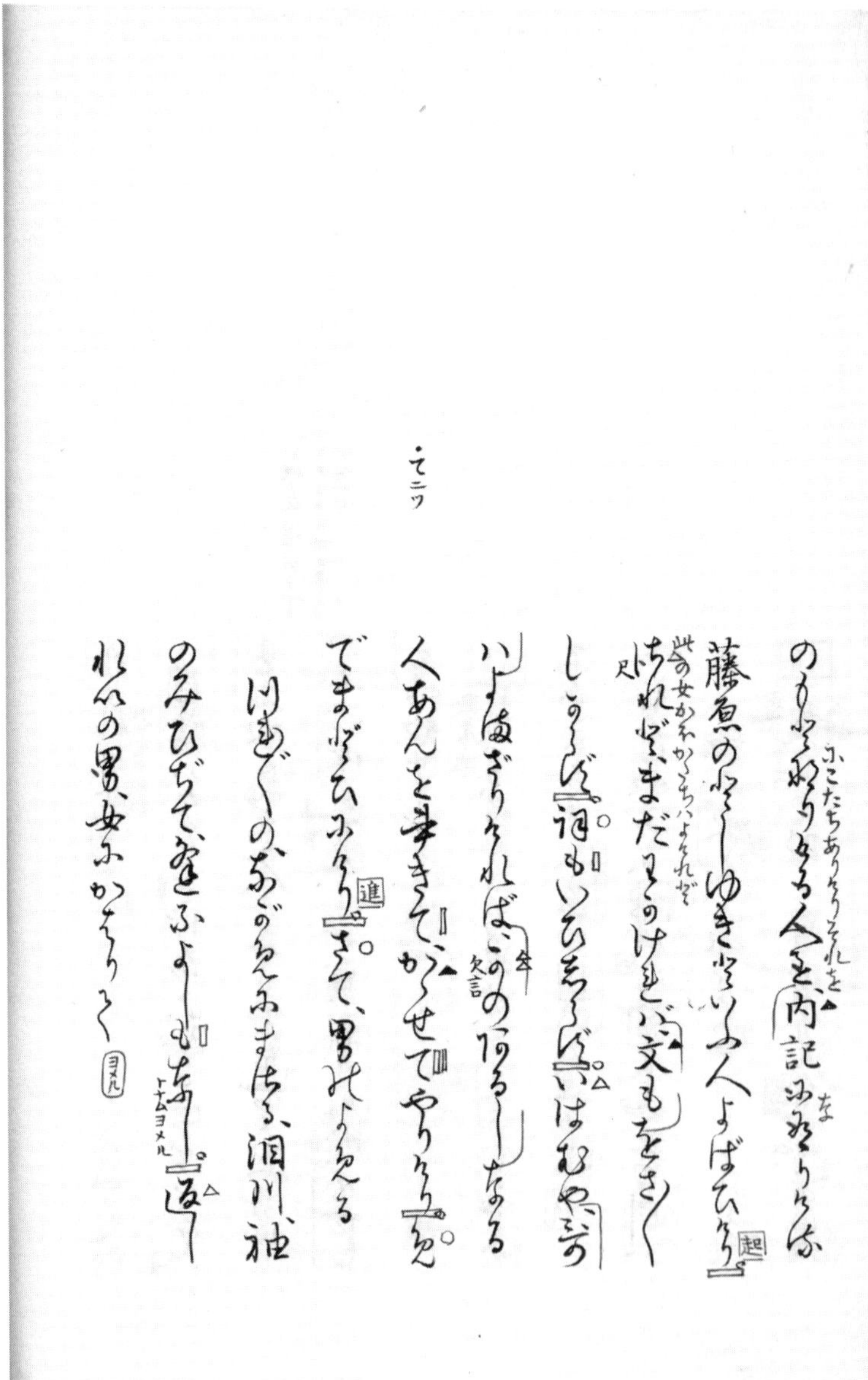
のもとなりける人を内記にありける
藤原のとしゆきといふ人よばひけり
されどまだわかければ文もをさをさし
からず詞もいひしらずいはむや哥
はよまざりければ、このあるじなる
人あんを書きてかゝせてやりけり
めでまどひにけりさて男のよめる
つれづれのながめにまさる涙川袖
のみひぢてあふよしもなし
かへし例の男女にかはりて

七二ウ

浅みこそ袖はひづらめ涙川身さへ
ながると聞かばたのまむといへりければ
男いといたうめでて今まで巻きて文
ばこに入れてありとなむいふなる男文
おこせたり得て後の事なりけり雨の
降りぬべきになむ見わづらひ侍る身
さいはひあらばこの雨はふらじといへ
りければ例の男女にかはりて詠み
てやらす
かずかずに思ひ思はず問ひがたみ身

口六十九

ゐなかなる雨ハ降りて儲かる事とよみて
やれりとぞ、(会)みおくるさも心よきあくで去
心ゝふぬまて、まことひきふくり(収)

八百　歌序異格体
むかし、女ひとのこころをうらみて(ヨメル)
風吹ばとはに波こす岩なれや、(バ)
我が衣手のかわく時なき事つがれ
こときくさにいひなる銭、ききおひる男、
よひごとに蛙のあまたなく田みを
水こそまされ雨もふらねど

九百　歌序体
昔男、友だちれ人をとうしなへる

が許にやりける

花よりも人こそあだに成りにけれ何

れをさきに、戀ひむとかみし。

百十　歌序体

昔男、みそかにかよふ女ありけり。それ

がもとより、こよひ夢になむ見え給ひ

つるといへりければ、男（ヨメル）

思ひあまり、出でにしたまのある

ならむよふかくみえば、たまむすびせ

よ。

百十一　贈答体

昔男、やむごとなき女のもとに（入ソ）な

〇七十

く那りける（た女）をとぶらふやう（サウ）にて云

やりける

いにしへは、ありもやしけむ今ぞ知る

まだみぬ人を、こふる物とは　返し

下紐の、しるしとするを、とけなくに、

かたるがごとは、恋ひずぞ有るべき　又

返し

恋しとは、さらにもいはじ下紐の、

とけむを人は、それと知らなむ

［二百十二］歌序体

昔男、祢んごろに云契ける女の、

ことさまに成にければ（ヨミテヤリケル）

須磨のあまの塩やく煙風をいたみ思

はぬ方にたなびきにけり

百十三　歌序体　むかし男、やもめにてゐて（ヨメル）

なが〻らぬ命のほどにわするゝはいかの

みじかき心なるらむ

百十四　異揉体言　昔仁和のみかど、せり川に行幸したまひ

ける時、あま翁の　いまはさること（八）にげなく思ひけ

れど、会　もとづきにける事なれば、おほたか

の、たかゞひにてさぶらはせ給ひける　起　す　口言

○七十一

りかりぎぬのたもとに（つるのかたをつくりて）かきつけゝる
おきなさび人なとがめそ（タルヲ）狩衣け
ふばかりとぞたづも鳴くなる 進 おほやけ
の御けしきあしかりけり 成 をのがよはひ
を思ひけれど わかゝらぬ人はきゝおひ
けりとや 収

百十五
歌序体
昔みちのくにて 男女住みけり
男、都へいなむといふ 此の女いとかなし
うて馬のはなむけをだにせむとて おき
のゐて、みやこしまといふ所にて酒のま

せてよめる
おきのゐてみをやくよりも悲しきハ
都しまべの別なりけり　[illegible]

百十六　歌序異格体
昔男すゞろにみちのくにまでま
どひいきけり京に思ふ人にいひやる
波間よりみゆる小島のはまびさし
久しくなりぬ君にあひみで何事
もみなよくなりにけりとなむいひ
やりける

百十七　贈答体
昔帝住吉に行幸し給ひ

〇七十二

けり」

我みても久しくなりぬ」住吉のきし
の姫松いく代へぬらむ」おほむかみげぎや
うし給ひて（ヨメル）
むつましと君をしら波みづがきの、
久しき代よりいはひそめてき」

百十八 昔男、（歌序体）久しく音もせで、わするゝ心も
なくて参りこむといへりければ女（ヨメル）
玉かづらはふ木あまたに成りぬれば、
たえぬ心（言の葉）のうれしげもなし」

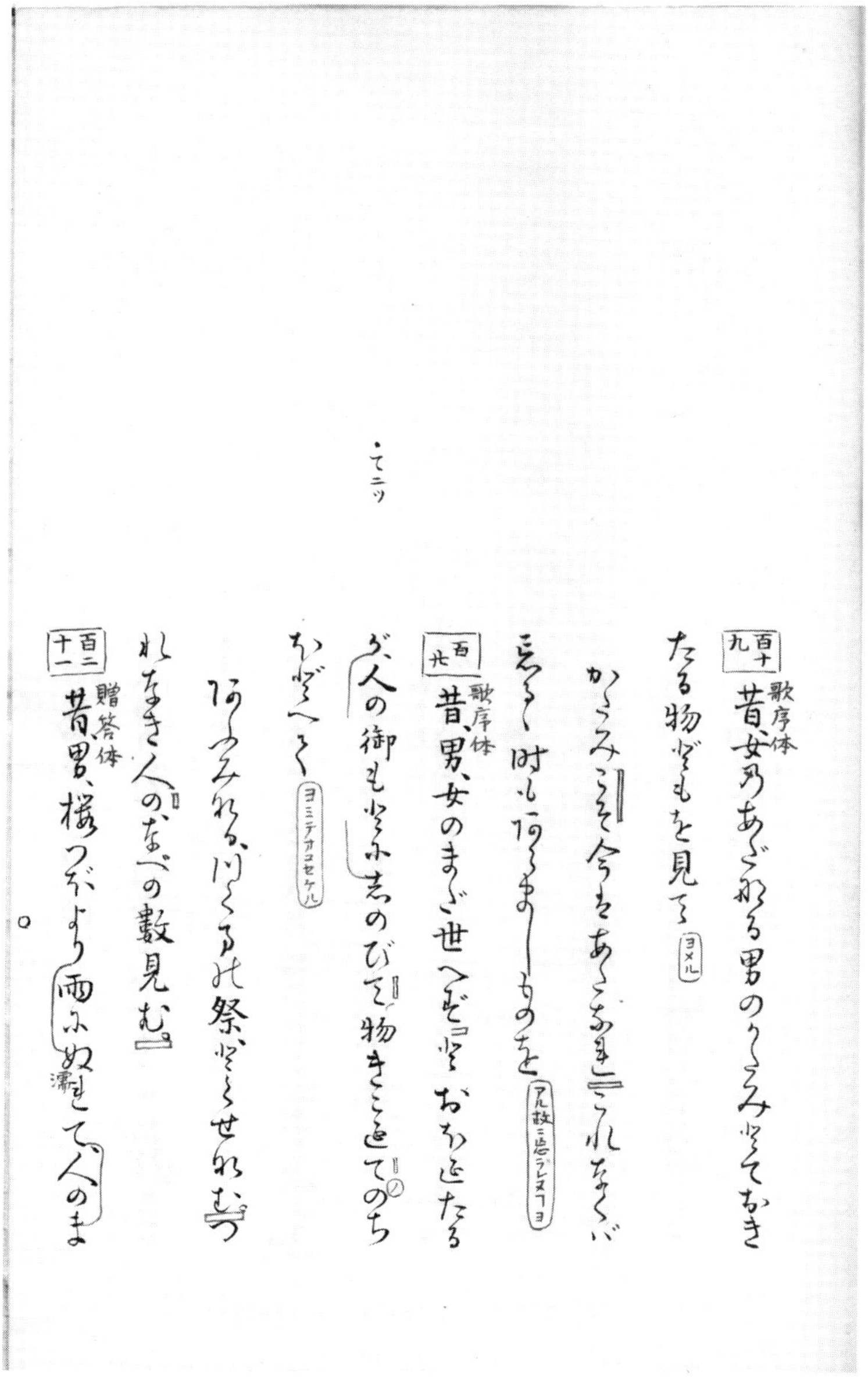

・てニツ

百十九　歌序体　昔女のあだなる男のかたみとておきたる物どもを見て（ヨメル）
かたみこそ今はあだなれこれなくば
わするゝ時もあらましものを（アル故ニ忘ラレヌヿヨ）

百廿　歌序体　昔男女のまだ世へずとおぼえたるが人の御もとにしのびて物きこえてのちほどへて（ヨミテオコセケル）
あふみなるつくまの祭とくせなむ
つれなき人のなべの数見む

百廿一　贈答体　昔男梅つぼより雨にぬれ（濡）て人のま

かり出るをみて

鶯の花をぬふてふ笠もがなぬるめる人にきせてかへさむ　返し

うぐひすの花をぬふてふ笠はいな〔十川〕思ひをつけよほしてかへさむ

百二十二　歌序異格体

昔男ちぎれることあやまれる人に〔ヨミテヤリケル〕

山城のゐでの玉水手に結び〔テ〕たのみし

かひもなき世なりけりといひやれど

いらへもせず

百二十三　贈答異格体
昔男有りけり』ふかの草に住みける女を、やう／＼（漸）あきがたにや』思ひけむ』かゝる歌をよみけり』
年をへて、住みこし里（やど）出て、いなば、いとゞ深草、野とや成りなむ』女返し
野とならば、うづらと成りて、鳴きをらむ』かりにだにやは』君はこざらむ』と
よめりけるにめでゝ、ゆかむと思ふ心なくなりにけり』

百二十四
昔、男、いかなりける事を思ひけ

るをりにかよめるは

思ふことはいはでぞただにやみぬべき我
とひとしき人しなければ

百二十五　歌序体
昔男わづらひて心ちしぬべくおぼえければ

（ヨメル）

終に行く道とはかねてききしかど
きのふけふとは思はざりしを（ハヤモ其ノキハニナリケルカ）

とてなむたえいりにける

明治十九年十二月權田翁自点ノ本ヲ借リテ大山ノ旅館ニ寫シ了ル同月廿日朝　正臣

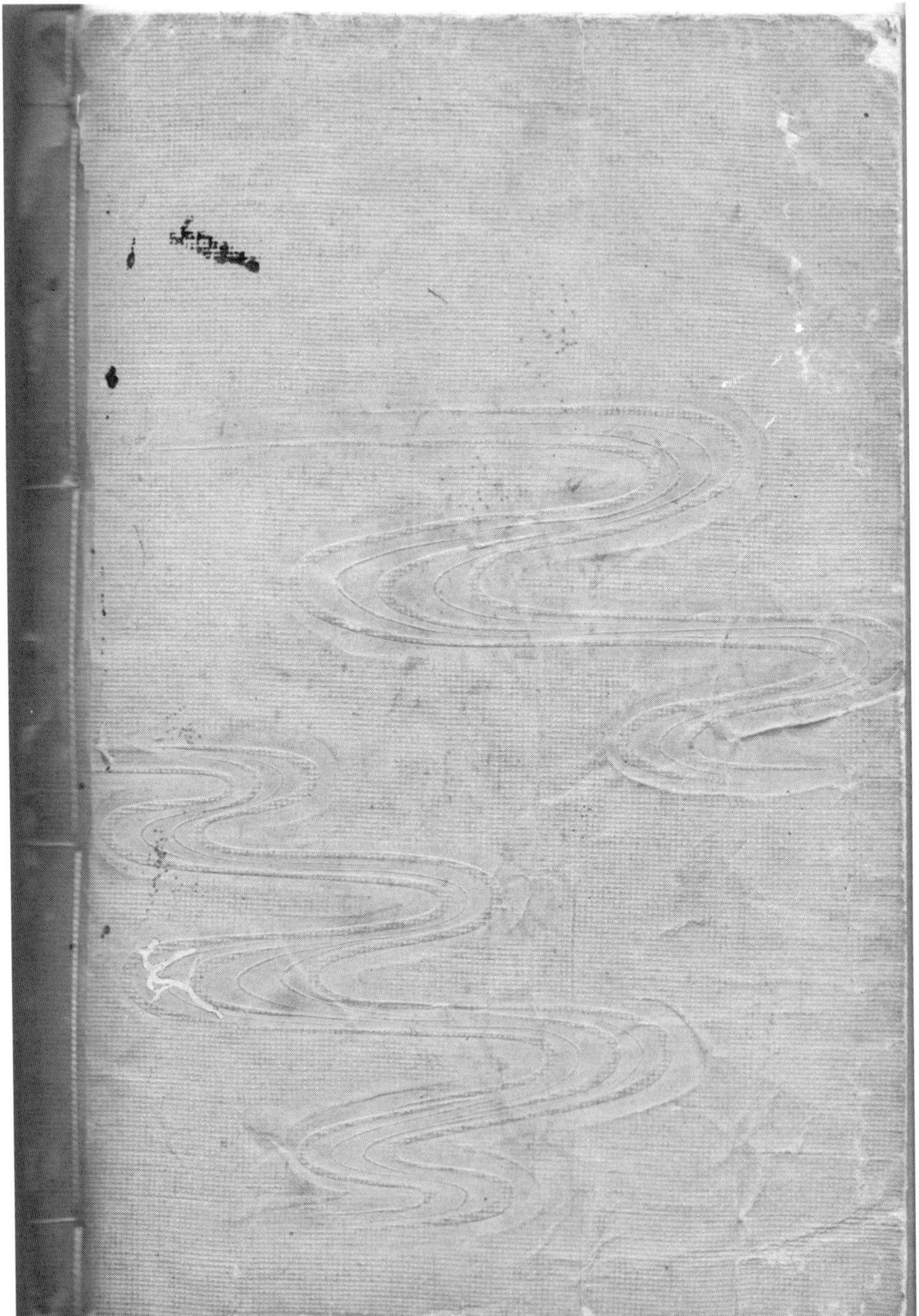

II　甲斐侍従筆『大和物語追考』――解説と影印――

本論では架蔵の甲斐侍従筆大和物語追考（以下、架蔵本と略称）の解説をする。大和物語追考は北村季吟の手になる『大和物語抄』の補訂をしたものである。これは季吟が『大和物語抄』に書き込んだものを門弟の山岡元隣が整理したと言われている。[1] しかし、版行に移されず、今日、写本で伝わっているにすぎない。『大和物語抄』の注釈史上の価値は今さら述べるまでもないが、それの補訂ということで、大和物語追考も軽視することはできない。その意味で本影印が今後の研究に多少なりとも資することができればと思っている。

＊　＊　＊

大和物語追考の伝本は少ない。『補訂版国書総目録　第七巻　ふ―よ』[2]には静嘉堂文庫蔵本（以下、静嘉堂文庫本と略称）、宮内庁書陵部蔵本（以下、書陵部本と略称）、東京大学文学部国文学研究室蔵本（以下、東大本と略称）、東京大学本居文庫蔵本の四本が紹介されている。また、吉澤義則氏の編になる『未刊国文古註釈大系　第九冊』[3]の解題には池田亀鑑蔵本（押小路家旧蔵）の記述がある。このうち書陵部本が『未刊国文古註釈大系　第九冊』に、また東大本が本多伊平氏により『北村季吟大和物語抄　付大和物語別勘 大和物語追考』[4]にそれぞれ翻刻されている。なお、これらの伝本は大和物語追考のみでなく、『大和物語別勘』、『大和物語系図』と合冊になっているが、架蔵本は大和物語追考のみである。まず、その書誌を記しておく。

縦二二・二㎝×横一四・七㎝の袋綴一冊本。表紙は濃い緑地に花模様を押した布表紙で左肩上より「大和物語追考」とする題簽がある。一面十行、本文墨付二十九丁で前後にそれぞれ一枚ずつの遊紙がある。第一丁オに「大和物語追考」と内題がある。また第二十九丁オに「いかなりし花の江にかはやまかつのたふさにけかるやまとなてしこ」の歌がある。その裏に次のような奥書がある。

此一帖再昌院季吟述作也右
法印伝授者也
宝永二乙酉年三月中旬
甲斐侍従　花押

該本は宝永二年（一七〇五）三月に甲斐侍従なる人物によって書写されたものである。

甲斐侍従とは誰のことか。侍従という位にあって甲斐国に関係のあった人物であろう。甲斐国は従来、徳川家一門にしか与えられない地で重要視されていた。そこへ徳川家以外から、五代将軍綱吉の側用人として多くの功績を立て甲斐府中藩主に迎えられたのが柳沢吉保であった。宝永元年のことである。しかも彼は元禄元年（一六八八）十二月に侍従の位を与えられ、老中格に昇進していた。[5]まさしく「甲斐侍従」とは柳沢吉保に相応しい呼称と言えよう。彼は学問への造詣が深く、北村季吟との交流もあり、『松蔭日記』[6]によると、季吟は吉保の厚遇により法印となり再昌院と号した。すると、奥書の記述は季吟のことを記していることとなり、しかも柳沢吉保と推定される甲斐侍従がこれを書いていることから、架蔵本の奥書は吉保と季吟の交流の一面を如実に物語っていよう。このように考えてくると架蔵の大和物語追考は柳沢吉保の書写になろう。ただ、架蔵本と吉保の筆跡や花押との比較、検討が必要になるが、まだそこまで調査が行き届いていない。それゆえ、ここではその可能性があることに留めておきたい。

　次に架蔵本の本文をみていくことにする。その際、東大本、書陵部本と比較、検討していく。東大本に架蔵本を対校してみるとかなりの異同がある。書式をみると東大本は注釈を項目より一字分程、下げて書いているが、架蔵本は同列になっている。書陵部本はこれに近い。また、東大本で割注のところが架蔵本では小文字で一行書きのところが多い。本文の異同は多く、今、漢字と仮名書きの異同を除き、調査すると次表のようになる。

番号	頁	架蔵本	東大本	備考
1	1オ	ナシ（書）	拾穂志之	
2	〃	御説に天慶（暦イ）のころ	天暦	天暦（慶イ）（書）
3	1ウ	公卿補任に正四位下（書）	四位（下イ）	
4	〃	かたかけのふねにやのりし（書）	のりし（れるイ）	
5	2ウ	十二月十九日にても（書）	廿九日	
6	〃	九月廿八日よりの（書）	ナシ	

7	〃	京極のみやす所・	の（書）	
8	〃	屛風のうたふちのはな（書）	ナシ	
9	3オ	又案・此段（書）	に	
10	3ウ	大貳復任・云々	歟（書）	
11	4オ	衣服令云（書）	ナシ	
12	〃	五位の袍緋（書）	ナシ	
13	〃	後撰作者におほつほね（宮）	おほつふね	
14	〃	清輔朝臣	本ニハ（書）	傍書（東大本）
15	4ウ	よく定りにける名（書）	ナシ	
16	〃	大納言本にも	大納言本（書）〔行成〕	
17	〃	おほつほねとあり云々（宮）	おほ〔ふ〕つほね	
18	〃	彼家の嫡文（書）	嫡子〔文イ〕	
19	〃	定る証文と信仰す	証本（書）	
20	5オ	世の中は夢にさりける	けり（書）	

21	〃	後撰集・云（書）	に	
22	5ウ	侍・けると云々（書）	り	
23	〃	よみ給ひ◦けるにや	ナシ（書）	
24	6オ	堤・中納言内の御使にて	の（書）	
25	〃	法◦皇◦御記日延長七年（書）	皇（法イ）	
26	〃	延長七年英◦時◦朝臣	英明（書）	
27	〃	当御◦湯殿之間（書）	ナシ	
28	6ウ	えしり給・さりけり（書）	は	
29	〃	きこえさせけ◦る◦（書）	けり	
30	7オ	しかるに後撰集・（書）	の	
31	8オ	以源◦氏◦為大君（書）	源氏（王イ）	
32	〃	于◦帰本姓云々	ナシ（書）	
33	〃	愚案に◦後撰にも（書）	ナシ	
34	9オ	くりこま山山城宇治のほとりなり	ナシ（書）	

35	9ウ	ナシ	あけぬとていそきもそするの歌古今集にあふくまにきりたちわたりあけぬとも君をはやらしまてはすへなし	コノ歌ノ後ニ「とあるうたを本歌にてよめるにや」ノ本文ガアル（書）
36	〃	今日元服	同日（書）	割注（書）
37	〃	又日天暦元年（書）	云	
38	〃	首書云此段の北方うせ給ふてといふ所に後柏原本勘物云　重光　保光　正光卿母	ナシ（書）	
39	10オ	承平三年癸巳（書）	ナシ	
40	〃	藤実頼五月廿七日兼（書）	ナシ	
41	〃	同五年に生れ給へり	ナシ（書）	
42	10ウ	首書此段の御息所後柏原本勘物仁善子云々	ナシ（書）	
43	11ウ	首書此段後柏原本勘物云貞信公昌泰三年正月廿八日参議廿今年清慎公生服後禁色不審云々	ナシ（書）	
44	12オ	わたり川（書）	河	
45	〃	書かへて侍へし	侍るへし	傳へし（書）
46	12ウ	申侍しかと今補任を（書）	申侍りと	

47	13オ	藤師輔・右大臣	任（書）	
48	13ウ	承平元○年閏五月十一日（書）	六	
49	〃	此二○人○の○御中にて（書）	ナシ	
50	14オ	藤原・真樹を勘物に（書）	の	
51	14ウ	いひて侍り○けれは（書）	ナシ	
52	〃	又・閑院大君源宗于女	此（書）	
53	〃	後撰・目録	の（書）	
54	15オ	伊勢家集云○庭鳥に（書）	ナシ	
55	〃	音にてもきこえけ○ん○（書）	けり	
56	〃	是にかき給へきにも○（書）	ナシ	
57	15ウ	仲平・承平三年	は（書）	
58	〃	あくるとし中納言に○（書）	ナシ	
59	〃	実頼もなり給ひ○ぬる（書）	ナシ	
60	〃	すみ給ふ○よしなり（書）	ナシ	

61	〃	前々に衛門のかみ	前に（書）	
62	16オ	僧喜君・哥也（書）	の	
63	〃	はなれぬへく侍り（書）	ナシ	
64	16ウ	うけてにや侍らん（書）	ナシ	
65	〃	延喜元年正月廿五（六イ）日（書）	廿六日	
66	17オ	往来とつくれりと云々	ナシ（書）	
67	〃	藻塩草・遊子伯陽の	に（書）	
68	17ウ	百人一首の抄には（書）	ナシ	
69	〃	たゝ空の事をいふと（書）	と	
70	〃	宗祇・説とて	の（書）	
71	18ウ	これを案・るに（書）	す	
72	19ウ	使に下り給・しは（書）	ひ	
73	〃	袋双紙云（書）	袋草子	
74	〃	肥後国遊君（女歟）檜垣嫗	ナシ	遊君（書）

75	〃	老後落魄◦者也	魂（魄か）	魂（書）
76	20オ	桶ひきさけて◦（書）	ナシ	
77	〃	しら川◦の（書）	河	
78	20ウ	ある川◦なり	河	かは（書）
79	〃	主上のこ◦ゆ◦し◦	被遊し（書）	
80	〃	なくをみ◦て◦	みるこそ（書）	
81	21オ	たゝ人と◦はかり（書）	ナシ	
82	〃	世◦の◦人◦の◦もとをは	世中の人（書）	
83	21ウ	とし比人の◦なうなりたる	ナシ（書）	
84	22オ	みを◦しらせ給へとて	ナシ（書）	
85	22ウ	かたにゐて侍る◦と（書）	ナシ	
86	〃	い◦と◦たのもしく（書）	いとと	
87	23オ	此物かたり・は	に（書）	
88	23ウ	公忠集には◦（書）	ナシ	

89	〃	くたる人のもとへ（書）	もとに	
90	〃	物し給ひける比（書）	時	
91	24ウ	遍昭の集にも	ナシ（書）	
92	25オ	大和物語・本有差異事	之（書）	
93	25ウ	三四段を加へたる本	ナシ（書）	
94	〃	われにこそつらきを（書）	つらさ	
95	〃	よめるふる事を（書）	ナシ	
96	26オ	櫻人巣さしくし	巣守（書）	
97	〃	又山路の露なといぅ（書）	ナシ	
98	〃	事ともおほく（書）	おほし くイ	
99	〃	おほくみえたり	みえけり	みへたり（書）
100	27オ	彼実録につくへき（書）	ナシ	
101	27ウ	其題号をかうふらしめ	に（書）	
102	〃	其ことゝはいふ（書）	ナシ	

103	〃	かきつらね・・	つゝ（書）	
104	〃	これかれ見合・て	せ（書）	
105	28オ	古事記・のさま	等（書）	
106	〃	みなしか・り	な（書）	
107	〃	左氏伝公事・（書）	伝	
108	28ウ	拾穂	拾穂 門弟元隣	ナシ（書）
109	29オ	いかなりし花の江にかはやまかつのたふさにけかるやまとなてしこ（書）	ナシ	

（注）圏点、中黒は異同の対象箇所を、これらがない場合は全体がそうなっていることをそれぞれ示している。なお「書」とは宮内庁書陵部本の略号。

異同数は百九箇所みられた。その結果、

架蔵本と書陵部本の共通数……62
東大本と書陵部本の共通数……39
三本がそれぞれ独自本文……8

となり、これら三本間において架蔵本は書陵部本に近く、東大本とはやや離れていると言えよう。また、独自本文は少ないとはいうものの、本文の流れを考える上で無視できない。

そこで、主なところをみていくことにしよう。(1)(108)(109)は巻頭と巻末にあるもので、書陵部本は(108)を含んで「明暦元年六月中旬」もない。その代り、(109)では架蔵本と書陵部本とが共通している。ただ、架蔵本では(109)の前に「明暦元年六月中旬　拾穂」という記述があるが、書陵部本にはない。また、架蔵本は(108)のように「門弟元隣」がない。これは架蔵本の奥書に「此一帖再昌院季吟述作也云々」とあることに関係があろう。それと(1)(109)から改めて架蔵本と書陵部本は近い関係にあることがわかる。ともあれ、(1)(108)(109)は架蔵本、引いては大和物語追考の成立に深く関係しているように思われる。それゆえ連動させて考えるべきである。架蔵本で章段全体が無い箇所として、(35)がある。大和物語追考が本来、有していなかったのか、それとも架蔵本の削除、誤脱か判断できないが、書陵部本は「備考」欄に記した本文が歌に続いている。これはここの現象を考える上で参考になろう。

架蔵本には東大本、書陵部本にない本文がみられる。(34)(38)(42)(43)がその例である。(34)を除いた箇所が『大和物語首書』からの引用で、登場人物について補足している。(34)は宇治の所在場所を説明したものである。これらは甲斐侍従なる人物により付加されたものと考えられる。彼の古典に寄せる関心の深さを垣間見ることができよう。

また、架蔵本には校異を施した箇所がある。(2)(65)(74)がそれである(このうち(74)は「イ」となっていないが、校異と処理した)。(2)をみると、架蔵本の校異本文に一致するのは東大本と書陵部本であり、(65)の校異本文に一致するのは東大本のみである。(74)で校異本文に一致する伝本はないが、本文において架蔵本は書陵部本と一致する。わずか三箇所では推測をともなうが、架蔵本で校異に用いた伝本は東大本に近いと言えよう。このことは東大本の校異本文からその可能性が見えてくる。東大本の校異は（3）（4）（18）（25）（31）（98）にみられる。このうち（4）と（31）を除くと校異本文に架蔵本、書陵部本が一致していることから架蔵本は東大本に距離をおき書陵部本と近い関係にあることがわかる。

この外、一部はふれたが、架蔵本、東大本、書陵部本の独自本文は書写過程を探る上で貴重な資料になろう。今後の課題にしたいと考えている。

＊　＊　＊

架蔵本の解説をしてきた。その結果、架蔵本の書写者として柳沢吉保の可能性があること。架蔵本の本文は、東大本、書陵部本のそれに比較してみると書陵部本に近く、東大本に近い伝本を異本とみていたのではないかということ。架蔵本は後世的な面も有しているが、その反面、大和物語追考の生成を考える上でひとつの資料となり得ることが指摘できると思う。

本論では大和物語追考の一資料として架蔵本の紹介を主眼としたため、詳細な考察ができなかった。例えば、前述したように架蔵本と東大本の関係は離れているが、両本の共通数が少ないとは言え、三十数箇所ありこれをいかに考えたらよいのか。これには管見に入らない伝本を含めた調査と検討が必要になろう。この外にも架蔵本についての課題は多い。これらについては今後、考えていきたいと思っている。

注

（1）麻生磯次氏編『国文学研究書目解題』（至文堂、昭和32・6）。

（2）岩波書店、平成2・9。
（3）帝国教育会出版部、昭和13・4、〔覆刻版〕清文堂出版、昭和43・10。
（4）和泉書院、昭和58・1。
（5）竹内誠氏・深井雅海氏編『日本近世人名辞典』（吉川弘文館、平成17・12）。
（6）上野洋三氏校注『松蔭日記　岩波文庫』（岩波書店、平成16・7）に拠る。なお、上野氏は本書の著者について「筆録し文章に作りあげたのは確かに正親町町子であろうが、著者は吉保・町子の両名対等とするのが自然であろう」（同書解説）と述べている。

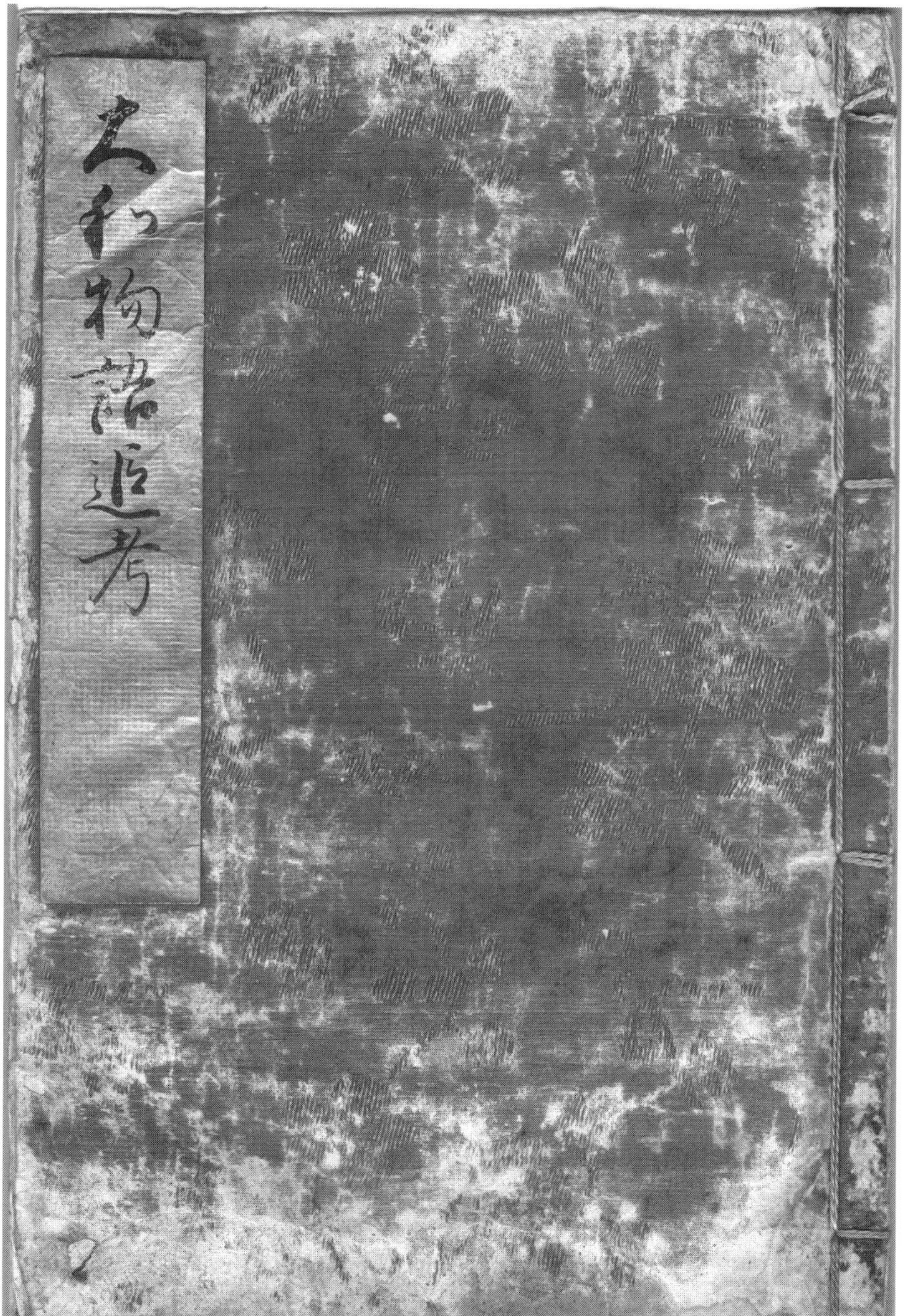
大和物語追考

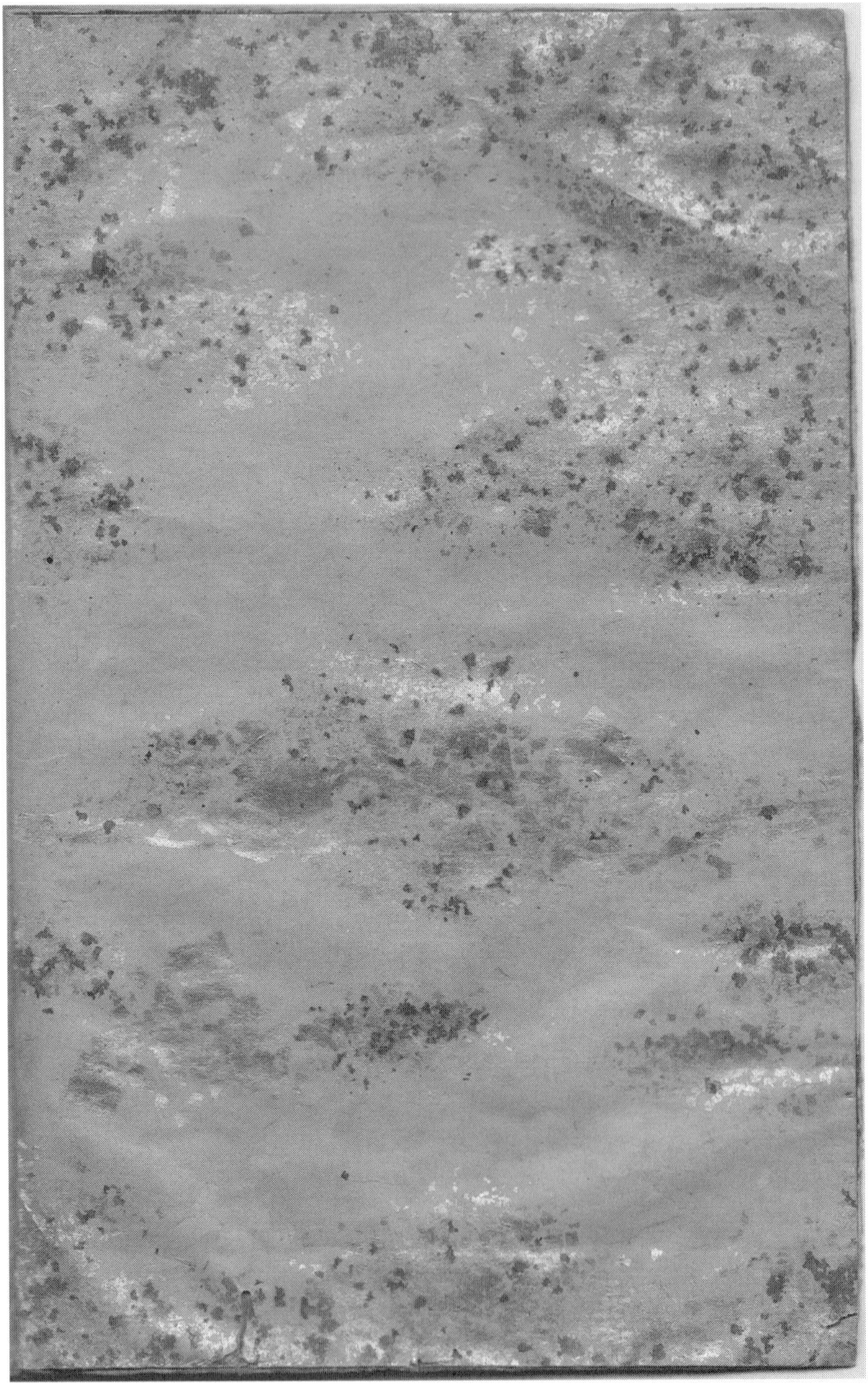

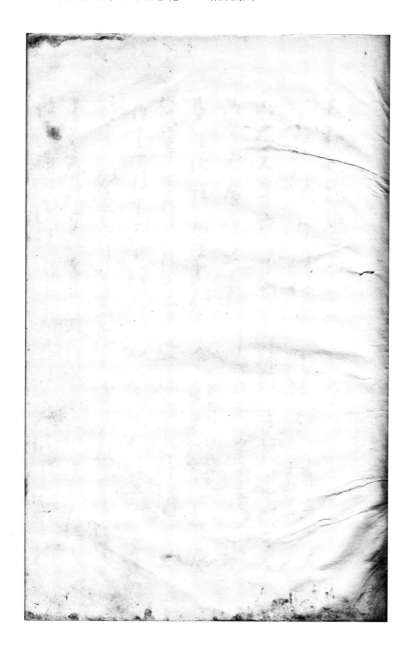

大和物語追考

いつれのおりにか　清慎公や　小野宮
四暦え年をも下旬之つ補行と見侍り村上宮
清え三暦え年ヘ丁未　えたえ侍之もて慶四月
まて従二位蔵言れ但五后個五ちねえ
保四年丁卯六月廿二月従一位蔵言れ招関白光去
后十二月廿三日廿五改大后立て享七十年に
月うぬえあつまく三暦え多ころなりて
よく春秋廿一年左大后ゆくたりねれも
故冶補の居法し享乃ころけやむね

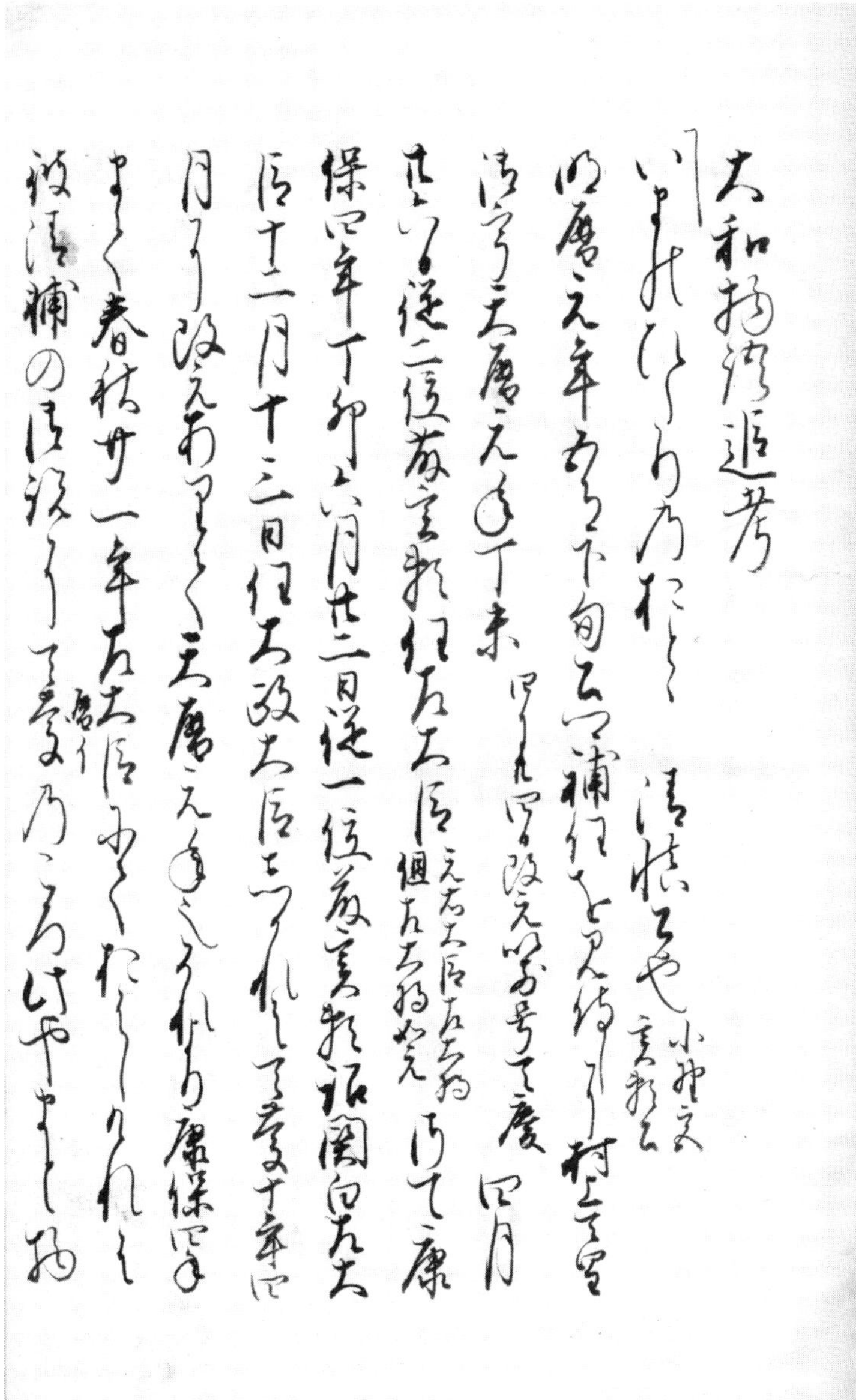

きよかけハ出身なるまゝやとのゝかみにしよきよし
なるへくきこゆ
故源大納言宰相なりしおりしるし付　清蔭や
公卿補任にいはく正四位下源清蔭延長二年正月
任参議よしみてゆかりきて天慶二年十
二月廿七日従三位源清蔭権中納言四年
中納言天暦二年正月卅日叙正三位任大
納言六十五歳
きよかけのみつのとやのまし　分
みつのと家業にかゝりけれハ中将とやのゝ

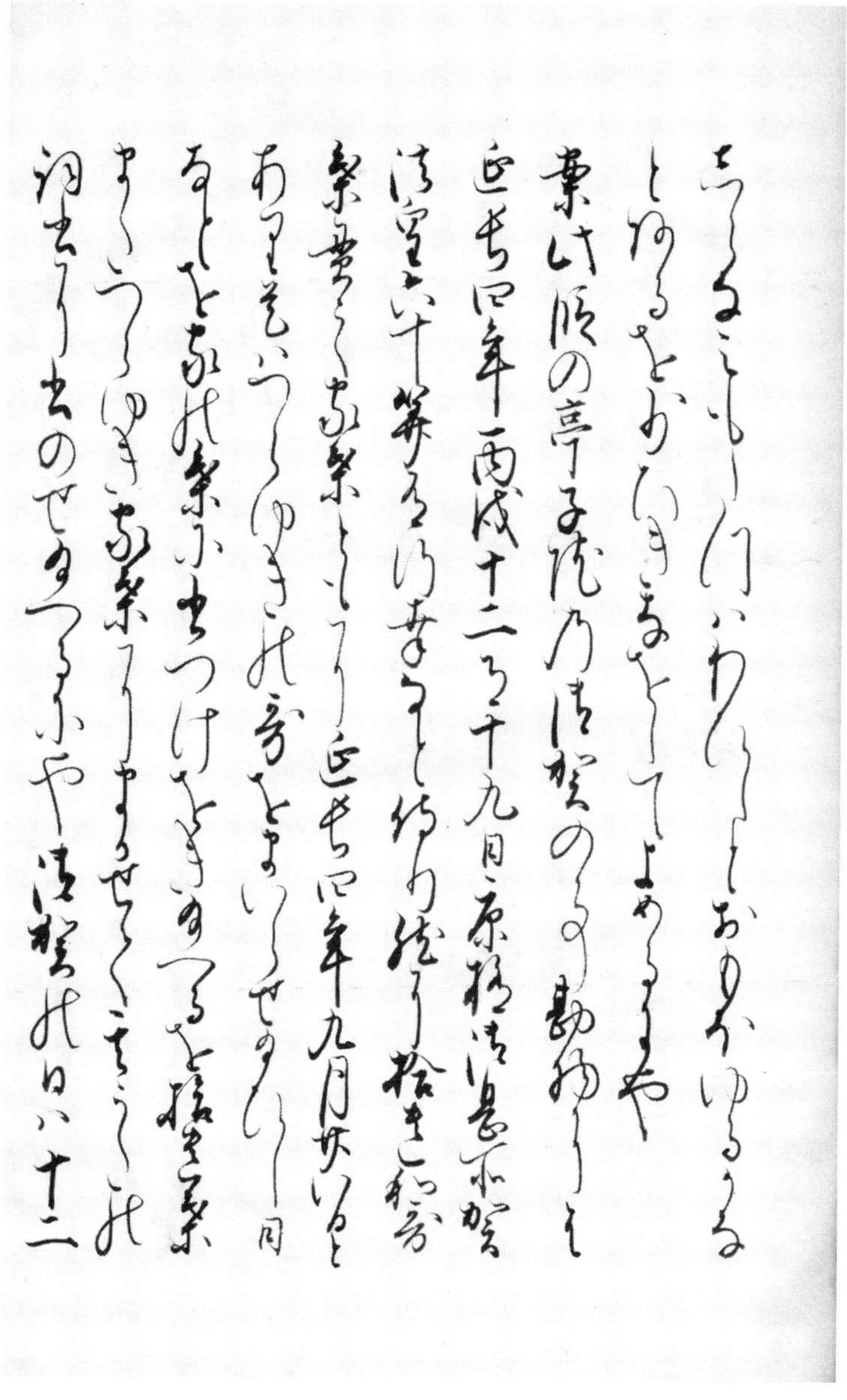

（2オ）

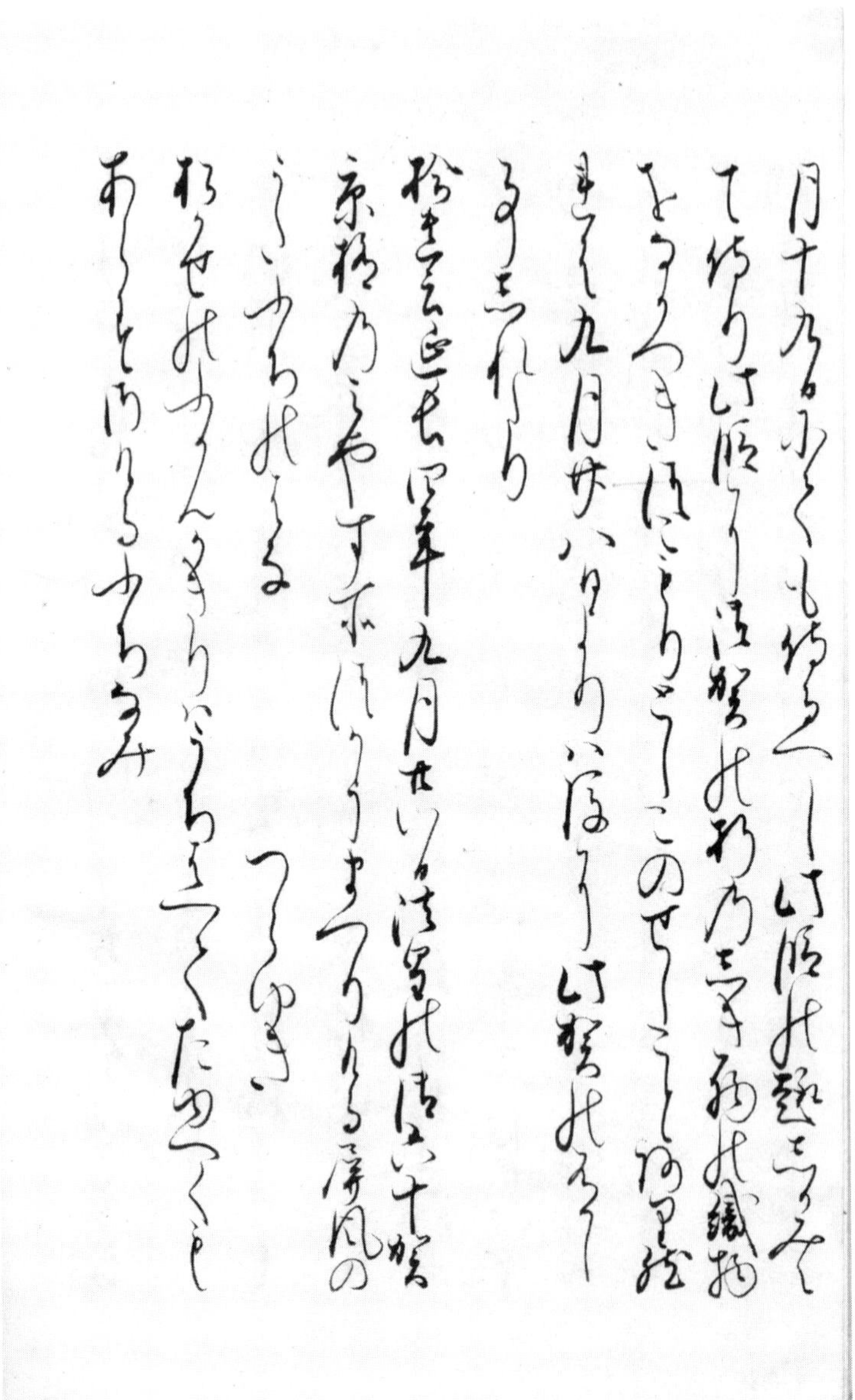

（2ウ）

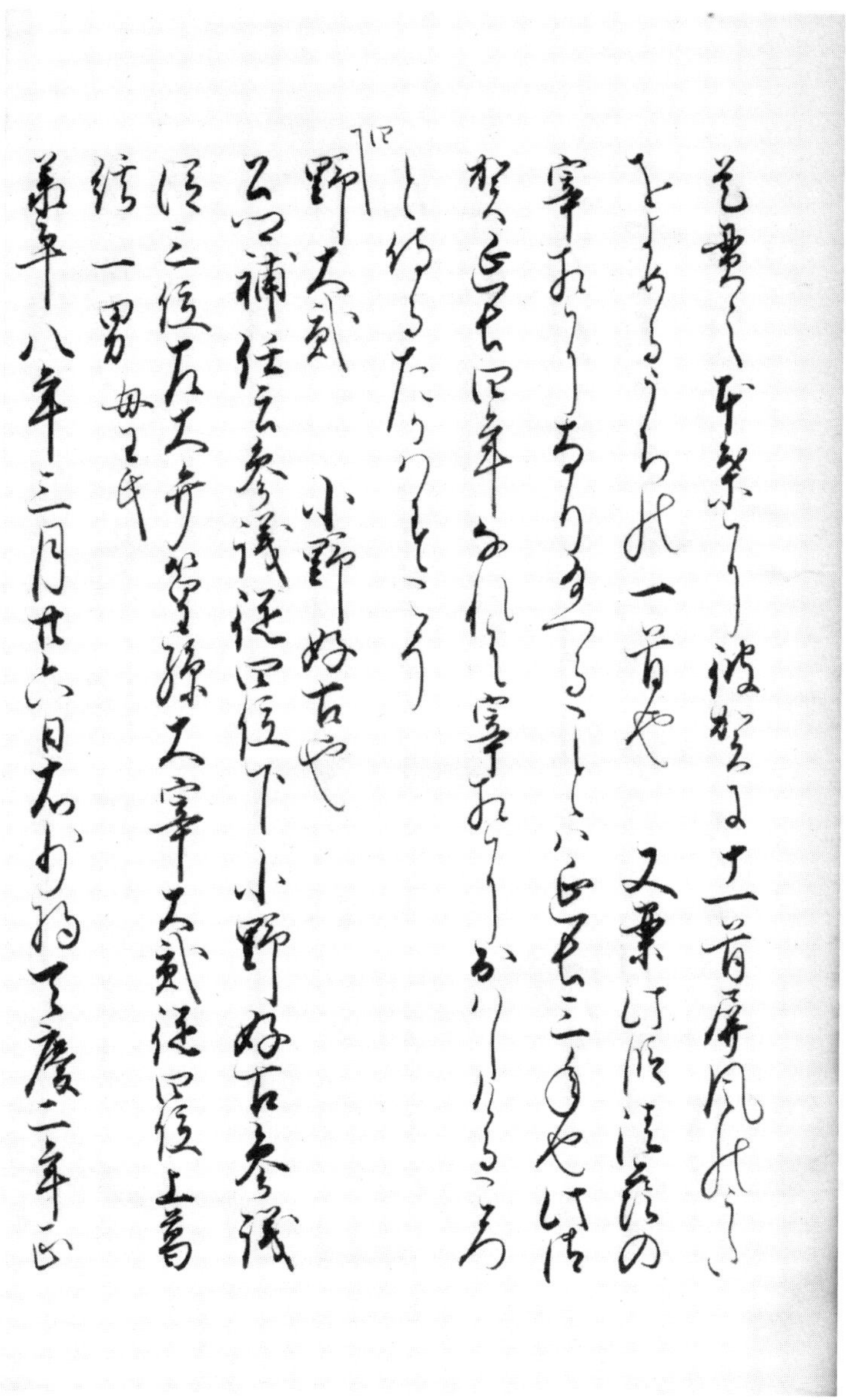

見えし平祭より彼撰よ十一首屏風歌とも
なよあるうち此一首や　又業行順清蔵の
宰相なりしかすてるこしは正四位三十年や付は
撰へ正四位上兼宰相なりしかりけるにも
しけるたりつきこり
野大弐　小野好古や
公卿補任云参議従四位下小野好古参議
従三位左大弁篁孫大宰大弐従四位上葛
絃一男　母[illegible]氏
承平八年三月廿六日右少将天慶二年正

月廿五日正五位下二月一日兼近江権守同三
年正月七日兼追捕凶賊使同四年正月七日
従四位下 五十八
これをはしめのかゝりありて天慶四年の正
月にはいまた四位にもなりぬねたてまつらし
のむつきのことしたまへしさて程なくまかる
り叙四位給ふにや
又考補任云よのよしかるに天慶八年十月
十四日大宰大弐天暦元年四月廿六日参議
五月二日 兼大弐如元　十二月廿五日任大弐 後任之

康保みつ三月十一日辛ハ十六村板行ヽ村康
保の二字高ヽた版今宣而記し
玉うけみとせ号
六衣服今玄又侍ノ袍緋
当くへやるわだなしぬ号
祖
れ中中なしハわたなしみなとのヽ
たそもか○尾撰化たう一あか行う号
同人云り
僻案抄云玄云化云たねし○活捕れ化ぬか
しおわよきしりあかうしハわうつむり

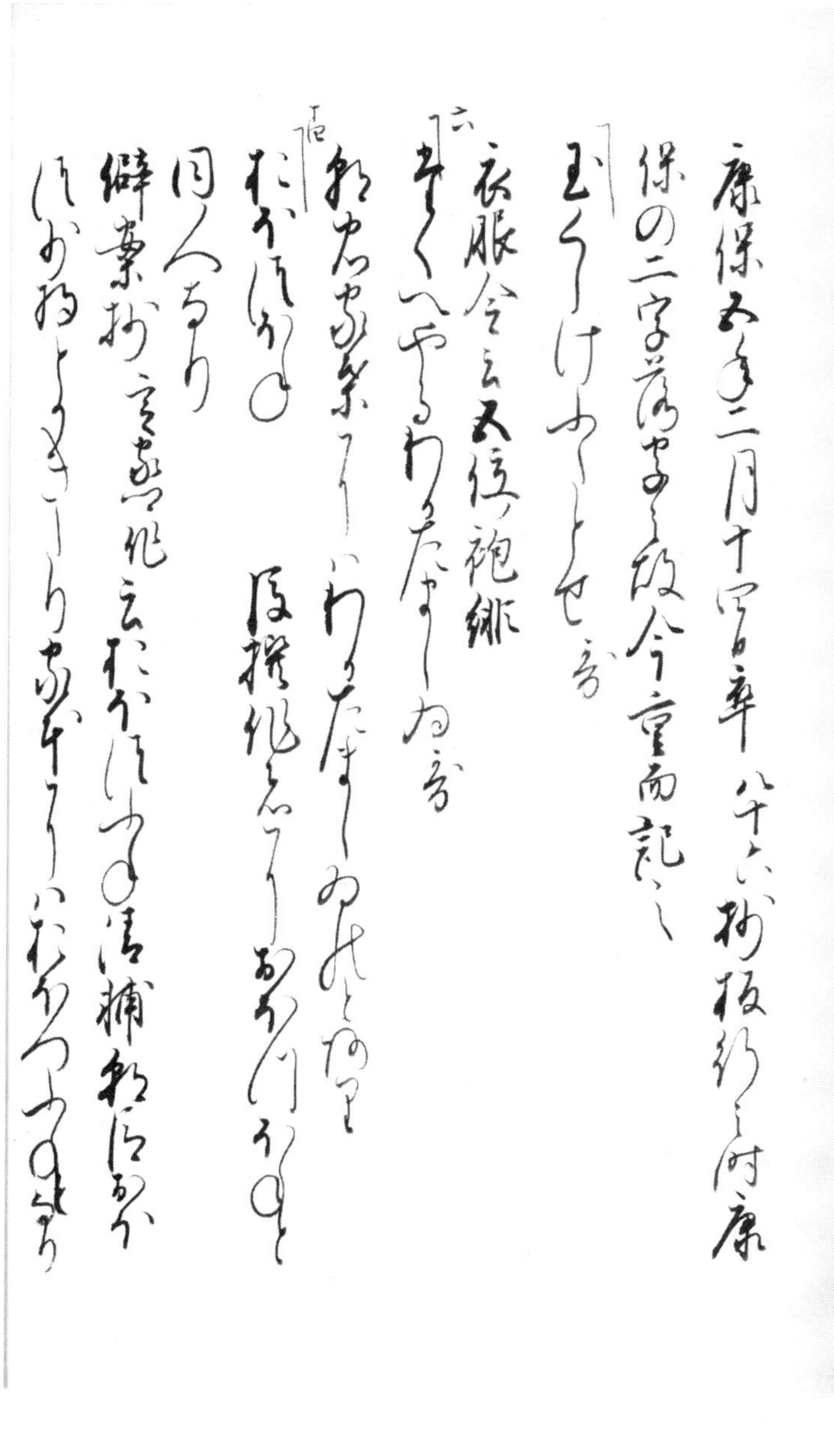

(4オ)

敦忠中納言此妹中納言のおさなくてはい
はけられけるをしはしはかりのかうら
しけりなすくは孫葉のむすめともかくさき
なり勅撰此続なれり　かくてのせられよく
家のまかりけるをときこゆる大納言かゝはりおか
はかりとし物のとこゝ又云大納言行家のまゝり
ころうかりの清涼殿人おほねに対業　後撰
ゑうらかりし貫行人此人の伊も継家此婦文
なつてくられたまひて寛平に延喜に信仰をと
ついせとき　豊て業云のいせうらせぬつてて

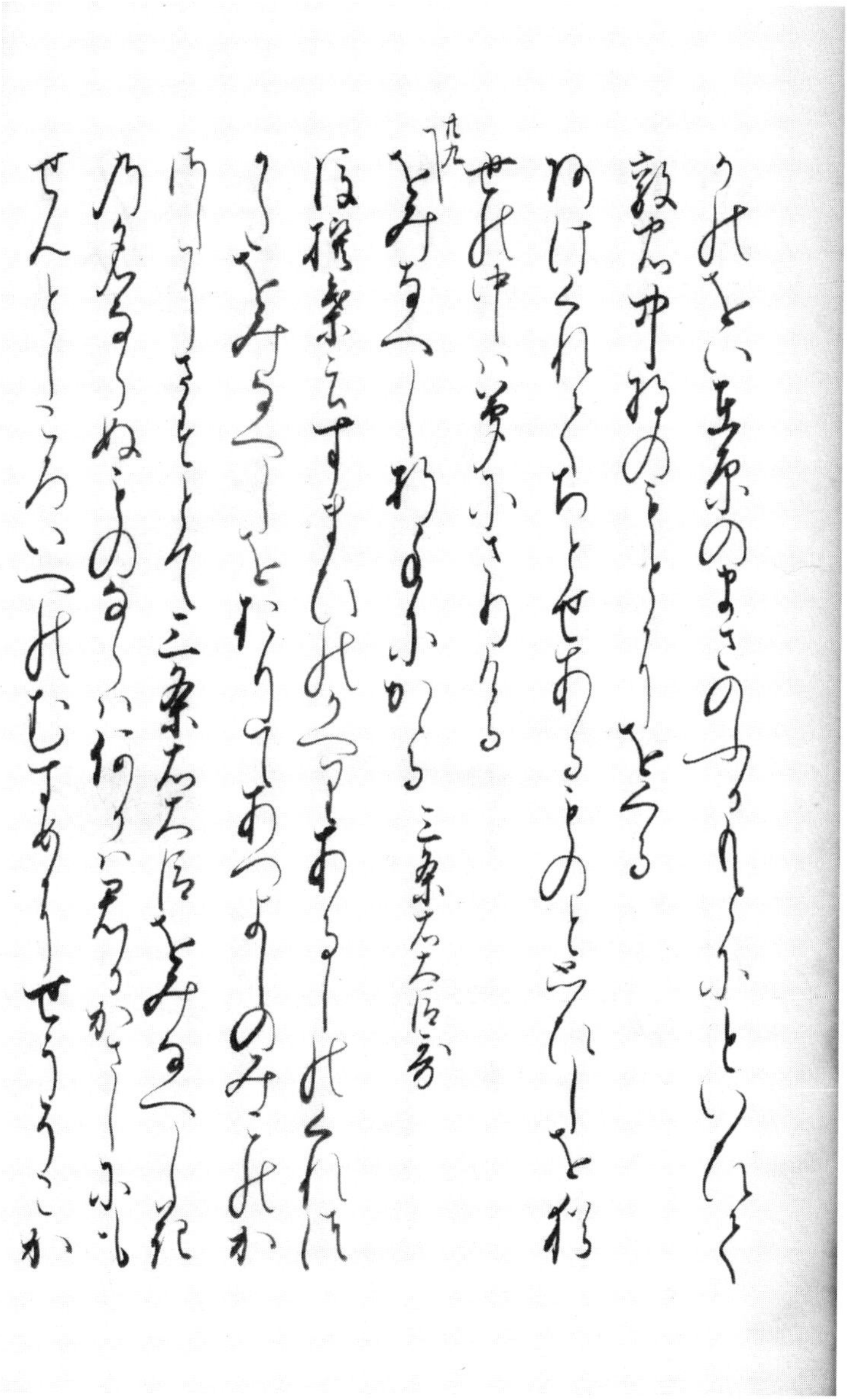

（5オ）

よりし侍るをとめたまはりけんかくしおき
いしくゆるさぬおいしらすん侍るとこく
義宣方正和十九年九月十二日右近大将
正長二年正月廿二日右大臣右大将めえん　永享
えん年右大将正中年二ヶ八月宮薨　享年八歳
かみすましいのりつまかはしけしおいかれるゝる
つしちくけしよのかゝらのおるてにかゝるちて
露ものうしいかみおはすのみこみ右大臣の
むすめりわれわいくのち又いむしの
やうりきにころちしゝおゝぬ物かゝるしよみ

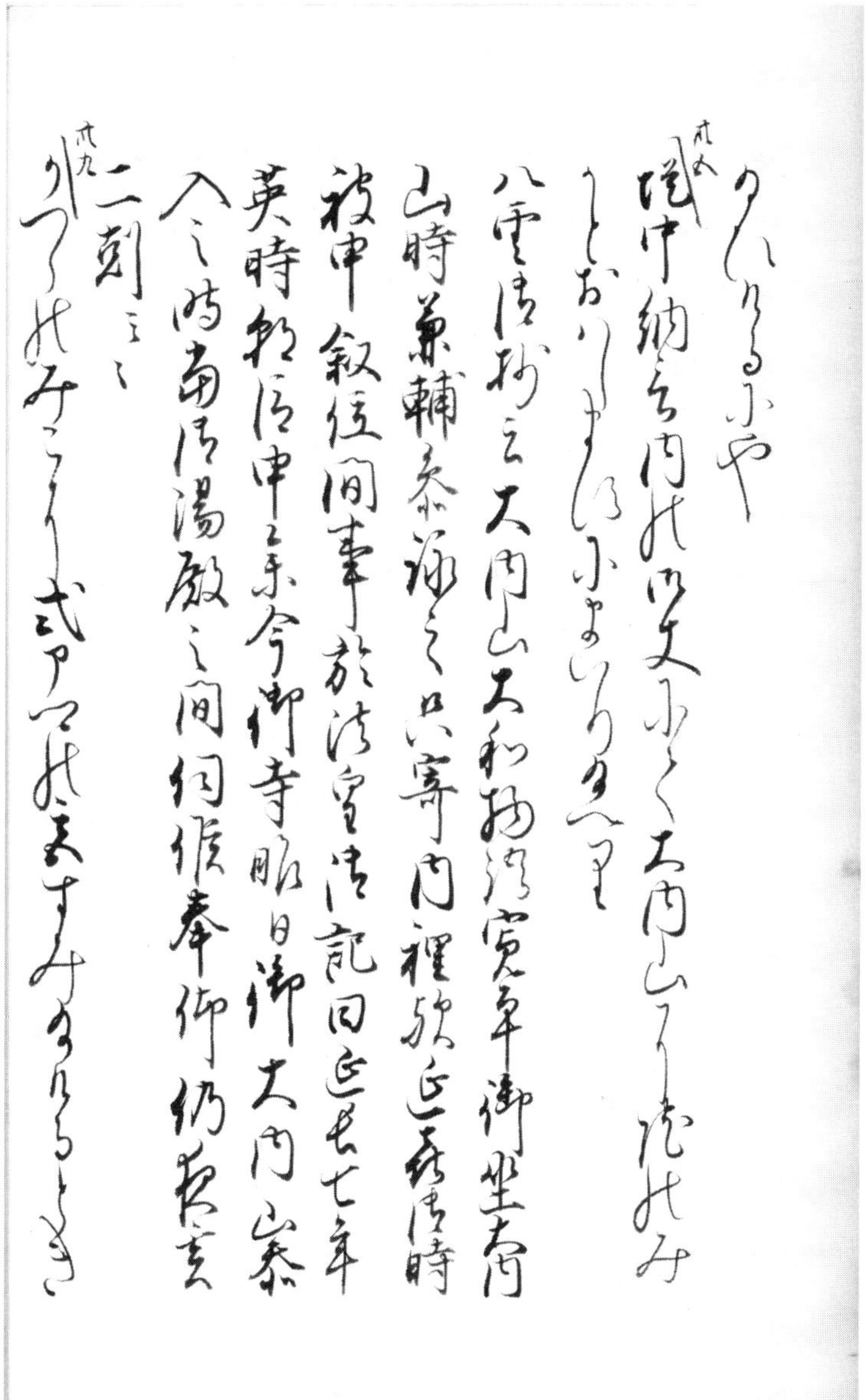

（6オ）

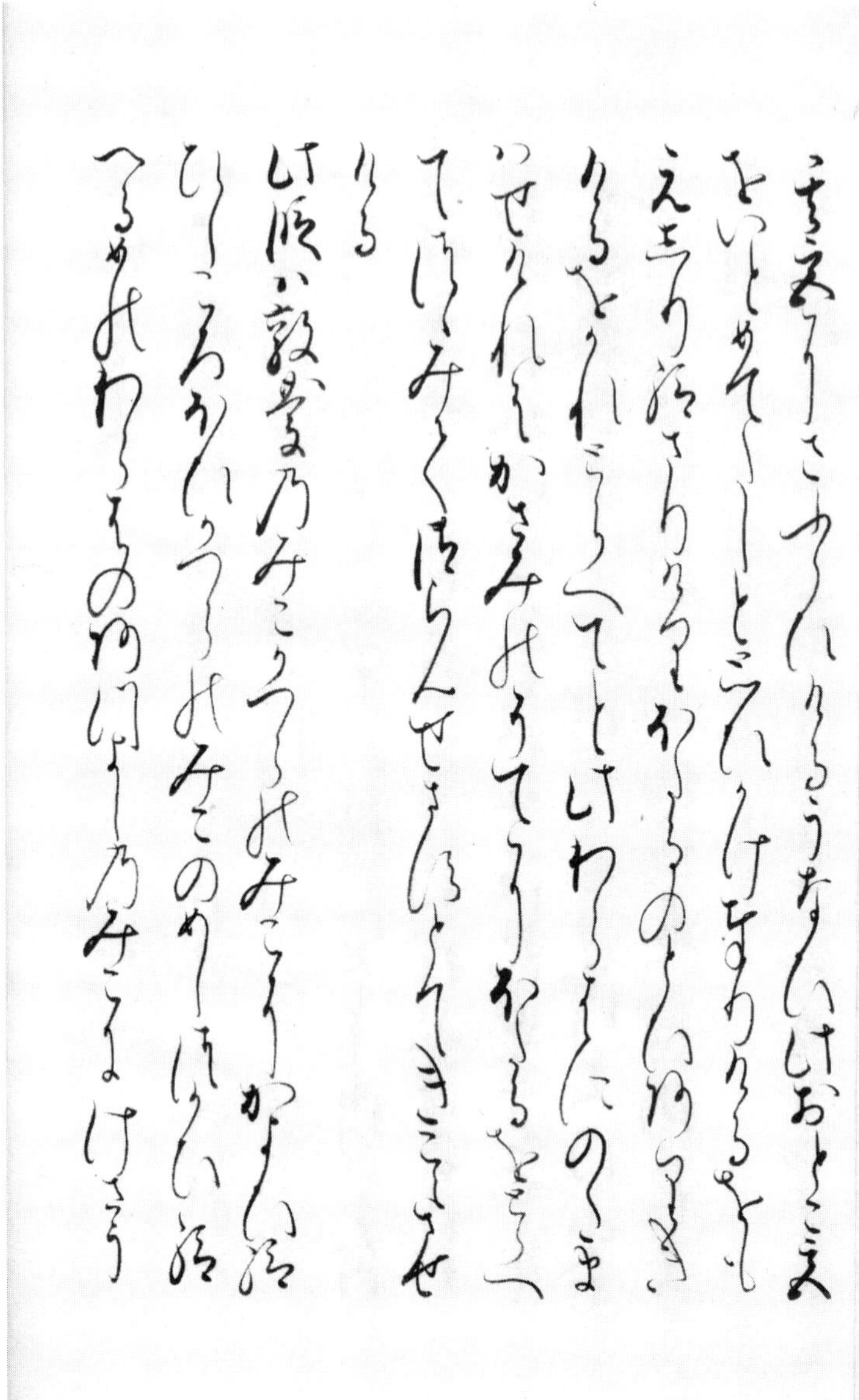

（6ウ）

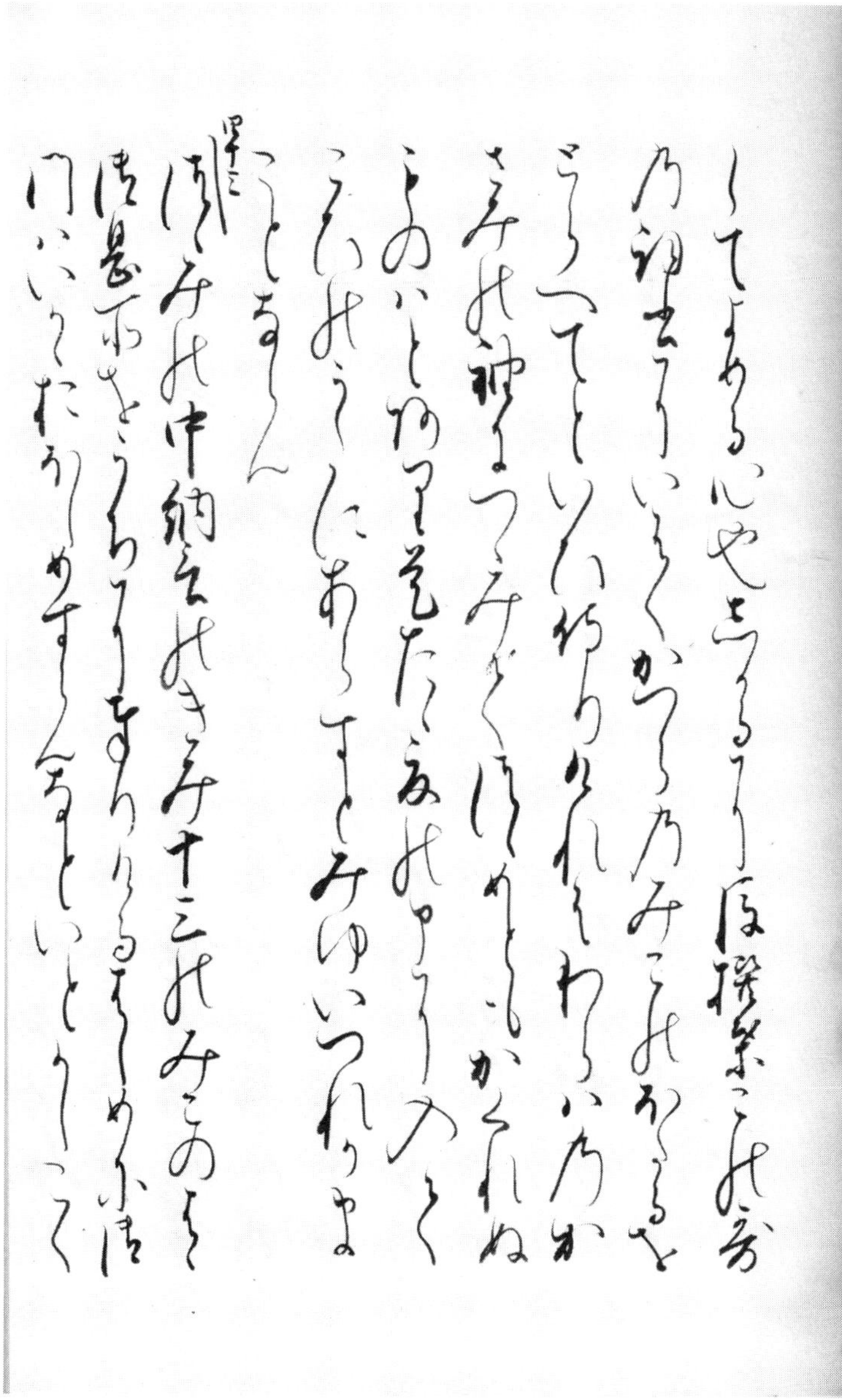

（7オ）

こゝろをけさのしかりさくてみえしよみて
たまはり給ける
人此おや乃心に分ほ擢よ人侍る程擢禁
御去云太政大臣乃五十賀くをやしへ乃
りつをかゝるし侍りける日中納言それよりつをまく
ことをりてこれはつまこやよりのあられなるに
やむことなき人二三人そうわこめてやら
うしあるをさけなましこ夜のよら酔よのり
て子をゐうへなとやりけるほかにて葉
補緒臣とかつま色しいさしつかなり侍

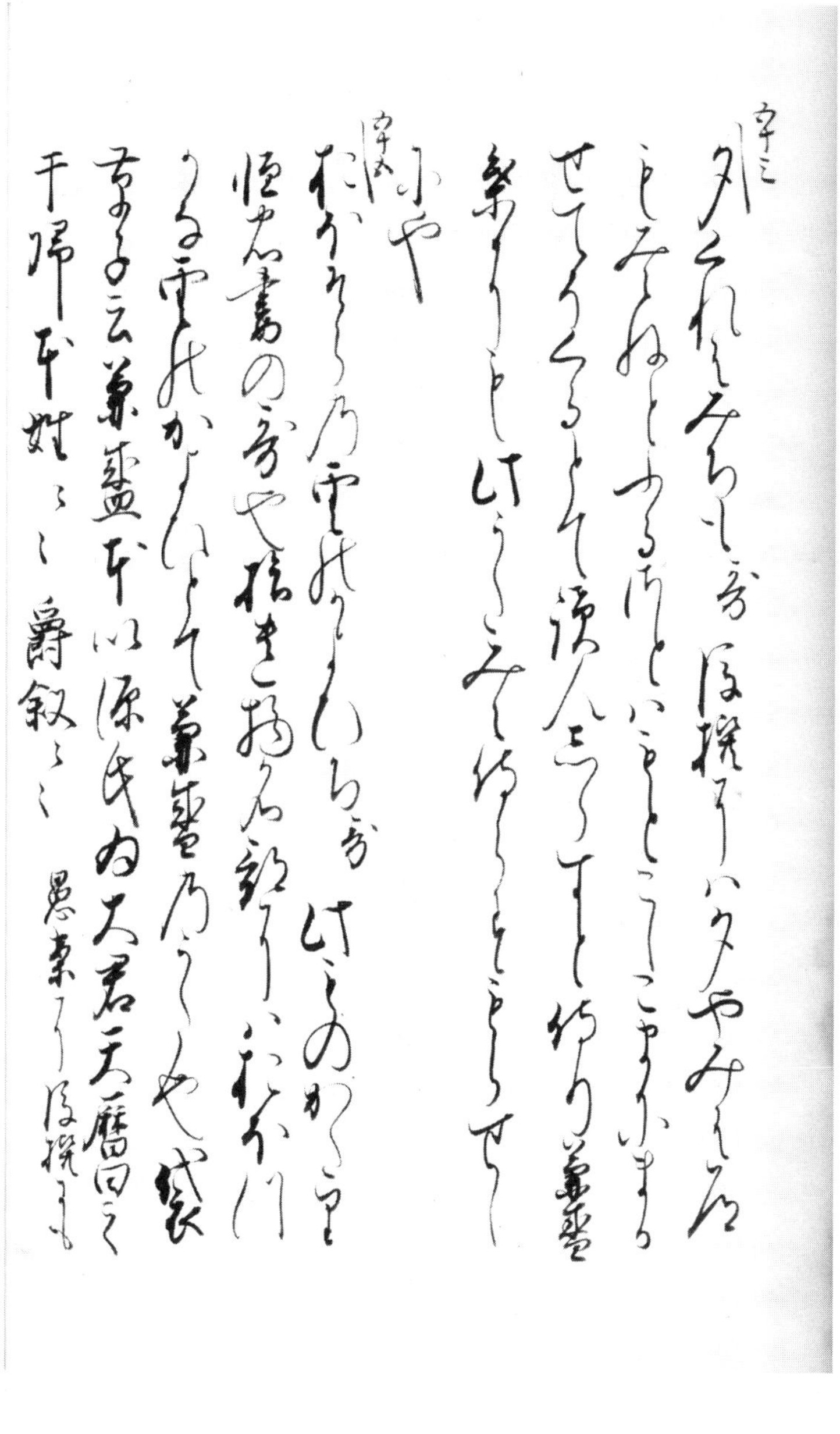

（8オ）

亦蒹葭智王とも作る
両作り
六十二
訓
平仲わらひをおりふしわすれき女をとめんと
こゝろなくきえてなきこゝろかれたるにかくけ
かるゝるものこしなりくくめるかりなりけり
けり古語云正士入朝小人忌之美色入
室女婦嫉之
六十三
訓
河きしのかりは風ありかしの声
蒹葭家集なりけり今はよとて風ありかしのと
右は此頃敦忠天慶五年三月廿九日叙従三位

任権中納言ねて暴在補任

くりこまれやたあきパ分
能宣祭うくりやまする人れあり
やもり後といわやちりつきう
ちりきりうちの分ろうさ
もきろの宰相　従四位上源保光妻和三
年八月五日に参議左大弁式部大輔如元
罕毛ツ乙乞乞年十月二日権中納言
罕罕永巨三年四月二十九日将任中

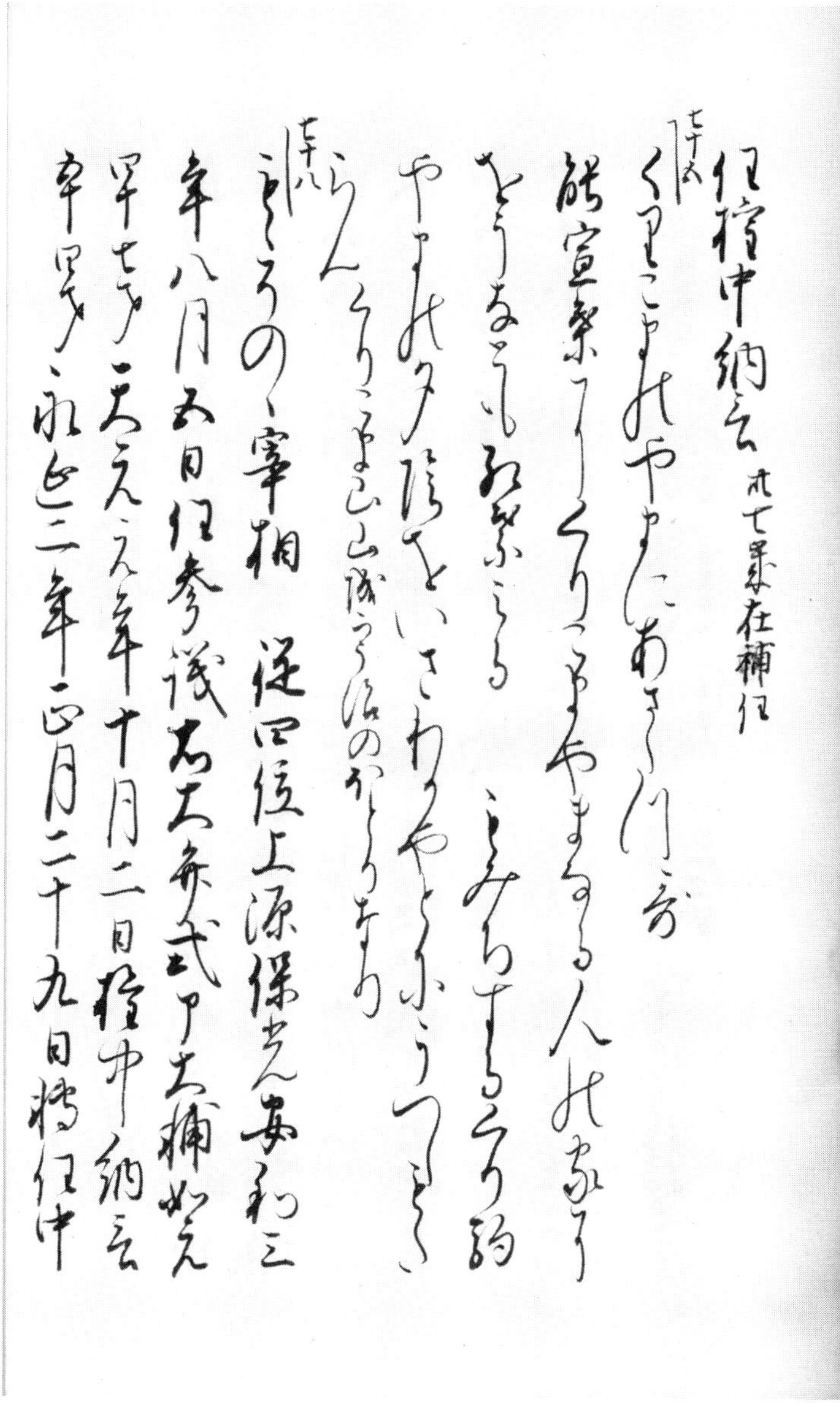

（9オ）

納言
八條
在清乃加之持從り翔中ゝ乃ゑ云
師尹也云々補任云太政大臣忠平男母同師輔公
年二年十一月廿七日従五位下年十二今日元服臨時叙之
同五年正月三日昇殿二月廿三日侍従ゝゝ
又同天暦元年丁未参議従四位上蔵師尹
六月六日兼右兵衛督又同天暦七年九月廿
七日兼左衛門督為使別當元中納言兼春宮大夫右兵衛督
首書云　此頃此少将の聲のいみしくおもしろく候極楽
勘物云　重光　保光　延光母

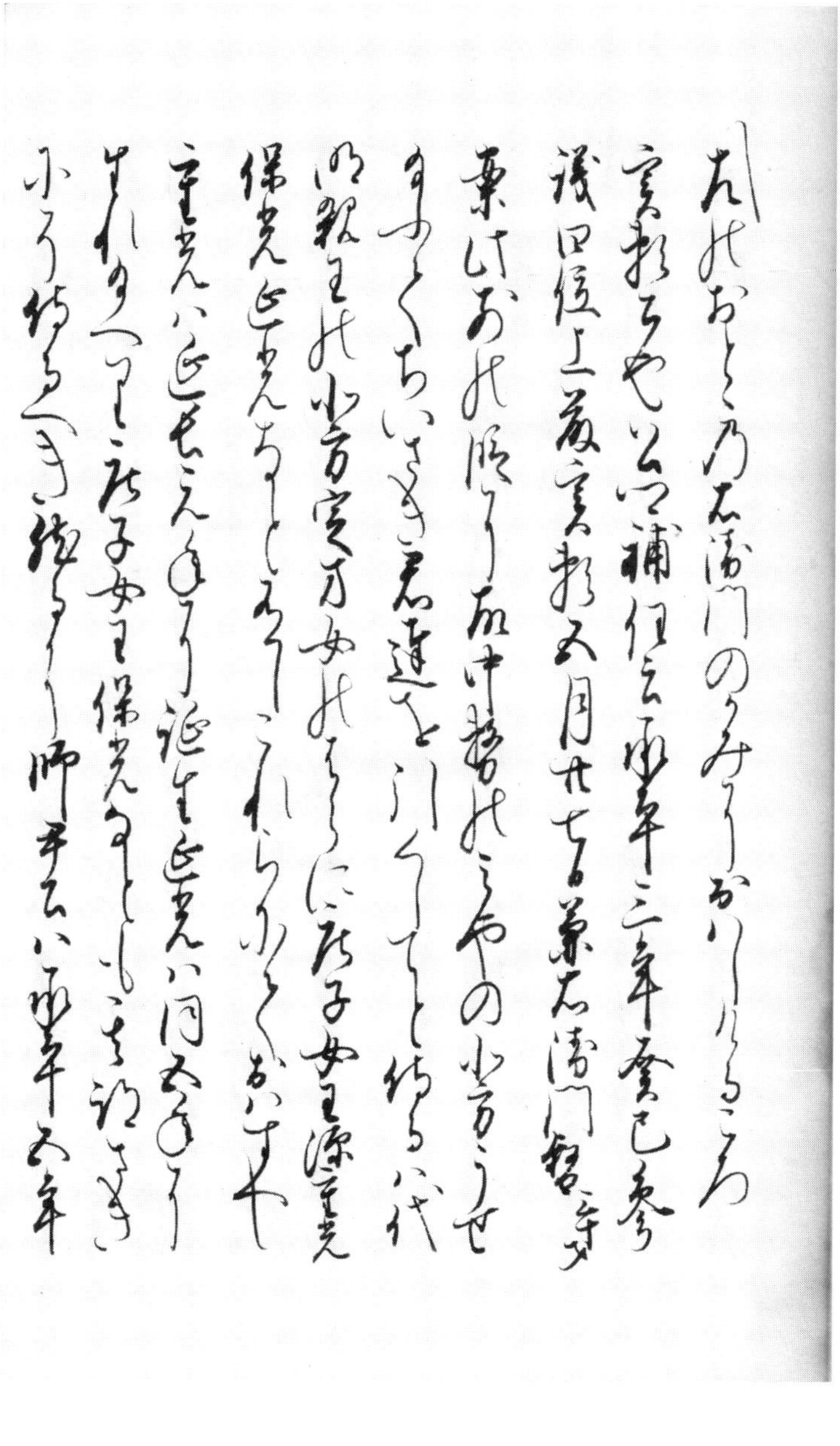

（10オ）

り給へりけるをりにしけかけ此宰相八月ニ
まうす右衛門督よ成てつゝしもこえたまへり
両年又まうすて十二年此君なれとも何とかく
おはすへし　しけかけ此ころしてやよひ甲斐
守にいつるありやまありかゝる名事なる
せんかたなし

前云　しけかけ此清慎公不及柿下勅
仁善子云々

九十二
ほ
このほと中弁にてありし　貞信公此時まて
云　補任云寛平七年八月十一日正五位下九月

十五日聴雑袍　昇殿　同八年正月廿六日侍従
同九年十二月十四日兼肥後権守同十年正
月廿九日任肥後権守　侍従如元　昌泰二年十
一月廿二日従四位下同三年正月廿八日任参
議侍従如元　同二月廿日以参議譲子叙父右兵
衛督従四位上清経朝臣四月廿三日如旧昇
殿五月十八日任右大弁　修理如元　延喜二年正
月七日従四位上同六年正月十一日兼備前権
守同八年正月廿二日参議　大弁権守如元　下略
忘られしほと勘物此ことく忘られけむよのかゝり

かつみつといてしあるほくなるるや
てあく

　山蔭連植原あ動める貞信之昌茶と年二月
　董九日参議九今年着住云七振後稀を石高く

九伏
わすらもすれ我ら乃方
え良れみこの扇うつみねなれすてかゝる方
とあすもうらん子葉補あ柔しるみ宇とか
まぬ方が我うのとつくけろいうぬゑ
とく川をとしてあよみきつけるるや
鷹
これせていかくてつやぬとれちれやらせ

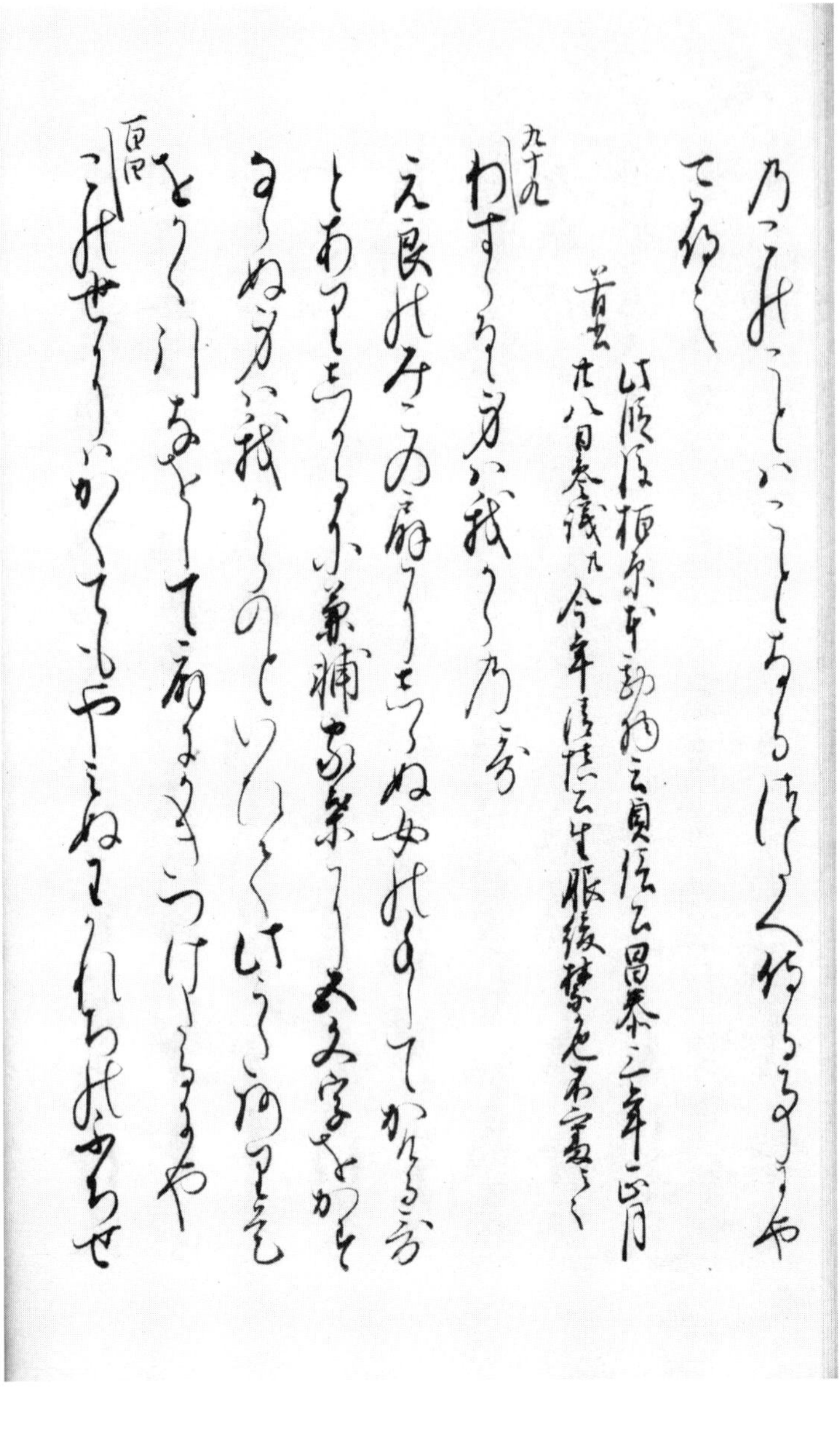

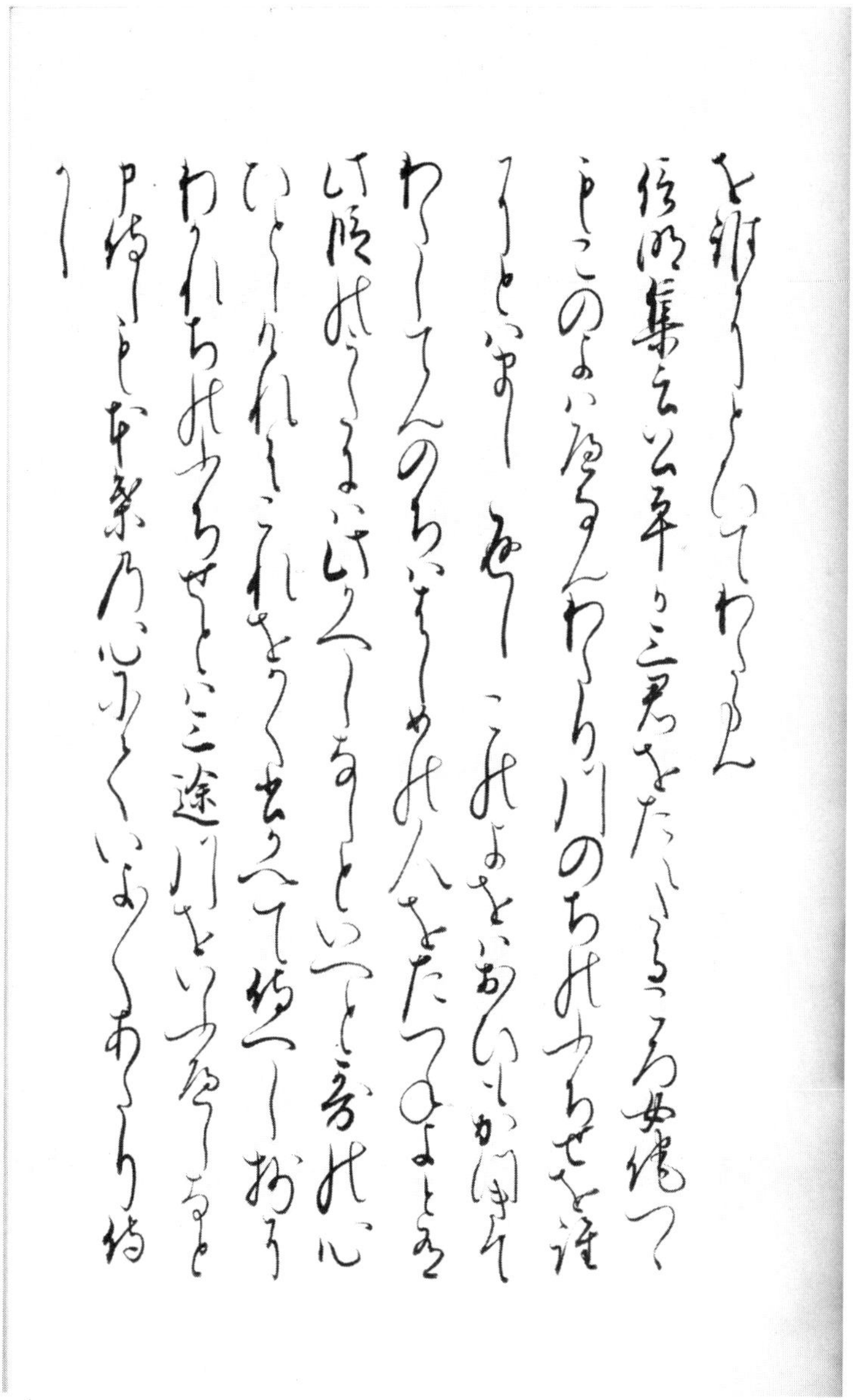

（12オ）

石せ
なみおとゝゐよたゝしける
こなみありけるなみおとゝと侍るは宮方ふなふく
は侍る故ありけれは三条太政大臣にやとおもひ侍し
かと今猶但を考へけれは宮方藤原の家なりし
るすまじき事なりけれは小侍る小式部のめ
のとは後撰の作者にて唐の清めのにや又は
ありけりと侍る家のおもふには朱雀村上のれ
御おもく侍りいとゆるおもきおもとは高信の今の
おもくは宮叙の大臣にいはれし朱雀院
御年元年より村上天皇まて唐の太政大臣のはかなく

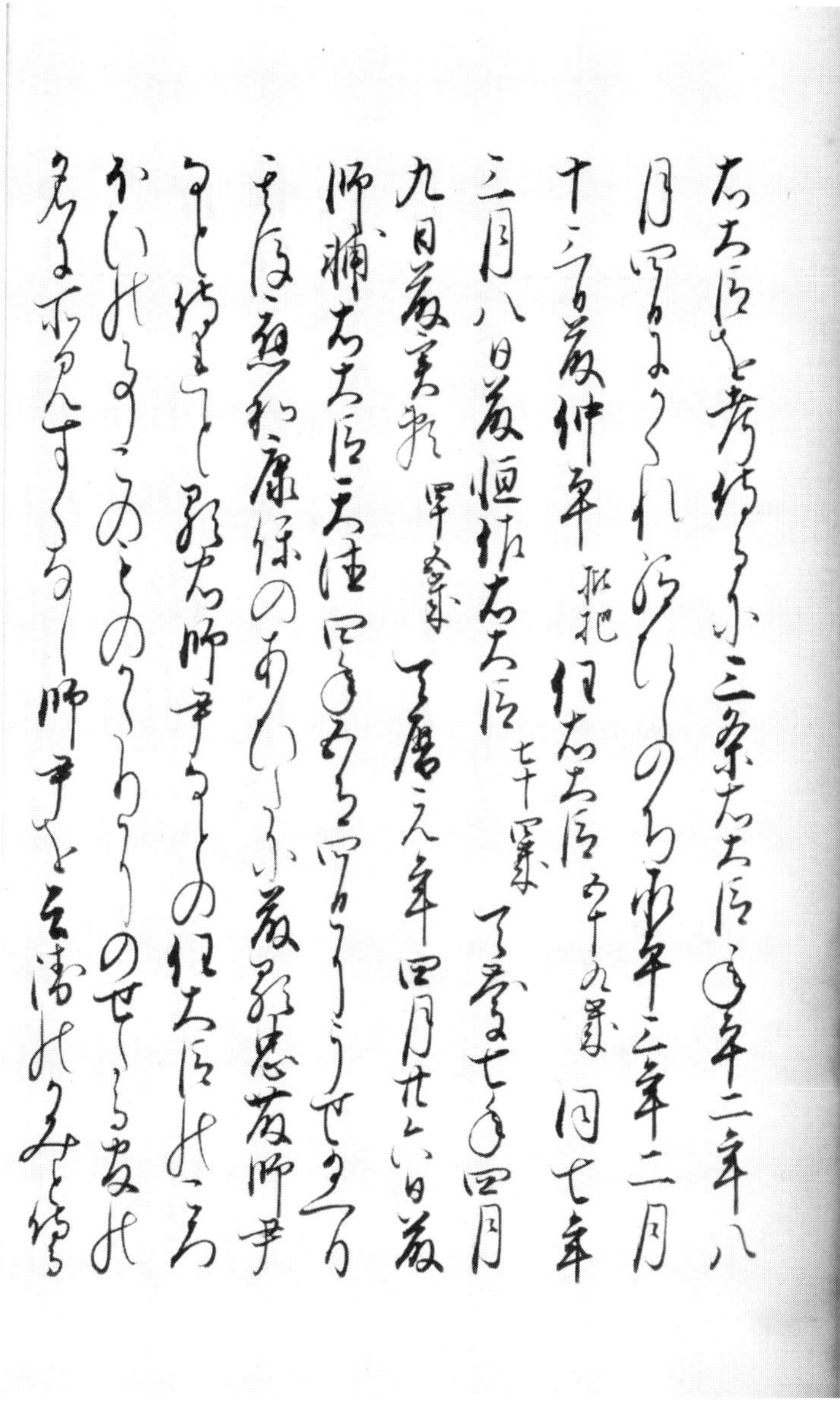

（13オ）

あるとて唐乃跡とかへて給まへて師輔公より
かゝりけるに給へりし御子に彼四人の
御子のつる但なを補任に考へ給ふに仲平仲平昌泰四年三月十九日蔵人頭延喜八年二
恒佐ハ延喜ハあるけれ但参議月九日参議　恒佐延喜五年六月廿五日参議
実頼ハ延長八年九月廿五日
蔵人頭にありけりめしハ師輔ハ承平元年閏五
月十一日蔵人頭にありまへに二人共中
少くいふ実頼公ハけしのつりかくすてに
なれおとしこいへて師輔公ハ太臣ふそせ
なつれしき花よやならめ給ふへるん内唐に承平元年六月

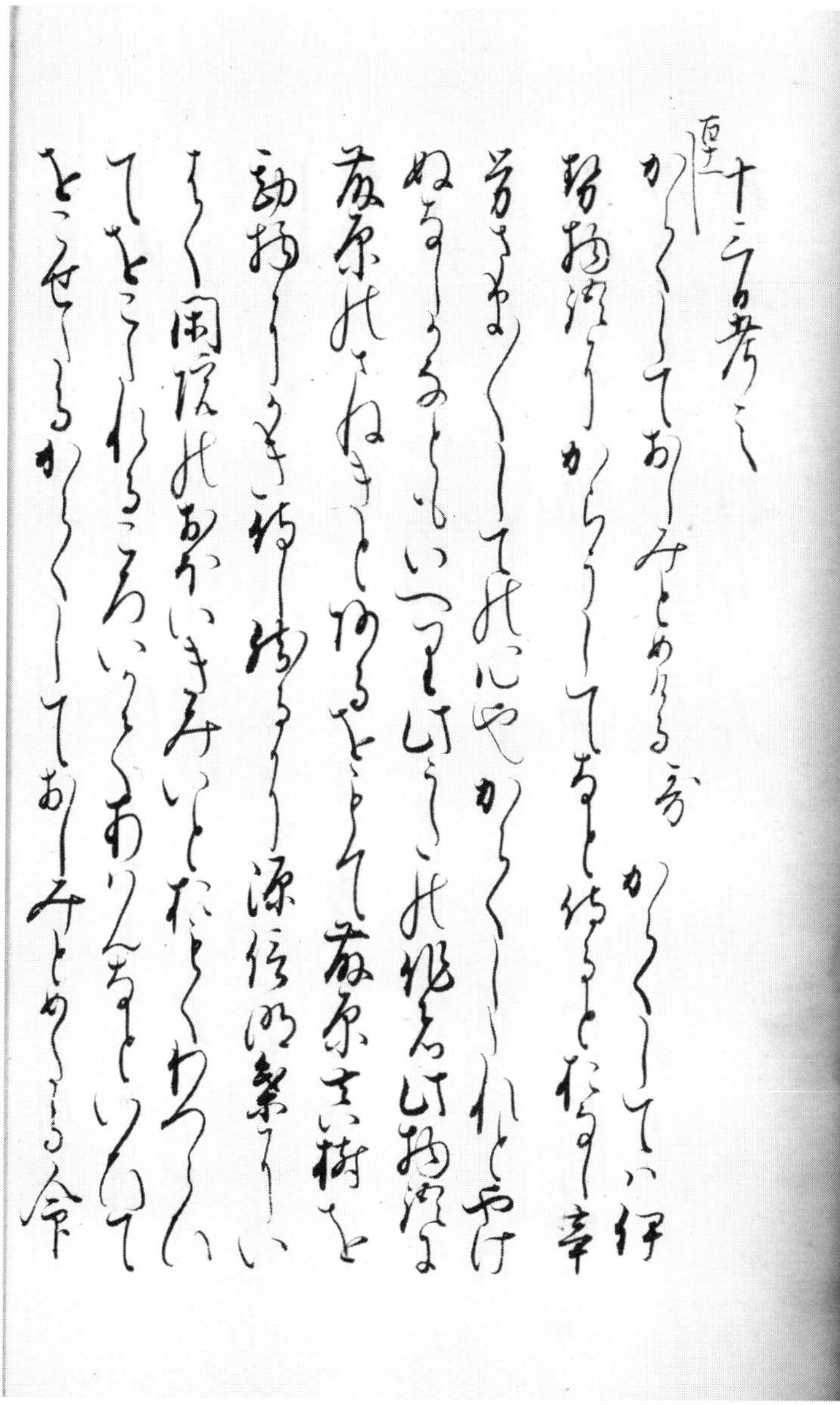

（14オ）

こそあつまりてさくやまんとかするなれし
もんもしりいさといひゐくこそて此山なとうゐ
いまのこゑんとかせしと侍りてとおかつなし
後撰集雑三云人はとしよりのゑこす心ら
わつらひくかもしうなんゐつきといひ
て侍りけれは閑院は大君にこそもんもしりいさ
といひそしありてたゝしめの家へ入侍しを
又閑院大君源宗于女なるよし後撰目録に
みえたり
おもひきはねさめのみそうり家

さし此二首のうたハ家持の集ニ入たりしかれは
乃うたのつきてよへいへるとかきてあるまことにや
まし抱やうゐそくりつかへしたとめく殊ニ
あすくゆふつけ此わかこゑつけよとしぬねとう
なきてよくりつかへし　其後　猶のつき此ともる
又伊勢家集ニ云に庭鳥すよあそぬ声かくこと
きこしりんあけ行ときこいはれけれはあまきき
なし
あのつき此ねさめ乃みくうりきてしのをあり
上古乃ゐすかくやまきこいはさきこことここ花よ

かきるへきさうしもあまねく今更すへきにあらす
つきさうしも侍らし
百十二
これは朝忠中納言也　清慎公のまこなり
公卿補任云正暦四年十二月廿一日藤原実敏叙
従三位任中納言ゝゝ大臣何年任太政大臣此
これなるへし何年乎年三年十二月十二日
右大臣にもなり給へて、てやめらるゝとし中
納言にて薨去もちりぬるゆゑへきにや
よりていふ侍り又大臣二条右大臣の女なれは
小わらはすみ侍らすまたこれをおほえ来への

みかりおりけるころなんは女はひれのめへくすてひ
うけりこしとてねもしいふれ文ちまいらせし
これも延喜三年五月九日のひ未明ひみ
よりあつまりてまつるおかしくかれにいつれしは
此比美花かくおも思ひ侍らんや
（原作）あはそてもわかるてこの分
侍らん君分や修撰につり入侍しよ翔ま云あへ
かへりくる人これをもれしもちしむるをみて
たまはれぬへく侍りけれもはけりけるさまみ
人ちつるとありておもいあし又はみて

(16オ)

いかにいひしこともしらく新續古今集なり
のり給し言語道斷ありかたかる人のみこと
ありかたくあなたかりつゝしあらはしいかなるへく
あまつとはとおるいにみあはれなりとうけて
まや給しく

百十七
いはしのおねなりみあかいとのへり
定國延喜二年正月廿五日（六イ）右近大将　丗五歳　同
六年丙寅七月二日薨　時平公昌泰二年己未
二月十四日左大臣延喜九年四月四日辰刻
薨　丗九歳

かさゝきのわたせるはしの事
袖中抄云あまの川にかさゝきといふ鳥の
はねをちかへてはしとなすなりあるいは
をかさゝきのはしと云かさゝきのはねのはし
あるにいつはり文選にも烏鵲橋連浪往来
しるされたりとそ藻塩草抄鵲橋は二星
こちわたるをかきつらねと云かさゝきは
ありといふ二星のわたりて逢ける烏鵲羽
をならへてはしはなれ橋をわたして七夕を
あはするゆへにかくもいふなりかさゝき

きれなしといふも同烏鵲とかけりわたるとふ
一を挙て鵲の橋といへるなり　首一を
挙て一をあらはせる例一つありされ
扨似君は烏鵲のやとりしはしといふなり
是は烏を挙て鵲をいへるも百人一首
のかさゝきはかさゝきわたせるはしにをく霜
のといふ所とたゝ宮のうちのなといふもの宗祇
説として至尊清涼殿のすさきはなさせ給へる
さしる君此ことをまをすにかくせることゝの
まへしにかなへるなるへし

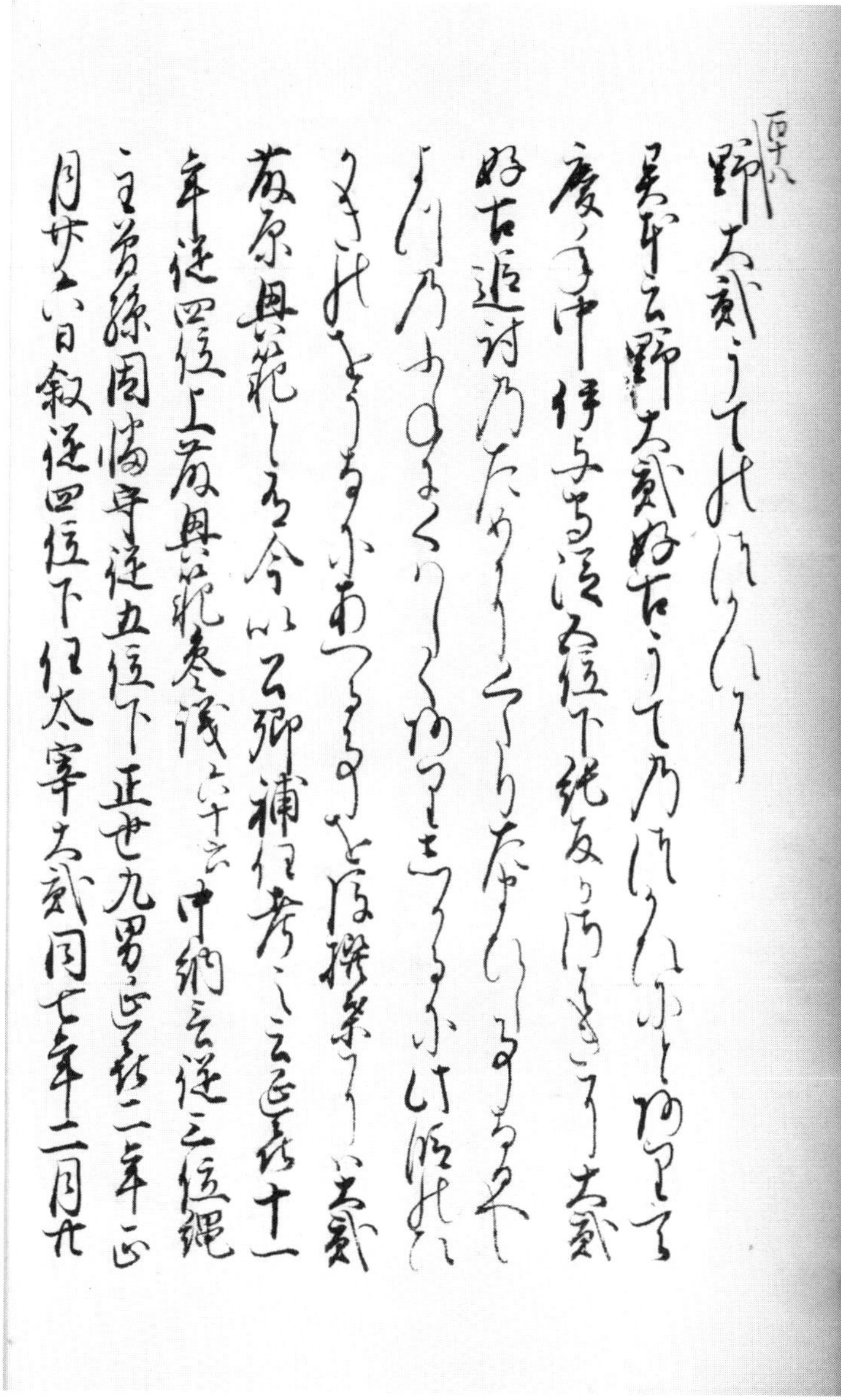
百四十八
野大弐[illegible]
[illegible]野大弐好古[illegible]
[illegible]従四位下純友[illegible]大弐
好古追討[illegible]
[illegible]
[illegible]大弐
藤原興範[illegible]今以云卿補任考ニ云延喜十一
年従四位上藤原興範参議 六十六 中納言従三位縄
主男 母因幡守従五位下正世九男 延喜二年正
月廿六日叙従四位下任太宰大弐同七年十二月廿

九日右京大夫同九年正月十一日式部大輔同十年
正月七日従四位上十一年十二月十五日任参議 大輔如元
四月廿八日兼太宰大弐九月十六日正四位下今日右
殿上給饌ニ依不叙やらく又同正統十七年参議正
四位下藤興範十一月一日卒 七十四 これはし興範は
正統手中なり太弐になりて同十七年にうせ
ぬこれはして宰相のすみとものきみまかりいますかりけるを
へりけるつくしにていますかりこれを恋ふる
いひきこえさせける乃御返に宰相のきみ
かくれのあはれにて出給ひ花よりいつといふなる

さいふやうはりけるやかよのおとくまあり
て京にまかるのかはりし女はうこちりつれと
勘物にもしるしたるは女のちりける上京せし
なりけりやといへり但さしよりいへ寛平あはうらし
君に侍りしを橘良基良基十九年正月廿一日卒
議に侍りけるの公に補任にあり其やうや覚ぬ
侍りしことつれ寛平のいうらうのやかよのちまに
かせられ侍る女国さしくたりきは女ちるしし良経
年中の大貳藤原興範にあひ侍りしいりん
をしちけるあるくりけりともつしおかつるすいりん

しかれともしやうしやうのちふにあてるハ楊貴妃也てへる
かやうにかくのるゝるに而めるありさまある小野
太貳にあつることハわかるうみにもありけれ
もろもろもしよめるを傳乃侍ありいふんやうは鍾
乃伯魚箋ハ與花箋傳のうちしかして侍りし而稿
こりすまそにまかりいてしかりける寧おもひ侍る
うらしぬ古也紙なりけるて也侍るやも侍りとこ
正頼見れとも而也侍のうち小野太貳か大事乃
上古人
證をたかひもの里娶のうち
袋双紙云肥後小野其女を楊貴妃を傳藤醜なりや

家業をもしとうをくなりてあるしかり
うちやり桶にきけて出すよりさ神
拝み出すよりにかいそれいめさよう
とうつけくいそかくしみをうじれるよ
といちれなうさいをぬをういう
うよこい生れれかくいちてゐ
ろくふくれ桶にといをくかいてかくい
しあらふちてゐく
さといらよめもをつて川る川のとを
そしゃくそうにあるさつて川い神のとを

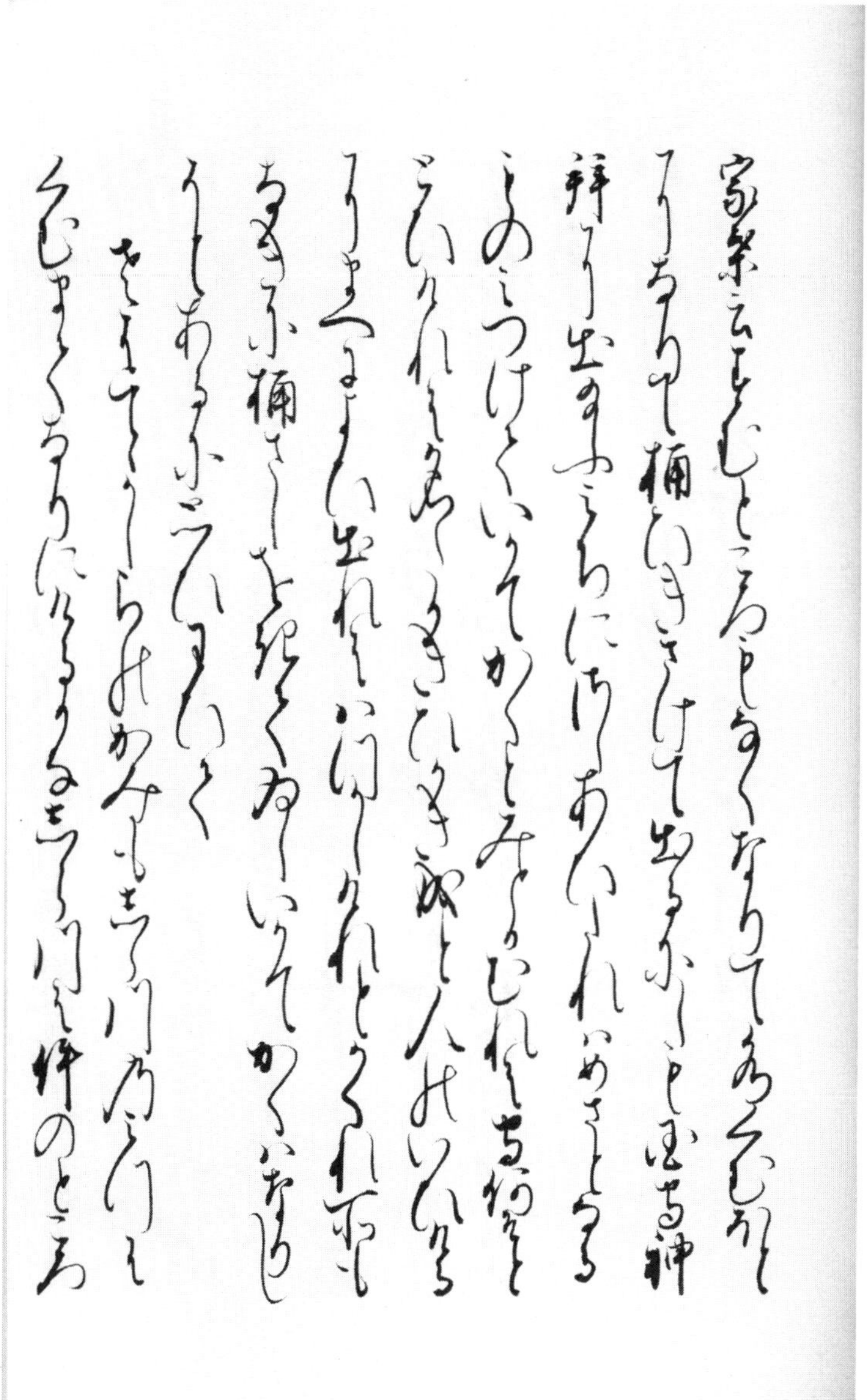

小ある川なりぬ後撰ハ大武具花ちあらいて
百廿三
預しらぬ
おりつくんことわりらいハ云々　云心ハやけ
うへ云心ハ条ハもあり又ゆる云心ハ条ハ底なり
すハたちつくん心ハおらいさてなれともしとふ至の
語ハ下句をあまりよろしからすかわりなと
はなれつけ給へるより作れとも物語あり
〽句うく
下句
おくれぬのうこみ云々
こやてくらはちらん一節しけ順ハ二首の云々

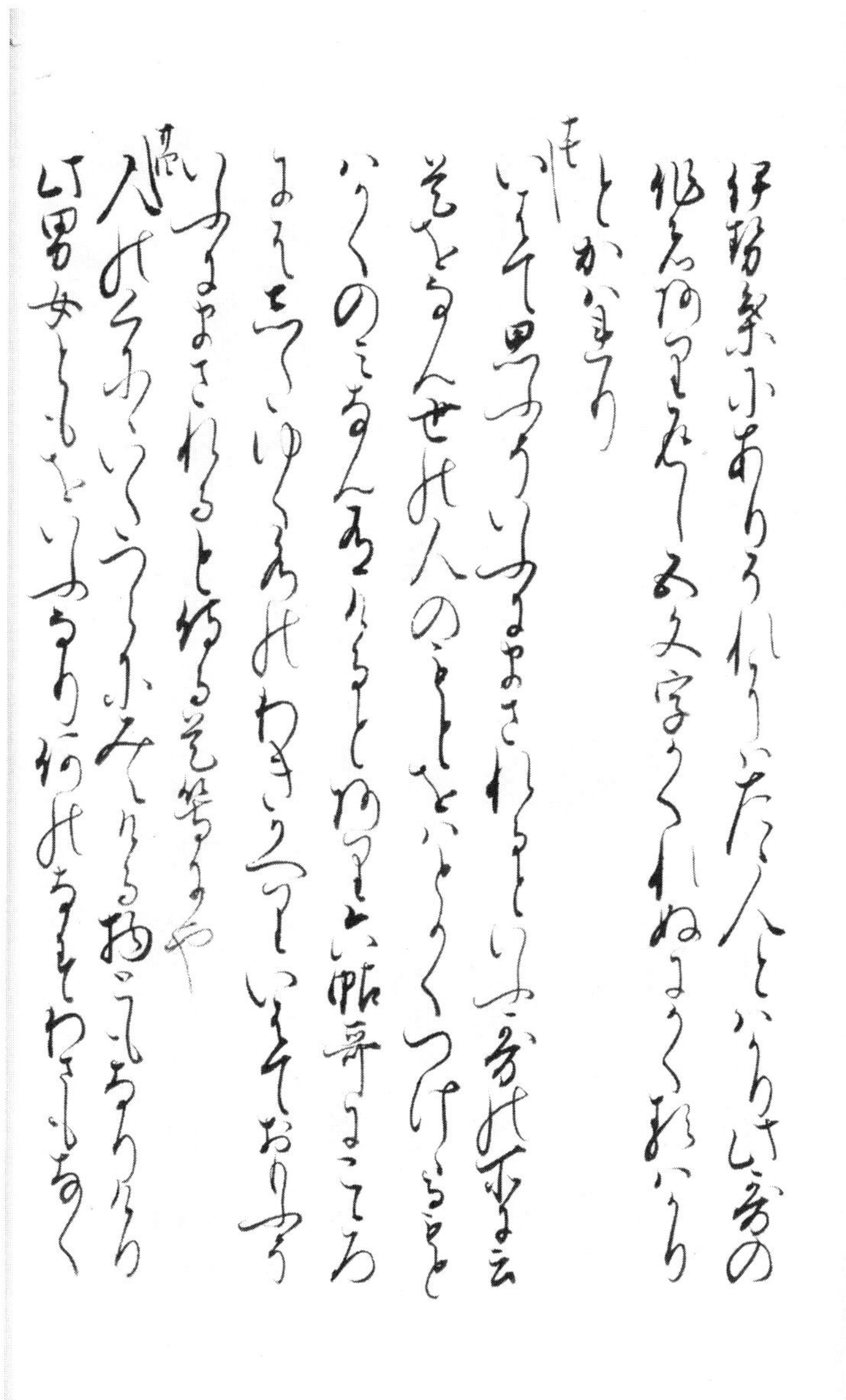

（21オ）

人のまねしてうつしかくする擬ことなりし
とや
むりせは清ちやうにをこゝろすへかとにすへし
ことに唐乃詞西欧羅巴などの大国より異なれとも
うつしてかゝる文章あるへし西欧羅巴云く
ていけくとかすくあつめ続くてけされ
こてうふさうつぬかとふのこいつるる女のち
の猫をといふをくいつやうこて清人の猫す
なるをいうはてあるぬすゝ今にと
しいあいこせめへ方をとしるけすつましてい

うらとをあて人もつくをしけ人もはきをる
と芳しらうつもミをとうてをよく男も
異成君あかまて通除すさときそれ
ういやとそもくとりぬに何今くんとふ
かよふ成よきをるてちくくり移けり
みようて盛りりそをしらいくよくみうく
いかようてゐるやもていれてると
ちいとこしいみけうくけれてきらうき
めうりるまふにくれるめうえそ
しりりるあてませかめうそあねと

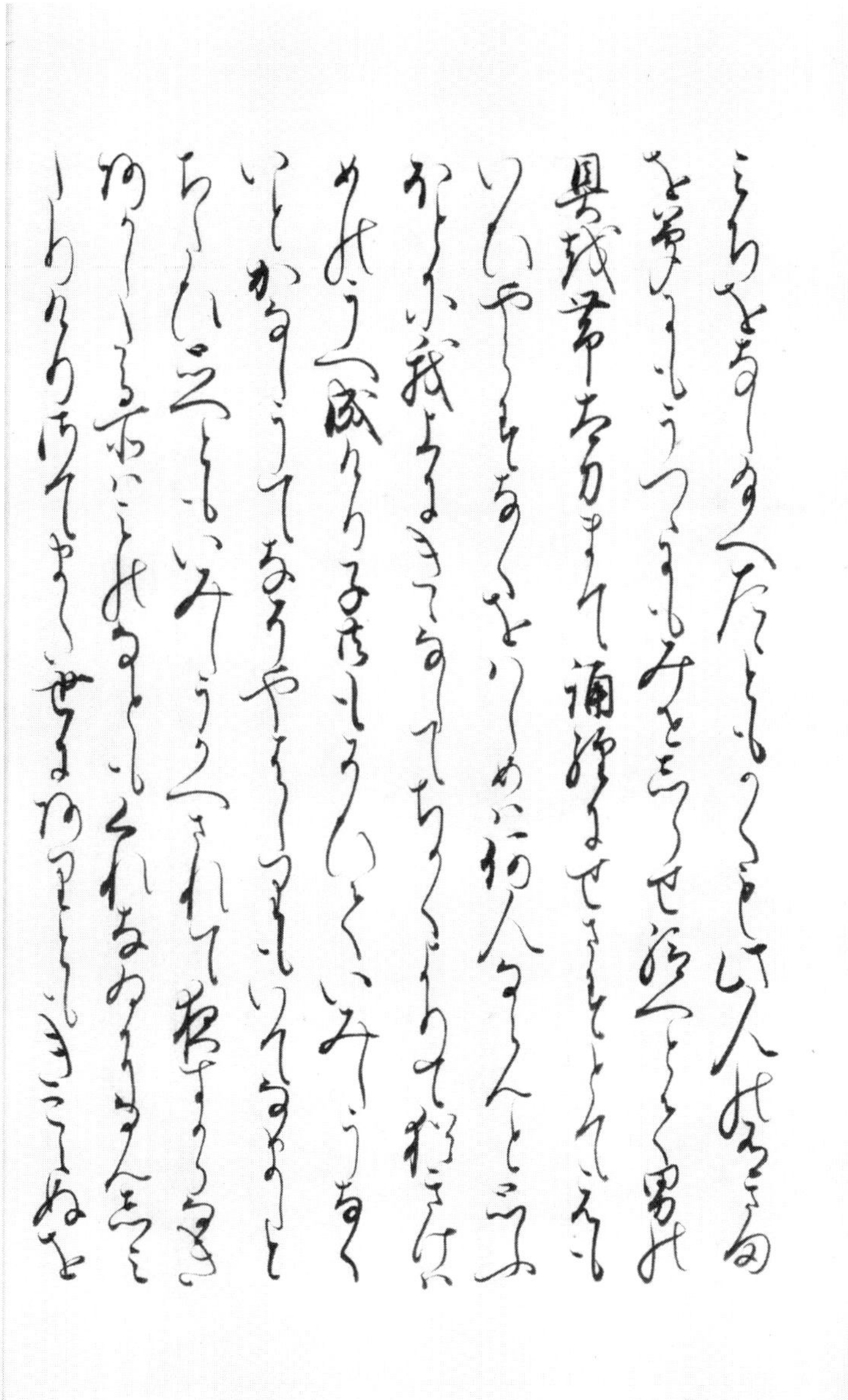

そのこまちこてまゐりくるかくいふにさやう
よむ侍るんとてつねすくひとしてみせ侍れ
これひとにさゝるからしのちをかりあて
やうするなんをこみつしにおく侍るといひ
りれきみをとれてきてまいしたうとくなれ
まりさらんまいあつほおおぬれたいらくまあらん
とらひらくいうふとつおみてまるらん侍る
いしさむきをほあきこて侍れといひとたのし
くらみころひとひりしなくいきのうつれしい
ねさとすれはいつとさむしつけれ衣をつれなかさ

すんといつるかつりてとはかりと山かみえつけ
乃衣は着ていとへかさねはうしとしいさつらり
ねんといつるたくおねちかりりとこらいく
たくまもかくしいう　すゑなれいこのいさんと
うしくまつるのいきてれしかしうせうり
りわとききこしめして太系み佐のこやより
内舎人をつかはしてかく下黒つとのさ為山姨捨
ふいとしまふうふかよのこやらみいきあい
こるはさ山象みつときいこちやのくまりせてつと
こ為さ山姨うしりはきよう心とゑ姨捨それは

なれみのちとみてしらいはほまゐや
いらけ　極留みやいらいはるゐらや
云太祭らりしいはなりくるる人まちもく侍き
給ひをと書きこそのしてすりていらるをいれ
てとれは
朱
ひろいてれ中納言給依はあ〔　〕のかいはるに
公卿補任云天暦五年正月卅日源庶明叙
従三位任権中納言又云天暦七年九月廿八日
中納言　五十二卒　又云延長二年正月七日従
四位下同七月九日昇殿同三年正月卅日従位

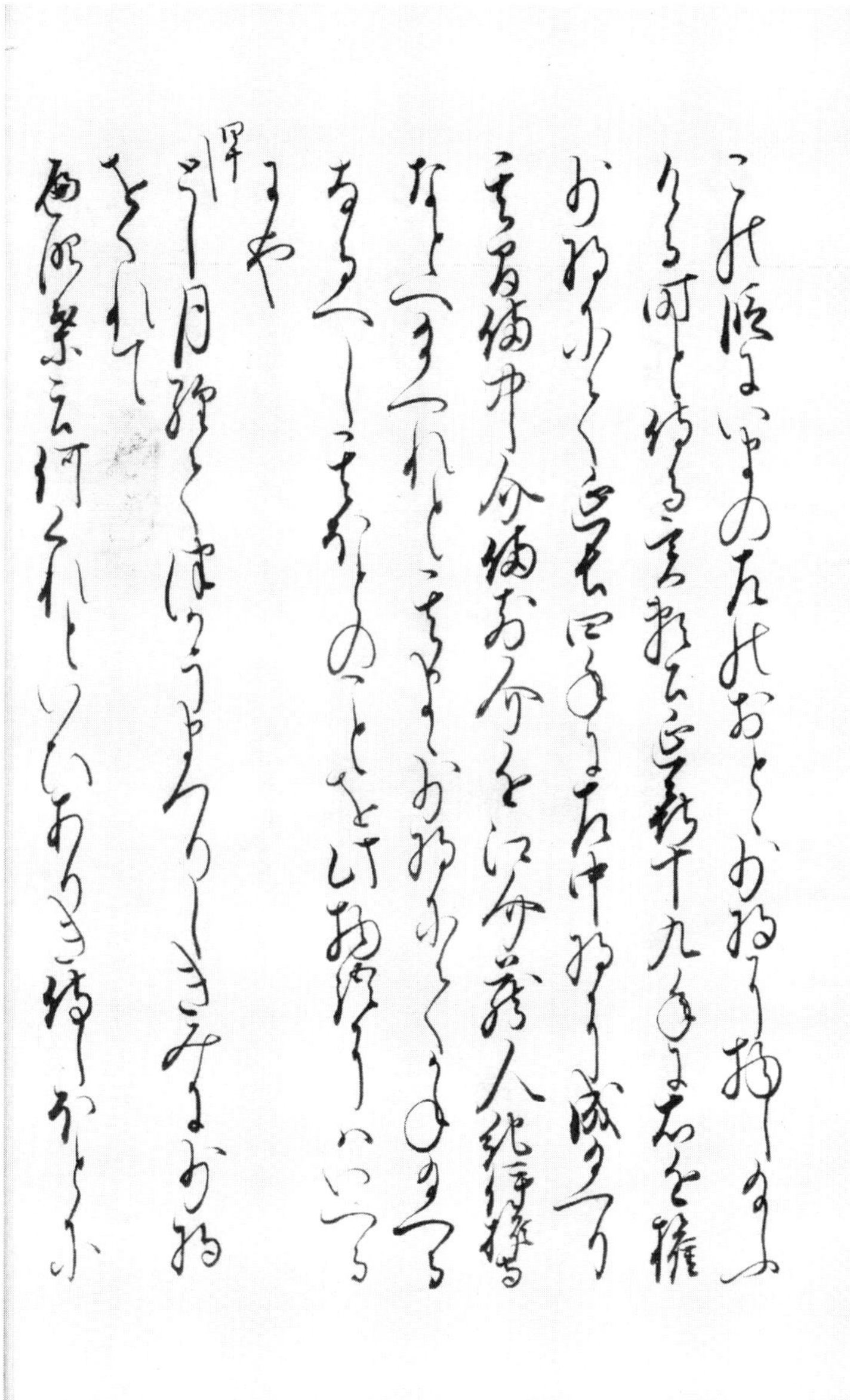

（24オ）

はかつかさりしつくさはみなとうくれなゐし
まうてうけりんよろこんしくうゝくかたすなと
あり云詞を仰給り
きこし雪はつるやはるのふいにおねはうけ
かく深のあさはけさちり
西所乃祭なりしせさいといこれたとつふふ
こゝろにてうけかつうめはあさのけさちり
とはいて芳寿神かく給わうしつゝもしけしあり
かうり古今西所祭諸へいさしのはかるめて
給るし

大和物語本有異事
清輔口伝云大和物語和歌二百七十首云々
いへるハ今案本なとにハあらぬにや
世間流布の本ハ哥数二百八十餘首但家々の
本などハ差誤闕略おほし
東松黄門自筆の本ハ哥数同じ今ハなき
ことにこそ侍れ
又或本ハ年ころ又今案本にすけなくなりけるにこ
らまてくさ〳〵にまかひいてきたりてみなすくな
ことわりやしといそくよするとある以下

三日月をかへるに田舟にみあくるを記する
ためなりし
又河海抄に東海乃内のかるいとりするな
しおやしさくれをいとおもねらしといふ
是はかるの又平仲かもしいかる女是を
かくろしあひし此に女こちらしうきこ乃
源よとろゆゐ為を破まとりつくまにけり
こそはたるきを君のみをれるに今まみつく
かお此のきこしとあるかるのを守治大
納言乃物語大和物語ホにあるし給ふし

おこなひて所見なし
紀伊守書寫本此様益あるまのさし物からに
かきくらしは源氏物語五十四帖に引歌人
業平なりし八橋蔵禅院下向のしいしきある
る事一条禅閤兼良公此清濁也又山路此哥
なとしいはましき物なりし伊勢物語又よめつる
ことかはれる所もあまたくはれるなかにも猶々
条又此きいゐ君世物かたりはれきまつりし
あまたくみえたり頓阿源氏小河内本書銘
本せしは此業平のとおよりは小用しはりはいかんや

書表紙いえあつ乃伝ヤうりいせあつり
赤ヱ物なホ覚おてれるれをすしく
化涼をこしれ〳〵今いおくうり七
〔以下読解困難〕

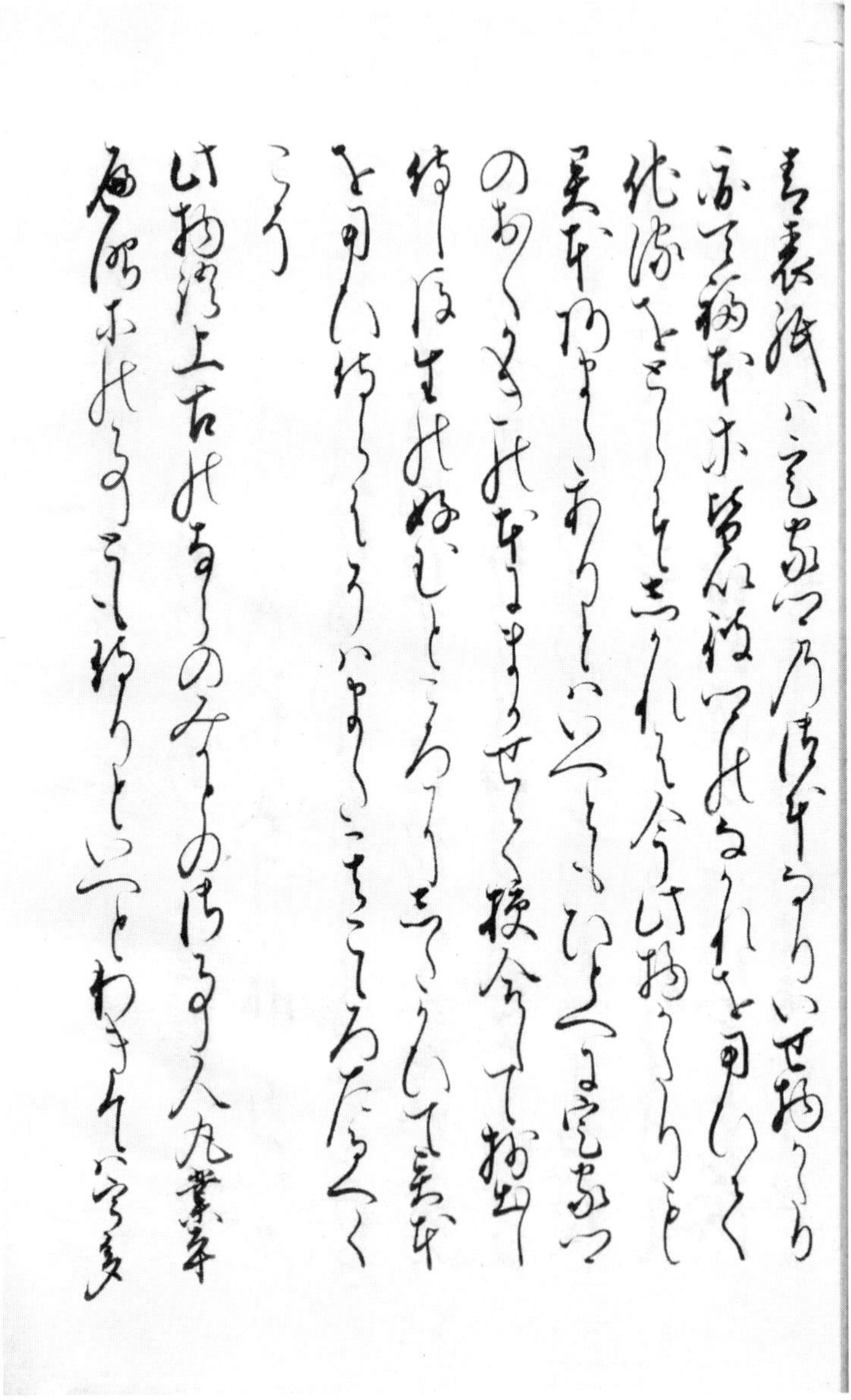

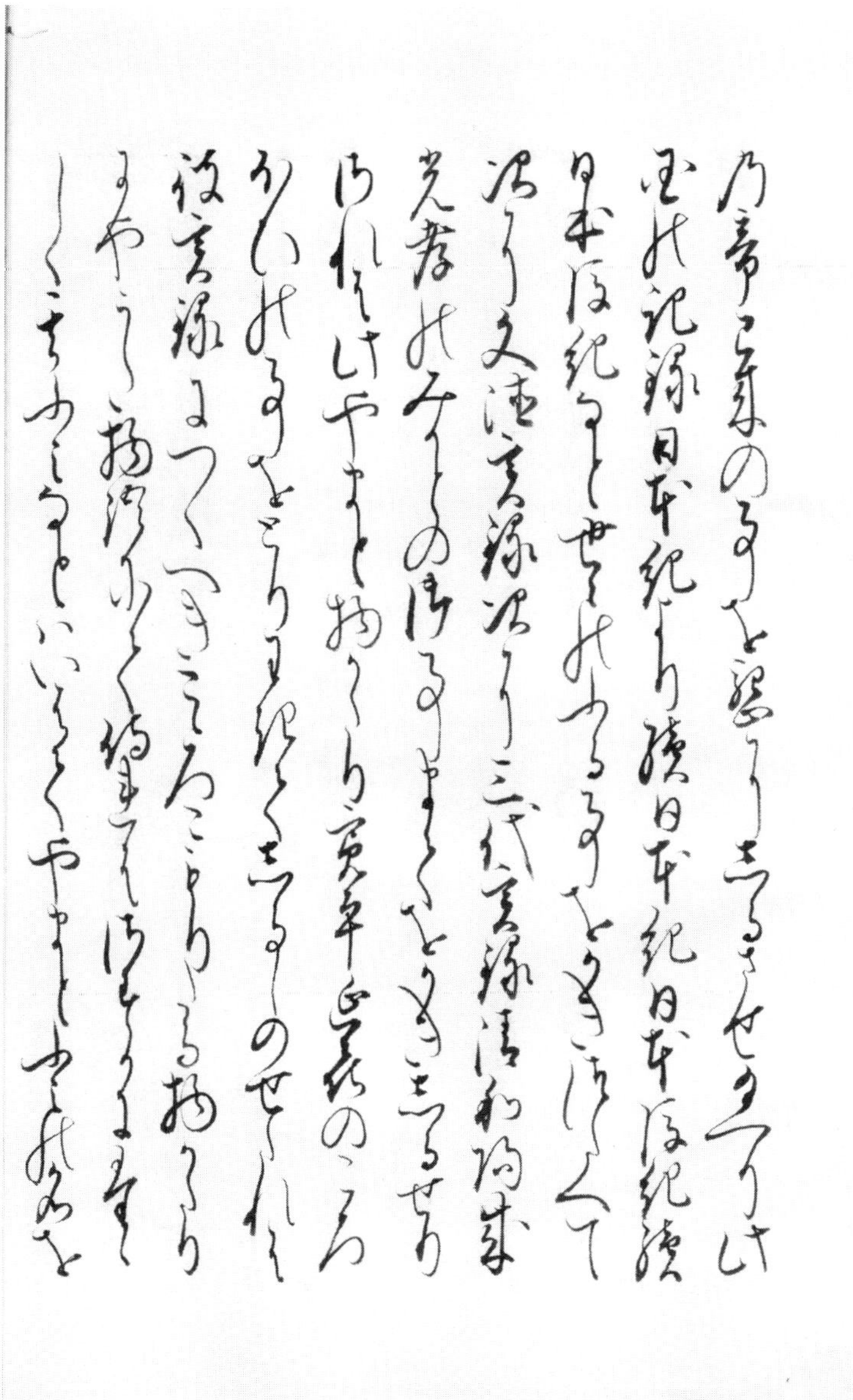

（27オ）

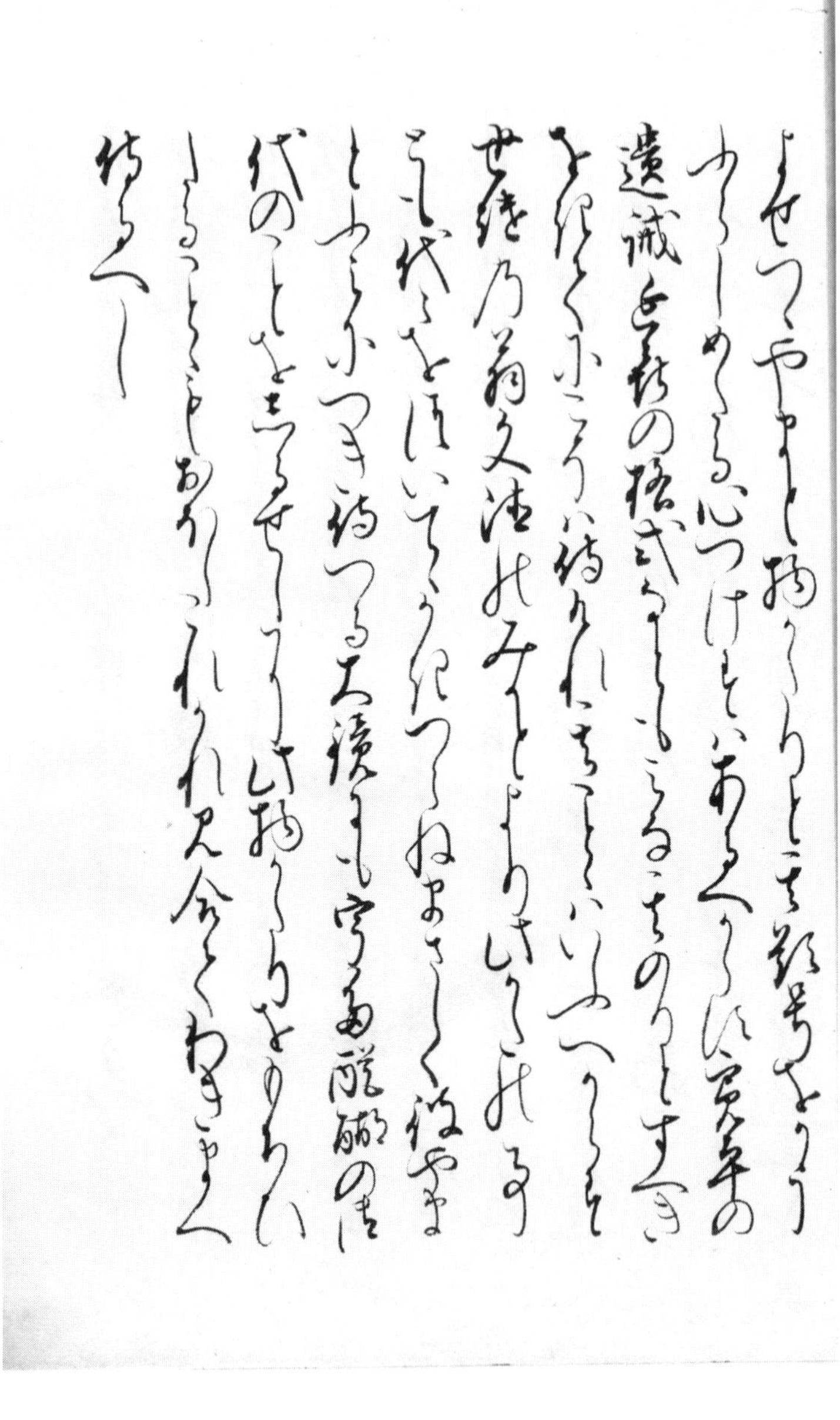
よせつやゝしおもふらむとこそ頼もしきなり
ゆるしめさるゝ心つけとはあまくには寛平の
遺誡の格式なともこゝろえのことすへき
まほくかうかうは侍りけれはこそいふへうして
世継乃翁文法此みとよりけしうこれるす
こし代々をはいてつたへつねおさしく従やま
といふつき侍つる大鏡にし宇多醍醐の御
代のことをもつらねけしおもうらなのらい
しるつとをしおかつれかれ又今もわきまへ
侍るへし

（27ウ）

ある人のいはく此物かたりかけることを紀の古
きよらてうかゆるふるきいひしくて事論古
紀氏なとのかきつけるあやまちなりと申伝
捨いて善云むかしのことに一説あきらかなる
さるはよのつねのはしめある人日本書紀旧事紀
古事紀乃さ面ことなかれとて此文ふみ
左氏傳公羊穀梁乃たくひめのあきらかなること
くいちてはよ及いてもかれにも一義起して一理をすて
いつれを用いいはれを捨るくるしからさるにや
こつれをも旧記をとらてまたくいさを称侍

らくこちわいてぬしもちまのいそてこさらん今度
なん此比たくをこしはつらきもいつていかに
かくらの間をとみへうらかにかよはせさく本てうてり
まて（侍り拾穂居才博読此人にはまさしく
まりくし拾いてかくとすへぬ方此いやしくて
さし翁猶りけるをそふれわつるほとをおもほとを
こちらしてあすらんのちらしこていねつとこそや
かれくこしこみのむかしのかるきことをしるひとの
たなはかう侍らん

明暦元年六月中旬

拾穂

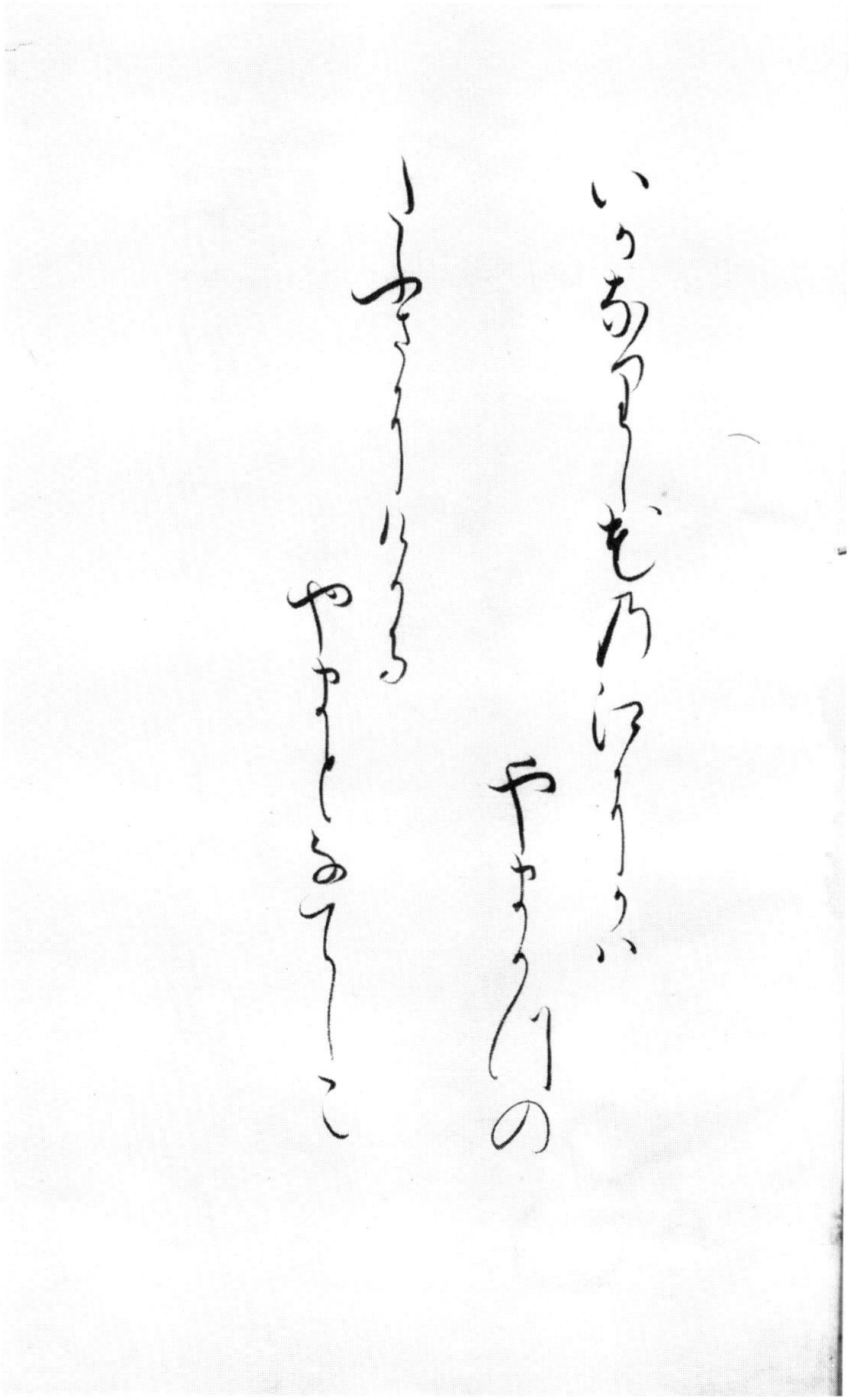

（29オ）

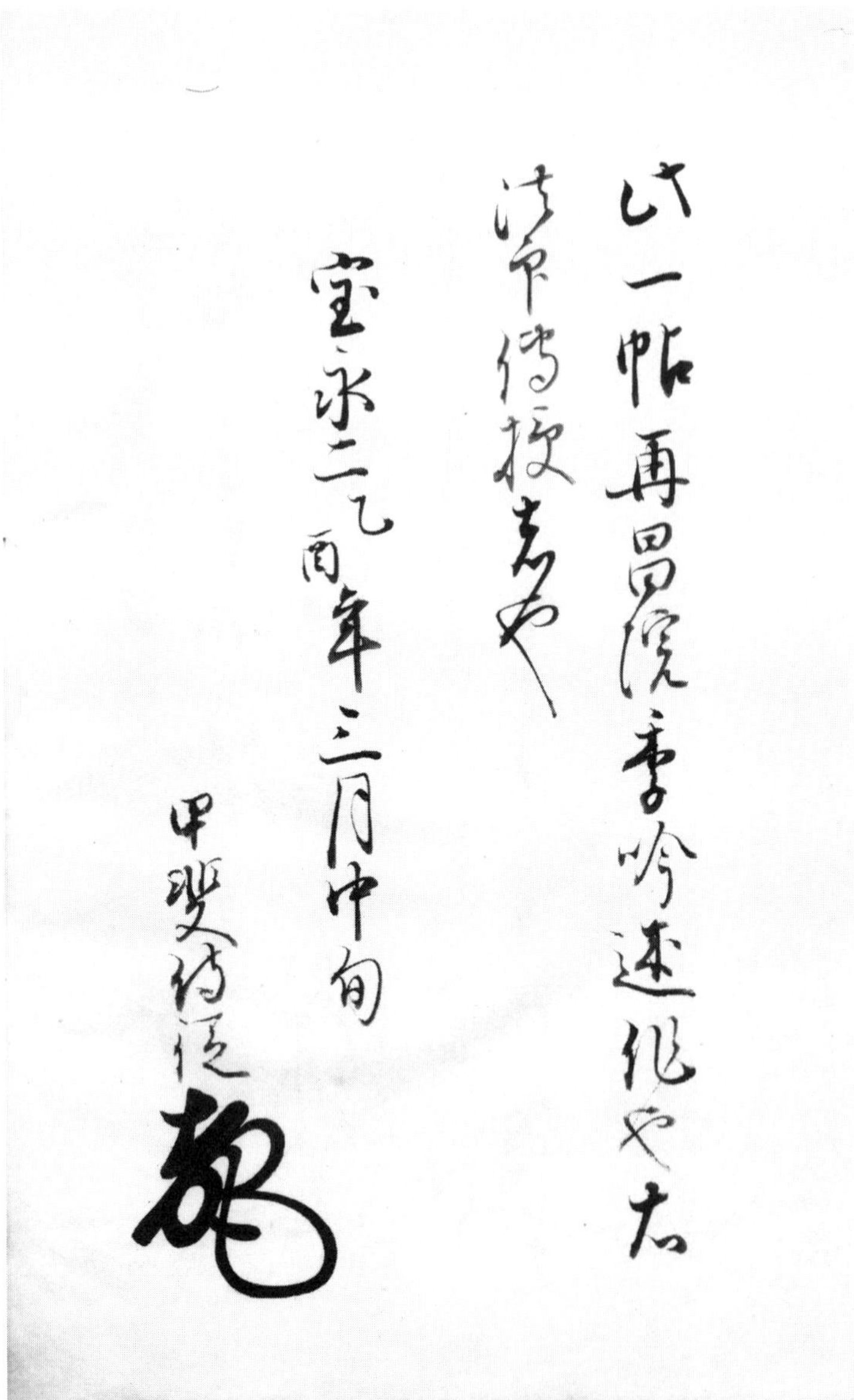

此一帖再昌院季吟述作也太
法印傳授者也
宝永二乙酉年三月中旬
甲斐侍従（花押）

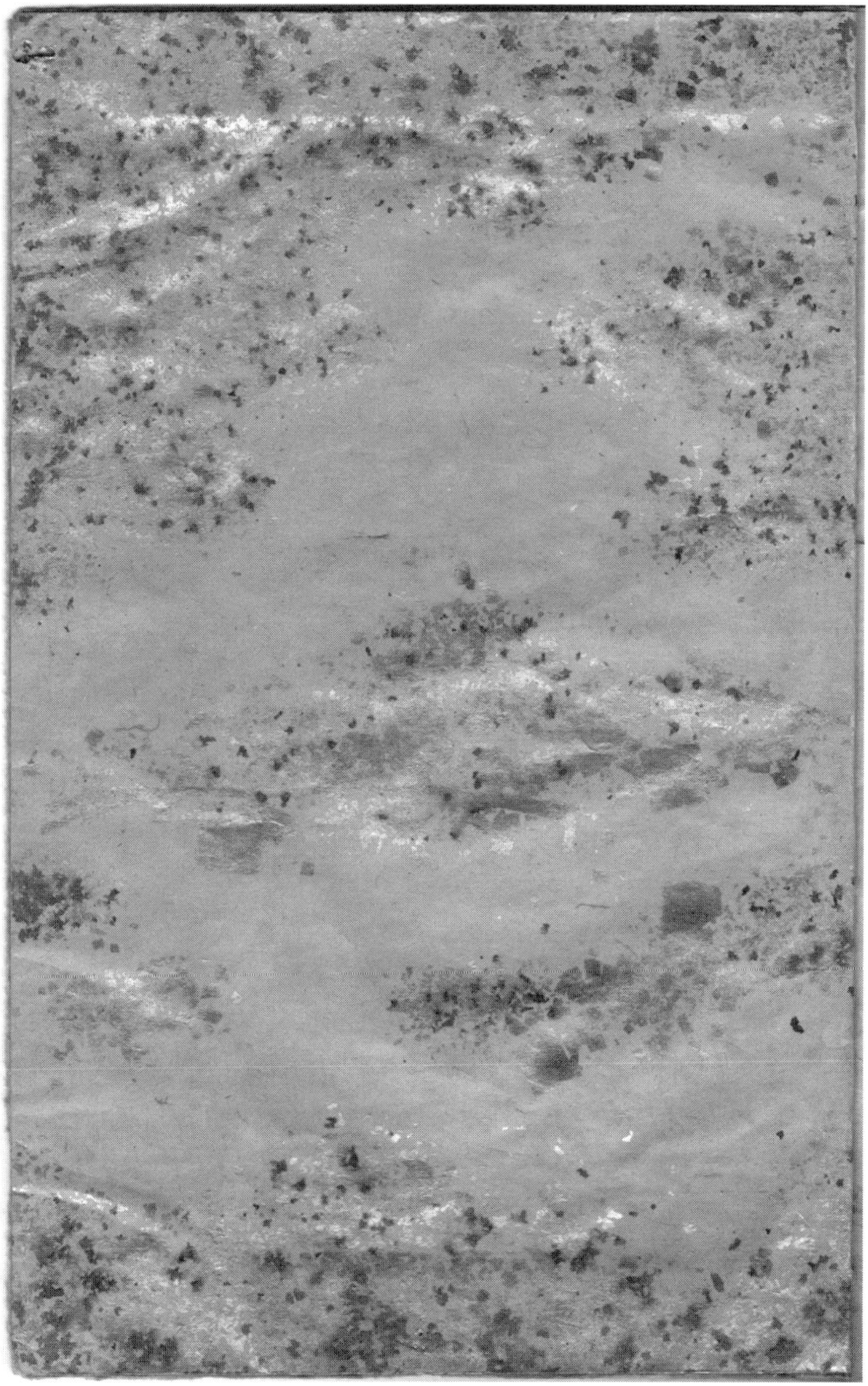

索引

凡　例

本索引は「書名索引」「人名索引（明治以前・明治以後）」「和歌索引」よりなる。ただし「注」は各章の後注のみを対象とし、勘注の一部、一覧表、校異、「資料篇」の影印部分は除いた。

書名索引

・通常、用いられている呼び方にしたがい五十音順に配列し、本書で表記が異なる場合はそれを（　）で示した。
・明治以後に刊行されたものについては「人名索引」で掲げた。

人名索引

・明治以前と以後とに分けた。
・明治時代より前の人名は、名の訓読みを基準として五十音順に配列した。ただし天皇・親王など一部の人物に関しては音読みを基準とした。姓が判明する人物については姓を名の下の（　）内に記した。本書で表記が異なる場合も（　）に記し、その際、見出し語と重複する部分は—線で示した。ただし漢字と平仮名の違いは除いた。
・明治時代以降の人名は姓の訓読みを基準とした。参考文献として姓名のあとに、本書で引用した論考を発表年月順に掲げた。なお単行本に再録の論考は「→」の下に書名・発行元・発行年月を記した。

和歌索引

・原則として二句までの本文を掲げたが、二句までが同一のものについては、それ以降も掲げた。
・本文の下に引用歌の出典を（　）内に示した。

書名索引

あ行

人名索引（明治以前）

人名索引（明治以後）

あ　行

浅井峯治　227 255 283 308 328
・『大和物語新釈』（大同館書店　昭和6・9）　227 255
・『唐物語新釈』（大同館書店　昭和15・9〔覆刻版〕有精堂出版　平成元・1）　283 308 328
浅見徹　86
・「和歌の真名表記」（『小島憲之博士古稀記念論文集　古典学藻』塙書房　昭和57・11）　86
麻生磯次　563
・『国文学研究書目解題』（至文堂　昭和32・6）　563
足立雅代　86
・「『旧本伊勢物語』の成立背景」（『国語国文』59巻10号　平成2・10）　86
阿部俊子　161 255 261 281
・『校本大和物語とその研究』（三省堂　昭和29・6〔増補版〕昭和45・10）　261 281
・『大和物語　校注古典叢書』（明治書院　昭和47・3）　255
・『伊勢物語（下）全訳注』（講談社　昭和54・9）　161
雨海博洋　227 232 239 254-256 363
・「『大和物語』における「歌語り」の文学的発想について」（『二松学舎大学論集（昭和四十五年度）』昭和46・3→『歌語りと歌物語』桜楓社　昭和51・9）　254
・「大和物語の監の命婦」（『岡一男博士頌寿記念論集平安朝文学研究　作家と作品』有精堂出版　昭和46・3→『歌語りと歌物語』桜楓社　昭和51・9）　256
・「『大和物語』の「ならの帝」」（『二松学舎大学論集（昭和四十六年度）』昭和47・3→『歌語りと歌物語』桜楓社　昭和51・9）　363
・『大和物語の人々』（笠間書院　昭和54・3）　227
・『大和物語諸注集成』（桜楓社　昭和58・5）　227 232 363
・『大和物語　有精堂校注叢書』（有精堂出版　昭和63・3）　255
・『大和物語（上）講談社学術文庫』（講談社　平成18・1）　227
有吉恵美子　325
・「唐物語について―翻訳技巧を中心として―」（『香椎潟』6号　昭和35・7）　337
有吉保　362
・「哀傷部の構成と特質」（『新古今和歌集の研究　基盤と構成』三省堂　昭和43・4）　362
池上禎造　86
・「真名本の背後」（『国語国文』17巻4号　昭和23・7→『漢語研究の構想』岩波書店　昭和59・7）　86
池田亀鑑　52 68 69 85 122 124 126 134 137 138 165-167 169 171 173 179 272-274 551
・『伊勢物語に就きての研究　校本篇』（大岡山書店　昭和8・9〔再版〕有精堂出版　昭和33・3）　78 85 165 173 385

・『伝為氏筆　大和物語全』解説（古文学秘籍複製会　昭和8・9）→『大和物語諸本目録　A系統』（新典社　昭和63・10）　281
・『伊勢物語に就きての研究　研究篇』（大岡山書店　昭和9・5〔再版〕有精堂出版　昭和35・5）　66 86 134 138 158 165
・『前田家本大和物語』解説（育徳財団　昭和11・12→『物語文学Ⅱ　池田亀鑑選集』至文堂　昭和43・10）　281
・「古書店をりをり草」（『国語と国文学』26巻10号　昭和24・10）　122 166
池田利夫　283 284 323 324
・「唐物語伝本考」（『鶴見女子大学紀要』1号　昭和38・1→『日中比較文学の基礎研究翻訳説話とその典拠』笠間書院　昭和49・1〔補訂版〕昭和63・9）　306
・『唐物語〈尊経閣文庫本〉』（古典文庫　昭和47・5）　323
・「校本唐物語」（『鶴見大学紀要　国語国文学編』11号　昭和49・1→『唐物語校本及び総索引』笠間書院　昭和50・4）　283
・『日中比較文学の基礎研究翻訳説話とその典拠』（笠間書院　昭和49・1〔補訂版〕昭和63・9）　284 306
・『唐物語校本及び総索引』（笠間書院　昭和50・4）　283 284 306 324
池邊義象　226
・『国文叢書　第十八冊―大和物語―』（博文館　大正4・11）　226
『一冊の講座』編集部　29
・『一冊の講座　伊勢物語』（有精堂出版　昭和58・3）　29
逸見仲三郎　387
伊藤哲夫　86
・「伊勢物語真名本に就いて」（『芸文研究』8号　昭和33・10）　86
伊藤敏子　138
・『伊勢物語絵』（角川書店　昭和59・3）　138
稲田篤信　85 86 185
・「建部綾足の伊勢物語研究」（『北陸古典研究』創刊号　昭和61・7）　86
・『建部綾足全集　第七巻』解題（国書刊行会　昭和63・2）　85 185
井上覚蔵　226
・『大和物語詳解』（誠之堂書店　明治34・8）　226
今井源衛　154–156 212 213 216 222 227 239 246 256
・「大和物語評釈・一　亭子の院」（『国文学』6巻11号　昭和36・7→『大和物語評釈　上巻』笠間書院　平成11・3）　256
・「大和物語評釈・八　桂の御子」（『国文学』7巻9号　昭和37・6→『大和物語評釈　上巻』笠間書院　平成11・3）　256
・「大和物語評釈・十四　としこ」（『国文学』8巻4号　昭和38・3→『大和物語評釈　上巻』笠間書院　平成11・3）　227 254
・「大和物語評釈・三四　松の葉にふる白雪」（『国文学』10巻5号　昭和40・4→『大和物語評釈　下巻』笠間書院　平成12・2）　212
・「大和物語評釈・三六　ありはてぬ命まつ間の」（『国文学』10巻7号　昭和40・6→『大和物語評釈　下巻』笠間書院　平成12・2）　212
・「大和物語評釈・五二　在中将（続）」（『国文学』11巻14号　昭和41・12→『大和物語評釈　下巻』笠間書院　平成12・2）　162
・『大和物語評釈　上巻』（笠間書院　平成11・3）　254 256
・『大和物語評釈　下巻』（笠間書院　平成12・2）　162 212 255 256

上野洋三　564
・『松蔭日記　岩波文庫』（岩波書店　平成16・7）　564
内田美由紀　138　145-147　161
・「伊勢物語「小式部内侍本」の本文について」（「中古文学」創立三十周年記念臨時増刊号　平成9・3→『伊勢物語考―成立と歴史的背景』新典社　平成26・1）　160　161
遠藤邦基　86
・「真名本伊勢物語の清濁表記―違例といわれるものの解釈―」（「表現研究」47号　昭和63・3）　86
・「真名本伊勢物語の表記―ハ、ワ行に関する仮名遣の違例といわれるものについて―」（『奥村三雄教授退官記念国語学論集』桜楓社　平成元・6）　86
大島雅太郎　123　157　164　272
大曾根章介　213
・『研究資料日本古典文学　①物語文学』（明治書院　昭和58・9）　213
大津有一　135　138　159　167　180　185　213
・「伊勢物語の原本について」（「国語と国文学」84号　昭和6・4→『日本文学研究資料叢書平安朝物語Ⅰ』有精堂出版　昭和45・11）　160
・「伊勢物語―定家本の展望―」（『岩波講座日本文学』岩波書店　昭和6・8）　159
・『伊勢物語古註釈の研究』（石川国文学会　昭和29・3〔増補版〕八木書店　昭和61・2）　185
・『伊勢物語に就きての研究　補遺篇』（有精堂出版　昭和36・12）　131　135　138　158　161　167　174　176　180　385
岡山美樹　227
・『大和物語（上）講談社学術文庫』（講談社　平成18・1）　227
奥原淳子　85
・「『真名本伊勢物語』翻字本文」（『棱伽林学報　渡邊剛毅老師喜寿記念出版　学術典籍研究　第二輯』棱伽林　平成10・3）　85
小沢正夫　161
・『新編日本古典文学全集11　古今和歌集』（小学館　平成6・11）　30　161
小汀利得　273

か　行

柿本奨　213　216　247　250　277
・「『大和物語』雑考（六）―掛詞・敬語―」（「大阪大学教養部研究集録　人文・社会科学」26輯　昭和53・2→『大和物語の注釈と研究』武蔵野書院　昭和56・2）　281
・『大和物語の注釈と研究』（武蔵野書院　昭和56・2）　213　255
片桐洋一　36　40　50　52　53　56　58　59　61　64　66　69　121　137　138　153　158-161　174　179　255　339　340　363
・「伊勢物語の成長と構造―参考伊勢物語所引為家本をめぐって―」（「国語国文」27巻12号　昭和33・12→『伊勢物語の研究〔研究篇〕』明治書院　昭和43・2）　159
・「異本伊勢物語絵巻について」（「国語国文」28巻7号　昭和34・7→『伊勢物語の研究〔資料篇〕』明治書院　昭和44・1）　159
・「伝兼好筆伊勢物語について―伊勢物語古本系統に関する資料と考察（一）―」（「国語国文」30巻9号　昭和36・9→『伊勢物語

の研究〔研究篇〕』明治書院　昭和43・2）　121
・「現存初冠諸本をめぐって」（『伊勢物語の研究〔研究篇〕』明治書院　昭和43・2）　87　179
・『伊勢物語の研究〔研究篇〕』（明治書院　昭和43・2）
87　121　158-160　179
・『拾遺和歌集の研究　校本篇・伝本研究篇』（大学堂書店　昭和45・12）　362
・『天理図書館善本叢書和書之部第三巻　伊勢物語諸本集一』解題（八木書店　昭和48・1→『伊勢物語の新研究』明治書院　昭和62・9）
66　158
・『拾遺和歌集の研究　索引篇』（大学堂書店　昭和51・9）　362
・「伝心敬筆伊勢物語をめぐって」（「武蔵野文学」24集　昭和51・12→『伊勢物語の新研究』明治書院　昭和62・9）　66
・『拾遺抄―校本と研究―』（大学堂書店　昭和52・3）　121
・「伊勢物語と汎伊勢物語」（「専修大学図書館蔵古典籍影印叢刊刊行会会報」3号　昭和54・10→『源氏物語以前』笠間書院　平成13・10）
161
・『異本対照伊勢物語』（和泉書院　昭和56・1）　174
・「躬恒歌作りの一面」（『和歌文学新論』明治書院　昭和57・5）
255
・「幻の小式部内侍本切をめぐって」（「水茎」1号　昭和61・10→『伊勢物語の新研究』明治書院　昭和62・9）　159
・『絵巻聚成（二）物語篇一』解説（思文閣出版　昭和61・11→『伊勢物語の新研究』明治書院　昭和62・9）　66
・「建仁二年定家書写本二種―定家本の成立と展開（二）―」（『伊勢物語の新研究』明治書院　昭和62・9）　66
・「『伊勢物語』を読む　第二十一段を中心に」（『王朝物語を学ぶ人のために』世界思想社　平成4・11→『源氏物語以前』笠間書院、平成13・10）　50

片野達郎　256
・『毘沙門堂本古今集注』（八木書店　平成10・10）　121
・「躬恒集解題」（『私家集大成　第一巻　中古Ⅰ』明治書院　昭和48・11）　256

金井清一　33　45　46
・「伊勢物語における万葉歌」（「関東学院女子短期大学短大論叢」28集　昭和45・10）　33

鎌田正憲　137
・『考証伊勢物語詳解』（南北社出版部　大正8・6〔再版〕名著刊行会　昭和41・2）　137

神尾暢子　209
・「大和物語と平中物語―「あはれ」と「をかし」を中心として―」（『物語の方法　語りの意味論』世界思想社　平成4・4）　213

神野藤昭夫　183
・「泉州本『伊勢物語』資料をどう理解するか」（『散逸した物語世界と物語史』若草書房　平成10・2）　183

菊地靖彦　245　246　252　254-257　362
・「古今集の「哀傷歌」をめぐって」（「平安文学研究」48輯　昭和47・6→『古今的世界の研究』笠間書院　昭和55・11）　362
・「『大和物語』在中将章段をめぐって」（「一関工業高等専門学校研究紀要」17号　昭和57・12→『伊勢物語・大和物語論攷』鼎書

房　平成12・9）　254
・『大和物語』の『後撰集』歌章段をめぐって」（「米沢国語国文」
14号　昭和62・4→『伊勢物語・大和物語論攷』鼎書房　平成12・
9）　254-257
岸上慎二　363
・「後撰集から拾遺集へ」（『講座日本文学　中古編Ｉ』三省堂　昭
和43・1）　363
北岡四良　85 86
・「旧本伊勢物語考―解題と覆刻―」（「皇学館大学紀要」15輯　昭
和52・3→『近世国学者の研究』故北岡四良教授遺稿集刊行会
昭和52・12〔再版〕皇学館大学出版部　平成8・12）　86
・「続・和訓栞成立私考―付・旧本伊勢物語考について―」（「皇学
館大学紀要」7輯　昭和44・3→『近世国学者の研究』故北岡四
良教授遺稿集刊行会　昭和52・12〔再版〕皇学館大学出版部　平
成8・12）　85
木下正俊　161
・『新編日本古典文学全集8　万葉集』（小学館　平成7・12）　161
木村晟　85
・『真名本伊勢物語　綾足校訂』（翰林書房　平成7・5）　85
久曾神昇　363
草彅高興　85
・「『真名本伊勢物語』翻字本文」（『棱伽林学報　渡邊剛毅老師喜寿
記念出版　学術典籍研究　第二輯』棱伽林　平成10・3）　85
工藤重矩　257
・「大和物語の史実と虚構―第二・三五段をめぐって―」（「福岡教
育大学国語国文学会誌」18号　昭和50・11）　257
久保木哲夫　255
・「在原元方について」（「和歌史研究会会報」33号　昭和44・3→
『平安時代私家集の研究』笠間書院　昭和60・12）　255
久保木秀夫　137 138 166 172
・「『伊勢物語』大島本奥書再読」（『平安文学をいかに読み直すか』
笠間書院　平成24・10）　166
・「『伊勢物語』皇太后宮越後本の性格」（「国語国文」82巻9号　平
成25・9）　158 172
・「『伊勢物語』小式部内侍本再考―その復元は果たして可能か？―」
（「国文鶴見」52号　平成30・3）　160
栗島山之助　226
・『大和物語詳解』（誠之堂書店　明治34・8）　226
桑原博史　137 183
・「新資料によるはこやのとじ物語の一考察」（「平安文学研究」20
輯　昭和32・9）　183
・「伝為家筆本伊勢物語の落丁について」（「未定稿」5号　昭和33・
7）　159
経済雑誌社　85
・『続群書類従　第十八輯　物語部』（経済雑誌社　明治44・10）　85
国文学研究資料館　66 202
・『古典籍総合目録―国書総目録続編　第一巻　あ―し』（岩波書
店　平成2・2）　202 387
國領麻美　86
・『伊勢物語　坊所鍋島家本』（勉誠出版　平成21・8）　66

・「寛永二十年板真名伊勢物語の本文の性格及び変字法に就いて」
（『真名本伊勢物語—本文と索引—』新典社　平成12・3）　86
小島憲之　86
・『新編日本古典文学全集8　万葉集』（小学館　平成7・12）　161
後藤康文　56
・「『伊勢物語』第四十五段考—その〈原形〉に関する臆説—」（「語
文研究」103号　平成19・6↓『日本古典文学読解考—『万葉』か
ら『しのびね』まで—』新典社　平成24・10）　56
小林保治　283 308 309 311 315 317 319 321 323 338
・『唐物語全釈』（笠間書院　平成10・2〔文庫版〕『唐物語　講談
社学術文庫』講談社　平成15・6）　283 308 309 330 338
小松茂美　159
・『古筆学大成　第二十三巻　物語・物語注釈一』（講談社　平成4・
6）　159
小峯和明　338
・「唐物語小考」（「中世文学研究」12号　昭和61・8）　338
権田直助　367 368 371 386
・『国文学柱一・二』（柳瀬喜兵衛　明治18・5）　368 370 387
・『伊勢物語文格』（明治19・12）　367 368 371 372 386
・『国文句読考』（近藤圭造　明治20・10〔増訂版〕逸見仲三郎　明
治28・7）　368 387

さ　行

佐佐木信綱　121 124 157 164
・『異本伊勢物語　伝藤原為氏筆』解説（岩波書店　昭和7・2）
・「異本伊勢物語について」（「文学」7号　昭和7・2↓『国文学　121 134 157 164
の文献学的研究』岩波書店　昭和10・7、『国文秘籍解説』養徳
社　昭和19・12）　164
佐田智明　86
・「真名本伊勢物語—助動詞の表記をめぐって—」（「北九州大学開
学二十周年記念論文集」昭和41・11）　86
島田良二　231 233
・「凡河内躬恒集」（『平安前期私家集の研究』桜楓社　昭和43・4）　256
島津忠夫　217 224 253 363
・「大和物語ノート（1）歌と歌語り」（「しきなみ」14巻7号　昭
和34・7）　217
杉谷寿郎　88 120 134 158 168
・「日本大学総合図書館蔵伝為相筆本『伊勢物語』翻刻と研究」（「語文」61輯　昭和
60・2）　121 134 158 168
鈴木佳與子　227
・「としこ」（『大和物語の人々』笠間書院　昭和54・3）　227
鈴木知太郎　173 174 342 353 362 363
・「大和物語の成立時期について」（「国学」2輯　昭和10・7↓
『平安時代文学論叢』笠間書院　昭和43・1）　363
・『伊勢物語（天福本・谷森本）』（古典文庫　昭和27・11）　173
・「宮内庁書陵部蔵阿波国文庫旧蔵神宮文庫本系統伊勢物語について」（「武蔵野文学」
7集　昭和35・12↓『平安時代文学論叢』笠間書院　昭和43・1）
173
・「古今集哀傷歌における配列」（「語文」15輯　昭和38・6↓『平

安時代文学論叢』笠間書院　昭和43・1）　362
瀬尾邦雄　85
・『真名本伊勢物語　綾足校訂』（翰林書房　平成7・5）　85
関良一　122 137 138
・「伊勢物語散佚諸本管見」（「山形大学紀要（人文科学）」3号　昭和26・3→『日本文学研究資料叢書 平安朝物語Ⅰ』有精堂出版　昭和45・11）　135 158

た　行

高橋正治　212 213 216 246 271 273-275 281
・「大和物語の位相」（「国語と国文学」33巻9号　昭和31・9→『大和物語　塙選書』塙書房　昭和37・10）　212
・「群書類従本系統大和物語伝本考」（「清泉女子大学紀要」14号　昭和41・12）　271 281
・『日本古典文学全集8　大和物語』（小学館　昭和47・12）　213 235 240 244 256
・「大和物語A系統新出本の紹介」（「清泉女子大学紀要」35号　昭和62・12→『大和物語諸本目録　A系統』新典社　昭和63・10）　281
・『大和物語諸本目録　A系統』（新典社　昭和63・10）　281
・『大和物語の研究 系統別本文篇 上』（私家版　昭和44・4）　271 281
高橋忠彦　85 86
・「真名本伊勢物語の表記をめぐって」（『真名本伊勢物語―本文と索引―』新典社　平成12・3）　85 86
高橋亨　213
・「大和物語」（『研究資料日本古典文学　①物語文学』明治書院　昭和58・9）　213
高橋久子　85 86
・「真名本伊勢物語と三巻本色葉字類抄」（「学芸国語国文学」27号　平成7・3）　86
・「真名本伊勢物語の表記をめぐって」（『真名本伊勢物語―本文と索引―』新典社　平成12・3）　86
高松政雄　86
・「真名本伊勢物語考―主にその表記法の特徴に就いて―」（「国語国文」35巻6号　昭和41・6）　86
滝澤貞夫　121 161
・『古今集校本』（笠間書院　昭和52・9〔新装ワイド版〕平成19・11）　121 122 161
田口尚幸　138
・「狩使本伊勢物語の二部的構造―現存業平集と伊勢物語の関係についての考察―」（「中古文学」43号　平成元・5→『伊勢物語相補論』おうふう　平成15・9）　160
・「狩使本伊勢物語について―その断片資料に見る新しさ―」（「中古文学」46号　平成2・12→『伊勢物語相補論』おうふう　平成15・9）　160
・「慶大蔵『伊勢物語絵詞』について―新出狩使本資料の紹介と検討―」（「国語国文学報」54集　平成8・3→『伊勢物語相補論』おうふう　平成15・9）　159
田口守　69 79 159
・「伊勢物語成立論序説―為家本に透影された狩使本の形態―」

（「国語と国文学」41巻6号　昭和39・6→『日本文学研究大成　竹取物語・伊勢物語』国書刊行会　昭和63・10）　159
・「伊勢物語狩使本の形態―『参考伊勢物語』所引為家本を透してみた―」（「平安文学研究」32輯　昭和39・6）　159
・「武者小路本伊勢物語と狩使本、真名本の関係」（「平安文学研究」37輯　昭和41・11）　87
竹内誠　564
・『日本近世人名辞典』（吉川弘文館　平成17・12）　564
武田祐吉　121　137　162　180　255
・『大和物語詳解』（湯川弘文社　昭和11・5〔再版〕昭和39・6）　255
・「伊勢物語の成長とその剪定」（「国文学論究」12号　昭和15・6→『泉州本伊勢物語』國學院大學学術部　昭和16・2）　162　180
・「伊勢物語の増益」（「文学」8巻7号　昭和15・7）　158　180
・『泉州本伊勢物語』（國學院大學学術部　昭和16・2）　121　162　180
田中宗作　88　120　134　158　162　168　173　174　368　371　372　386　387
・「谷森本伊勢物語について」（「国語と国文学」26巻5号　昭和24・5）　173
・「伊勢物語新釈本文の註釈史上における位置と価値」（「日本大学文学部研究年報（昭和二十六年度）」2輯→『伊勢物語研究史の研究』桜楓社　昭和40・10〔再版〕パルトス社　平成3・10）　387
・「権田直助と「伊勢物語」―「国文学柱」・「国文句読考」と直助書入本「伊勢物語」との関係―」（「日本大学世田谷教養部紀要」5輯　昭和31・12→『伊勢物語研究史の研究』桜楓社　昭和40・10〔再版〕パルトス社　平成3・10）　386
・「伊勢物語と勅撰集との共通歌について（一）―新古今集・新勅撰集を中心として―」（「語文」39輯　昭和49・3）　162
・「日本大学総合図書館蔵伝為相筆本『伊勢物語』翻刻と研究」（「語文」61輯　昭和60・2）　121　134　158　168
谷知子　166
・『平安文学をいかに読み直すか』（笠間書院　平成24・10）　166
田渕句美子　166
・『平安文学をいかに読み直すか』（笠間書院　平成24・10）　166
田村隆　52　65　66
・『伊勢物語　坊所鍋島家本』（勉誠出版　平成21・8）　66
東野治之　161
・『新編日本古典文学全集8　万葉集』（小学館　平成7・12）　161
栃尾武　307　337
・『唐物語の比較文学的研究稿』（私家版　昭和43・4）　307

な行

中島和歌子　217　218　224　228　230　232　253
・「『大和物語』第三段をめぐって―清蔭歌の特徴と地の文の貢献―」（「大和物語研究」1号　平成12・9）　217　228
中田武司　66　137　160　180　181
・『泉州本伊勢物語の研究』（白帝社　昭和43・11）　180　181
・「定家本伊勢物語の新資料」（「国語と国文学」48巻4号　至文堂　昭和46・4→『王朝歌物語の研究と新資料』桜楓社　昭和46・11）　66

・「建仁二年奥書本（寂身本）の本文」（『王朝歌物語の研究と新資料』桜楓社　昭和46・11）　66
・「泉州本伊勢物語生成攷」（「専修国文」9号　昭和48・9）　181
・「小式部内侍本生成攷」（「専修国文」14号　昭和48・9）　158
・『伊勢物語　藤原為氏筆一帖』解題（専修大学出版局　昭和54・10）　66
・「伊勢物語異本章段攷」（『王朝物語とその周辺』笠間書院　昭和57・9）　160
中野幸一　161
・『伊勢物語全釈』（武蔵野書院　昭和58・7）　161
名古屋国文学会　307
・「唐物語提要（翻刻）」（「国漢研究」21号　昭和6・1）　307
奈良国立文化財研究所
・『七大寺巡礼私記』（奈良国立文化財研究所　昭和57・3）　363
難波喜造　254
・「「歌語り」の世界」（「日本文学」13巻8号　昭和39・8）　254
南波浩　213
・「大和物語の特質」（『日本古典全書　大和物語』朝日新聞社　昭和36・10）　213
西下経一　121　161
・『古今集校本』（笠間書院　昭和52・9〔新装ワイド版〕平成19・11）　121　122　161
日本大学千載集研究会　362
・「千載和歌集研究―離別・羇旅・哀傷部の考察―」（「語文」17輯　昭和39・3→『千載和歌集の基礎的研究』笠間書院　昭和51・3）　362
野島寿三郎　271
・『公卿人名大事典』（日外アソシエーツ　平成6・7）　271

は　行

長谷川強　86
・「建部綾足の伊勢物語講釈」（「武蔵野文学」20集　昭和47・12→『近世文学考』汲古書院　平成19・6）　86
長谷川政春　29
・「伊勢物語と古今集　付詞書・左注」（『一冊の講座　伊勢物語』有精堂出版　昭和58・3）　29
林美朗　68　69　79　122　135　137　138　161　165　171　175　176　178　179　183
・「伝為氏筆本伊勢物語の構成と識語をめぐって―幻の異本・小式部内侍本論への一視角―」（「平安文学研究」72輯　昭和59・12→『狩使本伊勢物語　復元と研究』和泉書院　平成10・9）　122　160　165　183
・「勢語広本系諸本の源流とその成長・序説―平安末期の勢語異本伝説にも触れて―」（「平安文学研究」75輯　昭和61・6）　165
・「真名本伊勢物語諸本の系統分類に関して」（「国語国文研究」86号　平成2・9）　86
・「伊勢物語神宮文庫系の四本に関して」（「ぐんしょ」12号　平成3・4）　175
・「狩使本伊勢物語をめぐる諸問題について」（「中古文学」48号　平成3・11→『狩使本伊勢物語　復元と研究』和泉書院　平成10・9）　160

・「伊勢物語「皇太后宮越後本」について」（「ぐんしょ」17号　平成4・7→『狩使本伊勢物語　復元と研究』和泉書院　平成10・9）　158　171
・「狩使本伊勢物語の構成と増益をめぐって」（『伊勢物語―諸相と新見―』風間書房　平成7・5→『狩使本伊勢物語　復元と研究』和泉書院　平成10・9）　160　161
・『狩使本伊勢物語　復元と研究』（和泉書院　平成10・9）　122　135　138　158　160　165　171　183
針本正行　33　34
・「伊勢物語にとられた萬葉集歌（一）―二十一段を中心にして―」（「国文学研究稿」1号　昭和55・8→『平安女流文学の表現』おうふう　平成13・5）　33
・「伊勢物語にとられた萬葉集歌（二）―二十三段を中心にして―」（「国文学研究稿」2号　昭和56・5→『平安女流文学の表現』おうふう　平成13・5）　33
・「伊勢物語にとられた萬葉集歌（三）―二十四段を中心にして―」（「国文学研究稿」3号　昭和56・9→『平安女流文学の表現』おうふう　平成13・5）　33
春田裕之　161
・『伊勢物語全釈』（武蔵野書院　昭和58・7）　161
阪正臣　368
深井雅海　564
・『日本近世人名辞典』（吉川弘文館　平成17・12）　564
福井貞助　29　69　85　122　123　125　137　155　156　163　164　169　179　183
・「勢語小式部内侍本考」（「国語と国文学」35巻5号　昭和33・5→『伊勢物語生成論』有精堂出版　昭和40・4〔増補版〕パルトス社　昭和60・1）　158
・「古今集による伊勢物語の形成」（「国語と国文学」39巻6号　昭和37・6→『伊勢物語生成論』有精堂出版　昭和40・4〔増補版〕パルトス社　昭和60・1）　29
・「別本と真名本」（『伊勢物語生成論』有精堂出版　昭和40・4〔増補版〕パルトス社　昭和60・1）　87
・『伊勢物語生成論』（有精堂出版　昭和40・4〔増補版〕パルトス社　昭和60・1）　29　87　122　134　158　162　163　179
・「業平自筆本―第九十九段をめぐって―」（『伊勢物語生成論』有精堂出版　昭和40・4〔増補版〕パルトス社　昭和60・1）　162
・「広本の性格」（『伊勢物語生成論』有精堂出版　昭和40・4〔増補版〕パルトス社　昭和60・1）　179　183
・『日本古典文学全集8　伊勢物語』（小学館　昭和47・12）　30　50　110
・「蘭洲と綾足―伊勢物語に関する著作をめぐって―」（「弘前大学国史研究」37号　昭和39・11→『歌物語の研究』風間書房　昭和61・4）　85
・『伊勢物語―諸相と新見―』（風間書房　平成7・5）　29　160　161
福田良輔　33　165
・「伊勢物語の民謡性―万葉集・古今集・神楽歌・催馬楽を中心として―」（「国語国文」6巻1号　昭和11・1→『古代語文ノート』南雲堂桜楓社　昭和39・2、『日本文学研究資料叢書　平安朝物語Ⅰ』有精堂出版　昭和45・11）　33
・『校異略解伊勢物語』（永田書店　昭和25・7）　165

星野一郎　203 204
・「『大和物語』の対照的構成法について—僧侶章段を通して—」（「大和物語探求」7号　昭和51・9）　203
本多伊平　225 255 261 281 551
・『大和物語本文の研究　対校篇』（笠間書院　昭和55・2）　261 281
・『北村季吟大和物語抄　付 大和物語別勘 大和物語追考』（和泉書院　昭和58・1）　225 255 552

ま　行

増田稲麻呂　387
益田勝実　214 363
・「「上代文学史稿」案（二）」（「日本文学史研究」4号　昭和24）　214
増田繁夫　50
・『王朝物語を学ぶ人のために』（世界思想社　平成4・11）　50
松尾拾　213
・「大和物語文体試論」（「語文」24輯　昭和41・6）　213
松尾聰　30
・「伊勢物語の虚構について」（「学習院大学文学部研究年報」2輯　昭和30・11→『平安時代物語論考』笠間書院　昭和43・4〔増補版〕昭和58・10）　30
松田成穂　161
・『新編日本古典文学全集11　古今和歌集』（小学館　平成6・11）　30 161
松田武夫　162 362
・『詞花集の研究』（至文堂　昭和35・2〔再版〕パルトス社　昭和63・3）　362
・『古今集の構造に関する研究』（風間書房　昭和40・9）　162 362
・「古今集哀傷歌の構造」（『古今集の構造に関する研究』笠間書院　昭和40・9）　362
水野駒雄　255
・『大和物語詳解』（湯川弘文社　昭和11・5〔再版〕昭和39・6）　255
三角洋一　284 286 287 323
・『冷泉家時雨亭叢書43　源家長日記　いはでしのぶ　撰集抄』解題（朝日新聞社　平成9・12）　307 323
三谷栄一　180 323
・「書架『泉州本伊勢物語』」（「国学院雑誌」47巻5号　昭和16・5）　180
・『体系物語文学史　第三巻　物語文学の系譜Ⅰ　平安物語』（有精堂出版　昭和58・7）　323
翠川文子　308
・「唐物語」（『体系物語文学史　第三巻　物語文学の系譜Ⅰ　平安物語』有精堂出版　昭和58・7）　323
南ちよみ　85 86
・「真名本『伊勢物語』における漢字用法の研究」（「Kyoritsu review」25号　平成9・3）　86
・「『真名本伊勢物語』翻字本文」（『棱伽林学報　渡邊剛毅老師喜寿記念出版　学術典籍研究　第二輯』棱伽林　平成10・3）　85
物集高量　226
・『新釈日本文学叢書　第四巻—大和物語—』（日本文学叢書刊行

会　大正11・7）　226
森一郎　
・『王朝物語を学ぶ人のために』（世界思想社　平成4・11）　50
森末義彰　202
・増訂版『国書総目録　第一巻　あ―お』（岩波書店　平成元・9）　202　367
・増訂版『国書総目録　第七巻　ふ―よ』（岩波書店　平成2・9）　551
森本茂　29　46　185　186　191　227
・『伊勢物語論』（大学堂書店　昭和44・7〔増補版〕昭和56・5）　185　186
・『伊勢物語全釈』（大学堂書店　昭和48・7）　29　51
・『大和物語全釈』（大学堂書店　平成5・12）　227

や行

安田孝子　283　301　302　307　310　323　324
・『唐物語　全』（和泉書院　平成5・4）　307
・『異本唐物語』（古典文庫　平成5・7）　283　323
・「『唐物語』異本の本文上の特質」（『異本唐物語』古典文庫　平成5・7）　283
山田清市　68　121　122　134　135　137　138　158　161　164　171　172　174
・『伊勢物語の成立と伝本の研究』（桜楓社　昭和47・4）　159　161
・「伊勢物語「皇太后宮越後本・大島本」考」（「亜細亜大学教養部紀要」8号　昭和48・11→『伊勢物語校本と研究』桜楓社　昭和52・10）　135　158　171
・『伊勢物語校本と研究』（桜楓社　昭和52・10）　86　121　134　135　158　164　171　174
山田俊雄　86
・「真名本の意義」（「国語と国文学」34巻10号　昭和32・10）　86
山本登朗　155
・「右近の馬場の恋―伊勢物語の主人公像―」（『恋のかたち　日本文学の恋愛像』和泉書院　平成8・12→『伊勢物語論　文体・主題・享受』笠間書院　平成13・5）　162
吉川理吉　69
・「伊勢物語塗籠本と真名本」（「立命館文学」220号　昭和38・10）　86
吉澤義則　85　255　551
・『全訳王朝文学叢書　第一巻』（王朝文学叢書刊行会　大正13・6）　255
・『未刊国文古註釈大系　第九冊』（帝国教育会出版部　昭和13・4〔覆刻版〕清文堂出版　昭和44・10）　551
・『未刊国文古註釈大系　第三冊　萬葉緯』（帝国教育会出版部　昭和9・4〔覆刻版〕清文堂出版　昭和43・10）　85
吉田幸一　283　284　309　324
・「『唐物語』の成立年代考」（『異本唐物語』古典文庫、平成5・7）　284　324

わ行

鷲山樹心　135　161
・「伊勢物語の流動と定着」（「大谷学報」46巻3号　昭和41・11）　135
・「伊勢物語管見―塗籠本「大原や清和井の水」の段について―」（大谷大学「文芸論叢」5号　昭和50・9）　161
渡辺泰宏　69　122　138

・「伊勢物語小式部内侍本考—その形態と成立に関する試論—」（「武蔵大学人文学会雑誌」14巻1号 昭和57・10→『国文学年次別論文集 中古2 昭和57』朋文出版 昭和58・11、『伊勢物語成立論』風間書房 平成12・7） 159
・「続・伊勢物語小式部内侍本考—その形態と成立に関する試論—」（「中古文学」38号 昭和61・11→『日本文学研究大成竹取物語・伊勢物語』国書刊行会 昭和63・10、『伊勢物語成立論』風間書房 平成12・7） 160
・「伊勢物語真名本考—その性格に関する試論—」（「学習院大学国語国文学会誌」31号 昭和63・3） 87

和歌索引

あ行

な行

は行

ま　行

や　行

ら　行

わ　行

あとがき

本書はこれまで発表したものに新たに執筆した四編を加えて一書にしたものである。実は、平成二八年一一月に定年を迎えることになっていたので、それに合わせて出版しようと仕事を進めてきたが、大幅に遅れてしまった。これは私の怠慢以外の何物でもない。お許しいただきたい。思えば私は今日まで伊勢物語と大和物語を中心にして細々と研究を続けてきた。本書ではこの二つの作品が中心になっている。各章と初出の関係は次のとおりである。

研究篇

第一章　「国文学」第四二巻第二号、平成一〇年二月
第二章　福井貞助氏編『伊勢物語―諸相と新見―』風間書房、平成七年五月
第三章　「解釈」第六〇巻第三・四号、平成二六年四月
第四章　書き下ろし
第五章　「商学集志　人文科学編」第二一巻第一・二号、平成元年一〇月
第六章　『国立歴史民俗博物館蔵貴重典籍叢書　文学篇　第十六巻　物語一』臨川書店、平成一一年五月
　※表題を改めた。
第七章　王朝物語研究会編『論叢伊勢物語1　本文と表現』新典社、平成八年九月

第八章　王朝物語研究会編『論叢伊勢物語２　歴史との往還』新典社、平成一四年一一月
第九章「総合文化研究」第一〇巻第二・三号、平成一六年一〇月
第十章「解釈」第四九巻第三・四号、平成一五年四月
第十一章　書き下ろし
第十二章　書き下ろし
第十三章『国立歴史民俗博物館蔵貴重典籍叢書　文学篇　第十六巻　物語一』臨川書店、平成一一年五月
※表題を改めた。
第十四章　書き下ろし
第十五章「日語教学与日語研究」平成二八年一二月
第十六章「解釈」第五九巻第三・四号、平成二五年四月
第十七章　茨城県高等学校教育研究会「研究集録」第二号、昭和四九年三月

資料篇

Ⅰ「総合文化研究」第一七巻第二号・同第一七巻第三号、平成二三年一二月、平成二四年四月
※表題を改めた。
Ⅱ「総合文化研究」第一六巻第三号、平成二三年三月
※表題を改めた。

これらの中でも最も古いのが昭和四九年三月に発表のもの、反対に最も新しいのが平成二八年一二月に発表のもの

で（未発表を除く）、四〇年以上の隔たりがある。今となると初期のものは習作の域を出ない。しかもその間、学問の研究は著しく進展し、本書に収めた論文にも当然のこと朱を入れるべきであるが、注の補訂や誤植などの、最小限にとどめ、あえて発表時のままにした。それはこれまでの自分の研究がその時、その時にあって作品にどう向き合い対処していったか、その足跡を知る証しにしたいと思ったからである。

今、振り返ってみると今日まで多くの人に支えられ研究生活を送ってきた。感謝の念でいっぱいである。この中には黄泉へ旅立たれた方もいる。畏友・神矢政司君もその一人である。彼とは五〇年にわたる親交があり、私の心の支えになってくれた。彼は映画を愛し、その道に進み多くの作品の審査に携わってきた。私と道は違ったが、本書の出版を心待ちにしていた。残念ながらそれはかなわなかったが、出版をあの世で喜んでくれていると思う。今は、ただご冥福をお祈りし、本書を捧げたい。

原本の掲載について許可をいただいた宮内庁書陵部、国立歴史民俗博物館、神宮文庫、日本大学図書館に御礼申し上げます。さらに本書の校正、索引の作成には西山秀人氏の協力を得た。重ねて感謝申し上げます。最後になりましたが、本書のような厄介な出版を快くお引き受け下さった新典社社長・岡元学実氏、編集に際しお世話になった原田雅子さんに心から御礼申し上げます。

平成三〇年一一月

晴天の日、牛久沼を臨みながら　　　　柳田忠則

柳田　忠則（やなぎた　ただのり）
1946年11月10日　茨城県つくば市に生まれる。
1969年3月　日本大学文理学部国文科卒業
1971年3月　日本大学大学院文学研究科国文学専攻修士課程修了
専攻　平安時代物語文学
現職　元日本大学教授
主著
『伊勢物語異本に関する研究』（1983年4月，桜楓社）
『大和物語の研究』（1994年2月，翰林書房）
『『大和物語』の研究』（2000年12月，私家版，翰林書房）
『大和物語研究史』（2006年11月，翰林書房）
『大和物語文献集成』（2011年10月，新典社）

新典社研究叢書306

物語文学の生成と展開
——伊勢・大和とその周辺——

平成31年2月15日　初版発行

著者　柳田忠則
発行者　岡元学実
印刷所　惠友印刷㈱
製本所　牧製本印刷㈱
検印省略・不許複製

発行所　株式会社　新典社
東京都千代田区神田神保町一―四四―一一
営業部＝〇三（三二三三）八〇五一番
編集部＝〇三（三二三三）八〇五二番
FAX＝〇三（三二三三）八〇五三番
振替　〇〇一七〇―〇―二六九三二番
郵便番号一〇一―〇〇五一番

ISBN 978-4-7879-4306-4 C3395
http://www.shintensha.co.jp/ E-Mail:info@shintensha.co.jp